감응의 시학

지은이
최현식(崔賢植 , Choi, Hyunsik)
충남 당진 출생. 연세대 국어국문학과 및 동대학원 졸업. 경상대 국어국문학과 교수를 거쳐 현재 인하대 국어교육과 교수로 재직 중. 1997년『조선일보』신춘문예로 등단. 현재『시인수첩』편집위원. 대산창작기금 수혜, 소천비평문학상 및 김달진문학상(비평 부문) 수상. 저서로『서정주 시의 근대와 반근대』,『한국 근대시의 풍경과 내면』,『신화의 저편－한국 현대시와 내셔널리즘』이, 평론집으로『말 속의 침묵』,『시를 넘어가는 시의 즐거움』,『시는 매일매일』이 있음.

최현식 비평집 **감응의 시학**

초판1쇄 발행 2015년 5월 27일
초판2쇄 발행 2015년 12월 10일
지은이 최현식 **펴낸이** 공홍 **펴낸곳** 케포이북스 **출판등록** 제22-3210호
주소 서울시 서초구 반포대로 14길 71, 302호
전화 02-521-7840 **팩스** 02-6442-7840 **전자우편** kephoibooks@naver.com

값 38,000원 ⓒ 최현식, 2015
ISBN 978-89-94519-61-6 03810

최현식 비평집

감응의 시학

케포이북스
KEPHOIBOOKS

책머리에

'우울한 열정', 『감응의 시학』을 써오는 동안의 내 감정이라 말해도 좋을 듯합니다. 비평의 동사는 '읽다'와 '쓰다' 가운데 무엇일까. '讀'과 '書'를 취할 때 비평의 감각은 어떻게 여울질까. 또 그것은 시의 언어와 만날 때 무엇을 계시하고 무엇을 해석할까. 하나의 답이 주어질 리 없었습니다. 읽고 쓰는 가운데 저마다의 글이 그 우선권을 주장했다고 보는 편이 옳겠습니다. 그러니 나는 시(인)들의 표현을 관찰하는 타자로 존재하는 동시에 나의 내면과 쓰기를 기록되는 문자들에 의해 관찰되는 타자로 서 있었던 셈입니다. 이 양가의 타자성을 생각하면 우울한 '감응(affection)'이 아닐 수 없습니다.

그러나 주어진 시공간의 불연속을 헤치며 실존적 내면의 발굴에 '나'를 던지는 지금 · 여기 시인들의 내 비평에의 먹먹한 참여를 떠올리면, 저 '우울'은 '명랑'으로 변복(變服)하지 않고는 못 배겼지요. 그러니 열정의 '감응'은 비평가 이전에 시(인)들의 소산이며 또 몫입니다. 비평가는 시(인)들의 상태에 참여함으로써 일개 독자를 넘어서 스스로를 시적 상태로 몰아갑니다. 객관성을 가장한 비평가의 해석과 평가는 이토록 시와 시인이라는 텍스트에 의해 개입되고 잠식되는 형편입니다. 하지만 시의 신민(臣民)이 되는 길이라면 그 형편이 무어라고 문제되겠습니까. 영 탐탁지 않은 갈 지(之)자 걸음이지만, 그래도 시(인)과 비평(가) 사이의 '감응'의 내력과 현재를 문득문득 엿보일 수 있어 다행입니다.

타자의 영향과 타자에의 긍정이 희미한 세계는 그만큼 폭력적이며 독단적일 위험성이 큽니다. 집단적 발화의 형태는 아니더라도, 예민한 영혼을 빌려 소수자의 목소리와 변두리 삶의 서정, 성찰의 감각과 '미'라는 것의 윤리를 묻는 일이 잦아지는 이유입니다. 자신의 표현과 타자의 관찰을 서로의 언어에 개입시키는 방법과 또 서로의 내면에 나누는 일의 가능성에 주목하며 1부를 '감응의 윤리'라는 명제로 묶어보았습니다.

이제 시인은 노래 못지않게 이야기의 능력을 부단히 요청받는 세상에 던져졌습니다. 대상에의 동일성보다 대상과의 차이성을 준별하되 그것을 '수평'과 '사이'의 지평에 올려놓을 줄 아는 지혜는 그래서 절실하고도 소중합니다. 누군가의 통렬한 비판 "사랑의 이름으로 '다친 무릎'을 만드는 일"의 부조리와 졸렬함을 내내 환기하고 곱씹으며 2부를 '감응의 심연'에 거두었습니다.

어떤 시집의 첫 독자는 설렘의 이면에 타는 듯한 긴장을 감춰둘 수밖에 없습니다. 해당 시인이 생물학적으로든 정신적으로든 첫 독자의 경험과 언어를 초과할 때 그 '감응'은 일방통행의 흐름을 타기 쉽습니다. 이 경우에는 섣불리 해석의 필치를 놀리기보다 삶의 선행자들이 불러일으키는 '감응의 파문'에 직면하여 영혼을 울렁이는 편이 보다 현명합니다. 그 파문(波紋)의 파문(刃文)을 열띠게 응시하는 3부는 스스로를 건축하고 내파하는 자기 통찰에 지혜로운 선배 시인들의 새 시집에 올려진 해설들입니다.

또래 시인을 읽는 행위는 그들의 삶과 내면을 복기하는 일과도 같습니다. 또래끼리의 '감응'이 돈독한 공동감각의 형성을 넘어 서로 삶의 여지와 미래를 나누는 일로 발현되는 이유일 겁니다. 대체로 제2~제3 시집을 통과하는 언어들인 만큼, 세계를 향한 '심리적 참전'에 요청되는 개방적 유동성과 탄력적 율동의 조형에 시의 중심축이 걸려 있습니다. 그 정신과 모험을 헤아리는, 또래들 시집에 대한 해설을 4부에 올려두었습니다.

문예지 등에 첫 발표된 시편들은 애초의 형상과 목소리를 끝까지 밀어가기 어렵습니다. 어떤 경우는 수정과 보완을, 어떤 경우는 심지어 버려지기까지 하는 탓이지요. 5부 '감응의 도래'는 그런 운명을 살아갈 '미생(未生)'의 시편들을 향해 건네는 조심스런 의미화의 손짓입니다. 모쪼록 일시(一視)보다는 다시(多視)의 세상으로 빠짐없이 호명되기를 바래봅니다.

평론집을 두고 손익계산의 주판을 튕기는 일은 오래전부터 어리석은 일이 되었습니다. 그걸 알면서도 『감응의 시학』에 손을 내밀어준 케포이북스 공홍 사장께, 그리고 어지러운 원고에 산뜻한 질서를 입혀준 한사랑 선생께 미쁘게 고마움을 전합니다. 아, 하마터면 잊을 뻔했습니다. 거친 언어와 성근 분석을 참아준 『감응의 시학』 내의 모든 시인과 시편들에게도 고마움과 더불어 미안함을 함께 전합니다. 이들이 있어 나는 일부러 우울했었고 또 자연스럽게 더욱 명랑해졌답니다.

2015년 4월 춘우(春雨)의 밤

최현식 적음

차례

4부 감응의 율동

5부 감응의 도래

1부

감응의 윤리

우리 시대의 '서정'을 위한 몇 가지 단상

이성복의 시를 빌려

"시에 대한 정의의 역사는 오류의 역사"라고 말한 시인은 T. S. 엘리엇이었던가. 그의 단언은 시에 대한 어떤 정의도 옳지 못하다기보다는 단의어로 함부로 개념화될 수 없음을 뜻할 터이다. 시의 정의는 어쩌면 저 오류의 더미와, 대체로 동의될만한 개념 양자를 포괄하고 넘어서는 어느 지점에 존재할 지도 모른다. 가령 우리는 시를 '노래'라고 흔히 말하지만 근대 자유시는 정형률의 가창법(歌唱法)과 별리하면서 탄생하고 성장하였다. '가창'은 집단의 흥취와 계몽을 향한 공동체의 형식이었으나, 자유시의 '묵독'은 고독한 내면의 독백을 위한 개인적 형식이다. 또한 전근대 서정시는 진선미에의 감응과 촉발을 정서와 표현의 핵심으로 삼았다. 그러나 근대 자유시는 기존의 서정시에서 끊임없이 일탈하면서, 이를테면 추와 악, 개성의 붕괴와 형식의 파괴 따위를 고독한 서정의 일용할 양식으로 힘써 섭취해 왔다.

이런 시의 확장과 변곡, 부정과 수렴의 역사는 기실 '서정(lyricism)'의 그것이기도 했다. 유추와 투사의 문법은 주체와 타자, 인간과 자연과 신, 감정과 이성 등 대립자의 차이를 서정적으로 통합·융화하는 기초적인 원리였다. 단적인 예로 개인감정보다 숭고와 도리 따위가 중시되던 전근대 서정시는 타자들 사이의 결속 원리를 거의 예외 없이 절대적 신이나 완미한 자연에서 찾았다. 하지만 신과 자연이 이성과 계몽의 영토에 강제 편입된 후 이른바 '근대의 서정'은 '이미 충일한' 것에서 '아직 아닌' 것으로 계속 차연(差延)되는 안쓰러운 운명에 처해졌다. 이를 두고 쉴러(F.Schiller)는 시(인)의 운명이 우주 / 자연을 노래하는 '소박한 시(인)'에서 한계의 인간이 그것을 꿈꾸는 '감상적 시(인)'으로 전위(轉位)된 뼈아픈 사태라고 적었던가.

근(현)대시에 대한 쉴러의 '감상적'이라는 명명은 작금의 문제적 테마 '서정의 미래, 미래의 서정'이 사실은 어떤 불가능성에 대한 꿈에 지나지 않음을 통렬하게 환기한다. 근대적 서정이 '소박'의 불가능성을 목적한다는, 따라서 그것이 결여의 형식이라는 사실은 서정성의 작동원리 '회감(回感, Erinnerung)'의 개념에서도 뚜렷하다. '회감'은 주체와 타자의 간격 부재에 대한 명칭, 바꿔 말해 '나'와 '너'의 순간적 통합을 뜻하는 말로 흔히 이해되고 호명된다. '회감'은 그러나 실질적 형체와 외부를 대동하는 물리적 사실이 아니다. 그것은 무엇보다 자아의 주관성에 근거한 '너'와 '나'의 내적이며 순간적인 통합을 본질로 한다. 통합의 객관적 사실화보다 기억이나 상상력에 의한 추체험이 '서정'의 기원이며 따라서 '서정'은 허구적 감각을 본질로 할 수밖에 없음이 드러나는 지점이랄까.

나는 우리 시대 '서정'의 불가능한 꿈을 논의하기 위해 이성복의 『달의 이마에는 물결무늬 자국』(2003)에 실린 몇 편의 시를 함께 읽어볼까 한다. 100편의 시로 묶인 해당 시집은 널리 알려진 서양시인들의 어떤 시편들 2~3행을 인용한 후 그에 대한 단상(斷想)을 서사적 구도 아래 기록해가는 특이한 형식을 취한다. 그 기록은 인용시에 대한 일차적 감상 내지 메타비평의 성격을 지닌다. 그 심원에는 그러나 "불가능의 입구"를 향한 열망과 모험의식이 들끓고 있다. 따라서 동서양 언어-내외(內外) 간의 대위적 상통은 "불가능에 대한 불가능한 사랑"(이성복)을 다성(多聲)적으로 각골(刻骨)하기 위한 방법적 사랑이 아닐 수 없다. 이 모순형용의 '불가능'을 향한 사랑에서 우리 시대 '서정'의 어떤 자랑과 고뇌, 건강과 퇴폐, 생산과 폐절의 서로 포기할 수 없는 악수와 투기(投企)를 엿볼 수 있다면 우리들의 "영혼은 더욱 가벼워"(「53 영혼의 과일엔 꼭지가 없고」)지면서 동시에 더욱 깊어질지도 모른다.

인간사에서 금지와 위반의 궁극은, 외디푸스를 빌린다면, 살부(殺父) 및 근친(어미)상간의 욕망일 것이다. 신은 영웅의 패륜에 대해 스스로의 눈을 찌르고 떠돌게 함으로써 저 욕망을 감시와 처벌의 영역에 즉각 위리안치했다. 어미의 동일시와 아비의 배척으로 입안된 상상계는 '아비의 법'이 지배하는 상징계에의 패배와 그 승인에 의해 조절, 재배치된다는 것, 그럼으로써 패륜아 우리는 부모 외의 타자를 욕망하는 주체로 거듭난다는 것. 이것이 외디푸스의 비극에 대한 대체적인 심리학적 분석임은 주지의 사실이다.

'서정'은 그러나 인간적 욕망의 '비극'과 달리 금지와 위반, 인간법과 자연법의 어떤 갈등과 쟁투를 주제 삼지 않는다. 릴케의 말대로 현실 저편의 어떤 것, 즉 "존재치 않는 짐승"을 욕망하고 현현하는 데 언어와 영혼을 집중한다. 왜냐하면 '서정'은 현실(의식)로는 그 '짐승'을 "알지 못"하면서 내면(무의식)으로는 "그것을 사랑"하는 원초적 존재로 우리를 입안하고 도약시키기 때문이다(이 길들일 수 없는 환상성 때문에 그 어떤 호명도 "짐승"을 초과하지 못하겠다!).

오, 이것은 존재치 않는 짐승.
사람들은 알지 못했으면서도 그것을 사랑했다,
— 라이너 마리아 릴케, 「오, 이것은 존재치 않은 짐승」

시의 첫 구절에 무엇이 들었는지 우리는 모른다. 무심코 지나가는 말이거나 심심풀이로 해본 말, 우리가 말하기 전에 말은 제 빛깔과 소리를 지니고 있었다. 시의 둘째 구절은 無染受胎, 교미도 없이 첫 구절에서 나왔지만 빛깔과 소리는 전혀 다른 것, 시의 셋째 구절은 근친상간, 첫 구절과 둘째 구절 사이에 태어났으니, 아들이면서 손자, 딸이면서 손녀, 눈 먼 외디푸스를 끌고 가는 효녀 안티고네. 말들의 혼례가 끝나는 시의 마지막 구절에서도, 우리는 정말 무엇을 말하고 싶었는지 모른다.
— 「**1 무엇을 말하고 싶었는지 모른다**」 전문

하지만 저 알 수 없는 "짐승"에 대한 도취와 도약은 과연 환희와 명랑의 사태로만 도래하는가. 누구보다 "짐승"과의 악수를 희원하는 이성복은 오히려 그것의 정의될 수 없는 복합성과 모순성, 거기서 생성되는 서로 넘나듦의 관계성에 주목하고 있으니 이를 어쩔 것인가. 이 관계성의 리좀(rhizome)적 확산에 주목한다면 "우리는 정말 무엇을 말하고 싶었는지 모른다"라는 고백은 '불가지(不可知)'의 현실에 대한 막연한 승인이 아니다. 시인의 어떤 말을 빌린다면 "한 번 떨어지면 다시는 못 나오는 심연", 그러니까 "불가능의 입구"(「문학, 불가능에 대한 불가능한 사랑」)로 숨어들어가고 싶다는 욕망의 역설적 고백에 오히려 가깝다. 이를 존중한다면, '서정'은 이미 말해지거나 의도된 욕망을 넘어서는 감각의 운동인 것이며, 따라서 실제계를 끊임없이 배반하며 차이와 위반을 생성하는 감응 행위인 것이다.

그러니 이성복의 첫 관심이 '언어'나 '형식' 자체보다 그것들에 내재된 혹은 그것들을 둘러싼 "제 빛깔과 소리"인 것은 당연지사다. '빛깔'과 '소리'는 물리적으로 동일할지라도 그것이 놓인 맥락이나 감각 주체에 따라 전혀 다른 모습으로 현현하곤 한다. '서정'의 예리함과 풍요로움은 대상들의 동일성 못지않게 타자와의 관계에 따라 스스로를 전변(轉變)하고 차이화하는 주체의 역능(力能)을 조곤조곤 짚어나갈 때야 얻어질 수 있다는 판단이 가능해지는 지점이다.

> 그러나 창을 닫고 바람 소리를 듣는 대신
> 바람 부는 모습이나 바라보리라.
>
> — 로버트 프로스트, 「이제 창을 닫고」

눈은 감고 뜰 수 있지만, 귀는 감고 뜨지 못한다. 사막의 낙타는 코를 열고 닫는다지만, 귀까지 열고 닫는다는 말은 없다. 귀는 쫑긋 세우거나 다소곳이 모을 뿐, 소리가 불쾌할 때는 손가락으로 틀어막는다. 귀를 감고 뜰 수 없다는 건, 감고 뜰 수 있는 눈보다 치명적이지 않다는 것. 하지만 귀를 찢는 아이 울음소리로 첨단 무기를 만드는 걸 보면 귀는 눈보다 덜 위험하지 않다. 지나가는 말 한마디에 제 목숨 끊을 수도 있으니, 귀는 위험할 수밖에. 스스로 열고 닫을 수 없으니, 귀는 더 위험할 수밖에.

— 「**23 귀는 위험할 수밖에**」 전문

"'눈'으로 보고 '입'으로 말한다'! 근대적 이성과 감각, 이를 통해 조율되고 제도화되는 '사실'과 '계몽'의 위상을 비유하는 데 매우 적절한 언명이다. 하지만 양자의 결정적 조합 '원근법'은, 착각과 오류의 근원 '눈'과 '입'처럼, 현실을 추상하고 양식화하는 '마음의 눈'으로 세계를 규격화하고 오도하는 잘못을 천연덕스럽게 양산하고야 말았다. 원근법이 실재에 충실하면서도 그것의 잉여와 결락을 동시에 감각, 표출하고자 하는 '서정'에 반하는 폭력적 시선의 일종인 까닭이다. 그런데 만약 그 '눈'과 '입'을 닫아버린다면? 이 의도적 '무관심'은 세계와 타자와의 또 다른 불통을 생산한다는 점에서 복합적 '서정'의 적이기는 마찬가지다. '눈'과 '입'은 구체적 판단과 이해, 그에 대한 끊임없는 성찰을 허락하지 않는 한 객관적 서사든 주관적 서정이든 모두를 암흑 속에 가두는, 열렸으나 닫힌 폐쇄적 감각에 불과하다.

세계를 스스로 제어(이해든 왜곡이든)할 줄 아는 눈과 입, 코에 비한다면 '귀'의 사정은 어떤가? "귀"는 "감고 뜰 수 없다"는 점에서 그것의 첫 감각은 자유라기보다 통제 불능의 혼돈일 수 있다. 또한 '귀'는 여닫을 수 없으므로 선택의 여지없는 '주어진' 말들의 장(場)일 수밖에 없다. '주어지다'는 주체를 무력화하는 한편 타자의 전면개입을 허락하는 매우 위험한 동사다. 적군이 쏘아대는 "무기"와 타인의 "지나가는 말"에

의한 죽음의 전면화는 그 위험을 표지하는 대표적 형국에 해당한다.

하지만 서정의 '귀'는 주어진 말들을 죽음의 심연으로 몰아가기보다 그 말들조차 엿보지 못한 '불가능'의 세계를 엿듣고 훔쳐내는 위험에 훨씬 민감하다. 서정의 '귀'가 에로스의 정동(情動) 장치로 불릴 수 있는 이유겠다. 가령 "언니!"(「31 언니라는 말의 배꼽」)와 "우리 애기도 옷 하나 해주지"(「33 우리 애기 옷 하나 해주지」)에 얽힌 목소리의 경험은 어떤가? 특히 동생이 부르는 "언니!"라는 호칭은 "내가 들어갈 수 없는" "말의 배꼽"(「31 언니라는 말의 배꼽」)과 같은 것이다. "배꼽(omphalos)"은, 신화에 따른다면 세계의 중심이자 기원으로, '우주적 배꼽의 수유가 세계수를 양육한다'는 말이 지시하듯이 에로스의 거점으로 흔히 가치화된다.

그러나 "언니!"의 우주적 가치화는 에로스의 저편 타나토스의 경험과 내면화 없이는 실현될 수 없음을 유의하라. "우리 애기도 옷 하나 해주지"는 한국전 당시 부모를 잃은 고아 둘이 친척 집에서 더부살이할 때 언니가 가련한 동생을 위해 읊조린 호소와 사랑의 말이다. '언니'(이전에는 남녀 구분 없이 손위 동기를 '언니'라 불렀다. 그러니 아이들의 성별 구별은 전혀 중요치 않다)의 그 가당찮은 바람은 약하고 순한 동생의 죽음과 뒤를 이은 자신의 죽음으로 영원히 좌절, 유예되고 말았다. 이런 "내가 안 해도 세상엔 쎄발린 이야기"(「33 우리 애기 옷 하나 해주지」)는 오히려 그래서 연민과 동정의 정서를 자극한다. 더군다나 그 이야기를 들려준 이가 "언니라는 말의 배꼽"의 경험자일지도 모를 "우리 어머니"가 아니던가.

사실 신의 절대성이나 영웅의 비극은 숭고와 공포를 자극할망정 세속적 삶의 부대낌에서 피어나는 연민과 동정을 함부로 환기하지는 않는다. '감정'의 치밂과 '서정'의 심화는 열락과 명랑보다 슬픔과 연민

속에서 더욱 활성화되기 마련이다. 만약 "언니!"라는 말에서 명랑의 유희가 고통의 우애를 압도한다면 그 "말의 배꼽"에서 "촘촘한 보랏빛 각진 기둥들이 지키는 원석(原石)의 내부"(「31 언니라는 말의 배꼽」)를 쉽게 엿보기 어려울 지도 모른다.

이때 우리는 "언니!"에 박힌 '보랏빛 원석'이 '눈'과 '입'을 통한 주체의 발화가 아니라 타자의 말을 듣고 그것을 내면화하는 '귀'의 조심스런 움직임에 의해 성취되고 있음을 새삼 기억해야 한다. 이를 고려하면, "스스로 열고 닫을 수 없으니, 귀는 더 위험할 수밖에"라는 말은 주체의 의지를 벗어나 있는 '귀'의 부정성을 지시하지 않는다. 오히려 낯선 타자와 세계에 개방된 '귀'의 긍정성, "한번도 따라 들어가 본 적 없는"(「31 언니라는 말의 배꼽」) 세계의 예감이 불러일으키는 변신의 위기(危機)에 대한 미적 반응이라 해야 옳다. 이 반응은 '아직 아닌' 세계, 바꿔 말해 여전히 '불가능'한 세상의 문턱에 선 '서정'의 떨림(흥분과 두려움이 범벅된!)이 아니고 그 무엇이겠는가. 이 떨림을 앓고 있는 '영혼'의 모습을 스케치한다면 아래의 시 정도로 음영(陰影)될 수 있지 않을까.

> 영혼이란 제 있을 곳을 선택하는 법
> 그리곤— 문을 닫아버리지—
>
> —에밀리 디킨슨, 「영혼이란 제 있을 곳을」

무언가 흐르거나 오르는 곳에 영혼이 있다고 생각하면 틀리지 않는다. 외딴 골짜기나 깊은 강가에 촛불을 켜고, 꼭지 도려낸 수박과 면도한 돼지로 재를 올리는 것은 그 때문이다. 영혼의 과일은 꼭지가 없고, 영혼의 몸통엔 머리가 없다. 따로 기억의 장소를 갖지 않기 때문이다. 기억 없으니 망각이 없는 영혼은 눈치코치 없고, 빨대와 빨판 없어도 잘도 빨고 빨려 올라간다.
거의 무늬뿐인 잠자리 날개와 거의 구멍뿐인 새들의 가슴뼈, 외딴 골짜기나
깊은 강가에서 그런 것들을 느끼면서 당신의 영혼은 더욱 가벼워진다.

— 「**53 영혼의 과일엔 꼭지가 없고**」 전문

이 시를 서정의 '귀'에 겹쳐 본다면, 그것은 "무언가 흐르거나 오르는 곳에" 존재하는 "영혼"의 객관적 상관물일 수 있다. 이 "영혼"에 깃드는 대상들은 어느 한 쪽으로의 힘과 중심을 요구치 않는 수평과 호혜의 존재일 가능성이 높다. 그것들은 자기만의 "기억의 장소"를 점유하기보다 '그곳'을 공기 속으로 부감시켜 누구나가 "잘도 빨고 빨려 올라"가는 개방에 훨씬 자유롭다. 서정의 '귀'를 공기의 족속, 이를테면 "거의 무늬뿐인 잠자리 날개와 거의 구멍뿐인 새들의 가슴뼈"로 등가화할 수 있다면 무엇보다 스스로를 구멍 내며 스스로를 그물코로 제공하는 개방성과 타자성 때문이겠다.

그러니 "가벼워"지는 '서정'은 주어진 무게의 계산 아래 무언가를 떨궈내는 그런 것이 아니다. 그와는 반대로 주체는 물론 타자가 마음껏 부풀고 자유롭게 유동하는 장소를 자기 내부 곳곳에 마련하는 그런 것이다. 이때의 '서정'은 무게에서는 아무런 변함이 없지만 몸의 탄성(彈性)과 유연함에서는 무한한 확장을 불러들이게 된다. 왜냐하면 "가벼워"지는 '서정'을 경험하는 사람은 그 가벼움의 일부가 되며 그 서정성 역시 "당신의 영혼"의 일부로 스스럼없이 전이될 것이기 때문이다. 그렇다면 "가벼워"지는 '서정'에 "제 있을 곳을 선택하는" "영혼"은 "문을 닫아버리"기는커녕 오히려 그 "문"에 무수한 구멍을 뚫어 그것을 "잠자리 날개"와

"새들의 가슴뼈"로 날아오르게 하는 존재가 아닐까. 아래 시에서처럼 '물'이 그 형체를 바꾸지 않고도 바로 '공기'로 날아오르는 '숨'과 '꿈'의 미학은 '서정'의 이런 확장성과 포괄성 때문에 가능한 것이리라.

> 물고기, 헤엄치는 사람, 배들은
> 물에 변화를 일으킨다
>
> — 폴 엘뤼아르, 「물고기」

> 헤엄치는 물고기를 완벽하게 감싸는 물, 물은 물고기 전신에 물 마사지를 하는 것이다. 이를테면 귤도 그렇다. 여드름 자국 송송한 귤 껍데기는 젤리 같은 과육을 완벽하게 감싼다. 완벽하다는 것은 제 속의 것들이 숨쉴 수 있도록 치밀하게 구멍 뚫어 놓았다는 것이다. 완전 방수의 고무장갑과 달리, 물에 담근 당신의 손이 쪼글쪼글해지는 것은 뚫린 구멍으로 당신이 숨쉬고 있었다는 것이다. 오래 젖은 당신의 손처럼, 나날이 내 얼굴 초췌해지는 것은 당신이 내 속에서 숨쉬고 있었기 때문이다.
>
> — 「**47 완전 방수의 고무장갑과 달리**」 전문

'물 : 서정'의 변화는 언뜻 그것을 가로지르는 주체와 대상에 의해 생겨날 듯싶다. 하지만 '물 : 서정'의 변화만 보고, 말하고, 기억한다면 그것을 기록한 시는 실패로 종결될 것이다. '물 : 서정'의 변화는 "완전 방수", 곧 자기실현을 목도하려는 움직임이 아니라는 사실, 이 점 시의 원리로 수렴되어 마땅하다. '서정'은 "잠자리 날개" "새들의 가슴뼈" "귤껍데기"가 그렇듯이 "제 속의 것들이 숨쉴 수 있도록 치밀하게 구멍 뚫어 놓"는 '그물망' 같은 것이다. 이 '그물망'은 대상을 가두고 포획하기 위

한 공격적 도구가 아니다. 대상들을 서로의 교차점인 '그물코'로 조직하는 한편 그것을 유기적으로 연관시킴으로써 "당신이 내 속에서 쉼쉬"게끔 하는 본원적 삶의 장치다.

여기서도 바람직한 '서정'은 '당신'을 함부로 재단하고 발설하는 '눈'과 '입'이 아니라 '당신'을 내 안에 끌어들이고 자리를 마련하는, 그럼으로써 '나'를 긍정적으로 소란케 하는 '귀'의 장(場)임이 분명히 드러난다. 그런 만큼 우리는 이제 '서정'을 단순히 개성적 내면의 산물이라는 식으로 말해서는 안 될 듯싶다. 이성복의 표현을 빌린다면, '서정'은 "깜깜하게 웅크린 밤이 늙어 가는 나에게 빌려준 힘"(「49 밤이 나에게 빌려준 힘으로」)과 같은 것이다. '밤'은 어둠으로 '눈'을 가리고 두려움으로 '입'을 가리지만, 세계와 타인의 움직임을 경청하고 그 긍·부정성을 판별할 수 있도록 '귀'만큼은 열어둔다. 따라서 우주와 세계, 존재를 향한 '밤'의 몽상은 우리의 창조물이 아니다. '귀'의 움직임을 허락한 '밤', 곧 모든 것을 숨기되 또 모든 것을 백열의 태양 아래 비추일 준비를 벌써 마친 '서정'의 대여물이다. '나'가 '서정'을 낳는 것이 아니라 '서정'이 '나'를 낳는 것이라는 시적 명제가 이곳에서 탄생한다고 하면 어떨까.

> 이 상처받은 새를 어떻게 할거나?
> 하늘은 침묵하다가, 죽어버렸네
>
> — 오시쁘 만젤쉬땀, 「한기를 느낄 만큼 가난한 광선이」

말리지 마라, 상처받은 새들은 내가 키우겠다. 새들이 오면, 상처받은 새들이 오면 암놈 수놈 갈라 대부 대모 정해주고, 그것들 또 예쁜 새끼 낳으면 내가 데리고 살지. 맨해튼의 우디 알렌도 입양아 순이를 데리고 잘 살지 않는가. 가까이 살다 보면 육친의 정에도 섹스가 생기는 법. 탓하지 마라. 물오른 나무들 서로 부대껴 산불을 일으키는 것. 상처받은 새들아, 너희 슬픔 내가 잘 안다. 지점토처럼 녹녹한 말들의 회반죽, 거기서 나말고 누가 잘게 다져진 너희들의 혀를 찾겠는가.

—「68 상처받은 새들은 내가 키우겠다」 전문

"잘게 다져진 너희들의 혀"를 "녹녹한 말들의 회반죽"에서 찾아내는 "나"는 과연 누구인가? 당신도 나도 아닌 '서정'임은 예상한대로다. 우리의 부족한 말과 범속한 정서는 새의 상처를 더욱 덧낼 가능성이 농후하다. 벌써 푸석한 인간법이나 누렇게 변색된 윤리는 "새들"의 우주와 자연을 인간 중심의 비유 아래 펼쳐 놓고 부끄럼 없이 호객해온 지 오래다. 세속적 가치에 대한 맹목(盲目)은 결국 올바른 소리에 대한 '귀의 배반'(耳背, 귀가 멀다)을 불러오기 마련이다. 인간 욕망에 봉사하는 비유의 재앙이 자본과 권력을 넘어 우주와 자연과 친화하는 기존의 '서정'에도 깊이 침투되었다는 사실은 이제 공공연한 비밀에 지나지 않는다. 어떤 점에서 그러한가. 이것을 최근 시적 쟁론의 주요 지점으로 부상 중인 은유의 회의와 환유의 재귀를 통해 잠깐 일별해보자.

은유(적 언어체계)는 오로지 주체의 관점에서 대상을 동일화하는 데 반해, 환유(적 언어체계)는 한 개체와 다른 개체의 인접 관계, 즉 연관성에 주의한다. 오늘날 은유의 회의는 무엇보다 이질적인 것들을 빈틈없는 하나의 세계로 동질화하는 폭력성에 대한 반성에서 비롯된다. 우리는 우주와 자연은 물론 여성과 식민지 등 소수자(하위주체)에까지 동일화의 폭력이 뻔뻔하게 집행되는 현상을 일상적으로 마주치곤 한다. 이와 유사한 방식으로 모든 것을 자기화하는 '서정'은 저의 취향과 입맛에 충실한 '눈'과 '입'의 권력에 깊숙이 침윤되어 있는 상태는 아닐런지?

하지만 제유를 포함한 환유는 대상 사이의 부분적 독자성과 민주적 제관계에 주목함으로써 대상의 사실성과 자율성을 유지, 보존하는 데 유리하다. 그러니까 사물의 개별성과 연관성에 대한 동시적 이해는 세계의 다양성과 복합성, 거기서 툭툭 튕겨오르는 우연성과 물질성에 민감한 '서정'을 생산하고 표현할 시적 가능성을 보다 강화한다. 저의 '눈'과 '입'을 적절히 제어하며 '귀'의 장에 조심성 있고 열정적으로 참여하는 '서정'은 사방에서 밀려드는 '소음'들 속에서 오히려 사물들의 개별성과 고유성, 심지어 복합성과 모순성을 동시에 발견하고야 마는 것이다.

우리는 이 새로운 '서정'을 벌써 김수영의 「꽃잎」 연작에서 징후적으로 경험한 바 있다. 은유를 가로질러 환유의 어떤 지점에 도달하는 '꽃잎'의 서정적 여정은 평론가 황현산의 어떤 발언(「김수영의 꽃과 꽃잎들」, 『문예중앙』, 2014 봄)에 간명하고 아름답게 표현되어 있다. "거미도 나비도 그의 시에서는 항시 하나의 사상을 만들어내고 드러내기 위해 등장하는 것이 사실이나 그것이 거미나 나비가 아닌 적은 없다"는 해석이 그것이다. 이것은 "꽃도 나비도 제 본모습을 잃어야 사상이 되는 것은 아니다"라는 궁극적 명제의 전제이기도 하다. 요컨대 김수영은 진정한 자유를 향한 '꽃잎'에의 은유에 골몰했지만 동시에 그것을 위해 매개(vehicle)로 동원된 사물들을 해방하는 환유의 성취에도 남달랐던 것이다.

지금까지 말해 온 은유와 환유의 제 관계론은 우리 시대의 '서정'이 양자의 한쪽, 그것도 환유적 언어체계를 선택해 마땅하다는 방법의 전환을 강조하기 위한 것이 아니다. 주체를 향한 대상의 동일화를 아무리 강조해도, 은유는 그를 가능케 하는 주체와 대상의 차이성을 전제한 연후에야 성립되는 형식이다. 환유 역시 대상의 독자성이나 인접성을 존중하지만 보다 고차원적인 비유나 상징에 의해 수행되는 새로운 언어 질서, 곧 의미화에 대한 저항과 그 차연(差延)으로 귀결된다는 점에서 문제적이다. 황현산의 예리한 언술이 이후의 '서정'을 향한 계고와 암시로 선뜻 작용할 수 있다면, '서정'의 종요로운 구현법 은유와 환유에 얽힌 이런 의외의 결여 때문일 것이다. 그러니 이렇게 말해보자. 비유의 결여에 대한 착목은, 우리 시대의 '서정'이 보다 높은 '세계'와 '사상'을 지향하면서도 특히 사물(대상)의 사실성과 존재성을 잃지 않는 감각으로 확장·심화되어야 한다는 요청이 아니고 그 무엇이겠는가.

> 나 그것을 보고 싶지 않네!
> 내 추억이 불타오르네
>
> — 페데리코 가르시아 로르카, 「뿌려진 피」

내 미친 짓을 보고 싶지 않다고? 넌 누구냐? 네가 널 모른다면 차라리 내 얘기를 해줄까? 난 나무꾼과 선녀다. 난 장화 홍련이다. 줏대 없는 네 아버지이고 의심 많은 네 계모다. 차라리 네가 읽은 동화책이라고 할까. 그러니까 넌 내 동화책의 음화(陰畵)이거나 혼성모방. 넌 나무꾼의 날개옷 훔치는 선녀이고, 계모를 독살하는 장화 홍련이다. 내가 아는 건 그뿐, 내가 막힌 배수구로 흘러드는 생활하수라면, 넌 터진 정화조에서 새어 나오는 오물의 일부, 혹은 그 반대일 뿐. 애인아, 이제 흐르면서 우리 화해하자.

— **「74 애인아, 우리 화해하자」** 전문

예민한 당신은 서두에서 함께 읽은 '시의 외디푸스'를 문득 떠올릴지도 모르겠다. 외디푸스와 그의 딸이면서 손녀인 안티고네의 운명은 시적 발화의 최후의 '불가능성'을 호소하고 아파하기 위해 발언되었다고, 우리는 느꼈다. 하지만 우리는 또 기억한다. 그것은 시적 발화 자체의 불가능성이 아니라 시의 '무염수태(無染受胎)'적 탄생과 그 호적 등기가 불가능한 시의 '안티고네'적 상황과 연관되어 있다는 사실 말이다. 요컨대 이들을 향한 발화의 '불가능'은 그 실체나 물질성이 아니라 특정 관점에 선 '관계'의 규명이나 그들을 둘러싼 이상한 가역반응에 대한 것일 따름이다.

우리는 이들을 향해 이미 말해진 '신의 권능'이니 그것에 맞선 '위반의 형벌'이니를 다른 방법으로 또 은유할 수 있을 것이다. 하지만 이에 못지 않게 '아직 말해지지 않은, 혹은 아직 말할 수 없는' 신과 마리아, 외디푸스와 안티고네, 이들을 둘러싼 제반의 관계와 상황, 조건 역시 시적 사유와 상상력, 그리고 언어와 표현으로 감각화하는 동시에 꿰뚫어야 하는 것이다. 이 또한 '서정'에 의해 주체와 대상의 새로운 관계와 어떤 실재성이 새롭게 태어나는 장면이라 불러 무방할 것이다.

그러므로 「74 애인아, 우리 화해하자」 속의 가해자와 피해자의 전도, 양자의 뒤섞임, 그것의 형식적 묘파 "음화(陰畵)"와 "혼성모방"은 전혀 허구적(말 그대로!)이지도 냉소적이지도 않다. 오히려 이 비감한 역상(逆像)들은 현재의 이해와 해석을 일탈하고 돌파하려는, 새롭고 위험한 '귀'의 '서정'이 상상, 현현되는 방법에 대한 매우 암시적인 고지자(告知者)들일 수 있다. 가령 '나'와 '너'에 대한 악의적(?)인 재규정과 파편화, 또 순수와 정화를 거절하는 혼탁과 오염으로의 안내를 꼼꼼히 살펴보라. 보통 '애인' 사이의 친밀감을 높이기 위해서는 때로는 서로의 악과 추까지도 선과 미로 전변(轉變)할 줄 아는 상응(相應)의 문법이 요구된다는 사실을 우리는 모르지 않는다(기실 이것은 은유와 상징이 그렇듯이 사랑의 문법 역시 주관성과 타자성에의 헌신을 빌미로 기존의 덕목과 윤리를 파탄내는 폭력성의 소유자임이 드러나는 순간이겠다).

하지만 이성복은 상응에 대한 역리(逆理)를 감행함으로써 오히려 화해를 요청하는 악마성을 고통스럽게 즐기면서 또 명랑하게 파고들고 있다. 요컨대 청음(淸音)의 '귀'가 아니라 탁음(濁音)의 '귀'(보다는 신조어로서 혼음(混音)의 '귀'가 더 적합할)를 '서정'의 기원과 형성의 장으로 앞세우는 형국인 것이다. 그런 의미에서 '나'와 '너'의 전도된 형상 역시 현재의 위험을 초월하는 미래로의 도약, 다시 말해 그 과정에서 태어나 자꾸만 낮아지는, 하여 더욱 풍요로워지는 '흙의 자식들'일지도 모른다. 그렇지 않고서는 영원한 "하늘의 별"이 부정적 현실에 의해 피격된 한 시인이 결실(結實)한 지사의 "초록 별"보다 덜 가치화될 하등의 까닭이 없겠다.

> 초록 별이여, 아름다운 가난 속에
> 너의 형제, 뻬뜨로뽈이 죽어간다.
>
> — 오시쁘 만젤쉬땀, 「저 높은 곳에서, 떠도는 불빛」

> 스탈린 치하에서 죽은 만젤쉬땀의 시는 아내의 기억력으로 살아남았다. 여류시인 쯔베따에바의 말 : '만젤쉬땀은 시가 없이는 앉을 수도, 걸을 수도 없었다.' 모스크바대학 교환교수의 말 : '죽기 오 분 전까지 시를 중얼거리는 걸 본 수용소 동료가 있었다지요.' 말레이시아에서 나는 별 모양의 열대과

일을 보았다. 피망 썰듯이 써는 족족 별이 되는 과일, 꼭다리 끝까지 썰어도 별이 나오는 과일, 하늘 — 화채 그릇 속에 떠도는 초록 별 — 열매. 그러나 하늘의 별은 별 모양이 아니고, 해삼처럼 미끄러워 잘 썰리지도 않는다.

—「**100 별 모양의 열대 과일**」 전문

한때 사회주의의 이상적 실현자, 곧 '붉은 별'의 수장으로 상징되던 스탈린은 그 이념과 사상에 반하는 개인과 집단을 억압하고 배척하는 전체주의의 체현자로 타락하였다. 만젤쉬땀 역시 그 어처구니없는 희생자의 일인이었다. 그는 '개화'와 '풍성'을 뜻하는 그리스어 'acme'에서 그 명칭을 따온 미학집단 '아끄메이즘'의 일원으로, 우주와 자연에 대한 상응의 감각을 주창했던 상징주의에 반기를 든 전위파 시인이었다. 여러 논자에 따르면, 이들은 상징주의의 추상성과 음악성, 신비성을 거부하는 한편 시의 기술성과 구상성, 의미의 정확성을 옹호한 것으로 알려진다. 그 까닭은 모든 언어는 자체적 논리와 구조를 소유하므로 자의적인 조작의 대상이 될 수 없으며, 따라서 시어는 장인정신과 그 기술에 의해 예의바르게 다루어져야 한다고 믿었기 때문이다. 그러나 이들의 주장은 그들이 반대한 상징주의처럼 프롤레타리아 계급에 반하는 '서정'의 추구와 연관되었기에 볼셰비키의 적대적 과녁을 끝내 비켜나지 못했다. 노동계급의 이익에 복무하는 집단적 서정과 언어 형식에 비춘다면, 만젤쉬땀의 감각과 서정, 이를테면 시간과 공허, 침묵의 소리에 대한 독창적 반응과 묘사는 충분히 개인적이며 심지어 반동적적인, 그래서 혁명을 갉아먹는 부르주아적 퇴폐의 미학에 불과했던 것이다.

그렇다면 이성복의 만젤쉬땀에 대한 기억과 현재화는 기존의 문법과 서정에 맞선 미적 혁신, 또 계급성과 당파성의 집단 서정을 요구하는 볼셰비키에 대한 미적 저항을 기리기 위한 것인가. 전혀 아니라고 부인할 수는 없을 것이다. 하지만 만젤쉬땀의 주제화는 시의 우수성과 저항성 자체보다는 "죽기 오 분 전까지 시를 중얼거리는" 겸손하며 열정적인 시적 태도와 장인정신에서 비롯한 것이 아닐까. '죽음'을 앞둔 상황에서의 시적 발화는 자신이 보아온 세계에 대한 명징한 고백이기보다 존재와 언어의 최후를 건드리는 어떤 현(絃)의 울림을 듣는 행위일 가능성이 크다. 따라서 비할 데 없는 생사의 극한이 뭉쳐진 끝에 터져나온 것일 만젤쉬땀의 시의 중얼거림은 세속적 언어와 계량된 정서로는 번역할 수도, 번역되어서도 안 되는 최후의 거룩한 비명에 해당되는 언어수행이 아닐 수 없다.

한편 만젤쉬땀의 시는 자신의 기록이나 출판의 힘이 아니라 "아내의 기억력으로 살아남았다." 이 경우 만젤쉬땀 시의 주체는 누구인가. 표현론이나 원전비평에 따른다면, 시편 탄생 당시의 문자와 형상을 그대로 보유하고 있으므로 시도, 언어도. 그 서정도 만젤쉬땀의 것이라 할 만하다. 그런데 해체론의 문법을 따르지 않더라도, 만젤쉬땀의 시는 아내의 말을 통해 마침내 기호화되었으며 또 아내의 목소리를 입음으로써 더욱 비극적이며 감동적인 만인의 시편으로 거듭났다. 만젤쉬땀 시편의 주체, 자세히는 그 정서와 목소리가 복수(複數)화되었다는 판단과 주장이 가능해지는 지점인 것이다.

누구나가 "피망 썰듯이 써는 족족 별이 되는 과일"이 되었다는 것, 이것은 우선 만젤쉬땀의 시가 개인의 힘과 기술에 의해 서로 다르게 썰리는 균열과 분산의 텍스트가 되었음을 뜻할 수 있다. 하지만 궁극적 의미는 오히려 그럼으로써 만인의 지지와 연대를 획득하는 자율과 평등의 텍스트, 곧 "꼭다리 끝까지 썰어도 별이 나오는 과일, 하늘 — 화채 그릇 속에 떠도는 초록 별 — 열매"로 가치화되었음에 존재할 것이다. 여기서도 만젤쉬땀 시의 대중화와 숭고화가 시인 자신의 '눈'과 '입'보다 그것을 주의 깊고 아프게 들을 줄 아는 타인들의 '귀'에 의해 완성되고 확장되었음이 새삼 확인된다. 이렇게 하여 만젤쉬땀의 시편들은 그의 것이자 타자들의 것인, 또 그의 것도, 타자들의 것도 아닌 개별어이자 공동어로 아름답고도 황폐한 지상의 "초록 별"로 점점이 문양(紋樣) 박혔던 것이다.

이성복의 『달의 이마에는 물결무늬 자국』은 그 제목이 우리가 희원하는 어떤 삶의 경지와 관념적 가치를 환기한다. 하지만 "달의 이마"니 "물결무늬"니 하는 것은 비유 이전에 달의 어떤 물질성을 피로(披露)하는 존재성 자체이기도 하다. 시인은 양자의 움직임과 얽힘을 다면적으로 관찰하기 위해, 아니 다성적으로 듣기 위해 아낌없이 '귀'를 열고 쉼없이 흘렸다. 그 과정을 통해 이상(理想) 극치의 "하늘의 별"이 홀로 반짝이는 우주를 잠시 중지시키고 타자성으로 울울한 대지와 인간사의 "초록 별"을 그 우주의 저수하(樗樹下)로 쏘아 올렸다.

이것은 시편과 인간 본래의 자리로 귀환하는 언어 행위, 다시 말해 시적 실천이라는 점에서 미래로 도약하는 새로운 '서정'으로 명명할 수 없을지도 모른다. 하지만 '나'를 '너'에게 개방하며 또 '나'의 실현과 가치화를 '너'를 통해 실현한다는 점에서 그것은 계량적인 분별지(分別智) 이전의 본원적 세계로 귀환하는 '서정'의 형식이다. 물론 본원적 세계로의 귀환은 과거의 절대화와는 전혀 무관한 것이다. 그러니 그 세계에서는 이질적 존재들이 자율과 평등의 원리로 상생하기를 마다하지도 저어하지도 않는다는 것을 흔쾌히 기억해두기로 하자.

차별과 서열의 문법으로 황폐한 문명 현실에서 독립적 · 자율적 상생의 운동과 경험은 단순한 복원 대상이 아니라 끊임없이 도래하는 시적 원리, 바꿔 말해 '서정성' 자체라고 해야 옳다. 이 '서정'의 '귀'로 지상의 모든 것, 심지어 추와 악, 부정과 균열의 타자 따위마저 아무렇잖게 "초록 별", 그러니까 가장 '시적인 것'으로 청취하는 작업, 이 리좀의 장에서 우리 시대의 '서정'은 느릿느릿 또 떠듬떠듬 저류(底流)해야 되지 않을까. 이때의 '청음(廳音)'은, 이성복의 고백처럼 "제가 비록 불가능을 잊는다 해도, 불가능이 저를 기억"(「문학, 불가능에 대한 불가능한 사랑」)케 할 것이라는 점에서 타자가 나에게 구현하는 최상의 사랑법이다. 이 시대의 '서정'은 이토록 만젤쉬땀의 봄과 말함보다는 그 부인과 감방 동료의 들음과 기억의 형식이어야 하는 것이다.

군세어라, 튀기야

현대시에서 '혼혈'의 문제

당신은 혼혈아를 경멸하는 말로 흔히 쓰이는 '튀기'라는 말을 한국어사전에서 찾아보신 적이 있는지요? 창피한 얘기지만, 내 경우는 '틔기'라고 적었다가 이게 올바른 표기인가 해서 사전을 뒤적이다가 '튀기'가 표준어이며, 또 그 어원이 꽤나 놀랍다는 것을 알게 되었습니다. 모 인터넷사전에는 다음과 같이 적혀 있더군요. "일반적으로 '종(種)이 다른 두 동물 사이에서 난 새끼'를 통틀어 이르는 말이지만 본래는 '암소와 수탕나귀 사이에서 태어난 잡종'을 가리키던 말이다. 이와 비슷한 말로는 '암소와 수퇘지 사이에서 태어난 잡종'을 가리키는 '매기'와, '암말과 수탕나귀 사이에서 태어난 잡종'인 '노새', '암탕나귀와 수말 사이에서 태어난 잡종'인 '버새'가 있다."

어원을 존중한다면, 우리들은 비록 고의가 아니었다 해도 깨끗한(!)

'순혈'인에 반하는 더러운(!) '혼혈'인들을 어딘가 비정상적인 짐승들로 취급하고 있었던 셈입니다. 물론 더러운 족속이라고 손가락질하면서도 그들을 나름대로 정해둔 오염의 정도에 따라 서열화하는 눈물겨운 친절도 잊지 않은 채로요. 그 서열이 피부색과 혈통(인종), 민족과 국가, 문명과 문화, 부와 권력 들의 조합에 따라 전혀 다른 양태로 지시된다는 것은 군말을 필요치 않습니다.

한국사에서 '사람-튀기'가 저주와 공포, 멸시와 회피의 대상으로 일상에 등장한 것은 아무래도 근대 이후, 특히 일제의 식민통치 때부터일 듯싶습니다. 전근대의 혼혈 경험은 대체로 이민족의 군사침략에 의한 것인지라 자발적 의지나 욕망과는 거리가 먼 예외적 사태였지요. 물론 여성에 가해진 최고/최후의 폭력이라 해도 무방할 인간병기에 의한 육체적 침탈은 한국 근현대사가 감당해온 치욕과 설움의 어떤 지점이기도 합니다.

하지만 근대적 혼혈은, 거기에 제국과 식민지, 남성과 여성, 부와 가난 등등 여러 겹의 서열체계가 작동한다 해도, 힘센 이주민과의 통혼이나 성매매 중 뜻밖의 결과에 의한 제도적·일상적 결합의 산물에 가깝습니다. 비록 '내선일체'니 '아메리칸 드림'이니 하는 민족적·국가적 기표가 연애와 통혼의 표층을 가로지르고 있지만, 이질적 남녀의 '결합'과 '혼혈아' 생산의 실질적 기의는 힘센 '중심'을 향한 열망(욕망)임을 우리는 모르지 않습니다.[1]

---

1 가령 김사량의 「빛 속으로」에 등장하는 조선인 어미의 말을 주목해 보시지요. "하루오는 내지인입니다. 하루오 역시 그렇게 생각하고 있지요……. 그 아이는 제 아이가 아닙니다. 그걸…… 선생님이 방해하는 것은…… 저는 나쁘다고 생각합니다……." / "저는 반헤이 씨도 남조선에서 태어났다는 걸로 들었습니다만……." / "예…… 그래요.

그런데 이를 어쩐다지요? 서로 피와 얼굴이 다른 부모, 특히 조선인 · 한국인의 욕망은, 약자의 처지를 거의 벗어나지 못한 탓에 오히려 그들이 낳은 '튀기'들에게서 더욱 왜곡된 형태로 발현합니다. 그야말로 던져진, 아니 저주받은 운명들인 셈인데, 다음과 같은 장면들은 어떨까요.

> 어머니는 그래도 행복하다. 그 행복은 아무리 모자의 사이라도 나누어주려야 줄 수도 없고 받으려야 받을 수도 없는 것이다. 아버지는 하여튼 행복이다. 돈에 입이 달린 이 세상에서는 어떻든지 행복이다. 동지들도 똑같이 비참한 운명과 예기할 수 없는 공포에 헤매이면서도 야노 다다오라고 불렀다가 미나미 다다오라고 했다가 남충서가 되었다가 하지 않으니만큼은 하여간 행복이다. 그들에게는 고향과 혈육에 대한 애착이 있다. 가정의 평화가 있다. 민족에 대한 감격이 있다. 그러나 내게는 그게 없다. 야노면 야노, 남가면 남가, 어디로든지 치우쳤더면 조그만 비극을 일평생 짊어지고 다니지는 않았을 것이다.
>
> — 염상섭, 「남충서(南忠緖)」에서[2]

치옥이가 말했다. 봄이 되면 매기 언니는 미국에 가게 될 거야. 검둥이가 국제결혼을 해준대라고 말하던 때처럼 조금 시무룩한 말투였다. 그 무렵

어머니가 나처럼 조선인이었죠. 하지만 지금은…… 조선이라는 말만 들어도…… 그 사람은 화를 낸답니다……"(김사량, 오근영 역, 『빛 속으로』, 소담, 2001, 53면).
이 구절은 맥락상 하위주체들의 중심을 향한 열망과 크게 연관되지 않습니다. 스스로를 보호하기 위한 최소한의 안전장치로서 '일본인'이 될 수밖에 없는, 아니 되어야 하는 내선(內鮮) 혼성가정의 비극을 전면화하는 장면이라 해석하는 편이 진실에 가깝겠습니다. 따라서 나는 발화의 표면적 의미에 주목하여, 중심을 향한 열망의 한 모습으로 일부러 오도(誤導)하는 중인 것입니다.

2 최원식 외편, 『한국현대대표소설선』 1, 창비, 1996, 269면.

매기 언니는 행복해 보였다. 침대에 걸터앉은 검둥이의 발을 닦아주는 매기 언니의, 물들인 머리를 높이 들어 올려 깨끗한 목덜미를 물끄러미 보노라면 화장을 지운, 눈썹이 없는 얼굴로 나를 돌아보며 상냥하게 손짓했다. 들어와, 괜찮아.

제니는 성당의 고아원에 갔어.

이틀 후 치옥이는 빨갛게 부은 눈으로 사납게 찡그리며 말했다. 매기 언니의 동생이 와서 매기 언니의 짐을 모조리 실어 가며 제니만을 달랑 남겨 놓았다는 것이다. 치옥이네 2층은 꽤 오랫동안 비어 있었다. 그러나 나는 치옥이네 집에 숙제를 하러 가거나 놀러 가지 않았다.

— 오정희, 「중국인 거리」에서[3]

제국 일본 / 미국과 (신)식민지 조선 / 한국, 돈 많은 / 힘센 아비와 창기 / 창녀 어미 따위의 조건을 들어 피식민지의 수난 운운하는 얘기는 일단 접어둡시다. '남충서'의 경우 아비가 조선인이고 어미는 일본인이라면, '제니'는 아비가 미국인이고 어미가 한국인이라는, 따라서 특히 아버지의 역할이 현저히 다르다는 점에도 솔깃하지 맙시다. 그래봤자 아비들 역시 기생이고 창녀인 어미들에 비해 나을 것 없는 이등 족속, 곧 '조센진'이자 '니그로'에 불과하니까요.

그래도 이들은 이름이 세 개인 '남충서'나 미국 이름뿐인 '제니'에 비하면 훨씬 다행한 존재들입니다. 왜냐하면 이들은 스스로의 운명과 정체성을 확인 / 확보할 있는 기회를 몇 번은 거머쥐었던 군상(群像)들이

3 오정희, 『유년의 뜰』, 문학과지성사, 1981, 66면.

니까요. 이들은 '친일파'니 '살인자'니 하는 오명 아래 윤리적 심판대에 올랐지만, 자신에 대한 첫 명명 '이름'에서 존재의 분열과 타락을 겪는 생의 곤란에 던져지지는 않았습니다. 이들과 같은 얼치기 아비들 말고도 근대 이후 어떤 '전향자'나 '시국협력자'들이 암시하는 바지만, 생의 곤란에서 벗어난다면 '비윤리'라는 오욕의 팻말은 그런대로 견딜만한 것이었습니다.

언뜻 보자면, '남충서'와 '제니'의 불행은 고유한 이름, 혈육과 고향, 가정과 민족(국가) 같은 삶의 안전장치, 그러니까 정체성과 친밀성이 부재하기 때문인 듯합니다. 하지만 아닙니다. 이들은 양자 자체의 부재보다는 그것을 형성하고 보존할 '관계'의 부재, 아니 그것을 형성할 타자의 부재 때문에 실존적 고독에 던져지는 것입니다. 혼혈의 자아 '나'를 아무리 활짝 열어도 깨끗한 순혈의 '타자'들은 '나'를 더럽고 불쾌하다며 기피하고 멸시하는 '차별'의 원리와 감각에 훨씬 익숙합니다. 이념적 혈육들인, 만국 노동자의 평등을 그렇게 강조하는 조선 사회주의자들에 둘러싸인 '남충서'는 한 순간이라도 '심리적 고아'가 아닌 적이 없었습니다. '나'와 치옥이의 귀여움을 독차지하던, 그러나 끝내 부모를 잃고 성당의 고아원에 맡겨진, 불구의 갓난아기 '제니'는 심리적·육체적 고아로 스스로를 서둘러 확증해 갈 것입니다.

요컨대 '남충서'와 '제니'를 버린 친밀성의 존재들은, 그것의 확장체로서 공동체와 민족(국가)는, 이른바 '격의 없음'이니 '보호'니 하는 또 다른 친밀성의 개념을 끌어들여 저들을 천연덕스럽게 내치고야 만 것입니다. 물론 '돈 많은 아비가 있겠다, 수녀들의 따스한 품, 다시 말해 하느님의 은총이 있겠다, 뭐가 걱정이냐'고 재재거리며, 팔루스 발(發)

차가운 은혜의 쇠우리를 촘촘히 세워가면서 말이지요. 이 조소(嘲笑)의 혓바닥은 '지금 · 여기'서도 삿된 말의 쾌미에 떨며 '차가운 은혜'의 독점을 꿈꾸느라 더욱 붉어가고 있는지도 모릅니다.

*

과문한 탓인지 모르겠으나, 현대시에서 '남충서'나 '제니' 같은 '튀기'의 출현은 오랜 시간을 기다려야했습니다. 누구나 떠올릴법한 1970년대 중반 김명인의 「동두천」 연작이 그것이지요. 아, 어쩌면 내선일체로 출렁이던 일제말 조선시인의 일문시 가운데 조선적(籍)을 고집했던 '남충서'와 달리 일본적(籍)에 감격하는 '미나미[南]'가 등장했을 수도 있겠네요. 하지만 분명한 사실은 이들의 부와 권력이 아무리 출중했을지라도 끝내 '왜갈보'나 '양공주'의 새끼들이라는 태생적 한계를 벗어나지 못했을 것이란 점입니다. 이런 실존적 한계는 여성과 아이의 수난을 거세된 팔루스들의 경멸 대상으로 타락시켜간 민족적 · 남성적 언어의 폭력성 속에서 더욱 두드러지게 나타날 것이었습니다.

그렇다면 가족과 민족에서 동시에 추방된, 그러나 가부장제를 지탱하는 마지막 상품으로 끊임없이 소환된 '그녀'들과 그 후예 '튀기'들에 대한 우리 시의 침묵은 이 하위주체들에 대한 뼈아픈 에로스, 곧 연민과 동정의 염(念) 때문일까요? 이 또한 '예'라고 쉽게 답하기 어렵습니다. 어쩌면 가장 밑바닥의 인생들을 향한 시의 침묵은 서정시 특유의 장르적 속성, 그러니까 동일성의 시학이 강제하는 '서정적 거리의 결핍' 때문일지도 모릅니다. 특히 '단일 민족'에 의해 은폐 / 억압된 불구적 실존, 또 토속어를 오염시키는 반쪽 모어의 자식들이라는 존재와 언어의 결락이 '튀기'를 향한 동일성 비전의 표현과 선포를 가로막았다고나 할까요.

물론 근현대소설의 '튀기'에 대한 관심 역시 풍요로웠다고는 할 수 없습니다. 어떤 면에서는 염상섭과 김사량, 오정희가 예외적 발화자에 속하지 않을까 싶습니다. 이들의 예외성은 '튀기'들과의 적잖은 접촉 경험, 그것을 가능케 한 '장소'의 존재에서 비롯되었을 듯합니다. 횡보는 『만세전』(1922) 속 이인화의 조선 귀환 과정에서 벌써 내지를 향해 심리적으로 귀속된 '튀기' 소녀를 목도했습니다. 조선 피가 3/4쯤 되는 하루오에게 놀림 받던 김사량은 태평양전쟁기 도쿄의 변두리 인생들인 '자이니치(在日, 재일조선인 · 한국인을 일컫는 말—저자)'의 계몽에 애쓰던, 도쿄제대 재학의 사상 청년이었습니다. 오정희는 일본색과 중국색이 여전히 뒤섞여 있고 일장기를 대신해 성조기가 펄럭이는 한국전쟁 몇 년 뒤의 제물포를 아프게 가로지르던 사춘기 소녀였지요. 이들의 예리하며 풍부한 눈빛은, 갓 발생하거나 지나치게 확장되어 객관적 성찰이 제약되던 혼혈(아)의 공간에 먼저 가닿지 않았습니다. 그보다는 혼혈(아)이, 또는 그들을 지켜보는 주체가 제 본색을 서서히 드러내는, 그래서 갈등과 대립, 고독과 아픔이 더욱 강렬해지는 육체적 성장과 내면적 편력의 시공간을 놓치지 않았던 것입니다.

그러고 보면 김명인의 「동두천」 연작은 '튀기'에 대한 소설적 거리의 확보와 유사한 시점과 태도를 갖추고 있는 듯합니다. 교사는 여러모로 '혼혈아'를 시의 대상이자 주체로 끌어올리기에 적합한 직업입니다. 교사에게는 대상을 향한 객관적이며 주의 깊은 관찰자적 시점, 따스한 연민과 사랑, 그에 필적하는 냉정한 훈육과 지도, 과거의 불행을 미래의 가능성으로 바꿀 줄 아는 뱀 같은 지혜가 필요합니다. 비록 시인이지만 직업이 교사인 이상 학생들을 향한 김명인의 윤리적 책무는 이 테두리를 결코 벗어날 수 없습니다.

게다가 「동두천」 연작이 작성되는 1970년대 중반은 권사정권에 의한 민주적 원리의 탄압과 왜곡의 강화, 재벌 중심의 산업화와 그에 따른 기층민중의 비약적 증대 따위가 일상화되던 시절이었습니다. 이런 내부모순의 증대는, 한편으로는 북한과의 공서(共棲)적 갈등을 조장하고, 다른 한편으로는 군사정권의 조력자이자 승인자로서 미국의 제국주의적 본질을 서서히 드러내는, 외부적 균열의 계기로도 작동하게 되지요. 이 지점에서 특히 뚜렷해지는 '혈맹' 미국의 자국중심주의, 그와 연동된 '팍스 아메리카나'의 숨겨진 폭력성에 대한 정직한 이해와 표현은 '국민교육'의 제일선에 선 교사로서는 자못 침통한 작업이 아닐 수 없었겠지요. 하지만 우방에의 신뢰 상실과 부조리의 고발 과정에서 마주치는 고통과 수치의 견딤, 아니 자발적인 수용이야말로 '불행의 씨앗'으로 더욱 조롱될 처지에 놓인 '튀기'를 위한 범속하되 지혜로운 사랑과 연민, 동정과 연대의 출발점을 이루게 됩니다.

> 그래 너는 아메리카로 갔어야 했다
> 국어로는 아름다운 나라 미국 네 모습이 주눅들 리 없는 合衆國이고
> 우리들은 제 상처에도 아플 줄 모르는 단일 민족
> 이 피가름 억센 단군의 한 핏줄 바보같이

가시같이 어째서 너는 남아 우리들의 상처를

함부로 쑤시느냐 몸을 팔면서

침을 뱉느냐 더러운 그리움으로

배고픔 많다던 동두천 그런 둘레나 아직도 맴도느냐

혼혈아야 내가 국어를 가르쳤던 아이야

—김명인, 「동두천 IV」 부분[4]

'기지촌'을 공통분모로 하는 '나'와 튀기 '너', 그리고 몸 파는 어미의 공통점은 무엇일까요? 아마도 '장소상실자'이거나 그런 위기에 처한 불안의 존재라는 점일 것입니다. 어떤 본원적 장소, 이를테면 집과 고향, 향토와 국토 등은 우리들에게 강렬하고 개성적이며 심오한 의미가 담긴 장소애(topophilia)의 경험을 허락합니다. 그 과정에서 우리는 이곳이 '내가 속한 곳'이라는 '실존적 내부성'을 각인하게 되며, 우리 삶의 안정과 지속, 보존에 대한 신뢰를 든든히 하게 됩니다. 하지만 이들은 현재 '기지촌' 혹은 "그런 둘레나 아직도 맴"돌고 있는 까닭에, 이런 충만한 장소의 기억과 경험, 미래에서 자꾸 소외될 위험성에 노출되어 있습니다.

교사인 '나'에게 '너'는 때론 자의로 때론 타율에 의해 제도(교육)는 물론 실존의 바깥으로 추방되는 타자이기에 '장소성'의 외부로 항상 돌아나가는 불우한 운명입니다. 스스로의 몸과 고향, 조국에서 뿌리 뽑힌 기지촌의 어미 역시 "어떤 장소에 대한 심오하고 무의식적인 정

4 김명인, 『동두천』, 문학과지성사, 1979, 38면.

체성"을 회복(유년기)하거나 다시 경험(성인)할 가능성은 거의 없습니다. 이런 처지라면, '너'에게는 아비의 조국이자, 혈통과 피부의 차별이 여기보다 덜한 "合衆國(합중국)" "아메리카"로 하루빨리 귀속하는 것이 최선의 선택이자 방책일 수도 있습니다.

'너'의 선택은 그러나 주어지고 실현될 수 없는 허상에 가깝다는 게 보다 올바른 예측일 것입니다. 이 자리에서는 '너'는 왜 밝고 드넓은 아비의 땅으로 귀환하지 않고 상처와 치욕뿐인 어미의 땅에 여전히 머물고 있는가라고 묻지 맙시다. 그에 답하는 것은 췌언에 지나지 않을 테니까요. 중요한 사실은 튀기 '너'가 한국에서든 미국에서든 친밀성의 구조 속으로 편재될 가능성이 거의 부재하는 것입니다. 이런 이유로 자신을 확장시키고 보존할 관계성과 장소성의 진정한 경험 역시 희유할 수밖에 없을 것입니다. "국어로는 아름다운 나라 미국"이나 "제 상처에도 아플 줄 모르는 단일 민족"이 '너'의 진정한 장소, 다시 말해 "생생하고 역동적이며, 우리가 깊이 생각하지 않더라도 알고 경험할 수 있는 의미들로 가득"[5] 한 곳으로 가치화될 가능성이 거의 부재한 까닭 역시 여기에 있지요. '장소상실'의 내면과 '떠돌이'의 숙명은 그런 점에서 분리될 수 없는 '너'의 불행인 것입니다.

우리는 저들 3인의 공통된 불행으로 '장소상실'을 말했지만, 성인 이전의 '너'에게 특히 부각될 또 다른 결락을 아직 말하지 않았습니다. 물론 이것은 '너'에게 직접 주어진 것이기 전에, '개인적 내면의 고백'이라는 시의 장르적 속성과 교사-시인의 윤리적 책무에서 먼저 발생한 것입

---

5 이상의 '장소성' 관련 논의와 인용은 에드워드 렐프, 김덕현 외역, 『장소와 장소상실』(논형, 2005)의 이곳저곳을 참조했습니다.

니다. '튀기'는 말할 수 없는 하위주체라는 것, 여기에 '너'의 실존적 · 사회적 한계가 도사리고 있습니다. '너'의 치욕과 불행은 스스로 발화된 것이 아니라 시인-교사에 의해 관찰되고 대리 진술된 것입니다. 미성년인 '너'를 둘러싼 제도와 환경, 삶의 조건상 '너'가 발화나 대화의 주체에서 배제될 수밖에 없는 것이 엄연한 현실입니다. '너'의 내면과 목소리로부터 끊임없이 미끄러지는 우리들의 대체 발화나 알량한 동정심은 그런 의미에서 조심하여 마땅한 폭력의 한 형식일 수 있습니다.

그러고 보면, 현대시는 '혼혈'과 '튀기'에 대해 말하면서, 그것을 대상화하고 성찰할 줄 아는 성숙한 주체, 이를테면 '남충서'나 「중국인 거리」의 '나'를 가져본 적이 없는 듯합니다. 사실 이들은 '장소상실'의 위기에 처해 있으나 스스로(를) 말할 수 있기 때문에 언젠가는 새로운 장소성을 찾아가거나 발명할 잠재성의 소유자들입니다. 하여 소설과 대비해서 말한다면, 우리 현대시는 '튀기'들의 외적 형상은 갖추었으되 그들의 내적 목소리는 채 들어보지 못한 상태라 하겠습니다. '단일민족'의 이념적 영토에서 가장 더럽고 위험한 족속으로 간주되는 '튀기'들에게 스스로 말할 수 있는 뜨거운 혀와 차가운 언어를 되돌려주는 작업이 현대시의 시급한 권리이자 의무인 까닭이 여기 있습니다. 어떤 화자와 발성, 가면(퍼소나)과 어조를 취하든 간에, 하나의 정체성으로 규정되거나 지시될 수 없는 '튀기'들의 복합적 · 혼성적인 면면과 특수성을 직핍하게 노래하고 구조화하는 글쓰기. 이 자리에서 심난한 '혼혈' 상황과 그 애틋한 결정체 '튀기'를 향한 현대시의 애정과 연대의 기초가 다져질 것이고, 그들과의 대화적 결속과 융화가 짓푸르게 성장해갈 것입니다.

*

특정 이념을 향한 거대 서사의 붕괴와 작은 이야기들의 귀환으로 흔히 특기되는 1990년대는 '혼혈'의 상황과 지도에도 유의미한 변화를 가져왔습니다. IMF로 대표되는 경제적 위기를 겪기는 했지만, 이즈음 한국경제는, 그 내실은 어쨌든지 간에, 선진국의 양태에 가까워질 정도의 성장을 이룩했지요. 물론 우리는 현재 20 : 80의 구조 그 이상으로 자본의 분할과 집중이 고착되는 공포의 신세계로 떠밀려 가고 있는 중입니다. 그런 와중에도 노동수출국의 신세이던 1960~70년대와는 정반대로 제3세계 노동자와 예비인력을 수입하여 경제의 무거운 바퀴를 돌리는 곳이 바로 이 땅이니, 이만한 격세지감도 없습니다.

제국 일본과 미국 정도로 그 씨앗과 모태가 산종되어온 '혼혈'과 '튀기'의 지도는 고도의 경제구조가 입안한 다민족·다문화 시대의 도래에 따라 근본적인 변화를 겪고 있습니다. 핵심을 찌른다면, 음양으로 제국에 기대어 가부장적 권위를 근근이 유지하던 한국의 팔루스들이 드디어 '혼혈'의 장(場)에서도 권력의 모방자 아닌 수행자로 빠르게 부상 중이라는 것이지요.

이런 '혼혈' 지도의 변화는 남성이주자가 다수를 이루는 노동계와 도시보다는, 통혼에 하릴없이 던져진 여성이주자 집단과 농촌에서 훨씬 두드러집니다. '튀기'의 출생과 그들의 국민화 과정에서 발생하는 긍부정적 양상과 경험이 대체로 농촌을 중심으로 채취되고 분석되는 것도 이 때문입니다. 따지고 보면, 이전에 경험하지 못한 혈통과 인종의 제도적 결합, 요컨대 성(性)적 만족과 성씨(姓氏)의 보존을 위한 일종의 매매혼이 단란한 가정생활에 비례하여 증가 중인 안쓰러운 가정 파탄의 귀책사유 가운데 하나임을 우리는 부인할 수 없습니다.

롤러코스터의 형상에 비유될만한 '혼혈' 장(場)의 급박한 경사와 아찔한 속도는 무엇보다 자본이 모자란 양국 하위주체끼리의 불합리한 결합에서 발생하는 것입니다. 엄밀히 말해, 현재 한국사회, 특히 농촌지역 '튀기'들 대다수는 충만한 친밀감과 에로스의 나눔보다는 양쪽의 어떤 목적, 이를테면 성 / 자식과 돈 / 안정의 상호교환 결과 태어난 존재들입니다. 따라서 이들은 부모 양쪽의 조건이 어긋나게 될수록 심리적 '장소상실자'로 또 정체성 혼돈의 떠돌이로 일탈해갈 위험성이 점점 다분해집니다.

헌데 '튀기'들의 불안정성은, 예전에는 이곳의 몸 파는 어미 탓으로 돌려졌다면, 지금은 살색과 말이 다른[6] 이주여성-어미의 탓으로 돌려지곤 합니다. 이를 감안한다면, '혼혈'과 '튀기'의 실질적 주재자인 한국의 아비들은 예나 지금이나 불안과 파탄의 책임을 해당 시공간의 가장 약한 여성들에게 떠넘기고 있는 셈입니다. 그들이 스스로를 보호하고 보존하는 부조리한 삶의 영위자로 몰락하고 있다는 뼈아픈 지적은 무엇보다 이 지점에서 통렬한 것입니다. 하지만 우리는 그들 역시 말할 수 없는 입을 가진 약자들이기는 마찬가지라는 사실, 이런 존재의 위기에 맞선 자기보존 전략이 도시와 자본 중심의 계량적 경제구조의 산물임을 잊지 말아야 합니다. 이것을 미욱한 남성-하위주체들의 비윤리성 내지 욕망 과잉의 결과물로 주저함 없이 해석한다면, 거대자본

6 이들의 피부색과 언어는 그들의 고유한 정체성을 드러내는 창(窓)이기도 하지만, 스스로의 결락을 드러내어 공격과 소외를 불러오는 창(槍)이기도 합니다.

의 노동과 재화를 향한 분할 전략에 어이없이 말려드는 어리석은 태도에 불과할 것입니다.

자, 이제 글쓰기의 방향을 약간 바꾸어, 한국 발 혼혈의 장(場)을 재구성한 뒤 '아시아계 한국인'들의 현실과 문제성을 살펴보기로 할까요? 물론 그들 전부는 문화적 혼혈의 주체와 대상입니다만, 혈통적 혼혈의 주체와 대상은 그들 중 일부입니다. 여기서는 특히 후자에 주목하는 방식으로 그들의 정체성 형성과 문화적·심리적 결속의 주요지점이 되어줄 한국의 '장소성' 문제를 되짚어 보고자 합니다.

한국, 아니 한민족의 '혼혈'의 계보와 지리지를 내외의 향방으로 재구한다면, 우리의 외부-이주와 그들의 내부-이주로 구획될 만합니다. 외부-이주를 통한 '혼혈'의 구성과 확장은, 1960년대 이후 미국과 일본으로의 이주를 제외한다면,[7] 대체로 민족의 수난사와 그 맥을 같이 합니다. 가령 중국 동북부 지역의 조선족, 구(舊)소련 시절 이래의 카레이스키(고려인)들이 그렇습니다. 이들은 한 세기의 역사가 흐른 뒤에도 혈통과 문화적 혼성으로의 제도적 압박이 강렬했음에도, 여전히 조선적 전통과 역사에 강하게 결속되는 일종의 민족적 '게토'를 형성하고 있습니다. 아이러닉하게도 한국의 경제성장에 의해 촉발된 그들의 한국행이 비교적 단단했던 그 게토의 울타리를 허물고 있다는 소식을 우

7 한국의 외부-이주자들 가운데 시샘과 질시의 대상이 되는 거의 유일한 집단들은 그 내실은 어쨌든 '아메리칸 드림'의 내부로 진입한 미국 이주자들일 겁니다. 그들의 '튀기'들은 피부색이나 직업 따위에 상관없이 '성공'의 축배를 들어 올릴 경우 언제나 국내의 찬탄을 자아내는 '코리안 아메리칸'으로 단일민족의 혈통에 문득 등록됩니다. 이에 반해, 이른바 '자이니치[在日]'들은 식민지 시대와 1960년대 이후 이주한 집단들로, 또 민단계와 조총련계로 흔히 양분되지만, 오늘날도 여전한 한일의 민족 갈등과 대결로 인해 국내의 관심에서는 변두리 위치를 벗어나지 못하는 형국입니다.

리는 종종 접합니다.

하지만 그들 나름의 한국을 향한 '장소성'의 유지와 재구성 노력은, 특히 그들이 한국으로 건너온 경우, 각종 포털과 SNS 공간에서 곧잘 인종주의적 폄하와 공격의 대상이 되기도 합니다. 한국을 떠난 지 오래된 방외의 족속이며 자신들만의 이익추구로 팽만된 불량한 국외자라는 게 그 편견을 구성하는 주요인들입니다.[8] 최근 우리사회에 화두가 되고 있는 다민족·다문화 가정이니 하는 말도 사실은 다민족·다문화의 호혜평등보다 잘 관리되어야 할 이주자들을 한국적 가치와 문화체계 안에 순조롭게 적응, 착근시키기 위한 문화제국주의적 전략과 어느 정도 상관된다 해도 크게 그르지 않습니다.

이런 불편한 진실들을 생각하면, 최근 한국과 관련된 아시아노동자들, 특히 국내이주노동자들의 생활과 문제들을 열정적으로 탐구 중인 하종오의 글쓰기는 여러모로 주목됩니다. 가령 그는 "아시아계 한국인"의 관찰과 표현을 모토로, 특히 "이 땅에 남은 외국인노동자들(농촌이주여성 포함—인용자)"이 어떻게 "한국인들과 함께 건강한 자본주의적 삶을 살아"[9]낼 수 있을까 하는 문제를 시적 주제의 핵심으로 삼고 있습니다. 다민족·다민족의 평등한 삶의 목표를 겨우 "건강한 자본주의

8 이런 말이 가능할지 모르겠지만, 최근 우리 사회는 사회의 부조리와 모순을 떠넘기거나 약화시킬 만한 내부 식민지 하나를 발견, 구성 중입니다. 같은 핏줄이되 이념적 편견과 인종주의적 편견에 동시에 포획된 탈북이주민들이 그들이지요. 겉으로 노출되기보다 은폐된 형태의 차별과 공격이 주를 이룬다는 점에서 보다 심각한 식민주의적 모순과 갈등으로 진화할 지도 모르겠습니다.

9 하종오, 「자서」, 『국경 없는 공장』, 삶이보이는창, 2007, 5면. 국내에 이주하거나 파견된 아시아계 노동자들을 다룬 하종오의 또 다른 시집으로는 『반대쪽 천국』(2004), 『아시아계 한국인들』(2007), 『입국자들』(2009), 『제국—諸國 또는 帝國』(2011), 『남북상징어사전』(2011) 등이 있습니다.

적 삶"의 영위에 두다니 하며 쓴웃음 짓는 당신의 심란한 마음을 나 역시 모르는 바 아닙니다.

하지만 특히 산업연수생을 비롯한 많은 외국인노동자들의 제일 목표가 한국문화의 습득과 내면화보다 자본의 획득에 있음을 모르지 않는 우리로서는 불가피하게 "건강한 자본주의적 삶"의 내용과 실제에 객관적 태도와 시선을 취할 필요가 있습니다. 그것이 어느 샌가 우리 내면에 깊숙이 들어앉은 '식민 의식'의 양가성, 즉 제국에 의해 씨 뿌려진 '식민지적 열등의식'을 여러 형태의 이주노동자와 결혼이민여성, 그 과정에서 파생되는 "아시아계 한국인"들에 대한 '식민주의적 우월감'으로 함부로 전도시키는 되먹지 못한 폭력성을 성찰하고 반성하는 토대가 되지 않을까 싶습니다.

① 월남전 끝난 뒤 만삭이 된 월남 여자가
한국에 와서 낳고 키운 외아들이
베트남 처녀 데려와 장가가는 날
월남 여자는 비로소 웃으며
언제나 한국 여자들에게 외면당했던
아들이 색시와 마주 웃는 광경 본다
시어머니는 동족의 며느리 들이고
며느리는 동족의 시어머니 모시게 되어
모국이 같은 고부는
남편들의 나라 한국에서
베트남계 한국인

자손 대대로 이어갈 테니

축복 많이 받아야 한다고 생각한다

— 하종오, 「전후(戰後)」 부분

② 가을이 가자

아비는 막일하러 공사장에 나가고

어미는 겨울 날 일이 겁났다

여섯 살배기 아들은 무논에서 얼음지치기할 날 기다리고

다섯 살배기 딸은 비탈밭에서 연날리기할 날 기다리는데

어미는 속으로 낯설어했다

베트남에 있었더라면 어쩌면 벌써 아이 셋 넷

논둑밭둑 걸어서 뜨거운 햇볕 속으로 풀 베러 가고

그러면 넘어지지 않으려고 꽁무니 졸졸 따라오는

아이들의 발짝 소리 들을 터였다

— 하종오, 「코시안리」 부분[10]

두 시편은 서로 독립되어 있으나, 하나의 서사로 연결될 수 있지요. 일종의 가족사 연대기인 셈인데, 이른바 '월남파병용사'(?)와 베트남 여성의 사랑, 파병용사의 귀환과 그녀의 한국 이주, 그리고 "외아들"(베트남에서는 '라이따이한'이라 불리는)의 출산, 재회의 무산과 모자의 힘겨운 생활, 노총각 "외아들"의 베트남 처녀와의 결혼, 손자의 출생과 성

10 이상의 두 시편은 하종오, 『아시아계 한국인들』, 삶이보이는창, 2007, 26 · 110~111면.

장으로 파란만장한 그녀의 한국생활을 서사화할 수 있습니다.

다소 길게 그녀의 연대기를 재구성한 것은 다음과 같은 이유 때문입니다. 그녀의 간난한 삶은 표면상 베트남과 한국에 한정되지만, 실상은 한국의 베트남 파병이 지시하듯이, 미국(자본주의)과 소련(사회주의)을 핵심에 둔 국제적 냉전의 산물이지요. 그 일부인 "외아들"은 그러나 베트남 특수와도 얼마간 연관된 경제성장의 혜택에서 소외된 끝에 베트남 여성에게 늦장가를 듭니다. "외아들"의 고통은 무엇보다 아비의 부재와 베트남 어미로 상징되는 결락의 가정에서 비롯된 것이지요. 이런 뿌리 결손의 환경은 그에게서 정체성 확립의 충일감과 공동체 생활의 즐거움을 전반적으로 제약함으로써 한국에 대한 '장소 애착'의 형성 역시 제한했을 것입니다. "외아들"을 '고향을 잃은 사람'으로 비유, 아니 규정할 수 있는 까닭이 여기 있습니다.

하지만 그의 소외감, 바꿔 말해 '장소상실'은 우리의 탓이기도 합니다. 만약 그가 이 땅에서의 성장 과정을 어떤 '부조리한 풍경'으로 경험했다면, 아마도 그것은 "세상을 내다보는 안전지대"를 빼앗기거나 거기서 추방된 탓일 것입니다. 그가 "사물의 질서 속에서 자신의 입장을 확고하게 파악"하며 "특정한 어딘가에 의미 있는 정신적이고 심리적인 애착을 가지는" 경험에서 멀었다면, "인간이 세계와 맺는 관계의 기초"[11]에서 소외되었음을 의미합니다. 그녀의 "외아들"을 동두천의 '혼혈아'에 방불한 심리적 고아로 위치시킬 수 있는 것도 이 때문입니다. 그를 '한국'이라는 '고아원' 혹은 '폐쇄지대'에 가둔 핵심요인이 우리들

---

11 이상의 인용들은 에드워드 렐프, 김덕현 외역, 『장소와 장소상실』, 논형, 2005, 95면.

의 손가락질, 즉 단일민족의 쇼비니즘과 타자 배척의 경제지상주의[12] 임을 부인할 근거가 우리에게 거의 없다면 과연 과장일까요?

인용시편들과 김명인의 「동두천」 연작의 유의미한 차이라면, 화자의 목소리와 대상을 내포하는 방법에 있지 않을까 합니다. 「동두천」 연작에서 '튀기'들은 그들을 향한 시인(화자)의 정서와 이해를 드러내기 위한 '간접화된 피사체'들에 가까웠습니다. 하지만 하종오의 경우, 인용시편에 제한하여 말한다면, 대상들의 현실과 내면을 충실하게 전달하는 태도를 취합니다. 그 효과는 첫째, 대상의 객관적 재현과 이해의 제고, 둘째, 특히 긍정적 부면을 강조한다면, 이주여성들의 새로운 '장소성' 획득에 대한 기대의 제고 정도로 정리될 듯합니다. 여기에는 "한국인들과 함께 건강한 자본주의적 삶을 살아"가는 이주민들의 삶의 향상 및 한국에의 미쁜 안착을 향한 시인의 희원이 담겨 있겠지요?

하종오는 『아시아계 한국인들』의 「자서」에서 '코시안(kosian)'들의 갈래를 여럿으로 나누며, 마지막에 "그 모든 한국인들의 운명을 생각한다"고 적었습니다. 동두천의 "혼혈아"와 "월남 여자"의 "외아들"이 그들 가운데 속해 있음은 물론입니다. 그들의 행복한, 또 불행한 운명에 대한 시인의 성찰은, 적어도 고향/고국에 대한 '장소성'의 추억과 혈통을 향한 민족적/심리적 정체성을 간직한 이주자들을 향한 발화에서 꽤나 유용한 듯합니다. 이들은 비록 한국어에 능숙하지 않더라도 자신의 의견과 감정을 비교적 정확하게 표현하고 전달할 수 있지요.

---

12 "외아들"의 가난과 고독, 그리고 뒤늦은 결혼이 시기적으로 국제적 신자유주의의 발흥과 그에 따른 한국경제의 불안정한 요동과 관련됨을 따로 지적할 필요가 있을까요? 요컨대 "외아들"의 삶에는 신자유주의와 기이한 명암이 혼혈의 명암 이상으로 얼룩지고 있는 셈이지요.

이런 제한된 그러나 자율적인 '말할 수 있는 입'의 존재는 시인의 주관적인 대화 해석과 관찰의 표현에 객관성과 효과성을 더욱 부가하는 이점으로 작용하기 마련입니다.

그런데 어쩌지요? 하종오의 시집들에서도 동두천의 "혼혈아"가 그랬듯이 "월남 여자"의 "외아들"에게도 '말할 수 있는 입'이 주어져 있지 않습니다. "외아들"의 목소리는 "월남 여자"들에 의해서 표현되고 전달되는바, 시인은 그것을 충실하게 되받아 쓰는 역할을 다하고 있을 따름입니다. 이주여성들의 목소리를 복원, 재현함으로써 그들의 실존과 삶을 뚜렷한 현실로 부감시킨 하종오의 특장은 분명히 의미 깊습니다.

하지만 왜 이들의 자랑이자 아픔인 "외아들"의 목소리는 끝내 은폐되고 억압되는 것일까요? 아마도 그것은 '코시안'의 이중적 분열과 상실, 다시 말해 그들을 향한 내외부적 시선과 태도의 착종 때문이 아닐까 합니다. "외아들"은 베트남의 '라이따이한'에 비한다면 한국어에서만큼은 언어의 메이저리티입니다. 그의 한국어는 그러나 많은 경우 자존감과 주체성 고양보다는 심리적 '장소상실'과 '자아 혼란'의 심화에 더욱 기여했을 것입니다. 요컨대 그의 한국어는 같은 언중들의 강제와 폭력 때문에 온전히 발화될 수 없는 결락의 언어였던 것입니다. 이렇듯 비극적인 '혼혈'의 서사와 '튀기'의 소외의 핵심적 국면을 들여다보고 돌파하려면 시인은 그 끔찍한 장소와 언어 상실의 저류(底流) 속으로 보다 깊숙이 내려가지 않으면 안 됩니다. 하종오는 "월남 여자"들을 통해 그 저류의 심연을 엿보기는 했으나, 그 혼탁한 검은 물속에서 타전되는 절망과 구원의 모스부호를 제대로 포착하거나 알아듣지는 못했다는 게 솔직한 느낌입니다.

*

이런 까닭에 위에서 잠시 읽어본 「코시안리」[13]의 상황, 특히 "외아들"과 베트남 처녀가 낳은 아이들의 '참된 장소감'의 획득 문제는 더욱 주목할 만합니다. 아이들 역시 '코시안'이기는 마찬가지입니다. 하지만 이들은 베트남 혈통이 3/4에 이르며, 그런 상황이 더욱 확장될 "새로운 모계 사회"[14]의 자식들이라는 점에서 제 아비 "외아들"과는 또 구별됩니다. 아비의 모스부호가 또 다른 형식과 소리로 타전될 것임을 예감케 하는 대목입니다. 앞으로 더욱 복잡해질 한국의 인류 지지(地誌), 그와 결부된 정치·경제·문화 지지의 숱한 격동과 변화를 고려하면, 이 모스부호의 파동과 전파는 더욱 힘겨운 것이 될지도 모릅니다.

무슨 말이냐고요? "새로운 모계 사회"는 '막일하는 (튀기)아비'와 '겨울 일이 겁나는 월남 어미', 그들이 낳은 '코시안'에 의해 주로 구성되겠지요? 월남 어미는 어려서부터 집안일을 돕는 고국의 아이들과 달리 해맑게 놀이에 매달리는 아이들을 한편으로 귀애하며 한편으로 낯설어 합니다. 어미의 낯설음은 그런 아이들이 익숙하지 않은 탓이기도 하겠지만, 동시에 아이들 역시 자신들의 고통과 소외를 반복하게 될지도 모른다는 어느 순간의 통각(痛覺/統覺) 때문이 아닐까요? 한국적 전통과 정체성 중심의 권력 지도가 대폭 변화되고 수정되지 않는 한, 이

13 「코시안리」는, 하종오의 "Kosian里"라는 작명술에서 보듯이, 다양한 "한국계 아시아인"들의 한국생활을 집중적으로 묘파한 장시이지요. 이것이 실(實)풍경인 동시에 심상지리의 일종임은 "'코시안'이라는 낱말은 모계 혈통을 존중하고 긍정하는 개념이 담긴 표기"(『아시아계 한국인들』, 삶이보이는창, 2007, 54면)라는 고백에 잘 담겨 있습니다.

14 하종오, 「자서」, 위의 책, 5면.

주민과 혼혈인 중심의 "새로운 모계사회"는 오랫동안 하위체계로 전전(輾轉)될 것입니다. 그 결과 한국은 역동적 통합과 생산의 신세계가 아닌 분열적 갈등과 퇴락의 암흑지대로 빠르게 역행할 지도 모릅니다. 전지구적 자본에 의한 한국 경제의 나포와 제한된 자본과 재화를 둘러싼 순혈 한국인들의 갈등 심화, 그 아래서 더욱 궁핍하게 될 코시안들의 증가. 이런 내외부적 식민 상황의 중층적 출현과 강화가 우리 미래의 암울한 자화상을 그려내는 무서운 원리일 수 있음을 우리는 모르지 않습니다.

눈살 찌푸려지는 불행한 시대에의 예감은, 한곳으로 집중된 정치 · 경제의 분산과 이동, 개개인들의 고유한 문화 생산과 유통의 권리 확대 등 보편적 자유와 평등의 사회가 도래될 때 즐거운 풍문으로 사라질 것입니다. 물론 자유와 평등의 가치는 새로울 것 없으면서도 늘 제기되는 인류의 오래된 소망이라는 점에서 그 달성과 보존이 매우 어려운 것들입니다만. 이런 명랑한 사회는 억압과 배제가 승한 세월을 살아온 성인 '튀기'보다는, 자기 둘레의 이중언어 습득과 그를 통한 자기-서사(물론 가족 연대기를 포괄하는)의 발화 기회가 더욱 풍부할 그들의 후예들에게 허락될 가능성이 높겠지요?

이 진흙 속의 아이들은, 자기-서사를 어미의 모어와 아비의 모어로 동시에 발화함으로써 자아를 객관화함과 동시에 풍부화해 나갈 것입니다. 또한 때로는 동일시의 형식으로 때로는 저항의 문법으로 부모의 모국과 자기 내면 어딘가에 진정한 장소감, 그러니까 "무엇보다도 내부에 있다는 느낌이며. 개인으로서 그리고 공동체의 일원으로서 나의 장소에 속해 있다는 느낌"[15]을 건축해 가기도 하겠지요. 따라서 이들에게 주어지는 다문화교육은 한국에 대한 '코시안'들의 직선적·계도적 통합보다, '코시안'이라는 새 인류지(地)의 다층적 시공간과 위상을 자유롭게 말할 수 있는 방법적 언어와 개성적 시각의 획득에 그 초점이 맞춰져 마땅하겠습니다.

우리의 기대치는 순혈의 타자 '튀기'들의 각성 못지않게 혼혈의 타자 '한겨레'의 변화 없이는 결코 상승곡선을 그릴 수 없습니다. 이는 지금까지와 구별되는 '참된 장소감'의 발견과 획득이 우리의 과제로 주어졌음을 뜻합니다. 언젠가 이성복은 "병든 말을 끌어안고 임신할까봐 / 지금은 다만 체위를 바꾸고 싶어"[16]라고 비원(悲願)한 적이 있습니다. 나는 이 구절을 체위를 바꾸는 일은 단지 육체의 변화뿐만 아니라 영혼("병든 말"에 보이듯)의 전도와도 관련된다는 뜻으로 읽고 싶습니다.

육체적·정신적 체위를 바꿨다고 해서 새 생명 전부가 아름답고 건전한 모습으로만 주어질 리 없습니다. 김혜순의 어떤 시를 빌린다면, 그녀의 황당무계한 신들을 닮은 '좀비'류의 아이들이 집단적으로 출몰할지도 모릅니다. 이를테면 "쥐구멍의고양이몸뚱아리추깃물신. 총체흔드는아줌마팔뚝의코끼리신. 프레온가스처럼터져나오는침방울. 사자의썩은입냄새보다더굴욕구역질침샘신"의 모습을 한 아이들. 당신이라면 아연실색할 괴물 신들과 어떻게 대면하고 어떤 이야기를 나누겠습니까? 아이들에게 정상과 심미의 기준과 모범을 제시하는 것보다 시급한 과제는 "당신은 당신과 나의 사지에 매달린 신님들 모두 아니?"[17]라는 질문을 자신을 향해 던지는 일이 아닐까요? 사실 저 '좀비'

---

15 에드워드 렐프, 김덕현 외역, 『장소와 장소상실』, 논형, 2005, 151면.
16 이성복, 「구화(口話)」, 『뒹구는 돌은 언제 잠깨는가』, 문학과지성사, 1980, 22면.

들은 추방될 타자이기 전에 우리가 몰래 숨겨온 자아의 또 다른 형상들일지도 모릅니다. 우리는 이 위험한 실존을 남김없이 고백하고 성찰할 수 있을 때, 스스로를 '순혈'의 타자로 정립하게 될 것입니다.

이제 글의 말미고 하니 이렇게 정리해보면 어떨까요? '너-혼혈'에 대한 풍부한 표현을 넘어, '너-혼혈'의 자발적 발화와 '나-혼혈됨'에 대한 솔직한 고백을 향해 언어와 상상력의 보폭을 넓히기. 거기서 '우리-혼혈'의 '대화적 언어'와 '참된 장소감'을 새롭게 발견하고 구성하기. 여기 어디쯤 오늘날 한국의 혼혈 상황에 대한 현대시의 피할 수 없는 책무와 올곧은 윤리가 존재하지 않을까요.

17 이상의 인용은 김혜순, 「전세계의 쓰레기여 단결하라」, 『당신의 첫』, 문학과지성사, 2008, 41면.

'다친 무릎'의 기억과 '거룩한 악행'의 풍자

김승희의 2000년대 시* 에 대하여

'거룩한 악행', '다친 무릎', 그리고 풍자

영국의 풍자시인 알렉산더 포프는 근대의 아수라장으로 급속히 전환되던 18세기 현실을 "진실과 가치와 지성은 매일 비난당하고 / 이제 거룩한 것은 악행 뿐"인 시대로 진단했다. 이 불량한 국면을 작금의 우리 현실이라 해도 크게 어긋나지 않겠다. 폭언의 난투극이 정치의 기술이며, 군인정신의 내면화가 최상의 교육법이고, 저잣거리의 벌거벗은 육체가 대중문화의 기초문법인 일상을 우리의 파열된 리듬은 절뚝이며 걷고 있다.

날선 풍자를 대상의 추문과 악습을 비난하고 파열시키는 수사법 정

* 이 글에서 다루는 김승희 시집은 다음과 같다. I : 『빗자루를 타고 달리는 웃음』(민음사, 2000), II : 『냄비는 둥둥』(창비, 2006), III : 『희망이 외롭다』(문학동네, 2012). 인용 표시는 본문에 로마숫자와 인용면을 'I : 94'의 형태로 밝히기로 한다.

도로 좁혀 이해하는 태도가 어딘지 궁색하다면, 우리 현실의 저런 악랄함과 맹랑함, 뻔뻔스러움 때문이다. 이 조심성 없고 되물릴 수 없는 인간성 파탄의 유곡(幽谷)은 그 악순환의 저류(低流)를 선순환의 표층수로 밀어 올리는 희유한 묘법에도 능숙하니 이를 어쩌랴. 종종 이따위 방식의 '졸렬한 악행'이 시공간을 초월한 인류 보편의 속성 가운데 하나임을 감안한다면, 풍자는 궁핍한 현재를 실측(實測)하고 더 나은 미래를 입안하기 위한 윤리적 · 비평적 감각이자 시선이 아닐 수 없다. 이런 까닭에 풍자를 단기적 현실비판보다는 전향적 내일의 장기적 창안을 신중하게 모색하는 방법적 사랑(부정)의 일환으로 확장하여 이해해도 큰 무리는 없을 것이다.

이치에 합당한 풍자에 소용되는 분별력과 공평함, 예지력은 차가운 지성의 산물로 간주된다. 현대의 풍자가 세계(대상)와의 통합을 목적하는 서정시의 근본 취지를 넘어서 날카로운 현실 비평과 부정의 촉수를 더더욱 예리하게 벼려온 까닭은 무엇인가. 김승희 시인의 말을 빌리자면, 때로는 열렬하고 때로는 조곤조곤한 서정의 밀어(蜜語)가 "사랑의 이름으로 '다친 무릎'을 만드는 일도 참 많"(I : 94)은 불순함, 다시 말해 뜻밖에도 '거룩한 악행'의 수행자일 경우가 적지 않기 때문이다. 뒤돌아볼 줄 모르는 사랑이 모르는 타인보다 가족, 연인, 친우, 동지들에게 지독한 상처를 안기는 경우가 오히려 허다하다는 사실은 '친밀한 적'과 같은 모순형용에 벌써 뚜렷하다. 풍자와 아이러니는 현실의 부조리 못지않게 그것을 순진하게 외면하거나 기묘하게 은폐하는 이런 사랑의 부정성에 대해 더욱 냉담하고 공격적인 것이다.

김승희가 일러준 "다친 무릎"의 서사와 감각은 '친밀한 적'의 모순과 폭력, 다시 말해 더욱 치밀하고 간교하여 스쳐 지나기 일쑤인 '거룩한 악행'의 부정성을 전경화하는 힘을 가진 듯하다. "다친 무릎"은 인디언 학살 장소로 유명한 미국의 'Wounded Knee'를 번역한 말이다. 제국의 '거룩한 악행'은 원주민의 학살과 약탈을 거쳐, 하위주체의 지배와 보호로 변주해간 이중적 식민화 과정 속에 약여하다. 우리가 올라탄 역사적 모더니티와 전지구적 자본 역시 이와 방불한 방식으로 세계 도처의 원주민과 시민들을 자기모멸과 소외, 탕진과 허무의 길로 내몰았다. 요컨대 극단과 폭력의 시대로 명명되는 20세기는 자유와 평등의 선한 기폭(旗幅)을 압도하는 파시즘과 식민주의의 두터운 장막들로 켜켜이 차단되어 있는 것이다.

"'다친 무릎'에서 다친 무릎으로 살 수 밖에 없"(I : 94)는 군상(群像)들은 소외와 순응의 맥락 속에 배치되고 기입되는 탓에 '텅 빈 주체'의 현실을 크게 벗어나지 못한다. 개성적 주체의 서벌턴화를 빈틈없이 신속하게 강제하는 부정적 현실은 풍자가 지배자의 부정과 비판에만 주력하는 단일시점에서 벗어날 것을 요구하는 핵심요인 가운데 하나다. "나 / 우리의 삶 속에 이미 들어와 있는 다친 무릎들"(I : 94)을 성찰하고 새롭게 관계 맺는 삶의 기술(art)없이는, 그것을 더욱 자가 분식하는 다중적 시점의 확보 없이는, 풍자는 마치 신파가 그러하듯이 유약한 자기위안과 힘센 타자에 대한 질시어린 배척 이상으로 진격하지 못한다. 이 때문에 풍자의 비기(秘器) '웃음'은 대주체의 부정성을 탄핵하는 폭로와 비판의 기술로만, 아니면 한바탕 '웃음'을 통해 비참한 현실을 초월하거나 은폐하는 플라시보(placebo)의 언술로만 좁혀져 제공되어서는 안 된다.

김승희는 '웃음'을 "헤게모니-권력(들)에 대한 검색과 전복으로서의 웃음"(I : 95)에 두는바, 이 역시 "다친 무릎"의 주체와 타자를 함께 병진시키기 위한 따뜻하고 냉정한 지혜의 일종이다. 거기서 반향(反響)하는 "유쾌한 검은 폭소의 실존적 울림"(I : 95)은 자기를 구원함과 동시에 타자-공동체와 연대하려는 명랑한 영혼의 율동에 해당한다. 이 율동은 바흐친의 그것처럼 "자유와 평등을 중시하는 건강하고도 '유쾌한 상대주의'"[1]를 풍자와 웃음의 이념적 자질과 형식으로 육화해가며 스스로를 맥박 칠 놀이자 흐름이어 마땅하다. 그때 풍자(웃음)는 비로소 "말은 모든 것의 피안이며 아무 것의 피안"인, 혹은 "모든 것이며 아무것도 아"닌 "언어의 항아리"(III : 22~23) 같은 것으로 세상에 또 한 차례 툭하고 던져질 것이다.

"양은 냄비"와 "빗자루"에 올라탄 웃음

하위주체 "다친 무릎"을 옭아맨 이중나선을 제국(자본)의 좌표로 본다면, 계몽과 문명을 통한 지배와 보호로 요약된다. 이중나선의 효과는 제국의 권력보다 식민지의 제국 동화와 자기 부정에 의해 더욱 유효해진다. 탈식민을 향한 해방서사에서는 민족-국가의 이상적 모델을 호명(과거)-귀속(미래)하는 작업이 거의 예외 없이 수행된다. 이상적 모델의 발명과 전파는 자민족의 자랑과 명예, 가능성과 능력을 드높이

1 송무, 「영문학과 엘리티즘 대중의 도전」, 『영문학에 대한 반성』, 민음사, 1997, 244면.

기 위한 장치로 이해된다. 그러나 사실을 말한다면, 그것은 애초에 동화-부정에 의한 이중상실을 제어하고 극복하기 위한 극적인 회생(回生)의 전략으로 제출된 것이다. 이른바 '만들어진 전통'이나 '창조된 고전'이 민족-국가 회생의 조건과 동력에서 가장 우월한 지위를 차지하는 것도 이와 밀접히 관련된다.

그런데 문제는 기원과 해방의 서사가 민족 고유의 창안으로 일관되기보다, 특히 제국을 맞세운 영향과 모방의 산물일 경우도 허다하다는 사실이다. 이를테면 근대 이후 조직적인 심미화를 거친 한일 양국의 핵심 전통 화랑정신과 무사도를, 또 일제의 현모양처 숭상과 한국의 신사임당 이상화를 아주 무관한 것으로 치부하기 어렵다. 요컨대 제국은 백주(白晝)의 권력과 암야(暗夜)의 유령으로 합종연횡하면서, 탈식민의 시대에도 여전히 "다친 무릎" 지대를 영속화함과 동시에 "다친 무릎"의 갱신과 보충을 자꾸 미끄러트린다. 제국은 그러니 탈식민의 시대에도 여전히 또 다른 의미의 '친밀한 적'인 것이다. 이 점, 풍자가 제국의 비판과 권력의 조롱을 넘어, 끊임없이 "타자-여성으로, 유색인종-흑인으로, 수동태 문장으로, 대문자 주인의 말이 기입되기를 기다리는 한없이 온순한 빈 공백으로 등록"(I : 93~94)되어가는 하위주체의 패배와 절망에 집요하게 말을 걸어야 하는 근원적 요인이다.

> 나는 너를 듣고 있구나
> 머릿가죽을 벗겨라 모래 상자를 엎질러라
> 시계를 풀러라 손목과 발을 구르며
> 선 댄스를 추어라 대지 어머니의 혼령을 불러내라

정수리에서부터 발가락 끝까지 내 피를 빨대로 들이켜라

다 들이켜고 붉은 입술에 달리아가 피면

내 두 입술에 입을 맞추러 들판을 건너

네가 오면

지평선도 너를 따라 나에게 오리라

—「'다친 무릎'에서 시작된 인생」 부분(I : 61)

"인디언 처녀"가 "다친 무릎"과 동류의 "원주민 보호 구역"에서 "들판을 보며 홀로 북을 치는" 행위는 의미심장하다. 샤먼에 방불한 그녀의 북소리는 제 땅의 축복(과거)과 원한(현재)을 일깨우는 생명의 울림이자, 그녀의 족속들을 학살(구원 : 과거)한 후 지배(보호 : 현재) 중인 제국의 '거룩한 악행'을 아프게 환기하는, 현존하는 귀곡성(鬼哭聲)이기도 하다.

시인이 "인디언 처녀"에 결속되어 제 몸, 이를테면 "머릿가죽"과 "피"들을 아낌없이 공양하는 까닭은 "다친 무릎"의 유사한 역사적 경험을 공유하기 때문이다. 이를테면 유관순, 기생, 정신대, 양공주, 윤금이 들이 두서없이 떠오르는 비극적 여성사를 떠오려 보라. 그런데 북치는 주체는 여성의 비극에 거침없이 분노할 듯한 '소년'(육당)도, '벨지엄의 용사'(최소월)도, '화랑의 후예'(김동리)도 아닌가. 이들을 포괄하고 대표하는 애국청년 '다윗'은 최남선 이래 현재까지도 소년들의 기개와 용기, 정직성을 드높이기 위해 동원되는 모범적 표상이다. 비유와 표상의 관점에서 보더라도, 인디언 소년이 아닌 "인디언 처녀"의 선택과 배치는 이런 역사적 사례와 동떨어진 행위에 가깝지 않은가. 더군다나 당대 현실에는 부유했던 저들과 달리 생존에 허덕이는 하위주체 소년들, 이를테면 버려진 꽁초를 모아 마련한 지저분한 담배를 팔거나 바느질 한 땀에 피를 섞어가며 축구공을 꿰매는 소년들 투성이이지 않은가.

그렇다 해도 "인디언 처녀"의 선택을 성정치의 주권 확보, 하위주체 여성의 비참한 현실을 폭로하고 여성해방의 정당성을 구가하기 위한 젠더 전략으로 함부로 제한해서는 안 된다. 김승희의 용인술(用人術)은 이성복이 정립한바 '정든 유곽'에 거처 중인 '누이'의 이미지를 떠올린다면 그 의도가 비교적 명쾌해 진다. 여성-유색-최하층의 누이는 오랫동안 현재의 오빠이자 미래의 아버지인 '소년'들에게 봉사하여 마땅한 보조자이자 희생양로 기입되기 일쑤였다. 물론 그 강도와 폭은 상당히 약화되었으나 이런 잔재 자체가 깨끗이 말소된 현실은 여전히 미래의 몫인 게 우리 상황이다. 누이가 이 끔찍한 '정든 유곽'을 벗어나기 위해서는 가부장제 현실에 맞서 싸우거나, 극한의 고통마저 마다 않고 껴안는 모성신화를 다시 발동시켜야 할 것이다. 그러나 해방의 서사 양 끝에 치우친 어느 쪽도 "인디언 처녀"와 '누이'의 북소리를 이해하고 공명하기 위한 실질적 방책이 되기 어려운 게 솔직한 현실이다.

주술(呪術)의 간접회로를 따라 자기를 말하고 타자와 대화하는 시적 화법의 견지에서 보자면, "인디언 처녀"와 '누이'에게는 때로는 지혜롭고 때로는 간교한 '갈라진 혀'의 획득이 더없이 소중하다. 그녀들은 그러나 북은 칠지언정 자기의 언어로 스스로를 재현할 수 없는 '다친/닫힌 혀(무릎)'의 보유자들이다. 이 지점에서 그녀들의 생애와 현재가 '나', 곧 시인의 목소리로 구술되며, '너'와 '나'의 통합이 일거에 성립되는 까닭이 또렷해진다.

타격의 리듬과 속도, 소리의 강약은 있으되 그것들이 바로 의미로 전환되지 않는 북소리는 갈라진 혀의 자유로운 놀림에서 제외된 '다친 / 닫힌 혀'의 발성을 닮았다. 이들과 하나 된 시인은 그러니 자신의 '갈라진 혀'로 누이들의 굴곡진 생애와 내면을 토해내는 한편 궁핍한 삶을 강요하는 권력과 제도를 예리하게 파고드는 실천 미학과 윤리의 담당자로 행보할 수밖에 없다. 이것은 『빗자루를 타고 달리는 웃음』을 대표하는 심란한 연작 「사랑」들이 시발되는 원점이기도 하다. 이를테면 다음과 같은 사치한 사랑의 범역에 '정든 유곽'의 '누이'가 쫓겨든다는 것은 과연 가당키나 한 결말인가.

> 헨리는 비디오 테이프를 바꾸며 생각한다
> 저 여자는 너무 문학적이야, 러시아 여자들은 대개 문학적인가?
> 다른 여자들을 봐야지
> 미화 오천 달러, 한 움큼의 푸른 교황으로
> 마음만 먹으면 데려올 수 있는 여자
> 그러나 금발의 나타샤는 여기저기 나이트에도
> 카지노에도 많은데
>
> —「사랑 10」 부분(I : 33~34)

전지적 관점에 선 시인의 대상 관찰과 발화는 이중적이다. 언뜻 알라존과 에이런의 관계를 연상시키는 책략이 그것인바, 물론 여기서는 아이러니보다 풍자의 자질이 압도한다. 둘의 관계를 따져보면 "지상 최고의 남자" "헨리"는 주체적 발화자인 반면, 그가 소비하는 "나타샤"는 "헨리"의 말을 통해 겨우 정체가 드러나는 그림자에 가깝다. "헨리"는 남성

-백인-유한자의 정점에 올라있는 의사-권력의 저속한 발현자이다. 사랑과 육욕, 상품의 구매 통로인 "비디오 테이프"는 따라서 그 의사-권력을 자랑하고 다지는 부정적 의미의 상징투쟁의 장이 아닐 수 없다.

하지만 "헨리"의 권력은 "푸른 교황이 그려진 오천 달러"에 철저히 기반하고, 아니 종속되어 있다. 물신적 화폐는 세상의 모든 것을 교환과 소비의 대상으로 변질시킨다는 점에서 탁월한 권력의 소유자이자 분배자이다. 또한 인간의 보편적 심성 가운데 하나일 주체의 개방과 타자성의 발현, 양자의 동시적 수렴을 간단히 억압한다는 점에서 인간소외의 결정적 국면을 형성한다. "헨리"의 취향과 욕망의 실현은 따라서 자기구원의 길이 아니라 파탄의 심연이다. 세계의 부조리를 비판하고 조롱하는 풍자의 전형적 기능과 모범적 사례를 여기서 만난다면 과연 과장일 것인가.

대문자의 주인이되 그것을 생산과 환원 없는 소비물로 환전하는 "헨리"의 허상-욕망인 "나타샤"들은 어떤가. "나타샤"라는 고유명사 위에 얹어진 기의는 무척 다양하다. 그녀는 가장 흔하게는 러시아 여성 일반을 지시하지만, 톨스토이의 소설(『전쟁과 평화』)에서는 생명긍정의 청순한 여인으로, 우리의 백석에서는 애절한 그리움의 연인으로 스스로를 발산한다. 그러나 "헨리"에게 한때 적성국의 여인 "금발의 나타샤"는 이국적이면서도 적당한 교양과 성적 매력을 함께 갖춘, 그럼에도 언제나 돈으로 환전 가능하며 취향에 따라 교체 가능한 대체 소비재에 지나지 않는다. 여기서 "나타샤"를 유일한 존재의 징표가 아니라 사적인 필요와 취향에 따라 마구잡이로 호출되는 자의적인 기호로 해석할 수 있는 근거가 생겨난다.

더욱 문제적인 지점은 자본의 전지구화에 포위된 '거친 무릎'의 예외적 상황이 "나타샤가 아닌 여자들"의 자유로운 구매와 소비의 가능성에 의해 더욱 배가되고 또 예측되고 있다는 사실이다. "푸른 교황"-"지상 최고의 남자"-"헨리"의 강고한 결합(자본—권력—가부장의 삼위일체!)은, 첫째, 이들의 '사랑'이 이타적 감각과 열린 애정에서 격리되는 과정이자, 둘째, 피부와 혈통, 계급과 국가에 따라 그 값어치를 결정하는 상품화의 장임을 스스럼없이 명시한다. 이런 점에서 우리는 지금 힘센 팔루스들의 '사랑', 다시 말해 "어떤 나타샤"와 "나타샤도 아닌 여자들"에 대한 예외 없는 생산과 소비가 사실은 '거룩한 악행'의 다른 이름이자 명랑한 실천임을 고통스럽게 확인 중인 것이다.

> 조용한 살육이, 만나지 못한 육신 위에 닿을 수 없는 라라가, 영원의 계엄령이, 아아 마지막 침묵의 고요한 계엄령이, 언제나 라라는 그렇게 가고 있을 것이고 언제나 지바고는 그렇게 몇 발자국 그녀의 뒤에서 쓰러지고 있을 것이다, 언제나 그렇게 우리에게 닿을 수 없는 몇 발자국은 남아 있을 것이다, 그렇게, 닿을 수 없는 몇 발자국은, 가고 싶은 몇 발자국은, 닿고 싶은 몇 발자국은……도미노처럼 고요히 심장마비가 오고 그렇게 쓰러질 것이다, 아무데서나, 아무데서나, 그리고 쓰러진 빨래 같은 누구나의 육신 위로 바람은 불고 하늘엔 허공이 떠 있을 것이다, 바람은 불고……
>
> —「사랑 0—저 몇 발자국」 부분(I : 20)

"푸른 교황"과 "헨리"에 호명된 "나타샤"의 소비(죽음)는 스스로의 '갈라진 혀'에 의해 회복되고 갱신되지 않는 한 삶의 현장과 미래로 귀환되지 못한다. 「사랑 0—저 몇 발자국」에 인유된 『닥터 지바고』는 볼셰비키즘에 산산히 부서진 시인-의사의 애절한 삶과 사랑을 그린 파스테르나크의 소설로, 우리에게는 린 감독의 영화로 더욱 유명하다. 의사가 공동체의 삶을, 시인이 개성적 영혼의 자유를 상징하는 직업 장치임은 주지의 사실이다. 유리 지바고의 패배는 인간성의 배려 없는 혁명 역시 악마적 자본과 마찬가지로 "다친 무릎" 지대의 체계적 건설과 '다친 무릎'의 폭력적 수감으로 종결될 수밖에 없음을 먹먹하게 호소한다.

우리는 "지바고"의 시인됨이 법적 아내보다는 숨겨진 애인 "라라"에 의해 충격되고 실현되어 갔음을 기억해 두어도 괜찮겠다. 연정과 애욕의 임계선 저편으로 자꾸만 달아나는 "라라"는 현실 속 여인이기 전에 본원적 자연과 러시아, 예술세계를 상징하는 영원의 뮤즈이다. "지바고"와 "라라"의 관계는 그러므로 "닿을 수 없는 몇 발자국" "가고 싶은 몇 발자국" "닿고 싶은 몇 발자국"의 양태를 취할 수밖에 없다. 왜 그런가. 현실과 이상의 무모한 통합을 제어하는 한편 서로를 성찰의 거울로 활용하는 차가운 지혜는 양자를 '저만치'의 거리에서 응시하고 통찰할 때 생겨나기 때문이다.

"라라"를 뮤즈로 가치화했다고 해서 "나타샤"를 그에 비견하는 숭고한 여성으로 굳이 치환하는 작업은 그러므로 헛된 노력에 가깝다. 오히려 그 이상과 가치를 교환과 소비의 "다친 무릎" 지대로 추방하는 "푸른 교황"의 숭배자 "헨리"를 차갑게 응시하는 형안(炯眼)의 발굴과 장착이 먼저 요청된다. 그 빛나는 혜안에 의해 "인디언 처녀"와 "나타샤", "라라"와 '순이' 들의 "다친 무릎"은 유연한 영혼의 관절과 단련된 정신의 근육을 새로 갖추게 될 것이다. 이 순간 그녀들의 북소리는 서로 반향하며 인류 전 역사의 "다친 무릎" 지대로, 이름과 말을 함께 빼앗긴 "다친 무릎"들 모두의 내면으로 무섭고 아름답게 울려 퍼질 것이다.

이런 관점에서 『빗자루를 타고 달리는 웃음』 속 '날다'의 형식은 꽤나 의미심장하다. '날다'는 두 가지 형식인데, 하나는 "양은 냄비를 타고서 / 자본주의의 하늘을 날아가는 4인 가족"(I : 11)에, 다른 하나는 "빗자루를 타고 달리는 웃음"(I : 91)에 구현되어 있다. "양은 냄비"와 "빗자루"를 탄 비행과 여행은 신기하고 괴이쩍은 이동임에 틀림없다. 하지만 유사한 양태와는 무관하게 "양은 냄비"와 "빗자루"의 비행술과 지향점은 엄연한 차이를 갖는다.

전자의 주체 설정, 그러니까 "자본주의의 새로운 유목민"이라는 명명은 "4인 가족"의 삶이 구제불능의 지경으로 추락할 것임을 암시한다. 과연 그들은 허상의 "희망봉"을 향하여 "바닥에 구멍이 난 양은 냄비를 타고서"(이상 I : 11) 날아가는 중이다. 이들에게 비행은 시간의 소비이며 가망 없는 가능성의 도박일 따름이다. 따라서 이들이 터뜨리는 '웃음'은 결국은 자아를 향한 냉소이자 세계를 향한 조롱으로 귀결될 것이다. 이들의 '웃음'이 명민한 풍자에 착근하지 못하고 '위악'과 '저주'로 진격할 수밖에 없는 이유이다.

"빗자루"를 탄 비행하면 대개 '마녀'를 먼저 떠올릴 것이다. 하지만 "빗자루"의 주인공은 "바보 산수"의 대가 김기창 화백이다. 그의 뛰어난 재능은 언어 장애와 친일의 오명에 따른 폄하의 구설수를 아주 면치는 못했다. 하지만 끝내 "달아날수록 웃고 덤벼드는 뭉클뭉클한 천(千)의 산맥을"(I : 91) 성취함으로써 그는 세상의 편협한 조소(嘲笑)를 넘어 절대예술의 경지로 성큼 들어섰다. 운보의 웃음이, 그리고 필력이 "다친 무릎"에 빙의된, 아니 얼마간은 스스로도 그러할 김승희 시인의 시선에 문득 포착된 것도 예술의 자유와 자기초극의 숭고를 동시에 간파했기 때문일 것이다.

자본과 권력에 너남 없이 꺾이는 우리 "다친 무릎"들에게는 어쩌면 '쓰는' "빗자루"보다 '쓰는(=그리는)' "빗자루"(화필)가 더욱 갈급할 지도 모른다. 마당(현실)의 "빗자루"는 파괴와 청산의 '공백'을 불러들이지만 예술(상상)의 "빗자루"는 "나의 문턱을 넘어" "왁자지껄 떠드는" 온갖 것들을 "데리고 들어오"(I : 79~80)는[2] 꽉 찬 여백을 창안한다. 여기서 분출하는 "유쾌한 검은 폭소의 실존적 울림"(I : 95)은 공격과 초월의 풍자와 웃음을 넘어, 반위계성과 상대성, 탈권위와 탈제도, 타자에의 열림과 느슨한 결속을 가속하기 마련이다. 카니발리즘의 '웃음'은 민중언어에 근거한 풍자와 해학, 반전의 대화법에서 발생한다는 바흐친의 명제와 즐겁게 조우하는 지점인 것이다.

"인디언 처녀"의 북소리는 아마도 이런 환경에 감싸일 때 자유로운 리듬과 예외적 의미로 충만하게 될 것이다. "다친 무릎"이, '다친 / 닫힌 혀'가 상실과 억압의 조건을 넘어, 자유와 평등을 더욱 충동하는 살림과 연대의 한 원리로 거듭나는 순간 또한 이 부근이 아닐까. 김승희의 풍자와 웃음이 의외로 급진적이며 (긍정적 의미에서) 낭만적이라고 평가된다면, 그것은 물론 하위주체들에게 억압된 채 숨겨진 이런 복합성과 다성성의 분출 가능성을 엿보고 있기 때문일 것이다. 이후 시집

---

2 이 대목은 불길함의 관념과 인습을 뒤집는 반전(反轉)의 시편 「13월 13일, 마지막 축제」에 들어 있다.

이 조롱과 냉소의 '웃음'보다 감싸 안음과 스밈의 '웃음'으로 씩씩하게 변주되어 나가는 것 또한 "다친 무릎"의 오래된 동무 "빗자루"의 미학적 선취와 크게 관련될 지도 모른다.

빛깔의 율동과 부사적 삶의 깊이

구멍 뚫린 "양은 냄비"에 올라탄 "다친 무릎" 가족의 운명이 궁금하다면, 『냄비는 둥둥』(2006)의 표제작 「냄비는 둥둥」을 조심스럽게 펼쳐볼 일이다. 세계의 처처가 "다친 무릎" 지대에 방불함은 아르헨티나로 대표되는 구(舊) 식민지들의 "냄비, 프라이팬, 국자, 냄비뚜껑" 두드리는 소리와 "사람들이 한목소리로 내지른 비명소리"(II : 18)에 선연하다. 왜 하필 요리도구들인가? 음식은 생존의 기초조건이며, 나아가 각국의 요리와 누군가의 식도락 취미가 대변하듯 개성적 취향과 충만한 삶에 관련된 원초적이거나 고급한 문화의 일종이다. 북소리가 세계를 향해 더욱 반향한다면, "냄비" 두드리는 소리는 개개의 실존을 향해 더욱 내밀하게 울려 퍼질 것이다. "냄비"의 굉음이 결여의 공포와 분노로 말미암은 "경련하는 밥상"(II : 19)으로 현상하는 소이연이다.

"냄비"는 "시래깃국, 푸르른 논과 논두렁들, 쌀"이 담기지 않는 한 두드림에 의해 구멍이 날 것이다. "냄비"의 구멍이 나날이 커진다면, "다친 무릎"들의 파국과 그에 반한 혁명의 열정도 더욱 뜨거워질 것이며, 그것을 가두려는 "거친 무릎" 지대의 파시즘도 덩달아 커질 것이다. 그런 만큼 제국과 자본의 파멸 역시 더욱 가까워질 것이다. 「냄비는 둥둥」은 이런 점에서 묵시록의 비전에 가까우며, "신의 이빨"인 "쌀"(이상 II : 19)의 윤리와 약속은 더욱 절대적이며 절실한 것이 된다. '거룩한 악행'의 제시와 풍자 없이도, 멋대로의 "냄비" 두드리는 소리와 하위주체들의 터져 나오는 "비명소리"만으로도 각성과 저항의 효과가 더욱 배가되는 까닭은 여기서 말미암는다.

물론 "냄비" 두드리는 소리만을 궁핍한 실존의 호소와 분노, 연대와 저항의 지표로 제한하여 의미화해서는 곤란하다. 그와 긴밀히 연동된 "다친 무릎"들의 심장 박동에 귀 기울임으로써 위기와 초월의 감각을 동시에 청취하고 해석하는 일이 오히려 시급할 지도 모른다. 그래야만 심장 박동의 원초적 리듬과 선율이 아래의 다성적 음역으로 수렴되고 확산될 수 있기 때문이다.

나는 노래하고 싶다
심장은 결국 하트 모양이 아니었고
차라리 피투성이 근육덩어리였다
어딘지 정육의 냄새가 풍겼다.
터널처럼 내 육체는 그만 아픈 심장을 견디다 못해 방출하였고
밖으로 쫓겨난 심장은
이제 비밀한 단 한사람조차 숨겨줄 수 없게 되었을 때
구태여 물 밖으로 나와 걸어가는 인어라든가
샤갈의 그림 밖으로 끌려나와 바위에 머리를 박고
여지없이 중력에 추락하는 푸른 신부라든가
머리끝부터 발끝까지 척추를 뚫고 지나간 쇠파이프를 지닌

프리다 칼로의 철철 흘러내리는 피의 성찬식이라든가

그런 어처구니없이 아름다운 것들에 대하여

—「심장딴곳증(ectopia cordis)」 부분(II : 148~149)

"심장딴곳증"은 심장이 원래 위치와 다른 곳에 생겨나는 희귀질환으로, 대개 해당 증상의 영아는 출생 3일 정도면 사망한다. 간혹 수년에 걸쳐 생존하는 경우도 있어, 죽음을 달고 사는 영아의 끈질긴 생명력은 찬탄과 연민의 대상으로 특필되곤 한다. 질병의 은유라는 관점에서 본다면, 제 땅을 빼앗기거나 그곳에 살아도 소외를 면치 못하는 "다친 무릎"들의 실상은 "심장딴곳증"을 앓는 환자와 다를 바 없다.[3] 제국/자본의 지배와 보호는 그들의 자율성과 독립성을 갉아먹는 마약에 방불한 것인데, 이 지점에서 생존의 평안이 오히려 실존의 위기와 죽음을 더욱 촉발하는 아이러니가 발생한다. "심장딴곳증" 환자의 "노래"와 "다친 무릎"들의 북소리가 위기를 초극하는 의지의 발현인 동시에, 세상을 향해 자신의 삶을 증거하는 가녀리되 단단한 모스부호의 타전이라면 저 아이러니의 효과 때문인 것이다.

하지만 「심장딴곳증(ectopia cordis)」의 진정성과 활기는 아이러니의 특별함과 양가성에서 찾아지지 않는다. 심장 폭탄을 안고 사는 환자의 "노래" 선택과 의지가 기특하고 아름답다는 사실에 우리들 심장은 문득 한 번 더 고동치는 것이다. "하트 모양"은 커녕 "피투성이 근육덩어리"에 불과한, "안에 있지 못하고 밖으로 쫓겨나올 수밖에 없었던" "심

3 그러나 환자의 어쩔 수 없음과 하위주체의 무기력은 당연히 엄밀히 구분되어야 한다. 여기서는 내용 아닌 형태적 구조의 상동성을 비유의 근거로 가져온 것임을 기억하라.

장"은, 제 땅에서 쫓겨난 위기와 죽음의 존재들, 이를테면 물 밖의 "인어"와 추락하는 "푸른 신부"와 "쇠파이프"로 몸이 꿰뚫린 "프리다 칼로" 같은 "어처구니없이 아름다운 것들에 대하여"(이상 II : 149) "노래"하기를 희원한다.

그러나 주의하라, 이 "노래"가 자신처럼 죽음에 처한 동무들을 향한 사랑과 연민으로만 한정될 수 없다는 사실을. 오히려 그것은 자신을 포함한 죽은 자들을 향한 진정한 애도, 그러니까 소멸의 덧없음을 이겨내고 새로운 삶을 환대하는 겸손한 예의에 가깝다. 과연 "심장딴곳증" 환자의 "노래"는 최후에는 "놀림받아 정신없이 걷"지만, "그래도 기도하며 걷"거나, "그래서 불타는 듯 꽃피우며 걷"고, "맨발이 땅에 닿을 때마다 한땀 한땀 핏방울 뜨며 걸어가는 / 으리으리한 인어공주, / 그런 벙어리, 피의 자수가(刺繡家)"(II : 149)에게 바쳐지고 있다. 울컥한 감동과 함께 이 노래에서 피어나는 '웃음'은 선악의 구별과 윤리와 당위의 지시를 위한 차가운 홍소(哄笑)에서 벗어나, "이것도 아니고 저것도 아니고" 또 "둘 다 모두"인 "제3의 길"(II : 108~109)의 형식으로 드디어는 도약할 수밖에 없다. "다친 무릎"을 향한 진실한 기억과 감응이 공격과 대결의 '웃음'을 수렴과 변화의 '웃음'으로 변환하는 현장을 우리는 목도하고 있는 셈이다. 그것도 다른 어떤 곳도 아닌 "밖으로 쫓겨난 심장" 그 위험한 장소에서 말이다.

이처럼 『냄비는 둥둥』은 풍자의 전략을 서서히 감추면서 "다친 무릎"들의 내면과 목소리로 "다친 무릎"에 심각한 이의를 제기하는 간접화 전략을 효과적으로 구사한다. 이를 주목할 때 우리는 김승희 특유의 색채의 심리학과 정치학을 함부로 지나칠 수 없다. "심장딴곳증"의 삶에 관한 자랑과 어려움과 즐거움과 혼곤함(물론 이것은 시인과 "다친 무릎 공통의 소유다)은 이를테면 빨강색, 노랑색, 푸른색, 무지개색의 전사(轉寫)와 그에 대한 감각적 발화를 통해 직조, 부감된다. 이것이 갖는, 또 지시하는 의미는 과연 무엇일까.

색채는 햇빛의 파장과 공기의 조건에 따라 다양하게 분화하는 자연 상태의 빛깔로 우선 이해된다. 그러나 누군가의 말처럼 '색(色)'은 성질을 뜻하는 人(인)과 꼬리를 뜻하는 巴(파)가 합쳐진 문자라는 점에서 인간성 또는 내면심리와 깊이 연동된다. 색채와 그림을 통한 영혼의 위로와 상처의 치유는 이런 심리적 단면을 미학적으로 활용한 대표적인 예일 것이다. 한편 색채는 인류 일반이나 특정 공동체가 함께 보유하는 집단적 무의식이나 정치적 (무)의식으로 구조화되어 왔다. 예컨대 더도 말고 우리의 '빨강색'에 담긴 다양한 기의들이 그렇다. 생명과 죽음, 부상(일출)과 낙하(일몰), 관능과 희생, 애국(붉은 악마)과 매국(빨갱이) 등의 완강한 짝패는 신화와 상징, 이데올로기의 습합체이자 강화체들인 것이다.

물론 김승희 시에서 중요한 것은 색채들이 단일성으로 특정되기는 커녕 서로 뒤섞이고 뒤바뀌며, 종국에는 그 형태와 의미가 구분되지 않는 '색채들'로 혼융되고야 만다는 사실이다. 이것은 구분과 선명을 가로질러 그것을 버리고 넘어선 해체물이자 응집물이란 점에서 일종의 리좀(rhizome)적 관계의 산물이다. 이것이 "다친 무릎"들 스스로 '갈라진 혀'를 획득하여 자아와 타자에 두루 상통하는 말과 글을 자유롭게 구사해 가는 '희망의 원리'와 비견된다는 사실을 따로 강조해둘 필요가 있을까.

명령하고 싶어도 명령할 수가 없다,
한쪽 심장은 아프다고 말한다
또 한쪽 심장은 안 아프다고 말한다
아파, 안 아파, 아파, 안 아파, 통일은 어렵다,
좌심방, 우심방, 좌심방, 우심방, 좌, 우, 좌, 우 하다가
불현듯 자, 에서 고개를 떨구는 경우도 있다
한쪽 심장은 좌로 가자고 말하고
또 한쪽 심장은 우로 가지고 말한다
너무 시끄러워 멈춰, 멈춰, 멈춰, 자, 자자, 이제 그만, 영영히!

—「푸른색 3」 부분(II : 34)

"푸른빛"은 흔히 영원과 이상, 청춘과 순진, 평화와 안정 등을 지시하고 의미한다. 푸른 하늘과 푸른 바다, 청년과 푸른 장미는 생의 약동을 펌프질하면서도 마음의 평화를 불러오곤 하는 것이다. "푸른빛"은 그러나 교감과 연대의 이면에, 바다 깊은 곳의 암청(暗靑)빛이 예시하듯이, 차갑고 우울한 영혼의 건조한 감성을 은폐하고 있다. 김승희에게 "푸른빛"이 명랑성보다는 멜랑콜리의 빛깔임은 "몸의 잔뿌리 털에서 파란 소름이 꽃피어날 때 꿈의 발진티푸스랄까" "창백한 수련, 부레, 알아? 부레?"(II : 51~52) 같은 대목에 뚜렷하다.

"파란 소름"-"발진티푸스"-"창백한 수련"으로 연속되는 색감은 파리하게 소멸하는 염세주의자의 비극성을 아프게 환기한다. 일련의 암청의 멜랑콜리가 태양의 발을 벌써 구르는 청년보다는, "향일성"이되 끝내는 "거품으로 돌아가야" 하는 "파도 거품"의 딸들 "오필리어, 나우

지카, 키르케, 아프로디테"(II : 51)에게 부과되는 것도 그들의 운명이 끝내는 상실과 몰락에 긴박되어 가기 때문일 것이다.

이런 징후적 심상은 「푸른색 3」을 현존이되 부존의 성격을 공유하는 "거품"의 존재와 "심장딴곳증" 환자의 우울과 혼란을 토로하는 시편으로 위치시킨다. "붉은 피가 지나쳐 푸른 자주색을 발하게 된, / 인간의 모든 고통이 지나치게 아로새겨져 / 견딜 수 없는 낙망과 두려움의 경련"(II : 34)에 처한 심장-영혼이고 보면 왜 안 그렇겠는가. 우리는 그러나 자아의 멜랑콜리가 "배고픔과 목마름을 이해하는, 사랑의 결핍을 호소하는 붉은 피가 지나"(II : 34)친 낭만적 아이러니의 소산임을 유의해야 한다. 불면 날아갈 것 같은 저들에게는 참으로 어려운 청람(靑藍)으로의 귀환이나 그 호출이 불가능하다면, 차라리 "황황(煌煌-인용자)한[4] 푸른색"(II : 32)으로 스며드는 것이 보다 바람직한 선택일지도 모른다.

이렇게 질문해 보자. "황황한 푸른색"이 "다친 무릎"들의 멜랑콜리를 위안하는 심리적 방편을 넘어, 존재증명과 행복에 헌정되는 방법적 사랑이라면 어떻겠는가. 김승희의 회심 찬 답변은 동서양의 대표적 유화들에 울울한, 개성과 모험 만점의 "푸른색"에서 찾아진다. 공통 주어는 "푸른색"이되, 거기에는 보라(석란희)와 회색(김환기)과 미친 주황(반 고흐)이, 잠이 덜 깬 상태(모네)와 서러움(모딜리아니)과 미끈거림(천경자)과 어디에도 없는 색(칸딘스키)이 서로를 느슨하게 휘감으며 앞서거니 뒤서거니 열애 중이다. 온갖 형용사를 동원해도 결코 특정되지 않을

4 배우 이은주의 죽음이 「푸른색 2」의 모티프로 주어져 있지만, 나는 '황황'의 한자를 허둥거린다는 의미의 '遑遑' 대신 번쩍번쩍 빛난다는 뜻의 '煌煌'을 취한다.

이 "푸른색"들이 "내가 죽어도 남아 있을 저 이유 없는 행복"인 까닭은 내면의 질푸른 심연을 아찔하게 수렴하는 동시에 타자를 또 다른 나로 호명하는 개방성 때문이다. "이 모든 푸른색 / 그 모든 푸른색"(이상 II : 30~31)이라는 언명은 "푸른색"의 멜랑콜리를 존재의 질병이 아니라 도약의 원리로 전유했을 때 비로소 가능해질 것이다.

이런 태도는 "노랑색"과 "빨강색", "무지개"를 심리화하는 시어의 모험 속에서도 뚜렷하다. 빛깔이나 색감의 순정성과 명징성보다는 그것 내부에서 일어나는 어떤 운명적 순간, 이를테면 "살기 위해 필요한 몇 개의 벼락같은 환상"(II : 43)과 "파랑빛 튀기는 감전으로 일렁거리며 죽어가는"(II : 44) 자를 읽어내는 형형한 감각이 그 종요로운 실례들이다.[5] 이를 참조한다면 김승희의 "무지개"는 개별 색감의 명랑한 결속과 현실 저편의 심미적 환영 정도로 축소하여 의미화되기 어려울 것이다. 과연 그녀의 "무지개"는 "색색이 펄럭이는 채색 붕대들", 그것도 "얼마나 많은 몇천 톤의 여인들의 심장에서 / 얼마나 많은 몇 억 광년의 피 묻은 붕대들"에서 끌려나온 것이다. "무지개"가 "참 깊은 채색 고운 마음 같은 눈썹"(이상 II : 64~65)인 까닭은 비극적인 그녀-역사(her-story)를 푸른 하늘에 솔직하게 걸어놓을 줄 아는 열렬한 기억과 애도의 순연함 때문이겠다.

하지만 여기에 그친다면 "무지개"는 전시물로서의 가치 이상을 넘어서지 못한다. 그녀-역사의 "무지개"는 역사현실과 생활현실, 미래의 삶에 개입하여 때로는 대화하고 때로는 갈등하는 실천적 삶을 경쟁

---

5 앞쪽이 "붉은색", 뒤쪽이 "노랑색"을 묘사한 것이다.

/ 경영할 때야 소멸하지 않는 실재로 가치-증여될 수 있다. 실제로 김승희는 "바람이 빨래를", 그러니까 "채색 붕대들"의 "무지개"를 종종 떨어뜨리는 이유를 "울퉁불퉁 피투성이 날갯짓을 하라는 거"(II : 65)에서 찾는다.

핏빛에서 발현한 무지개의 아름다움과 함께-있음은 "다친 무릎"들이 '갈라진 혀'를 획득하여 대문자 역사와 주체를 성찰하고 넘어서는 반란과 회생의 역사를 상기하고 또 그 미래를 상상케 하는 바 있다. '거룩한 악행'에 대한 풍자와 웃음이 비판적 조롱과 냉소로 경사하는 데 반해, "다친 무릎"들을 기억하고 그 삶에 동참하는 "웃음"이 저 "무지개"의 속성과 유사한 까닭도 이와 관련될 것이다. "핏빛"에서 산란하는 "무지개"의 역능(力能)이 그러하듯이, 드디어는 김승희 고유의 '웃음'도 "진실 혹은 거짓 / 승리 아니면 패배 / 둘 중 하나가 아니고 / 둘 다 모두—"인, 그래서 "진실로 울음보다 난해한" "제3의 길"의 "웃음"(이상 II : 109)으로 들어선 것이다.

그 역사적 이해와 감각의 성취에서 이례적인 "무지개"와 "웃음"의 동시적 발견을 생각하면, 김승희의 신작 『희망은 외롭다』(2013)는 제명(題名)은 얼마간 의외롭다. 이상과 미래, 해방과 자유의 "무지개"와 그것을 더욱 확장하는 "웃음"의 시학에 대한 기대를 배반하는 형국이기 때문이다. 하지만 그녀가 설정한 "웃음"의 임계선 (~도 ~도) "아닌 것 그런 것 / 아니어서 그런 것"(II : 108)을 문득 떠올린다면, 그래서 "제3의 길"일 수밖에 없다면, "웃음"은 외롭고 난해한 정동(affect)의 앨쓴 발로(發露)에 가깝다.

사실 김승희는 「사랑」 연작과 「푸른빛」 연작이 그렇듯이 창작의 계기와 지향을 암시하는 일련의 연작시편을 시집마다 배치해 왔다. 『희망은 외롭다』 역시 여기서 벗어나지 않는다. 그녀가 구상 중인 "무지개"와 "웃음"의 지향이나 운명을 엿보기 원한다면, "다친 무릎"들의 일상에 주목한 「서울의 우울」 연작보다 그들의 감정의 흐름과 가치의 선택에 주의하는 부사어 연작에 집중하는 것이 보다 효과적이다.[6] 거기서 "무지개"의 "울퉁불퉁한 두 팔"(II : 64)과 "둘 다 모두"인 "웃음"(II : 109)이 밀어 올리는 어떤 약속들을 만날 지도 모르기 때문이다.

김승희 식으로 말한다면, 그 '약속'은 무엇보다 "말의 에피파니가 부서진 세계와 영혼의 병을 구원하는 것"(III : 7)이다. 이 약속은 "다친 무릎"들의 북소리가 던지는 내밀한 희망과 '갈라진 혀'가 역사현실에 참여하는 미학적 실천의 주술로 그 길마를 잡을 것이다. 이 어려운 삶의 유곡으로 흘러드는 영혼의 떨림과 향방을 맥락화하는 부사어들이 "하물며" "부디" "아직" "이미" "어쨌든" "비로소" "아랑곳없이" "저기요" "아~"이다. 해당 부사어들은 즐겁거나 고통스런 어떤 현실들을 지시하기보다는, 이에 맞선 내면의 굴곡진 율동과 영혼의 반향에 대해 짙은 음영을 드리우는 말들이다. 가령 아래 시의 "사랑"과도 연결되겠는데, "하물며"가 "사랑하지 않는 마음에는" 존재하지 않고 "증오를 거부하는 말"로, 또 "한없는 바닥에서 굉장히 쟁쟁한 말"(III : 29)로 다성화되는 풍요로운 감각의 현장을 보라.

---

6 『희망은 외롭다』에는 이 외에도 「모차르트의 엉~덩이」 연작과 「달걀 속의 생」 연작이 수록되었다. 특히 "모차르트"의 계시와 그에 따른 시적 충동은 흥미롭다. 그는 "실용을 넘어 사랑의 무용성을, 운명을 보여주"는 존재인데, "마음껏 사치한 뒤에" "빈민들의 시체와 함께 / 공동 구덩이 묘지에 던져졌다"(III : 84)는 운명의 반전이 그것이다. 하지만 모차르트는 다시 불멸의 예술혼으로 세계 곳곳의 어제와 오늘을 배회하고 있다.

지금이라는 것을 느낀다

지금이라는 것이 압축된다

뼈마디에 하얀 서리가 끼고

콩에서 뜨거운 수증기가 나오고

하얀 구토가 울컥이고

하체에서 오줌이 줄줄 흐르며

붉은 피가 고인 눈동자에서 하얀 화약이 터지고

사랑하는 사람은 지금뿐이라는 것을 안다

—「'비로소'라는 말」 부분(III : 38)

생애 단 한 번뿐일 수도 있는 "지금"의 각성은 환희가 아니라 죽음의 공포와 함께 온다. "지금"은 삶의 끝장과 혼미가 강요되고 던져질 때 더욱 간절해지며, 삶의 가능성이 빈틈없이 봉인될 때 캄캄한 "FEAR(공포)"로 돌변한다. 시적 자아는 이 위기의 순간을 두고 시적 자아는 "사랑하는 사람만이 지금을 안다 / 우리의 나아갈 길은 지금 뿐임을 / 비로소 안다"(이상 III : 38~39)라고 적었다. "사랑"이 공포를 이긴다면, 그것은 아마도 강요된 죽음의 순간조차 희망을 충동하고 절망을 얼마라도 휘발시키는 "비로소"의 감정 상태를 활성화하기 때문일 것이다.

위기 속 "사랑"은 적어도 "사랑의 이름으로 '다친 무릎'을 만드는" 불순한 지점으로 흐르지는 않는다. 간절한 삶의 의욕은 사랑의 감정으로 충만한 존재들을 떠올리게 마련이며, 때로는 타자를 위한 순연한 희생으로 몸을 갈아입기도 한다. 이런 점에서 "비로소"는 시간의 선후 문제보다는 "우리"들의 고유한 감성과 존재를 수렴하고 재분배하는 방법적 사랑과 깊이 연동된다. 이곳에 "비로소"가 반의어 관계인 "이미"-"덜어내고도 다시 고이는 힘"(III : 35)과 "아직"-"무제(無際)"[7](III : 32)를 원환(圓環)의 말로 만드는 까닭이 존재한다.

> 두 손으로 바람을 모아
> 뼈와 근육과 신경과 골수를 짜넣은 여자
> 영혼을 살로 싼 여자
> 심장 속에 절대로 꺼지지 않는 불을 넣은 여자
> 언제나 위험보다 더 위험하고
> 허무보다 더 허무하고
> 시간보다 더 덧없는 여자
>
> —「바람을 옷에 싼 여자」 부분(III : 44)

이곳에는 넓게는 "다친 무릎"들, 좁게는 "인디언 처녀"와 누이의 바라마지 않는 본성이 바람 불고 있다. "바람을 옷에 싼 여자"라는 시제(詩題)는 이들이 사랑과 연대, 해방과 자유의 정령(精靈)으로 귀환하고 있음을 훈훈하게 암시한다. 그러나 이들의 "바람"은 고통스럽기 짝 없는 위험과 허무, 덧없음의 현장에서 발생하는 것이지, 추상적이며 관념적인 현실 저편에서 떠밀려 불어오는 것이 아니다. 바람과 물과 해와 별과 정액과 피를 모아 "사람을 태어나게 한 여자"라는 새로운 차원

7 '무제'는 한글로 단독 표기되어 있다. 시인의 "덜어내고도 다시 고이는 힘"이라는 규정을 참고하여, 그리고 희망의 원리를 지렛대 삼아 거칠 것 없이 넓다는 의미의 '無際'를 괄호 안에 덧붙였다.

의 모성성 부여는 이와 관련된다. 저 자연과 생명수는 존재의 기원을 기억하는 한편 거기서 태어난 "사람"이 귀환할 미래, 즉 흔히 영원으로 가치화되는 죽음의 세계를 상징하는 기호에 해당한다. 따라서 저것들과 한 몸인 "여자"는 대지적 모성성을 훨씬 초월하는 우주적 존재일 지도 모른다.

하지만 그녀의 위대함이 단지 포용과 희생의 무제(無際)에 의해 주어지는 것이 아님을 우리는 기억해야 한다. 그녀는 모든 것을 빼앗기고 잃어도, 머물 땅 한 뼘 없어도, "인류 대대로 바람을 옷으로" 싸며 "절대로 꺼지지 않는 불을 심장 속에 간직"(이상 III : 44)해온 불멸의 희망 자체인 것이다. 그녀의 비명(碑銘)이, 아니 미래의 예언서가 "희망은 직진하진 않지만 / 희망에는 신의 물방울이 들어 있다"(III : 14)라고 시작되어 그것으로 끝나는 것은 그러므로 당위가 아니라 필연이다. 여기서야 비로소 "여자"를 신격화하지 않은 채 "다친 무릎"들의 해방서사 어딘가에 숨어 있을 예외적(영웅적이 아닌!) 영혼으로 불러들이는 연유가 명쾌하게 해명된다.

"희망의 연옥"을 건너는 "자유인의 꿈"

2000년대 김승희의 시는 자본과 권력의 '거룩한 악행'에 포박된 "다친 무릎"들의 궁핍한 현실과 충만한 회복의 상반된 지점을 고통스런 기억과 명랑한 풍자로 예리하게 점묘해 왔다. 점차 '희망의 원리'를 부감하며 "다친 무릎"들의 전(全) 역사에 응결된 "신의 물방울"에 존재의 갈증을 적시려는 시적 욕망은 다양한 방식의 언어와 내면의 모험을 충동하고 창출하는 힘이 되었다. 고정된 기의의 협소와 고착을 벗어나 언어를 존재의 실질로 질료화하려는 노력은 특히 「사랑」 연작과 일련의 부사어 시편에서 "따스한 멸치장국 / 아픈 자, 배고픈 자, 추운 자, 지친 자 / 찬란한 채색 고명과 어울려" "무럭무럭 김나는 사랑"을 피워 올리는 "잔치국수"의 "향연"(II : 157)을 널리 베푼 바 있다. 이것은 김승희 시가 힘센 자들에 대한 풍자와 비판을 넘어, "다친 무릎"들의 '갈라진 혀'를 다시 찾아가는 회생과 미래의 약속으로 지혜롭게 안착했음을 보여주는 증례로서 모자람 없다.

하지만 김승희 발 '희망'은 지옥의 무분별한 초극과 천국의 맹목적 추종이 아니라 '연옥'에서의 결사적 단련과 패배의 적층에서 간신히 솟아나는 것임을 우리는 기억해야 한다. 그녀의 '풍자'가 '해탈'도 아니고 '자살'도 아닌 "사람을 태어나게" 하는 "바람의 연애"(III : 44)로 진화해 가는 것은 "자유인"이 지옥과 천국 양자를 초월한 상태에서 태어난다는 속설을 "오해"(이상 II : 24)라고 인식하기 때문에 가능한 것이다. 천국에서 가장 먼 곳과 지옥에서 가장 가까운 연옥에 스스로를 위리안치(圍籬安置)할 때야 비로소 "자유인"을 향한 일말의 가능성이 주어진다는 고해성사를 우리는 아래 시에서 만난다.

> 자유는 그런 데서 오지 않더라,
> 죄의 깡통을 들고 피를 빌어먹더라,
>
> 장터에서 지는 싸움을 다 싸우고

시선으로 포위된 땡볕, 장마당 한복판에
피 흘리는 심장을 내려놓았을 때
징 소리가 울리고
막이 내리고
그런 패배를 견뎌야 자유인이 되더라

소금을 뚫고
꿈,
미친년의 머리에 꽂은 꽃 같은 거더라

—「자유인의 꿈」 부분(III : 24)

"자유"가 "피"의 자식이라는 선언은 이미 김수영의 것이다. 김승희의 "자유인"이 김수영과 구별되는 지점이 있다면, 처음부터 승리가 아닌 "패배"를 자유의 전제로 삼았다는 사실이다. 따라서 '온몸'으로 기면 길수록 늪의 심연으로 빠져드는 '자유(인)'의 꿈은, 전통과 현재를 '사랑의 변주곡'으로 함께 울려대는 김수영의 그것과 달리, "미친년의 머리에 꽂은 꽃 같은" 것인지도 모른다. 김수영은 자유(인)의 꿈에서 "뜻밖의 일"과 "다른 시간"(「꽃잎」)으로 초월하는, 다시 말해 혁명하는 '꽃잎'을 문득 보아낸다. 하지만 "미친년" 머리의 "꽃"은 미래와 변화보다 조롱과 비웃음의 손가락질을 쌓아가는 일에 오히려 적합하다. 김승희는 그렇게 "죄의 깡통을 들고 피를 빌어먹"는 상황을 '자유'의 토양으로 간주하고 있는 셈이다.

패배와 좌절의 심연을 자유의 기층으로 파악하는 태도와 시각은 아마도 삶과 죽음의 경계지대, 곧 연옥의 삶을 거처로 삼았던 바라데기의 그것에 알게 모르게 연결되어 있을 것이다. 다시 인용하거니와 "희망은 직진하진 않지만 / 희망에는 신의 물방울이 들어 있다"는 명제는 바리데기의 후예이기 때문에 가능한 일이다. 고백과 주장의 언술이 승하고 느껴지는 김승희의 시가 "다친 무릎"이나 '경계인'의 실제 삶과 내면의 세부에 좀 더 밀착된다면 어떨까하는 느낌 또한 이와 관련된다.

바리데기의 희생과 영원 사이에 걸린, "미친년"의 꽃을 향한 애도와 다른 생으로의 인도는 주체의 발산보다 타자로의 스밈에 보다 적합한 언어들로 행해졌다는 게 사실에 보다 부합할 것이다. 그러니 우리 삶의 "마지막 여권, 뿌리칠 수 없는 종신형"(III : 7)은 이제 "신의 물방울"을 언뜻 본 '여자'들뿐만 아니라 '희망'을 발음할 줄 모르는 폐절된 신체와 감금된 사물들에게도 널리 선고되기를 희망한다. 이 글이 젠더의 성 정치학에 동의하면서도 조심스럽게 비껴간 것은 이들의 시끄러운 소음이나 뜻 모를 웅성임 조차 희망인 시대를 우리는 여전히 살고 있기 때문이다.

‘난쉐(Nanshe)’의 귀환에 부치는 몇 가지 주석

허수경, 『빌어먹을, 차가운 심장』론

1. ‘차가운 심장’, 늙은 여신 ‘난쉐’[1]를 만나다

민속학, 인류학이 그러하듯이 고고학은 제국주의의 학문이었다. 고고학을 통해 식민지 혹은 야만의 근저를 관통함으로써 문명의 우위와 지배의 정당성을 합리화했던 것이다. 지배 공간의 주조는 시간의 승리 역시 날조했는바, 과거는 현대의 고급 기술(technic)과 분석에 피침됨으로써 계몽의 대상으로 영구히 각하되었다. 물론 고고학이 제국의 위대성을 배포하는 가학적 수단이었던 것만은 아니다. 특히 야만 / 식민의 땅에서 그러한데, 고고학은 눈부신 민족의 서사를 재구성하고 민족의

1 난쉐(Nanshe)’는 고대문명국 수메르에서 신봉되던 여신으로, 특히 가난한 자, 과부, 고아의 부모로 추앙되었다고 한다. 허수경은 산문집 『길모퉁이의 중국식당』(문학동네, 2003)에 “지금 이 세상에 더 이상 존재하지 않는 그녀의 신전, 이 세상 그 누구도 더 이상 섬기지 않는 난쉐라는 늙은 여신에게 이 글을 올린다”라고 적었다. ‘난쉐’ 여신에 대한 존경심을 통해 글쓰기의 지향점을 명확히 밝혀놓은 것이다.

진보를 정당화하는 민족 서사의 기원과 틀을 제공하는 저항의 기술(art)이기도 했다. 이를 통해 자민족은 언제나 문명과 도덕의 주체로, 타민족은 야만과 타락, 폭력의 주체로 선전되고 내면화되었다. 이를테면 근대적 문명의 '소년'을 부르짖던 육당(六堂)은 대황조 단군의 수월한 문화를 일순간 전유함으로써 운명의 파국을 맞은 한민족의 영속성과 존재감을 뒤늦게 과시했다. 하지만 그것은 문명 대신 문화를 민족 서사의 구성 원리로 정식화한 독일과 일본의 세기적 전회를 빌려온 것이었다. 지배와 저항의 상동성이 존재하는 한 제국의 권력과 권위는 결코 손상되지 않는다는 평범한 진리가 한국문학사에도 선명히 각인되어 있음을 새삼 확인한다.

도굴(!)되어 박제되고 전시되는 과거는 그러나 항상 패배의 축에만 위치하는가? 그것 본연의 충일성과 그 의미는 현대의 해석학을 거치지 않는 한 스스로를 다시는 움켜쥘 수 없는가? 사실 고고학은 기술적・해석학적 합리성에 의해 지탱되지만 스스로를 붕괴시키는 반란의 지점을 내포하고 있기도 하다. 왜냐하면 과거는 현대에 패배함으로써 오히려 스스로를 복권하고 현대를 위협할 기회를 얻기 때문이다. 과거는 우리의 상상과 해석을 늘 앞지른다는 점에서 우리가 결코 건널 수 없는 심연을 돌연 현실화하곤 한다.

그 심연이 파놓은 허당의 구체적인 예. 고대근동의 지리지를 탐사 중인 허수경은 과거의 유물은 서구의 것도 오리엔트의 것도 아니다, 그것을 사용했던 사람들은 여기에 존재하지 않는다, 또한 그들의 집단은 현재의 국민국가나 민족과 거의 무관한 경우가 훨씬 많다는 것을 강조한다. 그러니까 과거의 유물은 삶의 생생한 흔적일 뿐 어떤 체제의 영원성과 우월성 혹은 미개성과 저열성을 뿜어내는 증례들이 아니다. 오히려 패배와 소멸이 모든 것들의 피할 수 없는 운명임을 알리는, 현대로 파견된 시간의 전령인 것이다. 규격화와 체계화를 위해 날 선 삽을 들이밀수록 삶의 지층을 다양화하고 복합화하는 고고학은 그런 의미에서 과거와 현대, 문명과 야만, 지배와 피지배의 상대성과 순간성을 폭로하는 선한 기술의 면모마저 띤다. 이 틈새를 비집고 과거는 민족 혹은 국민국가의 무례한 선전술을 무력화한다. 동시에 날것 그대로의, 그 시대에는 최선의 것이었을 자기 삶의 이런저런 국면들을 심심하게 펼쳐 보인다.

상대성과 순간성의 원리는 시간과 가치의 우열을 가차 없이 파쇄한다는 점에서 서로 이질적인 것들의 통합과 대화를 지향하는 서정시와 여러모로 내통한다. 예컨대 허수경은 고고학을 통해 지금은 잊힌 채 아무도 섬기지 않는 수메르의 여신 '난쉐(Nanshe)'와 자연스레 조우한다. '난쉐'가 아무리 진리, 정의, 그리고 자비의 여신이었다고 해도 현재는 문명의 한 극점 유일신에게 쫓겨난 패배자에 불과하다. 그러나 만신(萬神)의 권위와 능력이 존중되던 시대의 '난쉐'는 수메르인의 육체와 영혼, 윤리와 습속을 조직하고 지시하는 무형식의 숱한 제도 가운데 하나였다. 신이 권력을 내린 것이 아니라 권력이 신을 재구성한 것임을 신과 종교의 역사는 암묵적으로 시사한다. 마찬가지로 시는 유일성의 체계에 갇혀 존재들의 평등함과 조응성을 개의치 않는 순간 소멸의 위기에 처한다. 시의 윤리학이 "'나는 너'라 하지 않고, '나의 나는 바로 너'라고 말"(옥타비오 파스)하는 타자성의 발견과 발현에 집중하는 것도 이 때문이다. 적어도 시인인 허수경에게 고고학이 타자성을 발견하는 각성의 논리이자 과거로 스스로를 삼투시키는 존재전환의 주술이었음은 '난쉐'의 발견과 섬김뿐만 아니라 새로운 언어의 의욕과 움켜쥠에서도 또렷하다.

한때 그대도 여기에 있었으나
그러나 그러지 말아야 한다고 생각한 순간
이 자연은 과거가 되었고

지금 그대 없는 자연은
언어가 되었다

놀았다

더운 물속에 쓰라린 상처처럼
바람 앞에 얼굴을 가리는 새처럼

결국은 아팠다
놀았으므로 지극히 쓰라렸다

—「여기에서」 부분

언어와 자연, 과거가 '여기에서' 함께 놀던 때는 원초적 삶이 완미하게 구현되던 황금시대였으리라. 탈마법화를 거쳐 '순진한 자연'이 추방되고 각자의 논리가 주장되는 근대 이후 나와 너를 구성하는 저 기초적 원리와 형식은 결여인 동시에 꿈의 일부로 급속히 전환되었다. 시적 자아를 비롯한 현대인의 삶이 놀았으되 "결국은 아팠"고 "놀았으므로 지극히 쓰라렸"던 까닭이다.

짐작건대, 허수경은 언어와 자연, 과거의 통합, 그리고 역사 이전 그것들의 상기(anamnesis)를 자기 최초의 언어, 곧 "진주 말로 혹은 내 말로"(『청동의 시간 감자의 시간』) 연작에서 도모했던 듯하다.[2] 주체에게는 생득에 가까운 자연어이자 모어였지만 타자(혹은 표준어)에 의해 사투리와 감정의 열등언어로 격하된 불행한 말들. 허수경은 이것이 처한 잔인한 운명과 고독한 가능성을 '난쉐'를 기록한 사멸된 언어 속에서 보았을 것이다. 현재 및 다중과의 소통은 불가하지만, 존재의 고유성과 자율성, 자연과 시간의 자족성을 흔적으로 간직한 과거의 말들을 자꾸 발화하고 섬세히 재구성함으로써 모든 언어를 가로지르는 공통어의 지위를 부여하겠다는 것. 산문이라면 이것의 허구성을 먼저 판별했겠지만 시는 그 가능성을 신뢰하고 도모함으로써 스스로를 열어젖힌다. 증명하는 작업이 아니라 찾아가는 일이 시의 문법인 것이다. 그러니 허수경에게 "뜨거운 발"(「차가운 해가 뜨거운 발을 굴릴 때」)이 더더욱 필요했던 것이리라.

제국어의 시장 독점이 나날이 강화되는 현실에서 몰락한 언어의 재생과 복귀를 도모하는 일은 가당찮은 욕망의 발로일지도 모른다. 그러나 소수자의 지평에 숨어 있는 공통어 및 공통감각과의 연대는 합리성에 의해 차가워진 심장을 펌프질하는 "뜨거운 발"을 옮겨 심을 수 있

2 보다 자세한 내용은 졸저, 「기원의 미래, 미래의 기원－허수경 혹은 글로컬리즘」, 『시는 매일매일』, 문학과지성사, 2011 참조.

다. 이 은폐된 언어와 감각 들은 잃어버린, 그래서 "아직 아무도 방문해보지 않은 문장"을 몰래 거느리기에 아리고 쓰리며 뜨겁다. 또 그래서 "그 문장의 방문을 받을 때 / 세계는" '속수무책'(이상 「문장의 방문」)일 수밖에 없다. 따라서 허수경이 작정하고 쏘아붙인 『빌어먹을, 차가운 심장』은 아직은 외전(外傳)으로 떠도는 '언어―자연―과거'의 옛 노래에 어떤 실체와 가능성을 부여하려는 문장의 모험이다. 하지만 이 모험은 '언어―자연―과거'를 절대화하거나 신비화하는 낭만성 과잉의 전통 지향과 함부로 친화하지 않는다. 그것을 욕망한다면 스스로 경계해마지 않는 "새로 시작된 세기 속에 한사코 떠오르는 얼음벽"(「작가의 말」)은 더욱 두꺼워질 따름이다. 하여 허수경은 나와 당신들을 향해 늘 이렇게 되묻는 것이다 : "아님, 말 못하는 것들이라 영혼이 없다고 말하던 / 근대 입구의 세월 속에 / 당신, 아직도 울고 있나요?"(「빌어먹을, 차가운 심장」). 이 '울음'을 달래는, 아니 존재의 동력학으로 바꾸는 '뜨거운 발'은 과연 어디에서 어떻게 구르고 있는가?

2. '난쉐', '울다'와 '사랑하다' 사이에서 눈뜨다

롤랑 바르트는 언젠가 "글쓰기는 당신이 없는 바로 그곳에(방점―원문) 있다는 것을 아는 것, 이것이 곧 글쓰기의 시작이다"라고 적었다. 이 구절의 출처가 『사랑의 단상』임을 고려하면, '글쓰기'는 사랑의 형식과 방법이기도 할 것이다. 허수경의 시쓰기도 이런 사랑의 일종임은 '차가운 심장'으로 부재하는 '난쉐'의 현존을 쿨렁쿨렁 밀어내는 안간

힘에 뚜렷하다. 과연 시인은 "내 차가운 심장을 너에게 주리"라는 상실과 증여를 "나는 태어나지 않은 음악을 너의 얼굴로 가만 들여다보려 한다"(「아직도 해가 뜨지 않아서」)라는 기대와 응시로 전환하고 있다.

이 '음악'은 그러나 열정과 욕망의 온도를 높인다고 해서 저절로 획득되지 않는다. 그것의 궁극이 빛나는 '옛 노래'의 재현을 넘어 '이미 알려진 것으로는 환원이 불가능한 무엇'의 방출이려면, 나의 사랑은 알랭 바디우의 사랑론 쪽으로 더욱 투기되어야 한다 : "시련을 받아들이고, 지속될 것을 약속하며, 바로 이 차이에서 비롯된 세계의 경험을 수용해나가는 모든 사랑." 이 사랑은 '차이'의 생산과 인정을 충분히 존중하는 만큼 휴머니티 전반과 관련된다. 여신 '난쉐'의 귀환은 당연히도 과거의 재현적 도래가 아니라 지금・여기서 경험되지 못한 무언가의 끌어당김이기 때문에 현재성과 미래성을 갖는다. 따라서 문제는 성현(Hierophany)의 출중한 경험이 아니라 '난쉐'가 언뜻 계시하는 "너의 얼굴"을 눈에 가득 새기는 일이다.

예민한 독자라면 『빌어먹을, 차가운 심장』이 거의 유례없는 '눈물'의 집적체이자 '울다'의 수행체라는 것을 벌써 알아차렸을 것이다. 나는 이 '울음의 시학'이 "너의 얼굴"의 어려움 때문에 솟구친다고 믿는다. 차이에 대한 사랑의 구조물로서 "너의 얼굴"이 세상에 충만하다면 '난쉐'의 재귀와 시의 눈물이 예외적 상황으로 간절히 요청될 까닭이 없다.

① 도서관에서는 물에 잠긴 책들 침묵하고 전신주에서는 이런 삶이 끝난 것처럼 전기를 송신하던 철마도 이쑤시개처럼 젖어 울고(「나의 도시」)

② 더 이상 위로가 될 자연의 별은 없었네 / 더 이상 위로가 될 너가 없는 것처럼 울었네 / 이 지구에는 더 이상 당신의 자연이 없어서(「산벚을 잃고」)

③ 어이, 마누라 아직도 울고 있나, 라고 / 어린 신랑이 물어보면 / 여보 우린 곧 멸망할 거야, 라고 / 어린 신부는 답합니다.(「아름다운 나날」)

눈물과 울음은 속도와 확장의 권력이 거들먹거리는 문명과 도시에서 비롯된 것이다. 이것들은 야만과 향토를 타자화하면서 진보와 발전의 무한욕망을 영토화 해갔다. 다중과 시장 특유의 교환가치는 존재의 본원성에 봉사하는 자연법 대신 온갖 권력과 부를 합리화하는 인간법을 그들만의 바벨탑에 아로새겨 갔다. 물론 차별과 배제, 처벌이라는 공포 대신 선정과 베풂, 능력의 향유라는 정의의 이름을 앞세우며. 그러니 그 법률과 동일한 언어로 작성된 도서관의 책들은 대홍수에 휩쓸린 과거와 현재의 도시-문명(이를테면 서울, 함양, 파리, 베를린, 동경, 바빌론, 아수르, 알렉산드리아라고 하는 것들)을 구원할 수 없다. 다만 참언(讖言)과 참요(讖謠)로 지목되어 "매장당한 문장들"(「나의 도시」)이 묵시(黙示)의 현명함과 묵시(黙視)의 조심성을 잠시 번뜩이다 또 젖어 울고 갈 뿐.

문제는 문명의 파국이 "자연의 별"이나 어린 신랑과 신부가 동경하는 "아름다운 나날"의 복권과 도래를 자동화하지 않는다는 것이다. 오히려 문명이 수확한 '황무지'는 "이번에는 아무 인과 없이 이 우주에 흐르는 물기를 집어삼키기 위해 / 입을 이따만하게 다른 곳으로 벌"(「오후」)리는 무한 포식자로 자동 갱신되는 끔찍한 종결자이다. 계급과 권력의 유무를 막론하고 '내 마음의 망명지'가 일괄 삭제되는 죽음의 공간에서는 "건덩거리는 입술을 위로 올리고 죽은 무의식"(「나의 도시」)조차도 거룩한 자기 증명의 흔적이다.

> 시간들은 역사에 들어가지 않은 파편, 파편의 시간 속에 일그러진 자연, 위장 속에 든 저 토마토밭, 그러나, 여자들이 울면서 바다를 지나갈 때 오 신이여, 라고 울면서 걸어가던 남자들은 산으로 들어간다 살인자가 되어 마을로 돌아와 검은 죽을 마실 때, 문득 당신은 물었다, 부모가 누구요? 나의 고향은 영원한 실업자들만이 살던 나라지요 적은 양식으로만 끼니를 잇다가 북아프리카 사막지역으로 용병을 하러 떠나기도 했던 전 세기의 남자들이 먹는 검은 죽을 끓이는 불이지요
>
> 나는 그 죽 안에 든 짐승의 고기 안에서 그 고기 안에 든 풀을 본다 선잠이 든 여신들이 가랑이를 벌리고 누워 저 많은 물결들을 낳고 있다 그때마다 저 만신전에서 쫓겨난 것들의 목을 눌러 죽이는 유조선이 내 생활이지요 그리고 그건 인생을 노래하던 작은 악몽이었어요
>
> —「바다 곁에서의 악몽」 부분

신의 권능 혹은 추방은 그들의 논리가 아니라 인간의 욕망과 관계에 의해 결정된다. 애니메이션 『원령공주』의 시시가미(사슴신)가 암시했듯이, 신은 생명의 본연인만큼 생사(生死)를 동시에 거느린다. 생과 사의 방향은 그러나 신의 저울이 아니라 거기에 올려진 인간들의 선악의 무게가 결정한다. 요컨대 신은 선하지도 않고 악하지도 않다. 다만 눈금만 잴 뿐 운명의 집행은 인간 스스로의 몫으로 언제나 돌려진다. '난

쉐'의 죽은 물의 출산도, "만신전에서 쫓겨난 것들"에 대한 '나'의 살상도 "신화성을 잃어버린"(「바다 곁에서의 악몽」) 인간들, 다시 말해 "보금자리를 찾지 못한 성교"에서 비롯된 것이다. 허수경이 "저 대양 위에는 흰 이처럼 번득이는 눈은 내리고 아직 목숨이 없는 아기의 얼굴을 한 밤이 흘러가요"(「울음으로 가득 찬 그림자였어요, 다리를 절던 까마귀가 풍장되던 검은 거울이었어요(혹은 잠을 위한 속삭임)」)라며 바다의 절망을 전면화한 것도 그 성교의 잔인함과 불모성을 예민하게 인지했기 때문일 것이다.

그래서일까. 허수경의 파국적 상상력은 문명의 덫에 걸린 세계와 존재에 대한 페시미즘의 우울한 토로인 것처럼 들린다. 그러나 그것이 일종의 방법적 사랑이라는 것은 소소하기 짝이 없는 삶의 안간힘에 오히려 뚜렷하다. 여신 '난쉐'에 의해 타자의 교사자(教唆者)로 지목된 시적 주체가 내놓은 처방이라곤 고작 지난 세월의 술이니 시래기니 굴비니 콩나물시루니 하는 것을 '그곳'에 (숨겨) 두는(「오후」) 것이다. 간혹 "심연에서 태어나서 불을 환하게 켜는 이름 없는 해파리들에게 저 가녀린 빛의 다리를 준 이"(「울음으로 가득 찬」)를 송축하는 노래를 함께 부르면서. 이 행위들은 심오한 지혜니 현명한 대처니 할 것도 없는, 지극히 일상적인 관습과 이해의 발로일 따름이다. 그러나 이것들은 오히려 일상적이기 때문에 누구나 동의할 만한 삶의 사랑법이며, 또 하위 주체들을 특정 논리와 제도 아래 전체화·계열화하지도 않는다.

『빌어먹을, 차가운 심장』에서 평이한 소통과 교류에 대한 신뢰, 그리고 가치화는 '눈물'과 '울다'의 가족인 '눈동자'에서 단연 두드러진다. 이 '눈동자'는 응시와 교감, 이해와 존중이 선(善)순환하는 타자성 실현의 장이라 할 만하다. 이를테면 "죽은 이들이 자꾸 나를 바라보는데,

그것도 나의 생애이었는데”(「눈동자」)나 “컴컴한 곳에서 아주 작은 빛이 나올 때 / 너의 눈빛 그 속에 나는 있다”(「너의 눈 속에 나는 있다」)와 같은 구절들을 보라. 근대적 눈의 황홀과 권위는, 원근법이 암시하듯이, 모든 것을 계열화・규격화하는 지배와 계산의 시선에서 획득되었다. 심지어 그것은 누군가의 지적처럼 세계의 중심에 있는 것은 신만이 아니란 것을 알려줌으로써 이성 주체의 부동성과 절대성을 확립하기조차 했다. 그러나 그것이 시인된 자들의 예지력이기도 하겠지만, 허수경은 ‘나’의 소유를 ‘너’의 눈동자에 돌림으로써 ‘너’와 ‘나’가 공존・공생할 원리, 즉 “미약한 약속의 생” “실핏줄처럼 가는 약속의 등불”(「너의 눈 속에 나는 있다」)을 다시 되찾는다. 신동엽이 혁명과 귀수성의 세계를 투사하는 ‘빛나는 눈동자’를 기입했다면 허수경은 ‘너’와 ‘나’의 함께 돌봄을 주술하는 상생의 눈동자를 기입함으로써 현대시의 눈물은 더욱 사회적이며 또 이타적인 지평을 살게 된 것이다.

① 당신이 만년 동안 내 얼굴에 흐르는 눈물을 들여다보고 있었네 / 내가 만년 동안 당신 얼굴에 흐르는 눈물을 붙들고 있었네(「수수께끼」)

② 선택이었다 자발적인 유배였으며 자유롭고 우울한 / 선택의 블루스가 흐르는 세계의 중심부에서 변방까지 / 불선택의 블루스가 흐르는 삶과 죽음까지 // 글로벌이라는 새 고향, 블루스는 울어야 하는 것이다(「글로벌 블루스 2009」)

③ 울지 마 울지 마 / 여기는 이국의 수도 오늘 시장에 폭탄이 터지지 않

으면 / 내일 이 시장엔 오렌지를 가득 실은 수레가 온다네 / 그러니 울지 마 울지 마(「여기는 이국의 수도」)

이 눈물과 울음을 '난쉐'의 '순진한 자연'으로 귀환하는 통로로 벌써 지목한다면, 그것은 지나치게 순진하거나 객쩍을 만큼 낭만적이다. 「수수께끼」의 '눈물'의 응시는 동일성의 획득이라는 해결의 지평보다는 지속적으로 파고들 문제의 발견, 그러니까 역사현실이 우리들의 사랑에 부과하는 장애물을 격렬하게 극복해야한다는 의지의 지평에서 산출되었을 가능성이 크다. 한국과 독일, 근동을 오가는 허수경에게 '디아스포라'라는 존재감은 사적인 동시에 공적인 것이다. '글로벌'과 '이국의 수도'는 사적인 면에서는 존재의 안전과 공평함을 쉽게 허락하지 않는 폐쇄된 공간이다. 그러나 공공적인 면에서는 차이와 차별, 자발과 타율, 선택과 징발 등 삶의 존재형식을 지혜롭게 분별하며, '나'와 얼추 비슷한 문제로 울고 싸우는 '당신'을 잇는 '공통성' 발견의 장소이기도 하다. 『빌어먹을, 차가운 심장』은 그 일말의 가능성에 바쳐진 공력을 다한 주술인 것이다.

그렇다고 다음과 같은 현실이 조만간 바뀔 리는 없다. 동서고금을 막론하고 도시와 문명은 디아스포라를 국적의 문제를 초과하는 결여적 삶의 형식으로 더욱 공고하게 다져왔다.[3] 현재의 자본의 전지구화는 곧 디아스포라의 전지구화이기도 하다. 경제의 통합이 정치와 문

3 이것의 21세기적 형식이 '비행장'이다. 디아스포라들의 불모적 삶은 "비행장을 떠나면서 사랑이 오래전에 떠난 사막에 핀 붉은 꽃을 기어이 / 보지 못했지"라는 말에 상징화되어 있다. 왜 안 그렇겠는가? "울지 마, 라고 누군가 희망의 말을 하면 / 웃기지 마, 라고 누군가 침을 뱉었어"가 그들에게 날아드는 고별과 환대(?)의 인사였으니.

화, 인종과 민족, 국가의 경계를 지울 것 같았지만, 오히려 생물학적 차이들을 존재의 차별로 교묘하게 뒤바꾸는 것이 제국의 책략임을 우리는 "글로벌이라는 새 고향"에서 거의 매일 목도한다. 여신 '난쉐'는 자아의 본연성들이 넘나드는 '차이'의 장에는 출현하지 않지만 그것들이 억압되고 축소되는 '차별'의 장에는 돌연, 아니 매일매일 출몰할 듯하다. 그러나 여신 '난쉐'의 사랑은 특정 이념과 사상, 종교에 의해 저지되거나 왜곡되기 일쑤이다. 그녀가 '기다림'의 형식이고 타자성의 실현물인 것은 이 단단한 단일성의 체계들과 맞서 있는 부재의 형식이기 때문일 것이다. 그러니 '난쉐'는, 그 안에 뛰어든 허수경은 여전히 울면서 사랑하고 사랑하면서 우는 방법으로 자신들의 현존과 가능성을 알릴 수밖에 없다. 우리가 내뱉는 "빌어먹을, 눈물이라니"는 따라서 이 어려운 "너의 얼굴"들에 대한 연대의 정서여야 한다. 그 연후에야 우리는 "울지 마 울지 마"라고 말할 수 있다.

3. 희생양, 서로 다른 '너의 얼굴'을 꿈꾸다

『빌어먹을, 차가운 심장』은 서사 충동이 가장 완연하다는 점에서 이전의 시집들과 크게 구분된다. 물론 이전 시집들에서도 우화나, 동화의 패러디 비슷한 형식으로 점차 '차가운 심장'의 노예가 되어가는 존재들의 파행성을 피로(披露)하기도 했다. 시인의 간단없는 산문 충동은 몇 권의 산문집과 소설집에서도 엿보이기는 하나, 새 시집에서처럼 '서술 그 자체가 갖는 가치'에 골몰한 예는 흔치 않다. 시인이 이른바 계몽에의 종속을 일정 부분 감내하면서까지 사건을 가치화하려는 이유는 무엇일까? 장시 「카라쿨양의 에세이」는 그래서 문제적이며, 그만큼 인식의 충격과 미학적 울림도 만만찮다.

시로 뛰어들기 전에 '희생양'의 본의와 그것의 세속화 과정을 잠시 일별하는 것도 괜찮겠다. 르네 지라르에 따르면, '희생양 메커니즘'은 하나의 희생이 전체의 희생을 대신하는 것으로, 동물로써 인간을 대신하는 경제적 기능뿐 아니라 좋은 폭력으로 나쁜 폭력을 막는 종교적 기능도 수행한다. 이런 점에서 희생양은 상징적 신에게만 봉헌한 것이 아니라 거대한 폭력에도 봉헌된 것이기도 하다. 일정한 단순화를 무릅쓴다면, 조르조 아감벤은 이 변질의 과정을 '세속화'로 명명했다. 왜냐하면 과거에는 성스럽거나 종교적이었던 것이 인간의 사용과 소유로 되돌려졌기 때문이다. 「카라쿨양의 에세이」는 '어린 양'이란 제재도 주목되지만, 교환가치가 그것의 목숨을 좌지우지하는 임계선으로 작동하며, 여기에서는 모성성도 예외일 수 없다는 충격적 반전이 서술되고 있어 놀랍다. 죽음을 안고 사는 '카라쿨양'의 변질된 희생양적 속성은 이렇다.

> 얼마나 많은 순간, 그 눈빛, 혹은 그 냄새 앞에서 나는 겁에 질려 꼼짝도 하지 못한 채 그 자리에 서 있었는가. 그리고 수수께끼는 어미였다. 어미는 나에게 젖을 준 어미이기도 하지만 개의 주인이기도 했다. 그녀가 개의 주인이고 개는 언제나 어미 곁을 어슬렁거린다는 것을 알면서부터 나는 내 탄생에 내재된 공포를 알아차렸다.

바람, 얼음눈, 밤은 나의 것이다

소금돌을 핥으며 공포에 대해서 생각한다. 나의 공포는 내가 탄생했다는 데 있었다. 그리고 죽음? 공포의 허망한 건기를 지나며 찾아올 죽음. 이렇게 내 위에 따스한 젖을 부어주던 어미의 동종은 내 위를 저 눈빛을 가진 개에게 던져줄 것이다. 마치 내 어미의 위처럼.

—「카라쿨양의 에세이」 부분

신에 봉헌된 '희생양'으로서 '카라쿨양'의 이력은 분명치 않다. 여기서는 공물 혹은 교환가치로서 '카라쿨양'의 비극적 운명이 중심이기 때문이다. '카라쿨양'은 수차례의 교배를 거쳐 인간에게 맛있는 고기와 "페르시안"이란 고급 털가죽을 빼앗기기 위해 태어나자마자 살해되는 비극적 환금물이다. 새끼가 죽음으로써 어미와 다른 족속의 양들의 목숨은 부지된다. 하지만 특히 어미는 삶이 곧 죽음인 '카라쿨양'의 출산에 투입되는 비극적인 생산-기계로 다시 던져진다.[4] 하나를 죽여 전체를 살리는 '희생양'으로서는 제격이다. 단 살아남은 자의 슬픔과 윤리를 저주하는 단말마의 비명이 그들의 영혼 곳곳으로 파고드는 악무한의 현실을 제외하고는 말이다.

그러나 시 속의 어린 '카라쿨양'은 죽음을 살짝 비켜 그들을 사육하던 인간 어미의 젖으로 안전하다고 믿어지는, 죽여질 삶을 연명하는 중이다. 삶의 안전과 지속의 허구성을 알려준 것은 개, 그러니까 "나에

4 '카라쿨양'의 어미는 어찌된 일인지 "세번째 새끼인 나"를 낳기 직전 살해당했다. 어미 때문에 목숨을 건진 셈인데, 그에게 젖을 물린 것은 "아이가 태어나자마자 죽었던 불우한 인간의 어미였다." '카라쿨양'을 낳은 어미와 키운 어미는 함께 새끼를 잃은 동류들인 것이다.

게 젖을 준 어미"의 소유물인 '주구'(走狗)였다. 어미가 손에 피를 묻히지 않더라도 어린 '카라쿨양'은 언젠가는 "어미의 동종"들에 의해 살해될 것이란 점에서, '어미'는 교사자의 운명을 벗어날 수 없다. 공모자의 운명은 어미의 의지보다는 '개'와 '동종'에서 보듯이 타자와의 관계 속에서 부과될 가능성이 크다. 삶과 죽음을 동시에 관장하는 '난쉐'의 일방향 행보가 인간의 선과 악에 의해 결정되는 것과 마찬가지의 이치인 것이다. 이런 의외의 상황은 또 다른 '희생제의'로 숭고한 생산성으로 기입되고 선전되어온 모성성의 자명함이 언제든지 지독한 회의의 장이나 힘의 관계론 속에 던져질 수 있음을 무섭게 암시한다.

무심하게 존재를 탈구(脫臼)시키는 '친밀한 적'의 상존 혹은 뜻밖의 출현은 '예외상태'에 처한 '벌거벗은 생명'을 일상으로 구조화한다. '카라쿨양'의 애지중지는 교환의 자격을 획득할 때까지이며 그와 동시에 '카라쿨양'은 인간과 동족에게 가차 없이 버림받게 된다. 이 광경은 법과 신으로부터 동시에 배제됨으로써 규범적 시민의 안전과 보존을 위한 피폭물로 환원되는 호모 사케르(homo sacer)의 비극에 방불하다. 과연 '카라쿨양'은 "나의 공포는 내가 탄생했다는 데 있었다"라며 '벌거벗은 생명'의 저주받은 기원을 탄식하고 있다.[5] 이 말을 들으며 허수경은 어린 양의 운명을 동정하거나 또 어미의 모성으로 감싸는 대신 두 장을 선택지를 뽑아들었다. 하나가 죽음의 유곡을 배회하는 핏기 없는 아이들의 제시라면, 다른 하나는 '황무지'를 모태로 살아오는 "신나는 신생아"의 제시이다.

---

5 『빌어먹을, 차가운 심장』에서 모든 존재의 운명애(哀)를 상징하는 구절 하나를 꼽으라면, "나는 탄생에 대해서 나는 아무런 의지가 없다. 다만 나는 양이다"일 것이다.

① 시간을 잘라 만든 혁대를 목에 감고 죽은 테러리스트가 살던 감방 안에서 자라던 작은 백합 의 뿌리는 세계를 버티는 나무처럼 테러의 주검을 견뎌내고 있었어

아주 어린 중세가 대륙 저편에서 현대처럼 활개를 치고 있네, 그 말을 듣기 위해 춤을 추러가는 아이들에게

나, 태어났어, 라고 말해 봐, 말해 봐

아이들이 당나귀처럼 웃으며 내 얼굴에다 총을 들이댈 거야

—「거짓말의 기록」 부분

② 집 한 채 있었어요 그곳 일렁이던 삶의 순간들 황무지로 들어갈 때 작은 손톱 모양으로 피던 봉숭아 황무지로 들어갔지요 술 시래기 장아찌 굴비 콩나물도 같이요 화덕 창호지문 제비집도 그 오후에 사랑하던 연인도 포옹도 포옹의 날개도 황무지가 되었어요 황무지 같은 마음이 황무지여서 지구의 황무지를 바라보는 눈에는 당신이 없어요 다만 황무지의 고요만이 있을 뿐이지요 그 안에서 당신이 뱃속의 신생아처럼 첫 여행을 해요, 아, 저 신나는 신생아에게 옛 신이 빚었던 술 한 잔 드리고 싶어요

—「오후」 부분

「거짓말의 기록」과 「오후」는 기묘하게 대조된다. 전자는 끈질긴 생명의 죽임에, 후자는 죽음의 황무지에서 태어나는 신생에 초점이 가 있는 것이다. 죽음이 지배하는 예외상태는 동일하지만, 그것에 맞서는 '나'와 '너'의 태도와 방법은 거의 상반된다. 총을 들이미는 '아이들'과 "신나는 신생아"의 분리는 무엇보다 사랑의 차이에서 기원한 것이

란 점에서 미쁘면서도 슬픈 설득력을 가진다. 「거짓말의 기록」은 상황의 핵심을 "그리고 당신이 날 사랑한다거나 / 그리고 그리고 그 말을 내가 믿는다거나 하는 / 엄숙하게 웃기는 나날"에 두고 있다.[6] 신뢰 없는 사랑은 당연히 '없는 당신', 좀 더 확대하면 부재하는 현존에 대한 기대 역시 수포로 돌리게 마련이다. '너'를 향한 아무랄 것도 없는 총질은 그에 대한 처절한 반응이자 냉혹한 복수이다. 「오후」는 황무지에 휩쓸려간 소소한 일상과 대상을 오히려 황무지의 구성자로 가치화함으로써 황무지를 신생의 땅으로 재영토화한다. '벌거벗은 생명'은 막무가내의 영원성 지향보다는 자기를 벌거벗긴 자들로 선하게 몸바꿈으로써 비로소 지금·여기로 귀환할 수 있다는 뜻이겠다.

"저 신나는 신생아"는 그러므로 규범적 시민의 상태에 놓여 있는 우리의 육체와 영혼을 호시탐탐 엿보고 있는 '무서운 아해(兒孩)'이다. 위험에 처한 것은 어쩌면 아이가 아니라 우리인 것이다. 그러나 당신과 나는 '신생아'가 흘리는 '의젓한 눈물'(「저녁에 흙을 돋우다가」)이 우리 몸에 차오르길 함께 염원해야 한다. 그게 이미 소수자로 전락한 지 오래인 그 숱한 아이들의 몸을 빌어 오늘의 안녕을 구하는 우리들이 마땅히 갖추어야할 최소한의 예의이다. 이것이 '난쉐'의 귀환과 '더 나은 삶'의 도래에 봉헌하는 우리들의 제물일 수 있음은 "오직 내비게이션만을 믿고 달리는 태양이 지배하는 사막의 나날을 위해 록커들이 불렀던 노

---

6 「거짓말의 기록」은 자칫 '사실이 아닌 것'의 기록으로 읽힐 수 있다. 그러나 이때의 '거짓말'은 말 그대로 현실에서 횡행하는 진짜 '거짓말'을 의미한다. 이것이 조장하는 공포와 절망은 던져진 존재("나, 태어났어")의 설정과, '나'를 키운 것이 '암소'이며 이 "내 수유의 어머니"가 정육점에 '고깃덩어리'로 걸려 있는 상황의 구성에 벌써 충분하다. 「카라쿨양의 에세이」와 상동성을 이루는 시인 것이다.

래를 심장에 등꽃처럼 단 턴테이블을 소금벽이 있는 동굴에 걸어두고 싶다"(「사막에 그린 얼굴 2008」)는 고백에 산뜻하다. 시인에게는 총든 아이와 '신생아'가 둘이 아니듯이 과거와 현재, 미래도 서로 다른 것들이 아니다. 이 '차이'들은 때로는 통합하고 때로는 분열하며 때로는 뒤엉키며 이를테면 이런 연애를 '너'와 '나' 사이에 허락하고 싶은 욕망의 다른 형식이다 : "너의 입술이 내 여성을 지나갔다 / 나의 입술이 네 남성을 지나갔다 // 그때 우리의 성은 얼어붙었다"(「입술」). 얼어붙음으로써 '너'와 '나'는 '무시간'의 지평으로 스스로를 소환한다. 이 일회적 순간은 지옥 같은 나날들을 견디는 동시에 이긴다. 아이들의 총질이 끝내는 상상적 존재에 불과한 신생아조차 비껴갈 수밖에 없는 이유이다.

4. 시인, '너의 얼굴'들을 몽타주하다

허수경의 영혼에 차오르는 '의젓한 눈물'은 그야말로 상투적인 '장밋빛 전망'에 의해 격발된 것이 아니다. 다시 강조하건대, 그것은 시련의 긍정적 수용과 지속에의 의지, 차이에서 비롯된 세계 경험의 포용이라는 사랑의 문법에서 분출된다. '너'와 '나'를 특정한 동일성에 외삽하기보다는 서로가 자유롭되 관심을 공유하는 공통성 속으로 하방하는 사랑. 허수경은 그것을 "애인아, 이 저녁에 나는 당신의 눈동자를 차마 먹지 못해 눈동자를, 적노라"(「눈동자」)라는 말로 일렀다. 허수경의 사랑법에 주목한다면, 『빌어먹을, 차가운 심장』 곳곳에 설치된 이질적인 문장의 트랩(trap)들에도 눈길을 주어 마땅하다. 이를테면 허수경은 이질적이거나 연관성이 적은 상황이나 사태를 나열하거나 충돌시키는 방식의 서사 구성을 곧잘 구사한다. 이것은 '차이'들의 갑작스런 결합을 통해 기존의 인지와 정서에 갑작스런 충격을 가하는 한편 그것들에 대한 성찰과 수정을 유도한다는 점에서 몽타주의 원리에 가깝다. 예컨대 '환자'와 '의사'의 엇나가는 대화 속에 언뜻 엿보이는 서로 다른 꿈을 보라.

> 환자 : 꽃과 나비, 잠자리의 꿈이 슈퍼마켓으로 들어와서 빤쓰가 되는 세상만이 낙원 아니겠어요. 점심 같이 드시죠.
>
> 의사 : 아니요. 모든 유일신처럼 모든 유인원처럼 저는 환자와의 직접 접촉을 피합니다. 은행 계좌, 잊지 마시구요, 잃어버린 고향은 은행 계좌 아니겠어요, 당신과 나, 그 존재에다 안전성을 보장할 계좌에 달린 은행 이름, 어쩌면 그 은행이 독재의 길을 걷다 실수로 그렇게 수많은 것들을 살해해도.
>
> —「내가 쓰고 싶었던 시 제목, 의자」 부분

'환자'와 '의사'의 불소통과 어떤 오해는 서로 통합될 수 없는 것들 사이의 차이인가 아니면 분열인가. '환자'는 비정상으로 '의사'는 정상으로 아무 의심 없이 획정할 수 있는가. 라캉을 빌린다면, '환자'는 '상상계'의 문턱을 넘지 못한 미성숙한 존재라 할 만하다. '의사'는 현실원리에 잘 적응한 '상징계'의 성실한 고용자로 비친다. 현실 적응 여부와 합리성 여부로 따진다면 의사는 정상이며 또한 규범적 시민이다. 실제로 그는 삶의 규칙성과 안전성에 중요한 가치를 부과하며, 그것의 성취에 필요한 차별과 억압까지도 용인하고 있다. 그러나 '환자'를 '벌거벗은 생명'으로 혹은 시인으로 본다면?[7] 그 순간 이들의 비논리성과 허구적 상상은 부재하는 진리와 완미한 생명의 귀환 및 도래에 대한 열정적 구애로 몸 바꾼다.

관점에 따라 정상과 비정상, 차이와 분열은 서로를 거부하고 또 서로로 흘러든다. 그런 점에서 '의사'와 '환자'의 깨어진 말놀음은 리얼리즘적 의미의 세계의 파편성에 대한 즉자적 반응으로 축소될 수 없다. 그보다는 입장과 상황의 차이에 따라 세계상이 얼마든지 달라질 수 있음을, 따라서 그것이 전 존재의 자유와 평등, 행복에 일말이라도 기여한다면, 이 말도 안 되는 대화마저 무수히 적층되어야 한다는 뜻으로 읽히는 게 옳겠다. 의도적인 동일성보다는 무작위한 공통성의 추구가 오히려 이질적인 것들의 '차이'를 존중하며 또 서로가 동의할만한 세계나 공동체의 미완결적인 추구와 수정에 보다 효율적이지 않을까.

당신은 교회에 붙잡혀서 연단에 붙잡혀서 아직 화형을 당하지 못해서 돌아오지 못하는데 거리에서 깃발을 태우고 고함을 치다가 붙잡혀 가느라 돌아오지 못하는데

아직 당신은 사나운 로커들의 오토바이를 타고 떠났다 돌아오지 않는데 푸줏간에서 생고기에다가 붉은 음악 한 점 지지느라 돌아오지 않는데 신화

---

7 '환자'가 명민한 의식의 소유자임은 어떤 물음에 답하기 전의 의식 상황 "한참 생각하는 동안 지층계의 역사 안에는 포유류가 들어오고 도구와 방랑의 역사가 들어오고 우는 역사와 웃기려고 작정을 한 정치와 책을 읽는 자가 그림을 그리거나 음악을 만드는 세월이 들어오고"에 차분하게 암시되어 있다.

의 얼굴을 한 낡은 영화간판은 비에 젖는데 떠나라고, 떠나라고 내가 고생의 남자에게 말할 때

아직 야만은 시작되지도 않은 거라고 그가 말할 때 그 수많은 야만보다 오래 전에 화석이 된 야만이 더 무서우냐고 물을 때

—「그러나 아직 당신이 오지 않았는데 고생의 한 남자가」 부분

이 시의 특이성은 자아의 내면이 슬쩍 은폐되어 있다는 데 있다. 대화의 상황을 재구성한다면, '나'의 어떤 말에 대한 "고생의 한 남자"의 대꾸, 그러니까 '나'와 '당신'의 현실과 이상을 비아냥대는, 아니 그것의 낭만성을 냉혹하게 까발리는 시퀀스의 연속적 제시쯤으로 이해된다. 하지만 문장의 '~때'로의 마감과 반복은, 우두커니 웅크린 '나'의 내면을 드러내는 동시에 감추고 만다. 어쩌면 이 중도반단의 문장은 누구나 상상할 법한 '나'의 마음보다는 이상의 '당신'과 현실의 '남자' 사이의 대립과 갈등, 아니 그 둘을 모두 내포한 '나'의 내면의 양면성과 복합성을 표상하기 위해 취해진 것일지도 모른다. '당신'과 '남자'라는 내가 소유한 '너의 얼굴'에 대한 주관성은 '당신'과 '남자'가 발화하는 사실들에 의해 숱하게 교정되고 또 새롭게 재구성된다. 그 순간 "사용기간이 지난 약을 그 대륙에 팔러 나선 유럽의 약장수"가 누구인지가 갑자기 불분명해진다. 그러자 '당신'은 오히려 '친밀한 적'으로 '남자'는 오히려 '끔찍한 연인'으로 '나'의 둘레를 다시 배회하기 시작한다. 이래저래 공포의 도래이자 불신의 확장인 것이다. 사랑과 치정이 내 영혼에 야만의 내습을 초래한 형국이다.

이런 상황에서 최선의 대응책은 '당신'과 '남자'에 대한 일률적 동일화여서는 안 된다. 무척 까다로울 것임에 틀림없는 공통성을 구성하는 것, 그럴 때에야 비로소 "갑자기 미아가 되어버린 느낌"(「그림자의 섬」)에서 벗어날 수 있다. 이것은 어느 시간에고 편재한 '야만'에 대한 최소한의 공동 대응이 개진되는 시점이기도 하다. 그러니 나의 마음은 함부로 토로되거나 밝혀져서는 안 되며, 모색의 침묵과 방황은 더욱 오래 되어야 한다. 우리가 앙망하는 여신 '난쉐'의 하위 주체들에 대한 사랑과 베풂은 이 과정에서 현현하는 것이지 그녀의 완전성을 소리 높여 찬양할 때만 그렇지는 않을 것이다.

그러고 보면 각종 신화와 이야기들이 증거하듯이 대다수의 신들은 선악의 본질을 막론하고 언제나 '너의 얼굴'로 우리들에게 임재해 왔다. 그 어떤 '나'도 신에게는 '너'일 따름이다. 적어도 이 순간만큼은 현실의 '나'는 신이 바라본 '너'의 그림자로 가차 없이 남겨진다.[8] 이렇듯 타자로 떠도는 우리들을 어쩔 것인가? 허수경은 '너의 얼굴'들의 공통성과 연대의 가능성을 "심해에 두고 온 저 기억의 아가들을 돌볼 기억의 어미"(「내 마음속 도저한 수압에서 당신은 살아간다, 내 기억이여, 표면으로 올라오지 마라」)에서 찾는다. 이것의 기호적 형식이 "진주 말로 혹은 내 말로"라는, 능동적이며 말의 빼앗김 이상의 의미를 가진 '침묵의 언어'였음을 기억하라.

---

8 나는 시인의 "얼마나 다른 이름으로 나, 오래 살았던가 / 여기에 없는 나를 그리워하며 / 지금 나는 땅에 떨어진 잎들을 오지 않아도 좋았을 / 운명의 소금처럼 들여다보는데"(「차가운 해가 뜨거운 발을 굴릴 때」)란 말을 '나'의 유령됨에 대한 인지와 표현으로 오독하고 싶어진다. 흥미가 동했음에도 이런저런 핑계로 '그림자' —「그림자의 섬」「여기는 그림자 속」「아름다운 나날」 등에 일렁이는 — 에 대한 관심을 접어두게 되어 아쉽다. 누군가의 명민한 읽기를 기대하며, 비평가 또한 이후의 과제로 남겨둔다.

5. 난쉐, "너의 눈 속에 나는 있다"라고 말하다

복고 취향으로 책잡히기 딱 좋을 '진주 말'이나 원시의 '내 말'을 세계 확장과 존재 심화의 루트로 가치화하는 것은 해석 과잉일 수 있다. 되레 디아스포라의 어쩌지 못하는 향수와 외로움의 발로쯤으로 막음하는 것이 공감을 더 살지도 모른다. 더군다나 『빌어먹을, 차가운 심장』이 재귀하는 원초적 과거가 함부로 구성할 수 없는, 그래서 함부로 말해질 수 없는 미래보다 기우뚱한 하중을 점하고 있으니. 그러나 여신 '난쉐'가 그렇듯이 저 시원의 공통어들 역시 늘 부재하는 형식으로, 아니면 먼 기억의 흔적으로 잠시 현현할 뿐이다. 원초적 과거와 완미한 미래를 호명하되, 우리는 그것을 막무가내로 그리는 대신 그것의 정합성과 윤리성을 "카리브 해의 해적들 / 거리를 지키는 창녀와 난동꾼들 마약 거래자들"[9](「이를 닦는다」)에게 물어야 한다. 이 "누군가 나에게 건네주는 난민의 일기장"(「슬픔의 난민」)을 덮어버리고는 "아주 오래된 미래를 향한 모든 꿈은 악몽"(「1982년 바다를 떠나며」)에 지나지 않는다.

나는 허수경의 '진주 말'과 '내 말'이 황금시대로 회귀하는 열정이기 전에 '난민의 일기장' 첫 장으로 거슬러 올라가는 열쇠의 거머쥠이라 믿는다. 이것은 지난 해 회녹색 장정을 다시 입은 첫 시집 『슬픔만 한

9 '규범적 시민'의 안위를 위협하고 공동체의 질서를 파괴하는 혹은 그렇게 믿어지는 과거와 현재의 '너의 얼굴'들에 대한 다시 읽기와 고쳐 쓰기가 허수경의 주요 관심사임은 「열린 전철문으로 들어간 너는 누구인가」에도 충실히 드러난다. 같은 시에 따르면 이들에 방불한 소수자와 약자들은 포도송이, 자줏빛 도라지꽃, 살쾡이, 산돼지, 먼 사랑, 사랑의 그늘, 유자차, 옛 노래였는지도 모른다. 말 그대로 자연의 구현물들이다. 그래서 이들은 "내가 사랑하던 너"였고 지금도 그렇다. 죽어 털가죽으로 박제될 '카라쿨양'의 기억과 존재는 그래서 더 뼈아프다.

거름이 어디 있으랴』(1988) 이래의 기억과 서정의 존재방식이다. (그러고 보니 허수경은 그때도 울었고 지금도 울고 있다) 지금 시인은 그것을 귀가와 치유의 언술—"어서 집으로 가야 한다, 새를 치료하러 / 작은 종소리가 나오는 은은한 심장을 치료하러"(「기차가 들어오는 걸 물끄러미 지켜보던 11월」)로 치환하고 있는 것이다. "뜨거운 발"을 쉼 없이 굴렀기 때문일까, '차가운 심장'이 '작은 종소리'를 내는 '은은한 심장'으로 쿠웅─쿵거리고 있다. 그러나 우리는 '심장'이 아직은 금속성이며 자아의 '귀가'와 '치유'가 여전히 '너의 얼굴'에 맞춰져 있음을 잊지 말아야 한다. 요컨대 새의 심장이 치유되는 날은 자아가 또 다른 '너의 얼굴'로 떠나는 날이다. 허수경의 사랑법을, 너의 얼굴과의 대면법을 이향과 귀향의 대위법으로 명명할 수 있는 까닭이 여기에 존재한다.

고향에 어린 아이가 태어났다
다들 아는 그 아이의 얼굴을

아는 사람은 아무도 없었다
방아 잎 냄새가 났다

아는 사람은 아무도 없었다
방아 잎 냄새가 났다

천년고도의 몸 냄새였다 해골의 노래였으며
몸의 춤이었고 숨이었다

내가 생애 동안 해온 모든 배반의 시작이었고

거짓의 모태였고 그리고 아직도 내가 알 수 없는 먼 죽음의 시작이었다

이 천년의 지루한 탱고를 위하여

비 내리는 작은 오후를 영광처럼 바라노니

아, 고향에는 백석 풍으로 국 끓이는 호박얼굴을 한 여자가 살고 있을 터이다

—「고향」 부분

'고향'은 현실이 아니라 추억과 회상의 영토이기 때문에 그리움과 절대공간 등속의 잉여가치를 획득한다. 유년기의 풍경이 가장 풍요롭고 심미적이며 '옛 노래'의 본음을 구성하는 것도 이와 무관치 않다. 그러나 정지용의 「향수」와 「고향」의 배리(背離)가 시사하듯이, 성년의 눈은 볼품없이 작아지고 헛헛하게 누락된 향토의 현실을 응시하지 않을 수 없다. 그 쓰라림과 연민도 향토애의 일종인 것이다. 허수경의 「고향」에서 오히려 타락과 가난, 서로의 냉대가 두드러지는 듯한 향토가 구원되고 가치화되는 방식은 단 하나이다. '난쉐'의 다른 얼굴이자 허수경의 기원들이었을 "국 끓이는 호박 얼굴을 한 여자"의 현존을 상상하고 신뢰하는 것. '여자'는 "시간의 가슴 깊이에서" 생겨난 "동그라미"(「고향」)이므로 심장의 박동과 함께 널리 그리고 멀리 '너의 얼굴'들을 향한 동심원으로 퍼져나갈 것이다.

말의 바른 의미에서 "고생의 한 남자"에게 "너는 못 생겼으니 참 다행"(「그러나 아직 당신이 오지 않았는데 고생의 한 남자가」)이라는 되잖은 구

박을 수시로 당했을 '여자'('어미'가 아니다!)는 허수경의 귀향의 근거이자 탈향의 전제이다. 왜냐하면 시인 역시 '차가운 심장'을 뜨겁도록 덥히지는 못한, 치유 받아야 할 새들의 동류이기 때문이다. 따라서 그녀 역시 아프면 돌아올 것이고 나으면 떠날 것이다. '난쉐'는 그러나 이 양면성의 새들, 바꿔 말해 애틋하고 불쌍한 '너의 얼굴'들을 저울에 야박하게 올려달 줄 모른다. 그저 "천년의 지루한 탱고를 위"한 밥을 짓고 자장가를 들려줄 뿐이다. 이게 여신 '난쉐'가 세계에 편재하는 원리이자 사랑하는 방법이다.

어쩌면 '난쉐'의 형상은, 아니 비평가의 해석은 어떤 페미니스트들의 공분을 먼저 살지도 모른다. '난쉐'의 존재방식을 강조해두는 까닭은 허수경의 "글로벌이라는 새 고향", 다시 말해 디아스포라의 삶을 견인하고 풍요롭게 하는 토대가 되고 있다는 생각 때문이다. 그런 조건이 고독과 사랑의 뒤엉킴을 더욱 강화하겠지만 디아스포라의 시인에게는 그 어디도 고향이고 아무 데도 고향이 아니다. 이를테면 "고향의 입구는 비행장 고향의 신분증은 패스포트" "이 가난의 고향에는 우주도 없고 이 가난의 고향에는 / 지구에 사는 인간의 말을 해독하고 싶은 외계도 없다"(「글로벌 블루스 2009」) 같은 구절을 보라. 영원히 멈추지 않을 기계-심장("인공위성의 심장")이 규칙적으로 박동하는 '글로벌'의 어떤 면모는 아이러니하게도 전지구의 재앙화로 비치기도 한다. 첨단의 인공정원은 나만의 운명의 별이 뜨고 너만의 내밀한 말이 전달되는 작은 틈새조차 세련되게 메울 지도 모르기 때문이다.

그러나 '새 고향' '글로벌'은 자아가 자발적으로 선택한 유배지이다. 따라서 구태여 인간의 조건을 악화하고 타자와의 갈등을 부추기는 나만의 별과 언어를 고집할 필요가 없다. 그보다는 이전의 '고향'에 부재하던 공공성을 새로 구축하는 편이 '글로벌' 공동체의 형성에 바람직하다. 이를테면 자기의 별과 언어를 형형색색 그려 넣은 '너의 얼굴'들의 축제를 열거나 여기저기서 문득 우연히 혹은 필연적 사유로 찾아오는 타자 / 손님들을 맞이하기.[10] '새 고향'은 이제 사적 점유의 공간이 아니라 공공적 환대의 장소로 점점 진화할 것이다. 모두가 노마드요 디아스포라인 '너의 얼굴'들이 거주하고 또 새로운 그들이 태어나는 곳. 이들은 아직은 소수자라는 점에서 원래 '고향'은 여전히 위력적이며 갈급한 공간이다. 하지만 "글로벌이라는 새 고향"은 '고향'에 들러붙은 상실과 그리움의 이중 정서를 상대화할 것이다. 또 새 "고향을 건설하는 인간의 가장 완벽한 내면을 건설"(「글로벌 블루스 2009」)하는 능동적 계기로 작동할 것이다. 이런 희망과 기대조차 조소와 냉대의 대상이 된다면, '더 나은 미래'는 그만큼 더 멀어질 것이다. 빌어먹을, '힘센 당신들'의 "**고향**"(강조—저자)이여!

그러니 우리의 선택은 비교적 분명하다. 여신 '난쉐'가 그러듯이, "너의 눈 속에 나는 있다"(「너의 눈 속에 나는 있다」)라고 먼저 말하는 것, 그랬을 때 "너의 얼굴은 음악을 기다리는 기타가 되어"(「아직도 해가 뜨지 않아서」) 갈 것이다. 드디어 '나'의 거친 손이 '너'란 기타의 현을 퉁길 때, 인간의 '차가운 심장'은 "인간의 가장 뜨거운 성기"가 될 것이고 그곳에서 "냉소적인 모든 세계의 시간을" 이기느라 "가장 아픈 아이들이

---

10 허수경은 그 광경을 가장 손쉬울 듯해도 모두의 기대를 배반할 수도 있는 상차림으로 상징화하고 있다. "글로벌의 밭에서 바다에서 강에서 산에서 온 것들과 / 취나물 볶아서 잘 차려두고 완벽한 고향을 건설한다." 하지만 이것이 만약 '제국의 취향'이라면 저 음식에 스며들 아이러니를 어쩔 것인가?

태어"(이상 「작가의 말」)날 것이다. 스스로가 노래이고 역사이고 혁명인 아이들의 탄생이라니! 아마도 아이들은 자라면서 공정성이니 복지니 하는 무난한 삶의 안전장치조차 화투놀이의 꽃패 쯤으로 빼어들었던 "부패한 영웅의 사진"(「문장의 방문」)을 바라보며 허수경이 불렀던 '옛 노래'를 추억처럼 문득 상기할 것이다. 늙은 여신 '난쉐'가 낳은 이 아이들 속 어디쯤에 숨어 이 노래를 함께 불러보는 '카라쿨양'이 당신은 보이시는가?

일을 마치고 돌아오는 늙은 아이들에게 새 영혼을 달아줄 반달곰이나 순록이나 이 모든 세월의 짐승들이 절벽에다 도서관을 짓는 나날이 곧 올 거예요, 절벽 단면에 새겨진 지구의 역사도 그 역사를 증명할 둥근 귀 모양처럼 생긴 고대 달팽이들도 도서관에서 다시 우주를 여행할 계획을 세우지 않을까요, 그때가 되면 서브웨이에서 저녁을 맞이하던 우울한 과일주스들도 나무에게로 돌아가서 익어서 늙어 땅으로 떨어지겠지요, 그러니 그때까지 빛의 짐승, 거짓 믿음의 독자들이여 안녕, 빛의 짐승이라는 시집 표지에 박힌 제임스 쿡의 사진도 안녕

—「빛의 짐승」 마지막 연

시와 윤리 그리고 주체

우리에게 윤리는 다음 두 장면이 시사하듯이 한편으로는 명징하면서도 다른 한편으로는 곤혹스러운 것인지도 모른다. 수업 시간에 받아든 철학과 신입생의 자기소개서의 한 구절. 고등학교 시절 '윤리' 과목이 좋아 철학을 전공하게 되었다. 최근 온라인 소통의 총아로 떠오른 페이스북(facebook)에서 친구들이 나눈 대화 한 토막. 의료 행위의 질적 향상과 정당성 확보를 위해 '윤리적인 것'을 진지하게 고민한다는 한 의사 친구의 말에 자신 역시 윤리학에 관심이 많지만 스스로가 윤리적인 지는 모르겠다고 답한 철학자 친구. 청소년은 윤리의 선함과 관계 조절 능력에 대한 신뢰가 잠시일지라도 미래를 결정지었다면, 장년은 자아의 윤리성에 의문을 가함으로써 오히려 과연 윤리는 무엇인가라는 근본적인 물음에 당도하고야 만 것이다. 나이를 먹을수록 회의

론자가 되어간다는 것은 매우 불행하고 애처로운 일임에 틀림없다. 그러나 한 치의 되돌아봄 없이 삶의 부피만을 완고하게 늘려가는 작태는 만용과 맹목의 그늘을 더욱 짙게 한다는 점에서 존재의 비뚤어진 방기에 지나지 않는다.

윤리는 위대한 신성과 고귀한 관념의 산물이기는커녕 욕망과 갈등으로 들끓는 인간관계의 조절 능력, 그것의 최고급 형태 '공동선'에의 기입과 삭제를 향한 금지와 위반의 산물이라고 나는 감히 말한다. 멀리 갈 것도 없이, 비평론의 초두에 배우게 되는 문학과 윤리의 오랜 자리다툼은 이 지배와 일탈의 권력관계를 명랑하게 영사한다. 알랭 바디우에 따르면, 희랍어로 '윤리'는 올바른 존재방식의 추구 또는 행위의 지혜를 뜻한다. 이 때문에 윤리학은 실천적 존재를 선(善)의 표상에 종속시키는 철학의 한 부분을 담당한다. 그러나 윤리 혹은 선의 독재는, 플라톤이 그랬듯이, 그것을 (실제로든 상상으로든) 위반하고 일탈하는 자들을 가망 없는 불량품으로 낙인찍는 친제제적 근위병을 계속 양산해 왔다. 그러나 일찍이 윤리의 신민임을 거부당한 어떤 미학들은 문학과 윤리의 무관함 혹은 반(反)윤리성의 태도를 고수함으로써 불가능하고 금지된 무엇의 발견과 세계에의 등재를 과감하게 저질러 왔음을 우리는 모르지 않는다.

모리스 블랑쇼는 이런 문학적이고 정치적인 공동체의 하나로 '연인들의 공동체'를 지목했는바, 동서고금을 막론하고 과연 위대한 사랑은 언제나 기존의 결속 원리를 초극하는 위반의 모험을 통해 존재론과 관계론의 새로운 지평을 개척해 왔다. 특히 진선미가 각자의 논리에 따라 개별성과 독자성을 영위하게 된 탈마법화 시대 이후의 미학은 어떤 경향과 사조를 막론하고 어떤 방식으로든 기존 체제와 윤리를 탈내는 '침입자'로 스스로를 정위시켜 왔다. 이들의 근본 목표 가운데 하나가 '불가능한 것의 가능성'을 발견하고 표현하는 일에 있다면, 자크 랑시에르의 말대로, 이들의 "동사는 단순하게 명명하는 것이 아니라 창조하는 언어이며, 신체들을 지칭하거나 그 유사성을 흉내내는 것이 아니라 스스로가 신체가 되는 언어"로 살아갔어야 했을 것이다.

미래를 구상하는 일은 과거와 현재를 되돌아보고 재구성하는 작업 없이는 결코 현실화될 수 없다. '시 윤리의 미래'라는, 어떤 예단과 기획도 함부로 허락하지 않는 무거운 주제를 앞에 두고 문학과 윤리의 애증사(愛憎史)를 먼저 들춰본 것도 이 때문이다. 또한 그래서 나는 '인간 존재와 공동체의 존속을 위한 윤리'에 대한 근자 — 향후 우리시의 충실성이나 위반성을 먼저 말할 수 없다. 이것이 우리 현대시에서 시대와의 직핍한 마주침 속에서 '불가능한 것의 가능성'을 통찰하고 구성했던 '눈'의 역사와 '눈'의 미학에 초점을 맞추는 까닭의 하나이다. '침입자'라 부름직한 몇몇 시인의 시선을 재구성하는 것, 그럼으로써 시적 윤리의 가능성과 불가능성을 동시에 묻는(問 / 埋) 것. 결국은 미적 주체의 구성과 해체 문제로도 귀속 / 귀결되어갈 이 어려운 과제를 비평가는 얼마나 감당할 수 있겠는가? 이 머뭇거림 역시 존재론적 · 미학적 윤리의 문제와 직결되어 있다.

*

4·19혁명의 실패 후 골방으로 스며든 김수영은 시적 존재론을 "풍자가 아니면 해탈이"(「누이야 장하고나!」)라고 적어 넣었다. 부박한 사회의 변혁에 시와 삶의 윤리를 설정했던 김수영이고 보면, 이 '엇나감'의 미학은 오히려 그가 맞서온 현실의 불합리와 균열을 은폐하는 비윤리로 변질될 소지가 다분했다. 이른바 (시적) '자살'을 미학 최후의 윤리로 내걸었던 1970년대 김지하의 논박은 주변부의 시점으로서 풍자와 해탈이 자칫 몰아올 친체제적 언어의 범람과 영향에 대한 위기감의 소산일 것이다. 그러나 자기의 패배에 대한 김수영의 냉소적 승인은 위험하기는 커녕 바디우적 의미의 '비미학', 그러니까 "식별할 수 없는 것의 중얼거림"을 생산하는 정신의 기원이 되었다는 점에서 오히려 위대했다.

이 명제를 김수영의 말로 표현한다면, "행동에의 계시", 다시 말해 "내가 움직일 때 세계는 같이 움직인다" 정도가 될 것이다. 세계와 미학의 동시적 혁신으로 나아가는 이 명제는 그러나 불행하게도 들어맞든 안 들어맞든 "한결같이 화형을 당하게 마련"인 '예언성'을 내장하고 있다. 이른바 기존 세계와는 늘 불화하고 어긋날 수밖에 없는 패배와 실패의 형식인 것이다. 하지만 '예언성'이 암시하듯이, '행동에의 계시'는 당장의 현실 / 현재가 아니라 '도래할 삶의 물질적 틀과 형태들'의 형식을 띠기 때문에 패배한다. 이런 의미에서 김수영이 식별 가능한 현실 못지않게 식별할 수 없는 어떤 것, 이를테면 "사건의 덧없음이나 그 암시적인 사라짐에 헌신하는, 참의 생성 속에서 고정되어 있지 않은 것에 헌신하는"(바디우) 언어로 움직여간 미학적 사태는 매우 의미심장하다. 세간에서의 예정된 패배가 세간에로의 사랑과 자유로 변환되는 지점이기 때문이다.

> 문명의 하늘은 무엇인가로 채워지기를 원한다
> 나는 지금 규제로 시를 쓰고 있다 타의의 규제
> 아슬아슬한 설사다
>
> 언어가 죽음의 벽을 뚫고 나가기 위한
> 숙제는 오래된다 이 숙제를 노상 방해하는 것이
> 성의 윤리와 윤리의 윤리이다 중요한 것은
>
> 괴로움과 괴로움의 이행이다 우리의 행동
> 이것을 우리의 시로 옮겨놓으려는 생각은
> 단념하라 괴로운 설사
>
> 괴로운 설사가 끝나거든 입을 다물어라 누가
> 보았는가 무엇을 보았는가 일절 말하지 말아라
> 그것이 우리의 증명이다
>
> — 김수영, 「설사의 알리바이」 부분

규제, 곧 금지로서 '윤리'를 초극하는 유일한 원리는 "괴로움과 괴로움의 이행"이다. '괴로운 설사'는 시인의 언어와 행위가 치유가 아니라 앓이의 형식이란 것, 따라서 누구나 동의할만한 이상태나 공동선의 추구와 오히려 격절되는 윤리 이전 또는 이후의 무엇으로 귀속될 것임을 암시한다. 게다가 경험에 대한 발화의 금지는 시인의 언어와 행위가 사라짐 혹은 숨겨짐의 형태로 존재하며 따라서 그것들의 알리바이는 주체 안의 그림자로밖에 증명될 수 없음을 고통스럽게 환기시킨다.

김수영이 기존의 세계와 미학에 균열을 가하는 '침입자'가 될 수 있었다면, 그것은 보통의 가치체계에서는 제2의적일 수밖에 없는 '사라짐'과 '그림자'의 예언성을 충분히 구현했기 때문일 것이다. 이 하위체계들의 예언성이 불러들인 '행동에의 계시'는 시간적 가치의 역전과 특히 상관되는 듯하다. 만약 김수영의 시계(詩界) 혁명을 말하고자 한다면, '없어져 가는 말'들과 해독될 수 없는 '소음'을 '무수한 반동'으로 현전시킨 순간을 빼놓을 수 없다. 그에 따르면 시란 완결된 심미성의 구조가 아니라 '무수한 과오'의 집적체에 불과하다. 「거대한 뿌리」에 아로새겨진 '가장 아름다운 우리말 열 개'와 지상과 하늘에서 동시에 번성하는 '소음'(「여름밤」)의 가치는 그것의 희소성이나 반란성보다는 '잠정적인 과오'요 '수정될 과오'로 스스로를 현상할 줄 아는 데서 주어진다.

'수정될 과오'는, 바디우의 말을 빌린다면, 시적 주체가 자기의 고유한 상황과 생성하는 진리에 동시에 속하는 양가적 상황을 산출한다. 이 진리는 주체의 알려진 다양성을 관통하여 통과함으로써 그것을 내적으로 단절시키거나 그것에 구멍을 낸다. 이것은 김수영을 전혀 다른 시와 주체의 윤리, 그러니까 "자신의 끈질김을 그 끈질김을 파괴하고 교란시키는 것 속에 개입시키는 방식, 진리의 과정에 그가 속하는 방식"(바디우)의 참여자로 밀어 올리는 진정한 힘이다. 우리는 침입자의 삶을 통해 '도래할 삶'의 단편을 "죽은 행동이 계속된다 너와 내가 계속되고 / 전화가 울리고 놀리고 놀래고 / 끝이 없어지고 끝이 생기고 겨우 / 망각을 실현한 나를 발견한다"(「먼지」)에서 문득 읽는다. '죽음'과 '망각' 같은 부정적 기표야말로 '욕망'(≒결여)에서 '사랑'을 발견하겠다는 '거룩한 긍정'의 기원이며, "아버지 같은 잘못된 시간의 / 그릇된 명상이 아닐"(「사랑의 변주곡」) 것을 발견하는 '행동에의 계시'의 징후적 단초이다.

그렇다면 우리는 이렇게 말할 수 있겠다. 김수영은 시를 '수정될 과오'의 지평에 올려놓음으로써 '도래할 삶'의 예언으로서의 시의 윤리학을 정초했다고. 그러나 '도래할 삶'은 '죽음'의 형식이며 그래서 "식별할 수 없는 중얼거림"으로 남겨질 수밖에 없다. 이 '중얼거림'은 언어의 형식을 영원히 모색할 운명이라는 점에서 불우하다. 그러나 염려마시라. 김수영은 스스로 '중얼거림'을 생산하고 통과함으로써 주체와 세계, 그리고 시를 단순한 상황과 전개 속으로 귀속시키는 '관성의 원리'를 초극하는 한편 '알려지지 않은 것에 의한 알려진 것의 결합'이라는 새로운 '주체의 원리'를 사는 '어떤 자'로 잠시라도 살아갔으므로.

*

김수영의 후예 가운데 '도래할 삶'을 죽음과 그림자의 너울 속에 밀어 넣은 '어떤 자'는 이성복이었다. 물론 그는 앞으로 사랑과 추억에서 "물질의 잠을 거부하고 상징의 숲으로 잠적하고 싶은" 동일성의 시학을 체현할 것이었다. 그러나 『뒹구는 돌은 언제 잠 깨는가』(1980)의 전반부는 "너는 네 몸이 최후의 풍자가 되게 해야 한다. 즉 네가 풍자 속에 갇혀서는 안 된다"는, 일종의 저격수의 윤리가 시와 주체의 원리로 작동하고 있다. 온 몸이 눈이 되어 적을 응시하지 않는 순간 '나'는 벌써 '적'의 온순한 과녁인바, 이성복의 시적 윤리는 '나'에게서 '적'의 눈을 보아냈다는 데 있다. 가령 그는 "엘리, 엘리 당신이 승천하면 / 나는 죽음으로 월경(越境)할 뿐 더럽힌 몸으로 죽어서도 / 시집 가는 당신의 딸, 당신의 어머니"(「정든 유곽에서」)라고 적었다. 순교자는 과연 '당신'을 따라 죽는 순결한 '나'인가, 아니면 여전히 '정든 유곽'에서 몸을 더럽히는 여자들인가.

이성복의 파격성은 "벌목당한 여자의 반복되는 임종"의 실질적 주체가 숭배에 갇힌 신(神)과 그를 베끼는 남근 권력이었음을 냉정하게 고백한 사실에 존재한다. 하지만 "봄이 아닌 윤리와 사이비 학설" 따위가 지시하듯이, 그의 고백과 성찰은 항상 복합적 언어와 감각적 형태의 발명을 통해 이루어졌다. 요컨대 이성복의 언어와 윤리는 사실의 평면적 적시와 느슨한 문제의 해결이 아니라 자신마저 파괴하는 문제 제기의 통로로 늘 작동했던 것이다. 시인 스스로가 '문제의 순수성', 즉 문제를 끊임없이 보살피고 키우는 것으로 말한 이 일관성의 지향이 당대 현실에 대한 충실성은 물론 감각적 분배와 정치화의 계기를 생산했음은 물론이다.

앵도를 먹고 무서운 애를 낳았으면 좋겠어
걸어가는 詩가 되었으면 물구나무 서는

오리가 되었으면 嘔吐하는 발가락이 되었으면
발톱 있는 감자가 되었으면 상냥한 工場이
되었으면 날아가는 맷돌이 되었으면 좋겠어
죽고 싶어도 짓궂은 배가 고프고
끌려다니며 잠드는 그림자, 이맘때 먼 먼 저 별에 술 한잔 따르고 싶더라
내 그리움으로
별아, 네 미끄럼틀을 만들었으면 좋겠어

— 이성복, 「口話」 부분

'나'의 꿈은 명랑하기보다 참담하다. 왜냐하면 기존 세계를 혁파하기보다는 "병든 말을 끌어안고 임신할까 봐" 두려워 "지금은 다만 체위를 바꾸고 싶"기 때문이다. 이 지점에서 우리는 이상(李箱)을 제외한다면 이성복만큼 역사현실과 내면을 동시에 증례하는 질병의 심리학을 현대시의 기율로 밀고간 이가 없었음을 문득 떠올린다. 그는 아프다고 말함으로써 시의 모럴(moral)과 에로티즘을 '문제의 순수성'이 감당할 핵심적 가치로 끌어올렸다. 질병의 고통을 오로지 저항이나 치유의 코드로만 환원하고 전유하는 한, 저 괴기하고 불쾌하며 또 우스꽝스런 소수자들이 틀어쥘 언어의 반란은 결코 발견되지 않는다.

이성복은 '그림자'로 잠행하고 뒤처짐으로써 오히려 하강의 성좌를 자연화하고 내면화할 줄 아는 울울한 침묵의 능산자였다. 불구와 침묵을 삶으로써 그는 '정든 유곽'이 "이제는 다만 때 아닌, 때 늦은 사랑에 관하여" 이야기하고 실천하는 역린(逆鱗)의 공간, 그러니까 "어느날 첫사랑이 불어닥"치는 '뭐라 밝힐 수는 없지만 서로가 마주하는 공동체'

로 거듭 났던 것이다. 그곳에서는 "상상도 못할 졸렬한 인간들"마저 주체를 "뱃가죽으로 기어"가게 만드는 '방법적 사랑'의 열렬한(?) 추동자들이다. 이후 『호랑가시나무의 추억』으로 잠행해가는 이성복의 심미적 언어가 '궁핍한 시대'를 관통하는 사랑의 변주곡으로 흐를 수 있던 것도 역린의 윤리와 미학에 충실했기 때문일 것이다.

거듭 말하거니와, "망각은 삶의 죽음이고, 아픔은 죽음의 삶이다"라고 말함으로써 상처와 아픔을 삶과 시의 윤리로, 또 '도래할 삶'의 예언성으로 불러들인 시인은 이성복이었다. 이에 비한다면, '햄버거' 따위를 명상의 대상(「햄버거에 대한 명상」)으로 삼은 장정일은 기껏 취향의 불일치나 자율성을 폭력적 세계에 대한 미학적 식별력으로 징발하고 있다는 느낌을 준다. 그러나 박래품 햄버거를 제조하는 레시피의 작성을 통해 신성한 것 혹은 힘센 것에 대한 외설과 불경을 저지르는 '글쓰기'는 또 다른 방식의 최후의 풍자라 할 만하다. 왜냐하면 장정일의 '햄버거'는 애초에 취향 존중의 대상이 아니라 시뮬라크르로 내재함으로써 "단단하거나 투명한 무엇들"은 물론 "물렁물렁한 것들"의 동시적 파국을 촉성(促成)하는 '비미학'으로 출현했기 때문이다.

장정일은 말 그대로 '비미학적인 것'으로 간주되던 대중문화와 B급 상상력을 시의 원리로 호출함으로써 예술의 진지성과 경쾌성의 장력 관계를 새롭게 재편했다. 이를테면 "살아생전 온갖 상품의 구매자였던 당신"을 산 자를 위한 "영원한 구매자"로 뒤바꿔버리는 태도가 그렇다. 이 구절이 일종의 블랙 유모어로 작용하는 것은 '구매자'가 특정 계급을 넘어 '죽음'을 살아생전의 삶, 아니 돈으로 속량할 수밖에 없는 현대인 일반의 비극을 적확히 짚어냈기 때문이다. 기존의 미학과 구분되는 이 '비미학'의 생성에서 경쾌성이 진지성을 내포해 가는 시편을 뽑으라면, 「햄버거에 대한 명상」을 제외하면 「샴푸의 요정」 정도를 먼저 들어야 할 것이다.

그녀는 인사를 잘한다. 안녕하세요
그녀는 미소띠며 속삭인다
파란 물방울 무늬 잠옷을 입고
그녀는 머리를 감아 보인다. 무지개를 실은
동글동글한 거품이 티브이 화면을 완전히
메운다. 그러면 샴푸의 요정이 속삭이는 거지
새로 나온 샴푸, 당신이 결정한 샴푸라고
향기가 좋은 샴푸, 세계인이 함께 쓰는 샴푸
아마 당신은 사랑에 빠질 거예요
라고 속삭이는 것이지

— 장정일, 「샴푸의 요정」 부분

샴푸 광고 속의 젊은 여성의 '전지구적 장악'에 대한 경악을 경탄으로 바꿔 쓴 패러디. 이 간단한 평가는 그러나 텍스트의 행간을 짚어내기에는 너무나 단순하고 안이하다. 상품의 소비를 촉진하는 광고가 진지한 시의 대상이 되어버린 (부정적 의미의) 경쾌성은 민족과 혁명의 기치가 높이 나부끼던 1980년대 현실에서는 지극히 비윤리적인 작태로 매도되기 쉬웠다. 하지만 하위문화의 시적 내습과 그를 통한 부조리한 현실을 향한 방법적 통찰은 얼마든지 정치적일 수 있었다. 물론이 그것의 날렵한 '잽'은 보수주의자들을 향한 것이기도 했지만 혁명과 계급을 시의 모럴로 규준화한 혁명주의자들 역시 과녁으로 삼았다. 이것은 '샴푸 요정'이 이념과 사상의 상이성에도 불구하고 보수와 혁명 이념이 사이좋게 공유한 엄숙함의 배타성과 숭고함의 공격성에 맞서 스스로 시적 파문을 실천하는 능산자(能産者)가 되어야 했음을 의미했다. '샴푸 요정'이, 아니 장정일이 무엇보다도 키치에의 매혹과 부정이라는 위험한 진동을 견디면서 끝내는 새로운 스타일의 창조로 나아가야만 했던 까닭이 여기 있다.

딕 헵디지에 따르면, 하위문화에서 경험과 표현, 그리고 의미작용 사이의 관계는 일정하지 않은 경우가 많다. 왜냐하면 하위문화들은 대체로 다소 '보수적'이거나 '진보적'일 수 있으며, 때로는 공동체 속으로 통합됨으로써 공동체의 가치를 공유할 수 있으며 반대로 기성세대에 저항하여 공동체로부터 이탈할 수도 있기 때문이다. 장정일은 적어도 시에서는 후자의 입장을 견지했다고 평가되어 무방하다. 하지만 저항과 자유의 담론보다는 오히려 언어 소비와 취향의 자율성이란 자의식 아래 전유와 절취, 전복적 변형을 앞세운 장정일 시의 운동은 "그래, 그게 문화이기 하지만, 예술인가?"라는 의심과 회의에 지속적으로 노출되는 불운으로부터 자유롭지 못했다.

이런 의미에서 기존의 시적 윤리가 '침입자'로서 장정일의 지위 변경을 억압하고 규제했으며, 그에 대한 산문적 저항과 과격한 일탈이 검열과 회수의 환난을 불러오는 몇몇 소설의 의도적인 외설성 제조로 나아가게 했다는 현재의 판단은 크게 문제될 것 없다. 장정일의 시적 기여는 그러나 하위문화의 도입을 통한 시대현실의 반윤리적 통찰과 조롱에서만 찾아질 수 없다. 그보다는 대중의 욕망을 통제하고 구성하는 반동적인 객체들의 기존 약호조차 현실의 상징적 질서를 균열시키고 해체시키는 '소음'으로 재전유해버린 미학적 역리(逆理)가 훨씬 가치 있다.

이런 미학적 일탈과 성취는 1980년대를 달군 혁명적 소통의 가능성과 줄곧 긴장 관계를 유지했던 게 사실이다. 하지만 그것이 1990년대 이후 한국시의 일용할 모토로 주장되는 급진적·수평적 소통, 다시 말해 계급과 연령과 성과 문화의 차이에 대한 구별 없이, 아니 그 차이와 차별을 해체시키는 열린 언어의 단초로 작동했음 역시 마땅히 기억해야 한다. 시는 그야말로 일상적인 것이 됨으로써 구태의연한 윤리와 정념을 넘어, "부정의 공동체, 어떤 공동체도 이루고 있지 못한 자들의 공동체"(블랑쇼)의 발견과 참여를 새로운 윤리로 정립하게 되는 것이다. 이성복이 제공한 '정든 유곽'에서 유희를 즐기던 장정일의 '지하인간'이 경쾌함 뒤편에 계몽적인 목소리를 묵직하게 숨겨두어야 했던 것도 '무위의 공동체'에 대한 갈급한 욕망 때문이었을 것이다.

결국 나는 지금 혁명의 시대로 흔히 명명되는 1980년대를 윤리를 일탈하면서 윤리로 귀환한 '흔들리는 언어들'의 시대로 적고 있는 것인가? 그러나 분명한 것은 흔들리지 않는 언어들은 윤리의 맹목과 독선을 전혀 의심할 줄 모른다는 사실이다. 추문의 조사(弔辭) 한 마디조차 듣지 못하는 시의 죽음이 그곳에서 만화방창할 것이다. 흔들리는 언어들이야말로 시의 삶이며 윤리이다.

*

1990년대 이후를 상징하는 작은 이야기와 개인적 취향의 도도한 발흥은 가장 세속적인 일상생활의 영역으로까지 확장되는 기호의 점유권을 둘러싼 투쟁을 매일의 것으로 점화했다. 비속하며 열등한 종자로 백안시되던 대중 취향의 하위문화는 이 싸움에서 매우 전략적인 동시에 자기목적적인 의미작용(signification)을 다양하게 수행함으로써 기존의 지형과는 전혀 다른 인식과 표현의 지도그리기를 확충해갔다. 다시 헵디지의 말을 빌리면, 하위문화 속의 스타일이 행하는 변형들은 '규범화'의 과정을 방해하면서 '자연에 반대하여' 나간다. 또한 그것들은 그 자체만으로도 '침묵하는 다수'를 위반하고, 통일과 응집의 원칙에 도전하며, 합의의 신화를 반박하는 대화를 향한 몸짓들이자 움직임으로 작동한다.

'압구정'과 '세운상가' 일대를 누빈 '키덜트후드'(Kidulthood)들의 매혹(魅惑)과 미혹(迷惑)을 함께 뒤섞은 유하의 시들이 복고주의의 영역으로 맥없이 밀려나는 장면은 기호의 점유권을 둘러싼 의미작용의 투쟁이 젊은 시들의 일상이 되었음을 징후적으로 예시한다. 그게 전략이든 아니면 삶의 형식이든 하위문화를 시의 주류로 밀어올린만큼 그들의 언어는 저항의 지표로서 불경스러움만큼 유희의 지표로서 몰교양성(illiteracy) 역시 출렁거렸다. 그럼으로써 삶의 윤리와 습속을 일차적으로 규정해온 신화의 규준들은 문득 의심스런 것이 되었다. 반대급부로서 일탈로의 도약은 잠재적 무정부주의를 홍정할 만한 시와 삶의 행보 — 윤리가 아닌, 그러므로 얼마든지 변형될 수 있는 — 로 새롭게 착상(着床)하였다.

그대가 욕조에 누워 있다면 그 욕조는 분명 눈부시다
그대가 사과를 먹고 있다면 나는 사과를 질투할 것이며
나는 그대의 찬 손에 쥐어진 칼 기꺼이 그대의 심장을 망칠 것이다

열두 살, 그때 이미 나는 남성을 찢고 나온 위대한 여성
미래를 점치기 위해 쥐의 습성을 지닌 또래의 사내아이들에게
날마다 보내던 연애편지들

(다시 꼬리가 자라고 그대의 머리칼을 만질 수 있을 때까지 나는 약속하지 않으련다 진실을 말하려고 할수록 나의 거짓은 점점 더 강렬해지고)

— 황병승, 「여장남자 시코쿠」 부분

억압과 금지의 영역에 유폐되어 있던 불길하고 불온한 존재와 사랑의 귀환은 인정투쟁이라는 의미작용을 침입자로 동반하기 마련이다. 문제는 그러나 투쟁의 당위성이 아니라 방법이다. 여장남자인 시코쿠의 '칼'과 '연애편지'는 타자의 배려와 수용이라는 전통적 사랑의 문법을 관계성의 윤리로 함축하지 않는다. 시뮬라크르를 삶의 방법으로 운용하는 자답게 반(비)윤리와 비정상, 거짓 들을 '손'의 원리와 힘으로 전유한다. 페르소나의 주체의 대행이 아니라 주체에 대한 페르소나의 잠복 혹은 대체가 자아의 정체성과 행위를 조직하는 이종(異種)의 탄생이 그 '손'에 의해 공식화된 것이다.

존재의 '있음'과 그것을 지탱하는 기존의 윤리와 준칙들에 대한 미학적 충격과 해체의 염(念)이 농밀한 이 장면은 '도래할 삶'의 상상과 창

조에서 비교적 자유롭다. 황병승을 두고 기존의 제도와 체계, 선과 악, 윤리와 도덕, 심지어 사랑과 증오에 대한 관습적 이해와 해석을 가로지르는 '흔들리는 언어'를 시의 목적이자 윤리로 즐기는(!) 침입자로 명명할 수 있는 것도 이 때문이다. 비정상과 반윤리의 코어에 근엄한 정상과 윤리를 접속하고 배치하는 그의 경쾌성은 미학적 창조와 구성이라는 전래의 관념과도 당연히 배치된다.

말의 바른 의미에서 황병승은 작품에 대해 전권을 행사하는 작가(creator)보다는 한정된 자료와 도구를 통해 의미작용의 변전을 추구하는 '브리콜뢰르'(bricoleur)에 가깝다. 현대의 브리콜뢰르는 거대담론의 체계성과 보편성을 불신하며, 주변부에 있는 재료를 즉흥적으로 조합, 재구성하는 작업을 통해 독특하고 개성적인 텍스트를 생산한다. 즉흥성은 체계와 법칙의 힘을 거스른다는 점에서 자유를 구가하지만 기원과 모델의 역할을 거부한다는 점에서 일시성의 덫을 면치 못한다. 집중과 창조가 아니라 분산과 변형이 사유와 행위의 원리인 것이다. 따라서 황병승의 "진실을 말하려고 할수록 나의 거짓은 점점 더 강렬해지고"는 일종의 방법적 수사가 아니라 그가 빠져들 수밖에 없는 미학적 · 윤리적 딜레마일지도 모른다.

그의 제2시집『트랙과 별판의 들』(2007)을 두고 이광호는 "'외전(外傳)'의 서사가 극대화된 과잉의 캠프적 상상력이 넘쳐흐르기 시작한다"라고 적었다. 그 상상력을 관통하는 "'탈성찰적' '무절제'의 캠프적인 스타일"은 한국시에서 희유한 "열린 경험이며, 감각의 사건"임에 분명하다. 그러나 이 브리콜라주(bricolage)는 복합적이며 유동적인 존재의 생산을 위해 위반과 일탈의 절대화를 과격하게 상정할 경우 브리콜라주 원래의 긍정적 역할인 '실제적이면서도 가능한 관계들의 집합'을 소략할 우려가 없잖다. 황병승도 주요 분자로 활동 중인, 이른바 '미래파'로 명명된 미학적 아방가르드들이 "단순한 삶의 윤리를 그대로 가져다 쓰면 시가 교조적으로 흐르기에 서사와 이미지를 방법적으로 한 번 비튼 것에 불과하"(『시와반시』, 2011 여름 기획의 말 중 일부)다는 혐의에 종종 노출되는 것은 무엇보다 그들의 부정의 미학이 '경험 잠재력의 고갈'에 직면했기 때문일 것이다.

냉정하게 말하건대, 이것은 그들의 작업이 여전히 일상 속에 깊숙이 침투하지 못한 채 자족적인 전문가 문화의 영역에 머물러 있음을 의미한다. 만약 이들이 랑시에르적 의미의 '정치성'을 통한 '감각적인 것의 분배'나 아도르노식의 "특수한 부정법에 절망적으로 집착함으로써 계몽의 상처를 치유할 수 있는 비상처방"(하버마스)의 발굴로 성큼성큼 걸어 나갔다면 한때 번성한 추억의 미학공동체로 자꾸 떠밀려가는 불우는 현재에 결코 당도할 수 없는 미래의 허구적 사건에 불과할 것이다.

바닥에 고인 물 때문에 미끄러지는 일이 없도록. 타일은 간격을 원했다. 물은 간격을 타고 하수구로 간다. 천천히. 동생이 샤워를 하면서 오줌을 눈다. 변수로군. 나는 동생을 변수라고 불렀다. 이봐, 간격에게 사과를 하지 그래? 변수는 배신이었다.

엄마는 변기에 앉아 거실을 바라보았다. 왜 문을 열고 싸는 거야? 텔레비전이 하나잖아. 아빠는 거실이었다. 부모가 죽자, 변수에게 거실은 학교였다. 변수는 급식도 먹지 않고 하루 종일 누워있었다. 형이 학교에서 돌아와 학교로 들어오면 변수는 일어나서 샤워를 했다. 형은 자꾸 지각이었다. 거실이 사라지고 있었다.

— 김승일, 「화장실이 붙인 별명」 부분

취향의 자율성과 스타일의 추구가 미덕이던 2000년대 이후, 시는 기호의 점유권, 아니 분배권을 향한 세속화로 내달렸다. 여기서 '세속화'란 아감벤의 개념을 빌린 것인데, 권력들의 장치들을 비활성화하며 권력이 장악했던 공간을 공통의 사용으로 되돌리는 것을 뜻한다. 세속화의 기초 표상 가운데 하나는 친밀성의 근거와 진지로 인정되는 가족의 의심과 조롱, 해체와 재구성의 욕망이다. '공통의 사용으로 되돌린다'는 말에는 공동체의 배려와 타자와의 접촉이 필연적으로 개입되므로, 어떤 방식으로든 '공동선'과 '인륜'의 의지가 작동할 수밖에 없다. 그러나 젊은 시의 대개는 '가족 이후'보다는 '가족 이전', 그러니까 개인성의 억압과 균열, 파탄의 장소로 가정을 형해화하는 경향을 보인다. 한데 대중매체를 오르내리는 파탄난 가족에 대한 시적 재현이라는 식의 반영론은 반윤리와 그것의 악순환의 해석에 거의 무기력하다.

「화장실이 붙인 별명」이 암시하듯이, 이 시대의 개인들은 가족을 비롯한 친밀성의 존재들과 교류를 거부당하며 끝내 죽음의 가능성에 노출되는, 본래의 존재성을 잃거나 왜곡당한 '거실'(아빠)거나 '변수'(동생)일 따름이다. 사물에 의해 주체가 규정되고 변성되는 끔찍한 세속화의 시대, 그것을 김승일은 가족 몰락사의 괴팍한 영사를 통해 제시한다. 가족은, 그 보금자리 가정은 이제 희망과 안락의 처소가 아니라 제대로 사용하고 거주하고 경험하기가 불가능한 죽음의 공간이다. 죽음의 전시적 공간으로 일괄 환수되는 '친밀한 집단'의 확산은 시(시인)의 권리이자 의무인 말의 새로운 사용과 새로운 경험의 가능성마저 자동적으로 차단하기 마련이다. 우리 삶의 제의성이 최초로 또 최후로 작동하는 공동체의 소멸은 동시에 그것들을 기억하고 노래하며 미래화하는 시의 바퀴를 헛돌게 만들거나 파괴할 것이기 때문이다. 이 잠재적 비극을 냉정하고 역겨운 시선과 언어로 점묘하는 젊은 시는 그래서 표면적 인상과는 달리 건전하고 도덕적이기까지 하다.

하지만 "거실이 사라지"는 충격적인 변전을 갓 목도하기 시작한 젊은 시인들은 세계라는 '창고'에 "캄캄한 가능성 위에 부모처럼 누워. 배신이 기다리고 있"음을 벌써 알고 있다. 이 상황에 주목한다면, 문제는 윤리의 해체나 재건이 아니라 그것마저 무력화하는 일종의 니힐리즘적 기미이다. 시인의 '배신'이라는 말이 가족 뿐 아니라 시의 배반으로도 들리기 때문이다. 이 잔인한 운명을 어쩔 것인가? 방법은 하나뿐이다. 젊은 시들이 열렬히 실험 중인 각종 브리콜라주들이 아무리 기괴하더라도 주어진 사물과 현실을 바꾸지 못하고 재배열할 뿐이라는 것, 따라서 '폭발적 접합'은 결코 일어나지 않을 것이라는 헵디지의 차가운 조언을 흔쾌히 인정하는 것이다. 이것은 당연히도 패배의 자임이 아니라 애초에 한계 투성이인 주체와 시의 '자유로운 사용'을 위한 신중하고 유쾌한 자아의 투기(投企)인 것이다. 거친 말의 형식으로 내밀한 내면성을 향해 깊숙이 잠수하는 젊은 시들의 집단 잠영은 그래서 아름답고 또 처연하다.

주체와 시의 '자유로운 사용'은 그러나 현실 이전이거나 이후의 지평에 속하는 것임을 우리는 벌써 알고 있다. 하지만 이 불가능성이야말로 시의 첫 동기이며 시인이 탄생하는 밑자리인 것을, 그러니 뭘 어쩌겠는가. 이 지점은 시와 윤리, 주체의 문제가 출발하는 장소이기도 하니, 이 글은 애초의 원점으로 귀환하고야 말았다.

'감각'과 '감각적인 것'의 사이

한국어 사전에서 감각에 대한 정의는 비교적 간명하다. 협의적 의미로서 "눈, 코, 귀, 혀, 살갗을 통하여 바깥의 어떤 자극을 알아차림"이 하나라면, 광의적 의미로서 "사물에서 받는 인상이나 느낌"이 다른 하나이다. 이 물리적 감촉들은 시(詩)의 장(場)에서 구체적 사유와 역동적 상상력을 투과하여 기필코 개성적 이미지로 현상하기를 꿈꾼다. 하여 이미지는 관념과 사물이 만나는 토포스이자 언제나 우리의 감각에 호소하고 사물에 대한 감각적 경험을 불러일으키는 매체로 곧잘 정의된다.

그러나 이미지는 시적 관념과 감각의 전달체 내지 환기체로 작동하는 지시적 기능에 멈추지 않는다. '절대적 이미지'가 지시하듯이, 종국에는 이미지가 사물 그 자체가 된 자립성과 독립성을 지향하고 또 획득하고자 한다. 기존의 세계 혹은 사물과의 소통을 과감히 단절하고 새로운 지평으로 도약하려는 '절대적 이미지'의 출현은 물론 '이미지 선택'의 원리로서 '감각'과 '정서'가 원래부터 주관적이며 개인적이기 때문에 가능한 것이다. 이것들을 포괄하는 미적 판단과 미적 감수성을 하나의 자율적이며 독립적인 영역으로 간주하는 미학의 원리가 이런 주관성과 개인성의 강화 및 존중에서 보편화되었음 역시 새삼스러울 것 없다.

그러나 감각과 이미지는 과연 단독자적 개인(개성)만의 소산인가? 그것들의 자립성과 독립성은 사회적 지평과 연관 없는 개별적 내면의 심리적 부산물인가? 감각사(史) 연구를 참조한다면, 답은 '아니다'가 옳다. 감각은 한 개인의 생물학적 운동에서 시작되지만 그러나 그것이 포착한 세계는 저절로 인지되지도 형성되지도 않는다. 다시 말해 감각에 의한 세계의 촉지 및 의미화는 결코 선천적인 자질의 작용에 의해 수행되지 않는다. 감각은, 일종의 문화라고 해도 좋을 정도로, 전체적인 사회문화적 정황에 의해 구체화되며, 또 지속적으로 수정되고 보완된다는 게 연구자들의 대체적인 생각이다. 그래서 감각사는, 마크 스미스의 말을 빌리면, 습관이자 과거에 대한 사고방식이며 모든 텍스트에 새겨져 있는 풍부한 지각적 증거를 독해하는 방식으로 설명되는 것이다.[1] 절대적인 독립성과 자율성을 주장하는 그 어떤 시적 감각과 이미지도 그것을 에워싼 역사현실이나 문화현상을 그 출처로 암암리에 각인하고 있음이 확인되는 지점이다. 따라서 리얼리즘과 모더니즘, 사실과 환상, 통합과 균열이니 하는 각종 미학 개념들은 어떤 감각과

1 '감각사' 연구 동향과 쟁점에 대해서는 마크 스미스, 김상훈 역, 『감각의 역사』(성균관대 출판부, 2010) 중 「들어가는 말—감각의 역사 이해하기」 참조.

이미지가 꿰어 찬 언어의 습관과 방법의 동일성과 차이성을 지적한 말투에 지나지 않는 것인지도 모른다.

'사회적'이라는 담론의 장에 들어서는 순간, 모든 것은 이데올로기적이며 정치적인 담론의 일분자로도 필연적으로 등기된다. 감각 역시 주체의 위치와 경험, 태도와 방법에 따라 구성되고 수정되어 가는 것이라면, 일종의 '흔들리는 텍스트'일 수밖에 없다. 이 흔들림의 좌표와 의미론적 자질에 따라 감각의 정치성과 이데올로기성은 서로 다르게 획득되고 기입되는 것이다. 그러나 문학적 감각에 국한시켜 그 특수성을 말한다면, '감각'의 정치성은 새로운 지평으로 투기된다. '감각'의 구성적 지향과 타자에의 관계 설정, 그를 통한 감각의 혼성적 통합 및 차이의 틈새 확장과 심화. 만약 이 운동을 랑시에르의 '감각적인 것의 분배' 속에 위치시킬 수 있다면, '감각'은 '문학의 정치'의 빼놓을 수 없는 요소이자 동인으로 일러 무방하다. 이 지점에서의 정치성이란 진은영이 적절히 정리했듯이, "세계의 낡은 감각적 분배를 파괴하고 다른 종류의 분배로 변환시킴으로써 삶의 새로운 형태들의 발명을 동반하는 활동"[2]을 의미한다.

담론으로서 '감각'의 보편적 정치성을 말하다가 '감각'을 "미학적인 것으로 사회학적인 것(혹은 '역사현실'—인용자)에 저항하는 정치학적인 말—신체"[3] 쪽으로 슬쩍 바꿔보는 것은 분명 자의적이며 비약적이다. 하지만 이는 첫째, 현재 우리 시에서 논의되는 '감각'의 수준을 환기하고, 둘째, 이 지점에 도달하기 위해 한국 현대시가 밟아온 유의미한 '감

2 진은영, 「감각적인 것의 분배」, 『창작과비평』, 2008 겨울, 72면.
3 심보선, 「'천사-되기'에서 '무식한 시인-되기'로」, 『창작과비평』, 2011 여름, 24면.

각사'의 지점을 통과하기 위한 비평적 책략의 일종이다. 한국시가 과거에 수행하고 수정해온 '감각의 역사'는 단절과 계승으로만 간단히 획정할 수 없는, 다시 말해 현재의 감각 내외부를 가로지르며 여전히 활동 중인 활성적 구성물이다. 이 살아있는 유령의 너울에 들씌우고 벗어나기를 계속할 때에야 현재의 감각론은 그것이 숨어들거나 활개 칠 차이와 틈새의 샛길로 접어들 수 있다고 나는 믿는다.

*

파시즘의 일상화를 피할 수 없는 역사 원리로 겁박하는 1930년대 후반 '사실의 세기'는 과연 강팍했다. 그간 문명현실에 대한 감각적 이해와 비판적 표현을 통해 타락한 근대의 유곡을 서둘러 가로지르고자 했던 김기림이 이 상황에 맞서 「모더니즘의 역사적 위치」(『인문평론』, 1939.10)를 제출했음은 주지의 사실이다. 이 비평문은 방향을 상실한 악마적 '사실'의 풍속(風俗 / 風速)에 대한 모더니즘의 대응 서사, 다시 말해 문명비평의 방법으로서 모더니즘의 성취와 한계, 미래를 감각과 정서, 사고의 새로움 및 변질 과정을 복기함으로써 그 의미를 역사화하는 동시에 미래화할 지점을 착공(鑿空)하는 형식을 취한다. 이 글 역시 김기림 특유의 주장, 리듬-음악성-정서의 구축(驅逐) 및 이미지-화화성-지성의 구축(構築)에 의해 수행되는 시적 혁신의 방법이 비평적 포석으로 깔려 있음은 물론이다. 감각과 이미지, 특히 시각적 이미지가 한국시의 미학적 · 언어적 첨병으로 배치되었다는 사실은 그럼으로써 명백한 사건으로 재차 주장되고 추인된다.

김기림이 문명비평에 걸맞은 새로운 감각의 발현체로 실천한 모더니즘의 초극 대상은 정서의 과잉과 편(偏)내용 양자였다. '센티멘탈 로맨티시즘'으로 명명된 전자는 내용의 진부와 형식의 고루가, 카프로 대변되는 편내용주의는 그 내용의 관념성과 말의 가치에 대한 소홀이 문제로 지목되었다. 이에 비해 모더니즘은 도회의 자식답게 "기차와 비행기와 공장의 조음(燥音)과 군중의 규환을 반사시킨 회화의 내재적 리듬"을 발견하고 창조함으로써 명랑성의 시학을 조선에 입안하고자 했다. 그러나 식민지 조선의 현실에서 김기림이 에즈라 파운드를 빌려 건설하고자 했던 '파노포이아(phanopoeia)'와 '로고포이아(logopoeia)'는 '아직 아닌' 것이었다. 투명한 이미지의 시를 가리키는 전자와 작품의 총체적 효과를 위해 이지적 차원에서 언어와 감각을 다루는 후자는 타락한 근대의 이면에 숨겨진 본질적인 것을 발견하고 내면화하기 위한 기투였다.

그러나 '명랑한 감성(감각)' 및 식민지 현실과 격절된 표피적 문명비판에 초점을 맞춘 김기림 자신의 『기상도』나 청신한 원시적 시각적 이미지를 발견한 정지용, 환상 속에서 형용사와 명사의 비논리적 결합을 통해 아름다운 상징적인 이미지들을 빚어낸 신석정, 시각적 이미지의 적확한 파악과 구사에 있어 천재적이었던 김광균[4]의 '눈'은, 김기림 스스로가 평가했듯이 다음과 같은 점에서 '파노포이아'나 '로고포이이아'의 한국적 투시와 갱신에 다다르지는 못했다.

---

4 이들에 대한 평가는 김기림, 「모더니즘의 역사적 위치」, 『인문평론』, 1939.10. 여기서는 『김기림전집 2—시론』, 심설당, 1988, 57면.

(시적—인용자) 기술에의 새로운 인식은 능동적인 시정신과 불타는 인간 정신과 함께 있지 아니하면 아니된다. 20세기의 시는 많은 경우에 그 고도의 기술적 발달과 그 배후의 치열한 시정신에도 불구하고 단순한 기술적 운동에 그치고 더 근원적인 인간적인 정신을 분실하고 있는 것이 사실인 것 같다.

잃어버렸던 인간정신을 어디 가서 찾을까. 물론 생활 속에서 아름다운 행동 속에서 밖에는 찾을 데가 없다.[5]

명랑하고자 했던 한국적 모더니즘의 우울과 퇴락을 김기림은 무엇보다 언어의 말초화와 '사실의 세기'의 전면화에 따른 문명의 위기로 대변되는 내외부적 퇴폐 때문으로 진단했다. 그에 대한 처방이 '전체시', 그러니까 "시대를 향한 능동적인 시정신과 불타는 인간정신"을 이미지즘에 수렴하고 확장하는 시의 건설이었다. 이를 두고 기림은 "전 시단적으로 보면 그것의 그 전대의 경향파와 모더니즘의 종합", 그러니까 "시단의 새 진로는 모더니즘과 사회성의 종합이라는 뚜렷한 방향"이라고 일렀다. 감각의 성찰과 갱신, 새로운 발견보다는 사회성의 투여를 통한 모더니즘의 진화라는 이 공식은 어딘지 평균적이며, 이것조차 구현한 시의 출현이 거의 존재하지 않았다는 점에서 퇴보적이기까지 하다. 이보다는 차라리 "가장 우수한 최후의 모더니스트 이상은 '모더니즘의 초극'이라는 이 심각한 운명을 한 몸에 구현한 비극의 담당자였다"는 탄식이 김기림의 진의 파악에 더 도움이 될 것이다.

이상(李箱)은 아이러니와 기존 시의 파탄 의지가 대변하듯이 감정과

5 김기림, 「시의 회화성」, 위의 책, 1988, 107면.

감각의 유로에 충실한 일반 서정시에 '감각적인 것'의 존재 이유와 방식, 수행 방법을 다채롭고 괴기한 시니피앙의 점묘를 통해 끌어들인 현대시 최초의 일탈자였다. 건축학자였으며 누구보다 기호에 민감했던 이상은 아방가르드 특유의 파편적 시각주의, 즉 기존의 시각을 탈내고 부수며, 재배치하고 재조합하여 의외의 현실과 기호를 생산하고 발명한 특수자였다. 하지만 이상은 시각주의를 특권화하는 대신 "텍스트 내부와 외부를 쉼 없이 가로지르며 세계를 개조하고 구성하고 재구성하는 말-신체의 질주"[6]를 시각적 감각과 이미지의 원리로 끌어들였다. 그런 면에서 이상은 비유컨대 데리다의 "보는 것이 눈의 본질이 아니라 눈물이 눈의 본질"이라는 시각(이를 확장하여 감각)의 궁극적 의미를 무의식적으로 살았는지도 모른다.[7]

김기림은 과연 이상의 시와 산문에서 어떤 '눈물'을 읽고 보았을까, 아니 같이 흘렸을까? '눈'이라는 '감각'을 통해 솟아나는 '눈물'이라는 '감각적'인 현상과 그 안에 녹아든 어떤 본원적인 것. 한국시의 개성이 성큼성큼 발화(發話 / 發火)되던 1930년대, 그게 누구였든 '눈물'을 문득 흘리고 살았다면, 주어진 현실의 감각체계와 불화를 일으키며 그것을 끊임없이 차이화하는 '감각적인 것'의 내재적 리듬이 울울하게 밀려들었을 지도 모를 일이다. 김기림의 문제는 따라서 시각적 이미지에 경도된 '감각에의 충성'이 아니라 그것마저 반역할 '감각적인 것으로의 탈주'에 거의 무감각하거나 안이했다는 것이다.

---

6 심보선, 「'천사-되기'에서 '무식한 시인-되기'로」, 『창작과비평』, 2011 여름, 268면.

7 임철규는 시각을 로고스 라는 이성 능력과 이성적 담론의 토대를 이루는 최고의 감각으로 간주하는 시각중심주의에 대한 비판자로 벤야민과 하이데거, 바타유, 퐁티, 푸코, 레비나스 등을 들고 있다. 임철규, 『눈의 역사 눈의 미학』, 한길사, 2004, 421~422면 참조.

*

급진적이며 변혁적인 의미의 '전체시' 출현은 군사독재와 자본 축재의 패악에 맞서 평등과 자유, 통일의 실천적 윤리가 요구되던 1980년대에도 소망스러운 것이었다. 미적 자율성과 변혁의 의지 어느 것에 가치를 두느냐에 따라 문학의 윤리는 '실천적 몸담음'과 '현실에 대한 자유로운 반성'으로 자기 입장을 분별시켜 갔다. 그럼에도 두 부류 공히 그들의 미학을 해방과 혁명의 유토피아를 선취하는 정치학으로 전유하는 데 주저하지 않았다. 이 과정은 기존의 지배담론과 체계에 맞선 이념적 쟁투를 넘어 그것들의 완강한 원리와 추악한 질서를 파탄내는 미학적 발견과 각축으로, 랑시에르를 빌린다면, 새로운 종류의 감성적 분배를 가져올 삶의 형식을 창안하는 것으로 점차 이동되었다는 점에서 새롭고 위대했다.

이를테면 박노해의 시는 노동계급의 해방에 우선 복무했지만 노동자들 자신의 실존을 스스로의 감각과 정서로 다시 구성하는 일에도 부지런했다. 이 새로운 '감각적인 것'의 사태는 황지우에게서 "나는 사실은 리얼리스트이다. 일그러진 형식은 일그러진 현실에서 온다"[8]는 말로 발현되었다. 이를 중심으로 두 시인의 공통점을 구성한다면, 민중 내지 소시민의 '감성(감각)적 능력'을 새롭게 발굴, 분배했다는 점에 주어질 것이다. 그러나 이 말이 그들의 미학적 분투가 특정 변혁주체와

---

8 황지우, 「시의 얼룩」, 『사람과 사람 사이의 신호』, 한마당, 1986, 239면. 이하 황지우의 산문은 같은 책, 「사람과 사람 사이의 신호」 「시적인 것은 실제로 있다」에서 인용하며, 본문에 직접 인용면을 표기한다.

이데올로기의 선전과 고양, 모순되고 부조리한 현실의 고발과 같은 범박한 의미의 정치성을 훌쩍 넘어섰다는 주장과 평가로까지 과잉 해석될 필요는 없다. 하지만 시와 감각, 시적인 것과 감각적인 것에 대한 차이와 새로운 사유를 개진하는 유의미한 지점으로 작동했음은 물론, 저항과 투쟁의 담론 속에서도 시인의 의무 가운데 하나가 "예술작품에 감성적 지도에 변화를 가져올 방식들을 상상하고 고민"[9]하는 것이라는 사실을 명백히 했다는 점만큼은 각별히 기억해 둘 일이다.

이를 염두에 둘 때, 특히 1980년대 초중반 황지우의 '시적인 것'에 대한 발언은 현재의 감각 혹은 감각적인 것에 대한 논의의 보충과 수정을 위한 참조에 값한다. 시어의 핵심 가운데 하나가 감각적 언어라면, 얼마간 비약하건대, '시적인 것'은 곧 '감각적인 것'으로 얼마든지 치환 또는 전유될 수 있다고 나는 생각한다.

황지우에 따르면, '시'란 "시적인 것을 보면서 보여 주는 것"(13)이다. 여기서 시와 시적인 것의 관계는 '눈'의 감각적 분비물로서의 '눈물'에 거의 가깝게 느껴진다. 과연 그는 '시적인 것'은 에테르 상태의 콘텍스트를 통과하면서 겪게 되는 의식의 화학적 변화에 의해 주어진다고 말하고 있다(13). 그러니까 '시적인 것은' '심미적인 것'의 단순한 재현물이 아니다. 그보다는 추악하고 하찮으며 버려지고 부서진 것들(의 관계)에 대한 응시에서 솟아오르는 감각적 응축물에 가깝다.

'시적인 것'의 추구는 시의 본질에 대한 정의의 문제에 구애됨이 없이 시

9 진은영, 「감각적인 것의 분배」, 『창작과비평』, 2008 겨울, 80면.

> 를 '열린 틀'로 쓸 수 있고 말할 수 있게 합니다. 저는 그것을 '모든 시(이미 씌어진 것이든 앞으로 씌어질 것이든)의 속성이 나타난 장'으로 테두리를 짓는 것 외에 더 이상의 규정을 불필요하게 생각합니다.[10]

이 말에 따르면 시는 '시적인 것'이 기존 언어로 부려는 지는 장이 아니라 '시적인 것'의 발견에 의해 차이화된 언어로 직조되고 구성되는 열린 텍스트이다. 물론 '시적인 것'은 개인성 혹은 주관성에 의해 제멋대로 응축되고 확장되는 감각과 욕망의 분비물이 아니다. '시적인 것' 역시 시가 그런 것처럼 시인과 독자가 구성하는 사회적 관계, 다시 말해 의미 공동체에 의해 그 자격과 틀을 부여받는다. 만약 "'지금 · 여기'에 있는 현실을 갑자기 낯선 현실 — 낯선 시간과 낯선 공간 — 로 떨어뜨림으로써 생기는 '시적인 것'의 콘텍스트"(24)를 파고 들 명민한 독자가 없다면, 시인만의 현실 해방과 자율성은 얼마나 고독하며 공허할 것인가. 보다 중요한 것은 이런 간주관성에 의해 사회성과 정치성을 획득하는 '시적인 것'은 우리의 감각과 인식 이전의 존재라는 것이다(221). 우리는 '시적인 것'이 존재하기 때문에 그것을 인식하는 것이며, 따라서 '시'의 성패는 언어 자체의 심미성보다는 '시적인 것'의 돌발적 발견과 의외적 구조화를 실천하는 언어의 수행성에 달려 있다고 해도 과언은 아니다.

'시적인 것'의 원리로서 '감각적인 것', 비유컨대 '눈물' 역시 간주관성 속에 주어질 때야 사회의 감성적 지도에 변화를 가져올 수 있다. 물

10 황지우, 「시적인 것은 실제로 있다」, 『사람과 사람 사이의 신호』, 한마당, 1986, 230면.

론 이때의 '눈물'은 있어야 할 것의 모방과 재현에 의해 주어지는 윤리적이거나 시학적-재현적 예술체제의 결과물로 멈추어서는 안 된다. '시적인 것'이 그러하듯이 '감각적인 것' 역시 적게는 "규칙 · 형식들을, 크게는 탈규칙 · 반형식을 운영"(222)할 수 있을 정도의 해체적 지평에 이르러야 한다. 이야말로 1980년대 초반의 황지우가 여전히 문제적인 이유이기도 하다. 그의 '감각적인 것'은 익명적이며 소소하고 일상적인 삶, 이 구질구질한 생활의 세목들이 구성하는 일탈적 단층과 흔적들의 역능성을 시의 새로운 과제와 힘으로 밀어 올렸다.

물론 그의 '시적인 것'에의 관심은 각성 이전의 주변부 삶들이 자신의 말에 대한 의지와 역량을 작동시켜 저희에게 할당된 애초의 감각을 활성화하고 재분배하는 능력을 수행하는 랑시에르적 의미의 정치성 산출로까지 연동되지는 못했다. 김수영의 '온몸'의 시론을 전유하여 시인의 새로운 창작 방법의 하나로 '지게꾼-되기의 시'[11]를 제시한 진은영의 견해에 따른다면, 어쩌면 황지우는 지게꾼 아비를 둔 지식인의 존재방식과 그것의 시화(詩化)에서 크게 벗어나지 못했는지도 모른다. 그러나 그의 소시민의 삶에 대한 아이러닉한 응시와 그 과정에서의 '감각적인 것'의 발견 및 구조화는 분명 다양한 삶의 방식과 지층을 꿰뚫고 헤아릴 줄 아는 절박한 지혜와 행동의 상수화를 시대정신으로 추동했다. 그런 의미에서 황지우의 '실험시' 아닌 '실험시'들은 김수영의

11 이 말의 개념을 제시한다면, "지게꾼이란 타자를 만나는 새로운 만남의 방식 속에서 시인은 기존의 분배방식에서 특수한 영역으로 할당된 자신의 존재를 지우고 지게꾼도 시인도 아닌, 동시에 지게꾼이며 시인인 새로운 존재가 된다" 정도가 될 것이다. 이때 '지게꾼'의 일차적 의미가 노동자와 농민임은 물론이다. 진은영, 「한국문학의 미학적 정치성」, 『문학의 아토포스』, 그린비, 2014, 48~52면.

저 유명한 "너무나 자유가 없다"는 절규의 새로운 형식과 육체, 다시 말해 1980년대 현실에 직핍한 '감각적인 것'으로의 모험이자 이행으로 볼 여지가 여전히 충분하다 하겠다.

*

거대담론의 패퇴와 작은 이야기의 족출. 혁명의 동력 상실과 포스트모더니티의 급부상이 주조한 2000년대의 지적도는 그렇게 정의되었다. 혁명성과 자율성이라는 양 날개로 유토피아의 지평을 응시하고 개척했던 시적 감각의 사회성과 정치성은 이로써 종언되었다는 풍문이 쟁쟁했다. 이때는 시가 윤리와 재현, 동일성과 혁명성 등 존재 / 사물의 가치론적 질서와 단일 체계에 억눌려 있던 감각과 정서, 언어의 해방은 물론 저 심난한 로고스들의 굳건한 동맹에 균열과 차이를 발현시킬 수 있으리라는 또 다른 풍문이 울울해지는 순간이기도 했다. '작은 이야기'와 하위 주체들의 복귀와 연대, 이것들을 상수화할 수 있는 차이성, 바꿔 말해 '감각적인 것'에 대한 열정은 시와 주체의 '자유로운 사용'에의 기대와 가능성을 명랑하게 승압(昇壓)하였다.

차이와 분산의 열정으로 세계의 복수성과 존재의 다수성의 추구하는 이들의 언어는 그러나 해석의 난해와 의미 불통, 형식의 파행성과 폐쇄적 정서의 자족성이란 혐의에 종종 직면하곤 하였다. 사실 이런 류의 불만은 미학적 성취와 한계를 둘러싼 쟁론 이전에, 안정적인 문학공간의 점유와 확장을 둘러싼 인정투쟁, 곧 세대론적 담론의 전형적 형태이기도 하다. 이미 저자의 창조성과 언어적 기술, 진정성이 비평적 회의의 도마에 버젓이 오르는 현실에서 형식주의적 규범의 준용은 새로운 쟁점을 생산할 공산이 거의 없다. 흔히 하는 말로 지나치게 감각적인 신인들의 문제는, 그들의 시가 아무리 기괴하고 일탈적이며, 심지어 비윤리적이고 범법적인 상상력으로 넘쳐난다 해도 주어진 사물과 현실을 바꾸지 못하고 재배열할 뿐이라는 것, 따라서 기존의 케이블을 절단하고 대체할 만한 '폭발적 접합'을 생산하지 못할 것이라는 회의적 예측에 너무 담대하거나 아니면 거의 무심한 일인지도 모른다.

그러나 만약 '폭발적 접합'의 가능성과 불가능성만을 저울질했다면, 이들은 시와 세대의 동시적 위기라는 갈라진 협곡에 서둘러 유폐되었을 것이다. 하지만 몇몇 명민한 시인들은 속절없는 시의 세속화가 유행 중인 이 궁핍한 시대에 시(인)의 지위와 역할, 시적인 것과 감각적인 것의 역사성과 정치성을 재영토화함으로써 이전과는 전혀 다른 지형도를 제작, 구성 중이다. 그 대표주자로서 진은영과 심보선의 미학의 정치성에 대한 새로운 게토화는 시인의 감각적 충일성 못지않게 시(적 담론)에 대한, 아니 시적인 것에 대한 지성의 갱신 및 재구조화의 산물이 아닐 수 없다.

지성의 작용을 언급해두는 것이 이들이 주장하고 실험 중인 '감각적인 것'의 개념적 혁신과 대중화, 그를 통한 시적 외연과 내포의 재분할에 어떤 의미가 있을까 하는 의문이 없지는 않다. 그러나 이들의 지성이 '감각적인 것'의 세계사적 경험과 확산, 그것들의 배포를 시어의 패션으로 이입하기보다는 우리 시의 변혁성과 정치성을 신중하게 복기하는 한편 그 새로운 방향의 개척과 재구성을 치열하게 모색하는 미학적 모험의 토대가 되고 있음을 의심할 필요는 없다. 그들의 지성이 작용한 시적이고 감각적인 것의 간주관성이 몰고 올 시적 파란과 시적 경계의 분할을 우선 관전하는 것, 독자인 우리의 진정성과 윤리는 이 지점 어디쯤에서 찾아질 것이다.

진은영과 심보선의 논의 속 '감각적인 것'은 랑시에르를 참조하고 있는 만큼 비유컨대 기존의 '눈물'과는 일정 정도 이질적일 수밖에 없다.[12] 이미 지적했듯이, 혁명의 시대를 살았던 박노해와 황지우의 시는 랑시에르가 말한 바의 치안(police) — 우리가 흔히 정치라고 말하는 —, 그러니까 특정 집단의 계급적 결집과 합의가 달성되는 절차, 혁명 혹은 선거를 통한 권력의 조직화와 재분배에 보다 경사되어 있다. 이것은 기존의 지배적 담론체계에 저항하여 혹은 동조하여 특정 이데올로기를 공격하거나 옹호하는 대응 행위의 일종이라는 점에서 랑시에르가 말하는 '감각적인 것'의 재분할 및 재분배와 얼마간 거리를 지닌다.

그에 따르면 노동자의 세계에서 '해방'이란 계급성과 당파성의 전취(戰取)가 아니라 그들을 생산과 재생산의 '사적인' 영역에 놓는 전통적인 감각적인 것의 나눔을 뒤집는 일로부터 시작된다.[13] 이를테면 내일의 노동을 위해 쉬어야 하는 밤에 오히려 깨어 일어나 쓰고, 읽고, 생

12 이 글이 특히 주목한 두 시인의 평론과 학술논문은 다음과 같다. 진은영, 「감각적인 것의 분배」, 『창작과비평』 2008 겨울; 진은영, 「김수영 문학의 미학적 정치성에 대하여-불화의 미학과 탈경계적 정치학」, 한국문학연구학회 편, 『현대문학의연구』 40호, 2010(이 글은 「한국문학의 미학적 정치성」으로 개제되어, 진은영 시론집 『문학의 아토포스』, 그린비, 2014에 수록되었다); 심보선, 「'천사-되기'에서 '무식한 시인-되기'로」, 『창작과비평』, 2011 여름; 심보선, 「'삶의 시 되기'와 '시의 삶 되기'-영화 〈시〉와 〈하하하〉를 통해 본 미학의 정치」, 국제한국문학문화학회 편, 『사이間SAI』 9호, 2010.

13 랑시에르의 핵심 개념 esthétique에 대한 번역어로서 '감성(적)'과 그 경험에 기초한 '감각적인 것'에 대한 용이한 해설은 자크 랑시에르, 양창렬 역, 『정치적인 것의 가장자리』, 길, 2008, 118~119면 참조.

각하고 토론하는 것, 그럼으로써 노동자들 자신의 실존을 재구성함과 동시에 기존의 정체성과 문화, 위치와 절연하는 행위가 그렇다. 이 과정을 통해 노동자들은 밤을 새로이 전유할 뿐더러 기존의 계급적 지위와 역할을 타파한 노동자로 재분할되기에 이른다. 이처럼 기존의 감각 체계와 불화를 일으키며 이 과정에서 새로운 종류의 감성적 분배를 가져올 삶의 형식의 창안 여부를 두고 랑시에르는 정치성이라 불렀다.

랑시에르에 접속된 진은영과 심보선의 '감각적인 것'은 따라서 미학적일 뿐만 아니라 정치적이며, 심지어 또 다른 방식으로 시인의 계급적 위치와 역할을 재구성하려 한다는 점에서 변혁적이고 실존적이다. 이를 수행하는 주체들의 해체와 재구성은 당연히도 기존의 시적 윤리와 당위성에 긴박되고 조절되기를 거부한다. 그보다는 나(주체) 안의 너(타자)를 살리고 너 안의 나를 살기 위해, 심보선 자신의 언명처럼 "더 많이 더 잘 고뇌하"고 또 끊임없이 "이 평면에서 저 평면으로 말과 사유와 삶을 자리 옮김 하는 일"에 참여한다.[14] 이를 위한 방법적 전유가 "다양한 삶의 방식들을 발명하고 모색하는 일"[15]임은 두 말할 나위 없다.

이들이 주목하는 시적 대상, 다시 말해 '감각적인 것'의 재분할이 수행되는 신체는 흔히 억압되어 말할 수 없는 자들로 지목되는 하위주체(≒소수자)들이다. 물론 이들은 저 1980년대의 신원주의적 형식의 계급적 주체 해소 및 재구성, 그러니까 당파성과 계급성의 진정한 기원과 본질을 혁명적 노동자 계급의 신체로 환원시키는 오류를 범하지 않는

14 심보선, 「'천사-되기'에서 '무식한 시인-되기'로」, 『창작과비평』, 2011 여름, 269면.
15 진은영, 「김수영 문학의 미학적 정치성에 대하여—불화의 미학과 탈경계적 정치학」, 한국문학연구학회 편, 『현대문학의연구』 40호, 2010, 517면.

다. '다양한 삶의 방식'에 대한 욕망이 암시하듯이, "물건들이 아니라 상황들과 만남들을 창조"하고 그 맥락들의 구성과 표현에 집중한다. 그럼으로써 이를테면 "상품과 기호들의 지나친 충만함이 아니라 오히려 관계들의 부재"[16]를 '감각적인 것'의 실질적 대상으로 재분할하고자 한다. 이를 위해 최근 두 시인이 실험 중인 '하위주체-되기'의 시학은 특정 이념과 체제에 봉사하는 기존의 계급적 주체가 아니라, 그것들이 억압하고 은폐했던 하위주체의 차이적 발현, 그러니까 '감각적인 것'을 재분배하기 위한 회심의 창작방법이라 할 만하다.

진은영은 김수영의 '온몸'의 시론과 당대의 계급주체로서 지게꾼을 빌려 '지금 여기'의 현실을 정치적 · 미학적으로 재분할하려는 '지게꾼-되기'를 주창한다. 심보선은 보다 급진적인데, 지식의 유무나 문해(文解) 능력과 상관없이 누구나 말하려는 의지와 감성적 역량을 소유하고 발휘할 수 있다는 평등의 전제를 시쓰기의 새로운 실천으로 도모하는 '무식한 시인-되기'를 발원한다. 그에 따르면, 특히 각종 제도를 통해 우쭐한 시의 성채를 구축하는 전문시인은 더 이상 자랑도 권력도 아니다. 어떤 의미에서 이들과 또 이들과 밀착된 평론가들은 하위주체들의 '감각적인 것'의 재분할을 의도적으로 도외시하거나 심지어 방해해 온 낡은 감각의 신민이자 방어자들이다. 요컨대 심보선은, 미학적 혁명을 꿈꾸는 시인들에 의한 '감각적인 것의 재분할'을 넘어, "말하고자 하는 의지와 말할 수 있는 감성적 역량으로 신체를 변용하는 힘들"을 내뿜는 자들의 '감각적인 것의 재분배'를 도래할 시의 혁명으로 염원하고 있는 것이다.[17]

---

16 이상의 인용은 랑시에르, 「미학 혁명과 그 결과」, 진태원 역, 『뉴레프트리뷰』, 길, 2009, 477면.
17 보다 자세한 내용은 심보선, 「'천사-되기'에서 '무식한 시인-되기'로」, 『창작과비평』, 2011

*

눈 밝은 독자라면 평론가가 김기림과 황지우의 시론에 대해서는 소개와 평가를 겸했지만, 진은영과 심보선의 시론에 대해서는 거의 소개로 일관했음을 벌써 알아차렸을 것이다. 아직 진행형인 만큼 그들의 모험적 사유와 미학적 실험은 기대의 지평에 놓여 마땅하다는 것이 첫째 이유이다. 블랙 유모어적 페이소스가 짙게 묻어나는 심보선의 아이러니와 더 잘 실패하기 위한 시를 쓰고 세계와 사물의 이면을 다성성으로 부조하는 진은영의 차이성에의 의지가 버무려낼 타자성의 '눈물'이 처연하되 명랑하다는 것이 두 번째 이유이다.

이들의 눈빛에 투사되는 '감각적인 것'은 우리들의 비루한 현실과 객쩍은 미래의 솔기를 거스름으로써 다음과 같은 능산적 미와 윤리를 새롭게 입안하는 중이다. "미학의 정치는 하나의 완결된 형태로 종결되지 않고 삶의 형태와 미의 형태 사이에서 이루어지는 영구적 진자운동임을, '지금 여기'의 현실성을 '지금 여기가 아닌 곳'의 가능성으로 대체하려는 끝없는, 그리고 불가능한 투쟁임을 주장한다."[18] 궁극적으로 '더 잘~'의 불가능성과 실패를 목적하는 이들의 미학은 불가능과 실패 자체 때문이 아니라 그것들을 삶의 역능성과 미의 본질로 삼기 때문에 비극적이다. 이 비극은 그러나 '지금 여기 아닌 곳'을 응결하는 '눈물'의 기원지이기에 희망과 연대에 불을 지피는 상생의 처소이다.

여름, 266~269면 참조.

18 심보선, 「'삶의 시 되기'와 '시의 삶 되기'－영화 〈시〉와 〈하하하〉를 통해 본 미학의 정치」, 국제한국문학문화학회 편, 『사이間SAI』 9호, 2010, 255면.

삶과 미의 일치 및 균열 문제는 근대미학의 위엄과 곤란을 동시에 자극하고 부추겨 온 공안 중의 하나이다. 삶과 예술 공히 윤리와 자율의 지평에서 때로 투쟁하고 때로 화해하는 가운데 이 공안의 외연과 내포를 촘촘히 그리고 확연히 넓혀 왔다. 현실의 감각체계와 불화를 생산하는 '감각적인 것'의 새로운 발명이 그것의 현재적 지점인 셈이다. 이 '감각적인 것'의 주체와 대상은 계급과 이념에 대한 탈규칙과 반형식, 그러니까 그것들의 기존 형식과 내용에 대한 이질성 및 차이성의 발현을 통해 정치성과 변혁성을 되살고자 한다.

한데, 나만의 오해인지 모르겠으나, 미학의 원리로써 정치성과 변혁성이 작동하는 한 주체의 규범적 모델은 각성자든 무지자든 여전히 노동계급 내지 하위주체를 크게 벗어나지 못하는 듯하다. 진은영과 심보선의 '-되기'의 주체가 '지게꾼'이나 '무식한 시인'으로 지향되는 것도 이와 무관치 않다는 생각이다. 물론 이들의 '되기'는 다양한 삶의 방식을 발견하고 살아내기 위한 미학적 방법과 체험의 형식이지, 하위주체들로의 신원주의적 투신을 의미하지는 않을 것이다. 하지만 새롭게 특수화된 '감각적인 것'의 보편화 문제는 그것의 일상화와 지속적 혁신, 나아가 기존 세계의 (미학적) 혁신 및 재구성을 위해서라도 적극 권장되어 마땅하다.

따라서 우리는 이 지점에서 '감각적인 것'의 재분할과 갱신된 '감각적인 것'의 2차적 확산 및 분배의 방법을 묻지 않으면 안 된다. 이것은 '감각적인 것'에 관한 주체의 형식을 넘어 그것을 삶의 작동 원리로 삼투시킬 지점을 찾는 작업의 일부라는 점에서 종요롭다. '삼투' 운운했으니만큼, 이 제안은 당연히 독자를 위한 편의에 좀 더 집중될 수밖에 없다. 사실 '-되기' 속의 존재들이야말로 '감각적인 것'의 1차 텍스트이자 '감각적인 것'의 최종 독자, 다시 말해 소비자가 아니겠는가?

'감각적인 것'의 간취든 '-되기'의 미학에서든, 그것의 주체와 대상으로서 (양심적) 시민계급의 획득은 변혁주체의 확장이라는 면에서 여전히 중요하다. 개인적 취향과 고유성의 존중이 사회의 미덕과 윤리로 안착되어 가는 현실을 고려하면, '다양한 삶의 형식'에 대한 지향은 시의 의무가 되어갈 공산이 크다. 시민계급 스스로가 '감각적인 것'의 전복과 분할에서 선편을 잡는다면 그만이겠지만, 그들의 각성에 직간접적으로 관여할 수밖에 없는 것이 문화예술임을 부인하기 어려운 게 작금의 현실이다. 따라서 시인의 눈(감각)은 제 '눈물'과 타자(시민)의 '눈물'로 동시에 뒤범벅될 수 있는 무엇, 다시 말해 간주관성의 순조롭고 수월한 획득이 절실하게 요청된다.

'현실의 감각체계와 불화를 일으키는 미학적 형식'. 불화라는 말은 기존 서정시에 대한 대립을 전제하는 만큼 전위주의적 형식 파괴나 해체의 미학이 먼저 떠오를 법하다. 그러나 개인의 고독과 아이러니 속으로 침투해간 이상(李箱)과, 신문과 광고, 팜플릿, 벽보를 기존 세계와 절연하는 한편 대중과의 소통 양식으로 전취한 황지우의 차이는 소통을 향한 간주관성의 열정과 희원에서 거의 정반대에 놓인다. 사실 나에게는 '시적인 것'을 실존의 불확실성과 주변부로 자꾸 하방하는 소수자의 미끄러짐 속에서 발견하는 이 시대의 젊은 시인들은 타자로 흘러가는 간주관성 못지않게, 역설적인 방식의 절대자아로 수렴되는 파행적 자아의 주관성을 흡입하는 데 골몰하고 있다는 느낌이 없잖다. 이런 방식의 미학 안의 불편함은 자칫 '언어의 외로운 자기지시성'으로 고착될 수 있다는 점에서 "현실로부터 자율적이지만 현실을 변형하는 허구",[19] 다시 말해 '감각적인 것'의 발명과 분배로 나아가지 못할 가능성이 크다.

'세속화 예찬'이란 테제 아래 다양한 분과 학문과 문화예술, 장치 들을 가로지르면서 특히 '성스러운 것과 세속적인 것의 역동적 관계에서 공통의 사용/자유로운 사용의 정치적 함의'[20]를 읽어내고 조직하는 아감벤의 논의에 눈길이 가닿은 것은 그래서 자연스럽다.[21] 그의 '세속화' 개념은 일반의 그것과 이질적이다. 이것은 성스러운 예외상태에 종속되어 있는 존재(신에게 봉헌됐던 노예나 사물)를 그 존재가 자유롭게 사용하도록 돌려주는 것을 뜻한다.[22] 그에 반해 '환속화'는 성스러운 것을 현세의 영역으로 되돌려 주는 듯하지만 그냥 그렇게 보일 뿐인 상황, 즉 닫혀 있는 아우라의 장소만 바꿀 뿐인 것을 의미한다. 세속화는, 성스러운 것을 폐기하지 않는 환속화와 반대로 성스러운 것의 폐지를 목표로 한다는 점에서 근본적이고 변혁적이다.

이 세속화의 환속화의 대립을 설명하는 전시(展示)매체 중 하나가,

---

19 진은영, 「감각적인 것의 분배」, 『창작과비평』, 2008 겨울, 76면.

20 김상운, 「호모 프로파누스—동일성 없는 공통성의 세계로」, 조르조 아감벤, 『세속화 예찬—정치미학을 위한 10개의 노트』, 난장, 2010, 181~182면.

21 아감벤의 논의 대상은 게니우스신(神), 마술, 사진, 소설 속의 조수들, 패러디, 욕망하기, 거울, 저자, 포르노, 영화 등으로 일상 어디서나 마주할 수 있는 대상과 주제들이다. 신의 문제를 제외하더라도, 나머지는 노동자를 포함한 시민 일반의 취향과 의식을 구별 짓고 재분할할 수 있는 요소들로 충분히 인정될 만하다. 따라서 '—되기'는 미학적 주체의 전환을 넘어, 비근한 것들로의 '감각적인 것'의 수렴과 내파여야 할 것이다.

22 이 모순형용의 말은 형용사 사케르(sacer)의 이중성, 곧 "위엄 있는, 신들에게 봉헌된"을 뜻하는 동시에, "저주받은, 공동체로부터 배제된"을 바탕으로 조직된 것이다. 보다 자세한 내용은 조르조 아감벤, 「세속화 예찬」, 『세속화 예찬—정치미학을 위한 10개의 노트』, 난장, 2010, 113~115면. '세속화'와 '환속화'의 구별이 나오는 곳도 이 부분이다.

우리의 젊은 시에서도 이제 거의 일상적인 대상 혹은 상상력의 매개가 되어버린 포르노그래피 사진이라 꽤나 흥미롭다. 그에 따르면 뤼세라는 포르노 스타는 예술적 퍼포먼스, 즉 성 행위 시 전혀 감정이 실리지 않은 얼굴로 카메라를 빤히 쳐다봄으로써 산 경험과 표현의 영역 사이의 모든 연결을 끊어버린다. 그럼으로써 그녀는 "에로틱한 행동을 그 직접적인 목적(성희의 쾌감이나 관능의 소비 따위-인용자)으로부터 떼어내 헛돌게 만듦으로써 그 행동을 세속화", 다시 말해 "더 이상 아무것도 표현하지 않으며, 어떤 표현과 표현의 암시도 없이 하나의 장소로서, 순수한 수단으로서의 자신을 보여준다."[23]

이런 의미에서라면, 뤼세는 쾌락의 상품화와 집단적 소비의 포획에 급급한 보통의 포르노그래피를 전복하고 재분할하는 '감각적인 것'의 발현자라 할 만하다. 그녀의 '응시'는 당연히도 자신을 말할 수 없는 신체로 포획하는 포르노그래피적 장치에 대한 저항이다. 동시에 더 중요하게는 소외의 저류를 타고 넘어 역설적으로 자기를 표현하는 '눈물'의 솟구침이다. '감각적인 것'으로서 '눈물'을 통과하고서야 그녀는 자기 신체와 언어의 자유로운 사용의 가능성과 그 형식을 자기 것으로 회수하게 되는 것이다.

'감각적인 것'은 그것의 한 형식 '눈물'이 암시하듯이 우리의 가장 고유한 것이되 가장 낯설고 채 인간화되지 않은 그 무엇인지도 모른다. 따라서 그것은 가장 객관적이되 친밀한 눈에 의해 가장 비일상적이며

23 조르조 아감벤, 「세속화 예찬」, 위의 책, 134면. 이는 궁극적으로 사진 속의 전시된 자아의 이미지, 즉 구경꾼들 앞에서 상품화된 성행위를 재연하는 매개로서 신체를 드러냄으로써 포르노그래피의 포획을 벗어던졌음을 뜻한다.

아이러닉한 눈물로 현현되는 무엇이어야 한다. 하지만 이것이 보지도 듣지도 못한 낯선 형식이나 언어의 요구와 거의 무관함은 물론이다. 차라리 그것은 가장 비근하고 익숙한 것조차 그것의 숨겨진 국면을 말하게끔 전유하며, 그것의 새로운 사용을 가능하게끔 그 기호의 지위와 맥락을 재편하는 것을 의미한다. '감각적인 것'의 황홀하고 외로운 출현이 안착 없는 떠돌이의 삶과 사유, 관계의 부재에 대한 예리한 감촉과 파고듦, 더 잘 실패하고 패배하는 미학에 의해 훨씬 풍요롭고 신속하게 격발되는 실질적 까닭이 여기에 있다.

간절기의 기억과 환절기의 시선

시인과 정치에 대한 단상(斷想)

여기 위험한 시국에 대해 의사를 표명하는 두 가지 목소리가 있다. 직설적 어법과 '깡통' '쑥부쟁이' 등 사물의 부정화를 통해 상대 진영의 이른바 '원로'를 가격하는 지난 시대의 저항시인. 새로운 정권의 탄생을 소원하며 십시일반의 작은 정성을 모아 광고에 제 이름을 올린 137명의 젊은 문인들. 외신에서 '독재자의 딸'(dictator's daughter, 이 말의 기원이 외신이며 나는 이 말을 빌려왔을 뿐이라고 얌전히, 아니 구차하게 적어둔다, 오호라!)로 호명한 박근혜 씨가 18대 대통령으로 당선되면서 양자의 운명은 차가운 속세의 논리로 속량되었다. 옛 명성의 시인은 각종(보수)언론에 의해 '현대사의 결정적 화해 장면'을 연출한 대승적 통합의 기표로 열렬히 칭송되는 중이다. 그러나 글쓰기와 삶 모두에서 구만리 길이 창창한 젊은 문인들은 원한에 사로잡힌 위법자로 낙인찍힌 채 고발되었다.

정치를 둘러싼 문인 혹은 글쓰기가 초래할 수 있는 어떤 양 극단을 가감 없이 보여주는 이 비극적 사태들은 그러나 내게는 도통 모호한 의문을 남긴다. 노회한 시인의 목소리는 신문과 방송을 통해, 그러니까 감각적 영상과 목소리, 노골적 지면과 글쓰기를 통해 자신의 지지와 선택을 마음껏 호소하고 자랑하였다. 그러나 이것은 선거법에 전혀 저촉이 되지 않는다고 한다. 그런데 아뿔사 젊은 문인들은 '특정 정당 및 후보자를 지지 · 추천하거나 반대하는 내용이 포함된 광고를 게재'했으므로 공직선거법 93조 및 255조를 위법하였단다. 신문 기사를 통해서야 이들이 고발 조치된 것을 겨우 알게 된 것은 비단 나와 같은 엉거주춤의 인생들뿐일까? 명시적인 명예훼손의 기미도 보이지 않는, 이토록 영향력이 미미한(?) 글쟁이들의 앨쓴 표현은 그러나 처벌이 필요한 금지의 위반이란다.

어쩌면 젊은 문인들의 고통과 치욕은 고발에 처한 상황 자체가 아닐지도 모른다. 그들의 호소를 대통령 1인 선택 정도의 편협한 욕망으로 축소하는 한편, 그럼으로써 변화를 향한 집단적 열정의 무력함과 헛됨을 널리 감염시키려는, 공정과 준법을 가장한 제도적 권력의 반동적 계고가 오히려 그 주된 요인에 가까울 듯하다. 서명에 참가한 많은 문인들은 잘 아는 대로 용산 참사와 한진중공업 및 쌍용자동차 사태, 4대강 사업, 제주도 강정 문제 등 국가권력에 의해 변두리로 자꾸 쫓겨 가는 하위주체들의 목소리를 자기화하는 데 열심이었다. 그럼으로써 변두리 인생의 척박한 삶을 공론화하는 한편 그들을 향한 우리의 안이와 무심에 대해 뜨겁고 쓰라린 소이탄을 투척해갔다.

이들의 실천과 행동은 직접적 시위나 싸움의 방식보다는 문화 공연과 도서 기부, 공동 낭송회 등 스스럼없는 일상의 취향과 취미를 방법적 저항의 형식으로 고안, 채택했다는 점에서 보다 새로웠고 또 전략적이었다. 이들의 현실에의 참여를 풍부하고 행복한 삶을 향한 충동과 그것의 미학화라고 부를 수 있는 첫 번째 이유인 것이다. 제도 권력의 고발을 일상을 파고드는 미학적 충동에 대한 경고와 금지 조치로 과장하여 이해하게 되는 까닭 역시 승리자 그들만의 '결정적 순간'을 독점하기 위한 굴절된 행복권이 덧나 보였기 때문이다.

정치를 둘러싼 시(시인)의 최종 목표를 하나, 만인의 '더 나은 삶'을 위한 열정과 현실 개선에의 참여, 둘, 그것의 실현을 "감각적 삶의 혼수가 아니라 감각을 통한 세계의 깨어남"(김우창)에서 구하는 것 정도로 설정한다면, 실존과 세계에 관한 감각을 재구성하고 재분배한다는 의미에서의 정치는 과연 누구의 몫이어야 보다 윤리적이며 또 진정성이 있는가. 물론 이 글의 관심은 정치에 문득 외삽된 두 경향의 시인들에 대한 신언서판, 이를테면 선과 악, 승리와 패배, 과거와 미래 따위의 선택과 분류, 배치를 위한 윤리적 담론의 구성이 있지 않다. 이 글은 아무려나 고발당한 시적 청춘들에 편파적일 것이다. 구구절절한 변론의 발화는 따라서 본고의 몫일 필요가 없다. 아니 그들 자체가 스스로의 변론인데 무슨 군말이 필요하겠는가.

젊은 시인들의 선언과 행위를 정치적 명분을 획득하고 직접적 공감을 배가하기 위한 행동 이전에, 언제나 요구되어온 풍요로운 삶을 기획하고 성찰하는 심미적 이성의 실천으로 읽어내기. 그것도 당장의 사유와 행동을 대상으로 하기보다는 현재의 사이들에 위치한 간절기의 기억과 그 변화의 와중에 밀어닥친 환절기에 대응하는 시선을 찬찬히 짚어보기. 본고가 천천히, 그러나 반듯하게 도달하고픈 핵심 지점들이다. 새로울 것 없는 제언에 약간의 동의를 얻을 수 있다면 비평가의 소임은 그것으로 충분하겠다.

*

보편적 의미의 정치는 시간의 지표상 미래로 귀속된다. 현실의 모순과 왜곡을 새로운 세계를 향한 희망의 원리로 속량하는 것이 정치의 궁극적 목표이기 때문이다. 공리주의에서 발화된 '만인의 최대 행복'이라는 슬로건은 그러나 정치의 한계를 오히려 명확히 선언하는 바 있다. 근대 국민국가와 그것을 지탱하는 대의민주주의의 지표적 핵심은 평등과 자유이다. 그런데 경쟁적이면서도 보완적인 두 개념은 때로 상반된 이념과 실천을 구성함은 물론 당파성의 실현과 확산에 필요한 권력 획득의 도구로 어려움 없이 차출되곤 하는 것이 어김없는 현실이다. 여기서 '만인'의 '천복'(天福 / 千福)은 유예와 허구의 지속을 스스로의 슬픈 운명으로 기입할 수 밖에 없다.

근대 이후 권력을 '인민'(people)에게 재분배하기 위한 정치 실험은 어떤 체제를 막론하고 결국은 환속화(secolarizazinoe, 還俗化)의 상황으로 후퇴되었다. 아감벤에 따르면 환속화는 자신이 다루는 힘의 위치를 변경함으로써 그 힘을 그대로 유지하는 억압의 형식이다. 이런 변화의 절삭과 거부는 인간 공통의 풍요로운 삶을 단기적 정책 실현과 그것의 형식적 가능성을 보장하기 위한 단독 권력에의 의지에서 출현하는 것이겠다. 그 근저에 자유와 평등 같은 기초 가치의 자의적이며 도구적인 독점이 자리하고 있음은 물론이다. 이념과 사상, 정책과 전략의 차이성에도 불구하고 인민의 대다수가 합의 가능한 장기적 관점의 가치와 윤리, 그에 기반한 현재와 미래의 기획이 절실히 요청되는 까닭도 여기서 말미암는다.

희망의 찬가를 압도하는 위기론과 절망론이 현실을 매질하는 옹색한 처지니만큼 환속화에 대립하는 아감벤의 '세속화'(profanazione, 世俗化)에 대한 의지는 깊이 있는 숙고에 값한다. 윤리적 선언에 방불한 그것이 환속화로의 지속적 타락 과정에 놓인 현실 정치를 얼마나 성찰하고 또 개혁할 수 있겠는가 하는 의문이 제기될 듯하다. 아감벤을 번역한 김상운이 요령 있게 설명했듯이, 세속화는 세계의 사물을 원래의 자연적 맥락, 즉 공통의 자유로운 사용으로 되돌리는 행위이며, 따라서 자유와 해방의 형식이다. 인민에게 주권을 재분배하고 그들을 정치의 진정한 참여자로 세속화한다는 것, 그것은 단순히 특정 제도와 권력의 공유를 뜻하지는 않을 것이다. 오히려 그런 힘의 원리가 폐색시킨 세계와 자연의 원초성을 호명하고 그것이 현실의 결여와 모순을 향해 촘촘하면서도 호탕하게 스며들도록 하는 자율성과 공동성의 실천일지도 모른다. 세속화의 개념이 정치적 가치의 재정립과 권력의 본질을 둘러싼 논점 형성에 얼마간 유효할 수 있다는 판단의 근거는 이 지점에서 솟아나온 것이다.

당장의 권력 획득과 그것을 통한 공동 이념과 정책의 실현이 단기적 목표로 제시되는 정치 행위의 시간표에서 본다면, '세계와 사물에 대한 공통의 자유로운 사용'을 최상의 가치와 궁극적 목표로 설정하는 것은 이를테면 칼과 화살이 난무하는 현실을 괄호 친 정치의 낭만화와 이상화로의 생뚱맞은 함몰일 수 있다. 하지만 며칠 전까지의 대선 정국에서 승리를 향한 열정과 도취, 패배가 초래할 공포와 치욕의 정념은 두서없이 넘쳐났으되, 장기적 비전에 입각하여 자연과 세계, 그리고 특히 하위주체 중심의 세속화 가능성을 냉철하게 분석하고 가치화하는 언어와 시선은 거의 찾아보기 어려웠다. 패배에 대한 냉정한 인정과 그 원인을 향한 뜨거운 분석이 없는, 우왕좌왕의 절름발이 분석과 행보가 알량하게 돌출하는 것도 이 때문이겠다.

그러나 정말 우려할만한 사태는 다음과 같은 것이다. 우울한 현재의 결정적 퇴폐는 미래의식의 실종 못지않게 과거의 인식과 실천에 대한 의도적 회피가 가져올 심상지리적 감각의 상실에서 찾아진다는 것. 미래는 희망의 원리가 구성하는 것이기도 하지만 과거의 시공간적 지평에 대한 예리한 관찰과 풍요로운 추적이 분배하는 것이기도 하다. 과거와 현재에 배를 깔고 그것들의 현실을 포월하지 않는 심상지리의 구성과 분배는 이른바 장밋빛 미래를 허구적이고 비뚤어진 욕망으로 실재화할 따름이다. 정치를 향한 시인(과 시)의 가장 튼튼하고 공평한 태도를 다음과 같은 '간절기의 기억'에서 문득 조우하는 것도 뒤돌아보는 지혜의 부재나 그것에 대한 도리 없는 무시에 대한 우려 때문이다.

> 나는 통영에 가서야 뱃사람들은 바닷길을 외울 때 앞이 아니라 배가 지나온 뒤의 광경을 기억한다는 사실, 그리고 당신의 무릎이 아주 차갑다는 사실을 새로 알게 되었다

비린 것을 먹지 못하는 당신 손을 잡고 시장을 세 바퀴나 돌다 보면 살 만해지는 삶을 견디지 못하는 내 습관이나 황도를 백도라고 말하는 당신의 착각도 조금 누그러들었다

우리는 매번 끝을 보고서야 서로의 편을 들어 주었고 끝물 과일들은 가난을 위로하는 법을 알고 있었다 입술부터 팔꿈치까지 과즙을 뚝뚝 흘리며 물복숭아를 먹는 당신, 나는 그 축농(蓄膿) 같은 장면을 넘기면서 우리가 같이 보낸 절기들을 줄줄 외워보았다

—박준, 「환절기」 전문(『당신의 이름을 지어다가 며칠은 먹었다』)

연애시 문법에 충실한 젊은 시인의 언어를 정치적 독도법(讀圖法)으로 치환하여 읽는 것은 무례일 수 있다. 그러나 심상한 뱃사람들조차 "바닷길을 외울 때 앞이 아니라 배가 지나온 뒤의 광경을 기억한다는 사실"은 세속화의 원리와 신통하게 맞닿아 있다. 뱃사람의 시각에서 앞바다는 거침없이 열려 있어 오히려 닫힌 공간이지만, 항구 쪽의 안바다는 좁디좁게 오므라져 있어 오히려 열린 공간이다. 단 이런 조건이 부가된 이후에나 말이다. 뱃길의 기억은 떠나는 지형의 두드러진 푯대나 특이한 풍경을 표시해 두는 것만으로 완료되지 않는다. 당일의 기후와 바다의 조건, 일출-해와 일몰-달의 조건, 배와 뱃사람들의 상태, 출항 시와 귀항 시의 다양한 조건 여부, 특히 다수가 동행한다면 뱃사람끼리의 관심과 존중, 대화와 연대 등의 관계성에 대한 인지와 이해 들이 필수적이다. 뱃사람은 그러므로 누구나 저를 뱃기둥에 묶고 세이렌의 유혹을 돌파해간 오딧세이여야 한다. 그는 단순히 유능한 항

해술과 전쟁술의 소유자가 아니었다. 이른바 신탁으로 간접화된 자연과 세계에 대한 공통의 자유로운 사용을 능수능란하게 조직할 줄 아는 지혜의 여신 아테네의 충량한 신민이었다. 디오니소스-밤-감성에의 도취는 이런 아테네-낮-이성에의 차가운 통과 없이는 그것을 향한 최후의 개선(凱旋)을 허락지 않는 법이다.

더 잘 실패하고 잘 물러나는 방법과 행동에 대한 심각한 숙고 없는 진화와 발전의 욕망은 뱃길을 일부러 뒤돌아보지도 또 기억하지도 않을 가능성이 크다. 따라서 기대와 흥분의 감각만이 출중한 그곳에서는 "매번 끝을 보고서야 서로의 편을 들어 주"고 실패한 영혼을 파고드는 "가난을 위로하는 법"은 지혜보다는 게으름의 소산일 따름이겠다. 부릴 곳이 없거나 사라진 정치와 권력의 만선(滿船)은 결국 부패와 죽음의 악무한으로 세계와 사물, 그리고 인민을 기를 쓰고 투척하기 마련이다. 연인의 달콤한 입술을 앞에 두고 오히려 "당신의 무릎이 아주 차갑다는 사실을 새로 알게 되"었다는 처연한 고백은 그래서 쓸쓸하게 돌아오는 공선(空船)의 비애를 잠깐 환기하지만 자동화된 권력의지나 희망의 원리에 대한 끊임없는 경고의 목소리로 들려온다.

그런 의미에서 나는 페이스북(facebook)에 올라온 비평가 김명인의 예리한 단상 하나를 저 「환절기」 옆에 간절히 붙여둔다 : "진정한 자율적 인간은 무의식적 차원에서 훈련되거나 성형되어서는 안 된다. 깨어있는 상태에서 비판적 성찰을 통해 논리적으로 축조되어야 한다." 이것은 각성된 산문의 역할이 아닌가? 시는 결국 도취와 도약의 언어가 아닌가? 다 맞는 얘기다. 그러나 산문과 시는 서로의 토대, 곧 각성과 스스로의 존재 기반으로 내삽한 상태에서야 비로소 또 다른 차원의 도취와 각성으로 스스스로를 이월, 아니 초월시켜 간다. 이런 감각과 태도 없이 어찌 시인이 '뒤돌아보는 예언자'라는 모순형률의 주체자로 등기될 수 있겠는가.

*

간절기의 기억은 존재의 이상 징후가 빈번해지고 불안과 트라우마가 삶의 안정성을 협위하는 환절기를 안전하게 통과하기 위한 내면 장치이기도 하다. 뱃사람을 일러 오딧세이여라 했고 시인을 두고 도취의 감염자이기 전에 지혜의 수호자이기를 간청했다. 지혜 하면 뱃사람의 싹싹한 조망 솜씨 다발을 제시했듯이 부분과 전체를 적절히 구성, 조직화하고 그것을 전체성의 견지로 습합하는 이성적 시선과 기술이 먼저 떠오른다. 그러나 시인의 정치는, 또는 정치를 향한 시좌(視座)와 태도는 오히려 이런 전문성과 기교주의를 타방으로 간교하게 뒤집을 줄 알아야 하는 성질의 것이어야 하지 않을까.

이를테면 가라타니 고진이 말한 양가적인 간지(奸智)의 충돌과 분배 원리 같은 것에 대한 섬세한 유의 말이다. 스스로를 도구화하는 이성의 간지에 맞서 반사회적 사회성(악, 기존의 국가체제)의 파국을 결과함으로써 선(영구평화의 세계공화국)의 도래를 실현하는 자연의 간지. 물론 이것은 정치에 참(參)하거나 항(抗)하는 시인의 공통된 태도를 골똘하게 유영하는 과정에서 참조된 것일 뿐 세계공화국의 건설과 같은 거대서사의 현재적 독려와는 거의 무관하다. 세계의 영구평화와 같은 근본적 이상이 어쩌면 아래와 같은 아마추어리즘에 강고하고도 아름답게 결속된 이후에야 그 실현 가능성의 희유한 끄트머리가 눈에 띌까말까 할 정도로 간난한 사업임을 우리라고 왜 모르겠는가.

> 아마추어리즘이란 노선과 장벽들을 가로질러 연결시키고, 전문성에 구속되는 것을 거부하고, 전문직업의 제약에도 불구하고 사상과 가치에 관심을 두는 것을 통해 이윤이나 보상에 의해서가 아니라 더 큰 심상으로부터의 사랑과 억누를 수 없는 관심에 의해 움직이려는 욕망에 의해 행동하는 것을 말한다.

『오리엔탈리즘』의 저자이자 세계의 노마드로 살기를 꺼려하지 않았던 에드워드 사이드 발(發) 『권력과 지성인』의 일절이다. 박학다식(博學多識)과 대(對) 사회적 실천을 동시에 살아가는 지성인을 향해 아마추어리즘을 권고하다니, 뭔가 어정쩡하고 나이브한 기표의 제시가 아닌가. 그러나 그 까닭을 들으면 아마추어리즘은 전폭적인 긍정과 수용의 덕목으로 떠오른다. 멀리 갈 것도 없이 이른바 교육의 고도화가 결과하는 전문적 능력의 시각 제한과 태도의 편협성 문제를 떠올려보자. 우리들의 전문성은, 사이드에 따르면, "일련의 권위와 규범적 이념들에 대한 자신의 일반문화의 희생을 망각해버리는", 감각 상실의 악화(惡貨)를 유통하기 일쑤이다. 이에 따라 우리의 지식과 예술은 선택과 결정, 연대와 협력의 지평을 벗어나 비인격적 이론이나 방법론의 건조한 구축(構築)에 몰두하는 불행한 언어의 유곡에 긴박되고야 만다.

이 유곡이 발주하는 최악의 클리셰로 그는 첫째, 특정 담론을 주도하는 힘센 리더에의 자동화된 종속, 둘째, 새로운 세계와 실존을 향한 통렬한 흥분과 발견의 느낌에 대한 말살을 들고 있다. 이런 타락의 징후는 정치・경제・문화에서의 실재일 뿐만 아니라 학교제도와 문학예술에서의 그것이라는 고해성사는 절실한 진실에 속한다. 인용문에서 강조되는 '사상'과 '가치'는 지난 세기를 관통한 거대서사의 돌이킴만을 의미하지는 않을 것이다. 그의 태생과 삶, 학문이 시사하듯이, 그것은 소수자와 하위주체의 삶을 복권하는 한편 그들을 일종의 영락물(零落物)로 타기(唾棄)하고 배제하는 권력, 아니 우리들을 비판적으로 성찰하는 '사랑'과 '관심'의 담론들이다.

이번 대선을 비롯한 최근의 정치지형을 둘러싼 언어적 상황의 심각성과 추악성은 성마른 질시와 멸시, 맹목적 부정과 배제에서 찾아지지 않는다. 오히려 이런 사태를 강화하는 악무한적 소외의 기저, 이를테면 친밀한 타자나 낯선 이웃을 향한 '사랑'과 '관심'의 부재 혹은 존중과 대화의 결락에 문제의 핵심이 자리한다. 눈앞의 표로 계량되지 않는 것들에 대한 무관심과 불편함은, 제 아무리 공포의 권력을 향해 날선 비판을 대량 유포해도, 결국 그들을 지배자로 승인하는 결정적 패배를 불러들이고야 만다. 과연 당신과 나는 이런 패배로부터, 그 책임으로부터, 그것을 친밀한 존재의 음울한 눈빛에서 찾아내려는 악덕에서 얼마나 자유로운가.

우리의 갈비뼈 하나를 뽑아
진실을 만드세요, 하느님
그녀와 손잡고 나가겠습니다

—진은영, 「거리로」 전문(『훔쳐가는 노래』)

진은영은 새 시집을 『훔쳐가는 노래』로 제명(題名)했다. 시를 단순히 자아 내면의 발화로 이해하고 그것을 장르의 특권으로 자랑하려는 관행에 대한 제명(除名) 의지가 새롭다. "훔쳐가는"에 기입된 '사랑'과 '관심'의 원초적 장면을 절실하게 호흡하려 한다면 죽어가는 신이자 아들인 예수를 안고 물끄러미 바라보는 '피에타'(「빌 뇌브의 피에타」)를 응시해보라. 누구는 연민을, 누구는 숭고를 먼저 읽겠지만, 그 응시의 핵심은 "아버지의 확신에 찬 나라는 사라졌다"는, 절대성의 부정이겠다.

그러나 이것을 신의 부재와 불가능성을 향한 울컥한 거부나 절망으로 해석하는 것은 적절치 못한 독법이다. 절대성의 현실적 부재는 오히려 "감람산의 향기롭게 떨리는 밤이 영원히 시작되었다"는 불가능성의 가능성을 현재화하는 토대가 되기 때문이다. 그러니 "아버지", 그러니까 "하느님"을 향해 "우리 갈비뼈 하나를 뽑아 / 진실을 만드세요"라는 요구는 정당하며 또 윤리적이다. 물론 이 요구의 최종심급 내지 심미적 가치는 "그녀와 손잡고 나가겠습니다"에서 현현한다. 이미 도래한 "영원한 밤"은 어슴푸레한 빛이라도 남은 현실의 문턱을 넘는 순간의 기대와 공포 모두를 아예 집어삼킬 지도 모른다. 그럼에도 암중모색의 행보는 저 '갈비뼈'를 등불삼아 '그녀'와 함께 나아갈 길을 더듬거리는 '사랑'과 '관심'에 의해 격려될 수밖에 없다.

이 뜻밖의 연애에 대한 흥분과 문득 성현(聖顯)하는 신의 발견, 이것은 어떤 절대성이나 전문성의 사유와 상상력의 소산이 아니다. 오히려 그것은 "배가 지나온 뒤의 풍경"을 기억하는 일상적 관심, 신인동형(神人同形)의 아들의 "허기진 마른 입술"에 자신의 "가슴을 열어 / 올리브 한알을"(올리브는 '눈물방울'이 응축된 것으로, 마리아는 젖 대신 눈물을 흘려 넣음으로써 예수를 다시 살려낸 것이다) 물리는 어미의 심상한 사랑에서 가만 가만히 흘러넘치는 것이다. 삶의 근원과 기초를 기억하고 다지는 일, 그럼으로써 그것의 미려한 힘과 힘찬 아름다움을 표현하고 기리는 일, 이것이 시의 아마추어리즘이 아니고 그 무엇이겠는가.

따라서 시인의 위대성은, 시의 심미적 충동은, 권력에 재빠르고 타자의 상실에 굼뜬 치정(癡情)의 정치에 대한 맹랑한 외면과 범속한 비판에서 발생하지 않는다. "감람산의 향기롭게 떨리는 밤"을 예감하며 "눈물방울들"을 응축한 시의 유선(乳腺)을 오히려 명랑하게 치정의 정치에 물리는 뒤죽박죽의 연애에서 문득 솟아나고 성장하는 것이다. 이 장면을 상상하며 우리는 과연 "나는 그 축농(蓄膿) 같은 장면을 넘기면서 우리가 같이 보낸 절기들을 줄줄 외워보았다"고 노래할 수 있을까. 아주 조금이라도, 매우 느리게라도…….

2부

감응의 심연

‘구멍-되기’ 혹은 소수어의 실천

김혜순, 「맨홀 인류」론

시적 아날로지(analogy)는 모든 세계와 존재가 서로 통합하고 교통하는 ‘코스모스(cosmos)’의 창조와 귀환에 궁극적 목표를 둔다는 오래된 진실은 과연 위험하다. 이 만들어진 진실은 현재 두 가지 모습으로 스스로의 위기를 표상한다. 첫째, ‘카오스모스(chaosmos)’의 상부에서 군림하려 한다는 점에서 다분히 권력적이라면, 둘째, 그것을 지탱해오던 등질성과 항상성의 언어가 이제 부분적으로만 유효하다는 의미의 결핍과 곤란에 처해졌다는 점에서 뜻밖에 퇴행적이다. 물론 이것은 단일성과 통합성을 소추당한 재래의 시적 언어가 아예 소멸되거나 봉인될 위기에 완연히 처했음을 의미하지는 않는다. ‘명명’과 ‘지시’를 통해 세계와 의미를 지배하고 객관성과 보편성을 호출하는 언어의 오랜 격식과 권력이 회의되기 시작했다는 것, 하나의 의미와 동일성으로 환원되지 않는 '다질성'과 '특이성', '연속적 변이' 같은 이른바 소수적 생성의 언어 지표들이 그 빈자리에서 웅성거리기 시작했다는 것쯤으로 그 위기는 초점화될 수 있겠다.

가령 '맨홀 인류'라는 말이 있다. 이것이 시 텍스트라거나 저자가 누구라는 정보 없이 주어진다면, '맨홀'이 환기하는 바 문명비판과 죽음의 사태라는 단일 방향으로 그 의미가 파생, 지정될 가능성이 농후하다. 그러나 '맨홀'이 '구멍'으로 접속-대체될 때 비좁은 단일 의미는 걷잡기 어려운 변이와 생성을 파생하는 차연(差延)의 군집으로 증식되고 점성화된다. '맨홀-구멍'의 접속 지점이 '육체'라면, 쇳덩이를 떠받든 '맨홀'은 오감과 식음, 배설과 생식의 통로로 스스로를 점유하고 참여시킨다. '맨홀'에 육체의 결합 혹은 참여라는 특이한 문체와 문법의 구사는 의미의 불확정성과 자기 확장성을 강화하는 한편 발화 주체를 기존 의미의 '이방인'으로 추방한다.

그러나 이 능산적 추방은 자기 고유의 파롤뿐만 아니라 랑그 자체를 더듬거리게 만듦으로써 언어의 외연과 내포를 개성 있게 확장·심화한다는 점에서 세계 생성의 장(場)이자 역설적인 의미 참여의 형식이다. 육체와 결속한 '맨홀'은 벌써 흐물흐물해진 액성(液性)으로 출렁거리느라 도시문명의 찌꺼기를 차단하는 막음체이기를 그친다. 오히려 "굶주린 분홍신처럼" 격렬하게 춤추기를 갈급하는 우리들을 애닯게 도취시키는 "형언할 수 없는 리듬으로 채워진 구멍"(「맨홀 인류」)으로 들썩거린다.[1] 이렇듯 '다질성'과 '연속적 변이'의 생성을 사는 언어는

---

1 이 글의 대상 「맨홀 인류」는 김혜순, 『슬픔치약 거울크림』(문학과지성사, 2011)에 수록된 장시(長詩)이다. 여기서 사용되는 '분열분석비평'의 개념과 방법들은 들뢰즈와 가타

당연히도 기존의 언어 / 의미 세계와 독특한 절연을 실천하겠다. 예컨대 낯선 이방어의 주술이 때로는 섬뜩하고 때로는 에로틱한 「맨홀 인류」의 제작자 김혜순은 '귀'로, 그것도 "거울 속에 수장된 여자의 귀로 말"하기를 절연과 창조의 언어수행으로 창안 중이다.

> 귀는 박멸의 기관. 침묵의 입술. 귀가 말하면 세상은 파동이란 이름의 부재로 가득 찬다. 그러므로 귀로 말하기는 언어의 뒤편, 목소리와 이름이 사라진 그 뒷면의 격류로 말하기. 마치 외계인과 만났을 때처럼, 성대 없이 통해야 하는 것처럼 거울 속에 수장된 여자가 귀로 말한다.
>
> — 김혜순, 『슬픔치약 거울크림』, 〈표4〉 부분

듣는 '귀'가 소리와 의미를 박멸하고 침묵시키는 언어 부재와 언어 뒤편의 '구멍'이라니. 기실 '귓구멍'이 없다면 보편적 의미의 언어는 성립될 수 없다. 최대한 양보한다 해도, 미분화된 소리나 최소로 제한된 손짓, 즉 원시적 음성과 이미지의 의미-되기가 언어를 간신히 대용할 것이다. 물론 이 자리의 '귀 없음'은 단일성과 문법성으로 무장한 보편성의 언어를 괄호치고 그 세계의 밖으로 탈출함과 동시에 부재하는 세계의 이질적 언어에 참여함을 뜻할 것이다. 따라서 '귀로 말하기'란 형용모순은 '귀 먹다'의 변용, 곧 기존 언어의 고체화된 음성과 의미를 제거하는 한편, 그럼으로써 거기에 결박된 세계와 존재를 자유와 생성의

리의 비평이론에서 주로 가져왔다. 이를 적용할 때 이들의 저서와 더불어 그것을 수월하게 정리한 오형엽, 「분열분석비평과 수사학」(『문학과 수사학』, 소명출판, 2011)의 도움을 적절히 받았음을 밝혀둔다.

언어 세계로 이행 혹은 분산시키는 것을 의미할 터이다. 특히 후자의 실천은 타자성의 세계로 주체를 끊임없이 이탈, 침투시킬 때에야 가능한 법이다. 따라서 '귀로 말하기'는 다종다기한 목소리들의 청취와 그것의 개방적 복기(復碁)를 전제로 한 타자로의 대화적 스밈이라 할 수 있다. 실제적인 발화 기능이 없는 '귓구멍'의 언어수행이 "침묵과 비밀, 그 풍부 속으로 발을 들여놓는 즐거움"이 되는 까닭이다.

김혜순은 「맨홀 인류」에서 '귀로 말하기'를 '구멍-되기'로 대체, 전유하여 실천한다. 그의 언어수행은 "탈중심적이고 비계층적이며 수평적인 다양성 속에서 이질적 요소들의 공존과 결합을 통해 창조적인 가능성을 추구"(오형엽)한다는 점에서 들뢰즈·가타리의 '리좀(rhizome)' 개념과 여러모로 친화한다. 김혜순은 기존 의미체계와 문법, 맥락 등을 위반하고 흐트러뜨림으로써 세계와 존재의 이질성과 다의성, 불연속적 변이를 이 시대의 언어현실로 새롭게 등기한다. 그 실천의 핵심에 '귀로 말하기' 및 '구멍-되기'의 환유체에 해당하는 '소수자-여성 되기' '타자-되기' '모국어의 이방인-되기'가 자리함은 물론이다. 김혜순의 '생성' 미학, 곧 '-되기'의 실천을 관통하기 위해서는 시인의 '소수어'를 먼저 친견(親見)해야 한다. 그러니까 이질적이고 변이에 개방적이며, 그를 통해 통합과 분열의 동시성으로 현현되는 예외적 동일성을 창조하는 글쓰기(écriture)에 우선 '귀 기울여야' 한다는 말이다. 과연 「맨홀 인류」의 저자는 어떤 방법으로 체계적이며 안정적이라 믿어지는 기존 언어들을 진동시키며, '변이'와 '생성'을 향한 언어체계의 불균형을 유도하는가.

*

소통과 감응은 의미와 정서의 예측 및 이해 가능성을 전제로 한다. 이 전제가 어긋나면, 서로의 대화는 의미 부재의 세계로 일탈되기 마련이며, 그럴수록 타자로의 스밈을 확장·심화하는 교차적인 존재의 수렴은 더욱 멀어진다. 김혜순의 「맨홀 인류」는 언뜻 보아 이런 대화의 규칙에 성실하지 않은 것처럼 읽힌다. 무엇보다도 시제(詩題)로 제시된 '맨홀'이 간혹 특정 주체의 지시체("아기맨홀이 울 때마다 엄마맨홀은 반도네온 폈다 오므리기 탱고 악사 손동작!" "무거운 맨홀 뚜껑을 모가지 위에 올린 나의 자태" 등)로 등장할 뿐, 새로운 의미와 정서의 풍부성을 활성화하는 시적 질료로 충분히 기능하지 못한다는 느낌 때문이다. 따라서 그 의미와 형체가 매우 다양한 '구멍'이 '맨홀'을 전유, 대체한다는 시적 선택은 이런 미학적 곤란을 벗어나기 위한 착잡한 전략일지도 모른다.

그러나 정녕 그럴 것인가? 온갖 배설물이 분탕질된 '맨홀'은 도시문명의 어두운 전조를 가장 물질적인 방식으로 표상한다. 과연 현실에서든 영화에서든 '맨홀'은 죽음과 상실, 괴물과 돌연변이, 악취와 잿빛이 음울하게 저류(底流)하는 어둠과 파멸의 공간으로 제시되곤 하는 것이다. 그러나 '맨홀'은 문명 중독자 현대인의 퇴폐성과 부패성을 흡입 혹은 은폐시킴으로써 현대인의 건강성과 명랑성을 보지하는 땅 속 생명의 미로이기도 하다. '맨홀'은 사물을 관통하는 미로라는 점에서 '구멍' 일반과 동질적이다. 하지만 그 내부를 서로 식별불가능하며 뒤엉켜 미분화되기에 이르는 폐기된 사물들에게 양도한다는 점에서 차라리 숭고하며 경이롭다. 어쩌면 김혜순은 생산성이나 퇴폐성으로 양분되는

'구멍' 일반의 기호체계를 분할하고 탈주하기 위해, 무언가 불명료한 것이 생성 중인 동시에 부패 중인 '맨홀'을 일종의 '혼성어', 즉 다양한 의미를 축적하고 교차시키는 새로운 기호공간으로 호출한 것인지도 모른다.

> ① 나의 털 난 구멍들! / 위장엔 주름 / 콧구멍엔 섬모 / 작은창자엔 융모 / 사랑엔 음모 / 구멍 안으로 솟은 털들이 수초처럼 물결친다.

> ② 구멍은 하늘나라의 창녀 / 구멍은 공허의 둘째 부인 / 구멍은 시간의 매춘굴 / 구멍은 잠의 정찰병 / 구멍은 이별의 전사 // 이 구멍의 건축엔 바닥이 없다. 그래서 세상에서 제일 깊다.

> ③ 그리하여 다시 나는 구멍이다. 나는 구멍한다. 나는 스스로 구멍하는 자. 만물은 구멍이다. 만물은 구멍한다. 만물은 마침내 죽었지만, 구멍은 살아 있다. 구멍은 과거에도 있을 것이고, 미래에도 있었다. 나는 구멍의 놀이터, 나는 구멍의 아픔. 나는 구멍의 짐꾼

시인은 「맨홀 인류」의 첫머리를 "세상에! 이렇게 징그러운 구멍이 있다니!"로 열었다. 그의 말마따나 '구멍'은 독자의 예측과 기대를 거부하는 다양한 형태와 의미로 끊임없이 변이하면서 그 다질성과 특이성을 축적하는 동시에 해체하고 있다. ①의 '구멍'에서 ③의 '구멍'으로의 변이는 그러므로 단일서사의 합리적 구성이 아니라 이질적 · 복합적 서사의 돌발적이며 강제적인 병치에 의해 생성된다. 예시에서 보듯

이, 돌연적 서사의 영역이 보편적으로 통용되는 '인간적인 것', 그에 대한 언어적 의미화에 대한 회의와 거부에 집중되어 있음은 비교적 분명해 보인다. 따라서 우리의 관심은 기존 언어의 통사적 구문과는 이질적인 구문 및 맥락, 의미화의 생성법에 먼저 가닿는다. 특히 모국어 내 방언적 주술로서 「맨홀 인류」의 혼종성과 일탈적 문법성이 흥미로운 것이다. 과연 '징그러운 구멍'은 어떻게 생성되고 변이하는가.

①의 핵심은 '구멍'이 아니라 그것의 솔기에 해당하는 각양각색의 '털'들이라 해도 좋겠다. "수초처럼 물결"치는 '털'들은 '구멍'을 일종의 정치적 생명체, 다시 말해 "세상의 구멍들이여, 뚜껑을 열고 짖"게 하는 욕망의 추동체이다. 물론 이때의 '정치'란, 구호의 인유적 기원과 성격을 생각하면, 현실의 권력적 이념과 사상에 대한 야유이며, '벌거벗은 생명'의 주권적 예외를 주장, 옹호하는 '생명정치'에 방불한 것이다. 그러니까 '구멍'은 자기의 일부인 동시에 타자이기도 한 "난민 구호 빵 트럭을 향해 뻗은 손가락들"처럼 징징거리는 '털'들을 통해 스스로를 재구성하고 현현 중인 것이다.

②의 '구멍'은 '정든 유곽'의 시민으로 자기의 존재성을 표상 중이다. 하늘과 공허, 시간, 잠, 이별 따위는 존재의 토포스(topos)이자 존재의 본원적 의미와 욕망의 실현 / 좌절에 관련된 가치체계라 할 만하다. 김혜순은 그것들에 부정적 화인(火印)을 각인함으로써 오히려 스스로를 탈영토화하는 '구멍'의 변이성과 다질성을 승인, 보장하는 것이다. 하지만 체계화 / 질서화될 수 없는 의미의 분산과 해체는 한편으로 '바닥 없는 구멍'을 건축하지만 그래서 존재를 그 심연의 끝간데로 몰아넣거나 투기(投企)케 하는 고통과 희열의 제공자가 된다. 그런 의미에서 '구

멍' 및 그와 관련된 존재들은 비유컨대 '신성한 생명'인 동시에 '벌거벗은 생명'이다. 즉 '리좀'적 세계를 위해 해체 / 재구성될 수 있지만 생성 없는 희생물로 바쳐질 수 없는 언어-생명체인 것이다.

③은 '구멍'과 '나', '세계'(만물)의 변칙적 관계와 재구성을 그것들의 동시적 통합과 분열을 통해 점묘하고 있다. 이들은 '나' '너' '그'인 동시에 주체도 타자도 아니다. 서로의 뒤섞임과 서로로의 변이는 이들을 미분화의 공명 상태, 다시 말해 '비의존적인 이질적 항들 간의 조화' 상태로 이끈다. 이때 주의할 것은 서로의 놀이와 아픔, 짐을 함께 사는 '생명-되기'가 시간과 언어의 문법을 거스르고 파괴함으로써 실현된다는 사실이다. 가령 "구멍은 과거에도 있을 것이고, 미래에도 있었다"는 기이한 문장을 보라. '구멍'은 미래적 과거이자 과거적 미래의 형식이다. 당연히 '구멍'의 '현재' 역시 둘의 시제와 복합적으로 접속될 것이며, 따라서 '현재' 역시 저 과거 / 미래와 마찬가지로 물리적 시간 밖의 시간, 즉 '무시간'이거나 과거, 현재, 미래를 모두 아우르는 동시에 파괴하는 '순간'의 형식이다. '구멍'과 '나'와 '만물'의 지속적 변이 및 미분화적 상황으로의 진입을 언어적 사건인 동시에 일회적 시간의 격발로 흔쾌히 명명할 수 있는 까닭이다.

*

들뢰즈 · 가타리의 미학에서 '-되기'의 핵심은 동일자를 무너뜨리는 타자성에 주어진다. 이를 감당하는 문학적 · 언어적 실천은 모국어 혹은 자기 언어의 이방인 되는 것, 그럼으로써 익숙한 언어를 더듬거리게 만드는 것에 특히 집중된다. 익숙한 언어 내부로 어떤 변이성과 이질성이 지속적으로 침투/생성된다는 것은 그 언어체계의 주어진 완결성이 점차 느슨해지며, 세상에 편재하는 온갖 이항대립적 관계 역시 그 경계가 희미해짐을 뜻한다. 이 세계는, 미래가 과거이고 과거가 미래인 모순적 시간의 돌출이 암시하듯이, 가치화된 미래로 서둘러 진화하거나 원초적 과거로 느긋하게 회귀하는 일방향성을 욕망하지 않는다. 오히려 다양한 시간성과 세계/존재의 다중성이 뒤섞이고 들끓는 수평적 군집(群集)으로 스스로를 함입(陷入)한다.[2]

'구멍-되기'로 함입하는 김혜순 시의 미학적 책략은 주체의 이방인 되기, 다시 말해 자아와 시 모두를 타자로 내던지는 투기(投企)적 실천이다. 물론 이 '낯설게 하기'가 '소수문학-되기'의 일환임은 의문의 여지없다. 「맨홀 인류」 곳곳에는 30여 년에 걸쳐 감행된 언어의 탈주와 존재의 변이가 소용돌이치고 있는 것으로 추측된다. 그 형식은 자기보존과 가치화를 앞세우기보다 자기를 탈내고 사막에 내던지는 냉철한 방기와 더 관련된다. 그러나 이 버림은 궁극적으로 "열리면서 무너지는 푸른 터널"(「맨홀 인류」)의 착굴을 유인한다는 점에서 '생성'과 등가적 관계를 형성한다. 이를테면 아래의 '첫' 담론을 보라.

> '첫' 사과의 옆구리가 퍽 터지면서 벌거벗은 '첫' 여자의 입술로 빨려 들어간다. 원시 여자의 누런 치아들과 냄새나는 혀가 사과를 잘게 빻기 시작한

2 여기서의 '함입(陷入)'은 '소용돌이 꼴로 둘둘 말리는 것(involution)'의 번역어로, 이 또한 오형엽, 위의 글에서 빌려왔다.

다. 태양들이, 찬바람들이, 사과꽃들이, 빰을 부비는 빗줄기 살랑거림들이 웜홀 속으로 빨려 들어간다. 사과는 어디로 가는지도 모르는 채 일반상대성원리를 좇아 깔때기 아래로 밀려 내려간다. 이곳을 통과하면 시간여행을 할 수 있다는 전설이 전해진다. 이곳을 나가서 먼 과거에 도착해 치명적인 뱀을 죽이면 나는 태어나지 않는 시간, 그 광활 속에 있게 된다는 전설이 전해진다. 이 구멍을 소화하려면 반드시 '음(陰)'의 질량 적당량이 필요하다. 구멍 내부에서 얼른 소화액이 분출된다.

아담과 하와는 신의 금기를 깨고 자기 욕망에 충실함으로써 에덴에서 추방되어 진정한 의미의 인간이 되었다. '뱀'은 실제이든 가상이든 '인간적인 것'을 호출하는 내면 언어의 대유체에 해당된다 하겠다. 뱀의 말에 흡인됨으로써 인간은 지상낙원에서 추방당했다. 하지만 '일반상대성원리'가 지시하듯이, 그들은 절대성의 부정과 운동의 상대성, 그리고 관측자의 동등성이 허락되는 '리좀계'로의 탈주선 또한 오랜 시간에 걸쳐 발견하기에 이르렀다. "태어나지 않은 시간"이 '신화'의 자식이 아니라 과거와 현재, 미래가 서로를 함입하고 토해내는 무시간계의 시민인 이유가 여기 존재한다.

그래서일까. 인간계의 창조 및 타락과 관련된 '첫'의 신화와 '무시간계'를 향해 뚫리는 '구멍'의 대립적 형상은 다음의 언어적 대립을 환기한다. 먼저 신의 영원성과 인간의 결핍성의 대조적 구획이다. 하지만 인간은 신화시대 이래의 '시간여행', 바꿔 말해 신 혹은 진리의 안정성과 자연성에 대한 회의를 통해 새로운 주체성의 단계에 진입했다. 이 주체성은 '태양들' '찬바람들' '사과꽃들'에 보이듯이 일자 통합의 동일성에 대한 주장과 표현을 훌쩍 넘어선다. 그 복수성들의 '웜홀'로의 동시적 함입은 주체가 다자로 확장되고 분열하는 이상한 동일성의 창조 사업에 부려졌음을 암시한다. 복수성의 세계는 단일의미를 명하는 절대음성을 최소화하는 한편 개성적 언어들의 자율적 소통과 느슨한 연대를 필연적으로 요구한다.

이런 상황에서는 인간을 신의 세계에서 추방한 '치명적인 뱀'의 말 역시 살해의 대상일 수밖에 없다. '뱀'이 '사과'라는 대용 언어로 인간에게 종용한 것은 신-아비의 권능을 엿보고 닮으라는 것이었다. 아담 이후 인간의 말이 '신의 말씀'을 참칭하거나 권력과 지식을 독점하는 허구적인 절대음성으로 자꾸만 비대해져 갔음은 주지의 사실이다. 현대의 언어적 탈구축은 이런 식의 관습적 세계 구성과 독해, 역사의 자의적 해석에 저항함으로써 영원성으로 착색된 진리의 안정성과 자연성을 한 꺼풀 벗겨내고자 했다. '구멍' 소화에 반드시 필요한 '음(陰)의 질량'이 진리의 혁신 혹은 '소수어-되기'에 필요한 '다중의미'의 제 요소들로도 읽히는 까닭이다. 위의 인용부는 따라서 시인이 단일성의 기원을 독점한 '신화'가 구가하는 '음성중심주의'에 맞서 '다중의미'를 생성하는 '구멍'의 에크리튀르(écriture)를 선언하는 장면으로 해석될 여지가 충분하다.

한편 이 지점은 단지 '힘센 말'에 대한 저항을 뛰어넘어, 자기 시에 대한 타자적 틈입이나 해체에 연관될 수 있다는 점에서 보다 문제적이다. 제목의 명명 자체가 만들어진 이방어에 상당하는 『슬픔치약 거울크림』의 전작(前作)은 『당신의 첫』(문학과지성사, 2008)이다. 신화적 음성의 거부와 구멍의 에크리튀르와 상관된 '첫' 담론은 이 때문에 자기시를 타자화하는 작업과 연관되는 것이다.

『당신의 첫』에서 김혜순이 귀 기울인 것은 "사막들마다 바다를 부르는 소라고둥 화석들의 애처롭게 타는 목소리"와 "그 소리 듣느라 일평생 한시도 잠 못 자고 화답하는 세상의 모든 파도들"(〈표4〉)의 울음이었다. 이 '당신'들의 "슬픈 노래"는 그러나 "흘러 나가지도 못하"며 "배수구 마개가 울고 / 그 아래 파이프들이 우"는 고임의 형식이란 점에서 제한적 면모를 띤다. 이것은 주체의 욕망, 그러니까 "당신 몸 깊은 곳에서 쉬지도 않고, 넘치지도 않고, 속삭이지도 않고 / 당신 눈동자 속의 물처럼 물끄러미 있으려고 태어난 몸"(「당신 눈동자 속의 물」)의 결과일 가능성이 크다. 이 '물'은 정중동(靜中動)의 스밈은 살지만 다양한 색채와 음향이 울울하게 반향하는 파문(波紋)의 짜임을 격정적으로 수행하지는 못한다. 이 '물'이 "열리면서 무너지는 푸른 터널"을 관통하며 "깊은 파도 속을 떠도는 구멍 한 필"(「맨홀 인류」)로 변신해야 하는 필연성이 여기 있다.

과연 김혜순은 『슬픔치약 거울크림』 곳곳에서 "물집이 터지고 썩은 냄새가 진동"하는 "내 더러운 두 발을" "진분홍 입술을 앙다"문 채 "이빨에" 물고 걸어야 하는 상처의 힘겨움을 고통스럽게 고백 중이다. "상처의 신발이 디딘 곳, 그곳이 내 잠깐의 영토다"라는 말은 그 상처가 피할 수 없는 편재적 성격의 것임을 명백히 한다. 하지만 김혜순 시의 탁월성과 풍부성은 "바깥쪽으로 약간 기울어진 / 상처투성이를 신고 땡볕 속을 걸어가"(이상 「상처의 신발」)면서, '귀로 말하는 법'을 터득했다는 것이다. 그럼으로써 그는 모국어 속의 이방인으로 스스로를 추방한다. 그 과정에서 더듬거리기는 마찬가지지만 그 성격과 지향이 판이한 기성언어와 신조어의 날카로운 대립이 생성하는 분열적 리듬과 뜻밖에 조우하는 것이다.

> 구멍을 벗을 때 음악이 열린다. 감금된 음악이 고치를 푼다. 핏줄을 타고 흐르던 노래가 펜 끝을 타고 흘러내린다. 그대 구멍이여, 문을 열어라. 내 구멍은 내 몸의 이행 없이는 열리지 않는 것. 그대 구멍이여 구멍하라. 내 구멍이 열리면서 당신의 구멍을 연다. 구멍에서 음악이 솟구친다. 구멍이 그것을 듣는다. 음악이 내 구멍의 미로에 숨은 묘혈들을 다 발굴하고 있다. 음악의 한가운데를 지나가던 파이프라인이 진동한다. 이 음악을 들으려면 당신 살을 찢어야 해. 나는 희망도 없이, 위로도 없이, 의미도 없이 전율을 타고 높이 치솟다가 깊이 떨어져간다. 저 깊은 곳에서 껍질을 버린 거대한 구멍이 확장한다. 그때,

'슬픈 노래'를 잠그고 있던 '파이프들'은 울음에 그쳤을 뿐, '나'와 '너'의 '구멍'을 연다든지 그 '구멍'을 진동시키는 '음악'과 '리듬'을 생성하지는 못했다. 그러나 '구멍'의 음악은 '슬픈 노래'의 해방 정도로 성취되지 않는다는 점에서 오히려 비극적이다. '나'와 '너'는 "눈동자의 물"을 훨씬 초과하여, 서로의 몸을 찢어 "저 깊은 곳"으로 던짐으로써 '거대한 구멍'을 확장할 여력을 겨우 얻는다. 따라서 '나'와 '너'를 향해 "구멍하라"는 다그침은 쉴 새 없이 '몸의 이행'을 시행하라는 명령이나 마찬가지이다.

이 '구멍'의 실천은 "음악이 내 구멍의 미로에 숨은 묘혈들을 다 발굴하고 있"는 형상을 띠고 있어 더욱 의미심장하다. '묘혈'은 밝혀져 빛나야할

것이면 자랑이지만, 숨겨져 보전되어야 할 것이면 치욕이다. 자랑과 치욕을 동시에 초극하는 방법은 '몸의 이행'이 둘 중 하나를 향한 정형적 육체성과 추상적 정념을 밀어내는 것 이상 없다. 그러니 '몸의 이행'과 "거대한 구멍"의 착굴은 이질성과 혼종성, 변이성으로 들끓는 형식을 취해야 한다. 물론 그에 앞서 몸과 구멍을 흐르는 핏줄이 의미와 형태의 단일성으로 자꾸 협착되려는 위험성 역시 충분히 경계되어야 한다.

이런 현실을 감안하면, 살을 찢어 '구멍하는' 시의 지평에서 기성 언어와 감각으로는 몸의 이행과 변성을 적실하게 기록할 수 없다는 점에서 '소수어'의 창안과 도래는 필연적이다. 시인이 창안한 '귀로 말하기'나 "열리면서 무너지는 푸른 터널"은 그 불가능성과 그 일회성 때문에 소수어의 지위와 방법으로 올라선다. 동시에 이미 주어진 사실로의 기입과 식별이 불가능한 미분화 지대를 '지금・여기'에 생성한다. 바로 "그때"(이 순간의 극한을 시적 자아는 이렇게 기록한다 : "혈관이 하얗게 타고, 목구멍이 하얗게 탄다. / 구멍 밖으로 노래가 날아오른다. / 졸업식 모자들처럼 잠시 공중에 맨홀 뚜껑들이 뜬다")로의 진입 이전을 기록한 것이 위의 인용부이다.

그 현장을 시적 자아의 함입(陷入)적 행동과 말로 기록해 두는 것도 글의 결미로서 아주 부족하거나 어눌하지는 않을 것이다. "구멍 속의 여자가 구멍 밖으로 사지를 뻗치며 쓴다. 구멍을 울리며 외마디 말이 쏟아진다. 혀가 그것을 뒤섞는다. 그러나 나의 말은 내 밖으로 나가서 다시 내 구멍 속으로 돌아온다. 내가 꽃이 핀다 꽃이 핀다 외치자 내 구멍 내부에서 꽃이 진다." 피어서 지고 져서 피는 떠돌이 "구멍 한 필"이라니! 당신과 나는 이 처절한 옷감으로 어떤 존재의 옷을 지어 입고 이 험난한 세계의 야음(夜陰)을 틈탈 것인가.

‘북천’을 흐르는 당신들을 묻다

유홍준론

심란한 역사를 견뎌온 한국 땅 어디가 안 그렇겠는가마는 경남 하동의 ‘북천(北川)’은 그 ‘장소성’이 각별하다. 에드워드 렐프의 『장소와 장소 상실』에 따르면 우리에게는 존재와 세계를 향한 ‘지리적 능력’이 있다고 한다. 그것은 “특정 장소에 존재하는 개인이며, 동시에 광범위한 환경적 · 사회적 힘으로 이루어진 네트워크의 한 부분으로 존재하는 우리가 삶의 직접성을 깨닫는 능력”을 일컫는다. 이런 관점에 선다면, “장소는 집이나 지역 이상의 것이며, 우리가 외부 세계를 내다보는 거점이기도 하다.” 이와 관련된 ‘북천’의 장소-정체성은 과연 어떠한가.

‘북천’은 복잡한 지층의 장소성을 어제와 오늘에 거쳐 끊임없이 구성 중이다. 투어리즘의 신민들은 매년 가을 홍성한 경전선 북천역 일대의 코스모스 축제를 아쉬워하고 또 내년의 도래를 희원할 것이다. 문학에의 미련과 애호를 함께 간직한 이들이라면, '북천'을 지나 당도케 마련인 『토지』의 무대 하동의 평사리와 그 근처 쌍계사의 벚꽃 십릿길을 먼저 떠올릴 것이다. 식민지 시대를 관통한 『토지』 속 인물들의 해방 후 운명이 궁거운 이들은 기어코 나림 이병주의 『지리산』을 파고 들 것이다(나림은 북천면 이명산 자락에서 태어났으며 그곳 가까운 계명지(鷄鳴池) 근처에 '이병주문학관'이 있다). 민족-계급해방의 물길로 솟구쳤던 '북천'이 이제는 산천경개를 탐하는 행락객의 쉼터로 잦아드는 중이라는 관전평이 가능한 지점이다. 요컨대 민족과 민중을 망라한 해방과 패배의 숨 가쁜 장소로 끊임없이 호명되다 이제야 타자들의 취향에 기대어 명랑한 유희의 공간으로 가면 하나를 더 얹고 있는 곳이 '북천'인 것이다.

그러나 '북천'의 이런 장소성은 민족 / 계급의 과거든 유희의 현재든 외부 관람객의 시선을 벗어나지 못한다는 점에서 제한적이다. '삶의 직접성'은 에드워드 렐프를 다시 빌리자면 "생활 리듬과 방향성, 그리고 정체성을 부여하는 다양한 장소를 창조해 내는" 과정에서 감각되기 마련이다. 그러므로 외부에 의해 발견된 장소성은 내부의 실존적 경험과 생활감각에 의해 수정 · 보충되지 않을 때 허구성의 더께를 벗지 못한다.

한데 여기 뜻밖의 문제가 불거진다. '북천' 스스로 말하는 내부의 장소성은 누구에 의해 어떻게 발화될 수 있는가. '북천'의 주민들은 저 거친 역사와 명랑한 오늘의 장(場)을 '어쩔 수 없이'라고 해야 옳을 내외부의 시선과 태도로 관통당해 온 이들이다. 이 말은 그것을 동시에 객관화 · 심미화할 수 있는 '갈라진 혀'의 능력과 형식이 '북천' 사람들에게 충분히 허락되지 않았음을 뜻한다.

이 불행한 형국을 헤쳐 갈 방법은 두 가지이다. 구술사(口述史)의 방편을 빌려 공동체의 역사와 개인의 삶을 함께 아우르고 기록하는 것이 하나다. 둘은 음유시인의 고독하고 풍성한 혀를 빌려 개성적 삶의 희열과 고통을 문학 장(場)에 기입하는 것이다. 양자 모두 외부의 시선이기는 마찬가지지만, 전자는 역사화·객관화의 방향으로, 후자는 현재화·주관화의 방향으로, 그들의 역사와 삶에 특정한 장소성을 부과한다는 점에서 일정한 차이가 있다. 그렇게 장소화된 그들의 삶과 역사는 문득문득 그 민낯을 드러내며, 우리들에게 뜻밖의 경험과 충격, 성찰과 기획의 서사를 풍요롭게 던짐으로써 타자를 향한 삶의 직접성으로 다시 개입되고 귀환되는 것이다.

의외의 장소성 발견과 확장, 심미적 기입을 고려하면, '북천'은 다행스런 대체-발화자를 만난 셈이다. '북천'의 페르소나는 다름 아닌 유홍준인바, 그는 그간 세 권의 시집을 통해 간단치 않은 하위주체의 삶과 목소리를 직간접의 지평에서 때로는 유머의 감각으로 때로는 아이러니의 어법으로 내면화해왔다. 사실을 말하건대 그를 대체-발화자라고 하는 것은 절반의 사실에 지나지 않는다. '북천' 소재 '이병주문학관'에서 일종의 학예관 역할을 담당해온지 벌써 수년이 지났기 때문이다. 그가 심혈을 기울여 창작 중인 '북천' 연작은 따라서 삶의 실존성과 직접성이 걸린 시편들이며, 그 과정에서 발견되고 분출되는 새로운 장소성에 대한 섬세한 감각이자 기록인 것이다.

한 가지 고백해 두자면, 이 글에는 유홍준의 '북천'만이 흐르지 않는다는 사실이다. 한때 나는 시인의 거처 지척에 있는 모 국립대학에서 밥벌이를 했으며, 또 몇몇 친분의 시인과 더불어 '북천'의 유홍준을 찾아 지리산 연선(沿線)을 에돌았다. 한편으론 화사하고 한편으론 스러짐이 적막한 그때의 '북천'을 지금도 또렷이 기억한다. 그러니 유홍준의 '북천'에 접속된 내 '북천'의 장소성은 미지의 형상과 감각, 다른 부면의 정향을 입으며 내 핏줄로 어지럽고도 도도하게 흘러들 수밖에 없다.

*

'북천'의 기표상 첫 느낌은 음습해서 힘이 셀 지도 모른다는 것이다. 『토지』와 『지리산』 속 불행한 운명의 속출과 기약 없는 미래의 곤핍이 이와 관련될지도 모른다는 주술적 심상지리도 과연 이 때문일까. '北川'. 섬진강일지 아니면 남강일지 그것이 흘러드는 물길에 대해서는 문외한이다. 하지만 '북으로 흐른다'는 1차 기의가 기이하게도 북천(北天)과 북천(北遷)을 같이 호명하여 끝내는 북망산천(北邙山川)으로 어슬렁어슬렁 구비친다는 느낌을 어쩔 수 없다. 물론 이것이 '북천' 사람들의 비난을 감수해 마땅한 매우 주관적이며 알량한 감각에 지나지 않음을 나는 애써 부인하지 않는다.

그런데 타나토스로 급발진하는 이 불량한 장소성의 감각이 만약 현대성의 병적 증상일 수 있다면 어쩔 것인가? 이를테면 20여 편을 상회하는 유홍준의 '북천'에는 자동차와 유리창 같은 문명의 철벽에 부딪혀 죽어버린 날짐승(「북천—새의 주검」, 「북천—까투리」)과 들짐승(「북천—고라니」)에 관련한 사건들이 심심찮게 등장한다. 우리들의 먹이로 도살될 '소'(「북천—소」)와 '돼지'(북천—돈사」), 그것들의 피와 살점을 뒤섞은 '피순대'(「북천—피순대」) 이야기는 또 어떤가? 음식의 취향과 섭생의 문화로 돌려 이상할 것 없는 장면들이다.

문제는 그 섭생자 모두가 쉰을 넘긴 시인 이상의 장년층과 노년층이라는 사실이다. 탄생-성장-소멸의 싸이클 중 이제는 생물학적 소멸만을 남겨둔 이들의 아등바등한 육식(肉食)은 폭력적이며 탐욕스럽기에 앞서 처연하고 연민스러운 데가 있다. 아이들과 청년의 부재로 대변되는, 순환과 재생의 가능성 없는 삶과 공동체는 니힐리즘의 가공할만한 처소로 아무렇지 않게 부식되어갈 준비를 이미 마친 상태이다. 세계에서 유별난 위험성을 사는 한국 '북천'의 노년층은 굴절된 식민지 근대성의 미약한 첫 수혜자였지만, 동시에 그것이 초래한 자연적 · 사회적 소외와 파괴의 첫 피해자이기도 하다. 그들과 친화하면서 또 적절한 거리를 유지하는 유홍준의 시선이 친밀감보다는 아이러닉한 감성을 띠는 것도 이런 난감한 처지에 대한 우울하고 예민한 이해와 각성 때문일지도 모른다.

> 저녁비 내리는 2번 국도 비에 젖어 번들거리구요 길옆 식당에 앉아 우리는 피순대를 받구요 여기는 國道가 아니라 天道라 하구요 위태롭게 위태롭게 모자 쓰고 한 손에 낫을 든 사람 비 맞으며 걸어가구요 얼굴이 없구요 그는 앞이 없구요 우리는 북천에서는 모두 다 이방인, 피순대 한 점 소금에 찍으면 다시 또 한 줄금 소나기 내리구요 나팔꽃 피구요 해바라기꽃 피구요 비에 젖은 파출소 불빛 쓸쓸하구요 치킨집보다 못하구요 중국집보다 못하구요 창자 가득 피로 만든 음식을 채우는 게 가능한가, 가능한가,
>
> —「북천-피순대」 부분

'북천'의 "국도"는 "國道가 아니라 天道"이다. "얼굴" 없이 "위태롭게"

살아가는 "이방인"들의 삶은 지옥도(地獄道)를 향해 난 지리멸렬의 서사일 따름이다. "창자 가득 피로 만든 음식을 채우는 게 가능한가"라는 자문은 따라서 결핍과 미달로 나날이 부풀어가는 육체의 현실을 향한 고소(苦笑)요 패배감이어 마땅한 것이다. '북천'은 번창의 기미 없는 소읍일망정 현대적 상품과 제도를 그런대로 갖춘 편의의 공간이다. 그러나 어디 내놓을 메뉴 없는 음식점과 그보다 못한 파출소의 형상은 공간과 제도의 편의성이 삶의 행복을 더하거나 그 이면에 웅크린 니힐리즘의 기미를 완화하는 데 거의 소용없음을 충실히 암시한다.

더욱 문제적인 것은 '북천'을 내습 중인 현대성의 파괴적·질병적 작인이 그곳 고유의 죽음 이야기, 그러니까 "어린 딸의 손을 움켜쥐고 / 그 저수지 속으로 걸어 들어간 여자"(「북천-鷄鳴池」)에 의해 더욱 요동칠 수밖에 없다는 사실이다. "계명지"가 매립되지 않는 한 "죽어도 죽지 않고 저 저수지 바닥에 살고 있는 / 북천의 닭"(「북천-鷄鳴池」)은 언제나 그곳의 새벽을 울릴 것이다. 비극적 서사와 관련된 지명(地名) 혹은 터전이 압도적인 우리 처지를 고려하면, "계명지"의 슬픔은 어느 사이엔가 "경박하고 조작적인 상투성"(에드워드 렐프)의 혐의를 뒤집어 쓴 채 우리의 실존적 내면성을 갉아먹을 여지조차 없잖다. 그 순간 삶의 심연을 천천히 회돌며 그 지리지에 부합하는 '북천'의 장소-정체성을 퍼 올리고 전파하는 육성은 가뭇없이 사라지고 말 것이다.

> ① 나는 새를 기다린다 나는 새가 부리를 박고 죽기를 기다린다
>
> 기다리는 죽음은 오지 않는다
>
> —「북천-새의 주검」 부분

② 빗방울이 수만 번 두들겨 패도
구멍 하나 뚫리지 않는 오동잎처럼 무기력,
우두커니 밖을 내다보다가 멍하니 서 있다가 나는 한 나절을 다 보내네

—「북천—장마」 부분

유홍준은 '북천'에서의 "생존 전략"을 "무기력"(「북천—장마」)한 삶, 이를테면 "북천 언저리에 움집을 짓고 당호를 근저당이라"(「북천—근저당」) 붙이는 자발적 소외와 빚에의 구속에 두었다. "무기력"한 삶이 다행스럽다면 '죽임'의 폭력을 "죽음"의 기다림으로 치환하는 소극적 자유가 겨우 주어지기 때문이다. 이런 태도는 "북천에서는 모두 다 이방인"이라 이른 자의식, 다시 말해 장소 상실감 내지 장소-정체성 부재의 결과일 가능성이 크다.

그러나 구체적 시공간 없이는 그 실체와 형상이 불가능한 것이 세계와 존재의 형식임을 우리는 알고 있다. 따라서 "이방인" 역시 장소-정체성의 예외일 수 없다. 해당 영토의 새로운 시민-되기를 욕망한다면 그곳의 주재자보다 훨씬 능동적인 탈영토화와 재영토화의 이중서사에 돌입해야 하는 것이 "이방인"의 운명이자 책무이다. 이것은 시민권 획득을 넘어, "가짜 장소들로 이루어진 가짜 세계를 만들어내는"(에드워드 렐프) 불쾌한 습속을 초극하기 위한 영토 혁신의 과제라는 점에서 "무기력"한 삶의 정반대에 위치한다. 만약 '북천'의 탈영토화와 재영토화를 향한 복안 없이 '북천' 연작이 작성되는 중이라면, "네가 쓴 시 한 편 나에게 다오, 시 안 주면 네 비늘을 다 벗겨버리겠다"(「북천—근저당」)는 협위는 흑마술사의 앨쓴 주술에 불과할 것이다.

유홍준의 "까마귀"-되기는 그러므로 맥락 없는 동일시의 비전이 아니겠다. "사랑도 없이 싸움도 없이, 까마귀야 너처럼 까만 외투를 입은 나"는 새로운 삶의 습속과 장소성을 발견하고 구축하기 위해 "원인도 없이 내용도 없이 저 들길 끝까지 갔다가"(「북천-까마귀」) 돌아오는 것이다. 무료할 듯싶지만 그래서 더 치밀한 걷기의 실천은 경건한 '죽음'과 복된 '삶'을 위한 어떤 장소성으로의 이중적 투기(投企)에 해당한다. 그렇지 않고서야 "돈이 없어도 일으켜 세울 것 같은 북천, 빈집"(「북천-빈집」)을 있음직하고 바람직한 '상상의 영토'로 재탈환하는 데 매일 매일 골똘할 까닭이 있겠는가.

물론 "빈집"은 사람과 물질이 들어찬다고 해서 충만한 삶의 공간으로 우쭐우쭐 솟아오르지 않는다. 당장의 활물성도 중요하지만 존재와 세계의 근원적 중심을 구성하는 것들을 향한 시공간적 배려와 수렴 역시 필수적이다. 이때야 비로소 "빈집"은 "흩어져 있는 무덤들을 한 곳에 모"(「북천-이장」)으고 "보라색 물들어 이상한 인간"(「북천-오디」)의 생탄을 기꺼워하게 된다. 유홍준은 "이상한 인간"인 자아를 두고 "다시는 사람들 앞에 나설 수 없게 되기를 원합니다"(「북천-이장」)라고 썼던가. 우리는 그러나 이 고독의 심리가 저 충만한 "빈집"으로의 자랑스러운 귀소와 그곳 삶의 담백한 홍성함을 염원하는 낭만적 아이러니의 시적 방출에 맞닿아 있음을 벌써 눈치 챈 지 오래 되었다.

*

당나귀는 비루하다. 그의 이웃 말은 속도와 기량이 필수인 전투와 경마에서 대단한 위용을 자랑하지만, 당나귀는 기껏 사람과 짐을 실어 나르는 노역의 신세를 예나 지금이나 벗어난 적이 없다. 당나귀의 고단한 인상을 "나타샤"에 대한 사랑과 연민을 기꺼이 태운 친밀성의 메신저로 새롭게 전유한 시인은 백석이었다. 지금 유홍준은 그 당나귀를 얻어 타고 "북천", 더 정확하게는 "빈집"을 슬슬 돌아다니는 중이다. 그렇다고 벌써 시인이 "빈집"의 충만함과 아름다움을 넉넉하게 소요(逍遙)하는 낭만적 가객으로 전신했다고 함부로 넘겨짚지는 마시라.

현재 유홍준은 "만물상회에 들러 깡소주 놓고 / 술 마시는 사람들 구경"하고 "벼랑에 새겨진 각자(角字) 보러"(이상 「북천－당나귀」) 가는 정도로 "당나귀"의 고단함을 덜어주고 있으니. 이런 행동반경의 조심스런 제약과 구획은 "북천" 속 여기저기 "빈집"(현실이든 상상이든 그 실체는 아무 상관없다)의 새로운 장소성에 대한 시인의 활기와 섬세함을 엿보게 하는 시각의 틀임을 충실히 암시한다. 이를테면 무명씨의 전(傳)으로 기입되어 무방할 "북천" 사람들의 섬찍하고 낯설어 되레 해학과 연민을 자극하는 이상한 모습들은 어떤가.

> 북천 이발사는 수전증,
> 죽은 돼지털을 뽑는 거나 산 사람의 털을 자르는 거나 그게 그거야
> 죽든지 말든지 북천사람들
> 북천 이발관 의자에 앉아 부스스한 머리통을 내맡기고 있네

덜덜덜 덜덜덜 북천이발사

가위 든 손가락이 떨리네 면도칼 든 손목이 떨리네

나는 몰라 나는 몰라 꾀죄죄한

북천 국도변

일렬로 심어놓은 맨드라미꽃 참 오래도 가네

북천이발소 앞 삼색 표시등 참 잘도 돌아가네

—「북천—이발사」 부분

빨래터와 미장원이 여성의 공간이라면, 투전판과 이발소는 남성의 그것이다. 주민들은 머리를 볶거나 하이칼라의 포마드를 바르면서 동네의 자랑과 추문, 안녕과 갈등을 함께 물어 날랐다. 차갑고 날카로운 가위와 면도날에 제 머리와 얼굴을 맡겨도 두렵지 않았던 것은 이발사가 저 즐겁고 싱숭생숭한 이야기더미의 날렵한 중개자이자 그럴듯한 논평자이기 때문일 것이다. 또한 이발소 웃편에 걸린 새끼 품은 돼지 일가의 '가화만사성'은 동네사람의 마음을 훈훈하게 덥혀주는 쓸 만한 키치(kitsch) 상품이었다. 그러니 이발소가 "꾀죄죄"하고 이발사가 "손가락을" "덜덜덜" 떤다고 못된 품평이나 차디찬 퇴출을 운운할 수 없는 노릇인 것이다.

어떤 의미에서 작은 읍내의 이발소 같은 인간미 넘치는 공공의 장소는 그곳 주민의 삶이나 환경에 대한 직접적 관계맺음 없이도 그들에 대한 느낌을 전달해주는 이외의 소통의 장일 수 있다. 이런 '대리적 내부성'은 우리의 삶이나 장소와 비견되고 대조되는 가운데 그곳 특유의 장소성과 정체성을 암암리에 표상하고 전달하는 것이다. 이와 관련된 시인의 풍모가 어떤 이의 말처럼 "그들은 이 세계를 발견해 내려고 하지 않는다. 그들은 그 안에서 태어난 것처럼 보"일 수 있는 것도 여기서 생성된 진실이 아닐 수 없다.

> 북천 응달집 화단에는 알맹이 다 빼먹은 껍질들이 소복이 버려져 있다 말라비틀어진 국화 줄기 사이에, 베어낸 목단 그루터기 위에, 빈 다슬기 껍질들이
>
> 다슬기를 빼먹던 이쑤시개로 이빨을 쑤시는 노인네, 털신 두 켤레가 가지런히 북천 댓돌 위에 놓여져 있다 북천 골방 구석에는 껍질조차 없는 노인네 하나, 웅크리고 누워 있다
>
> —「북천–다슬기」 부분

"당나귀"와 함께 취재한 "북천"의 고현학은 "이발소"의 괴이한 해학 등을 제외하면, 이제는 "알맹이가 뽑히고 껍질만 남은" "다슬기" 인생에 대부분 바쳐지고 있다. "서리 맞은" 밭둑에서 "고들빼기 캐는 할머니"(「북천–고들빼기」), "검정 작업복 입고" "장작 패는 노인"(「북천–장작」), 자기 얼굴을 왜곡시키는 거울을 보고 면도하는 "북천 중늙은이" "한 쪽 팔이 사라진 사람"(「북천–외팔이」)이 모두 그렇다. '빈 껍질' 인생을 향한 애틋한 연민은 측은지심의 자연스런 발로에 해당한다. 문제는 그 대상이 몇몇이 아니라 한국의 숱한 "북천"에 사는 이들 모두라는 사실에 있다. 요컨대 "북천" 사람들은 미학의 대상이기 전에 정치·경제·문화 전반에 걸친 총체적 관심의 대상들인 것이다. 이들의 삶 어딘가에 숨

어 있을 소소한 행복과 울적한 낭만이 기억과 회한의 서사와 감각으로 함부로 부감될 수 없는 까닭이 거기 있다.

이런 현실이 지시하듯이 '빈 껍질' 인생들을 향한 시적 고현학은 절제와 균형의 긴장이 무너질 경우 비감과 애상의 정조로 급속히 휘어질 위험성이 다분하다. 더군다나 그 추운 "고들빼기"의 맛과 "겨울 솔잎"의 차가운 감촉은 시인 자신의 경험이기도 하다. 그런 점에서 변두리 삶을 향한 무심한 듯 우울한 관심, 그것을 때로는 차갑고 때로는 따스한 웃음과 아이러니에 담아내는 시적 전략은 이 공통감각을 적절히 역사화하고 거리화하기 위한 영민한 방책이 아닐 수 없다. 물론 그 자리는 변두리 삶의 심원한 가치가 조직되고 그 영향이 파생되는 넉넉한 우두물의 시원이기도 하다.

나는 그것의 한 단면으로, "오므린 것들"(「오므린 것들」)을 향해 사설 한 자락을 찍어 뿌리는 옛 '무당'(「북천-무당」)과 그것을 경건하게 우리 삶에 기입하는 시인의 손길을 올 정월 초 이야기한 적이 있다. 그 일절을 여기 다시 올려 '북천'의 장소성을 향한 마무리 틀로 의미 있게 활용하고자 한다.

> 시인은 왜 하필 오므리라고 노래하고 왜 자꾸 침묵하라고 속삭이는 것일까. 유홍준 발(發) '오므림-침묵'의 현전(現前) 앞에는 그의 삶과 영혼에 문득 개입하곤 하는 쓸쓸한 무당에 대한 추억이 있다. "쪽진 여자"의 괴이함과 그에 대한 두려움은 예언과 예지의 탁월함 때문이 아니다. 차라리 그것은 합리성의 맥락으로는 도무지 변해(辨解) 불가한 변신(metamorphosis)의 횡포함 때문이다. "죽은 사람의 목소리를 똑같이 흉내 내"고 누구에게

나 "반말을 쓰"며, "마침내 복숭아나무 속으로 들어가 복숭아나무가 된 사람이었"음은 물론 "사람을 데려가는 사람이었다." 무당의 형상에서 통합과 결속의 원리로서 '오므림-침묵'을 연상하기는 썩 어렵다. 오히려 "외딴 집"에서 보듯이 폐색과 단절, 멸시와 고독으로의 '오므림-금언(禁言)'이 그녀에게 부과된 운명이다.

그러나 이 죽음과 공포의 사물-기호(소외와 타자성의 한 극한에 내쳐지곤 했다는 점에서 그녀는 과연 사물이고 기호이다)는 의외롭게도 "가장 화려한 복사꽃이 물들이는" "외딴 집"의 소유자이다. 이 때문에 "누군가 하나는 꼭 홀려 / 그 외딴 집으로 간다"(이상 「북천—무당」). 하지만 나는 이 '홀림'을 허무한 죽음이나 객쩍은 얼빠짐으로 읽지 않을 작정이다. 그녀는 '변신'함으로써, 곧 타자로 변신하거나 그들과 소통함으로써 신과 인간, 성과 속, 이승과 저승, 너와 나를 해원과 대화, 친교의 세계로 안내하는 말 그대로의 경계인이 아니던가. 요컨대 그녀는 더욱 오므림으로써 그 내부에 드넓고 풍요로운 침묵, 그러니까 현재적 삶과 역사현실의 진정성을 기리고 노래하는 시어의 가능성을 심상하게 펼쳐놓는 유력자인 것이다.

이런 지경이라면 시인이 무당으로의 변신을 마다할 리 없다. 애초에 시인이 무당의 일족이었음은 시사(詩史)적 진실이다. 양자는 그 형식과 방법(무당 : 소리와 춤, 시인 : 리듬과 언어)이 다를지언정, A와 B의 유사성에 토대한 '말의 바꿔치기(metaphora)'를 감행함으로써 단독의 점선을 관계의 실선으로 교체하는 희유한 족속들이었다. 그렇다, 나는 지금 시인을 무턱대고 무당의 일족, 아니면 적어도 그들과의 친교자로 선언 중인 것이다. 물론 '오므림-침묵'을 다정하게 공유하고 그것의 깊은 펼침을 함께 실천하는 자들이라는 의미에서.[1]

'북천'에는 "무당"이 우굴 대는 중이다. "외딴 집"에 살며 "사람을 데려가는 사람"인 원래의 무당, 때로는 "무당"을 경원시 하고 때로는 그 앞에서 머리를 조아리던 "북천" 사람들, 이들을 찾아 떠도는 시인. 이들은 서로 다른 삶의 이력과 가치를 구축해왔지만 지금은 모두 "빈집"에 처해진, 또는 일부러 "빈집"을 찾아드는 유사한 삶을 공유 중이다. "북천"이 지극히 사적인 공간인 동시에 다성성으로 가득 찬 열린 장소라는 평가는 여기서 비롯된다.

"북천" 주민들은 지금 이 순간에도 그들 특유의 상징과 의미를 공유하면서 공동체 경험을 함께 조직해 갈 것이다. 그 과정에서 끊임없이 생성·수정·보충되어온 장소-정체성은 이제껏 그래왔듯이 각자의 삶에 개입하면서 그들의 실존성 하나하나를 "북천"의 지울 수 없는 표지로 수렴해 갈 것이다. 실생활에서는 텅 비어가지만, 밀려드는 시간의 흐름과 "빈집"으로 자꾸 모여드는 사자들의 영혼은 "북천"을 아연 붐비게 하는 중인 것이다. 그러니 그것을 기록하고 의미화하는 시인의 주술, 즉 무당 노릇은 아름답기보다 몹시 아프며 즐겁기보다 처연하다. 하지만 당나귀를 끌고 삶의 이녕을 질척질척 걸어가는 유홍준의 걸음과 눈짓을 통해 우리는 "북천"을 기억하고 노래하며 우리 본원과 미래의 장소로 더불어 향하게 될 것이다. "북천"은, 유홍준은, 그래서 북적이는 환류(還流)의 장소이며 그래서 또 힘이 세다.

---

1 졸고, 「오므린 말들을 부르는 법」, 『웹진문지』의 '주간문학리뷰', 2013.1.15. 이 글의 전문은 이어지는 「보론」 참조.

보론 오므린 말들을 부르는 법

유홍준의 「오므린 것들」 읽기

자연의 침묵은 인간에게로 몰려온다.

인간의 정신은 그러한 침묵의

드넓은 평원 위에 걸린 하늘과도 같다.

— 막스 피카르트, 『침묵의 세계』 중에서

당신은 '오므리다'라는 말을 들으면 어떤 생각이나 이미지가 떠오르는가? 이것저것 떠올리기보다 반대말 '펼치다'를 그 옆에 슬며시 놓아두는 편이 흥미로울 듯하다. 개방과 전개, 넓음과 자랑, 연대와 진전 등이 '펼치다'의 기의를 구성하겠다. 여기에 '오므리다'의 짝을 붙여준다면, 닫힘과 폐쇄, 좁음과 숨김, 단독과 웅크림 등이 적절할 것이다. 언뜻 보니 '오므리다'는 뜻하지 않게 부정적 기의로만 착색되는 느낌이다. '오므리다'의 궁극적 의미소는 그러나 '감싸고 받아 안음', 그러니까 '보호'와 '안온', 그에 따른 내부로의 넓어짐과 따뜻해짐이 아닐까. 다시 말해 명랑한 심연으로의 펼쳐짐인 셈인데, 그러니 그것은 나락으로의 추락이 아니라 무한으로의 해방일 수 있다. 이런 점을 감안하여, '오므리다'를 말의 형상으로 치환한다면 발성 / 발화가 아니라 침묵 / 청취에 가까울 것이다.

"드넓은 침묵에게서 말은 자신이 드넓어지는 법을 배운다"고 한 이는 막스 피카르트였던가. 그에 따르면 침묵은 말의 전제조건이자 원천, 바꿔 말해 정신의 무량함을 위한 자연적 토대이다. 말의 진정한 확장과 심화는 그 아래 드넓은 침묵이 펼쳐져 있기 때문에 가능하다. 말은 거기에 흘러듦으로써 드넓어지는 법을 배우며, 우리 역시 횡포한 말들에 가격당한 상처를 치유하고 새로운 말의 가능성을 다시 모색한다. 침묵을 존재-세계와 분리시키고 말의 고독과 실존의 우울을 심화시키는 부정소(否定素)로 단선화하는 태도는 그러니 '오므리다'를 폐색과 단절의 의미로만 일용하는 자세와 크게 다를 바 없다.

배추밭에는 배추가 배춧잎을 오므리고 있다
산비알에는 나뭇잎이 나뭇잎을 오므리고 있다
웅덩이에는 오리가 오리를 오므리고 있다
오므린 것들은 안타깝고 애처로워
나는 나를 오므린다
나는 나를 오므린다
오므릴 수 있다는 것이 좋다.

내가 내 가슴을 오므릴 수 있다는 것이 좋다
내가 내 입을 오므릴 수 있다는 것이 좋다
담벼락 밑에는 노인들이 오므라져 있다
담벼락 밑에는 신발들이 오므라져 있다
오므린 것들은 죄를 짓지 않는다
숟가락은 제 몸을 오므려 밥을 뜨고
밥그릇은 제 몸을 오므려 밥을 받는다
오래 전 손가락이 오므라져 나는 죄 짓지 않은 적이 있다

— 유홍준, 「오므린 것들」(『현대시』 12월호, 2012) 전문

피카르트의 말이 문득 떠오른 이유는 무엇일까? 유홍준의 「오므린 것들」을 읽은 이라면 우리가 기려 마땅한 침묵의 심연 언저리에 벌써 가닿았을지도 모른다는 짐작 때문이다. 이를테면 다음과 같은 감각적 경험들이 그렇다. '오므리다'의 양가성을 서로 뒤집고 연결시키고 거기서 우쭐대는 역동적 리듬을 수레바퀴 삼아, 우리가 흘러들어야할 어떤 지점을 아무렇지 않게 현현하고 있다는 느낌은 처연한 동시에 홀로웁다(외롭고 황홀한—황동규의 말). 게다가 매 행의 적재적소에 배치되고 또 약간씩 변형되어, 서로 잇대이면서도 이질적인 맥락을 생산하는 '오므리다'의 실존성과 자율성은 전혀 뜻밖이기까지 하다.

시인은 왜 하필 오므리라고 노래하고 왜 자꾸 침묵하라고 속삭이는 것일까. 유홍준 발(發) '오므림-침묵'의 현전(現前) 앞에는 그의 삶과 영혼에 문득 개입하곤 하는 쓸쓸한 무당에 대한 추억이 있다. "쪽진 여자"의 괴이함과 그에 대한 두려움은 예언과 예지의 탁월함 때문이 아

니다. 차라리 그것은 합리성의 맥락으로는 도무지 변해(辨解) 불가한 변신(metamorphosis)의 횡포함 때문이다. "죽은 사람의 목소리를 똑같이 흉내 내"고 누구에게나 "반말을 쓰"며, "마침내 복숭아나무 속으로 들어가 복숭아나무가 된 사람이었"음은 물론 "사람을 데려가는 사람이었다." 무당의 형상에서 통합과 결속의 원리로서 '오므림-침묵'을 연상하기는 썩 어렵다. 오히려 "외딴 집"에서 보듯이 폐색과 단절, 멸시와 고독으로의 '오므림-금언(禁言)'이 그녀에게 부과된 운명이다.

그러나 이 죽음과 공포의 사물-기호(소외와 타자성의 한 극한에 내쳐지곤 했다는 점에서 그녀는 과연 사물이고 기호이다)는 의외롭게도 "가장 화려한 복사꽃이 물들이는" "외딴 집"의 소유자이다. 이 때문에 "누군가 하나는 꼭 홀려 / 그 외딴 집으로 간다"(이상 「북천—무당」, 『현대시』 12월호, 2012). 하지만 나는 이 '홀림'을 허무한 죽음이나 객쩍은 얼빠짐으로 읽지 않을 작정이다. 그녀는 '변신'함으로써, 곧 타자로 변신하거나 그들과 소통함으로써 신과 인간, 성과 속, 이승과 저승, 너와 나를 해원과 대화, 친교의 세계로 안내하는 말 그대로의 경계인이 아니던가. 요컨대 그녀는 더욱 오므림으로써 그 내부에 드넓고 풍요로운 침묵, 그러니까 현재적 삶과 역사현실의 진정성을 기리고 노래하는 시어의 가능성을 심상하게 펼쳐놓는 유력자인 것이다. 이런 지경이라면 시인이 무당으로의 변신을 마다할 리 없다. 애초에 시인이 무당의 일족이었음은 시사(詩史)적 진실이다. 양자는 그 형식과 방법(무당 : 소리와 춤, 시인 : 리듬과 언어)이 다를지언정, A와 B의 유사성에 토대한 '말의 바꿔치기(metaphora)'를 감행함으로써 단독의 점선을 관계의 실선으로 교체하는 희유한 족속들이었다. 그렇다, 나는 지금 시인을 무턱대고 무당의 일족, 아니면 적어도 그들과의 친교자로 선언 중인 것이다. 물론 '오므림-침묵'을 다정하게 공유하고 그것의 깊은 펼침을 함께 실천하는 자들이라는 의미에서.

멀리 돌아왔으니 이제 간명하게 묻자. "사람을 데려가는" 대신 온갖 "오므린 것"들을 데려오는 유홍준 언어의 "작두"와 "이파리 없는 대나무 가지는"(「북천-무당」) 어떻게 그의 "외딴 집"을 복사꽃물 들이는 중인가? 오므라지느라 바쁜 "배춧잎"과 "나뭇잎", "오리"의 모습은 늦가을 내지 초겨울에 처한 심상한 풍경이다. 시적 자아는 단지 웅크리고 스러져가는 것들을 향한 연민과 감응의 토로로 스산한 풍경을 감싸지 않는다. 순간적인 감각적 경험의 환기는 자신의 가장 윤리적이며 정당한, 아니 미학적인 태도와 역할이 무당으로 변신하는 것임을 직언한다. "나는 나를 오므린다" "오므릴 수 있다는 것이 좋다"는 고백과 전언은 그 요구에 대한 가장 범속하되 가장 지혜로운 순응이다. 무당-시인의 진정한 역능(力能)은 스러지는 자연 풍경에 접속함으로써 드디어는 스러지는 사람들과 사물들을 오래도록 기림직하며 기억할만한 풍경으로 변신하고 전유할 줄 아는 '오므림-침묵'의 실천에 존재한다.

여기저기 "오므라져 있"는 "담벼락 밑"의 "노인들"과 "신발들", 그들과 그들의 발걸음은 물론 나의 그것을 지탱해온 "제 몸을 오므려 밥을 뜨고" "받는" "숟가락"과 "밥그릇." 말없이 아늑하여 되레 아득하고 초라하여 오히려 풍성한 촌구석의 운치를 두고 누구는 '생명시학'을 득달같이 떠올릴 것이다. 자연에서 사람으로, 죽음에서 생명으로, 연민에서 숭고로 그 위치와 의미를 서로 변전하고 통합하는 '오므림'은 바람직한 에로스의 도래와 그것으로의 도약을 견인하고 남는다.

그러나 주의하시라, 이 '오므림-침묵'은 생명의 에로스나 보편적 휴머니즘의 당위적 소내(疏內)로만 흘러들지 않는다는 것을. 당위는 계몽과 목표의 열정을 제시하지만, 간혹 그것이 초래하는 강요된 금언(禁言)과 진화에 대한 맹목을 더 잘 성찰하지 못한다. 말하자면 더 잘 실패하는 법에 예민하지도 신실하지도 못한 법이다. 그 지향점이 보수의 근간 유지를 향하든 아니면 그것을 혁파하는 진보의 창출에 바쳐지든 뒤돌아볼 줄 모르며 타자와의 관계성을 애써 외면하는 모든 사유와 상상력은 언젠가는 타락과 억압의 악성(惡聲)을 툭 건드리기 마련이다. 우리 시대의 계몽의 타락을 아프게 기억하고 당위의 억압을 예민하게 촉감하는 영혼이라면, 그러니 그 펼쳐진 언어들을 향하여 이렇게 적을 것이다 : "오므린 것들은 죄를 짓지 않는다." 힘센 계몽과 당위에 대하여 이보다 아름답고 순정한 성찰과 저항이 어디 있겠는가.

우리가 마주쳐온 저 "오므린 것들"은 그 실상을 따지자면 긍정성을 띤 "숟가락"과 "밥그릇"조차 크게 풍요롭거나 흥성하지 못하다. 그것으로 밥을 삼키는 자들이 죄를 짓지 않을 만큼의 삶의 안전과 충족을 오므려줄 뿐이다. 하지만 넘치지도 모자라지도 않는 삶의 질량이야말로 '스스로 그러한' 자연(自然)의 근본과 거기로 스며들려는 존재의 윤리에 대한 기초가 되어준다. "오래 전 손가락이 오므라져 나는 죄 짓지 않은 적이 있다"라는 고백은 언젠가 경험했던 '오므림-침묵'의 상실이나 실패를 말하는 것처럼 들릴지도 모르겠다. 그러나 이 고백은 자연 속의 침묵을 아직도 충분히 요란한 우리의 말로 불러오기 위한, 아니 거꾸로 타락한 언어를 그 드넓은 침묵에 함입(陷入)하기 위한 통렬하되 부드러운 납함(吶喊)의 제의(祭儀)로 고쳐 읽어 마땅하다. 그러니 비유컨대 시인은 아직도 "세상에서 가장 화려한 복사꽃이 물들이는" "그 외딴 집"을 매일 살고 있는 것이 아니겠는가? 그 '빈집'이 점점 거대하고 심원하게 오므라드는 찰나들, 이 충만한 시간의 지평 속에서 자연의 침묵을 지상의 시어로 오므리는 시인은 더 외롭고 더 안타깝기를 기꺼워하는 중일 것이다.

시인이여, 부디 우리도 악착같이 오므려주시라, 아니 오므릴 줄 아는 지혜의 말과 방법을 드문드문이라도 알려주시라. 그래야 "오므린 것들"을 찾아 나선 젊은 언어들을 파놉티콘의 질서 속에 무섭게 구속하려는 이 악덕의 현실을 잠시라도 견딜 것 아니겠는가. 이 길을 지나고서야 우리는 "누군가 하나는 꼭 홀려 / 그 외딴 집으로 간다"는 아름다운 풍문의 대상자로 간신히 지목될 수 있을 것이다.

'텍스트-침묵', '현실-발화'와 불화하다

과연 이 시대의 시-텍스트는 침묵 중인가? 당신과 내가 장황한 산문 형식에 은밀한 리듬감도 없이 현재의 우울과 미래의 결핍을 속사포처럼 랩핑(rapping) 중인 시들의 집단적 출몰을 목도하고 있다면 이런 진단은 허위에 가까울 것이다. 그러나 이 과격한 목소리들의 불온성을 염두에 둔다면, 텍스트의 침묵이란 규정은 꽤 타당할 수 있다. 2000년대 젊은 시들은 지나치게 단일하거나 단선적이고 단의미적인 현실을 이른바 리좀적 상상력과 언어 혁신으로 전복, 해체, 삭제하는 데 골몰하고 있다. 누군가의 지적처럼 이들은 타율적으로 추락되는 대신 자율적으로 몰락함으로써 존재와 세계 내부로 이질성과 변이성을 울울케 하는 타자성의 시학과 윤리학을 새롭게 창안 중인 것이다.

기존 세계와 언어체계에서 본다면, 젊은 시들의 부정과 저항은 그것에 맞선 울부짖음이기도 하지만 아예 기성의 목소리와 의미를 탈색하는 백색지대를 갈급한다는 점에서 발설되어서는 안 될 침묵의 형식이다. 떠벌림으로써 오히려 침묵되는 이 괴기한 시류(詩流/時流)는 거칠게 말해 의사소통과 정보교환 혹은 특정 이념과 사상의 전파를 쇠되게 목적하는 힘센 언어체계에 대한 회의와 거절에서 발원한다. 나는 이 단일성의 주술을 보편적·등질적 체계의 과잉을 염두에 두고 '현실-발화'로 가정하고자 한다. 젊은 시들의 자발적 주체 상실과 시뮬라크르의 제작을 통한 실재의 전복이나 암전 따위는 도무지 불가능할 듯한 '현실-발화'를 몰락시키려 한다는 점에서 쾌감과 패배의 정서가 뒤섞인 도착적 행위일 수 있다.

하지만 이질적 목소리와 균열된 의미를 혼종시킴으로써 부재하는 세계/언어와의 스캔들을 일상화하는 소수자-되기, 즉 아우토미아(autonomia)의 삶은 언어와 세계, 존재에의 연속적 변이선을 활성화시킨다는 점에서 종국에는 유쾌하고 명민한 것이다. 이 자발적 몰락자를 두고 성기완은 '초록의 고무 괴물'이라 일렀다. 또한 그는 자신이 행한 '텍스트-침묵'을 "이제 유리의 일기장에는 한 글자도 남아 있지 않아 사랑하는 유리 나는 당신의 지우개"[1]로 가치화함으로써 글자와 더불어 사라진 괴물의 육체를 간절히 그리고 정중하게 기린 바 있다. 단일한 주체와 의미를 박박 말아먹으며 점점이 흩어진 고무지우개는 그러나 '비의존적인 이질적 항들 간의 조화'[2]와 경합이 도래할지도 모를 새로운 글쓰기의 장을 제공했다.

---

1 성기완, 「48」, 『유리 이야기』, 문학과지성사, 2003, 84면. 이후 시인들의 시집을 본문에 인용할 때에는 개별 시집에 부여한 로마숫자와 인용면을 'II : 84'의 형태로 밝히기로 한다.

2 이를 비롯한 '소수자-되기' '아우토미아' 등 들뢰즈·가타리의 미학 개념은 이들의 몇몇 저서와 오형엽의 「분열분석 비평과 수사학」(『문학과 수사학』, 소명출판, 2011)을 함께 참조했다.

그러니 '초록 고무 괴물'이야말로 부재하는 언어의 숨겨진 창안자이자 여기저기서 출몰하는 변이종 '여장남자 시코쿠' '고슴도치 아가씨' '모니터킨트' '비둘기 페트라' 들의 의붓어미이거나 고약한 삼촌인지도 모른다. 친밀성의 체계와는 얼마간 동떨어진 이 방외자들은 조카들이 태연하게 우세종의 풍모를 자랑하는 버릇없는 변이종들로 진화하기를 바라지 않을 것이다. "단두대에 앉았지만" "이미 머리가 없"는,[3] 징후적 단수자(斷首者)의 증상을 지속적으로 랩핑하거나 피사체로 피로(披露)하기를 은연 중 고대하거나 압박 중인지도 모른다. 한편으로는 멋있거나 용감하고 다른 한편으로는 지겹거나 비굴한 '장자(長子)'들에 맞서 고개를 외로 꼰 채 인공적 방언과 침묵의 주술을 정교하게 자동기술(?)하는 삼촌과 이모들의 목소리와 내면을 애틋하게 복기해야할 주요 이유 중 하나이다. 2000년을 전후한 즈음, 그들은 시를, 언어를, 주체를, 세계를 어떻게 단속(斷續)의 지평에 올려놓았는가. 또한 그것들은 어떻게 분절되고 혼종되었는가.

이수명―사과는 없다, 아니다 있다

"나의 부재로부터 어떤 관계들이 시작된다." "시는 불현듯 관계를 깨뜨린다."[4] 이수명의 언명에 따른다면, 관계의 양상과 방법들에 따라

---

3 이수명, 「부서진 계단」, 『붉은 담장의 커브』, 민음사, 2001, 39면. 이후 함께 읽을 이수명 시집은, I : 『새로운 오독이 거리를 메웠다』, 세계사, 1995, II : 『왜가리는 왜가리 놀이를 한다』, 세계사, 1998, III : 『붉은 담장의 커브』이다.

4 이수명, 『언제나 너무 많은 비들』, 문학과지성사, 2011, 〈표4〉.

시인의 부재 / 존재가 사뭇 결정되며, 이것의 최종 심급을 결정하는 것은 결국 시이다. 이 말은 '현실-발화'의 단조성을 해체하고 재구성하는 '텍스트-침묵'의 다중성과 분열성에 대한 신뢰와 옹호로 해석되어도 좋다. 이수명 시는 문법 파괴나 미분화된 의미의 발명 같은, 기존 언어의 파괴와 일탈에 의한 낯설게 하기하고는 비교적 거리가 멀다. 그보다는 언어화나 자아화 이전의 사물, 즉 '현실-발화'의 이면에 자리한 사물의 기원성과 자기 확장성에 주목한다. 그래서 시인은 의미를 휘돌아다니며 맥락을 방목하는 유목민보다 언어와 사물 사이의 균열과 그 흔적, 그곳을 비집고 들어서는 낯선 의미의 생성을 돌보는 목양자(牧羊者)에 가깝다.

이런 태도는 그의 시작(詩作)을 다중 의미를 넘어, "사물성, 모든 현실성 일체가 부재 속으로 퇴각해버리는"[5] '순수 현존'의 추구로 이끄는 힘이다. 요컨대 경험적 현실('현실-발화')을 괄호 침으로써 사물 및 그것과 관계하는 정신적 실존의 독자적 운동을 보장한다. 따라서 그의 '텍스트-침묵'은 "시간성이 제거된 순수한 '사건'의 세계"(김수이)를 생성하는 형식으로 움직이고 짜인다. "사과는 없다, 아니다 있다"라는 내 언명은 이런 말 속에서의 순수한 현존을 드러내기 위한 방법이다. 과연 이수명의 '사과'는 삭제 · 지양을 통해 그 현존을 획득하는 '아볼리시옹(abolition)' 개념에 합당하다. 아래와 같은 사과의 역사와 흔적, 생성의 과정은 사과와 관련된 정신의 운동, 즉 사물성의 부정과 함께 언어적 창조의 쾌미와 고통을 찬찬히 보여준다.

5 후고 프리드리히, 장희창 역, 『현대시의 구조』, 한길사, 1996, 186면.

과일을 모두 팔아버렸으므로

우리는 저보다 큰 먹이를 운반하려는 동물이다.

과일을 아직 팔지 못하였으므로

하루치의 전시로 하루를 무마시키는 것이

세상의 관습이었다.

—「어떤 관습」 부분(I : 76)

때로 다른 일이 벌어지기도 한다. 내가 먹은 사과들이 내게서 탈주하는 것이다. 어제를 살해한 오늘의 태양처럼 빛나고 향기나는 사과들. 사과는 사과나무를 불태운다. 사과나무는 아름답다.

—「사과나무」(II : 27)

애초에 "사과"는 모든 것에 앞서는 '미지'의 시민이 아니었다. 그것은 맛과 환금성 같은 유용성이 지배하는 현실의 불행을 확인하는 숱한 형상('과일') 가운데 하나였을 따름이다. 세상에 그림자가 없고 새로운 오독이 거리를 메웠음(I : 28)을 아프게 고백한 순간은 '현실-발화' 담론에 속박된 사과의 숙명이 주체의 그것임을 증례한 때이기도 했다. 사과와 나의 등가성 발견은 사과에 대한 언어와 상상, 사유의 주체가 나가 아니라 의미화 이전, 주관화 이전의 사물-사과임과 마주치는 미지로의 함입(陷入)에 해당한다. "사과"의 탈주와 "사과나무"에의 방화, 재구성된 "사과나무"의 '미'가 그 미지 속에 유쾌하게 돌출한 우주적 사건, 그러니까 "카오스와 코스모스의 길항에 대한 관조와 숙고"의 오랜 응결체인 까닭이다.[6]

사과를 던지자 최초의 벽이 생긴다. 사과는 벽에 맞아 떨어진다. 벽에 맞는 순간 보이지도 않는 작은 조각들로 흩어졌다가 사과는 다시 뭉친다.

사과를 던지자 벽이 뚫린다.

푸른 사과들이 도로 양변에 늘어서 있다. 그중 하나를 집어 올리려고 몸을 숙인다. 머리 위로 내가 던진 사과가 날아간다.

—「푸른 사과」 전문(III : 28)

"사과"는 사물이기도 하지만 순수 현존을 향해 운동하는 어떤 미지이기도 하다. 물론 "사과"는 기호 / 의미에 대한 대체 형상이기도 하다. 1연은 사과와 세계의 관계 변화를 사적으로 배열한 것일 테다. 하지만 이것은 의미와 구조의 안정성에서 그것들의 불확정성으로 균열되어 간 근대 이후 언어사까지 환기한다. "사과를 던지자 벽이 뚫린다"는 것은 차연이 초래하는 의미의 이질성 및 변이성의 활성화를 뜻하겠다. 요컨대 '현실-발화' 속의 사과는 음성 중심주의의 거절, 즉 의미의 폐색과 단조에서 차연됨으로써 미지라는 실재로 입안, 등기되기에 이른다. "사과"가 특정 의미로 환원되지 않고 순수 현존하는 구경(究竟)적 존재로 다시 생성되는 지점이 여기인 것이다. 그러니 "푸른 사과"는 현실이어도, 그것을 초극한 잠재적 실재여도 아무 상관없다.

---

6 이수명의 대표적인 시적 언명을 꼽으라면 "시가 있음으로써 우리는 미지와 우주와 무한의, 동행이 된 것이다"를 들어야겠다. 그에 따르면 시는 존재의 앎이 모름을 위한 것, 다시 말해 '미지-세계'로 함입하기 위한 '미지-주체'의 운동이다. 이상의 '미지'와 몇몇 인용은 이수명, 「시는 미지의 언어」, 『횡단』, 문예중앙, 2011, 44~47면.

그렇다면 3연의 나의 행위는 오히려 허구이거나, 그래서 나는 부재한다. 기실 나를 집어 올리고 집어던지는 것도 이미 미지의 시민으로 등재된 "푸른 사과"이다. 왜냐하면 시의 맥락상 "푸른 사과"는, 시인의 말을 빌리건대, "흐릿하게 비현실적이지만 바로 눈앞의 현실인 세계"(「시는 미지의 언어」)의 객관적 상관물이기 때문이다. 이것은 '현실-발화'의 언어적 주체는 "푸른 사과"를 깨무는 대신 그것이 내연(內燃)하는 '텍스트-침묵'으로 파고들어야 하는 이유이기도 하다. 물론 이 안에는 "도로 양변에 늘어"선 "푸른 사과"들이 암시하듯이, 미지의 잠재성과 가능성을 실현하는 언어적 불확정성과 다중성이 쾌활하게 증식 중이다. "푸른 사과"는 벌써 실재성의 지대를 통과 중이며, 그럼으로써 숱하게 흩뿌려진 사물과 기호, 의미를 뒤섞고 보유하는 '유일한 시'(하이데거)의 징후를 내포 중이라는 말은 그래서 가능하다.

"깨어나지 않는 태양처럼, 깨어난 태양처럼 환"한 것, 이것은 무엇인가. 시인의 답은 "인조 과일"이다. 이것은 양가적이되, '텍스트-침묵' 및 '현실-발화'에 모두 속하면서도 속하지 않는다는 점에서 징후적이다. "사과는 사과보다 가볍고 오렌지는 오렌지보다 명료하고 포도는 포도보다 공허"(III : 85)한 이유는 그것들이 침묵과 발화가 구별되지 않는, 아니 함께 사는 미지의 지평에 던져졌기 때문이다. 그러니 "인조 과일"일 수밖에. 그러나 발화가 침묵의 뒤에 놓여 있음을 잊지 말라. 현실은 텍스트를 통과함으로써 "자신이 도달하지 못한 상태를 누리고, 사라져버린 것을 뒤섞는"(이수명) 전도된 발화, 그러니까 침묵으로 전성된 미지의 언어라 하겠다. 요컨대 사과는, 과일은 사물성을 버리고 '인조', 곧 부재의 세계로 퇴각함으로써 오히려 순수 현존과 미분화의 지평으로 도약된 것이다. 이수명 시가 파괴 없이도 몹시 래디칼하며, 단정한 표준어가 매우 낯선 방언으로 울려 퍼지는 것도 이 때문이다.

서정학—B급으로 상상하기, 반란 속의 스타일을 생성하다

이상, 김수영, 황지우, 장정일, 유하, 서정학,[7] 황병승. 이 특이한 삼촌과 조카들의 단속적(斷續的) 연관은 대중적·매체적 상상력에의 이른 매혹과 냉정한 성찰, 당대와 구별되는 '반란 속의 스타일' 구성에서 찾아질 것이다. 특히 장정일 이래의 조카들은 대중–전자 매체에 대한 키치적 매혹과 펑크(punk)적 소비의 병행 속에서 지성과 저항, 분노와 무력감이 뒤섞인 스타일의 '브리콜뢰르(bricoleur)'로 스스로를 위치시켰다. 이들의 모국어의 대상화, 아니 차라리 '방언'으로의 전유는 기호의 맥락을 변경함으로써 그것을 다른 기호/의미로 작용하는 형질변경 정도에 그치지 않는다. 진중권의 통찰을 빌리건대, 이들의 텍스트는 세계에 대한 기호 작용을 재현의 의무에서 해방시켜, 텍스트 속에 내재된 다양한 해석 가능성들의 놀이, 다시 말해 '시뮬라크르의 유희'를 시의 일상으로 구조화한다.

이 기호 제작소 속 서정학의 위치는 어디이며, 주어진 것을 새 것으로 변용, 편집하는 브리콜라주(bricolage)의 기술(art)은 무엇인가. 서정학의 『모험의 왕과 코코넛의 귀족들』이 출간될 당시 독자대중의 분위

---

7 함께 읽을 서정학 시집은, I : 『모험의 왕과 코코넛의 귀족들』, 문학과지성사, 1998이다.

기는 역시 양가적이었다. 의도된 B급 상상력의 과잉과 현실 재현의 거부가 유희적 탈중심의 흔적만을 남긴다는 비판적 견해가 그 하나다. 다른 하나는 비유컨대 "크롬과 플라스틱으로 가득 차 있기는 하지만 텅 비어있는 부르주아적(테크니션적–인용자) 삶의 스타일"을[8] 경쾌–우울하게 재구성해냈다는 환호성이다. 과연 서정학의 감수성과 스타일은 본질적으로 탈구축적이고 아이러니하며 자기인식적인 성질이 두드러진다. 이를 개성화하는 언어 전략은 크리스테바가 언젠가 말한 '의미화의 실천', 곧 "한 기호들의 체계를 설립하거나 횡단하거나 단절시키는 것"에 대체로 방불하다.

도마 위에 파, 랗게 누워 있다. 왼손으로 지그시 목 부분을 누른다. 오른손의 식칼, 날, 이 하늘을 향해 있다. 이마에 흐르는 땀, 목 뒤가 뻐근하다. 도마 위에 파, 가 놓여 있다고 생각하자. 파, 랗고 길쭉한, 아주 평범한, 파, 시계가 열시를 알렸다. (…중략…) 이건, 파야, 파, 입으로 중얼거려본다, 한 번에, 잘, 잘라야, 해, 아니 파를 썰 듯이 잘라내면, 도마를 쳐다볼 수 없다, 벌써 열시다, 이것을 잘라야만 한다,

—「파」 부분(I : 11)

자아가 자르려고 하는 대상은 무엇인가? 맥락상 그것은 '파'일 수도, 닭일 수도, 아니 아예 세계거나 언어일 수도 있다. 주체와 대상, 행위와 환경의 불일치 혹은 균열은 「파」의 방법과 목적이 "마음의 동요와

8 딕 헵디지, 이동연 역, 『하위문화–스타일의 의미』, 현실문화연구, 1998, 157면.

형태의 변경”[9]을 현현하는 데 있음을 암시한다. 의미에 대한 예측불가의 조합과 고착불가의 유동이 기표작용의 핵심임은 대상의 불확정성과 이질적 기호들의 잠행에서 뚜렷하다. 물론 이때의 기의의 미끄러짐은 기존 의미의 파괴와 전복보다는 그에 대한 혼선과 중첩의 형식을 띤다. 말하자면 그의 실천은 그것이 무엇이든 그것을 무엇이라고 가정해야만, 아니 주관적으로 획정해야만 가능한 것이다. 그 의미형식들이 부재와 삭제가 아니라 다중과 중첩으로 자꾸 미끄러질 수밖에 없는 이유들이며, 언어의 혁신보다 스타일의 창조나 구성으로 휘돌아 나아가는 까닭이기도 하다.

그 혼선과 중첩이 방기될 때 “배도 고프지 않다 숨도 쉬지 않는다 / 무얼 볼 수도 없다 들을 수도 없다 / 생각하지도 않는다”(I : 17)는, 사막으로 변성된 사후(死後)적 · 탈구(脫構)적 주체가 집단적으로 출몰한다. 물론 이것은 미학적 사실이 아니라 언어적 효과라는 점에서 아이러닉한 세계 / 자아 인식의 예외적 실천에 속한다. 주체와 타자, 현실과 꿈(환각), 실재와 허상 같은 대립적 관계항들이 투사(project)의 형식이 아니라 상실과 소멸, 해체의 형식으로 텍스트에 호출되는 것도 이와 관련 깊다.

창가에 쟁반 같은 둥근 보름달이 뜨고 드라큘라(♂)는 달을 보며 짖는다
잠을 잘 수 없다 집으로 데려오고 먹이를 주지 않았다 나는 서랍을 뒤져 면도

9 위의 책, 145면. ‘파’를 단독화하는 단어와 문법요소의 단절과 해체, 그것의 기호적 실현인 스타카토식 배열과 쉼표의 잦은 착점은 의미의 곤란과 그에 따른 말의 더듬거림을 환기한다.

칼을 꺼낸다 종이컵을 받쳐놓고 손목을 긋는다 장미 같은 피, 얼음 같은 피, 아아 나의 쓸모없는 피! 한 컵 받아서 드라큘라(♤) 앞에 조용히 내민다 쩝쩝 대며 한 눈으로는 날 힐끔거리며 맛있게, 먹는다 나는 흰 천으로 손목을 감싼다, 믿거나 말거나 이렇게 싼 흡혈귀는 본 적이 없다 (싼 게 비지떡이다)

—「믿거나 말거나, 따분한 오후의 낮잠」 부분(I : 49)

'꿈'은 세계 의미와 인간 욕망, 그를 조직하는 기호들이 조리 있게 분열하고 두서없이 통합되는 "믿거나 말거나"의 공간이다. 이 텍스트의 다른 공간을 차지하는 "전화"든 "모가지가 아파서 슬픈 김씨"든 낮잠을 방해하는 '파리'든 관계 구성과 의미 소통, 합리적 식별이 불가한 대상들은 주체를 "매일, 매일을 진지한 얼굴을 하고 살아갈 수는 없"는 '변명'(I : 〈표4〉)의 존재로 내몬다. 그러므로 "드라큘라"가 스산한 유령인지 불쌍한 강아지인지, 아니면 우스꽝스런 나의 분신인지는 전혀 중요하지 않다. 서로에 관한 의미화의 실천이 자아들의 수혈, 곧 타자를 향한 희생과 소멸로 성취된다는 이상한 가역반응이 오히려 문제의 핵심이다. 피(주체)를 수혈하고 피(타자)를 수혈 받아 이질성과 변이성의 삶을 영위하는 존재는 '드라큘라'도, 그에 습격당할 불행한 '나'도 아니다. 그 권리를 새롭게 부여받은 자는 명명될 수 없는 '드라큘라-강아지-나', 그러니까 새로 구성되고 생성된 "싼 게 비지떡"인 존재이다.

이 '괴물'은 공포를 조장하기는커녕 비웃음과 유희의 대상이라는 점에서 중세 카니발의 희화화된 광대를 연상시킨다. 웃음도 웃음이지만, 이들이 생산하는 결정적 국면은 수혈하고 수혈받는 육체적 드라마의 사건 속에서 '나'와 '흡혈귀', 그 합을 초월하는 "비지떡" 들의 삶의 시작과 끝이 긴밀하게 얽히도록 한다는 사실에 있다. 그런 의미에서 "비지떡"으로 의미화된 '괴물'은 결코 완성되거나 종결되지 않는 '그로테스크한 몸', 다시 말해 "언제나 세워지고, 만들어지며, 스스로 다른 몸을 세우고 만드는" '생성하는 몸'[10]이라 할 만하다.

헌데 문제는 명명의 불가능성이라는 말이 의미화의 부재를 뜻하니, 우스꽝스런 "흡혈귀"나 "비지떡"을 "믿거나 말거나" 할 일 자체가 성립되지 않을 수도 있다는 사실이다. 이 싸구려 존재는 그래서 위대한 동시에 위험하다. 의미의 현존과 소멸을 욕망하는 자들 모두에게 "공짜로 영원한 생명의 기계몸을 주는"(I : 51) 유일한 자이기 때문이다. 영원한 '기계몸'을 부여한다는 것은 과연 무엇을 뜻하는가? 전자문명을 감안하건대 "프로그램에서 : 나의 역할은 신이다" 쯤으로 이야기될 수 있을 것이다. '낮잠'과 텍스트 속의 우스꽝스런 '괴물'을 의미형식과 내용, 스타일의 최종 결정권자로 가치화할 수 있는 유력한 언명인 것이다. '드라큘라-강아지-나'의 다중 조합과 유동 속도에 의해 그것의 변이 족속들은 "신의 종족 곧 나의 인간들"과 "악마의 종족 인간들"(I : 76)을 넘나들며 그 어떤 흔적과 예측도 거절하는 "비지떡"들로 여기저기 돌려지고 팔릴 것이다.

영원한 '기계몸'은 따라서 미지의 주체에 의해 조정되는 사이보그 정도로만 상상되거나 획정될 수 없다. 그것은 차라리 어떤 기호체계들의 설립과 횡단, 해체를 위해 스스로를 연속적 변이 속에 던지는 탈구축의 '언어-기계몸'일지도 모른다. 피를 할짝대는 괴물의 위대성이 수혈하

10 미하일 바흐찐, 최건영 외역, 『프랑수아 라블레의 작품과 중세 및 르네상스의 민중문화』, 아카넷, 2001, 493면.

는 인간을 위기로 몰아넣는 순간이 여기 어디쯤 존재할 것이다. 이 괴물은 그런 의미에서 "정의(正義)를 위해 싸"우는, "감상적, 군국적, 파벌적" "울트라맨 / 지구의 수호신(守護神)"(I : 55)과 정반대의 자리에 놓인다. "울트라 맨"도 '기계몸'의 일종이겠다. 그러나 이 자는 힘에 의존한 구원의 책략에 능숙할 뿐 자기 피를 흘려내는 죽음에의 연대와 대체로 거리가 멀다는 점에서 오히려 저 괴물보다 훨씬 덜 인간적이다.

하지만 그것의 허위성을 탐문하던 "모험의 왕"(시인)이 '괴물'의 의미화 실천에 대한 백서 작성을 중단한 지금, 우리는 "나의 쓸모없는 피"가 흘러들어가야 할 타자를 알지 못한다. 그 위험천만한 '괴물'들의 이야기를 기록한 ""독화살에 맞은 바람의 사야"(하편에 계속)"(I : 85)이라는 광고가 실현되기를 원하는 까닭이 여기 있다.

이원—그들이 지구를 지배할 때도 신성성은 필요하다

신성성(神聖性)은 충만과 숭고의 형식이기도 하지만 결여와 패배의 산물이기도 하다. 신에의 대적이나 신성모독 따위는 대개 인간의 완벽성과 절대성에 대한 오만한 맹신에서 비롯한다. '인간적'이라 함은 존재의 한계를 신성에 기대거나 그 권위를 빌림으로써 돌파하려는 약자의 절박함의 다른 표현일 것이다. 하지만 근대 이후 인간중심주의는 세계의 성찰과 자아 기획의 궁극적 모본-신(神)을 잉여가치 생산에 적합한 것으로 세속화하기에 바빴다.

예컨대 몰락한 신성에 맞서 능산의 인간형을 위대한 창조자로 가치화했던 셸리나 니체도 이 범주에서 아주 벗어난다고는 할 수 없다. 그러므로 '제2의 입법자'니 '위버멘쉬(Übermensch)'니 하는 능산적 인간형의 호명 역시 신의 부재와 무능을 설파하는 검은 주술로 얼마든지 파악될 수 있다. 하지만 도구적 합리성에 맞서 다양한 가치를 생산하는 자율적 개인의 탄생과 성장을 독려한 이들은 과연 신의 적대자이거나 신성의 파괴자들인가. 전자문명의 기술복제가 일상화된 시대에 이들의 글쓰기는 신성에 맞먹는 것, 즉 순간적으로 나타났다 사라지는 대상의 일회적 현존성을 향한 가없는 그리움으로 재해석될 수 있다. 어쩌면 이들은 작품 혹은 텍스트에 불현듯 재귀하는 일회성과 지속성의 아우라를 종교적 이미지에 버금가는 '의식(儀式)가치'[11]로 입법하려는 자발적 투기자(投企者)들이었는지도 모른다.

"클릭 한 번에 한 세계가 무너지고 / 한 세계가 일어"(II : 42)[12]서는 가상현실의 범람 속에서 신성 혹은 본래의 아우라를 욕망한다는 것은 어쩌면 시대착오적이다. 하지만 "별 하나는 / 그러나 우리의 자리에 묻힐 것이다"(II : 9)에 보이는, 운명에의 예의 같은 것 없이 '클릭질'에 종사하는 짓은 비할 데 없는 폭력이자 퇴폐일 것이다. 이원이 아래와 같이 "유목 물품을 파는 대형 쇼핑몰"의 "미로에서 달마를 만나"는 기이한 행적에 대해 애면글면 기록한 것도 그에 대한 예외적 자의식 때문일 것이다.

---

11 발터 벤야민, 「기술복제시대의 예술작품」, 반성완 역, 『발터 벤야민의 문예이론』, 민음사, 1992, 206~207면.

12 함께 읽을 이원 시집은, I : 『그들이 지구를 지배했을 때』, 문학과지성사, 1996, II : 『야후!의 강물에 천 개의 달이 뜬다』, 문학과지성사, 2001이다.

장엄한 것은 여전히 신이다 신은 장엄하다 붉은 만장 하나가 든 가죽 주머니를 들고 신전의 무인 주차 계산소로 가 주차권을 넣는다 7시간 32분이 지나 있다 s가 그곳에 얼굴을 들이댄다 오백 년 전의 거울 속으로 상여가 지나간다 요령 소리는 순식간에 신품종처럼 파종되고 있다 그는 진짜 달마였을 것이다 그가 달마가 아니라면 달마 카피는 어디에 있는가 s가 뒷걸음을 치며 말한다 전망이란 벽에 뚫어놓은 창이야 열 수 있거나 없거나 창이라는 틀이 중요해 우리에게 지금 필요한 것은 전망이야

—「미로에서 달마를 만나다」 부분(II : 18)

쇼핑 후의 단상을 적은 "**전망, 출구**"의 일부분이다. "**신전, 입구**"(강조—원문)에서 시작된 전자문명 시대의 자본과 상품 소비에 대한 서사의 핵심은 그것을 종교행위로 치환한 것에 주어질 것이다. '진짜 달마-거울'과 '달마 카피-현실'의 이항대립이 지시하듯이 '진짜 달마'가 되레 환영 혹은 시뮬라크르적 존재인 것이다. 기술복제품이 '의식가치'를 참칭하는 세계 상실의 시대니만큼 아우라 붕괴의 현실은 전시가치 / 상품가치가 극대화된 이미지나 형체로 현현된다. 이 때문에 's'와 '나'가 전망을 갈급하지만, 그들이 "걸어온 시간이 순식간에 지워지고" "끊긴 길인 발자국이 시간의 벼랑을 두리번거"(II : 18~19)리게 되는 것이다. 미당 서정주의 시를 빌리건대, "길은 항시(恒時) 어데나 있고, 길은 결국 아무데도 없"(「바다」)는 아이러니가 편재한 형국이다.

그러니 신성이 강림하거나 현현하는 존재 본래의 '생성하는 몸'이 "웹 브라우저를 내장"한 말 그대로의 '기계-몸'의 신민으로 식민화되는 것은 필연이다. 바벨탑에 올라선 인간들은 식민의 현실을 세팅한

‘기계-몸’에 “신이 몸 속에 살게 되었”(II : 12)다고 숭고화함으로써 식민주의적 의식을 합리화한다. 그것의 조직화 및 자연화 과정을 착란의 형상으로 탁월하게 전유하는 다음 장면들을 보라.

> ① 프레스센터 20층 멤버스클럽에서 점심을 먹는다. 셋트 B. 이태리 음식이다. 피아노 연주. 음식이 나를 우적우적 집어삼킨다. 나의 이곳저곳은 자꾸 물어뜯겨 잘려나가고 창밖의 서울, 빌딩은 그래도 건재하다. 바람이 불어도 흔들리지 않는 빌딩. 나무들만 온통 흔들린다
>
> —「내 집처럼, 낯설게」 부분(I : 62)

> ② 더 이상 신전은 몸 밖에는 없어. 이제 낮과 밤은 몸 속에서 만나고, 낮과 밤은 몸 속에서 헤어지고. 신들은 내 몸을 로터스 꽃처럼 먹고 꾸역꾸역 자라. 몸은 구멍투성이야. 신들의 취미는 피어싱. 구멍은 신들의 수유구. 아니면 주유구. 세상은 구멍이야. 만개하는 몸이야. 열리고 닫히는 몸
>
> —「몸이 열리고 닫힌다」 부분(II : 12)

폐허의 ‘몸’과 충만한 ‘몸’, 퇴폐적 일상과 생성적 우주. 이런 대립쌍은 현실과 환각, 실재와 시뮬라크르의 관계를 전도시키는 한편, ‘아름다운 가상’의 육체가 얼마나 허구적이며 또 권력적인가를 동시에 표상한다. 자기 몸을 낯설어 하는 자는 그것의 성찰체와 지향체로서 신성(한 몸)을 희원할 줄 안다. 물론 여기에는 신성에 들씌운 순간 세속화된 몸의 치명적 도약 역시 도래한다는 경험적 자각이 전제되어야 할 것이다. 하지만 이 경험은 결핍과 한계에 함입되어 있는 자의 몫이지 신성을 제멋대로

모사·복제하여 숭고화하는 물신주의자의 것이 아니다. 이런 의미에서 ①과 ②는 이 존재의 원리와 윤리가 말 그대로의 '기계-몸'에 의해 전도되고 조작되는 과정을 도상화한 것이라 해도 좋을 것이다.

②의 '몸'이 환기하는 바는 분명하다. 몸 여기저기 뚫린 '구멍'은 신성의 통로가 아니라 그것이 폐색되고 누수되는 파멸의 틈새다. 이 '몸'은 따라서 가상현실에 대한 맹목적 추종자들의 형상일뿐더러, 전시가치와 상품가치를 최종심급으로 조직하고 표상하는 '지금·여기'의 환유체이기도 하다. 저 '신', 아니 물신=역신들이 단절도 조작도 불가능한 "늘 어딘가에 꽂히고 싶은 플러그"를 가설 중인 우리들의 '몸'은 생성은커녕 죽음조차 허상인 "전자사막의 첫 입구"(II : 60, II : 61)로 불려 전혀 이상할 것 없는 이유다.

'폐절하는 몸'의 '생성하는 몸'으로의 아이러닉한 전유는 그러나 말세의 희탄이나 묵시록적 암울을 흩뿌리기 위한 수사학적 장치가 아니다. 시인의 말을 빌린다면, "어떤 사람이 뿌리에 관한 욕망 속에서 산다면, 나는 뿌리에 관한 욕망을 지워버린 욕망 속에서 산다"(II : 〈표4〉), 그러니까 '뿌리'에 대한 환상과 의미화의 이전 / 이후로 포월(匍越)하기 위한 방법적 폐절인 것이다. 미지의 생성으로 나아가는 부재하는 본질로서의 '뿌리'는 본원적 세계가 발산하는 아우라의 지속적인 재귀를 유연하고 빈틈없이 빨아들임으로써 인간의 궁극적 패착 '기계-몸'의 세계를 부식시키고 해체한다. 하지만 최후에는 그것들을 '뿌리'의 세계로 둥글게 함입함으로써 오히려 폐절된 '기계-몸'의 자발적 기억과 기록을 보존하고 완성하는 것이다.

이즈음에서 '신성'은 위에서 절대자가 부어내리는 것만이 아니라 미약한 창생들(아래)로부터 길어올려지는 것이기도 하다는 인식의 전환이 가능해진다. 이에 대한 경의와 외경 없이 "오백 년 전의 거울 속" "상여"의 "요령 소리"(II : 18)가 "거울의 허공은 몸의 기억을 켜는 법이 없어 나는 소리의 깊이가 되어"[13]가는 존재의 혁신은 도대체가 불가능할 것이다. 제각각의 "소리의 깊이"가 쟁명하면서 파랗게 요령을 울려대는 세계수(世界樹)는 신성하며 또한 인간적이다. 이 광경을 엿보거나 신뢰하는 자는 "비로소 내 몸의 고생대가 시작되고 있다"(II : 72)고 감히 고백할 만하다. 이 뒤늦은 과거는 소리가 깊어지는 만큼 '텍스트-침묵'의 잠재성과 개성 역시 더욱 쟁쟁해지는 복합적 공명 지대가 아닐 수 없다. "전자 사막"의 제로지대가 벌써 열리기 시작했다는 징후적 독법은 그래서 가능한 것이다. 과연 시인은 "전자 사막 밑으로 황하가 흐른다"(II : 52)라며, "소리의 깊이"를 벌써 주의 깊게 살고 있지 않은가.

성기완—시는 쓰는 것이다, 아니다 지우는 것이다

1990년대 초중반 거대담론과 냉담한 이래, 현대시의 핵심 과제 중 하나는 주체의 주관과 의지에 따라 세계를 통합하고 질서화하는 은유의 과잉권력에 대한 성찰이었다. 은유적 언어체계에의 신념과 애정은 세계 / 타자로의 하방(下方)과 개방보다는 시인 / 자아로의 집중과 폐색은 '현실-발화'의 단색 음성을 시 텍스트의 주조음으로 유인하는 시학

13 이원, 「나는 그러나 어디에 있는가」, 『세상에서 가장 가벼운 오토바이』, 문학과지성사, 2007, 51면.

적 권위였던 것이다. 세계를 향한 갈라진 목소리와 균열된 이미지, 이 혼돈에 무력하게 함입되는 주체, 소외를 유희로 전유하는 성장 중지의 어릿광대 자아들의 집단 출몰. 이 2000년대적 현상은 텍스트에서 힘센 은유의 주체를 지우는 한편 그 주체가 부재하다는 흔적을 피로(披露)하기 위한 일종의 '만들어진 방언(方言)'의 기획이었다.

이 '방언'의 발명과 실천은 저자(author)로서 기존의 시인의 위치에 균열을 가하고, 그가 행사하는 언어적 권능의 허구성을 확증하려는 위험한 자기파괴로의 안내였다. 푸코의 '저자의 죽음' 담론, 즉 "작가의 흔적이란 그가 부재하다는 특이성에 불과하다. 작가는 글쓰는 놀이에서 죽음의 역할을 떠맡아야 한다"는 언명에서 '작가'를 '시인'으로 대체해도 전혀 무방한 것도 이 때문이다. 아감벤은 푸코의 이 말을 "개인이 죽은 자의 자리를 차지하고 있다는 것, 자신의 흔적을 텅 빈 장소에 남겨놓는다는 것"[14]으로 변용함으로써 그것을 저자와 독자를 넘어 존재 일반의 새로운 '주체성' 생성 / 소멸의 계기로 끌어들였다.

물론 이 말은 개인들의 근본적 한계, 다시 말해 저자와 독자가 작품 속에서 자신이 표현되지 않은 채로 있다는 조건에서만 작품과 관계를 맺는다는 불투명성과 불확정성을 강조하기 위한 것이다. 이 시대의 불온한 시는 여기서 탄생하고 또 위치되는바, 하지만 그것의 기원은 텍스트도 저자도 아니고 저 불투명성을 향유하는 동시에 멀어지는 '몸짓'이라는 것이 아감벤의 주장이다.

거대담론과 불화하는 2000년대의 삼촌들 가운데 이런 주체성의 고

14 조르조 아감벤, 김상운 역, 「몸짓으로서의 저자」, 『세속화 예찬』, 난장, 2010, 94면. 앞서 인용한 푸코의 말(「저자란 무엇인가」 소재)도 같은 지면에서 가져왔다.

안과 실천에 가장 래디칼한 태도와 의지를 보인 시인은 아무래도 성기완이겠다. 그는 첫 시집에서 "말의 여러 국면들을 보여주고 싶었다"(I : 〈표4〉)[15]라고 적었다. "그 액자들을 따라 회랑을 걷다 보면, 저절로, 액자들의 흐름 속에서 말의 흐름이 생긴다. 말의 흐름은 필연적으로 이야기가 된다"(II : 〈표4〉)라고 말한 것은 5년 뒤의 일이었다. 표면상으로는 '시인의 (권력의) 죽음'보다 말을 향한 권력의지를 더욱 요청하는 고백처럼 들린다. 물론 말에의 권력의지가 없다면 헤롤드 블룸의 '시적 영향에 대한 불안'이니 '자각자로서의 강한 시인'이니 하는 시인됨의 기초명제는 아예 성립하지 않는다.

문제는 그러므로 말에의 권력의지 자체가 아니라 그것을 실천하는 한편 그것을 다시 타자화하는 방식이다. 나는 성기완의 여정을 아감벤을 거듭 빌려 "저자와 독자가 텍스트에서 그들 자신을 향유하는 동시에 그로부터 무한히 멀어지는" '몸짓'[16]의 현현에 있다고 말하고 싶다. 첫 시집을 연극적 흐름을 참조한 스토리텔링의 구성에, 다음 시집을 그와 유비적 관계를 형성하는 스토리, 다시 말해 "유리 이야기"를 "초록 고무 괴물"이 지워나가는 방법의 구성에 둔 것도 이 '몸짓'을 저자와 독자가 동시에 감당하도록 하기 위한 조치인 것이다.

> 어니는 조금 늦게 도착했다 그러나 덕순은 괜찮았다 기차는 제시간에 떠났다 우리는 기차에 올랐다 기차는 천천히 출발했으나 이내 쏜살같이 달리기

15 함께 읽을 성기완 시집은, I : 『쇼핑 갔다 오십니까』, 문학과지성사, 1998, II : 『유리 이야기』, 문학과지성사, 2003이다.

16 조르조 아감벤, 『세속화 예찬』, 난장, 2010, 103면.

시작했다 노래들이 머릿속에 떠올랐다 어니가 먼저 말을 꺼내기 시작했다

(…중략…)

—끝이지 자르고 섞어 cut & mix 삭히지 않고 토막낸 익명의 살점들처럼 튕겨다니는 그 리듬들 하나하나가 다 쉼없이 목숨을 좇는 우리 의식의 붉게 켠 눈동자들이지

—이젠 마음의 창이 맑아지는 걸 기대할 수 없어 차라리 날마다 즐겨 너무 게걸스럽지는 않게

—「I. 길, 스팀」 부분(I : 11)

이 장면을 두고 한 세기 전 최남선의 『경부텰도노래』(신문사, 1908)를 떠올려도 괜찮겠다. 바람같이 달리는(그래야 겨우 시속 20킬로미터 남짓이었지만) 신기관차에 올라탄, 남녀노소와 내외국인, 즉 내외친소(內外親疎)가 다 같이 익혀 지내"는 "조그마한 딴 세상 절로 이"룬 풍경. 그러나 "어니"와 "덕순", "우리"는 이 '풍경'을 찬양, 재현하기 위해 다시 모이지 않았다. 정반대로 "삭히지 않고 토막낸 익명의 살점들처럼 튕겨다니는 그 리듬들"을 제멋대로 이야기하고 듣는 상호 저자-독자의 관계로 이별하기 위해 만난 것이다.

성기완은 『쇼핑 갔다 오십니까』를 총 4부로 구성하되, 시집 전체의 서시를 두었고 각 부를 사계(四季)의 순서로 배열했다. 물론 사계를 지시하는 4편의 시들이 각 부의 서시로, 그와 동일한 제목의 시들을 또 계열 항목으로 배치했다.[17] 매우 촘촘하고 치밀한 시의 구성과 배치는 "조그마한 딴 세상"을 절로 환기시킨다. 하지만 이 글쓰기는 존재와 세

계, 일상을 "자르고 섞어" "삭히지 않고 토막낸", 정체불명의 잡종들을 무한증식하기 위한 정교한 부조리 생산의 장(場)으로 주어진 것이다.

가령 각 부의 서시들에는 일반의 언어와 구성의 문법으로 보자면 요령부득인, 파편적이며 자동기술에 가까운 말들, 그러니까 "말의 여러 국면들"이 병치되어 있다. 그러나 난립의 장은 "우리 의식의 붉게 켠 눈동자들"의 유연한 흐름(리듬)으로 음성중심주의적 세계를 탈내려는, 매우 의식적인 언어충동의 산물이다. 시집 곳곳에 산견된 선행 텍스트와 각종 문학예술 장르, 대중문화, 그리고 현실역사에 대한 지식에 더해, 그것의 교묘한 전유와 재구성은 성기완식 말들과 리듬들이 냉철한 지적 구성물임을 짐작케 한다.

① 영화 감독 지망생 영규는 지난번에 산 8밀리 무비카메라가 쓸모 없어지는 바람에 그걸 팔러 외출한다 (…중략…) 하층 사람들의 동물 냄새 나는 활기에 새로운 삶의 의욕이 솟아나는 것을 느끼면서 영규는 이곳저곳을 기웃거리는데…… (p.76에 계속)

—「볼 만한 티브이 프로 1」 부분(I : 27)

② — 요한 비요트르 1세 이성출 로버트 호모 캐롤 장로 FUCK 나의 나의 나의 아버지는 이미 지옥의 저편에서 통곡의 벽을 짚고 백두산 자락의 돌

17 차례로 「서시」 「I. 길, 스팀」 「II. 여름, 장마」 「III. 지도, 가을」 「IV. 겨울, 어지럼증」이 그것이며, 각 부에는 동일한 제목의 텍스트가 다시 등장한다. 물론 두 텍스트의 친연성은 의식적으로 배제되어 있다. 가령 본문의 「길, 스팀」은 "이젠 잊혀진 입김이 될 건가 / 말 건가" 하고 말하는 2행뿐이다. 하지만 다른 시들에서와 달리 계절명이 적시하지 않은 '봄'의 분위기가 재치 있게 현상되고 있어 인상적이다.

벤치에 앉아 운무에 휩싸여 누가 당신에게 그걸 주었는지 제발 내게 이 씨
팔 실을 잣는 어머니의 무심함과 거기 엉켜 정신없이 헤매는 것 그 운명을
왜 내게 주고 사라졌니 거울아

—「幻生, 혹은 죽음에 이르는 병」 부분(I : 69~70)

이 시들은 먼저 작성되고도 시집에서는 뒤에 씌어진 조감도 / 안내문들(각 부의 서시)의 계열체로 재배치되었다. 하지만 창작과 배치의 전후가 서로의 선후와 우열을 결정짓지 않는다. 영규와 지미 핸드릭스[18]는 계급과 인종적 국면에서 소수자이지만, 그런 역사현실에 대한 문화적 저항과 방언의 생산에서는 진보주의자다. 물론 이 말을 예술의 정치화 같은 것으로 좁혀 이해할 필요는 없다. 저자와 독자, 공연자와 관객을 동시에 가로지르는 말과 혼종적 주체에의 자유의지가 관전의 핵심인 것이다.

'영규'는 황지우의 시에서 TV드라마의 주인공이었다면[19] '지금·여기'에서는 드라마와 현실 모두의 그것으로 재정립되고 있다. 영규의 건전성에 맞서 지미 핸드릭스는 '타락의 형식' 자체를 공연 중이다. 분열적이며 다중적(多重的)인 주체를 성찰과 표현의 대상으로 삼는 한편

18 ②는 「幻生, 혹은 죽음에 이르는 병」의 '3. 자유로운 돌(stone free) — 지미 헨드릭스의 경우'의 일부이다. 성기완은 첫머리에 "＊일러두기 : 이것은 타락의 한 형식이다"라고 적어두고 있다.

19 신문이나 잡지 따위에 게재된 TV드라마 예고를 '시적인 것'의 주요 형식으로 처음 끌어들인 것은 황지우의 「숙자는 남편이 야속해 — KBS 2 TV · 산유화(하오 9시 45분)」(『새들도 세상을 뜨는구나』, 문학과지성사, 1983, 85면)이었다. 그는 2연에 지저분한 화장실 낙서를 따다 붙임으로써 당대 현실의 지리멸렬함과 세속성을 마음껏 폭로하고 조롱했다. 이에 반해 연작시 「볼 만한 티브이 프로 1~4」는 영화감독 지망생 영규의 좌절과 실패를 빽판과 원판 레코드를 찾아 하릴없이 순례하는 이야기를 통해 그려내고 있다. 시인의 예술가적 자의식이 짙게 묻어나오는 시편으로 보아도 무방할 것이다.

자아를 "어니"와 "덕순", "우리"가 교잡된 혼종의 산물로 구성한다는 점에서, 이때의 '타락'은 윤리의 범주를 이미 뛰어넘는다. 요컨대 ①과 ②의 주체로는 누구라도 기입될 수 있지만 동시에 그 누구도 자리할 수 없다. 이런 '타락', 주체 상실의 결정적 국면은 '말씀'의 중심 '아버지'가 온갖 잡스러운 것들과 등가관계를 형성함으로써 반드시 참조해야 할 모본(模本)의 권위를 상실하기에 이르렀다는 점이다. 시인의 판단을 존중한다면, '아버지'의 오래된 '거울'에 부과되었던 재현(모방)의 권위는 이제 잃어진 것이며, 이 담론을 지탱했던 필연의 합리성과 우연의 조악성이란 서열적 체계 역시 시대착오적인 것이다. 이로부터 "환생"과 "죽음에 이르는 병"이 신과 인간, 실재와 언어(기호) 따위 모두에게 대쌍의 관계를 형성하기에 이른다.

그런 점에서 "초록의 고무 괴물"이 그 주인 "유리의 일기장"을 깨끗하게 지워나가는 과정을 그린 『유리 이야기』는 제작되기 전에 벌써 상연 완료된 특별한 형식의 글쓰기라 하겠다. 이 공연장에서 "유리"가 "어니"이자 "덕순"이고, 또 "나"라는 사실은 따로 특기할 필요조차 없다. "초록의 고무 괴물"은 물론 이들의 특이한 언어적 주체성 현현에 빼놓을 수 없는 생산적 안타고니스트에 해당된다. "고무 괴물"의 지움은 저 주체들이 "아무런 유보 없이 스스로를 언어활동 속에 향유하면서도 자신을 언어활동으로 환원하는 것이 불가능"[20]하다는 사실을 전시하고 입증한다. 드라마의 형식과 구조, 서로 다른 목소리와 몸짓의 혼재 및 미분화, 환상과 현실의 넘나듦 따위에서 발생하는 잡음과 불

20 조르조 아감벤, 『세속화 예찬』, 난장, 2010, 105면.

연속성은 그 언어활동의 양가성을 실현하는 주요 장치들이다.

이 잡음과 불연속성은 이미 『쇼핑 갔다 오십니까?』의 현실이었다. 그러므로 굳이 "괴물"과 "유리", "나"의 엇갈리는 아찔한 연정과 연민, 건조한 분열과 이별의 함입 현상을 다량 제시할 필요는 없을 듯하다. 그 연애의 (연기의) 끝을 함께 관람하는 것으로 이들의 불운과 자유가 겹겹이 축적된 '정든 유곽'의 순례를 다하기로 한다.

> (자막이 올라가는 동안) '정말 순간순간 몰입했던 것 같아요 이제 어떻게 유리를 버리지요 아니 나를' 하얀 침대 위에 하얗게 탈색된 유리의 시체가 놓여 있어 바람이 부드럽게 커튼을 춤추게 하고 유리의 머리칼을 쓰다듬어 유리는 바람을 느껴 오해였어 왜 그렇게 받아들이지 '컷!'
>
> —「48」 부분(II : 84)

"당신이 시나리오를 가져오는 걸로 시작하는 시를 쓰겠어"(II : 10)라고 말한 것은 "나"였지만, 시집의 궁극적 완성자는 일기장과 함께 삭제된 "유리", 그녀를 지워간 "초록 고무 괴물"이다. 이들과 뒤섞이는 과정에서 "사랑하는 유리 나는 당신의 지우개"(II : 84)로 상징되는 "나"의 정체성이 발굴되고 성취되는 것이다. 새로운 주체성의 호명에 혁혁한 기여를 한 "초록 고무 괴물"의 소멸은 곧 "유리"와 "나"의 동시 삭제를 의미할 터이다. 삭제가 존재 이유로 돌변하는 이들의 삶과 행위는 특정한 의미나 가치를 포괄하는 언어활동으로 결코 환원될 수 없다는 점에서 비극적이다. 그저 유령처럼 그들의 리듬과 흐름에 따라 떠도는 것이 그들의 역사화의 형식이자 존재론적 운명일 것이다.

그러나 단일한 목소리를 거절하는 언어활동은 즉자적 현상을 부수는 한편 주체와 타자의 의외적 현존을 파생하는 '텍스트-침묵'의 지평을 더욱 심화한다. 지워지는 주체가 더할 나위 없는 행운으로 반전되는 대목인 것이다. 시인이 언어활동 자체를 모노드라마의 형식, 그러니까 "일정하게 흐르는 시간을 (나와 유리, 초록 고무 괴물의—인용자) 공간에 관한 회상으로 대체"(II : 〈표4〉)해야만 했던 이유도 이와 관련 깊다. 지워지는 이야기 공간 속에 놓임으로써 세 존재는 축소되고 분리된 상태를 벗어나 "서로가 서로를 쓰는 관계 속"으로 현존하게 된다. 그러니 다시 바꿔 말해야겠다 : 시는 지우는 것이다, 아니다 쓰는 것이다.

함께 읽어본 네 시인의 '텍스트-침묵' 시편들은 '포스트(post)' 시대에 걸맞은 내용 못지않게 그것을 구현하는 형식의지로 울울하다. 형식의지는 단지 기교에의 욕망과 충실성을 의미하지 않는다. 일찍이 이상(李箱)이 언명했듯이, 그것은 절망으로 내달리는 지름길이다. 이 절망이 흔히 오해하는 것처럼 새로움의 수사학이 소진된 결과물이 아님은 물론이다. 기교, 그러니까 대상을 낯설게 뒤섞고 날카롭게 세공하는 언어활동은 세계와 존재의 잡음과 불연속성을 지속적으로 생산하기 때문에 통합적 개성과 원근법적 세계 조감의 예감을 아예 차단한다. 이에 따른 리좀(rhizome)적 사태, 즉 우발성과 다질성, 연속적 변이의 폭주는 언어활동을 충분히 향유하기 전에 벌써 언어활동의 불가능함을 예고하고야 만다. 언어활동의 좀비로 추방되지 않으려면 그 불가능성을 언어활동의 핵심 동력으로 재전유하는 수밖에 없다.

이수명은 부재하는 것에의 관계 맺음을, 서정학은 반란과 유희 속에서의 스타일을, 이원은 전자사막에서의 신성에 대한 성찰을, 성기완은 스스로 연기하고 그것을 지우는 말들의 흐름을 고유한 언어활동의 핵심으로 삼았다. 이것은 이들의 형식의지가 당대 현실에 대한 포괄적 · 추상적 접근이 아닌, 단속(斷續)적 · 물활(物活)적 접속 속에서 수행되고 있음을 뜻한다. 이 지점은 욕망의 분출과 좌절 사이에서 때로는 성장의 자발적 중지를 선언하며 의미 없는 수다의 언설에 빠져드는 어떤 젊은 시들이 유심히 참조해 마땅한 곳이다. 시적 성숙은 비명의 마구잡이 발화를 넘어 단말마(斷末魔)조차 침묵의 지평으로 삼투시킬 때야 찾아오는 법이다. 과연 이 무섭고 황홀한 침묵의 토포스(topos)는 어디에 존재하는가.

실상을 말한다면, 이 토포스는 어딘가에 이미 존재하는 것이 아니라 스스로 계발하고 창조해야 하는 부존의 영역일 것이다. 그런 의미에서 비유컨대 "유리의 일기장"과 "초록 고무 괴물"은 탄생과 성장, 죽음을 모조리 함께 하는 끔찍하게 우애 깊은 쌍생아들이다. 이들이 지속적으로 개척하는 시적 토포스의 네트워크는 우리 시에 아주 상이하며 중층적인 관계들의 상태를 작동시키는 원동력이 될 것이다. 끊임없이 생산되고 분해되고 역전되고 연결-접속될 수 있는 언어활동 속으로 자기(시)를 던지고 개방해야 한다는 것. 이 시운동이야말로 현실에서는 데면데면해도 괜찮을 삼촌과 이모와 조카들이 언어의 장에서는 사이좋게 공유해도 좋을 공동가치 가운데 하나일 것이다.

개성의 심연 혹은 언어의 바깥*

1980년대 산(産) 시인과의 대화

J형에게

연구실 몇 칸을 사이에 두고도 비 오는 내내 격조(隔阻)했습니다. 그럼에도 일의 경황없음을 핑계로 인사를 제대로 갖추지 못합니다. 거두절미하고 오늘은 1980년대 문학을 화두 삼을까 합니다. 과거사로서 1980년대 문학은 자유와 평등, 해방의 서사로 요약되어 무방하겠지요. 이 가치들을 두고 집단적 동일성의 창조와 개성적 차이성의 분산이 서로 경합했음은 주지의 사실입니다. 엄밀히 말한다면, 개성의 옹호가

---

* 함께 읽을 시집 목록입니다. 조인호, 『방독면』(문학동네, 2011); 이이체, 『죽은 눈을 위한 송가』(문학과지성사, 2011); 이우성, 『나는 미남이 사는 나라에서 왔어』(문학과지성사, 2012); 이혜미, 『보라의 바깥』(창비, 2011); 서효인, 『백 년 동안의 세계대전』(민음사, 2011); 박성준, 『몰아 쓴 일기』(문학과지성사, 2012); 김승일, 『에듀케이션』(문학과지성사, 2012). 본문에는 편의상 인용면만 제시합니다.

집단적 가치의 실현을 지원하고 보족하는 기우뚱한 연대의 실현이 경합의 본질일 것입니다.

수입과 이식으로 주장되기보다 내재적 발전의 결실로 선언되기를 희망했던 저 대문자 이념들은 그러나 1990년대 들어 아이러닉한 처지에 봉착하고 맙니다. 사회주의권의 몰락을 계기로 청산주의적 '후일담'의 대상으로 즉각 소환된 것은 무엇보다 1980년대의 혁명투쟁과 문학운동이었습니다. 이 당시 전면화된 미래 전망과 현실의 부정교합은 후일 '전향의 논리'로 표지(標識)될 법도 한 이념적 표현의 자발적 철회와 간교한 현실로의 백기투항을 그 제물로 악랄하게 요구했다면 과장일까요.

이후 '노찾사'의 해방가요가 이념공동체의 철지난 유행이자 소회로 후퇴하는 동안, 문학예술을 망라한 지식사회에는 시대와 경험의 세계적 동시성으로 포장된 포스트모더니티 발(發) 박래품들이 또 어김없이 척척 도착했습니다. 이를 기점으로 변방에 처해졌던 개성과 차이, 소수와 분산, 다양과 복합 등의 리좀(해체라는 용어 대신 관계의 수평적·자율적 재구성을 뜻하는 이 말을 쓴 의도를 헤아리시길)적 사유들이 복권과 귀환의 수순을 밟았지요.

이제야 고백컨대 이 편지는 첫 시집을 상재한 1980년대 산(産) 시인들에 대한 비평적 조감을 의욕합니다. 나와 그들의 연령차를 고려하면, 세대론적 대화의 요청이라는 게 옳을 겁니다. 헌데 나는 이들의 시계(詩界)로 바로 육박하지 못하고 아쉬운 지면을 기지(旣知)의 사실로 에둘러 왔습니다. 그 까닭이 아주 없지는 않습니다. 1980년대에 대한 기억은 집단적 희망에 구속당했던 내밀한 개성을 뒤늦게 구제하려는 되돌아봄이 아닙니다. 문학을 통한, 문학을 위한, 문학에 의한 가치지향은 결국 자기세대에 대한 기대와 책무의 설정, 그것의 언어화로 표상될 수밖에 없음을 강조하기 위함입니다.

유아의 1980년대는 청년의 1980년대가 겪은 양가적 체험, 즉 혁명의 열망과 실패한 이념의 환멸이 기이하게 갈등하고 교체하는 가운데 시작되었습니다. 이에 따른 그들의 불행은, 어슴푸레한 미래에 대해서라도 한 점 빛을 아끼는 과거와 현재는 시간의 미아로 돌려지기 마련이라는 평범한 진리에 지각한다는 사실이 아닐까 합니다. 현재의 특권화는 그러나 전통의 경량화와 개성의 무한구성을 자유롭게 파생했습니다. 전체성의 견지에서 포착되던 역사현실은 이에 따라 개아의 취향을 충족시키는 열린 선택지로 주어지게 됩니다. 두 개의 1980년대는 이처럼 그들 고유의 시간 경험과 구성력의 차이에서 결정적으로 갈라섭니다.

세대론적 개성은 개별 시(인)의 예외성이 문학사의 내부로 삼투될 때 비로소 발생합니다. 오늘날 이념적 지향을 막론하고 권력화한 말들의 퍼레이드로 가끔씩 조롱당하는 1980년대 문학들의 예외적 성취 역시 여기서 예외가 아니었지요. 이 당시의 예리한 영혼들은 1980년대에 출생한 시인들의 어려우면서도 친숙한 삼촌과 이모들로 여전히 활약 중입니다. 이후 조명될 조카들의 면면을 헤아리건대 이성복, 황지우, 김혜순, 최승호, 백무산, 황인숙, 기형도 등이 먼저 떠오릅니다. 고(故) 기형도를 제외하면, 이들의 대다수는 조카들에게 불우한 시대의 서정시의 책무와 역할을 스스로 웅변하는 중입니다. 그러니까 시대를 관통하며 '개성의 심연'과 '언어의 바깥'을 확장·심화하는 언어의 모험을 자기시의 부단한 갱신을 통해 실연(實演)하고 있다는 뜻이지요.

1980년대 산(産) 시인들의 미학적 영토에 대한 면경(面鏡)으로 사촌들 아닌 삼촌들을 앞세우는 방식은 J형의 의구심을 자아낼 듯합니다. 이것은 무엇보다 문학적 상속과 교체가 선조적인 진보의 방식이 아니라, 고(故) 김현의 말을 빌리면, "전통의 단절과 감싸기에 의한 변모"에 따라 진행된다는 사실을 강조하고 싶기 때문입니다. 물론 '단절과 감싸기'의 실현은 단순한 반복 이상의 변화, 그러니까 인정투쟁을 통한 불온한 교체를 전제하는 것입니다. 벌써 진행 중인 1980년대 시인과 1980년대 산(産) 시인 사이의 단절과 감싸기는 이런 점에서 흥미롭지요. 이후 문학사는 어중간한 취득세 대신 그 가치를 엄격하게 따진 후의 상속세를 냉정하게 청구하겠지요?

나는 '미래파'로 대표되는 바로 윗세대를 이 자리에 일부러 호명하지 않았습니다. 그들은 '심연'과 '바깥'으로의 개성적 함입에 바쁘기는 해도 아직 '영향에 대한 불안'에서 완전히 벗어나지 못한 형편이지요. '미래파' 역시 자신들만의 고유한 성채를 위한 인정투쟁에 들어 있는 것입니다. 사실 '미래파'와 그의 동지들이 1980년대 시인들과 공유하는 시대의 부면은 어린 사촌들보다 넓습니다. '미래파'들은 그러나 삼촌들의 이념적·미학적 영광과, 간교한 현실로의 강요된 퇴장을 거의 동시에 지켜본 조카들에 속하지요. 그러니 어느 세대보다 침통하게 삼촌들을 향한 고운 정 미운 정에 크게 상심했을 겁니다.

그러나 이 조카들은 자기 세대의 미학적 의제, 이를테면 미와 정치의 상관성, 시어끼리의 정당한 배리(背理)를 침착하게 사유할 만큼 성숙합니다. 요컨대 삼촌들의 영토 부근에 그들 고유의 정치성과 미학성을 뚜렷이 새긴 시의 플랜카드를 내걸기 시작한 형국이지요. 그들이

'미래파'로 문득 호명된 사정도 이런 세대론적 개성의 확보와 무관치 않은데, 보다 성숙한 조카들의 영토 개척과 그에 대한 응원은 그래서 더욱 절실합니다.

이 점, 1980년대 산(産) 시인들이 참조해 마땅한 '미래파' 사촌들의 문학사적 감각이자 현대에 대한 개성적인 응전법이 아닐 수 없습니다. 짐작컨대 현대시사의 새로운 성좌는 이들 사촌끼리의 냉정한 다툼과 격렬한 연대에 따라 그 구성과 모양이 사뭇 달라질 것입니다. 이 현장을 성실히 기록하고 객관적으로 역사화하는 작업이 비평가의 가장 즐겁고도 무거운 책무 가운데 하나임을 J형도 잘 아시리라 생각합니다.

*

워낙은 "물이 깊은 못"을 뜻하는 '심연'(深淵)은 다음과 같은 비유적 의미로 통용됩니다. "마음이나 의식 속의 깊은 곳"과 "뛰어넘을 수 없는 깊은 간격", "빠져나오기 어려운 곤욕이나 상황"이 그것이지요. 벌써 짐작하셨겠지만, '개성의 심연'이란 표제어는 첫 번째와 세 번째 의미가 혼효된 상태를 염두에 둔 것입니다. 1980년대 출생 시인들의 정체성은 '나는 쓴다, 고로 존재한다'는 전일(全一 / 全日)적 글쓰기의 욕망과 실천으로 구성된다는 말이 있지요. 형용사 '느끼다'를 압도하는 동사 '쓰다'의 역동성은 시의 정량을 대폭 증대시켰습니다. 물론 대중의 문화적 취향에 투기(投機)하는 듯한 문학매체들의 다종 출현이 그것을 뒷받침했고요.

하지만 (천천히) '느끼다'를 접어둔 (빨리–매일) '쓰다'는 개성적인 취미판단을 저해할 위험성도 적잖습니다. 칸트에 따르면 미와 관련되는 취미판단력은 자유로운 상상력과 합법칙적 지성의 상호부합에서 주어지는 것입니다. 이 말을 개성적 시쓰기의 조건으로 바꾼다면, 너와 내가 '느끼다' 그리고 '소통하다'의 동시적 수행으로 정리될 수 있을 듯합니다. 언어의 개성은 주체의 유일함이 아니라 타자와의 감응을 파고들 때 발현된다고 나는 믿는 편입니다. 사랑은 나만이 느꼈을 때가 아니라 당신도 더불어 느꼈을 때 시작되며, 또 그 '서로 회로'가 파열되었을 때 종결되는 것처럼 말입니다.

1980년대 산(産) 시인들의 '쓰다'의 문법은 이런 사랑과 감응의 관점에서 보면 어떨까요? 과연 그들의 '쓰다'에 '느끼다'는 어떻게 참견하고 어떻게 작동함으로써 개성의 음역을 독보화할까요? 만약 아니라면 그 까닭은 무엇일까요? 먼저 '방독면'을 쓴 채 기계시대의 묵시록을 작성하고 독음(讀音)하는 호모 포에티쿠스(Homo-Poeticus)입니다.

> 그는 철가면을 쓴 채 홍등이 켜진 도살장 골목을 붉은 쇳물처럼 흘러다녔다 도살장 골목 어둠 저편 번쩍거리는 칼날들이 뱀의 혀 같은 용접 불꽃처럼 쉭쉭거렸다 붉은 장화를 신은 인부들이 소 머리가 가득 쌓인 수레를 끌고 다녔다 도살장 담벼락엔 덩굴장미가 대퇴부 핏줄처럼 번지고 있었다 담벼락 너머 높다란 송전탑에서 철근들이 금속성의 동물 울음소리를 내며 뒤틀렸다 도살장 시멘트 바닥 물웅덩이 위로 뜨거운 김이 피어올랐고 고압전류 같은 찌릿찌릿한 비가 내렸다
>
> — 조인호, 「철가면」 부분(13)

조인호의 『방독면』은 서부극과 닌자극, SF소설과 영화의 문법에 묵시록적 상상력이 가미된 잔혹극의 시적 번안처럼 보입니다. 묵시록이 암유하듯이, 『방독면』의 주체들은 사무라이의 복수극이나 총잡이의 정의구현 따위의 윤리적 책무로부터 자유롭습니다. 그들은 미래로의 진입을 폐쇄한 채 적대자들을 추적, 파괴하는 가해자의 면모를 띱니다. 가해자로서의 주체는 폭력의 전유와 자기화를 통해 연옥의 서사로 속속 진화 중인 기계적 일상의 파괴를 주임무로 삼습니다.

그의 자기구제는 그러나 방독면 착용이나 자살로 제한되어 있다는 점에서 비인간화와 탈주체성의 형식입니다. 이것이 가장 극단화된 세계의 설정과 주체의 응전을 찾으라면, 아마도 "인간개조의 용광로 최종병기시인훈련소"(159)에서 "시 창작훈련을 받는 훈련병"(158)들일 겁니다. 시인의 전사(戰士)로의 개조와 전유는 오로지 연옥으로 개방된 기계시대의 전체주의적 폭력성과 미래 부재의 폐쇄성을 심각하게 부감하며, 그에 항(抗)해 마땅한 시인의 윤리와 책무를 무섭도록 벼리게 합니다.

그러나 응전의 격렬함에도 불구하고 『방독면』에는 침통한 멜랑콜리가 전편을 관류합니다. 이것은 사신(死神)의 주술보다는 구제(완성) 없는 죽음의 편재에서 발병한 성질의 것이지요. 본원적 한계에 처한 멜랑콜리는 자아의 양가성을 심화시킨다는 점에서 문제적입니다. 한쪽에는 소극적 니힐리즘이, 다른 한쪽에는 그것의 초극에 맞춰진 알레고리적 자아의 투사(投射)가 과잉되고 있달까요. "이제 그만 죽은 나를 깊은 바닥으로 내려놓으렴"(146)과 "죽은 너의 몸속에서 자궁만을 끄집어낸다"(211)는 '죽음'과 '자궁'(그러나 이미 죽은)으로 대비되지만, 결국 타나토스의 신민이기는 마찬가지입니다. 냉혹한 기계세계를 향한 나의 병기(兵器)화는 닫힌 연옥으로의 돌진이기에 애초부터 죽음의 형식이자 애도의 제의입니다.

죽음과 애도를 통해 현재를 파탄내고 구원과 미래를 환시(幻視)하려는 알레고리적 욕망은 언어적 개성을 제약하는바 있습니다. 타 장르, 특히 다종한 영화언어의 혼종과 전유는 이미지의 무게와 긴장을 높이는 긍정적 역할을 일부분 수행합니다. 그러나 비시적인 것이 시적인 것을 환기하는 새로운 방법과 전략의 조언에는 그다지 효율적이지 못합니다. 상호텍스성은 유사성의 교차보다 차이성의 구성과 발현에 더 주목할 때 그 미학적 쾌감과 역할이 더욱 커지는 법입니다. "**최종병기**시인"보다는 "최종병기**시인**"(강조—인용자)이 여전히 소망스런 까닭입니다.

> 아버지의 도치된 먹구름들이 안방에서 흑백의 꽃잎처럼 흐드러졌다. 하늘은 잿빛으로 메마른 수레국화였다. 마룻바닥엔 처녀혈로 얼룩진 걸레가 있었고, 누나는 나오지 않는 물을 펌프질해서 끄집어냈다. 물방울 머금은 얼굴에서 이글이글 뿜어져 나오던, 그 차분하게 빛나건 향기. 나는 나를 사랑하므로 동정녀가 아니야. 그녀는 어리고 오래된 노랫말로 일기장을 잠그며 말했다.
>
> —이이체, 「그림일기」 부분(44)

"멜랑콜리는 사랑이 지닌 결함이다"라고 말한 것은 앤드류 솔로몬이었습니다. "사랑하기 위해서는 자신이 잃은 것에 대해 절망할 줄 아는 존재가 되어야 하기" 때문이라지요. 이것이 일반적 사실일 수 있음은 시를 창조, 보존하기 위해 피의 병기를 자청한 조인호의 예에서도 확인됩니다. 이이체의 「그림일기」에도 피는 나옵니다. 이것은 그러나 타자의 피, 즉 누이의 "처녀혈"이라는 점에서 그 고유성과 절대성이 새롭습니다.

문학사에서 우리 누이들은 거의 예외 없이 순결과 불결, 희생과 탕진 사이를 오갑니다. '폐병쟁이'와 '창녀'는 저 간극을 대표하며, 또 우리 사회에서 상상되고 소비되는 젊은 여성의 표본을 표징합니다. 그러나 문제적인 것은 누이의 양가성이 여성 주체의 발현이 아니라 가부장적 팔루스(男根)의 억압 또는 무능에 의해 강제되어 왔다는 사실입니다. 그런 의미에서 누이의 '처녀혈'에 시무룩한 덜 자란 팔루스 '나'의 심리는 외설적인 것입니다. '나'의 경악과 낙담, 공포를 가장 친밀한 동기(同氣)의 뜻밖의 상실이 초래하는 트라우마의 일족이라고 간접화해도 이 사실은 부정되지 않습니다.

따라서 "처녀혈"을 쏟으며 성인의 길로 들어선 자신을 "나는 나를 사랑하므로 동정녀가 아니야"라고 말하는 누이의 반응이 오히려 주목됩니다. 여전한 처녀성을 자기애로 범칭함으로써 오히려 스스로를 구제하는 지혜로운 누이의 탄생은 우리 문학사에서 매우 예외적인 장면이지요. 누이의 당돌한 사치(奢侈)는 자기구원을 넘어, 그녀를 핑계로 자신을 순진한 아우이자 야심찬 오빠로 동시화하려는 소년의 예비된 욕망을 미리 검속하고 제어한다는 점에서 특히 징후적입니다. 누이로부터 타자화되는 순간 무성(無性)의 아우는 여성성에서 제척(除斥)되는 동시에 남성-오빠의 잠재성을 문득 발견하기 때문입니다.

자신을 양가적 존재로 파악하고 그것을 성장의 동력으로 삼는 '누이'의 발견과 경험은 이이체의 미래와 관련하여 더욱 상징적이지요. 이이체는 어디선가 "요컨대 이번 인생이란 / 비극이 일어나기를 호소하는 지루한 계약일 뿐"(141)이라고 적었던가요. 이런 시적 태도와 감각은 "나는 늘 떠나거나 숨"(138)는 사인화된 경험을 더욱 내향화할지도 모릅니다. 이 내향성은 예외적 감각 아래 현실과의 미학적 단절 및 소통을 동시에 거머쥐지 않는 한 결핍의 멜랑콜리를 더욱 북돋을 것입니다. 이 곤혹스런 상황(=深淵)에 누구에게나 공감과 충격이 가능한 마음 깊은 곳(=深淵)의 시경(詩境)이 환하게 난만할 리 없겠지요. 젊은 시인은 그러니 "연꽃 아래서 피어나는 주검"(80)은 물론이려니와, '주검 아래서 피어나는 연꽃'에도 "시린 눈"(81)을 돌릴 일입니다.

> 낙타처럼 슬픈 사나이, 당신을 좇아 앞뒷면이 거울인 관 속에 누워 만월을 기다렸다 애태타, 허리가 부러져 죽은 꽃들의 영혼이 당신을 이 척박한 땅에 부려놓았는가 당신에게로 도망가는 나의 유령들이 부풀고 젖어 등이 시리다 당신을 두드리다, 두드리고 또 두드리다 그 굽은 등 속으로 내가 들어앉고야 만 밤 애태타, 당신을 폐허가 되도록 경애(敬愛)하여 이 밤을 덮은 모든 주름들이 나를 향한다
>
> —이혜미, 「만월, 애태타」 부분(30)

"애태타"(哀態咤)는 노나라의 별 볼 일 없는 추남이었지만 덕성이 온화하여 사람들이 그에게 몰려들었다는 고사(『장자(莊子)』)의 주인공입니다. "슬플 정도로 등이 낙타처럼 구부러진 어리석은 사나이"가 저 이름의 뜻이라지요. "평생 당신의 시간만을 찾아 헤매다 죽은 여인" "당신을 위해 등의 언어를 배우고 구부러진 것들만을 사랑한 남자" 같은

추종자들을 고려하면, "애태타"는 완미한 덕을 넘어, 이상적 자연과 본원적 가치, 절대어(詩)와 동의어라 해도 무방합니다. '나'는 못 생겨 더욱 숭고한 '애태타'에 대한 경의를 넘어 사랑에 빠져(둘을 합치면 '敬愛'가 되지요) 있습니다.

슬라보예 지젝의 동료 믈라덴 돌라르는 사랑에 빠지는 것을 단순한 감정의 운동을 넘어선 무엇, 곧 '필연성에의 복종'을 의미한다고 보았습니다. 불투명하고 무의미하던 기호, 이를테면 대상과 감정, 분위기들이 매우 투명해지고 구체화되기 때문입니다. 이 기적적인 사태 뒤에는 저것들을 사후적으로 가치화하고 합리화하는 작업이 수행되겠지요. 자아가 이 작업의 주체로 오래 머무를 것임은 "당신을 두드리다, 두드리고 또 두드리다 그 굽은 등 속으로 내가 들어앉고야 만 밤"에 아프게 표현되어 있습니다. "당신에게로 도망가는 나의 유령들", 그러니까 시들이 '첫 눈에 반한 사랑'의 궁극적 의미와 지향을 떨릴 만큼 언어화하기를 바랍니다.

이혜미의 시는 관능적이고 화려하며, 전통적이되 자기욕망에 정직한 고혹한 여성에 충실합니다. 페미니즘에서라면 여성의 이질성을 정치화하기보다 그 동일성을 심미화하는 젠더의 낭만화와 보수화를 지적할 법한 시적 방법인 셈이지요. 시가 자아 내면의 반영이나 표현이라는 말은 오래되고 기초적인 장르 규정의 하나입니다. 주체와 타자의 동일성에 관심을 두는 만큼, 은유와 상징 들이 시의 규범적 방법을 차지해왔고요. 가령 시인은 "측백 그늘"에 들던 날의 상황을 "고단한 뿌리를 움찔거리는 너, 그 속에서 소용돌이치는 치명(致命)"(23)이라 적었습니다. '나'와 '측백나무'의 관능적 통합이 돋보이는 장면입니다. 이들의 에로스는 서로에게 자족적이고 충만해서 행복합니다.

그런데 차이성에 주목하며 이것을 개성적 시어로 각인하는 일이 중요해진 지금입니다. 시라는 거울은 따라서 세계와 자아의 결속만을 비추는 '동일자의 평면'을 초과합니다. 권혁웅의 말을 빌린다면, 이제 시는 "타자(유령)의 출현을 알리는 찢긴 틈"으로 그 역할을 확장할 필요가 있습니다. 조각난 거울은 자칫 자동적이며 기계적인 통합의 감정으로 문득 변질될 수 있는 독단적 에로스를 함부로 허락하지 않습니다. 오히려 언젠가 분열된 에로스의 끔찍함을 가상의 형태로나마 미리 알려 줍니다. 이런 사실에 민감할 때, 어느 구석으로 은폐되고 소외된 존재와 사물들의 귀환, 이후 그들의 자율적 연대와 소통에 보다 빨리 접변될 것입니다. 이혜미를 찾아온 뜻밖의 사태 "나는 이제 정물처럼 불협(不協)이다 닫힌 팔걸이, 와 팔걸이, 사이에서"(79)의 현장에서 발생한 소란과 소음을 되도록 빨리 훔쳐보고 싶은 소이입니다.

*

'언어의 바깥'은 기존언어의 결핍과 모순, 그에 대한 희망 없음에서 상상되고 실천됩니다. 절대시(순수시)의 희원이 일상어의 의미 과잉이나 곤핍에서 시작된다면, 저항적 해체시의 실천은 권력에 의한 일상어의 오염과 왜곡에 대한 반발에서 비롯됩니다. 1980년대와 관련시킨다면, '언어의 바깥'은 단연 후자의 차원입니다. 이성복의 아이러니나 황지우의 형태파괴와 같은 '바깥의 언어'는 총체적 모순이 극에 달한 야만의 시대, 다시 말해 "언어는 존재하나 '의미'(합리적이며 보편적 소통이 가능한—인용자)가 존재하지 않는 시대"에 대한 미학적 반동과 저항의 수단이자 결과였습니다. 기존의 의미체계와 형식적 규약을 온통 뒤흔드는 저 차이의 언어들은 끔찍한 모더니티에 맞서 "한편으로는 저항과 비판의 힘을, 다른 한편으로는 어떻게 해서든지 무언의 벽 너머의 사람들과 소통하고 싶다는 의지를"(이상 황지우) 동시에 목적했지요. 이 지점의 궁극적 핵심은 아무래도 저항의 화살촉이 소통과 연대의 실현을 향해 쏘아졌다는 것이겠지요.

2000년대 이후 '언어의 바깥'은 무엇에 의해 도발되고 또 무엇을 지향할까요? 1980년대와 가장 결정적인 차이라면, 거대담론의 실천과 토착화를 위한 이념적 집중과 확산에의 욕망이 거의 실종되었다는 사실일 겁니다. 아, 그러면 몇몇 1970년대 산(産) 시인들이 미학적 의제로 불 지폈던 시와 정치의 연대는 이와 무관한 것일까요? 물론 억압되고 은폐된 타자의 배려와 그들 삶의 복원이라는 점에서는 세대론적 소통과 연대의 여지가 충분합니다. 하지만 이들의 '바깥의 언어'는 그것이 진보든 보수든 유일성의 이념과 체제에 의해 독점되는 권력과 담론에 극심한 알러지(allergy)를 일으킨다지요. 2000년 전후를 풍미했던 '해체'(destruction) 개념이 이들에게 점차 소원(疎遠)시 되는 경향이 있습니다. 이는 '재건축과 재구성 없는 지속적 파괴'에 내재한 부정적 뉘앙스, 즉 의미의 허무성에 대한 권력의지와 그것을 향한 지성계의 비판이 못내 불편했기 때문일지도 모릅니다.

들뢰즈와 가타리가 『천개의 고원』에서 제안한 '리좀(rhizome)' 개념은 그런 점에서 이들의 '바깥의 언어' 전략에 보다 부합하는 듯합니다.

흔히 설명되는 대로 리좀은 탈중심적이고 비계층적이며 수평적인 다양성을 존중하며, 그 속에서 이질적인 것들의 공존과 결합, 그것의 또 다른 수정과 분리 들을 자유롭게 허용합니다. "비의존적인 이질적 항들 간의 조화"(오형엽)로 요약될 수 있는 '리좀'은 탈권위적이며 탈주체적인 성격을 갖습니다. 이것은 당연히 그 무엇의 독점적 권력성, 단일성과 일방성 따위에 부정적일 수밖에 없습니다. 거기서 '리좀'의 기존 언어에 대한 변혁성과 저항성, 곧 정치성이 찾아진다면 과장일까요?

며칠 전 1980년대 산(産) 시인의 대표주자로 흔히 언급되는 김승일의 『에듀케이션』(문학과지성사, 2012)에 대한 짧은 평문(「상황극 시대의 서정시」, 『창작과비평』, 2012 가을)을 작성했습니다.[1] 자기들이 학대받는 이유와 사실들에 대한 객관적 이해와 해석보다는, 상황극 형식을 빌려, 학대의 트라우마가 벌이는 상식 밖의 행동들을 죽음의 장치 속에 풀어 놓는 전략이 돋보인다는 느낌을 적었습니다. 상황장치로서의 '죽음'은 실존의 본원성과 한계로 진입하는 일회적 사태로 구성되거나 표현되지 않는다는 점 역시 부기했지만요.

이 점, 매우 징후적인데, 1980년대 산(産) 시인들이 제조하는 '바깥의 언어'는 소통에 무관심하거나, 심지어 의도적으로 거부한다는 느낌의 주요한 진원지 가운데 하나이기 때문입니다. 이런 사실에 주의하며 김승일의 동료들을 비평적 대화의 장에 초대합니다. 먼저 시쳇말로 김승일의 '절친'이자 미학적 경합자로 널리 알려진 박성준표(標) '언어의 바깥'입니다.

---

1 이 책 2부에 수록된 「시,라는 여지(餘地) — 이병률 · 신해욱 · 김승일의 시」에서 '김승일' 부분 참조.

2) 카메라 렌즈 속에서 태어난 개미는 자궁이라는 형식이 원래 딱딱하다고 느꼈을지도 모른다 나는 할아버지가 아버지에게 전해준 낯선 문장일 뿐인데 순간의 빛은 다른 우주에서 살다 온 눈꺼풀들이라고 이 작은 방을 깜빡, 바깥에게 들킬 때마다 예민한 더듬이가 더 먼 바깥으로 어둠을 민다

—「(어머니는 컴배트를 사 오셨다)」 부분(128~129)

박성준의 『몰아 쓴 일기』를 읽기 전이라면, 젊은 시에 예리한 J형이나 이 글의 편집자도 어쩌면 '2)'로 시작된 인용을 오타라고 여길 듯합니다. 그러나 '2)'는 엄연히 시의 일부인데요, 왜 그럴까요? 그렇습니다, 인용부는 「(어머니는 컴배트를 사 오셨다)」의 "숨을 쉬지 않으시고 ( )2)여!"의 주석입니다. 위 시에 제시된 본문과 주석의 관계, 주석의 성격은 여러모로 흥미롭습니다. 주석은 흔히 본문 내용의 부연, 자기 주장의 첨가나 대상자 비판, 서지사항 들을 기록하는 보조텍스트이지요. 그러니까 본문에 종속된, 따라서 독립성이 아주 제한된 2차 기호에 불과한 문자들이지요.

주석 '2)'는 그러나 주어진 문서규약을 배반함은 물론, 그 자격과 의미의 역전까지 낳고 있답니다. 첫째, 인용부는, 말미에 "—「투명한 요람」 부분"이란 표지를 달고 있는바, 스스로 독립된 시편입니다. 둘째, 인용 내용은 "( )2)여!"의 해석이나 의미화에 전혀 소용되지 않습니다. 셋째, 이런 형식의 일탈은 「(어머니는 컴배트를 사 오셨다)」의 서사적 완결성과 정서의 유연한 흐름을 파괴, 분산시키는 시적 곤혹을 불러들이지요. 그러니 독자는 여기저기로 튕겨나가는 내용과 형식, 의미와 정서의 통합에 참여할 게 못됩니다. '언어의 바깥'으로 자기를 탄착하

는 '바깥의 언어'의 리좀적 확산과, 그에 따른 일상어와 과학어, 심지어는 기존 시어(詩語)의 영점(零點)화를 여유롭게 '유희'하면 됩니다. 그러면서 외연의 언어들이 특권화한 의미의 명료성과 형식의 정확성, 쌍방적 소통의 신뢰와 같은 규약들의 어떤 허구성들을 짐작해볼 일입니다.

'비의존적인 이질적 항들 간의 불편한 동서' 쯤으로 고쳐 읽을 수 있는 박성준의 리좀 언어는 어떻게 촉발되었을까요? 우선 너무 내밀하여 더 고통스런 누이의 신병(神病)이 원체험으로 주어집니다. 시인의 고통스런 트라우마는 교육 문제 및 직업적 소외 등의 제도적 억압과 소외, 폭력에 의해 더욱 내성화됩니다. 전자가 가장 사적이라면 후자는 가장 공적인 타자화의 경험입니다. 하지만 둘의 교호와 중첩에 의해 호모 로쿠엔스(Homo-Loquens)의 의사소통의 합리성은 단번에 찢겨집니다. 말의 추방이 부과한 '비정상성'은 가장 폭력적인 소외의 책략이자, 사회로의 귀환 불능을 고지하는 최저질의 금지 규약입니다.

두 사태의 타자화 경험은 그러나 매우 상반됩니다. 신병(神病)은 내 몸에 타자를 들임으로써, 즉 내가 타자가 됨으로써 타자의 고통과 상처를 씻겨낼 때야 해방되는 극히 이타적 경험입니다. 영혼과 육체, 그리고 언어를 빼앗김으로써, 아니 타자나 신에게 내어줌으로써 타나토스를 초극하는 에로스인 것이지요. 누이의 '바깥의 언어'는 따라서 소외되어 오히려 공동체와 일상어로 소내(疎內)하는 통합어, 고쳐 말해 청춘의 밀어(蜜語)입니다.

이에 반해 특히 성장 과정의 제도적·언어적 폭력은 이를테면 "국민학교를 다닌 사인데, 80년대 같은 것, 아 80년대 같은 것, 정말"(179)에 은밀히 삼투된 절망과 허무를 우리 삶에 편재시킵니다. 1980년대의 "언어는 존재하나 '의미'가 존재하지 않는 시대"는 더욱 세련되고 더욱 악랄한 방식으로 오늘의 현실과 존재의 내면을 겁박하고 있는 중이지요. "말에서부터 변형하는 혀, 말 때문에 다른 혀를 부르다가 복수가 된 혀" "혀에서 혀까지 묘지가 서는 입속"(31)의 집단 출몰이 필연적인 연유입니다. 물론 박성준은 이 폐색의 혀와 사멸의 입속을 미학적으로 전유함으로써 소통 불능과 타자성 억압의 '끔찍한 모더니티'에 맞서는 중이지요.

'원초적 밀어'와 "말이 두고 온 혀"(31)는 "살아 있다는 증명이 오직 병뿐인 당신"(206)과 나를 문득 드러내고, 그런 우리끼리의 소통과 연대를 실현하기 위한 잔인한 언술(言術)이었습니다. 하지만 고맙게도 그것은 "나는 숨을 쉬기 위해서 통증을 만"(206)듦으로써 존재의 근원을 찾아가는 '호모 스피리투스'(Homo-Spiritus)를 우리에게 내재시킵니다. 근원의 탐색이 궁극적으로 타자의 영혼으로도 부려지기 위해서는 벌써 적어둔 "나는 혀가 두 개 있어, 아직도 만나지 못한 다역의 혀를 / 그리워한다"(53)는 말의 지속적인 주관자가 되어야 할 것입니다.

> 구멍에 손을 집어넣는 것으로 시작하자 가장 깊게 들어간 손마디에 씻을 수 없는 냄새가 밴다 여기는 섬이고 축축한 바람이고 떨리는 동굴이다 제임스 일병이 석양을 등진 국기에 거수경례한다 씻을 수 없는 것은 씻지 않은 채로 둬야 한다고 장엄한 연주는 가르쳐 준다 구멍에 손을 넣었다 빼고 다시 넣은 것으로 시작하자 글로리 랜드, 글리로 랜드 빠르게 되뇌이자 제임스는 상병이 되는 날을 손꼽아 기다린다 알몸으로 비누나 음모를 줍는 일, 부탄이나 네팔 사람들과 마시는 위스키, 마늘이나 향신료 속에서의 고문을 상상해본다
>
> —서효인, 「관타나모 포르노」 부분

식민지의 언어는 누추하고 제국의 언어는 과연 힘이 셉니다. 문제라면 후자가 외설에 능숙한 반면, 전자는 그것의 2차 소비자로 곧잘 유인된다는 것이지요. 가령 이제는 살아생전 존재의 존엄성을 되돌릴 시간이 거의 소진된 식민지의 딸들, 그러니까 '종군위안부'를 둘러싼 얼마 전의 해프닝을 예로 들어볼까요?

일본은 이들의 존재조차 아예 부인합니다. 공적 제도의 소산이 아니라 제국 사기업의 이윤, 또는 조선 소녀들의 가난과 돈의 욕망이 빚어낸 성매매로 외설화하는 것이 그들의 공식적 어법입니다. 이 후안무치한 외설극을 향해 그녀들은 '성노예'로 불려야 한다며 일본을 향해 가벼운 잽 한 방을 던진 것은 미국의 국무장관이었습니다. 구(舊) 제국의 윤리적 치부(恥部)를 날카롭게 가격한 신(新) 제국의 언어에, 그들의 주변부 한국은 그간의 복수혈전에 대한 얼마간의 심리적 보상과 정당성 획득에 환호했습니다. 그러나 이 장면에도 어떤 외설이 숨어 있습니다. 일본의 진정한 사과 요구에는 소극적이면서 미국을 좇아 '성노예'로 바꿔 부르겠다는 외교부의 기망(欺罔), 이만한 외설적 포즈와 언술도 드물지요. 식민지 소녀들의 실망과 격분은 그런 점에서 정당했습니다.

아, J형은 벌써 눈치 채셨군요. 미국 발(發) 한일 양국의 외설극이 미국의 세계지배와 조정정책을 더욱 정당화하는 언어책략으로 도용, 도발되고 있다는 사실 말입니다. 하지만 염려놓으시길. 서효인 제작의 「관타나모 포르노」가 미국의 '성노예' 발언 속에 깊이 은폐된 권력적 외설을 끄집어내고 있으니까요. 미국에 대한 테러에 대응해 건축된, 관타나모 수용소는 특히 이슬람 테러리스트(라고 주장되는)에 대한 탈법적인 고문과 수감 등 비인간적인 학대와 폭력으로 유명한 곳입니다.

서효인의 '포르노'라는 용어는 수감자들이 정치범 이전에, 성적 존엄성과 관리 능력을 빼앗긴 '성노예'로 강제 구인되었음을 급박하게 환기합니다. 남녀 불문한 제국 병사들의 성적 유희와 음담패설은 수감자의 공포와 무능을 가장 극대화하는 그들끼리의 내부언어, 바꿔 말해 보편적 인간에게 타전 불가한 외설어였습니다. 미국 발(發) '성노예'라는 말은 그런 점에서 내면화된 '강박성외설어증'의 무의식적인 노출인 동시에, 그것을 황황히 숨기려는 제국의 계산된 언술일 수 있습니다.

서효인의 『백 년 동안의 세계대전』은 대체로 풍자적입니다. 대상의 직접적 폭로와 비판보다는 그 부조리와 한계의 아이러닉한 드러냄에 집중하는 방식으로요. 제국과 권력의 '갈라진 혀'에 맞서는 변두리 말들은 간사한 혀의 시작점을 조용히 의심하면서 '바깥의 언어'를 끊임없이 파생하여 마땅합니다. 세계사적 차원의 권력 독점과 분배를 부조리화하는 서효인의 언어는 시의 정치성과 흔쾌히 친화합니다. 그것을 "우리에게 복된 훈장은 말(言)이 아니라 세계고, 그것에 대한 모방이 아니라 그것으로 인한 창조다"(「自序」)라고 일렀지요. 그렇습니다. 서효인의 '바깥의 언어'는 사실의 계도적 견인보다는 그 이면의 발견과 창조를 기약합니다.

하지만 현재 그가 건축한 '언어의 바깥'은 이 땅의 "핍진성"(81)을 골릴 때 오히려 덜 핍진해지는 경향이 있는 듯해요. '핍진성'이란 현실과의 일체감, 즉 사실적 실감을 뜻하지요. 시인은 발화 문법을 제약당한 하위주체의 현실과 한계, 또 그것을 내성화하는 내부언어의 허구성을 발파하기 위해 "하나님은 모르는 지옥으로의 의지"(83)를 구성하고 서사화합니다. 그런데 그곳으로 파송되는 "주민들의 기억력은 대략적이고, 지도가 어떻게 사라졌는지"(108)에 대한 정보도 얼마간 단편적인 느낌입니다. 서효인표(標) "대축적지도"(108)는 어쩌면 이런 제약에 대한 복기(復棋)와 극복(재설계)로부터 시작될 지도 모르겠습니다. 이후 '언어의 바깥'에서 벌어질 "백 년 동안의 세계대전"이 기다림직한 관전(觀戰)이 되는 이유입니다.

이상의 '바깥의 언어'들은 유일성과 일방성의 권력어에 항(抗)하는, 다시 말해 현재의 문법을 탈냄으로써 그 내부에 다양성과 이질성을 산포하는 작업이 핵심이었습니다. 하지만 이들의 모험은 미래에 건설된 정치공동체의 상(像)이 비교적 뚜렷했던 1980년대와 썩 달랐습니다. 이들의 주요 타깃은 공식화된 이념과 미래의 추구보다는 하위주체들의 발화 및 언어 재구성의 현재화에 있었지요. 이런 상황은 동일성의 은유적 언어보다는 완결된 규정과 긍정적 규정을 비껴나가는 환유적 언어를 주어로 요청하기 마련입니다. 이런 문법의 장(場)은, 랑시에르의 말을 약간 변형하자면, (큰) 타자의 명령을 거부하는 한편 (작은) 타자들과의 공동체 구성을 수행하며, 그 안에서 타자와의 불가능한 동일시를 꿈꾸는 아이러니를 낳습니다.

물론 이 시대의 타자성은 하위주체의 귀환과 발화의 독려에만 소용되는 것은 아닙니다. 시적 주체와 대상, 그것의 조직과 발화가 상상으로 구성되고 실현되는 경우도 있지요. 이른바 '순수시'(절대시)와 친화하는 타자성의 미학이라 하겠는데요, 현실에 대한 괄호가 근본적이라는 점에서 전형적인 비인간화의 형식입니다. 아, 이 말을 현실과의 맹목적 절연에 기대어 절대미를 추구하는 '바깥의 언어'로 예단할 필요는 없습니다. 강계숙의 해설처럼 "자신이 쓰는/쓸 수 있는 언어에 기대어 도달 가능한 '진정한 의미'를 포착하고자 하는" 태도와 방법이라는 점에서, 순수시의 이면에는 현실의 분탕질에 대한 냉정한 거절이 무겁게 저류하고 있을 겁니다.

창틀을 그리고 창문을 단다
비행기가 날아서 가고 하얗다
창문을 내려놓고 창틀을 지운다
손가락으로 동그라미를 만든다
흐려질 때까지 해를
내려다본다
창문은 마음이 없는 것 같아

—「친구에게 구름을 빌려주었다」 부분(64)

이 텍스트는 사실의 기록이 아니라 상상이 발명한 언어체로, 환유적 성격을 띱니다. 주체의 행위와 대상들의 움직임이 인접성의 원리에 따라 조직되고 있기 때문이지요. 그런데 '만들어진 풍경'은 경험적 현실로도 손색이 없습니다. 공항 가까운 곳이라면 막간의 구경으로도 얼마든지 즐길 수 있는 장면이지요. 그런데 자아는 왜 보편적 현상을 특수하고 개별적인 놀이와 언어로 재구성했을까요? 텍스트 내부에서 이유를 찾는다면, "친구에게 구름을 빌려주었다"와 "친구는 방과 같은 속도로 움직인다"(64)의 인과관계가 언뜻 주목됩니다.

'나'의 환상에서 피어난 "구름"이 친구의 그것으로 전이되었다 함은 '나'와 '친구'의 통합과 결속이 완료되었음을 의미합니다. 이것이 주체와 타자의 동시적 · 일회적 사태임은 서로를 "마음의 안"(64)이라 믿는 이른바 '서로주체성'의 획득에서 분명히 드러납니다. 주체는 고립된 개별자로 존재하지 않으며 타자와의 관계맺음을 통해서만 존립한다는 말에는 서로의 평등성과 차이성에 대한 이해가 전제되어 있습니다. 예컨대 "주어가 없는 마음 / 마음의 마을 / 평등하게 하나씩 전화기를 들고 / 밤에 식탁에 앉으면 누구라도 불을 끄러 갈 것이다"(65)라는 말이 그렇습니다. 이런 이상적 공동체에서는 자아의 우월성과 배타성의 독점이 질병과 파멸의 숙주로 어김없이 작동하겠지요?

이우성 발(跋) '언어의 바깥'은 그 고유성이 특수-개별이 아니라 보편-공통에서 구축되는 특이한 세계입니다. 그의 통합성 지향은 그러나 현실의 긍정이나 미래의 기대에서 자동적으로 탄생하지 않습니다. "나는 감각을 내려놓고 / 기억 안 할 거야"(9)라는 고백을 참조하면, 절대적 주체의 질주가 파행적 현재의 기원이자 폐쇄선임을 짐작할 수 있습니다. "나는 미남이 사는 나라에서 왔어"(9)에 보이는 나르시즘적 주체의 상정은 따라서 파국적 현실의 풍자이고 다시 그곳으로의 재귀를 꿈꾸는 낭만적 아이러니입니다.

"나는 사랑에 대해 생각하고 꽃잎에 대해서도 생각할 줄"(11) 아는 범속성은 아마도 "미남이 사는 나라"의 보편적 문법일 겁니다. 하지만 우리의 현실은 "오래전의 내가 분명해지는 때"(40)에 매우 불친절하며, 심지어는 그에 대한 상상조차 구속하기 일쑤입니다. 이런 한계상황에서는 누구나 동의 가능한 공통감각의 결속 못지않게, 기존의 역사현실과 언어체계에 의해 단련된 우리들의 공동감각과 기억에 대한 회의와 결별이 중요합니다. 부조리한 현실을 되도록 숨기면서 공감 가능한 환상에 집중하는 '바깥의 언어'가 잘 계산되고 표현된 이별법의 역설적인 실천으로 이해되는 까닭이 여기 있습니다.

이우성은 김종삼에 기대어 "내용이 없는 연필이 마음을 그릴 수 있을까"(65)라고 묻고 있습니다. 어떤 시공간에 대한 투기 없이도 '서로주체성'을 실현하는 시쓰기는 과연 가능한가 하는 자문으로 들리는군요. 이우성의 시에서 과거는 아릿한 기억과 환상의 형식으로 주어지며, 미래를 향한 개성적 기획은 거의 등장하지 않습니다. 요컨대 '전통'의 관점에 빗대어 말한다면, '잔여적인 것(the residual)'이 '부상하는 것(the emergent)'을 압도하는 형국이지요. 과거와 상관된 유사한 현재의 빈출(頻出)은 인간의 보편적 경험과 열망을 대변한다는 점에서 여전히 건전합니다. 하지만 현재를 갱신하는 새로운 가치나 의미의 불균질한 생성에 적극적이지 못한 것 또한 사실입니다. 과거와 조응하더라도 '잔여적인 것'과 '부상하는 것'의 기우뚱한 균형은 그래서 소중합니다. 후자의 보다 적극적인 개진과 포착이 있고서야, "곱게 뻗은 관성 / 내가 한 번도 마주 보지 못했던 등"(99)으로 표현된, 자기모순적이며 예외적인 개성의 깊이 있는 현재화가 가능하겠지요? 이 시점은 이우성이 "미남이 사는 나라"로 다시 귀환하는 감격적인 순간이기도 할 겁니다.

*

J형, 로만 야콥슨을 기억하시지요? 시 텍스트 분석 시 아직도 참조에 값하는 「언어학과 시학」의 저자인 그는 러시아형식주의를 거쳐 구조

주의 시학에 안착했지요. 러시아형식주의자들에 대한 편견 가운데 하나는 그들이 시학을 사회적 제 영역에서 분리해내어 객관적 연구방법으로 언어학에 접변시킴으로써, 시어를 일상어와 분리된 예술표현의 수단쯤으로 고착화시켰다는 이해입니다. 아마 '낯설게 하기'가 대표적인 방법일 텐데, 이것을 자기충적적인 언어의 수행으로 고정시켰다는 점에서는 보수적이며 폐쇄적인 면모를 지우기 어렵습니다.

하지만 로만 야콥슨은 변수와 상수를 이분하는 기계론적 사고에 주의하면서, 그것들 사이의 연관성과 통일성, 다양성과 이질성을 동시에 문제 삼았습니다. 여기서 창출된 유명한 도식이 우리가 『시론』들에서 흔히 배우는, 발화와 전언, 청취를 가로축으로, 대상과 경로, 언어를 세로축으로 삼은 입체적인 시 해석의 구조이지요. 입체적 상황의 설정은 공중의 언어(랑그)일지라도 시시각각 변전하는 발화 상황에 의해 그 의미적 실현이 달라진다는 것(파롤)을 드러내기 위한 것입니다. 언어 상황의 역동적 변전에 대한 신뢰는 따라서 어떤 가치든 불변일 수 없으며 시간에 따라 변하기 마련이라는 사회성과 역사성에 대한 옹호를 뜻합니다.

현재 누구보다 시의 생산에 부지런하며 시의 혁신을 갈구하는 1980년대 산(産) 시인들을 앞에 두고 로만 야콥슨을 떠올린 이유는 이렇습니다. 이들의 개성적 언어는 기존 주체의 냉정한 변화로, 언어적 개성은 시어의 열정적 재구성으로 시적 행보를 개척 중입니다. 하지만 아쉬운 점이 없을 수 없습니다. 그들의 항(抗)하는 언어가 간혹 뚜렷한 지향 없는 언어의 술래잡기로 느껴질 때가 있습니다. 물론 변화와 성찰의 측면으로 본다면, 이들의 언어는 충분히 사회적이며 역사적입니다.

하지만 역사성과 현재성을 접속하고 단절시키며, 그것들의 이면들을 동일화 또는 차이화하는 문학사적 감각의 밀도와 사상적 통어의 열도는 개선의 여지가 없잖습니다.

그런 의미에서, 대화의 끝자락에 몇 가지 요청을 부기해두렵니다. 1980년대 삼촌들처럼 현실의 관찰에 냉정하되 현실의 표현에 열정적일 것, 그 안의 '핍진성'을 통해 개성과 언어의 지평을 새롭게 구축할 것, 또한 그 과정에서의 전략적인 불통이 소통의 잠재성을 확장하는 언어수행에 적극적일 것. 마지막 항목은 물론 정서법 준수나 기존 언어와의 화해 같은 형식적 규범의 손쉬운 재도입을 뜻하지 않습니다. 시어와 일상어의 간극을 더욱 벌릴 지라도, 그들의 시 텍스트가 그 시대의 고유한 담론을 창출함으로써 오히려 특수한 형식과 내용을 구조화하는 그런 언어조직이기를 바란다는 말이지요.

J형, 간단한 소식에 장황하고 두서없는 시 읽기를 얹었으니, 무안함과 미안함을 어찌할 지요? 이 글이 수록될 문예지가 기획한 1980년 산(産) 시인들의 좌담회 한쪽에, 그들의 나이쯤 대학에서 시와 역사와 사회를 즐겁고도 아프게 통과한 선배 세대의 비평적 소감을 살짝 끼워넣은 것으로 이해하시길……. 이 자리서 못 다한 얘기들은 누군가의 연구실에서 부끄럼도, 주저함도 없이 때로는 부드럽게 때로는 격렬하게 풀려 나가겠지요. 그날을 기다리며, 축축한 장마를 밀어내느라 여념 없는 창문 밖 풀벌레 소리를 오랜만에 청해봅니다.

젊은 방외자의 시선과 목소리*

『비미학』의 알랭 바디우는 디아스포라로 삶을 마감한 파울 첼란의 시가 진리를 떠받치고 있는 것은 안정성이 아니라 불안정이라는 것을 가르쳐준다고 했다. 따라서 시인의 임무는 정확한 판단을 내리는 것이 아니라 '식별할 수 없는 것의 중얼거림'을 창조하는 일이라는 게 바디우의 판단이다. 이 중얼거림을 만들어내는 결정적 요소로는 기입과 글쓰기, 그것의 물리적 실현체로서 문자가 거론된다. 특히 문자는 중얼거림을 떠받칠 뿐만 아니라 구분 없이 모두에게 말을 건다는 점에서

* 이 지면은 『문학사상』(1월호, 2011) "2011년 이 작가를 주목한다"의 시인편에 주어진 것이다. 나는 '시인'을 '신인'으로 일부러 오독하기로 작정한다. 젊은 시인과 대화할 기회가 적은 스스로를 위해서, 그리고 무엇보다 유능하며 모험적인 신인들의 인정투쟁이 어떻게 '시적 영향에 대한 불안'을 극복하고 있으며 또 한국시의 지평을 확장하고 있는가를 확인하고 싶었기 때문이다.

자유롭고 평등한 문통(文通)의 구현체이다. 바디우의 '문통'의 강조는, 주체의 죽음과 형이상학의 종말이 유행하는 시대적 흐름에 맞서 주체의 재정립과 철학의 가능성을 강조하는 이답게, "다양한 방언 속에서 유지되는 시의 보편성"을 재탈환하기 위한 것이다. 이로부터 보편적인 대상을 가지는 문자의 안정성이 중단되어야 한다면 그것은 '세계의 진리의 속삭임이 도래하기 위해서'라는 미학적 입장이 개진된다.

바디우의 말을 참조하면, 한국의 젊은 시는 '식별할 수 없는 것의 중얼거림'에 대한 적극적인 지향태이다. 물론 기존 서정시의 보편성이나 보편적 진리를 의심하는 역상(逆像)의 형태로. 시단에서 이런 주장을 집단적 형태로 발현한, 혹은 그렇다고 규정된 그룹은 '미래파'였다. 이들이 본래 미래파의 "우리는 박물관·도서관을 파괴할 것이며 도덕주의, 여성다움, 모든 공리주의적 비겁함에 대항해서 싸울 것"이라는 역동성과 혁명성을 어떤 수준에서 어떤 방법으로 실천했는가에 대한 보다 정치한 논의는 그들의 미학이 보다 안정적이며 지속가능한 지위를 확보했을 때야 가능할 것이다.

그러나 적어도 이들 중 몇몇은 억압과 은폐의 또 다른 형식으로 의심되는 보편성 혹은 총체성에 맞서 '다양한 방언'의 존재방식과 자기갱신의 노력을 '감각적인 것의 재분배'를 통해 수행했다는 사실만큼은 분명하다. 그렇지만 기존 세계에 대한 문화주의적 고발과 폭로, 레이먼드 윌리엄즈의 말을 빌린다면, "그것들의 목청 높은 소환이라든가 울려퍼지는 충돌음"에의 집중이 '문통'의 가능성보다는 '난독증'의 징후를 보다 심화시켰음 역시 주의하여 마땅하다.

이런 지형도를 고려하면, 이른바 '신세대'의 시쓰기는 '식별할 수 없는 것의 중얼거림'의 개성적 발굴을 지속하되, 그것의 보편화를 향한 '문통'의 민주주의에도 열렬해야겠다 싶다. 이 글에 호출된 6명의 신인은 '미래파'에 비한다면 여러모로 내향적이다. 실존과 삶의 구성체로 승인되다시피 한 문화주의의 시선이 약소하며, 기존 세계와의 직접적 충돌이 생산하는 소음의 강도도 난청을 유발할 정도는 아니다.

하지만 이들의 '식별할 수 없는 것의 중얼거림'은 비유컨대 음향외상보다는 소음성난청을 발생시킬 확률이 높다는 점에서 문제적이다. 음향외상은 강한 음 자극에 의해 돌발적으로 발생하는데, 정황상 '미래파'의 급진적 목소리와 연동될 가능성이 높다. 이에 비해 소음성난청은 장기간 소음성 폭로에 따라 발생된다. 이로 인한 난청의 지속과 회복 가능성의 증발은 신경증을 유발할 확률이 다분하다. 신진 시인들의 목소리는 급진적은 아니되 근본적인 것을 향한 낮은 소음, 즉 중얼거림으로 발화되는 만큼 우리의 신경증은 더욱 불안해질 수밖에 없다. 그런 만큼 우리 역시 젊은 시인들과 마찬가지로 갈라진 목소리로 스스로는 물론 발 디딘 현실을 끊임없이 측량하고 뒤집어보는 아이러니의 복화술을 병행해야 한다.

'방외자' 운운은 이런 형식으로 개성적 음역을 구축하는 그들의 고독과 성취에의 기대를 함께 아우르기 위한 것이다. 과연 이들이 김수영식의 '소음' 창조, 다시 말해 "참의 생성 속에서 고정되어 있지 않은 것에 헌신하는"(바디우) 시적 지평의 개척에 어떻게 다가설 것인가? 이 작업에서 유일한 진실은 '식별할 수 없는 것의 중얼거림'의 진정성과 역동성은 오로지 시인, 아니 텍스트에 의해 구동되고 판가름날 것이란 사실이다. 이들의 현재의 시선과 목소리를 검토하는 일은 그러므로 단순히 '지금 · 여기'의 성가가 아니라 미래의 성취적 징후를 엿보는 작업이기도 하다.

악동클럽의 교실 이데아 분쇄 프로젝트

악동들의 세계는 대체로 유쾌하거나 무섭다. 규율과 금지의 목록이 가득한 교실 이데아를 비튼다는 점에서 유쾌하고, 즉자적 도발을 자기 세계 건설의 계기로 삼을 줄 안다는 점에서 무섭다. 물론 어떤 악동들의 '불량'은 현실의 개선과 미래기획 없이 권력적 관습과 소모적인 유희의 재탕에 빠져든다는 점에서 강도 높은 훈육과 징벌을 자초하는 자가당착적 형식에 불과하다. 엄석대와 같은 비루한 권력의 술책사들은 따라서 우리들의 악동클럽에서 제외되어 마땅하며, 세계를 뒤죽박죽 별장으로 바꿔놓되 재구성할 줄 모르는 철부지 삐삐의 판타지 역시 악동클럽 가입이 유보되어야 한다. 교실 이데아의 허구성 적발에 젊음을 탕진하는 한편 이면의 세계와 "나를 훔쳐볼 수만 있다면 눈이 먼 피핑 톰(peeping Tom)"(김상혁, 「정체」)이 되어도 좋다는 악동들의 카니발은 그래서 보다 정당하고 오히려 윤리적이다.

피핑 톰으로서 악동클럽의 관심은 비유컨대 고다이버 부인의 알몸이 아니라 그것을 둘러싼 욕망의 정치학이다. 고다이버 부인은 백성의 구제에 눈이 멀었고, 백성은 정의로운 그녀의 추앙에 눈이 멀었으며, 피핑 톰은 그녀의 알몸에 눈이 멀었다. 세 가지 '맹목'은 앞의 둘이 도덕적이라면 뒤의 것은 비도덕적일 듯하다. 그러나 시선의 금지와 처벌의 주체가 다수의 선량한 백성이라면, 그리고 피핑 톰의 관음증이 후대에 덧붙여진 이야기라면 문제는 매우 복잡해진다. 자기의지와 상관없이 처벌의 공모자로 떠오른 고다이버, 자신들의 구원을 빌미로 자기 욕망에 충실한 소수자를 처벌한 뜻밖의 권력자들. 형식논리의 성격이

다분하지만 이들 역시 도덕의 난경에 빠져 있는 것은 아닌가. 악동클럽은 이런 불우한 도덕과 윤리의 "늘어진 살가죽 아래서" "등을 찢고 나오려는"(김상혁, 「신앙의 이미지」) '식별할 수 없는 것의 중얼거림'을 듣고 또 그것을 일용할 양식으로 채집하고 싶은 것이다.

> 어릴 적 공터에 뛰던 플라스틱 말들을 당신께 보냅니다 그 위에서 견디었던 내 예감도 보냅니다 먼 나라에서 한 번 당신을 본 적이 있지요 새벽이었고 당신은 내 가슴을 열고서 울기만 했습니다 결국 유사한 아침을 맞이하며 나는 사과나무 사이를 뛰어다녔습니다 종종 나무의 배후에서 당신을 봅니다만 그것은 비밀에 부칩니다 나는 말을 못하는 일에 익숙하지요 사랑하는 사람들은 나를 금방 비밀로 삼았습니다
>
> —김상혁, 「묵인」 부분(『세계의문학』, 2009 봄)

비밀은 신뢰가 없다면 공유되기 어렵다. 어느 쪽이든 그것을 잇속과 유희의 대상으로 삼는 순간, "일상 집들이 흔들리는 것을"(「이사」) 경험케 된다. 그렇다면 비밀에 부치는 것과 비밀로 삼는 것의 차이는 무엇이며, 이 차이는 나와 타자의 관계에 무엇을 발생시키는가. 언뜻 드는 느낌은 전자가 타자지향적인 데 반해 후자는 자기중심적이라는 느낌이다. '당신'과 '나'의 친밀성이 의심할만한 것이 되는 까닭이다.

물론 김상혁의 질문은 서로의 옳고 그름을 따지기보다는 비밀이 환기하는바 친밀성의 양가성을 묻기 위한 것이다. 그 안에서 '당신'들의 실체 못지않게 "아무리 잘게 잘라도 단면마다 다른 표정이 보"(「정체」)이는 가장 은밀한 '나'가 드러나기를 고대한다고나 할까. 김상혁 시 특

유의 이미지의 정치학, 그러니까 동일한 대상이나 사태를 복합적 이미지의 창출과 관전(觀戰) 속에 부려놓는 것도 이 때문일 것이다. 이를테면 나를 가두는 엄마(「이사」)와 나에게 조언하는 엄마(「당부」), "눈 날리는 내 속에" 존재하는 당신(=神)과 "당신을 더 닮지 못해 샐비어를 빠는" 나의 분열(「신앙의 이미지」) 등은 "아무렇지 않게 제 몸의 절단면을 빡빡 긁어대는 불구들"(「운동장」)의 심리적 표상들이다.

'다른 표정'들을 구함으로써 김상혁이 추구하는 삶과 시의 목적은 언뜻 보자면 그리 대단한 것이 못 된다. "구멍이 조금씩 열려 작고 평범한 남자가 되어도 / 밤의 마음을 잃지 말라"(「이염(移染)」)는 것. 그러나 이 명제가 '비밀을 삼다'란 가언명령에 맞서 '비밀에 부치다'라는 정언명령의 수행에 연관된다면, 그의 친밀성에 대한 성찰은 상당히 래디컬한 것이다. 대체, 정체, 외설, 묵인, 태몽 등의 시제(詩題)는 불길한 의미의 상호텍스트성에 포획된 나와 너의 불행과 분열을 충분히 암시한다. 저 말들의 세계는 "공터는 들어가는 곳이 아니라 피묻은 아이들이 뛰어나오는 곳"(「이사」)이다.

물론 너와 나의 어긋난 비밀의 역사를 엿보기 시작한 김상혁이니만큼 "한 개의 입으로 우리는 문을 나서고 싶"은 최후의 희원은 "말라빠진 그 혓바닥을 삼키"(이상 「태몽」)는 말의 붉은 고통에 더욱 단련되어도 좋겠다. 이 과정은 우리가 김상혁의 "다른 표정"에 이염되는 통로인 동시에, 거기에 같이 묻어온 친밀성의 정합성을 묻고 따지는 대화의 장이기도 하니, 우리의 기대는 과연 몰염치한가?

풍선 몇 개가 부유하는 허공에 피 묻은 활을 쏘고 싶을 때 좀 더 구체적으로

> 지금껏 어머니가 만들어준 음식들의 레시피가 아버지 발톱이었다는 것을 알게 됐을 때도 그도 아니라면 애인에게 n번째 남자인 내가 n^n의 길을 뚫고 극소량의 환각을 혈관 속으로 흘려 내보낼 때 교미에 들어갔을 때 교미가 끝나고 뿌연 거울에 축축한 나를 손바닥으로 문질렀을 때 증명당하고 있는 내 얼굴이 아무래도 윤리적이지 못해서 주민등록증을 우체통에 버리고 온다? 며칠간 돌아오지 않을 나를 생각하고 보니 자꾸 웃음이 나 적은 돈으로 일찍 술에 취하는 방법에 대해 고민도 해보고 좋아 항문이 그렇게 좋다지?
>
> — 박성준, 「매력적인 오답 2」 부분(『시작』, 2009 가을)

박성준의 '중얼거림'은 말의 물리적 뿌리인 '혀'의 변형 혹은 상실과 관련된다. "말이 두고 온 혀 / 말에서부터 변형하는 혀, 말 때문에 다른 혀를 부르다가 복수가 된 혀"(「혀의 묘사」)라니. 의미심장하게도 혀가 말을 잃는 게 아니라 말이 혀를 잃고 있다. "내가 n^n의 길", 다시 말해 도무지 측정 불가능한 '매력적인' 그러나 '불행한' 오답을 영원히 되풀이할 수밖에 없는 고통스런 숙명이 탄생하는 자리이다.

과연 박성준의 시에는 함정, 허공, 비어 있음 등과 연동된 불행한 말들, 그러니까 "말끝까지 버림받은 활자들"의 중얼거림으로 가득하다. '돼지'의 "식탐이 말라붙은 환각"(「돼지표 본드」)은 사물화의 육체성을, "없을 맥박을 두고 쫓아오는 함정들"(「아빠! 이뻐?」)은 피할 수 없는 사물화의 자동성을, 여기저기 착종되어 있는 질병과 포르노의 은유는 "기분 좋지 않은 각도로 선명해지고 필체는 여기 없는 약속 같이 반만 피가 돋"는 주체의 퇴폐와 패배를 지시한다는 가정은 그래서 가능하다. 혀를 잡아끊는 헛된 말이니만큼 그것은 '춤'으로 명명된 "몸에서 몸까지의 말썽"(이상 「끝끝내」)을 극단화하거나 아예 시의 권리장전에서 추방하는 이중책략에 의해 저지될 듯싶다.

하지만 박성준은 산문적 글쓰기의 변칙적 수행을 통한 "나보다 할애비 말로 할애비 아닌 만큼 나 아닌 말로 말씀하시"(「무슨 낯으로」)는 무한급수적 언어의 창출이란 의외성을 발휘한다. 때로는 시시콜콜한 때로는 삶의 하중이 걸린 언어들에 붙여지는 주석적 시쓰기가 바로 그것이다. 이 형식의 본질은 "서랍 하나가 닫히고 다시 스무 개쯤 서랍을 열 각오로, 충돌은 전진한다 여전히 그들은 간다"(「증가된 공간」)에 간명히 돌출되어 있다. 말의 주체와 타자, 화자와 청자가 삭제되고, 말의 시작과 끝이 지연되거나 사라지고, 대상의 지시적 맥락이 실종되는 이상한 언어의 출현. 이 세계의 '웅얼거림'을 듣거나 산출하기 위해 김상혁이 혓바닥을 집어삼키는 침묵의 어법을 선택했다면, 박성준은 혀의 무한화, 그러니까 "아직도 만나자 못한 다역의 혀를 / 그리워"(「변사의 혀」)하는 다변의 어법을 취한다.

'다역의 혀'는 그러나 앞뒤 못 가리는 수다 혹은 이것저것들의 막무가내식 변통과는 비교적 무관하다는 점에서 본질적으로 침묵의 언어에 귀속된다. 가령 타자의 불행과 타자의 넘어섬이 시쓰기의 원리였던 교활한 인생들의 일대전환, 요컨대 "시인은 덜 새로운 시를 쓰기 위해 담배를 끊었고, 그제야 우리의 아픈 엄마가 더 예뻐 보이기 시작했다. 용도가 같을 리 없는 서류 봉투가 아직은 많이 남아 있었다"(「대학문학상」)는 고백을 보라. 이것은 단순한 수상의 변이라기보다는 시적 원리와 준칙, 윤리의 재천명이다.

과연 그는 인용문의 '시작'이란 말에 주석을 붙이며 특히 기억과 인식의 명징함과 뚜렷한 정체성에 괄호를 치고 스스로를 회의의 대상으로 아프게 지목한다. "침묵하는 실체가 아직 내부에 존재하고 있을 때 인간은 자신의 본성에 반대되는 것, 자신을 소진시키는 것을 더 잘 견딜 수 있다"라고 막스 피카르트는 단언했던가? "다역의 혀"로 '침묵하는 실체'들을 끊임없이 탐문하되 한 사람의 다변이 아니라 목소리를 상실하거나 숨긴 존재 모두의 중얼거림으로 시를 가득 채우고, 또 그것들을 비우는 원래의 침묵에도 충실해보는 것. 이 방법적 사랑의 복합적인 운용 여부에 따라 박성준의 시적 지형은 그 굴곡과 높낮이가 보다 다기다양해질 것이다.

> 이름을 많이 부르면 빨리 죽는대. 엄마, 엄마, 자꾸 부르면 빨리 죽을까봐. 나는 엄마한테 너라고 한다. 공교롭게도, 너도 나를 너라고 부르지. 죽음, 죽음, 자꾸 불러서 죽음은 더 유명해지고. 나는 나를 나라고 소개하네. 우리가 우리 속으로 더 깊숙이 들어갈 때.
>
> 대명사 캠프는 캠프의 대명사. 우리는 빙 둘러앉아서. 캠프의 윤곽만 남길 것이다. 캠프를 그것이라고 하고. 윤곽도 그것이라고 하고. 그것의 그것만 남을 때까지. 우리는 캠프파이어의 대명사. 우리는 그것에 흔들리면서. 우리는 그것을 중얼거린다.
>
> —김승일, 「대명사캠프」 부분(『시작』, 2010 봄)

먼저의 악동들이 '혀'의 됨됨이를 따졌다면, 김승일은 아예 그것의 권력을 상징하는 '대명사'를 문제 삼고 있다. 사전은 '대명사'를 "용어

상으로 보면 다만 명사를 대신하여 쓰이는 품사이지만, 실제로는 발화 장면이나 담화 또는 문장 속에 주어진 대상이나 문장 자체를 가리키는 데 쓰이는 단어의 집합"으로 규정하고 있다. 표면적으로는 대체의 기능에 한정되지만 실제로는 담론과 문장의 주체 지위를 점한 능동적 발화자임이 뚜렷하게 명시되어 있다. 주체와 객체, 자연과 사물 등을 나와 너, 그것, 저것 따위로 부르는 것은 그것들의 윤곽은 물론 실체마저 지워버린다는 점에서 무언가 '식별할 수 없는 것'을 무한히 확장하는 행위인 것처럼 느껴진다.

그러나 '대명사'가 지배하는 세계는 존재의 고유성이 삭제되고 오로지 지시의 편의성만 활개치게 됨으로 어떤 면에서는 언어의 파시즘이 출몰하는 독재 공간이라 할 만하다. 끔찍한 '대명사'의 감옥은 "수족이 없는, 입술이 없는, 끝장날 건덕지가 없는 나"(「죽은 자를 위한 기도」)들을 무한 복제하는 소외의 천국이다. 김승일은 '대명사' 감옥의 감시자를 학교로, 그 공모자를 부모로, 거기 갇힌 수형자를 교실 부적응의 '양아치'로 환유함으로써 '친밀한 적'들의 부정적 '영향력'을 극대화한다.

'양아치'가 맞서는 이것들은 그러나 제국 혹은 가부장제의 전체성과 권력을 환기하는 일종의 클리셰라는 점에서 자칫 알레고리로 흐를 수 있다. 순응하는 모범생도, 저항하는 악동도 아닌 중간지대의 '양아치'는 그래서 오히려 주목된다. 이들은 "수업이 시작되면 조퇴하"(「영향력」)기 일쑤이며, 집 안의 변기에서 튀어나오는 쥐 때문에 똥을 못 눈다(배설의 불능은 결국 삶의 불능으로 연장된다. 우리의 연민과 경악은 따라서 죽음의 징후에 대한 본능적 인지에 가깝다). 요컨대 폭력과 갈취 등 패거리 범죄와는 거의 무관한, 학대받고 버려진 아이들의 다른 이름이 양아치인 것이다. 친밀성 체계로부터 이들의 추방은 "우린 망했어. 우린 끝났어"(「시작노트」)라는 패배주의로 만연된 페시미즘을 일상화한다. 따라서 '양아치'의 유일한 희망은, 『지하생활자의 수기』(도스토예프스키)의 주인공이 그랬듯이, 삶의 불안과 증오에 은밀히 시달리며 철저히 고립된 어딘가에 도피처를 마련하는 것으로 귀결될 가능성이 농후하다.

물론 현재 김승일의 언어는 '양아치'의 우울과 패배, 그것을 구조화하는 제도와 권력의 점고에 여전히 바쁘며, '대명사'에서 강제적으로 차연되는 그들의 편력 작성에 더 열심이다. '양아치'의 지속적 탐구는 그러나 '대명사'를 넘어 '명사'의 감옥마저 일상화하는 언어의 지옥을 탐문하고 발굴한다는 점에서 보편의 지평을 획득할 것으로 보인다. "꽃, 하고 다시 말하면 나무가 된다 그것들이 젖어서 직선이 되고 밤엔 창살이 된다"(「빗속의 식물」). 김춘수의 「꽃」을 패러디한 대목임에 틀림없다. 그는 의미를 버리고 리듬이 파동치는 순수시의 세계로 나아갔다. 그에 반해 김승일은 발화된 말의 무지막지한 이데올로그적 성격과 존재의 복합성을 차압하는 단일성 체계를 끊임없이 회의하고 있다. 요컨대 언어 자체에 '감각적인 것의 재분배'를 수행하고 있는 것이다.

"대명사 캠프는 캠프의 대명사"에서 "우리는 캠프파이어의 대명사"(「대명사캠프」)로 연계되면서 필연적으로 발생할 '흔들리는 언어들'의 준동 혹은 파쇄. 이 미구에 닥칠 언어의 환란과 거기서 속출할 어떤 '중얼거림'을 어떻게 채집하고 구조화할 것인가. 이 작업의 단초는 어쩌면 "그렇게 결론을 내리고 보니. 더 이상 할 얘기가 딱히 없었다"(「같은 과 친구들」)는 폐색된 말을 향한 지혜로운 환대에서 열릴지도 모른다. 누가 알겠는가, 이 어색한 침묵을 뚫고 뜻밖의 '중얼거림', 그러니까

'전적으로 우연한 실재와의 마주침'이 찾아올지. 과연 김승일은 "우리는 그것에 흔들리면서. 우리는 그것을 중얼거린다"(「대명사캠프」)라고 슬그머니 적고 있지 않은가.

타자의 이름으로 엿보는 세계와 존재의 이면

당신과 나의 이름을 '대명사캠프'의 충실한 동맹군으로 이해하면 안 될까? 각자의 이름은 자기를 표상하지만 동시에 관계성의 산물이자 기호이기도 하다. 부모가 지어주었고 남들이 더 부르는 것을 생각하면 이름의 소유권은 타자의 것에 가깝다. 세계의 자아화 같은 장르의 속성을 고려하면, 시는 사실 타자의 혹은 타자에게 빼앗긴 너와 나의 이름들을 점유하는 행위라 할 만하다. 이런 주체성의 전격적인 발현은 자칫 차이성을 전제한 유사성의 구조화라는 시의 원리를 타락시킬 수 있다. 최근의 환유적 언어체계의 부상은 아날로지의 폭력적 동일성에 대한 미학적 반성의 결과물이다.

젊은 시의 특이한 현상 가운데 하나는 환유에 대한 환대는 아닐지라도 (익명적) 타자의 호명이 잦다는 것이다. 물론 '미인'이니 '코다'니 '캐롤린'이니 하는 이름들은 이국정취나 신비주의를 강화하기 위한 이그조티시즘의 산물이 아니다. 이들의 목적 또한 숨겨진 이면의 '중얼거림', 이를테면 "소년의 손은 두 개의 혀 / 다른 말로 겹쳐지는 시간"(심지아, 「예배시간」)을 청취하는 데 있다. 하지만 악동들의 언어가 반권력·반이념의 분위기를 풍긴다면, 호명자들의 언어는, 이준규의 말처럼

"없는 곳에서 있는 것을 건져올리고, 있는 곳에서 없는 것들을 찾아내는 세계"의 탐문에 집중한다. 존재의 내면과 세계의 이면을 파고드는 여행과 모험의 형식, 그리고 환상성이 시의 주요한 자질로 떠오르는 까닭이 여기에 있다. 있음과 없음의 상호전유는 존재와 세계, 시 내부에 "발생가능한 사건의 형태"(이제니, 「모퉁이를 돌다」)를 계시하고 파종한다는 점에서 '대명사캠프'의 위험한 적이다. 전유가 내밀해질수록 '대명사캠프'를 탈출한 "형의 누런 이빨 같은 별들이 환히 켜지는 시간"(박준, 「태백중앙병원」)은 당연히 미구의 사태가 된다. 내밀해서 위험한 중얼거림이 쏘다니는 동짓날의 밤풍경은 그 징후적 형태라 할 만하다.

그때.

(작은 냄비에 두 개의 라면을 끓여야 했던 일을 열락(悅樂)이나 가는귀라 불러도 좋았을 때, 동짓날 아침 미안한 마음에 '난 귀신도 아닌데 팥죽이 싫더라' 하거나 '라면국물의 간이 비슷하게 맞는다는 것은 서로 피 속의 염분이 비슷하다는 뜻이야'라는 말이나 해야 했을 때, 혹은 당신이 '뱃속에 거지가 들어앉아 있나봐' 하고 말해올 때, (…중략…) 열 개의 손가락을 다 땄을 때, 그 피가 아까워 백성 민(民)자나 뱀 사(蛇)자를 거꾸로 적어볼 때, 당신을 종로로 내보내고 누웠던 자리에 그대로 누웠을 때, 손으로 손을 주무를 때, 눈을 꾹 감을 때, 눈을 꾹 감아서 나는 꿈도 보일 때, 새 봄이 온 그곳 들판에도 당신의 긴 머리카락이 군데군데 떨어져 있을 때)

— 박준, 「동지」 부분(『문학동네』, 2010 겨울)

박준의 시는 '리얼리즘 충동'의 느슨한 연대자로 불릴 가능성이 크다. 소소한 일상을 다루되 "옥상에 널어놓은 흰 빨래들"(「광장」)의 처지에 무감치 않고, 내면 지향적이되 "보증금도 없이 우리는 서로의 끝에 내려앉"(「연」)는 궁핍한 현실을 잊지 않기 때문이다. 그러나 그의 연대 의식은 외부의 장악이 아니라 내부의 펼침에 의해 강화되는 특이한 형식임을 기억할 일이다. '그때'란 보통 특정하고 제한적인 시간을 지시할 때 쓰인다. 하지만 박준은 '그때'에 물리적 시점(時點)을 거슬러 온갖 현실과 욕망, 감각들의 중얼거림을 펼쳐놓음으로써 시작과 끝이 없는 세계와 시간, 그것의 현현체로서 시를 현재로 불러들인다.

리얼리즘의 입장에서 보자면, 「동지」는 파편화된 세계를 복제한 퇴폐적 형식에 불과할 수도 있다. 만물과 만감이 웅성거리는 '그때'는 그러나 「동지」의 사설들이 지시하듯이 대부분 '억압된 것'의 귀환이 발현되는 순간이다. 따라서 저 사소한 것들은 원근법과 해석의 대상이 아니라, 수전 손택의 말처럼 "더 잘 보고, 더 잘 듣고, 더 잘 느끼는 법"을 가르쳐주는 '예술의 성애학'의 구현물들이다. 시인이 친밀성의 타자를 곧잘 '미인'으로 상정하는 이유가 얼추 드러난 셈이다. 그에게 '미인'은 단순한 연인 이상의 어떤 것, 이를테면 "미인의 얼굴에는, 언제나 햇빛이 먼저 와 들고 나는 그 볕을 만지는 게 그렇게 좋"(「꾀병」)은 본원적 에로스의 기원이자 제공자라 할 만하다.

시인의 '미인'과의 연정은 타자성의 수렴이란 측면에서 모범적이지만 주체의 성찰과 갱신의 강화라는 측면에서도 바람직한 것이다. "별 밝은 날, / 너에게 건네던 말보다 // 별이 떨어지던 날, / 나에게 빌어야 하는 말들이 // 오래 빛난다"(「근황2」)라니. 이런 조합이나 '명성(明星)-

나'의 조합보다 '낙성(落星)-너'의 조합이 아마도 우리의 심정을 가장 자극할 것이다. 그러나 그 눈물의 조합을 피함으로써 그는 오히려 "나도 같이 텅 비어서, 비어있는 상(像)들이 누군가를 부를 때 늘 짓던 표정들을 따라 해보기도"(「언덕」) 하는 뜻밖의 경험과 조우한다. 그 어떤 하위주체(subaltern)이든 자기만의 내밀한 고독의 표정을 얻지 못한 곳이 우리 현대시임은 비교적 분명하다. 하위주체들의 발화되지 못하는 '중얼거림'을 얻는 것, 아니 거기에 참여하는 것. 박준과 '미인'의 낭만적 연애가 발명하고 정교화할 "칠월 하늘의 점성술"이 발휘할 예지력의 핵심 가운데 하나일 것이다.

> 검은 글자로 쓴다 종이 위에서 어미 없는 얼룩말들이 태어난다 얼룩말들은 실컷 풀을 뜯고도 아무도 어른이 되지 않는다 숲은 무성한 풀 비린내로 번지고 자음이 탈락된 모음들처럼 목동의 목소리는 의미를 잃고 풋과일의 모양으로 가지마다 대롱대롱 매달려있다 숲에는 어린 아이의 목덜미에서 흐르는 선홍색 피가 있고 핏물에 비친 검은 글자들이 있다
>
> (…중략…)
>
> 나는 입술을 달싹인다 더듬거리는 입술로 밤의 작은 나뭇잎들이 흔들린다 틈새로 달빛이 들어오고 글자들은 부신 눈을 감는다 문장은 문장을 마주보지 않는다 감은 눈 속에서 검은 눈 속에서 손바닥으로 접은 작은 비행기처럼 금이 간 소리들이 날아오른다
>
> —심지아, 「검정 물감 팔레트」 부분(『작가들』, 2010 겨울)

심지아의 시에는 탄생과 성장의 서사가 역력하다. 언어라는 산모가 낳는 현실적이거나 환상적인 존재 / 사물들. 이런 방식의 비인간화 전략을 통해 시인이 보려는 것은 "일인칭과 이인칭을 초과하여 검고 깊은 언어로 흐"(「네게 이야기해줘」)르는 '너'이다. 인용시에서 보듯이 그렇게 태어난 존재들은 세계와 언어의 보편적 문법 혹은 맥락을 따르지 않는다. 오히려 그 질서와 법칙을 혼란시키는 그로테스크한 주체들의 반동적 움직임이 거세질 따름이다.

이를테면 "나는 분홍 빰, 거짓말의 사탕봉투 / 나는 한밤의 괘종시계, 불명을 배달하는"(「이상한 활주로」) 식으로 '나'의 심리와 행위를 계속 늘어놓은 태도가 그렇다. 이 구절들은 '대명사'가 가하는 억압과 폭력에 따른 주체의 분열과 불안, 그에 따른 상징계에서의 미끄러짐 정도로 해석될 여지가 다분하다. 그러나 통합적 주체만이 진리이거나 선이라는 보수적 관점을 거부한다면, 심지아의 존재의 복수성(複數性)에 대한 의지는 '너'와 '나' 너머의 "캐롤린, 겹쳐지던 손금들을"(「외출 직전」)을 움켜쥐려는 능동적인 자가 분열에 가까운 것이다. 결코 단수로 환원되지 않는, 스스로를 모순의 장에 밀어 넣는 분열자들은 따라서 "환한 정전이거나 검은 불빛이거나"(「모든 침대는 일인용이다」)를 존재의 지시등으로 켜들 수밖에 없다.

빛이어도 어둠이고 어둠이어도 빛인 세계니만큼, 언어와 존재는 스스로 "이상환 활주로"를 타고 달리지 않는 한 어둠과 빛의 동시성을 수렴하거나 초극할 수 없다. '우리들'의 의도와 행위가 서로 어긋나고 심지어는 서로를 파괴할 법한 위악적인 인지가 느닷없이 발동되는 것도 비유컨대 저 괴기한 설맹 현상의 공포와 불안 때문일 것이다. 이를테면 "눈을 뭉치면 단단한 문장이 되었지만 눈싸움이 더 좋았다" "표정보다는 근육을 읽고 싶지만 / 악취로 우리는 서로를 알아본다"(「우리들의 테이블」) 같은 것.

그러나 '눈싸움'과 '악취'로 대표되는 뜻밖의 사태들은 "종이 위에서 어미 없는 얼룩말"을 탄생시키는 희유한 사건의 주재자란 점에서 오히려 권장될만한 행위요 감각일 듯싶다. 과연 심지아는 "얼룩말들은 사색하는 색채를 불러오고 얼룩말들은 사색을 벗어나는 색채를 기다린다"(「검정 물감 팔레트」, 이하 같음)라고 적고 있다. 생물학적 근본 없는 언어로서의 '얼룩말', 이것은 그러므로 어미가 되는 순간 소멸되고 삭제될 운명을 타고 났다. 따라서 '얼룩말'은 "문장은 문장을 마주보지 않는다"는 상배(相背)의 태도를 삶의 원리로 실천할 수밖에 없다. 하지만 이 절대고독이야말로 심지아가 미상(未詳)의 '중얼거림'을 청취할 득의의 방법이다. "파도의 율동으로 외로운 것들은 물의 목소리에 귀 기울인다." 심지아의 "작은 비행기처럼 금이 간 소리들이" 한국시의 듬성듬성한 밀림을 헤쳐 나갈 때 필요한 암호가 타전되는 명제적 장소일 것이다.

> 요롱이는 말한다. 나는 정말 요롱이가 되고 싶어요. 요롱요롱한 어투로 요롱요롱하게. 단 한 번도 내리지 않은 비처럼 비가 내린다. 눈이 내린다고 써도 무방하다. 요롱이는 검은색과 검은색의 차이에 대해 이야기한다. 끊임없이 끊임없이 계속해서 계속해서. 마침표를 잃어버린 슬픔, 양팔을 껴야만 하는 외로움. 그건 단지 요롱요롱한 세상의 요롱요롱한 틈새를 발견한 요롱요롱한 손가락의 요롱요롱한 피로.
>
> — 이제니, 「요롱이는 말한다」(『아마도 아프리카』, 창비, 2010)

'요롱이'는 무슨 조건과 규약을 들이대든 거기에 포함되는 동시에 이탈하는 식별∞비식별의 존재이다. 표면적으로 그것은 기표는 거느리되 기의는 탈락시킨 일종의 음향 같은 것이다. 그러나 주어진 무엇과 접속하는 순간 스스로 기의를 발생시키고 선점하는 '맥락'의 검투사이다. '요롱이'의 작난(作難)이 산출하는 기의는 지시적 의미로 고정되지 않고, 앙리 메쇼닉을 빌린다면, "이미 알려진 것으로는 환원이 불가능한 무엇"을 창조하는 본질적 리듬의 파동으로까지 흘러간다.

'맥락'의 현상학이라 불러 무방할 이제니의 시학은 따라서 반복과 전도, 그것을 포괄하는 외형적 리듬의 유형화에 치중하는 펀(pun)의 기술로 한정될 수 없다. 그의 리듬충동은 말-존재의 '있음'과 존재-말의 '없음'을 연결하는 동시에 절단하는, 그래서 기존의 세계와 의미를 '요롱요롱한' 피로의 구렁텅이로 몰아가는 기지(機智)의 정치학과 심리학에 연동되어 있다. 가령 "당신은 완고해 완고 완고해 / 완두 완두하고 우는 완두보다 더 완고해"(「완고한 완두콩」)와 같은 대목은 '대명사캠프' 주인들의 역겨운 완력을 희화하는 동시에 "말하지 못하는 말"로 그 완력을 상쇄하고 초극하는 "녹색 감정 식물"(이상 「녹색 감정 식물」)의 가능성을 점치는 회심의 관전평(觀戰評)이다.

이제니의 '녹색 감정' 착안은 꽤 의미 있는 사건인데, 자연의 순수함과 이상적 형태로 지향되다시피 한 생태시학의 지평을 내면의 사건과 감정의 율동으로까지 확장하고 있기 때문이다. 이를테면 "눈을 감아도 선홍색이 보이면 / 다시 코끼리 사자 기린 얼룩말 호랑이 / 너무나 멀리 있지만 아마도 이미 아프리카"를 누가 감히 주관적 환상 내지 인공정원의 욕망으로 좁혀 말하겠는가? 게다가 "내 머릿속" '선홍색'이

"쑥색과 곤색의 접합점"에서 흘러나온다니(이상 「아마도 아프리카」). 이런 사태는 단지 과학적 사실에 대한 위반의 상상력 정도로 해석될 수 없고 그래서도 안 된다. 착란이라 해도 그만일 감정을 "매순간 다른 리듬으로 밀려갔다 밀려오"(「고아의 말」)는 "들판의 홀리"(「들판의 홀리」)로 육화시키는 '회전하는 기호들'의 창출. 옥타비오 파스의 말을 빌리건대, 이것은 존재와 세계와 시가 이제는 말을 통해 육화되는 게 아니라 삶 자체 속에서 육화될 수밖에 없음을, 다시 말해 시적 언어 그 자신이 역사가 되고 삶이 될 것임을 의미한다.

그런 의미에서 이제니의 작명법은 기술이 아니라 하나의 시적 선언이다. '홀리'니 '뵈뵈'니 '두이'니 '라이라'니 하는 것들은 일종의 "발생 가능한 사건의 형태로 존재"할 뿐 결코 살과 뼈를 입을 수 있는 현실적 주체가 아니다. 요컨대 "나는 나에게조차 보이지 않는 사람"(「밋딤」)들의 형식인 것이다. 스스로를 '식별할 수 없는 것의 중얼거림'으로 육화함으로써 발생하는 제일의 효과는 '대명사캠프' 혹은 '대문자'의 무서운 전체성과 대용성에 대한 자율적인 회의와 성찰이 가능해진다는 것이다.

"우리의 대답은 언제나 질문으로 시작해서 질문으로 끝나지"(「발 없는 새」). 여기 가득한 종결 없는 혹은 시작으로 종결되는 '중얼거림'들의 속출과 성장, 그것을 명제화한다면 "달려나가는 감각 그대로 밤이 가고 낮이 오는 것을 바라보라"(「초현실의 책받침」) 정도가 될 것이다. '달려나가는 감각'이야말로 언어 이전과 이후의 역사이자 삶의 형식으로서의 본질적 리듬의 생산자이자 실현체일 것이다. 따라서 우리는 이것이 불가능의 신민임을, 오로지 기대와 열정의 형식으로 존재해야만 하는 비극적 사태임을 눈치챌 수밖에 없다. 벌써 개성으로 출렁거리는 이제니의 또 다른 고유성이 "돌려주세요 돌려주세요// 아무리 해도 돌려주"(「두부」)는 "분별없는 심장"(「녹색 감정 식물」)의 지속적 창출, 아니 그에 대한 헌신에서 흘러나올 수밖에 없는 이유가 여기 있다. 그러나 "분별없는 심장"이 고동칠수록 그 누구의 것이면서 그 누구의 것도 아닌 '아프리카'가 여기저기 핏줄의 밀림을 이루어가며 한국시의 대지를 적셔나갈 것이다.

시의 언어라는 것 또는 시의 옹호라는 것의 어떤 의미

네루다는 「말」이란 시에서 "말은 잔에 잔다움을, 피에 피다움을, / 그리고 생명에 생명다움을 준다"라고 일렀다. '~다움'이란 어사(語辭)가 지시의 정확성과 외연성을 의미하지 않음은 물론이다. "나는 거기 들어 있는 / 언어의 순수한 포도주나 / 마르지 않는 물을 마신다"에서 보듯이, "말의 모성적 원천"으로의 회귀와 그것의 미래화를 동시에 함축한다 하겠다. 젊은 시인들은 거기서 솟아나는 '생생한 생명'을 마시기 위해 스스로를 방외자로 쫓아내고 있는 중이다. 이제니를 빌린다면, "굴러가는 것, 기어가는 것, / 엎드려 있는 것, 절룩이는 것, / 헤매는 것들의 세계가 돌연 보"(「나무 구름 바람」)이기를 희망하며. 이 하위주체들과 연대는 그러나 집단적이고 이념적이기보다는 무언가로 특정할 수 없는 내면의 중얼거림을 공유하는 방식에 의해 유지되고 지속되는 것처럼 보인다. 근대문학 이후 어떤 대목마다 들먹여지는 사상성 약화와 그에 따른 내성화 경향이라는 미학적 트라우마의 또 다른 발현이라는 올가미를 '미래파'와 공유한다는 이해는 그래서 가능하다.

그러나 방외자인 동시에 소수자의 내면을 살기를 원하는 이들의 시선과 목소리는 세계에의 패배와 내면으로의 도피를 거느리는 사적인 위안의 형식과는 상당히 격절되어 있다고 믿는다. '미래파'가 시적 문법의 파괴와 교란을 유도하는 '음향외상'의 효과를 유인했다면, 신진 시인들은 가련한 세이렌의 음울한 노래에 지속적으로 노출된 결과 발생하는 '소음성난청'을 스스로 앓고 있다. 이들의 문법이 정석의 패턴을 따를 뿐더러 어투 역시 꽤나 조분조분하다는 인상을 받지만, 다시 네루다를 빌리건대, "상처 입히는 어떤 키스들의 자상(刺傷)"이 어느 세대 못지않다는 판단도 이 때문이다. 이 '자상'의 통찰적 내면화를 통해 '식별할 수 없는 것의 중얼거림'을 듣는 것, 아니 '그건 태어난다'는 미학적 예감과 예지를 아예 '중얼거리는 것'. 젊은 시인들이 자기 세대의 언어를 살고 옹호하는 가장 힘세고 아름다운 인정투쟁일 것이다. 그래서 나는 야멸치게도 이들이 "너는 단 한번도 똑같은 표정을 지은 적이 없고 너는 너에 대해 말하는 일에 또다시 실패할 것이다"(이제니, 「블랭크 하치」)라는 비극적 아이러니의 지속적 실행자이자 수혜자로 계속 살아남기를 감히 욕망한다.

시,라는 여지(餘地)*

이병률 · 신해욱 · 김승일의 시

1. 얼룩은 별이다—이병률의 「얼룩들」

유년의 꿈이 가뭇없이 스러진 성인의 현실을 지용은 이렇게 적었다. "별똥 떠러진 곳, / 마음해 두었다 / 다음날 가보려, / 벼르다 벼르다 / 인제 다 자랐오." "자랐오"란 말은 소년이 무엇보다 자기 영혼의 자유자재한 운영이 가능한 청년으로 우뚝 섰음을 의미한다. 이 말 뒤에 더 이상 올려다보거나 쫓아갈 하늘이 사라졌음을 고지하는 소년 시대의 종말이 처연히 숨어 있음은 물론이다. 그러나 '별똥'은 현실 저편의 허위성이 아니라 간교한 현실에 의해 격추됨으로써 여전히 자기 고유의 성좌로 거꾸로 떨어지고 있는 중이다. 그런 의미에서 '별똥'은 얼룩이

* 이 글은 각각 따로 작성된 이병률과 신해욱의 단위 시편, 그리고 김승일의 첫 시집에 대한 단평들을 하나로 모은 것이다. 짧다고 하여 글쓰기의 노력과 품이 덜 드는 것은 아니다. 거기 담긴 독서와 글쓰기의 여백을 생각하여 '시,라는 여지(餘地)'로 그 이름을 붙여둔다.

고 또 무늬이며, 과거이고 또 미래이며, 죽음이고 또 신생이며, 섭취이고 또 배설이며, 순간이고 또 영원이다.

하지만 '별똥'의 이 은혜로운 양면성은 더 이상 일상이 아니라 대개는 자본을 대동한 특출난 행사의 부속물로 전락해가는 기미가 역력하다. 그런 의미에서 '맨눈' 대신 '렌즈'에 포획되는 '별똥'은 얼룩의 부정적 속성, 그러니까 '액체 따위가 묻거나 스며들어서 더러워진 자국'이라는 제2의 사전적 정의와 오히려 급속히 불륜 중이다.

이 지저분한 현실은 한밤에 도시의 불을 모두 꺼버린다고 해서 지워지지도 초극되지도 않는다. 철지난(?) 루카치의 말을 슬쩍 변형한다면, '별똥'이 하늘의 길을 지시하는 복된 현실로 되돌아가거나 그것을 일용할 미래로 선취하지 않는 한 기계-눈을 빌린 '별똥'의 응시는 항상 일시적이며 무력할 수밖에 없다. 따라서 가슴 먹먹한 아우라로 문득문득 출현하는 '별똥', 그러니까 내면의 점심(點心, 마음에 점을 찍다)은 결국 개성과 차이의 몫이다.(한국어 사전은 '얼룩'의 1차 의미를 '본바탕에 다른 빛깔의 점이나 줄 따위가 뚜렷하게 섞인 자국'에 두고 있다). 이 몫은 그 개성과 차이를 저 삶의 진창으로 들이밀어 거기서 삶의 진의와 존재의 떨림을 밀어 올리는 미학적 투기에 의해 산출될 성질의 것이다. '얼룩'의 세탁과 삭제에 골몰하는 백색의 사유가 '얼룩'의 복합성과 일탈성을 점찍는 시의 능산(能産)을 저주할지언정 결코 탈주술화할 수 없기 때문이다.

우리는 점이다
코와 흉터 사이
혹은 입과 가슴 사이

아주 알 수 없는 이야기처럼 뭉쳐져
떡하니 표면에 돋아난 무엇

우리는 점이라서 떠돈다
환상을 본다
가끔가다 시큼털털한 문장을 떠올리고
그것을 외우기 위해 머리를 강요한다
우리는 점이라서 감정이 작다
특히 한 번도 몰아붙인 적 없는 결단 같다

우리는 점이라서 몰려다니지 않는다
점이어서 자신이 누군지 모른다
닮아갈 수도 없다

우리는 점이어서 바라볼 수 없다

점이어서 달린다
점이라서 분열한다

그러므로 나는 눈으로 내릴 것이고
그러므로 나는 내가 될 때까지

별일 것이다

—「얼룩들」 전문(『문학과사회』 11월호, 2011)

다소 엉뚱한 지용의 '별똥' 얘기로 이병률의 「얼룩들」을 감응하기 시작한 것은 이 시에서 얼룩과 별이, 그리고 점(點)이 서로 유비 관계를 형성하기 때문이다. 그것도 생기 없는 '낭만'과는 무관한 애잔한 '생의 의지'를 불러내는 봉인파훼(封印破毁)의 형식으로. 그렇다고 그가 훔쳐 보는 생의 이면이 격랑에 찬 모험의 형식이라고 섣불리 예단할 필요는 없다. 잠시의 선잠에서 깨어날 때조차 문득 감촉되는 범속한 일상의 일 단면이라는 게 되레 진실에 가깝다. 그래서 최초의 주어가 "우리는"이 되어 마땅한 것이다.

'우리'는 그러나 '나'와 '너'의 산술적 집합물 내지 통합물이 아니다. '우리' '나' '너'는 언제나 서로에 대하여 과잉이거나 결핍이고 잉여이거나 부족의 형식들이다. 이 '차이'를 보지 못하는 순간, 그러나 그 '차이'를 절대화하는 순간, 서로에게 던져진 관계의 '얼룩'들은 집단적 오염으로 타락, 개성적 문양들을 훼손하고 폄훼하기에 이른다. 그러므로 "우리는 점이다"라는 존재의 형식과 그것을 지지하는 연대감의 선언은 정당하며 그 자체로 윤리적이다.

하지만 "우리는 점이다"는 그 공동감각에도 불구하고 어디까지나 주체 중심의 언술이다. 이런 연유로 "아주 알 수 없는 이야기처럼 뭉쳐져 / 떡하니 표면에 돋아난 무엇"에서 팔루스(phallus)의 불편한 융기가 문득 예감되기조차 하는 것이다. 이럴 때 '점'은, 생동하는 우주의 거룩한 배설물 '별똥'과 달리, 우리들의 '얼굴'을 억압하고 제멋대로 인상짓는 과잉과 결핍의 동시적 불순물이다.

이런 견지에서 "우리는 점이라서~"라는 조건부 문장은 「얼룩들」을 타자성의 형식으로 전유하고 서로를 분리함으로써 오히려 통합하는 차이의 연대를 실현하는 방법적 사랑의 핵심 문형이다. '점'이라서 '환상'을 보며, "점이어서 자신이 누군지 모르"고 또 "닮아갈 수 없"다. "점이어서 바라볼 수 없"으며, "점이어서 달"리고 "점이라서 분열한"다. 이런 '우리'의 파편화 현상은 이른바 '단자화'(monad)된 고독한 개인의 집단적 출현과 궁극적 궤멸을 서둘러 환기한다. 선과 면으로 확장되지 못하는 '점'들의 산란은 고유한 형상과 의미의 성좌를 구성하지 못한 채 떠도는 살별(彗星)의 폭주와 닮아 있다. 사실 이 흉흉한 현상은 문명의 폭력 운운하기에 앞서 날 때부터 모든 존재에게 던져진 운명의 심연과도 같은 것이다. 「얼룩들」에 인위적인 것이라곤 기껏해야 "시큼털털한 문장" 정도가 점 박혀 있는 것도 이와 무관치 않을 것이다.

그러나 시인은 이 느슨한 독법을 "나는 눈으로 내릴 것이고 / 그러므로 나는 내가 될 때까지 / 별일 것이다"라고 적음으로써 서슴없이 거절하고 있다. '점'이 '눈'으로, 또 '별'로 몸바꿈으로써 '나'를 실현하는 타자성의 형식. 이를 동일성에의 집착이 아니라 차이의 연대를 향한 시적 포월로 움켜쥐려면, '눈(雪)'을 '눈(目)'으로 바꿔 읽는 지혜가 먼저 필요할 것이다. '얼룩'과 '점'과 '별'이 '나'를 수렴하는 동시에 해체하는 통찰과 성찰의 '혜안'이라면? 그래서 움직임을 멈출 수 없는 영원한 떠돎이라면? 잠들지 않는 우주의 '눈', '별'의 진면목이 여기에 있다. 인간들이 '별'을 탄생과 죽음의 상징으로 동시에 가치화한 것도 내면적 삶의 영원성을 꿈꾸는 한편 존재의 구극을 엿보기 위한 존재론적 욕망 때문이었는지도 모른다.

이 순간에 '눈'을 감는다는 것은, '빛'(별)을 잃는다는 것은 곧 파멸이고 죽음일 것이다. 따라서 이와 같은 휴지(休止)의 부재는 "나는 내가 될 때까지", 다시 말해 궁극적 형상에 해당할 어떤 '나'의 '아직 아님'이 해소될 때까지 존재의 숙명적 원리로 지속될 것이다. 하지만 그런들 어떠랴. '점'이며 '눈'이고 별인 '나'와 '너', '우리'의 서러운 분열과 고독한 질주는 '단독자-되기', 그러니까 무리를 거슬러 혹은 떠나서 가장 진실된 자기의 모습으로 되돌아감에 연동되어 있으니. 그러니 '점'은, '얼룩'은 세계의 본원성을 향해 열린 좁은 틈새로 이끄는 미학적 이음새가 아니고 그 무엇이겠는가.

이 끊어질 듯한, 잘 보이지도 않는 '점'들의 '사이', 거기선 지금 이 순간도 어두컴컴한 현실로 기투하기 위해 별빛을 켜든 단독자의 내면성들이 누구는 숨을 씩씩거리며 누구는 숨 죽인 채 달리고 분열될 준비를 하고 있다. 자 우리는 각자의 머리 위로 쏟아질 저 '별-점', 우주의 찬란한 '얼룩'들을 즐겁고 무섭게 응시할 '맨 눈'을 뜨고 있는가, 아니 어느 사인가 '파란 녹'(윤동주)이 낀 '눈동자'를 "손바닥으로 발바닥으로" 아프고도 신나게 닦고 있는가?

2. '생물성'의 어떤 심연—신해욱의 「탈출기」

2012년 조선족 오원춘의 살인 사건은 여러모로 충격적이었다. 죽임의 비인간성과 폭력성을 논외로 치더라도, 이를 계기로 벌칙으로서 사형제 부활이나 다문화 사회의 확장에 따른 민(종)족과 국가의 불일치를 해결할 제도의 필요성 등이 뜨거운 관심의 대상이 되었다. 그러나 사실을 말하면, 국민국가의 역할과 그것의 기능 조정은 언제나 사후적인 사태로 귀결될 수밖에 없다. 그 앞에는 오의 살인이 인육 섭취, 다시 말해 미각의 충족과 관련될지도 모른다는 취향의 퇴폐성에 대한 혐오와 공포가 먼저 너울대기 때문이다. 요컨대 취향을 둘러싼 '인간'과 '비인간'의 구별 짓기가 공동체 존립과 개인의 구제와 관련된 공동 감각으로 먼저 도래하는 것이 현실의 실제적 사태인 것이다.

취향은 개인 고유의 것으로 흔히 치부된다. 하지만 감각이 그렇듯이 취향은 역사적이며 현재적인 관계들의 구성물이자 이리저리 얽힌 공동체의 심리적 반영물이다. 공동체와 제도가 존재의 영점(零點)에 처해지는 순간, 그곳에 새로운 의미와 상징을 탄착하기 위한 문화적·윤리적 구속(흔히 지혜로 표상되는)이 격발되는 것도 이 때문이다. 이를테면 식인을 인간 이전의 야만적 습속이나 신을 향한 종교적 아비투스의 일종으로 편리하게 간접화하는 현대인의 심리적 응집과 변용을 보라. 육체적 동류(同類)를 인간 밖에 위치시킴으로써 우리들은 정신적 동류에 대한 윤리와 연대 의식을 함께 갖춘 고상한 인간으로 (제멋대로) 거듭난다.

이 편리한 주술은 그러나 "손가락이 남기도" 하며 "손가락이 모자라기도" 하는 "다른 종 / 다른 류의 인간"(신해욱, 「꺼져버려」, 『서정시학』, 2012 여름)을 언제나 악마화할 뿐이다. 더욱이 누군가의 "손에는 다른 종 / 다른 류의 피가 묻어 있"(신해욱, 「여자인간」, 같은 책)는 까닭을 알지 못한다, 아니 알려하지 않는다는 점에서 퇴행적이다. 신해욱이 『생물성』(문학과지성사, 2009)에서 인간 문제를 동물성 / 식물성 따위의 이미 꿰뚫린 지향성에 묻지[問 / 埋] 않고 '생물성'에 접변시킨 것도 일종의 방법적 사랑, 다시 말해 인간 습속의 모순성과 편리성을 성찰, 내파하기 위한 전략적 언술이었는지도 모른다. 그것의 현장성이 두드러지는 다음 시는 과연 어떨까.

모두 핑계였습니다.

인육만두를 만드는 중국 이야기 속에서 인육의 역할을 맡아 열연을 한 사람은 없었습니다.

우리는 짝을 맞추어
만두를 빚고
만두를 먹었습니다.

마법에 걸려 만두가 되었다는 사람들의 잘린 머리를
은쟁반과 함께 잊으려고 애를 썼습니다.

신체발부수지부모 신체발부수지부모 주문을 외웠습니다.

밀가루를 뒤집어 쓴 채
실은 다 같이 탈출을 기도하고 있었습니다.

기립박수를 받았습니다.

그러나 끝날 기미는 지금도 보이지 않고 있습니다.

입을 헹궈도 입속에는

밀가루 냄새가 가득 퍼지고 있습니다.

—신해욱, 「탈출기」 전문(『서정시학』, 2012 여름)

시적 담론 '생물성'의 현재적 실천인 「탈출기」의 서사적 초점은 "인육만두를 만드는 중국 이야기"이다. 신해욱 특유의 '생물성'에 들기 위해서는 서사적 의미의 서툰 가설보다는 그것의 서사적 맥락을 중층적으로 구성하는 역사성과 현재성을 먼저 살펴보아야 한다. 그것이 종교적 숭배든 종족적 관습이든 아니면 개인적 취향의 발로든 역사적으로 다종한 식인 행위가 계몽과 금지, 훈육과 처벌의 대상으로 완전하게 제도화된 때는 아마도 근대적 개인의 탄생 이후일 것이다. 혈통과 피부, 계급과 취향, 사상과 이념의 차이가 인간성 차별의 전제가 되어서는 안 된다는 보편적 휴머니즘의 확장 속에서 식인 행위는 인간 문화의 영원한 타자로 새롭게 언명되고 재편되었다.

가령 근대 이전 동양의 보편으로 설정해도 무방할 다음과 같은 사례들은 어떨까. 그 시절 동양 전역에서 널리 읽힌 소설로는 단연 『삼국지』와 『수호전』이 손꼽힌다. 두 소설은 인육 섭취와 관련한 정보를 제공하고 있어 흥미롭다. 유비가 인육으로 만든 포(脯)를 즐겼다는 정사(正史)의 기록이 있고, 『수호지』에는 인육으로 고기만두를 만들어 파는 악한이 등장한다. 하지만 더욱 경악할 만한 것은 공자가 활약한 전국시대에 식인문화가 널리 존재했으며 공자 역시 인육 섭취의 경험자로 기록되고 있다는 사실이다(자료에 따라 사실 여부에 대한 이견이 존재한다. 여기서는 사실 여부보다 당시 식인 문화와 취향의 보편성에 주목한다). 물론 공자는 정치에서 패배한 제자 자로의 인육이 해(醢, 인체를 잘게 썰어 누룩과 소금에 절인 고기)로 제공되는 것을 보고 해의 섭취를 아주 그쳤다고 한다. 측은지심이 곧 인(仁)의 출발이자 본질임을 미각적 취향의 포기를 통해 스스로 현시한 예로 읽히는 장면이다. 하지만 반대로 감각의 충족과 희열을 기도하는 취향이야말로 해당 공동체의 문화적 관습이며 정치적 행위의 일환일 수 있음이 분명해지는 대목이기도 하다.

근대전환기에도 공공연히 목격되던 중국의 식인 풍습(취향)을 야만의 극치로 고발하는 한편, 그것을 광기어린 국가의 폭력성, 그러니까 '국가는 사람이 사람을 먹는 역사사회'로 정치화한 것은 루쉰(魯迅)의 「광인일기(狂人日記)」였다. 반(半)식민지 청년 루쉰의 삶의 전환과 미학적 생성이 제국 일본이 타격한 '야만 중국'에의 충격과 '해방 중국'에의 각성에서 비롯되었음은 주지의 사실이다. 이 소설 속 광인의 피해망상증, 곧 주변 사람이 자신을 잡아먹을 지도 모른다는 죽음의 공포는 따라서 일본 체험의 심각한 반영이자 의식적 변형에 해당된다. '광인'은 아마도 저에 대한 타자로 전환함으로써, 바꿔 말해 스스로가 식인의 주체로 거듭날 때에야 다시 '정상인'으로 편입될 것이다. 하지만 이 변신의 순간이야말로 "신체발부수지부모"의 윤리와 '만인의 행복'에 연동된 내셔널리즘이 악령의 주술로 타락하고, 식인의 합법적 장치 가운데 하나였던 복수주의(復讐主義)의 신화가 귀환하는 지점이다. 식인이 다시 관습화되는 순간 피해자∞가해자로서 '광인'은 아무 데에도 없으나 그 어디에도 존재하는 타자 / 주체로 주체화 / 타자화된다.

나는 신해욱의 「탈출기」를 이런 양가적 존재로 자아를 재구성하고 추방하는 '광인=우리들'의 그로테스크한 '생물성'에 대한 성찰적 폭로와 개입으로 읽는다. 고백건대 「탈출기」의 산문적 번역과 해석은 그리 녹록지 않다. 일종의 부조리극 형식을 취한 '우리' 행위의 본질과 그것이 뜻하려는 것, 이를 위한 매개체, "인육만두를 만드는 중국 이야기"와 「탈출기」 서사의 연관성 또는 미끄러짐, 결국 탈출에 실패한 '우리=광인'의 아이로닉한 비극 들의 실체가 응집을 거절한 채 산포되고 있는 형국이기 때문이다. 내가 '핑계'란 말에 주목하며, '만두'의 양가성과 허구성에 초점을 맞추는 연유 또한 여기 있다.

먼저 다음과 같은 사실을 기억해두자. "인육만두"의 생산자이자 향유자인 과거의 '우리'는 아무 데에도 없으나 어디에도 살아 있듯이, 이것은 오늘날 일상의 '만두'에 열중 중인 '우리'에게도 똑같은 상황이라는 것. 이를 참조하면, "인육의 역할을 맡아 열연한 사람은 없었"다는 부조리한 상황은 죄와 벌의 불가능성을 암시하지만, 동시에 모두가 '인육'의 제공자이자 소비자로 활동 중임을 은밀히 고백하는, 대쌍(對雙)적 아이러니에 해당한다. 이런 상황이라면, "만두를 빚고 / 만두를 먹"는 '우리'의 행동은 '식인' 행위로 대변되는 파멸적 원죄와 훈련된 취향의 맹목성에 면죄부를 허락하기 위한 알리바이로서의 "핑계"가 아닐 수 없다.

그러나 이런 주체의 허구성은 실제 현실("만두")이 역사("인육만두")와 허구("마법에 걸려 만두가 되었다는 사람들의 잘린 머리")의 심연에 끊임없이 함입(陷入)되는 실질적 근거와 이유가 된다. 비록 그 실행의 열도가 꽤나 옅어졌지만 예(禮)와 윤리(倫理)의 핵심을 여전히 장악 중인 『효경(孝經)』의 "신체발부수지부모"가 "주문"으로 쉽게 전유되는 것도 '탈출 기도'의 핵심 방법인 "핑계"의 사술(邪術)적 성격 때문이다. 윤리의 주술화는 그것의 통속성 강화는 물론 행위 준칙의 근본이자 원리인 대문자 윤리의 허구성을 동시에 폭로한다. 「탈출기」라는 부조리극이 이미 딱딱해진 '생물성'의 어떤 멍울을 터뜨리고 거기에 물활(物活)의 기표를 산종하는 미학적 투기(投企)임이 문득 드러나는 지점이다.

물론 물활의 기표들은 투명한 의미 형식을 입을 수도 없고 또 입지도 말아야 한다. 그것이 "다른 종 / 다른 류의 피"(「여자인간」)로 떠돌기 위해서는 '다름'을 일률적 기의로 등기하는 형질 변경에 무엇보다 주의해야 한다. 「탈출기」가 행간의 잦은 맥락화와 리듬화의 골간을 따라 유동하는 '우리'들의 행위들로 구성되고 조직되는 실질적 이유인 것이다. 그러니 "입을 헹궈도 입속에는 / 밀가루 냄새가 가득 퍼"진다는 우울한 감각은 전혀 비참하지 않다. 우리는 "밀가루 냄새" 속에 '사실'과 '취향'으로서 "인육" 냄새가 함께 "가득 퍼지"는 상황을 실감하고 또 상상해야 한다. 왜냐하면 "핑계"로부터의 진정한 "탈출"과 "인육만두"로의 피할 수 없는 역할이 긍정되는 토포스(topos)가 주어지는 순간이기 때문이다.

"인육만두를 만드는 이야기"는 그래서 현실이고 미래이며, 우리의 공동 서사이고 공통 감각의 규준이다. 신해욱은 이것을 "알아? 나는 여자인간이니까 / 생리를 한다"(「여자인간」)는 '사실'의 '생물성'으로 외현하고 있는 중이다. 이 '생물성'은 그러나 '사실'이기 전에 존재의 본원이고 이질적 개성의 궁극이다. "꺼져버려"(「꺼져버려」)라는 신해욱의 외침은 그래서 과거적인 동시에 미래적이다. 이 사이를 비집고, 아니 두 시간대를 파고들며 '생물성'은 "낮은 자리로 스며드는 하얀시간"(『생물성』, 〈표4〉)을 현재화한다. 그렇다면 '생물성'은 현실과 초월의 동시적 형식이자 내용이다. 이것을 퍼 나르는 매개체가 “입속에” 가득 퍼지는 “밀가루 냄새”임이 이로써 분명해진다. 그것이 무엇을 의미하고 비유하며 무엇을 상징하고 대체하든 “만두”는, 아니 “인육만두”는 그래서 “핑계”가 아니라 우리들의 삶이고 운명인 것이다.

3. 상황극 시대의 서정시 – 김승일의 『에듀케이션』

여기 50여 편의 상황극을 상연 중이지만, 최후에는 하나의 장편극으로 절합되는 시집이 있다. 『에듀케이션』(문학과지성사, 2012)이 그것인데, 반교육적이며 반인간적인 상황과 언어가 내부에 들끓고 있다. 당신은 과연 “홀에 모인 여러분”을 향하여 “내 생일”과 “장례식”에 “모두 모이진 않았다”며 “안 죽을걸 씨발”(「홀에 모인 여러분」)이라고 패악을 부릴 수 있는가. 존재의 삶과 죽음을 기리는 행사에서 명랑한 축하와 정중한 애도는 최소한의 예의다. 그에 반하는 행위는 “수치를 나눠 갖기 위해 싸”(「방관」)우는 것과 마찬가지다.

그러나 ‘수치’로의 길이 정당성을 얻으려면, 새로운 “실재를 상상하”는 능산(能産)적 “상징”(「객관적인 주체」)이 필요한 법이다. 그렇지 않다면 시나 상황극은 “학교에 가는 양아치”(「부담」)의 겉멋 든 자기변론에 불과하다. 그런 의미에서 장편극의 끝자락에서 “우리들은 서로에게 / 가르쳐줄까 // 지금 막 우리들이 알게 된 것을”(「홀에 모인 여러분」) 이라고 묻는 김승일의 전략은 탁월하다. ‘대본’ 속 대사(허구)이기 전에 우리를 피의자이자 한계상황으로 맥락화하는 힘이 그곳에 담겨있기 때문이다. "너는 너의 삶을 무엇으로 만들었는가?"(사르트르)라는 발본적 질의를 우리에게 돌려주는 '교육효과(!)'가 발생하는 지점이다.

『에듀케이션』이 현대적 '감정교육'의 일환으로 가르쳐주는 것은 무엇일까? 우리는 어떤 의미의 피의자이며 무슨 일로 한계상황에 처해진 것일까? 『에듀케이션』의 골간은 친밀성의 존재(특히 부모와 친척)에 의해 성장 중지된 소년들의 결사(結社)와 그 성격에 있다. 3~4인의 불행한 (청)소년들로 구성된 '도롱뇽 조합'은 "유년 시절에 학대당한 경험"과 "맞고 자란 우리들의 취향"을 "굉장한 공감대"(「같은 과 친구들」)로 삼는 아이러닉한 집단이다. 이들은 부조리한 현실에 대한 분노와 저항의 표출, 혹은 독자적 미래를 고뇌하는 아웃사이더의 기질이 거의 부재하다는 점에서 유희적이며 퇴행적인 존재들일 수 있다.

물론 만사를 "그렇게 결론을 내리고 보니, 더 이상 할 얘기가 딱히 없었다"(「같은 과 친구들」)고 판단하는 사유정지형의 습벽은 일종의 극적 장치겠다. 발랄한 소년들의 자존감을 "대본에 그렇게 쓰여 있어요"(「홀에 모인 여러분」)라는 한마디로 벌거벗은 예외상태로 밀어넣는 것이 오늘날 자본의 윤리고 국가의 도덕이다. "그래요, 나는 알아요, 공포가 꿈을 지속시키는 것을"(「난 왜 알아요?」)으로 표현되는 존재의 어둠은 따라서 잠깐의 암전이 아니라 일체의 무대 원리이다. "어차피 연극이니까" "어쨌든 연극이잖아"(「연출 입장에서 고려한 제목들」) 같은 말은 여기에 기대어 단순한 냉소나 책임회피성 발언을 벗어난다. 아니 반대로 역사현실의 꼭두서니로 전락한 소년들의 비극을 제도화하는 언어장치로 거듭난다.

『에듀케이션』에서 소년들이 학대의 경험 끝에 고아가 된다는 사실은 의미심장하다. 이것은 부모세대의 죄와 벌에 대한 판별과 소년들의 구제 가능성을 암시한다. 그러나 김승일은 학대당한 기억은 기입했으되, 그들의 과거 행적은 공백으로 남겼다. 또 현재의 행동과 상황의 기록은 열심이되, 등장인물의 심리정황에는 일부러 게으르다. 극과의 교섭 결과겠지만, 특권적 현재의 가시화는 과거에 대한 불신과 미래의 불행을 전면화・자동화하는 시간의 편집증을 낳는다. 탈주선 없는, 한계상황의 무대(현실)에서 좀비("미아, 고아, 사마귀들", 「마귀 박스」)처럼 떠돌아야 하는 '도롱뇽 조합원'(「조합원」)의 숙명은 이렇게 결정된 것이다.

소년들의 끝간데를 죽음으로 일렀듯이, 『에듀케이션』의 가장 치밀한 극적 장치는 '죽음'이다. 다시 강조하거니와, 일련의 상황극이 하나의 상황극으로 임계(臨界)화될 수 있는 것도 죽음의 연선(沿線)이 계속 관통하기 때문이다. 그러나 『에듀케이션』의 죽음은 존재의 본원성이나 내밀성으로 진입하는 일회적 사태로 발생하는 법이 없다. 오히려 소년들의 불행과 추방을 자동화하는 상황 장치로 주어지는 경우가 허다하다. 곳곳에 출몰하는 죽음들이 소년들의 불행과 맥락 없는 "비행(非行)", 위악적인 "소꿉놀이"(「홀에 모인 여러분」)에 대한 질문과 회의마저 봉쇄하는 경향은 그래서 발생한다.

주관적 서사와 정서의 요청 때문에 일괄 삽입되는 '계산된 죽음'은 거기 결박된 소년들의 공포와 좌절을 몇몇 유형으로 계량화하는 형국을 피하지 못한다. "지하철 선로로 뛰어"든 자의 죽음을 "나는 평범함보다는 평평함이 좋아"(「멋진 사람」)라고 특수화했으나, 이를 소년들의 고유성으로 충분히 전신(轉身) 또는 번역하지 못한 것도 이와 관련된 한계이겠다. 소년들의 부고 발송이 오히려 그들 죽음의 아우라를 박탈하며 "단어를 만들어서 나는 죽"(「홀에 모인 여러분」)이는 게임의 언어화로 돌변하는 것도 이 때문이다.

만약 『에듀케이션』이 문학사에 거의 유례없는 죽음의 전략을 구사했음에도, 소년들, 아니 그들의 페르소나인 우리들 깊은 내면을 비껴간다면, '죽음'이 "캄캄한 가능성"(「화장실이 붙인 별명」)의 장치로만 소환됐기 때문이다. 그러므로 김승일은 「연출 입장에서 고려한 제목들」을 계속 계상해갈 작정이라면, "선잠 자는 전봇대"를 잊지 않을 일이다. "더 많이 질문하기 위해 그들은 서서 잔다"(「선잠 자는 전봇대」)는 전봇대의 생리는 기계화된 죽음의 상황극 속에 그 허구성을 뒤집는 '산(生) 죽음'을 파종하는 지혜에도 친절할 것이므로.

3부 / 감응의 파문

내면의 거울, 주체의 풍경

허만하 시집 『시의 계절은 겨울이다』

세계가 내면을 비치는 거울이라면

나는 나 자신의 풍경이다

―허만하, 「세잔의 시론」 부분

"자연은 표면보다 내부에 있다"라고 말한 이는 인상파 거장 폴 세잔이었다. 대상의 정확한 묘사를 위해 사과가 썩을 때까지 그렸다는 일화는 내부를 향한 세잔의 강렬한 신뢰와 의지를 대변한다. 표면의 시각적·현상적 사실을 넘어 대상의 본원적 파악, 그러니까 내적 생명으로의 돌입은 간혹 '정신 착란에 따른 환상'의 결과라는 비판에 처하기도 했다. 하지만 물체의 고유색에 대한 인정, 자연의 구조적 파악, 형체 표현에서의 실감의 중시와 같은 새로운 방법의 실천은 그를 현대미술의 신기원을 열어젖히는 '예외적 비정상'으로 도약시켰다.

에피그램으로 붙여본 "세계가 내면을 비치는 거울이라면 / 나는 나 자신의 풍경이다"라는 시구(詩句)는 첫째, 시인의 세잔을 향한 헌사이며, 둘째, 그 자신의 시적 방법의 총화이며, 셋째, 거기서 태어나는 신세계의 본질을 지시하는 일종의 시론에 해당한다. 그렇다는 것은, 「세잔의 시론」이 첫째, "붉은 사과알 하나", 둘째, "새로 태어나는 세계를 나는 읽는다", 셋째, "내가 찾는 것은 / 퍼져 있는 세계를 쪼아 붙이는 하나의 구심점이다"에 비교적 또렷하다. 이것들을 언어에의 의지와 그 언어의 세계화로 바꿔 읽는다면, "사전의 모래밭에 묻혀 있을 하나의 언어 / 내가 만들어내어야 할 최초의 언어"(「세잔의 시론」) 정도가 될 것이다.

하지만 '사전의 언어'와 '주체의 언어'는 각각 '실재적 부재'와 '부재적 실재'라는 점에서 모순적 관계인 동시에 위기의 형식이다. 화가와 시인이 욕망하는 '사과'의 본질은 동의될 만한 관념과 실재를 배반하는 한편 스스로를 썩히고 굴절시키는 왜곡을 통해 주어지는 것이다. 따라서 "선과 점의 기하학"과 "엄정한 논리의 향기"로 묘사되고 구축된 '사과'는 일종의 역설이다. 왜냐하면 근대의 원근법에 충실하기는커녕 '기하학'과 '논리'를 나=사과의 내면풍경으로 소환함으로써, 오히려 그것들을 "뒷모습이 없는 내가 뒷모습이 없는 나를 쳐다보는" "위험한 틈새"(「눈동자 거울」)로 불러들이기 때문이다.

시인의 전작 『바다의 성분』(2009)에서 추구된 이런 '세계-거울'과 '나-풍경'의 탄생을 두고 조강석은 물리적 경치와 내면 풍경과 시적 야생을 각각 분절하는 행위로 가치화한 적이 있다. 새 시집 『시의 계절은 겨울이다』(문예중앙, 2013) 또한 "어둠의 극한에서 세계의 기원을 생각하고" "처음으로 별빛을 만들어내는 어둠"(「말머리성운」)을 떠올리는 예의 시적 창조에 부단히 간절하다. 이 지점에서 흥미로운 것은 '어둠'과 '별빛'의 상호 전신(轉身)은 '주어진 사건'이지만, 우리에게는 매체와 상상의 도움 없이는 '아직 아닌' 무엇이라는 사실이다. 시간과 공간, 육체와 언어의 제약으로 대표되는 존재의 한계는 우리를 늘 '사건 이전'으로 되돌려 세우고야 만다. 그러니 우리는 "말머리성운" 속 "활활 타오르고 있는 말"(「말머리성운」)의 사건을 사후적으로 재구성하여 감각하는 낭만적 아이러니의 슬픈 신민일 수밖에 없다.

한데 허만하 시인은 "시여, 교만하지 마라!"를 바로 잇댐으로써, 말[馬]과 말[言]의 생성을 동일화하되 "말의 영원은 태어나는 그 자리에서 즉사하는 한순간 별빛"(「말머리성운」)의 형식임을 엄정하게 알려두었다. 시간을 초월하여 순간적 영원을 구가하는 서정시의 생명권을 파멸과 해체의 지평으로 밀어 넣는 행위는 모순적이며 허무적인 글쓰기일 수 있다. 하지만 "물질이 되지 못한 언어와 언어가 되지 못한 물질 틈새에서 언어는 한정 없이 쓸쓸하다"(「물질은 이유를 초월한다」)는 것을 외면하는 시는 "내가 모르는 아득한 또 다른 세계"(「겨울비 지적도」)로의 여권이나 시민권 발급으로부터 언제나 유예될 수밖에 없다. 파멸과 해체에 눈감은 사유/언어는 생명의 군상(群像)들을 역동적 생성보다는 폭력적 지배의 하수인들로 타락시키는 일에 훨씬 익숙했음을 오랜 역사는 씁쓸하게 증언한다.

그러니 우리는 묻는다. 현존하며 썩어가는 '사과'의 말[馬]과 말[言]은 무엇이며, 거기서 생성되는 '풍경'의 별빛은 어떻게 구성되고 빛을 발하는가. 또 그것들은 서로의 권역으로 서로를 함입시키는 "말머리성운", 바꿔 말해 리좀(rhizome)의 지평으로 어떻게 이행, 전회되고 있는가.

> 나를 보고 있는 나를 나는 보고 있지만, 나의 시선 끝에는 내가 한 번도 본적 없는 풍경의 빛과 그늘이 있다. 나의 숲에서는 새가 지저귀지 않고 계절에 민감하게 반응하는 고독한 나무들이 철새처럼 무리 지어 조용히 눈이 내리는 겨울을 기다리고 있다. 나의 시선은 호수 수면에 비치는 물그늘의 미세한 떨림이 아니라, 빛과 그늘의 경계에서 스스로의 모습을 비치는 눈동자의 심연이다.
>
> —「눈동자 거울」 부분

"눈동자 거울"은 허만하 시의 방법론이라 할 만하다. '거울'은 예의 용사(用事)에서 본다면, 재현(리얼리즘)을 강조하든 표현(모더니즘)을 강조하든 기존-세계의 반영과 미래-세계의 투사를 그 원리와 목적으로 취한다. 하지만 허만하의 "거울"은 주체의 "눈동자"로 다시 구성되고 기능함으로써 절대 주관의 생성 및 확장의 장(場)으로 거듭난다. '나'가 '나'를 보는 상호 이입과 대상화는 또 다른 '나'의 생성을 부식(扶植)하기에 앞서 주체를 "한 번도 본적 없는 풍경" 내부로 떠올리는 역능의 방법이다. 허만하의 "거울"이 세계 반영의 거점이 아니라 신세계 생산의 출발점으로서의 "눈동자"일 수 있는 까닭이 여기 있다. 이 "거울"은 따라서 무언가를 비추고 반사하기보다 수렴하고 포용하는 일에 지혜롭고 풍요로운, 밝아서 더욱 어두운 심연인 것이다.

그러나 새로운 풍경 속 "물그늘의 미세한 떨림"에 우리가 무턱대고

현혹된다면, 그것은 우리의 "눈동자"와 거기서 소용돌이치는 "내적 풍경"을 서둘러 부식(腐蝕)시키는 퇴폐로의 진입에 불과한 것이다. 그보다는 "떨림"을 생성하고 지속시키는 구심점이자 변환점에 해당될 "빛과 그늘의 경계"를 "눈동자의 심연", 바꿔 말해 "눈동자"의 본질과 원리로 착근시키는 방법이 중요하다. 허만하 시에서 "빛과 그늘의 경계", 다시 말해 양자의 모순과 긴장, 갈등을 서로의 생성과 변신, 전유로 자유케 하는 미학 장(場)을 찾으려면, 우리는 먼저 "윤곽"의 유곡을 명랑하되 심심(深心)하게 통과해야 한다.

> 어둠이 없이 빛이 빛으로 있을 수밖에 없는 애처로운 빛의 순수. 그것은 절망이 아닌 외로움이다. 따지고 보면 사람도 사물도 외로움으로 자신의 윤곽을 간신히 견디고 있다. 접시 위에 놓여 있는 한 덩이 모과의 연두색 침묵을 보라. 광안리 앞바다를 가로지르는 강철 구조물의 아름다운 휘어짐을 보라. 명석한 자기 윤곽을 찾아 하늘을 헤매는 구름을 보라.
>
> —「윤곽」 전문

"내가 그리려고 하는 것은 존재의 뿌리 그 자체에 엉켜 붙어 있다"라고 한 것도 세잔이었다. 이 말은 사물의 불투명성으로 스며드는 일이 왜 본질적 세계로 육박하는 사건이며, 또 태어나는 질서를 조우하는 행위인가를 적절히 요약한다. '엉킨 뿌리'는 세밀화의 대상이 되는 순간 쇄말과 파편화의 능수능란함으로 소격(疏隔)되기 마련이다. 그렇게 재현된 낱낱의 뿌리는 대지와 나무에 생생한 피톨을 흐르기는커녕, '엉킨 뿌리'의 원초성, 즉 "땅밑에서 어둠의 허리를 끌어안고 잠들어 있"되

"이름을 가지지 못한 사물들"로 하여금 "미래의 이름을 꿈꾸"(「Homo Erectus의 회상」)게 하는 내적 풍경을 여지없이 파탄낼 것이다.

"윤곽"은 사전의 풀이 "대강의 테두리나 대강의 모습"을 준용한다면, 세계의 정밀하고 활달한 이해와 표현을 강조하는 예술의 한 방법으로는 꽤 부적절하겠다. '대강'을 향해 불명료하고 불투명하며, 분리와 경계를 거칠게 통합하고 지워버린다는 부정적 감각을 앞세운다면, 그것은 개별의 고유성과 질서를 강탈하는 폭력성의 지평에 어김없이 귀속된다. "어둠"이든 "빛"이든 서로를 삼투하고 함입하지 않는 것들이 "절망이 아닌 외로움"의 "순수"인 까닭은 양자의 상호대차 없이는 아예 점·선·면의 원리가 작동하지 않기 때문이다. 요컨대 명료와 불명료 이전에 그런 구획과 명암 자체가 불가능한 것이다. "윤곽"과 "순수"의 이런 대조적 국면은 허만하 시의 방향 및 방법과 긴밀히 연관되므로 보다 세밀한 감각과 분석이 요청된다.

그렇다면 '접시 위 모과'와 '광안리 앞바다 강철 구조물', 그리고 "하늘을 헤매는 구름"은, "외로움으로 자신의 윤곽을 간신히 견디고 있다"는 지시문처럼, 단독성의 순수, 다시 말해 그 자체로 세계를 구성하고 운행하는, 절대 고독의 "눈부신 떨림"이자 "새로운 질서"(「Homo Erectus의 회상」)들일까.

> 내 정신은 무게를 가지고 있지 않지만, 내 윤곽을 그려내는 그림자는 미량의 무게를 가지고 정오의 땅에 눕는다. 나를 따라다니는 내 그림자는 무수한 내가 간신히 나와 일치하는 희귀한 순간이다.
>
> —「겨울비 지적도」 부분

허만하 고유의 "윤곽"을 파지하기 위해서 "나는 나 자신의 풍경"이라는 말의 내포와 그것을 생성(구성)하는 "눈동자 거울"을 다시 환기해 두자. 이 "풍경"과 "거울"은 "한 번도 본적 없"으며 "빛과 그늘의 경계에서 스스로의 모습을 비치"(「눈동자 거울」)는 원초성과 자발성에 의해 창안되는 무엇들이다. "내 그림자"와 '무수한 나'의 결속과 일치가 "풍경"과 "거울"의 오래된 기원이자 미래인 까닭이 드러나는 지점이다.

하지만 시인의 "풍경"과 "거울"은 순수와 단독의 형식이 아니라는 사실을 각별히 유념하자. 이 백색지대에 주체가 갇힌다면, "가장 먼 별보다 더 먼 꿈과 내 손보다 더 가까운 현실 사이를 흐르고 있는 은백색 강의 물소리는 들리지 않는다"(「겨울비 지적도」). "나의 피부는 국경이"(「인체 해부도」)며 "내 윤곽을 그려내는 그림자는 미량의 무게를 가지고 땅에 눕는다"(「겨울비 지적도」)는 시인의 고백은 환각의 소산이 아니다. '나'라는 시공간은 그 생성과 출발부터 '무수한 나', 다시 말해 '나'를 자유롭게 수렴하고 방사하는 타자성으로 울울하다. 이 '무수한 나'=타자에 의해 "내 윤곽을 그려내는 그림자"는 "미량의 무게"를 지니게 되는 것이다. "나를 따라다니는 내 그림자"가 "무수한 내가 간신히 나와 일치하는 희귀한 순간"을 만나게 되는 것 역시 "미량의 무게"와 깊이 관련된다.

이 조우의 순간은 "윤곽"이 순수와 고독의 증례가 아니라 이질적 존재들의 혼종교배를 통해 문득 출현하고 재구성되는 잡종의 형식임을 스스럼없이 승인한다. 이를테면 "순수"가 절망이며, 타자와의 결합과 연대를 통한 신생의 거절임을 침통하게 자복하는 아래 시편들을 보라.

① 어둠은 빛의 부재가 아니라, 순수한 어둠이 빈틈없이 과일처럼 안으로 충만해 있는 딴딴한 밀도다. 어둠이 없이 빛이 빛만으로 있는 순수는 눈부신 절망이다. 빛은 어둠을 만나 비로소 자기를 완성한다.

—「간절곶 등대」 부분

② 나의 피부는 나의 국경이다. 나의 피부 바깥은 으스름이 조용히 서리기 시작하던 낯선 도시와, 밤안개 속에서 스스로의 외로움을 비추고 서 있는 가로등 불빛과 치열하게 쏟아지는 눈송이에 묻히고 있는 희끗희끗 추운 겨울 풍경이다.

—「인체 해부도」 부분

「간절곶 등대」와 「인체 해부도」는 어조와 정서가 사뭇 대조적이다. 전자는 자기완성의 방법을, 후자는 자기분열의 현상을 말하고 있으니 그럴 수밖에 없겠다. 그러나 표면적 인상과 달리 두 시편은 "윤곽"의 방법과 실질을 다시점 · 다각도에서 조감하고 투시한 동일한 "풍경"의 양가적 단면들이다. 전자는 자아의 완성을, 후자는 주체의 분열을 "풍경"의 한 극점으로 밀어 올린다. 이런 "풍경"의 양가성은 그러나 "딴딴한 밀도"의 타자성과 복수성(複數性) 없이는 세계와 자아의 '내적 풍경' 자체가 불가능함을 아프게 고지하는 역설일 따름이다. "윤곽", 다시 말해 '대강'의 지평에 속함으로써 세계와 주체는 서로를 함부로 뒤섞고 거칠게 분리해도 서로를 파괴하기는커녕 "희끗희끗 추운 겨울 풍경"을 초극하기에 이르는 것이다.

이것으로 허만하의 '만들어진 풍경'은 결코 폐기될 수 없는 실재와 사실로 안착된 것인가? "언어 이전의 침묵"과 "자기 자신의 배경"(「오백 광년의 노을」)인 주체를 향한 기대와 신뢰는, 그 "풍경"의 "윤곽"이 보들레르의 말처럼 색깔이나 존재의 단절적 구획보다 그것들의 복합적 융합 내지 병치에서 발생하는 것임을 차분하게 암시한다. 저 황홀한 "침묵"과 충만한 "배경"이 실체험의 누선(淚腺)들임은 "시는 벙어리 소녀 눈빛의 순결한 반짝임이다"(「바닷물 빛에 대한 몇 가지 질문」), "시는 고요히 타오르는 얼음의 불꽃이다"(「그럴 수 없이 투명한 푸름」), "침묵의 깊이에서 별빛처럼 떨고 있는 언어"(「나는 시의 현장이다」) 같은 심미적 충격과 표현에 인상 깊게 각인되어 있다.

특정 세계를 향한 순정한 숭고와 희열은 미의 파토스를 삶의 에토스로 전환시킨다는 점에서 꽤 바람직한 감각적 경험의 일종이다. 하지만 절대미의 지배가 절실한 삶의 의욕과 개척을 쓸모없음의 지평에 위리안치(圍籬安置)하는 허위적 폭력으로 얼마든지 변질될 수 있다는 범속한 진실은 어쩔 것인가. "윤곽"은 불량한 미와 숭고의 독점을 예방하고 견제하기 위해 차이와 경계를 뒤섞고 지워버린 의도된 불투명함이자 불명료함이 아닌가.

『시의 계절은 겨울이다』 속 "윤곽"과 "벼랑"의 관계는 이 지점에서 절박하고 흥미로운 테마로 떠오른다. 경계와 구분, 단절과 구획이 무너지고 사라지는 "윤곽" 생성의 장(場)에, 언뜻 보기에 분리와 배척의 빗금을 다시 쳐대는 "벼랑"의 출현이라니. 과연 "벼랑"은 "윤곽"을 속절없이 헤집고 차갑게 나누는 위험한 형식에 불과한 따름인가. "무너지는 소리 멀리 귀 기울이고 있는 고요한 벼랑. 선회하는 새 한 마리 없이 쓸쓸한 벼랑"(「벼랑에 대하여」)을 서둘러 찾아 읽은 이들이라면 그렇다고 시무룩하게 응답할 것이다.

> 벼랑은 앞가슴만 있지 등이 없다. 자욱한 김 소리 뿜으며 습곡을 흘러내리는 선홍색 용암의 뜨거움과 흰 빙하기의 냉혹한 추위를 기억하는 무기물질의 응집. 바스러지기 직전의 바위 피부에 묻어 있는 무수한 계절의 햇살, 달빛, 그리고 바람의 흔적.
>
> —「벼랑에 대하여」 부분

허만하 시에서 "벼랑"은 실감의 형식이기 전에 "추락하는 정신"의 역설적 비유에 해당한다. "추락"이 생성과 연대, 변환과 전유의 숨겨진 원리임은 "바람은 물처럼 살아서 / 움직이기 때문에 투명한 물빛이다"(「추락」)를 참고하여 충분하다. 하늘과 구름, 바람 같은 공기의 신민이 "투명한 물빛"으로 변신 가능한 까닭은 그것들의 자유자재한 속성 때문이 아니다. 변신의 서사에서 하늘과 땅 양극의 "높이를 향하여 / 아슬아슬한 위기의 순간을 / 끊임없이 / 기어오르는 과정"(「낙화암」)을 되풀이하기 때문에 타자의 형상을 입게 되는 것이다.

「벼랑에 대하여」에 기록된 악전고투와 변신의 흔적, 그리고 타자의 기억은 "벼랑"의 경험일 뿐만 아니라 "윤곽"의 경험이자 내적 풍경이기도 하다. "윤곽"의 불명료성과 불투명성은 잡다한 구성요소가 무작정 통폐합된 '내적 풍경'이 아니다. 세간의 미학이 예시하듯이, 그리고 시인 스스로가 진술했듯이, "윤곽은", 그리고 "벼랑"은, 딱딱한 "암반이 아닌 정신의 밑바닥에 뿌리를 박고 있"는 영혼의 지혜이자 기술인 것이다. 시인이 자연을 끊임없이 소환했지만, 그것을 향한 연서와 취조

서를 단 한 장도 작성하지 않았다는 말은 그래서 가능하다. 그런 의미에서 자연은 대상이 된 것이 아니라 주체의 내면으로 흘러들어 최초의 '내적 풍경'으로 스스로 태어난 것이다. 그 어렵고도 먹먹한 순간은 다음과 같은 "윤곽"을 얻으며, 당신과 나를 '생의 벼랑'으로 아프게 몰아가는 중이다.

> 잔잔하게 불타오르는 모래를 밟던 최초의 낙타가 무릎을 꿇고 쓰러진 지점에서 사막은 사방으로 확산하기 시작했다. 유순한 낙타의 걸음에게 넓이란 죽음으로부터의 끊임없는 탈출이다. 쓰러진 낙타가 눈감고 뜨거운 그 자리에서 움직이지 않는 것은 마지막 숨을 들이마시며 바라본 하늘에 떠 있던 한 송이 구름의 아름다움을 잊지 않겠다는 결의의 표현이다. 구름에 윤곽이 없듯 슬픔에도 윤곽이 없다.
>
> —「확산」 전문

"낙타"의 죽음은 "벼랑"에 처해진 삶의 한 형태이다. 낙타에게 "사막"은 삶의 처소인 동시에 죽음의 "벼랑"이기도 하다. 이런 이중성은 "벼랑"을 무심한 해골의 더미로 가두지 않는다. 차라리 "죽음으로부터의 끊임없는 탈출", 그러니까 "한 송이 구름의 아름다움"을 향한 삶의 전회를 불러들인다. "구름"과 "슬픔"에 "윤곽"이 없는 까닭은 단일한 형태와 감정으로 귀속되지 않는 넓이와 깊이를 지닌 어떤 걸음들이기 때문이다. "윤곽"의 작파는 "확산"의 다른 이름인데, 사실 "확산"이야말로 심화된 "윤곽"의 다른 형식이지 않겠는가.

염결한 정신을 향한 시인의 욕망은 『시의 계절은 겨울이다』의 기하학으로 '수직'과 '높낮이'를 특권화하는 편향을 낳고 있는 것도 사실이다. 이를 주의한다면, 허만하의 수직에의 욕망은 단일성과 서열성의 미학적 분배에 훨씬 부지런할 듯하다. 하지만 시인 특유의 정신의 높이는 지혜의 심화이자 몸의 확산이며 궁극에는 함부로 침범되지 않는 '미'로의 귀환에 오히려 근접해 있다. 이런 역설은 정신의 묘기와 기술에서 발생하는 것이 아니다. 오랫동안 지속해온 "싱싱한 시간"(눈송이 지층」), 다시 말해 내적 풍경과 존재, 언어의 영원성을 향한 갈급한 투기(投企)에서 최후의 귀환은 시작된 것이다. 요컨대 시인은 이 시공간의 흐름과 변환을 높낮이(에)의 자유자재와 "윤곽"(으로)의 해방이라는 이중의 자유 속에서 실현 중인 것이다.

"윤곽"과 "벼랑"의 회통은 세계와 자아의 그것을 동시에 허락한다는 점에서 이것들 모두의 "확산"이자 심화이다. 이를테면 "이곳에 있는 나는 벌써 / 이곳에 없다"(「절개지」)나 "하늘이란 말이 사라지고 난 뒤에 태어나는 / 비어 있는 푸른 깊이"와 같은 존재와 부재의 변증법에 귀기울여보라. 이것은 서정시 특유의 통합과 결속의 상상력으로 해석되고 그칠 성질의 것이 아니다. 존재와 부재의 모순 혹은 역설이 지시하듯이, 세계와 자아는 "윤곽"과 "벼랑"의 자유로운 회통과 연대 아래 다른 다양체들과 연결 · 접속하면서 본성상의 변화를 겪으면서 서로를 향해 회돌아간다. 그러면서 조성되는 '내적 풍경'이 모든 차원들 안에서 연결 접속되며, 또 끊임없이 분해 · 전복 · 변형될 수 있는 지도, 곧 실제 지리 겸 심상지리의 형식으로 제시될 수 있는 것도 이 때문이다.

이 지리지를 따라 명랑한 모험과 두려운 탐색을 가로지르다 보면, 우리도 어쩌면 시인처럼 "눈 한 번 깜박임보다 짧은 침묵의 틈새에서 /

미래와 과거가 서로 부르는 바람 소리"(「모래사장에 남는 물결처럼」)를 듣게 될 것이다. 정녕 그러하다면 시인 발(發) 자아의 탐구와 갱신, 새로운 명명은 우리 소유로도 어김없이 공동 등기될 것이다. 과연 그렇다. 그 "바람 소리"가 현전하는 숨 막힐 만큼 아름다운, 그래서 광포하기까지 한 '나'와 '너'. '그', 아니 우리들의 "싱싱한 시간"이 "눈송이처럼 조용히 쌓이는"(「눈송이 지층」) 장면을 보라.

그러나 유의하시라. "모래사장에서 집어 든 흰 조개껍질" "바람을 기다리던 한 송이 패랭이꽃" "물길 밑바닥에 출몰하는 한 마리 연어" "흐름 위에 떨어진 그늘" "썰렁한 겨울 들판 한가운데 태어나는 격렬한 바람" "기슭에 이르지 못한 채 사라지는 물결" 모두가 "한때 나"였음을. 그러니 "눈송이처럼 쌓이는" "싱싱한 시간"은 간혹 겨울의 강풍에 휘둘리다 끝내는 부드럽게 일렁이는 봄바람의 군무에 가뭇없이 사라질 것이다.

허나 어쩌랴, 이 또한 "윤곽"과 "벼랑"의 목숨을 건 이중의 에로티시즘, 그러니까 사랑과 죽음의 정사(情事 / 情死)인 것을. 이런 의미에서 「눈송이 지층」이 정사(情事)의 감각이라면, 「나는 피와 흙이다」는 정사(情死)의 감각이 아닐 수 없다. 물론 이때의 정사(情死)는, 근대 초기 유행으로 들이닥친 낭만적 사랑(연애)을 삶의 원리와 영원성의 지평으로 밀어올리기 위해 자신들을 아예 죽음으로 들씌워버린 그 숱한 김우진과 윤심덕의 상징적 죽음에 보다 가까운 무엇이다.

> 나는 벌써 집단이 아니기 때문에 악이 아니다. 나는 가을을 예감한 배롱나무 선홍색 꽃빛보다 선연한 모순이다. 너울대는 태초의 물빛을 향한 치

> 열한 그리움으로 바다를 찾는 끊임없는 강물의 운동이면서, 나는 가슴 밑바닥에 고여 있는 검푸른 심연의 깊이다. 나는 아침노을을 반사하며 수직으로 서 있는 지층이다. 피와 흙의 역사다. 이데올로기의 허구를 무구한 몸으로 체험한 유일무이한 시선이다. 시선의 화살 끝에서 불타오르는 고요한 폭설이다.
>
> —「나는 피와 흙이다」 부분

"선연한 모순" "검푸른 심연" "수직으로 서 있는 지층" "고요한 폭설" 따위는 표면적 기의를 스친다면 타나토스의 감각과 보다 친화할 듯하다. 그러나 이것들은 도덕과 윤리의 기준을 따르는 가치화의 대상들이 아니다. '죽음'은 허무한 소멸이기 전에, 존재의 "피와 흙의 역사"를 영원히 봉인하여 산 자에게 되돌리고 자연에게 분배하는 충만한 나눔의 실현이다. "모순"과 "심연", "지층"과 "폭설"의 두께와 깊이, 그리고 그 내부의 다성성과 이질성들은 그 어떤 단일성의 체계와 원리로도 수합되거나 정렬될 수 없다. 타나토스의 '내적 풍경'이 을씨년스럽기는커녕 에로스의 "싱싱한 시간"을 피워 올리는 부재, 곧 "싱싱한 바람의 날개 / 아직 존재하지 않는 풍경"(「모래사장에 남는 물결무늬처럼」)으로 존재하는 까닭도 이 때문이다.

『시의 계절은 겨울이다』를 주의하여 넘겨본 이라면, 제4부가 다른 곳과 달리 매우 정제 · 정련된 형태의 단형 시로 구성되고 있음을 이미 알아챘을 것이다. '바다' '워낭 소리' '모과' '절개지' '의자' '거울' 등의 소재는 이미 다른 시편에 반복적으로 출현한 대상들이다. 그것들을 다시 소환하여 이른바 '침묵'의 형식을 다시 부여하였으니, 거기에 종요로운 헤아림과 의미가 없을 수 없겠다.

저 사물들을 나는 무심히 '대상'이라고 일렀지만, 그들은 '대상'이기 전에 주체의 다른 형식, 즉 주체 고유의 "피와 흙의 역사"를 구성하고 운신하는 역동적 인자들이다. 그러니 이들은 "나는 파토스의 합금이다. 나는 다양성이다. 다양성이 악이라면 나는 악이다"(「나는 피와 흙이다」)라고 외치는 목소리의 또 다른 주인공일 수밖에 없다. 허만하 시인의 목소리가 고유한 것이기는커녕 이들과의 대화 속에서 발생하고 울리는 관계성의 그것이라고 해도 좋을 이유가 여기 있다. 이것이 "시간의 상흔", 특히 "태어나자 중심을 떠나 변두리를 찾아 멀어져 가는 은빛 시간의 운명"(「시간의 상흔」)에 대한 집요한 탐색과 내면화에서 얻어진 것임은 물론이다.

> 나는 근접하면 동상을 입는 세계의 극한을 찾는 여린 언어다. 예니세이 강을 건너 알타이에 이른 나의 언어는 제자리에서 얼어붙은 파토스의 얼음이다. 자작나무 숲 흰 줄기 사이에서 뿌드득거리는 발자국 소리는 적설량보다 순수하다. 시의 계절은 언제나 겨울이다.
>
> 한겨울 바람 앞에서 내 언어는 땅 밑에서 파릇파릇 돋는 봄풀이다. 온몸으로 가늘게 떠는 연약한 한 줄기 감수성. 역사의 발에 밟힌 끝에 대답처럼 다시 본래의 체위를 찾고 마는 초록색 풀의 강인함.
>
> —「시의 계절은 겨울이다」 부분

표제작 「시의 계절은 겨울이다」는 "시간의 상흔"을 삶과 시의 원리로 밀어간 결과 '내적 풍경'에 작동하기 시작한 원초적 시간의 흐름과 울림을 날카롭게 표상 중이다. "겨울"과 "봄풀"의 대조적이며 대위적 관계는 양자가 상호모순보다는 상호보족의 관계임을 적실히 드러내는 미적 체계이자 비유라 할 만하다. 무명의 "들꽃의 고독"과 "미지의 꽃 이름 틈새에서 치열하게 내리는 폭설처럼 타오르는 언어의 불길이" "나"(「시의 계절은 겨울이다」)인 예외적 사건은 이미 예정된 것이었다.

변두리에의 집요한 삶과 그것을 파고드는 침묵의 밑바닥을 떠도는 자에게는 막스 피카르트의 금언이 제격이다. "침묵은 하나의 세계로 존재하고, 침묵의 세계성에서 말은 자기 자신을 하나의 세계로 형성하는 법을 배운다. 침묵의 세계와 말의 세계는 마주해 있다." "기어이 꽃잎처럼 입술에서 떨어지는 최초의 언어를 낳고 마는 침묵의 인내"(「시의 계절은 겨울이다」)는 필시 저 "침묵"과 "말"의 또 다른 형상일 것이다.

이제 『시의 계절은 겨울이다』에서 가장 일상적이며 생활사의 면모가 두드러진 시편으로 생각되는 「골목」을 걸어볼 차례이다. 동시에 「골목」은, 막스 피카르트의 말을 다시 빌린다면, 침묵의 이면이 말이고 말의 이면이 침묵인 것을 침착하게 표상하는 변증적 언어의 장(場)이기도 하다. 이런 방식의 원초성과 복합성의 그물코야말로 허만하 특유의 언어 조침술(釣針術)임은 우리는 벌써 "윤곽"과 "벼랑"에서 훔쳐보았다.

우리는 그러므로 그 세계를 다시 엿보기에 앞서 한 마디 거들 필요성을 문득 느껴 마땅하다. 이런 주체의 부재가 지극히 낯설되 또 당연한 존재 방식인 까닭은 무엇일까. "나무가 없는 숲처럼 / 수평선이 없는 바다처럼 / 구름이 없는 세계 / 거울 안에 / 나는 보이지 않았다"(「부재의 거울」). "나무"와 "숲", "수평선"과 "바다"의 관계는 말과 침묵, "윤곽"과 "벼랑"의 그것을 닮았다. 한쪽의 부재가 곧 다른 쪽의 부재이기도 한, 그 반대이기도 한 절대 존재와 부재의 이중나선이라니. 가볍게 답하자면 '나'이면서 '너'인, '너'가 아니면서 '나'도 아닌 세계와 자아의 분산적 통합 관계, 이른바 타자성의 존재들이 '나'와 '너'이기 때문이다.

하지만 이 시점에서 중요한 것은 주체와 타자, 자아와 사물의 관계성 구성과 지시가 아니라 "나"와 "거울"의 관계 변화를 살펴보는 일이다. 시인에게 "거울"은 애초에 "빛과 그늘의 경계에서 스스로의 모습을 비치는 눈동자"(「눈동자 거울」)로 표상되고 의미화되었다. 그런데 지금은 '내적 풍경'의 발현자 "거울"마저 "윤곽"과 "벼랑"의 세계 상상력과 실천을 살고 있다. 그렇다면 "눈동자 거울"과 "부재의 거울"은 시공간의 서사를 충분히 통과한 '차이'의 형식인가? 그렇기는커녕 양자가 서로에게 수렴과 내포의 형식이라는 사실은 "한 방울 눈물의 깊이 안에 있는 바다처럼 / 내 눈 속 하늘이 그 속에 있다"(「부재의 거울」)에 벌써 충분히 또렷하다. "눈동자 거울"과 "부재의 거울"이 함께 가로지르는 "골목", 그러니까 "하늘이란 말이 사라지고 난 뒤 태어나는 / 비어 있는 푸른 깊이"(「부재의 거울」)는 그래서 좁은 듯 드넓으며, 막힌 듯 뚫려 있으며, 복잡한 듯 간명하다.

자, 이제 더운 여름의 초입, 땀 한 점 식히며 "골목"을 시인과 함께 질주해보겠는가. 『시의 계절은 겨울이다』 곳곳으로 뚫린, 이곳의 '내적 풍경'에 거주하는 모든 것을 향해 열리는 말[馬 / 言]의 "폭발적으로 뛰쳐나온 순결한 질주"(「말머리성운」)가 들리는가. '말'과 '침묵'이 서로를 밀고 당겨, 우리의 '내적 풍경' 속에 본원적 "신의"와 "환한 가게"와 "심야의 가게"를 여는 따뜻한 "겨울 하늘 골목 끝"이 보이는가.

나는 골목길을 택했다. 골목에는 녹슨 양철 처마와 불빛 꺼진 꾸부러진 창과, 팔짱 낀 발자국 소리의 비밀을 발설하지 않는 신의가 있다. 골목 끝에 간신히 그곳만이 환한 가게가 있다. 잠드는 일을 태만이라 믿는 반질반질한 사과 알들이 베개맡 책갈피처럼 잠들지 않고 있는 심야의 가게. 지워진 어릴 적 기억 속 풍경의 한 단면이 망각의 깊이 밑바닥에서 정다운 오렌지 빛 삼투압을 띄고 조용히 수면 위에 떠오르는 별빛 얼어붙는 겨울 하늘 골목 끝.

—「골목」 전문

질주와는 전혀 어울리지 않을 법한 호젓하고 쓸쓸하게 낡아가는 풍경의 "골목길"이다. 그러니 나는 "땀 점 식히며"라는 모순어법을 달아둘 수밖에 없었던 것이다. 하지만 우리는 화양연화(花樣年華)의 절정을 오래전 지나쳐온 낡은 풍경에서 충만과 희열을 간혹 조우한다. 이와 같은 미적 충동은 만인을 향해서 외부의 풍경이 충격한 심리적 부산물로 먼저 해석될 것이다. 그러나 허만하 시인과 "골목길"을 하나하나 밟아온 우리는 그것이 존재 내부의 "눈동자 거울"이 "골목"의 "피와 흙의 역사"를 고통스럽되 달게 게워낸 결과물임을 안다. 우리의 발걸음은 "골목길"을 조곤조곤 걷고 있으되 우리의 심장은 거칠게 고동칠 수밖에 없는 까닭이 여기에 존재한다.

우리는 이 "골목길"에 굳이 과거와 현재, 미래의 지평 어느 한 곳에 붙박여둘 이유와 욕망을 가질 필요가 없다. 이 "골목길"은 서로 다른 시간대역을 관통하면서 그들이 요청하고 필요로 하는 "피와 흙"을 그곳을 통과하는 모든 것들의 느린 걸음과 질주, 회억과 예감, 아픔과 희열에 담아 전달할 것이기 때문이다. 그러던 어느 날 우리는 문득 "골목길" 어딘가에서 우리의 먼 조상들, 아니 먼 '나'와 '너'를 이렇게 해후할 것이다. "지구에 사람이 태어나기 이전의 / 태고의 모래사장에 남아 있던 / 별의 발자국 소리가 / 사금 조각 반짝임처럼 묻어 있었다"(「바다」).

‘어둠빛’을 노래하다

유안진 시집 『걸어서 에덴까지』

누군가의 글쓰기에서 ‘왜’를 묻는다면 ‘과정’에, ‘무엇’을 묻는다면 ‘결과’에 초점이 맞춰진 것처럼 느껴진다. ‘왜’에는 현재에 대한 개입 의지가, ‘무엇’에는 미래의 구축(構築) 욕망이 어른거린다는 인상 때문이다. 그렇다면 “무엇을 위해 시를 써왔나”라고 묻는다면, 이것은 ‘왜’와 ‘무엇’ 가운데 어느 쪽에 친화하는가? 나는 이 문장의 핵심은 “무엇”보다는 “써왔나”에 있으며, 그래야 ‘시’의 정신과 운동의 파고가 더욱 격렬하고 장대할 것이라고 감히 믿는다. 유안진 시인의 동명(同名)의 시를 빌린다면, ‘무엇’에만의 집중은 “일당 5불을 위해”라는 목적성이 앙앙 들러붙지만, ‘왜’에의 배려는 “철도가 좋아 일했던 것 같”다는 무목적성이 느릿느릿 휘돈다고나 할까?

그러나 이 대조적 인용을 어느 것의 우월함을 규정하는 윤리적 가치

판단쯤으로 서둘러 오인하지 마시라. "5불"과 "좋아 일했던"의 차이는 선악의 구성과는 무관한 '관심', 그것도 주어진 삶과 생활의 서로 다른 방향을 지시할 따름이므로. 물론 전자는 삶의 세목을 부단히 저울질하는 계량의 손목을 두텁게 한다면, 후자는 고유한 삶의 무늬를 조심스레 잣는 직조(織造)의 손길을 부드럽게 할 것이다. '왜'라는 물음이 '무엇'이라는 답을 부드럽고 풍요로운 운사(韻事)의 영지로 안내할 수 있다면, '직조'의 섬세함이 '계량'의 뻣뻣함을 압도하기 때문이다. 하지만 직조의 손길이 정작 위대한 것은 '미'의 창안과 제조의 능숙함 못지않게 그 내부에 다음과 같은 삶의 원리를 원숙하게 짜 넣을 줄 알기 때문이다.

기다리지 않아도 오게 되어 있는 건 기다림이 아니다
기다림에 길들여져
기다릴 게 없다는 것이 견딜 수가 없어서
이루어지기를 기다리는 게 아니라 기다림을 기다린다
위대한 허무(虛無)란
기다릴 게 없는데도 기다리는 것이다.

—「기다림을 기다린다」 부분

맥락을 고려하면 '기다림'은 시간의 조심성 없는 소비가 아니라 '오지 않는 것'을 찾아내는 역동적 행위이다. 발견 / 창조의 지평은 그러나 존재의 투기(投企)와 패배의 지속을 영토세로 요구하는 경우가 허다하다. "기다릴 게 없는 데도 기다린다"는 역설은 그래서 성립하며, 그것의 끝 간 곳에 "위대한 허무"가 켜켜이 적층되어 있다. 따라서 이곳은 삶의 성패를 판별하는 논리의 장(場)이 아니다. 차라리 "삶이 아닌 삶도 / 죽음보다 더한 죽음 이상도 / 또한 삶"(「피뢰침, 죽을힘으로 산다」) 임을 고통스럽게 기입하는 '절대 생명'의 텍스트이다. 이 생명은 삶의 의지와 죽음의 순화로 억지로 무두질되지 않는다. 일체로서의 '삶-죽음'을 향한 연가(戀歌)와 애가(哀歌)를 함께 노래하는 세이렌으로 우리 주위를 맴돌 뿐이다. 유안진의 새 시집 『걸어서 에덴까지』(문예중앙, 2012)를 연륜과 청춘의 언어로 동시화할 수 있다면, 세이렌의 연가와 애가가 일방적 해체와 통합을 거부하는 상호 모순과 연대의 생령(生靈)으로 출몰하고 있기 때문일 것이다.

유안진의 "위대한 허무"는 '기다림을 기다리는 것'으로 언명되고 있다. 기다림은 그러나 구체적인 방법과 행위로 스스로를 실현하지 않는 한 실체가 불분명한 영혼의 울렁거림으로 흔들릴 위험이 있다. 삶과 언어의 안정성을 생각하면, 시인의 '기다림'은 삶의 응시보다는 관조를, 친밀성의 협위보다는 응집을 우위에 놓을 것이다. 하지만 시인은 의외성과 불화성의 유곡(幽谷)으로 존재 / 언어를 추락시킴으로써 '기다림'에의 입장료를 지불하는 경탄 / 경악할 모험으로 우리를 안내한다.

추락의 기술은 의외로 단순해서, 젊은 청춘의 노랫가락을 빌린 "거꾸로 로꾸거로 기법"(「시인의 말」), 그러니까 기존 세계 / 의미를 뒤집어 봄으로써 소격 효과를 발생시키는 방법이다. '기법'이란 말에만 유의한다면, 시적 언어의 전략과 수준은 '유희'와 '반어'의 반복적 제작쯤으로 감량되기 십상이다. 허나 사실을 말하면, '기법'이라는 겸손한 예의 뒤에는 유일무이한 편편의 창조와 느낌만으로 충분하게 식목되는 시림(詩林)에 대한 기대가 울울하다. 이것이야말로 동서고금을 막론하고

'시의 이슬'에 핏빛이 서릴 수밖에 없는, 그리고 시인이 사신(死神)의 어깃장에 맞서 영원한 생령(生靈)으로 떠돌 수밖에 없는 본원적 지평이 아니던가.

물론 유일성은 과거-현재-미래의 연속성을 제거하는 한편, 거기서 출몰하는 이질성들을 그것들의 새로운 관계로 수렴할 때에야 간신히 성취된다는 점에서 도취 이전에 공포의 형식이다. 그러나 어쩌랴, '로꾸거'식의 배제와 연대를 통해서야, 옥타비오 파스의 말을 빌리면, "우리가 우리 자신임을 그만두지 않은 채로 동시에 타인이라는 순간적 지각(경험 – 인용자)"을 사는 '타자성의 발현'이 겨우 가능한 것을. 유안진식 기다림의 주요 원리는 그래서 "의심의 옹호"로 천명될 수밖에 없다. 그 불화 과정에서 깊이 각인되는 심리적 상흔을 먹먹하게 응시하는 고통 또한 시인이 피할 수 없는 시애(詩哀 / 愛)의 한 경험이다.

의심하고 의심받는 것은 철드는 것인가 봐
나 아닌 줄 알았다는 말을 들으면
나도 거울을 보곤 하지
나 아니게 보여주지
살수록 긍정의 배신자가 되고
확신에 주저하고 모호해져
이런 것도 철든다고 하는지는 몰라도
정직해지는 것만은 틀림없어
슬퍼지면 정직해지니까
달빛이 햇빛보다 더 정직한가 봐

달빛 아래서는 슬퍼져 제정신이 들지
철부지도 아니면서 왜 이러고 있지?
여기가 어디지?

―「의심의 옹호」 부분

서로 주고받는 의심은 친밀감의 삭제인 동시에 상호 배제의 실행이다. 긍정의 배신과 확신의 감쇄는 '로꾸거'의 실천이 초래하는 불행의 대표적 양태들이다. '로꾸거'의 불행은 그러나 필연이기 전에 위장의 감각일 수 있다. 왜냐하면 그것은, "의심의 옹호"란 말이 암시하듯이, 주어진 현실이나 타자와의 연관을 억압하고 제거하는 문자 그대로의 '의심 / 배제'와도 결별하기 때문이다. 오히려 '로꾸거'의 시좌(視座)는 주어진 세계 / 의미의 이면에 숨겨진 풍요로운 연관과 이질성을 발굴하고 가치화하는 에로스의 새로운 분할을 현실화하고야 만다.

가령 시인의 이런 발언은 어떤가? "사람이란 대체로 / 관리의 대상이기보다는 / 관심의 대상이며 / 믿음의 대상이기보다는 / 사랑의 대상일 따름인 줄을 / 부디 알고나 믿어주시기를"(「참말로 참말하면」). '관리'와 '믿음'이 주체의 목적성에 귀속된다면, '관심'과 '사랑'은 타자에의 배려 또는 자율적 취향의 무목적성에 내속된다. 이 대조적인 영혼의 파장들은 결국 "나의 나는 바로 너"(옥타비오 파스)라는 타자성 실현의 깊이와 정도에 따라 그 관계와 아우라의 진정성을 심판받게 될 것이다.

"뒤로 걷는" 시인의 행보는 따라서 "다들 앞으로" 걷는 존재의 습속과 관성을 비판하기 위한 독설적 파행(跛行)과 무관하다. 그것은 "혹시 누가 내 발자국을 신고 따라오나"(「반성 방법으로」)를 살펴보는 한편 그

'발자국'을 계속 성찰하고 수정하려는 개선의 정념인 것이다. '나'의 수정 / 개선이 없고서는 타자와의 관계는 "이상적(異常的)이어서 이상적(理想的)"(「이상적인 연인들」)인 상황으로 결코 도약되지 않는다. 과연 『걸어서 에덴까지』에서는 종교적 신념과 일상적 경험이 종종 동일한 의심 / 반성의 지반에 세워진다. 이것은 신과 인간의 불화 또는 신성모독의 현실을 힐난하려는 부정적 방책과 거의 무연하다. 차라리 존재의 불완전성에 대한 침통한 자각을 극단화함으로써 우리 삶 전반을 좌우하는 이항대립적 관계들을 파괴하거나 새로 조정하려는 '로꾸거' 전략으로 이해되어 무방하다.

닭과 마주칠까 늘 가슴 조였을 테고
닭 소리 들릴 때마다 경기에 시달렸을 테고
닭살이 자주 돋아 가려움에 시달렸을 테고
계란이란 말만 들어도 알레르기에 시달렸을 테고
때 없이 닭 울음보다 깊고도 길게 울었을 테고
십자가에 거꾸로 매달려 순교하기까지
닭고기는커녕 계란조차도 없이 살았을 게다
너무너무 가난해서.

—「베드로는 닭고기를 먹었을까?」 전문

'신성'의 위반 혹은 부정은 창세기 이래 무수히 반복된 인간의 업보로, 시간의 흐름은 곧 원죄의 적층 과정이었다. 예수의 출현과 더불어 '원죄'의 해소와 '구원'의 계기가 주어졌지만, 베드로는 신성을 부인함으로써 우리를 절대고독의 유곡으로 다시 밀어 넣었다. 그런 의미에서 "닭 울음"은 베드로를 향한 계몽성(啓蒙聲)이기도 했지만 우리들의 비탄이 앞으로 영원할 것임을 알리는 계고성(戒告聲)이기도 했다.

하지만 만약 닭의 추상이 여기에 그쳤다면, 그 울음은 여전히 신성에 예속된 무엇으로 제한되었을 것이다. 시인은 다행히도 신성의 배반이 윤리의 파탄 이전에 삶의 "가난"과 긴밀히 연동될 수 있음을 베드로의 사후(事後)적 행위에 대한 상상을 통해 적시함으로써 그 제약을 진득하게 건너뛴다. 물론 그렇다고 "가난"이 우리 삶의 속죄양으로 바쳐질 리 없고, "닭 소리"의 상징이 우리 의식의 저편으로 추방될 가능성도 없다. "가난"에 대한 성찰은 그러나 늘 신성 앞에서 비루한 형태로 외현되기 마련인 우리들의 위험을 다른 방식으로 사유하고 비껴갈 가능성을 열어준다. "가난"의 고려가 시인에게는 '관심'과 '사랑'의 또 다른 형식임이 투명하게 드러나는 대목이다.

> 묵시록을 읽었나 입들 다 닫혔다
> 말보다 더 아픈 말 없음의 말은
> 실연보다 깊고 실패보다 무거워도
> 후미진 골짜기 그늘 낀 산자락에는
> 지고 싶지 않은 구절초 꽃 아직 있어
> 세상에는 꿈꾸는 이들 아직 남았는데
> 적막한 입은 적막한 사랑으로 깊고 무거운 적막이 되어
> 다다를 아득한 거기, 하늘인가 지옥인가
>
> —「겨울 부활」 부분

"구절초"가 '악의 꽃'일지 아니면 '선의 꽃'일지를 결정하는 것은 신이 아니다. 절대자가 부과한 실연과 실패의 운명은 누가, 어떻게 "적막한 사랑"과 "무거운 적막"으로 전유하느냐에 따라 그 의미와 가치가 썩 달라진다. 그러니까 비평가는 '부활'의 전제조건을 묻고 있는 중이다. 시인은 고유성의 핵심일 "추억도 환상이다"라는 고해(告解)로 그 답을 에둘러 제출했다. 시인에 따르면, 과거 지평의 "이별"은 "사실보다도 더 찬란한 허구"이며 "생시보다 점점 더 생생해지는"(「추억도 환상이다」) 영원성 같은 것이다. 그러므로 "추억도 환상"이란 말은 첫째, '추억'을 이미 지나간 쓸모없는 것으로 폄하하는 소란들에 대한 비판이다. 둘째, 현재와 미래의 의미 / 가치 구성에 결정적 기여를 하는 것이 '추억'임을 역설적으로 강조하는 일종의 방법적 사랑이다.

왜 안 그렇겠는가. 우리의 모든 경험과 대상애(對象愛)는 언제나 유일무이한 것이며, 결코 사라지는 법 없이 우리의 현재와 미래 속으로 항상 밀려드니 말이다. 여기에 결여된 삶과 시가 "하늘"이며 "지옥"이고 또 둘 다도 아닌 "아득한 거기"로 도약하는 힘의 원천과 비밀이 숨어 있다. 더욱 중요한 것은 '지나간 시간'의 귀환과 도래가 단순히 존재의 도약으로 그치지 않는다는 사실이다. 그것은 어떤 숙명이나 폭력에 의해 은폐 / 삭제되었던 '관계성'의 회복과 확장을 동반한다는 점에서 일종의 혁명적 사태이다.

이 혼돈의 무대에 함입되는 순간 우리는 "헛됨이야말로 복됨이 되"는 "신세계"(「겨울 환상」)의 충실한 신민으로 거듭난다. "적막한 입"은 그러므로 모든 사태와 지복을 '침묵'으로 다성화하는 이상한 가역반응의 현장이다. 또한 그것이 내밀하게 실현된 "신세계" 자체를 상징이다.

사실 이런 도약과 반전에 대한 믿음이 없다면, "때 없이 마주치는", "주어 목적어 본문이 완전 삭제된" "추억들"(「기타 등등뿐」)이 어떻게 더할 나위 없는 '어둠빛'으로 문득 현현할 수 있겠는가.

시인의 "백색 어둠"에 빗진 조어(造語) '어둠빛'은 의당 형용모순의 진실을 의도한다. 이것이 "거꾸로 로꾸거로"의 기본원리임은 "모든 밝음은 어둠에서 태어나고 / 어떤 어둠에도 빛은 있기 마련이라는 / 도달할 수 없는 이치"라는 말로 입증된다. "백색 어둠"과 '어둠빛'은 그러나 밝음(빛)과 어둠의 배합비율에는 크게 관심이 없다. "밝아지는 눈"(「백색 어둠」)의 원천으로서 '어둠'의 절대성, 다른 말로 "검은 절대주의"(「검은 에너지를 충전받다」)의 가치를 최고로 잉여하는 말일 따름이다.

녹음이 짙어지면 검푸르다
단풍도 진할수록 검붉다
깊을수록 바닷물도 검푸르고
장미도 흑장미가 가장 오묘하다

검어진다는 것은 넘어선다는 것
높이를 거꾸로 가늠하게 된다는 것
창세전의 카오스로 천현(天玄)으로
흡수되어 용해되어버린다는 것
어떤 때 얼룩도 때 얼룩일 수가 없어져버린다는 것
오묘 기묘 절묘해진다는 것인데

벌건 대낮이다
흐린 자국까지 낱낱이 까발려서 어쩌자는 거냐
버림받은 찌꺼기들 품어 안는 칠흑 슬픔
바닥 모를 용서의 깊이로 가라앉아
쿤타 킨테에서 버락 오바마까지의
검은 혁명을 음미해보자
암흑보다 깊은 한밤중이 되어서.

—「대낮이 어찌 한밤의 깊이를 헤아리겠느냐」 전문

노예에서 대통령으로의 "검은 혁명"은 백인의 인종주의에 맞서 "검은 것은 아름답다"며 흑인해방운동을 실천한 복수(複數)의 '마틴 루터 킹' 들을 저절로 환기한다. 그들의 해방을 향한 열정과 존재 회복의 갸륵한 정념은 숭고하다 못해 참혹하게 아름답다. 모든 가치를 독점한 백색 권력과 자본의 오도된 생명정치를 비판한 그들의 실천은 하위 주체의 목소리를 제한적이나마 복권했다는 점에서 위대하다. 이 저항의 언어는 그러나 "버림받은 찌꺼기들 품어 안는 칠흑 슬픔"으로 처절하게 스며들지 않는 한 인간과 자연 공통의 "검은 평등에 검은 자유"(「블랙 파라다이스」)를 구현하는 최후의 해방어로 문득 변신하지 못한다.

이를 유의하면 유안진의 "검은 절대주의"는 애초부터 존재혁명의 모멘트로 선언된 것이었다. 2연의 적절한 예들처럼 '어둠'(=검음 / 블랙)은 무분별한 혼란 아닌 카오스적 창조를, 의미의 강제적 분열 아닌 의미의 자발적 분산을 호명한다. 시인의 오래고 밝은 연륜은 이 경험적 진실을 "밤하늘이 참 하늘이다"(「블랙 파라다이스」)로 언표 중이다. '어둠'에의 자발적 내속과 역발상적 참여는 "움직이는 것들에 고요와 침묵"(「정전 사고」)의 생산적 혜안과 통찰력을 지혜롭게 안내한다.

이 과정에서 툭툭 터지는 존재의 역전은 이제는 탈색 없는 영원과 윤리의 담론으로 추상화될 듯하다. 하지만 그것은 오히려 '정전 사고'니 '재즈의 청취'니 '점쟁이 문어'니 하는 일상적 제재와의 교섭에서 흔히 간취되고 풍부화된다. 꽤나 감각적이고 물질적이며 구체적인 형식 창안을 유인하는 세속적 경험이야말로 유안진식 '로꾸거' 미학에 대한 우리의 동의와 연대를 즐겁게 하는 핵심요소의 하나이다. 그의 '어둠빛'에 바치는 노래들을 '범속한 트임'의 한 실천으로 가치화하여 조심스러울 것 없는 까닭도 이와 밀접히 연관된다.

'어둠빛'의 성취와 시적 현현은 어떤 방식으로든 벌써 고양된 영혼의 영속화로도 순조롭게 접속될 듯하다. 이를테면 "대낮에도 밤길이었는데 / 밤길도 훤하다"(「검은 리본을 문신하다」)와 같은 '밝은 눈'의 세계 조망이 그렇다. 자아의 시선에 대한 의심 없는 옹호는 "검은 황홀"만이 "최선의 양식"(「정전 사고」)으로 간주하는 시각의 장애를 초래할 위험이 있다. 유안진의 각성과 행복은 그러나 충만한 영혼이 아니라 결핍된 삶에 대한 응시와 대결에서 대개 얻어진다. 저 '통찰의 눈'도 사실은 "꿈의 죽음을 조상(弔喪)하"러 다니던 끝에 "평생 상중(喪中)이"(「검은 리본을 문신하다」) 되어버린 결핍의 적층에서 개안된 것이다.

이런 진실은 과연 다음과 같은 부정적 자기 긍정과 등가의 가치를 형성한다: "나는 나 아닐 때 가장 나인데 / 여기 아닌 거기에서 가장 나인데 / 불타고 난 잿더미가 가장 뜨건 목청인데"(「불타는 말의 기하학」). 자아의 타자로의 함입과 그곳에서의 이질적인 자아의 발견. 이 테마를 토대로 우리는 『걸어서 에덴까지』 고유의 어떤 '사랑'과 '꿈'의 세계를 적막하게(!) 훔쳐볼 것이다.

풀밭에 흩어진 감나무 잎새 옆에
익은 알감도 한 개 떨어져 있다
돌아서니 노란 모과도 두 알이나 던져져 있다

후진 뜰이 환하다 정겹다

그려도 그림이고 지워도 그림이듯이
삶도 꿈 몇에 갇힐 수는 없지
꿈 밖의 무한이 더 꿈이고
삶 밖의 죽음이 더 삶이라는 듯이.

—「꿈 밖이 무한」 전문

최근 우리 시에서 이만한 존재 심화와 확장의 시편을 만나본 적이 있는가? 우리는 흔히 현실과 삶의 제한성 운운하며 '꿈'과 '영원'의 담론을 일용할 구원의 양식으로 취하곤 한다. 그러나 되돌아봄 없는 꿈과 죽음의 성찰 없는 영원은 속악한 인신(人神)들의 방탕한 습지(濕地)로 우리들을 몰아간다. 타자와의 연대를 다시 묻고 친밀성의 재구성에 나설 최후의 기회를 아직은 남겨둔 탕아(蕩兒)의 삶이 차라리 종요로운 것은 그래서이다. 저 "꿈 밖이 무한"인 세계에는 탕아에의 예의바른 존중과 그의 말쑥한 귀환에 대한 기대가 함께 녹아 있다. 흩어지고 떨어지고 던져져 있는 "감나무 잎새"니 "익은 알감"이니 "노란 모과"니 하는 것들이 그렇게 아무렇지도 않게 귀환한 탕아의 표상이 아니던가.

고통과 좌절로 버무려진 삶을, 그럼에도 거기서 근근한 구원을 희원하는 우리의 삶을 버릇없는 일탈자 탕아에 비유하는 비평가의 태도는 과잉된 감각의 소산일지도 모른다. 실제로 시인의 삶과 감각은 탕아로의 일탈 욕망을 끊임없이 시와 종교, 학문의 내부에서 완화하는 한편 고통과 열락을 동시에 경과한 미학적 · 윤리적 언어로 전유해왔을 터이다. 그럼에도 나는 대척점에 선 탕아와 시인이 언젠가 도래할 존재 변환을 위해 "사랑, 그 이상의 사랑"으로 자신들을 침착하게 개방해왔을 것임을 믿는다. 왜냐하면 이 '사랑'의 근저는 농밀한 에로스 이전에 위험천만한 타나토스 경험으로 먼저 채워졌기 때문이다. 그러니 최후 / 최고의 '사랑'은 결국 타나토스의 도가니에서 걸러진 "붉은 포도주 '가시밭길'"이나 "맑은 독주 '백년고독'"(「사랑, 그 이상의 사랑으로」)에 대한 감사와 도취로 완성될 수밖에 없다.

시인은 그런데 이 '사랑'의 육즙마저 '로꾸거'들이 펼치는 카니발의 몰약(沒藥)으로 제공할 의향이 전혀 없는 듯하다. 그것은 여전히, 아니 오래도록 "몸이 저의 백년감옥에 수감된 / 영혼에게 바치고 제주(祭酒)"(「사랑, 그 이상의 사랑으로」)로 바쳐질 모양이다. 그것은 아무래도 '사랑'의 기억이, 다시 강조하지만, "세상으로 뚫린 유일한 숨구멍으로 / 의식주를 실어 나르던 낙타의 바늘"에서 가장 빛나며, 또 그럼으로써 "어둠에 저항하는 한 송이 작은 꽃"(「바늘에게 바치다」)으로 실현되기 때문이다. 이때 "바늘"에 대한 경모를 친밀성에서 제일의 존재인 "어머니"를 향한 그것으로 치환해도 '사랑'의 성격은 거의 달라지지 않는다.

"낙타의 바늘"로 기워진 우리 역시 문득 물려받은 "낙타의 바늘"로 더 어린 낙타들의 삶에 그들에게 합당한 문양(紋樣)을 짜 넣어야 하는 숙명적 존재들이기 때문이다. 그러니 이 좁디좁은 '바늘구멍'은 누군가의 "유일한 숨구멍"임을 넘어, 태초 이래 "낙타의 바늘"로 꿰매지고 잇대어진 모든 자들의 삶이 웅성거리는 총체적 생애사의 드넓은 개활지가 아니고 그 무엇이겠는가.

『걸어서 에덴까지』에서 점점이 떨어지는 '사랑'은 그런 의미에서 끊임없는 갱신과 변전을 실천하고 기약해온 존재들을 위한 정중한 '경의'인 동시에 명랑한 '애도'이다. 물론 이때의 '애도'는 존재를 삶의 저편으로 추방하는 망각의 제의(祭儀)와 거의 무관하다. 잃어버린 대상의 빈자리를 메우는 슬픔이라는 점에서 애도는 우리의 상흔을 치유하고 또 여타의 타자들을 다시 사랑하게 하는 생명 운동의 일종이다. 거기서 자꾸만 탄생 중인 "꿈 밖의 무한이 더 꿈이고/ 삶 밖의 죽음이 더 삶"인 세계가 끊임없이 우리를 향해 밀려들고 있다. 이 세계에의 숙연한 참여를 위해 우리는 오늘도 우리 삶을 향한 애도에 정념을 바쳐야 한다. 어쩌면 이것이 우리 스스로에게 바치는 가장 값진 경의, 다시 말해 "사랑, 그 이상의 사랑"일지도 모른다. 왜냐하면 알랭 바디우의 말처럼 바로 그곳에서 "시련을 받아들이고, 지속될 것을 약속하며, 바로 그 차이에서 비롯된 세계의 경험을 수용해나가는 모든 사랑"이 시작되므로.

편력의 마감과 토포필리아

강희근 시집 『그러니까』

고백컨대 강희근 시인의 『그러니까』(시와환상, 2012)를 읽은 일은 문자 / 풍경의 여행이 아니라 애틋한 장소로의 귀환이었다. 거의 평생을 진주와 그 권내에서 보낸 시인의 삶에 비한다면, 겨우 3년을 그곳에서 보낸 나의 생활은 일시적 체류에 불과한 것이다. 그러나 시인이 호명하고 기억하는 진주 부근의 장소와 그 경험들은 토포필리아(topophilia, 場所愛)를 충분히 자극하고도 남았다. '사람과 장소 또는 배경의 정서적 유대'를 뜻하는 '토포필리아'의 의미를 생각하면, 진주와의 정서적 유대가 이제는 기억의 지평으로 훌쩍 물러앉은 나에게는 그것이 '장소애(哀)'로도 재의미화되어 가는 중일지도 모른다.

이와 달리 시인에게는 양가적 정서, 다시 말해 장소애(愛∞哀)의 통합과 길항이 동시적 사태로 발생중이겠다. 시인의 스승 미당(未堂)이 일찍이 천지유정(天地有情)이라고 일렀거니와, 우리의 삶은 시간의 흐름에 따라 '무정'하게 줄어가는 '유정'의 가치화와, 또 주술적 속박과도 같은 그것에서의 해방을 동시에 추구한다. 이 지점은 고통스런 영혼의 자유를 찾아 떠돌던 편력(遍歷)의 마감이 가시화되는 곳으로 불려 무방하다. 이런 연유로 젊어서의 토포필리아가 자유와 차이에 예민하다면, 노년의 그것은 기억과 정주, 그러니까 영원성의 호출에 넉넉하다.

물론 후자의 경향이 우세하다고 하여, 시인의 현재적 삶과 시가 일상과 자연의 미감 속으로 여유롭게 흘러드는 것으로 미리 짐작해서는 안 된다. 시인의 장소들은 표면상 안온한 듯 보이지만, 거기에는 한국 근현대사의 기억할 만한 사건들이 때론 명랑하게 숨죽이고 때론 침통하게 들끓고 있다. 그가 『그러니까』의 독서 범위를 한국 시인과 독자 전체로 무람없이 욕망하는 이유도 사실은 이런 사정과 깊이 연관되어 있을지 모른다. 대개의 시들이 짧으면서 정서의 표출에 집중하는 듯하지만, 그 뒤편에 이야기꾼의 목소리가 연면한 까닭도, 역사적・서사적 공동체에 대한 기대가 작동했기 때문일 것이다. 시의 편력은 그러니 삶의 편력과 달리 언제나 시작과 행로의 지속을 본질로 하는 것이다. 『그러니까』는 따라서 "편력의 마감"이란 제목과 달리 실제로는 새로운 편력을 감행 중인 것이다.

> 화분을 들어 옮기는데
> 올라온 꽃송이가 그의 이마로 내 목을 쓰윽
> 밀고 있다
> 성냥개비다 잠자던 감각의 끝에 불똥이 튄다

침묵하던 영혼의 감실에
불을 켤 수 있겠다

꽃은 무슨,
이번에는 말없이 길게 내민 그의 이파리들
손수건 반만한 이파리들
내 수염 솟아 있는 볼 한쪽으로 쓰윽 문지르고 있다

—「안시리움」 부분

"진주에서의 강희근 씨"의 변함없는 일상적 진실은 "외로워서 시를 소복소복 쓸 거라는 점"(「진주에서의 강희근 씨」)이다. 이런저런 꽃나무 돌보기는 시쓰기 사이사이에 끼어드는 소소한 소일거리일 것이다. 편력의 열정이 그것의 기억으로 몸 바꿀 때라면, 생의 절정으로서 "꽃송이"는 그것의 기원과 배경이 되는 "이파리들"보다 오히려 아픔일 수 있다. 이 순간적 사태를 "안시리움"은 절묘하게 담아내고 있다. 이 말은 아마도 표준어 '안쓰러움'에 해당하는 경상도 말일 것이다. 하지만 이 직정어(直情語)는 '안쓰러움'에 '시려움'을 더해 외로움의 정서를 더욱 강화한다는 점에서 복합적 감정의 탁월한 표상이다. 이런 성격의 「안시리움」이 서시(序詩)로 잡힌 상황은 존재와 자연, 시들이 벌일 '외로움'의 편재와 초극의 동시성이 『그러니까』의 핵심 테마임을 은연중에 암시한다. 화창한 봄날의 '벗꽃'이 '빗물'과의 눈물겨운 욕정에 더욱 친화하는 까닭은 이로써 해석의 정당성을 얻는다.

벚꽃이 지면서 내게는
하동땅 화개도 지고
사천땅 선진도 지고
통영땅 봉평도 졌다

그러므로 그리움은 더 이상 재고가 없다

주말이면 또 비가 온다 하는데
빗물은 어디로 가서 무슨 꽃으로 질까

—「너의 봄」 부분

'화개'와 '선진', '봉평'은 벚꽃놀이가 허락하는 '토포필리아'의 대표적 명소들이다. 영랑의 '모란'이 그랬듯이, '벚꽃'의 만개와 만분분, 그리고 그것들에 대한 기다림의 반복은 시적 감흥을 넘어 우리 삶에 존재론적 주름을 더하는 사랑(愛)과 이별(哀)의 동시적 사태이다. "더 이상 재고가 없"는 '그리움'의 사태는 당연히도 충만보다 소진의 상황에 걸맞으며, 저 땅을 겅중대는 걸음보다 천천한 소요(逍遙)에 어울린다.

삶의 문제에서 젊음은 화려함으로 인해 통속적이지만, 경륜은 적요함으로 인해 윤리적일 가능성이 크다. 물론 이때의 '윤리'는 세상사에 대한 위반과 일탈에 관계된 관습이나 제도와 깊이 연동되지 않는다. 그보다는 "그리움보다 더 그리운 노래" "노래보다 더 깊은 신명"(「나와 그」)을 불러내는 존재의 본원성으로의 귀환에 가깝다. "빗물은 어디로 가서 무슨 꽃으로 질까"라는 모순형용의 존재론적 변신에 대한 기대는 그래서 가능한 것이다. 비록 성하(盛夏)의 오늘이지만, 가을의 '지금, 대곡면'을 걸을 당신이라면, "빗물"의 "무슨 꽃"으로의 변신과 그에 따른 장소-애(哀)의 장소-애(愛)로의 거듭된 전환을 머지않아 목도하게 될 것이다.

대곡면 들어가면
산과 들이 태생지처럼 편하다
마른들이 오다가 도로에 마주치는 자리
억새 무더기로 키우고
모양 허술한 은행나무 일렬로 서서 빛바랜
잎들, 빠져나가는 머리칼처럼
가지에서 무념무상 떨구어 낸다
양달진 산등성이로 어려 있는 단풍들
그윽히 바라보면
비로소 단풍으로 눈에 띄는 소박한 산삐알, 얌전하다

—「지금, 대곡면」 부근

"마을 쪽으로 갈수록 선방 마루같이 한가"로운 "대곡면" 풍경은 인간과 자연의 정서적 통합 및 아름다움의 한 극치로 모자람 없다. 대곡면의 "편안함"은 "태생지"로의 귀환, 성경을 빌리자면, 거친 편력에 들었던 탕자의 귀환을 아무 질책 없이 환대하는 아버지의 사랑과 신뢰 덕분에 가능한 것이다. 하지만 자아와 자연의 극적인 통합은 "마을 쪽"이 암시하듯이 삶의 통찰과 역사의 성찰에 깊이 관련되어 있다. 『그러니까』에는 '바다'나 '들판'의 토포필리아는 흔한 반면, 시인의 태생지와 가까운 '지리산' 일대, 보다 자세히는 산청 · 함양에 관한 그것은 거의 드물다. 나는 이 원초적 공간을 진주 근처의 물의 땅들, 지금은 다목적 댐 진양호에 대폭 잠긴 대곡면, 수곡면 일대가 대체하고 있다고 짐작한다(이후 예시되겠지만, '강'은 '바다'로도 물길을 바꾸어 간다. 바다의 깊이는 산의 높이에 상응한다. 하지만 바다는 산과 달리 끝내는 인간의 범접을 허락지 않는다는 점에서 보다 본원적이며 보다 완전한 공간을 형성한다).

이 일대, 특히 수곡면은 한국인의 민족주의적 정념을 하나로 수렴하는 이순신 장군의 운명이 걸렸던 곳이다. 백의종군 중 "삼도수군통제사 수임 통지를 받"은 곳이 "진주시 수곡면 원계리"(「문암교를 건너며」)인 바, 따라서 이곳은 장군의 명예회복의 장소였지만 미래의 죽음을 앞서 명받기도 한 양가적 장소이다. 민족주의적 계몽과 열정, 힘없는 민족/개인의 비극 투사(投射)에 더할 나위 없는 곳인 셈이다. 식민 잔재의 청산과 유례없는 경제 발전의 해방 후 한국사에서 바라본다면, 자랑과 자존의 토포필리아가 펼쳐지는 공간이 아닐 수 없다.

식민지 땅에서 배양된 이념적 민족주의는 그러나 진주를 포함한 지리산과 그 일대를 서로의 계급적 이해를 실현하는 '전쟁기억'의 땅으로 영토화했다는 점에서 불행했고 또 폭력적이었다. 사실 나는 진주를 떠난 후의 독서 경험(김경현, 『민중과 전쟁기억—1950년 진주』, 선인, 2007)을 통해서야 진주, 산청, 함양, 거창 일대에서 벌어진 한국전쟁 전후의 삶의 파괴 현장을 아픈 눈으로 성글게 복기(復碁)할 수 있었다. 또한 소년 강희근이 비극적 사태의 한 가운데 던져졌었음을 자전적 기록(「시인 강희근이 살아온 한국문단, 또는 그 경계」, 『시와 환상』, 2012 여름)에서 확인했더랬다.

이를 참조하면, 왜 시인이 산청 · 함양의 지리산 일대 순례를 짐짓

외면한 채, 대곡과 수곡 일대의 평화와 미감에 더 열중하는지가 어느 정도 해명될 듯도 하다. 물론 지리산 가까운 대곡과 수곡도 잠깐의 '전짓불 공포'가 생과 사를 가르는 현장이기는 마찬가지였다. 하지만 다행인지 불행인지 이후 진양호의 조성 속에서 이 땅들의 많은 부분이 물 아래 수장되었다. 이 말은 물에 잠긴 비극의 땅 대곡과 수곡이 역사의 이면 아래로 영영 되돌려졌음을, 또 깊게 각인된 자아의 트라우마를 얼마간 은폐할 수 있는 사적 장소로 전환되었음을 의미한다.

어쩌면 기억과 상실, 노출과 은폐가 서로의 간섭과 개입 속에서 적절히 조정되어, 비극적 향토와 역사를 적절히 거리화할 수 있는 시좌(視座)가 자아에게 제공된 형국이랄까. "소리 치고 우뚝 솟았던 것들 / 대곡면에서는 다 구부러지고 마는가"(「지금, 대곡면」)에는 오늘날 투어리즘(tourism)의 오용에 대한 조소(嘲笑)가 표면화되어 있지만, 그 심층에 향토와 삶의 역사에 대한 기억과 회한이 아프게 숨어있다고 생각되는 이유이다. 저 먼 동유럽 부다페스트의 다뉴브강에 대한 유사성과 친밀성의 발현, 즉 "너는 진주다 / 슬픔으로 닦은 보석은 강물에 어리지만 / 강물을 하나로 굳세게 한다"(「펜 기행 4」)라는 정서적 공감대 또한 여기서 기원하는 것이리라('진주'는 먼저 '眞珠'겠지만, 또한 당연히 '晉州'이기도 하다).

그리움을 위하여 시는 쓰는가
그리움이 다 가고도 남아서 시는 쓴다
그늘진 그늘을 위하여 시는 쓰는가
그늘이 다 벗겨지고도 햇볕에 앉아 시는 쓴다
우리를 위하여 시는 쓰는가

우리들 뿔뿔이 흩어지고 더 어디
모꼬지에 갈 데가 없어도 시는 쓴다
역사를 위하여 시는 쓰는가
역사의 뒤안길로 들어가다 역사의 배경 하나 둘
사람의 뒷머리를 쳐도 시는 쓴다
노래를 위하여 시는 쓰는가
노래가 불려질 자리 동서남북 외진 골짜구니
메아리 한 줄 들려오지 않아도 시는 쓴다
밥을 위하여 밥그릇을 위하여 시는 쓰는가
허기 가득한 밥그릇에 밥알이 들어가 앉고도
시는 쓴다
아, 그러므로 시는 무엇을 위하여 쓰여지지 않는다
무엇 때문에만 쓰여지지도 않는다
더구나 나, 나만을 위하여 쓰여지지도 않는다

—「무엇을 위하여 시는 쓰는가」 전문

시의 옹호를 향한 자율성과 무목적성의 명쾌한 선포는 진정한 삶의 기대와 그것을 배반하는 부조리극의 득세를 때론 엇갈려 때론 동시에 거쳐 온 편력의 설운 결과물이다. "무엇을 위해" "무엇때문에만" "나만을 위하여" 쓰여지지 않는 시들은 그러므로 현실과 절연한 단독성의 사물들이 아니다. 「공백 지대」가 예시하듯이, 그에게 시는 특수한 대상과 목적, 특정 가치의 구별과 배치, 자의적인 정서의 배출을 위한 문자의 선택과 조합이 아니다. 오히려 누구나 공감하고 동의할 만한 보편적 언어와 정서의 구현물이다. 물론 이 말은 초월적 가치만의 추구를 의미하지 않는다. 오히려 누추한 현실 아래서 삶의 보편성과 정서의 고유성을 발굴하고 언어화하려는 노력을 뜻한다.

시를 통해 아무 것도 "하지 않겠다"는 다짐은 따라서 시의 언어적·사회적 역할에 대한 뒤늦은 후회와 거부의 변론이 아니다. 그 무엇도, 그 누구도, 그 어떤 감정에게도 단독적 권력(권위)을 허락하지 않겠다는 것, 또 이것들이 비껴간 변두리 존재와 사물의 자리, 즉 "공백 지대"로 스며들겠다는 새로운 시의 선언이다. 이런 태도와 행위는 기존의 시를 지우는 한편 새로운 시로 틈입하겠다는 "공백 지대"로의 이중적 들고남으로 요약될 수 있다. 이런 타자성에 대한 배려와 연대는 시의 대 사회적 역할을 충족하면서도, 스스로를 낮추는 태도에 힘입어 미의 고유성 역시 획득할 가능성을 더욱 증대시키는 법이다. 그 결과로 더욱 넓어지고 내밀해진 세계는 자기에 대한 배려 역시 당장의 현실로 불러들이기 마련이다.

> 나는 귀가를 서두르고 싶지 않다
> 인간 세상은 뒤돌아보면 서두르다가 어긋나고
> 쳐지고 풀어져 버렸다
> 스승은 일찌기 내게 노자처럼 느릿느릿 살게,
> 게으르기라면 더 게을러서 살게, 라 하셨지
> 그 말씀이 소리를 죽이며 내 뒤를 여태 따랐는가
> 어스럼으로 너울치는 바다가 한 자 한 자
> 짚어준다
> 멀리 부산 가덕도 쪽에서 여객선일까 희미한 외등 켜고

점점 다가오지만

나는 조금도 서두르고 싶지 않다

—「북쪽」 부분

"귀가"의 자발적 지연은 고단한 삶과 비루한 일상에 대한 거절과 비교적 무관하다. 물론 "인간 세상"에 대한 부정적 소회는 이런 판단을 완전히 일반화하지는 못한다. 그러나 "느릿느릿" "더 게을러서" 살기는 고약한 세속원리를 거부하되 일상의 삶을 고유한 방식으로 자기화하는 지혜를 필요로 한다. 그 지혜의 일단이 서둘러 귀가하는 장삼이사와 달리 홀로 "여객선"의 "희미한 외등"을 바라보며 존재의 가치와 의미를 다시 묻는 일일 것이다. 강희근 시인의 내면 개방과 새로운 의미화는 특히 '바다'로 지향된다는 점에서 흥미롭다. 강의 확장된 형식이자 태생지 지리산을 대체하는 공간으로서 '남해'의 선택이라는 해석은 지나치게 단조롭다. '바다'의 신화적 모티프 또는 상징적 의미에 대한 고려가 그래서 필요해진다.

곤양면 홍사리까지 아직은 도로가 좁고

구불거리고, 찔레꽃 칡넌출 더불어 전설이 다 닳지 않았다

그대 오기 좋은 곳

묻어다오 한 천년, 또 한 오백년

푹 삭아서, 고스란히 녹아서 침향 그 둘레로

내려갈 수 있으면 좋으리

—「떠밀어 다오」 부분

생물학적 관점에서 본다면, 죽음은 편력의 영원한 마감을 의미하겠다. 그러나 현실의 편력이 끝났다고 해서 존재의 흔적과 가치가 일거에 무화될 리 없다. 개체는 사라지겠지만, 그래도 우리는 후속 세대의 형식과 그들의 기억을 통해, 혹은 종교적·언어적 제도의 도움에 힘입어 존재의 지속과 보존을 아주 잃지는 않는다. 개펄에 수백 년 묻혀 후대의 삶에 평안함과 그윽함을 더하는 "침향"은 그 자체로 뜻 깊은 유물이다. 그러나 동시에 과거와 현재, 미래를 관통하는 존재의 영원성, 보다 자세히 말해 이미 사라지고 또 미래에 찾아올 주체=타자들의 대화와 소통을 상징하는 역사적이고도 심미적인 객관적 상관물이다.

이를 고려하면 "침향"은 동시에 서정시의 또 다른 형식이 아니고 그 무엇이겠는가. 과연 시적 자아는 "한 천년 소금이나 먹다가 바닷물이나 씹다가 / 향그론 향으로 태어나고 싶다"고 은밀히 고백 중이지 않은가. 사실 조심스런 죽음에 대한 다독임은 오래된 삶-시에 대한 정중한 예의이자 미래의 삶-시를 향한 상징적 제의라 할 만하다. 죽음의 거처로서 "곤양면 홍사리 / 앞바다"는 먼저 무덤(tomb)이다. 하지만 동시에 그곳은 자궁(womb)인데, 오랜 뒤의 "침향"=나=시의 탄생지이기 때문이다. '바다' 및 '죽음'과의 나직한 대면은 그렇다면 이 땅에서 획득한 존재의 궁극적 자질인 시에 영원히 들기 위한 초혼 행위라 할 만하다. "저녁은 아득하고 / 인생은 아득한 것, 무량의 선율 풀어내리라"(「합천호 늦은 시간」)는 말은 그래서 슬픔이고 또 그래서 황홀이다.

욕망의 구경(究竟), 초월의 내파(內波)

홍신선 시집 『마음經』

경(經)은 종교의 진리와 윤리를 적은 완전무결하며 절대적인 목소리–문자를 뜻한다. 그러니 '마음經'은 '마음'의 절대성 혹은 경전으로서의 마음을 기록하고 발화하는 텍스트로 이해되어 무방하다. 하지만 신(神)이 그러하듯이 경전 역시 결핍된 인간의 욕망을 채우기 위한 언어적 고안에 해당한다. '만들어진 신과 경전'에 대한 냉엄한 인식과 성찰 없이는 그것을 향한 열정적 믿음과 숭배는 자칫 맹목과 도구의 염(念)으로 변질될 우려가 상존한다. 따라서 종교와 그 실천적 언어 경(經)은 진선미로 대변되는 인간적 이상과 희망의 기록으로 그칠 수 없다. 그것을 모본 삼아 스스로의 존재원리를 탐측하고 실천하며 비추는 기획적 성찰체로 작동해야 한다. 그러므로 '경'은 단순히 신의 말씀을 적은 절대 구경처(究竟處)가 아니라, 인간의 본성을 마름질하고 깁고 펼치기를 반복하는 또다른 삶의 현장이기도 하다. 간난한 종교 행위 중 하나인 '사경(寫經)'이 절대자를 향한 존숭과 헌신의 의식(儀式)을 넘어, 인간 주체의 수양(과거)과 기획(미래)에 관한 현재적 서사의 구축인 까닭이다.

이런 의미에서 '마음經'은 절대 구경으로서 '마음'과 복잡다단한 현실의 '마음'이 때로 융합하고 때로 경합하는 연대와 쟁론의 양가적 현장이다. 우리가 마음의 양가성에 주목하는 까닭은 무엇보다 마음이 물질로 변환 불가한 추상적이며 관념적인 '어떤 것'이기 때문이다. 더군다나 특정 목적과 이념 따위로 가치 잉여된 '마음'은 자칫 현실을 악무한의 속세로 서둘러 규정할 위험성이 없잖다. 그 결과 애처로운 현실과 절연하는 허망한 초월이 지상 명제로 선뜻 지정되어버린다. 하지만 속세와 인간을 관통하는 '경'치고, 세상에 던져진 인간은 끝내 현실에로의 귀환과 투기(投企)를 감행함으로써 본원적 자유와 해방을 구가하라는 최후의 목소리를 잊은 적이 없다. 그 핵심에 자아로 가득 찬 주체, 곧 '익숙한 체계'를 타자에게 개방하여 '낯선 체계'와 자재롭게 습합(習合)하라는 명령이 자리한다.

타자성으로의 스며듦을 실천한 연후라야 '마음'은 형편에 따라 제멋대로 흔들리고 쏘다니는 부유물(헛것)이 아니라, 존재 원리에 합당한 "현실과 자연의 질서"가 구현되는 본원적 내면으로 회귀하고 도래한다. 이 절대 명령을 홍신선은 20여 년에 걸쳐 '기룬' 「마음經」 연작 60편(우리 나이로 60은 환력이니, 『마음經』(문학·선, 2012)은 '시적 사경(寫經)'의 완성인 동시에 또 다른 시작이겠다)을 하나로 보듬은 『마음經』에서 선(禪)의 준칙을 빌려 아래와 같이 적고 있다.

혜능은 오랫동안 불교 속의 관념적이고 추상화된 마음을 매일의 구체적인 평상심으로 대체했다. 그날그날 마음의 해방을 선불교는 구가한다. 몸의 욕망을 상대적으로 줄이는 길 — 마음의 해방을 위한 길은 거기서 시작한다. 그리고 일상에서 마음의 길을 따라 정신적 자유와 해방을 성취한다.

—「시인의 말」 부분

시인은 언뜻 '정신적 자유와 해방'을 힘주어 설파하는 듯하다. 그러나 던져진 인간의 숙명을 생각한다면, 현실원리에 거칠 것 없는, 아니 그것을 실천적으로 초극하는 '마음'의 형식과 자리는 '구체적 평상심'과 '일상'이 아닐까? 가령 『마음經』에는 '사경'의 한 형식이자 그 자체로 '경'을 넘보는 절대언어 시(詩)를 향한 '마음'의 움직임이 거의 드러나지 않는다. 시는 그저 "근골만 앙상한" '해골'(「마음經 32」)이거나 "끝끝내 해독 안 된 자구(字句)"(「마음經 44」)의 형식으로 비춰질 따름이다. 이 무심한 '마음'은 그러나 "고작 누더기 몇 십행 시구들"로 '죽음'을 다비하는 언어의 구경을 만날 때 '시신(屍身)'이 '시몸[詩身]'(이상 「마음經 50」)으로 생환하는 순간을 살고야 만다. '시몸'의 순간은 누구나 경험 가능한 보편적 현실이되 전체성에 함부로 귀속되지 않는 일회적 사건의 결정체라는 점에 그 진정성이 존재한다.

이 '일회적 순간'의 지속적 파생과 경험 속에서, 선의 기율을 따르는 그 언어가 단순, 명료해지는 듯싶지만 되레 그 육체가 울울하고 풍부해지는 홍신선의 '마음'이 출생하고 숙성한다. 물론 이 "코 꿰어서 걸린 허공들"은 "번창하던 뜬구름 공단의 / 숱한 생각들 깡그리 궤멸한 뒤"(「마음經 52」) 현상하는 본질이라는 점에서 차라리 참혹하며, 그래서 더욱 본원적이고 미적이다. 따라서 "정신의 해방은 몸의 소멸로 완성된다. 거기서부터 비로소 시가 정신의 몸으로, 시몸으로 살기 시작한다"는 시인의 말은 어쩌면 『마음經』에 절반만 부합하는 명제인지도 모른다. 왜냐하면 시인 스스로가 언명했듯이, 저 '허공'은 현실의 '시'와 한계투성이 '몸'이 전제될 때야 비로소 존재하는 "세계이자 현실"(「책머리에」)이기 때문이다.

우리들의 『마음經』 읽기는 그래서 '허공'만이 아니라 그것을 비우는 동시에 채우는 '몸'으로도 향해야 한다. 물론 이 '몸'은 '범속한 트임'을 지향한다는 점에서 새로운 영혼의 창조와 파괴를 동시적 속성으로 거느린다. 이 양가성의 내밀한 연대와 탄력적 길항 속에서야 '정신의 몸'은 재차 갱신된 '몸의 정신'을 짝패로 세우게 된다. 『마음經』을 양 대극을 획정하는 폐쇄성(단일성)이 아니라 함부로 그어진 그것을 해체하는 개방성(복합성)에 복무하는 내파(內波)의 미학으로 읽게 되는 까닭이다.

*

'마음'의 반대말을 꼽으라면 '몸'이나 '육체'를 먼저 들어야할 것이다. '마음'은 만져지고 물질화될 수 있는 실체가 아닌 만큼, 『마음經』에서도 그것의 성찰과 미래화는 대개 '몸'의 해방과 자유의 추구라는 간접적 행보를 통해 경주된다. 이쯤에서 궁금해지는 것은 과연 '마음'과 가족계열을 형성하는 정신, 영혼, 이성 등은 '마음'과 어떤 동일성과 차이성을 형성하는가이다. 이들은 몸 / 육체, 그리고 그와 연동된 욕망과 대척점을 형성하면서, 인간의 구극을 점유하고자 한다. 그러나 '마음'

과 그 사촌들은 그 역할과 기능을 두고 때로는 몸 / 육체에 대한 것 이상의 적대관계에 빠져들기도 한다. 이런 사태는 '마음'의 사촌들이 대체로 '형이상'의 지평을 장악하는 데 반해, '마음'은 감정이나 심정과 같은 주관적 느낌의 지평에 머무른다는 생각 때문에 발생하는 듯하다.

물론 홍신선도 '마음'과 그 사촌들의 관계를 모나게 세워놓지는 않는다. 오히려 『마음經』을 통해 "정신적 해방과 그 자유를 (같이 – 인용자) 추구했"다는 점에서 '마음'과 사촌들은 일종의 공모자요 동업자이다. 하지만 『마음經』이 우리의 현실은 안중에도 없는 앙상한 정신의 형해에 귀착되지 않는 것은 '몸'을 불러 세워 그 안에 자아와 타자의 곤혹하거나 명랑한 감정을 규모 있게 채워 넣거나 불현듯 비우는 '놀이'를 즐길 줄 알기 때문이다. 엄격한 수련과 냉철한 판단이 요구될 선(禪)의 추구를 '놀이'라 한다면 가당찮은 불찰이자 모독에 해당할 것이다. 이때의 '놀이'란 당연히도 그와는 별 무관한 '평상심'의 자유로운 운신을 뜻하니, 이것은 오히려 주관성과 개성을 담뿍 내뿜으며 타자를 끌어안고 다독이는 이상적 '마음'의 속성과 더 잘 어울린다.

① 몸 밖으로 어느 틈에 번개처럼 줄행랑치는

저

눈치꾸러기 그림자

—「마음經 1」 부분

② 오늘부터는

단칸방에 삶과 죽음을

혼숙으로 세 치는
마음이라는 감옥

—「마음經 7」 부분

어떤 선가(禪家)가 목표하는 '마음', 곧 "매일의 구체적인 평상심"은 일상 속의 욕망을 오롯이 삭제한 결과가 아니라 그 욕망과 선뜻 나뒹굴어도 자연의 질서와 인간의 윤리에 어긋나지 않음을 뜻할 것이다. 그런 점에서 대상 외부가 아닌 내면으로의 자유와 해방은, 시인의 말을 빌리자면, "절대 존재를 통해서가 아닌 나의 힘, 나의 의지에 의해 이뤄지는 자력의 구원이자 초월"이어야 한다. 『마음經』에 대한 우리의 눈은 따라서 선적 대오각성의 명경(明鏡)보다는 일상의 '몸'을 향한 애(愛)와 증(憎), 그 사이에서의 흔들림이 낱낱이 비치는 균경(龜鏡)을 먼저 응시해야 한다.

인용한 두 시는 20여 년 전 '마음'에 뜻을 두기 시작한 홍신선의 흔들리는 내면과 욕망을 아프게 피로(披露)한다. '마음'은 명징한 정신의 회오(會悟)에 걸려들지 않는 한 스스로를 냉정한 타자로 대상화하지 않는 "눈치꾸러기 그림자"요 "주거부정의 그림자"로 너끈히 살아간다. 아니 우리들의 주억대는 성찰의 기회조차 음험하게 훔쳐가기 위해 어디에나 편재하는 "무슨 절도범"(이상 「마음經 5」)을 살기조차 한다. 물론 몸과 현실 밖으로 "번개처럼 줄행랑치는"(「마음經 1」) 마음의 세기(細技)는 가끔은 패배를 일용하는 우리에게 위안과 격려의 제스츄어로 충실하다. 그러나 스스로를 성찰과 타자화의 대상으로 매달지 못하는 잔꾀와 모사의 마음은 다만 "단칸방에 삶과 죽음을 / 혼숙으로 세" 칠 뿐, 냉정한 에로스와 열렬한 타나토스의 연애를 성사시키지 못한다. 그래서 우리는 "내 마음 속 어느 철면피한 사물이여"(「마음經 42」)라는 시인의 탄식을, 아니 자기에 대한 뒤늦은 앎을 이 생산적이고 원초적인 '연애'에 대한 갈급한 그리움과 호소로 읽는 것이다.

하지만 『마음經』은 자아와 세계의 서사를 구성하는 한통속 삶과 죽음끼리의 연애를 결코 낭만화하는 법이 없다. 오히려 참형과 결별의 형식으로 처리함으로써 그 연애의 절대성과 숭고함을 배가시킨다. 이를테면,

> ① 저 날로 깊어가는
> 바닥없는 마음에 나뒹구는 생각의 시체들
>
> —「마음經 11」

> ② 벗어든 생각들이 사물의 팔에서
> 제각각 20세기 빨래처럼 삭아가고 있다.
>
> —「마음經 42」

와 같은 핏빛의 이채롭고도 서늘한 광경을 보라. 두 시의 '생각'들은 거의 10여 년의 상거를 지닌다. '마음'의 한 축을 차지할 이 '생각'들은 예측과 통제를 개의치 않는 불편한 '욕망'들과 접속된 것들일 가능성이 크다. '생각'을 흘러 관통하는 피가 사혈(死血)의 빛과 형태를 띠는 것도 이와 무관치 않다. 하지만 예민한 이라면, '죽은 피'를 빼내어 질병을 치유하는 사혈(瀉血)의 방법에 미묘한 변화가 생겼음을 직감할 것이다.

『마음經』에서 존재의 구현을 가로막는 삿된 '몸'과 '욕망', '생각'들은

초기에는 비움, 곧 죽임의 대상이었는바, '시체들'이 그것을 명증한다. 피비린내 나는 죽임의 풍경은, 심지어 그것이 원한의 복수일지라도 무엇으로도 치유 불가한 심리적 외상을 남기기 마련이다. 상흔의 극복을 '생각의 처단'에서 '생각의 벗어듦'으로 바꾼 시인의 선택은 이 트라우마를 다독이며 생의 저편으로 함께 걸어가기 위한 지혜의 일종일 것이다. 입고 벗기를 반복해야할 존재의 일부로서 '생각'은, 그의 사촌들 '욕망'과 '몸'은, 스스로 '삭음'을 삶으로써 즉 소멸의 주체가 됨으로써 오히려 인간적 구경(究竟)을 엿보기 시작한다.

"사물의 팔"에 얹힌, 그러니까 사물의 물질성 자체를 수렴한 "벗어든 생각들"의 말라감(≒죽음)은 그래서 되레 존재 본성으로의 귀환이자 갱신이다. 비유컨대 벗어날 수 없는 사멸에 처한 존재를 적시는 선홍빛 말간 피의 흘러넘침인 것이다. 그러니 시인은 "내 벽추(僻陬)의 땅에 이즘 사귀는 / 뭇 유의미한 것들의 어미 뻘 허무는"(「마음經 57」)이라고 쓸 수밖에 없다. 허물어지는 것은 넓어지는 것이며 경계를 흐릿하게 지우는 일대 사건에 속한다. 거기서 '마음의 길'은 존재의 실핏줄로 울울하게 뻗어나간다. 그럼으로써 옹색해진 사리분별과 멍울진 집착의 덩이들은 서서히 내파되어 그 고집스럽고 아둔한 형체를 잃는다. 그러니 "구덕살 덧댄 발바닥에도 / 숭, 숭, 숭 빵구가 난"들, "무좀 번성한 살 구멍이 / 장난처럼 / 뻥, 뻥, 뻥 뚫"리는 게 뭔 대수란 말인가. 이야말로 "마음의 껍질"(「시인의 말」)을 무작위하게 깨기에 이른, 곧 자기 구원과 초월의 편린을 움켜쥔 시인 / 시몸의 존재성이 육화된 형식인 것을.

하지만 우리는 아직 "생각의 시체들"과 "빨래처럼 삭아가"는 "벗어든 생각들" 사이에 벌어진 일회적 사건들을 만나지 못했다. 이 사건들로의 잠입과 연대는, 우리가 최후에 읽게 될, '마음'의 안과 밖을 지워 버린, 아니 그 경계에 무심하고 자유로운 「마음經 60」에 도달하는 길이자 방법이다. 동시에 저 존재에 작란을 거는 구멍들이 숭, 숭, 뻥, 뻥 뚫리게 된 이치를 명랑하되 신중하게 파지하려는 우리들 자기모색의 한 통로이기도 하다.

*

생로병사의 카르마(karma)가 지시하듯이, '생'과 '삶'은 쇠락과의 동행이자 그로부터 일탈 불가하다는 아이러니한 전제 속에서의 움직임이다. 특히 그것의 우악스런 축적이자 완성일 죽음은 그 누구도 자기 경험을 대상화하거나 재연할 수 없는 절대고독의 형식이다. 어쩌면 죽음의 니힐리즘은 생의 소멸보다도 그 반복적 체험과 객관적 앎의 불가능성 때문에 발생하고 더 심화되는 지도 모른다. 처연하면서도 열렬하게 "말씀에 기대고 있으나 구원은 어디에도 없다"(「암 병동 6인실에서」, 『우연을 점찍다』, 문학과지성사, 2009)라는 진실은 생물학적 견지에서는 되물릴 수 없는 진리이다. '죽음'을 '마음'의 일로, 영혼의 지평으로 이월하고, 정신적 초극의 대상으로 자꾸만 호명하는 것도 '부질없는 숨통'과 절연하기 위한 책략임을 우리는 안다. 그러기 위해서는 '죽음'을 단지 소멸 혹은 그 완성으로 던져두는 대신 새로운 관계를 여는 타자성에의 기억과 연대로의 안내로 전환하는 지혜와 상상력이 더욱 절실해진다.

'여기'의 관계를 지우면서 '저편'의 관계를 다시 복원하거나 미리 구성하는 회억과 영통(靈通)의 실천. 이 타자들의 지극히 인간적인 행위 / 예의야말로 '죽음'이, 아니 그것의 경험적 주체가 구원되고 재가치화되는 출발점에 해당한다. 이는 '죽음'이 보다 친밀한 존재들 중심으로 그 가치화와 기억의 테두리를 정하고 또 그 내면으로 겹겹이 스며드는 까닭과도 깊이 연관된다. 가족과 친우, 공동체, 심지어 동일 국가와 민족의 성원들은, 그 공유의 폭과 깊이는 비록 원심력으로 나돌지만, 현실적 삶의 우여곡절이나 존재의 내밀한 울음을 서로 변주하며 청취한 자들이다. 단순히 '사건'과 '사실'로 경험되거나 공표된 '죽음'들은 잉크는 잠시 묻힐지 몰라도 존재의 궁극적 유곡(幽谷)에 들지 못한다. 장례와 제의가 이별과 잊힘의 형식이기 전에 기억과 재회의 현명한 방법인 것도 이 유곡에 대한 두려움과 기대 때문인지도 모른다.

나에게서 몸을 온통 독채로 빌려 쓰고 있는 너는 누구냐
이제는 마모된 장기들 틈에서
부패도
묵은 눈 녹은 물처럼 스미고 스며
비어져 나오는
늙은 질병,
죽음아.

아들이 죽은 뒤
홀어머니는 절에 다니기 시작했다.

—「마음經 24」 부분

『마음經』에는 한국 근현대사를 관통하는 무참한 죽음의 기억에서 지극히 개인적이며 실존적인 죽음(트라우마와 질병을 포함한)의 실제와 징후까지 하나로 특정할 수 없는 겹겹의 죽음들이 처처에서 출몰한다. 시인은 그 상황을 "쏟아놓고 보면 삶도 죽음도 같은 깡통 속에 담겨 있었다"(「마음經 19」)로 간명하게 표상했다. 그러나 미리 주의하자면, 뒤죽박죽 뒤섞인 삶과 죽음이 그렇다고 평균적인 삶의 역사나 현상으로 그칠 리 없다는 것이다. 생물학적으로 '죽음'에 뒤처진 자는 타자의 죽음을 쳐다보며 또 스스로 죽음으로 걸어가며 "늙은 질병, 죽음"을 뒤죽박죽 살고 예감할 수밖에 없다.

헌데 그 과정에서 '죽음'의 불평과 허무만을 일삼는 소극적 니힐리즘은 "몸을 온통 독채로 빌려" 쓰는 옹색한 처지에 더욱 빠져들 따름이다. 하지만 '죽음'을 세계에 대한 관계 갱신의 전환점으로 삼을 줄 아는 적극적 니힐리즘은 "이 꽃의 음호(陰戶) 속에 저 꽃의 치골 위에 / 점, 점, 점 우연을 점 찍는"(「우연을 점 찍다」, 『우연을 점 찍다』) 에로티즘의 '앵벌이'로 우리들을 격렬하게 변신시킨다. 이 '앵벌이'는 단지 사랑의 능력과 성적 관능 때문에 아름답고 매력적인 것이 아니다. 죽음의 덧없음과 삶의 부끄러움을 무릅쓰고 "가장자리 나달나달 핀 종이쪽지 구걸 사연이라도 돌리"기 때문에 매혹적이며 건강하다.

부끄러울 것도 욕심부릴 것도 없는 홍신선의 이 '평상심'은 허무의 거푸집에 죽음을 가두는 대신, 특히 이제는 죽음과 질병에 속수무책인 '어머니'를 위시한 늙은 여성들의 '몸'을 환한 '빛'과 '소리'의 처소로 재발견하는 가운데서 획득된다. 그렇다면 그는 '자궁-무덤'(womb-tomb)에서 태어나 '무덤-자궁'(tomb-womb)으로 다시 돌아감으로써 일상적이며 본원적인 죽음-생명과 새롭게 화친하는 셈이다. 그 순간 "같은 깡통 속에 담겨 있"던 "삶과 죽음"은 존재 개인의 내면적 단독성과 역사적 특수성을 살뜰하게 수렴한 다음과 같은 고유한 경험 및 가치로 "무심히 반짝거린다"(「마음經 19」).

> ① 텅 빈 내부가 무시로 털썩털썩 떨어져 내리는
> 대문 닫힌 집에는
> 저 혼자 섬돌가로 주저앉은
> 핏기 얇은 입술 꼭꼭 다문 채송화의
> 검은 씨앗들 속에 핵이, 눠만한 무덤들이
> 차오르느라 부산한 소리
>
> —「마음經 13」 부분

> ② 이 여름날 어머니는 똥 자리 치운 방바닥을
> 뒷 소쇄로 골똘히 지우고 닦는다.
> 무슨 경전인 듯 완벽하게 지우고 나면
> 거기
> 당신 대신 웬 세상 환히 드러난다는 듯.
>
> —「마음經 35」 부분

누가 이들의 죽음이나 질병, 그를 향한 애처로운 경의와 보살핌을 보잘 것 없다고 할 것인가. 참척과 중증 노환의 고통은 죽음 이전 거의 최악의 존재 상실이라는 점에서 일정한 척도로 계량되거나 환원될 수 없다. 그러나 홍신선은 이 '죽음'의 너울을 두려움과 회피의 대상으로 서둘러 치환하는 법이 없다. 되레 의미 충만한 "구걸 사연"으로 전유함으로써 "마음 속 시신 한 구" "16억 몇 천리 시간 밖으로 가라앉게 놓아주는" '누군가'를 극적으로 조우한다. 그리고 거기서 새로운 생의 전율로 충만한 어떤 '마음經'의 소리, 곧 "누군가 오랫동안 은밀히 마련해온 이별 같은 / 먼 독경"을 듣는다. 이런 생과 사, 만남과 이별의 의식적인 경계 혹은 구별 없음의 무의지적 구현이야말로 선(禪)적 독심(篤心)의 한 장관이 아니던가.

이런 완미한 경험이 없었다면 '마음'에서 결코 놓이지를 않는 저 '친밀한 존재'들의 죽음이나 질병이 '부산한 생명의 소리'와 '정갈한 소쇄(掃灑)'로 가치 잉여될 기회는 좀처럼 찾아들지 못했을 것이다. 따라서 "후질러 둔 빨랫감 같은 몇 줄 연기들이 / 일부러 그제서야 느릿느릿 / 잠적하고 있다"(이상 「마음經 39」)는 표현은 단지 업의 소멸과 영혼 해방을 관상하는 감탄적 표현이 아니다. '죽음'에 대한 자의적 가치화와 지엽적 수렴을 되도록 거절하며, 문득 "환히 드러"나는 "뉘만한 무덤들"에 대한 존숭과 의지로 '앵벌이' 삶의 한축을 설정하는, 저편에의 예상적 귀환의 실천이다.

그런 의미에서 이 '무덤들'은 그 형태나 내용상 값없는 세속성이 넘쳐나는 "인사동 뒷골목길 좌판에 / 냉큼 올라앉은 / 목만 남은 저 불두(佛頭)"(「마음經 29」)와 전적으로 등가적이라 할 만하다. '무덤'과 '불두'가 만나는 내밀한 풍경과 그 뼈아픈 연대가 창조하는 우주적 내파(內波)의 순간이, 차가움과 뜨거움을 동시에 움켜쥔 원초적 시간으로 문득 솟아오르는 것은 그러므로 진정하여 당당하고 도발적이어서 아름답다.

단갈(短碣)의 거죽을 흘러내리다
균열진 가는금 속으로 우연히 기어 들어간
찬 빗물들,
수십 길 갱도 속에 몰살당하듯 모조리 얼어 죽었다.
혹한의 지난 겨울날
죽어서야 비로소 팽창한 완력으로 일도 아니게
틈 속을 힘껏 벌리어
그 자들이 깨트려놓은
완강한 서산석(瑞山石)
시간의 몸 한 채.

—「마음經 27」 부분

하지만 이 '완강한 시간'은 단 한 번의 출현으로 완성될 수 없다, 아니 그래서는 안 된다. '혹한의 겨울'이 원환(圓環)의 자식들이듯이, '시간-돌'도 자기 내파를 멈춤 없이 지속해야 한다. 물론 이때의 반복과 재생은 동일성의 형식이 아니라 차이성, 다시 말해 "시간의 몸 한 채" 곳곳을 매번 다른 충격과 형태로 "깨트려놓"는 형식이어야 한다. '차이'를 모르는 보편성과 '균열'을 견디지 못하는 통합성은 존재와 세계를 단일성의 체계로 함부로 환원할 위험성이 높다. '평상심'은 동일성에서 평정을 구하는 안위와 나태가 아니라 차이성에서 평정을 사는 긴장과 포월의 삶에서 얻어진다. 임제(臨濟) 선사의 '살불살조(殺佛殺祖)' 계언(戒言)이 암시하듯이 '평상심'은 단순히 "몸의 욕망을 상대적으로 줄이는 길"로 완결되지 않는다. 시인 스스로 입안했듯이, 차라리 그 과정에서 끊임없이 틈입하는, 분별과 집착이란 미망(迷妄)과의 사투라고 해야 옳다.

그러나 '미망'과의 싸움이라고 해서 그 형태와 언술이 냉혹한 비판과 파리한 착검의 담론일 필요는 없다. 『마음經』의 싸움은 뜨거운 사랑과 생산의 열정 없는 '분별'과 '집착'에 대한 거절이자, 소소한 삶과 죽음에 대한 작금의 예의 없는 삭제와 매장을 향한 분노이다. 하지만 홍신선은 이것을 현실과 동떨어진 정신의 높이가 아니라 내면에서 구현되는, 삶과 세계의 적나라한 얼굴에 대한 의지로 간접화했다. 인용시들에서 거듭 확인하거니와, 이것은 죽임과 이별, 균열의 현실이 살림과 재회, 완성의 희원과 미래로 전유되고 미학화되는 『마음經』의 길이 닦인 방식과 동궤의 것이다. 20여 년 공력의 『마음經』이 "가장 늦게 출현한 / 이 선연한 본색"(「마음經 46」)의 언어를 살고 또 문학사의 개성적 '옹이'로 와 박히게 된 까닭 역시 여기서 찾아져야 한다.

*

우리는 지나치게 체계화되고 질서화된 삶의 구차함과 구태의연함에 진저리를 친다. 하지만 이 빡빡하고 건조한 삶의 후면에는 이 정형의 틀에 악착같이 들러붙고자 하는 염치없는 경쟁의 욕망이 똬리를 틀고 있다. 지면이 다한 시점에서 큰 울림 없는 비판적 소회를 밝혀두는 까닭은 이 지옥의 나날조차 '마음經'의 환대에 임해질 수 있음을 시인이 지혜롭게 묘파하고 있어서다.

아직도 그가 아름다운 것은 하초(下焦)에 아귀(餓鬼) 떼 들끓는 대형지옥이 박혔기 때문이다. 괄약근에 밀봉 당한 몇 덩이 황금미학 때문이다

아직도 그가 아름다운 것은 춤에서 춤꾼 떼어내듯
정신에서 몸 분리할 시신(詩身)이 있기 때문이다.

—「마음經 51」 부분

선불교에서 사물이나 삶의 인식 방법을 배우는 것 못지않게 "시에 갑절쯤 더 무게중심을 두는 일 역시 게을리 하지 않았다"(「책머리에」)는 일이관지(一以貫之)의 태도가 거침없이 드러난 시이다. 시인에 따르면, '시신(詩身)'이란 "법신, 화신과 마찬가지로 시에도 유기적이고 역동적인 몸이 있다는 말"이다. '황금미학'과 '시신(詩身)'의 대조는 양쪽의 긍부정성을 가르고 후자의 절대적 우월성을 노출하기 위한 수사법만은 아닐 것이다. 오히려 시가 놀 자리와 그때 사랑하여 마땅할 대상을 역설적으로 지시하는 한편, 그것을 게을리 할 경우 시가 빠지게 될 '대형지옥', 곧 진짜 '시신(屍身)'으로의 타락을 계고한 것처럼 느껴진다. 현실로의 지속적 귀환과 도래 없는 시는 또 다른 의미에서 자기 소진적이며 퇴폐적인 언어 수행에 방불하다. 왜냐하면 "억조나 된다고 근수도 못 달던" '창생들'(「마음經 49」)의 '마음의 길'을 따라갈 길 없는 소외와 관계 절연으로의 빠져듦이기 때문이다.

첩첩이 모여 놀던 저녁구름들 뿔뿔이 흩어져 제 집 돌아간다.
성근 빗낱에 씻긴

먼 산 뒤통수

환한 쪽빛 속에 둥글둥글 돌출했구나.

마음 밖인가 마음 안인가

내 가고 난 뒤 여느 때 역시 저와 같으리.

—「마음經 60」 전문

이 글은 『마음經』을 '욕망의 구경(究竟), 초월의 내파'라는 양가적 언술로 읽어왔다. 이 명제는 욕망의 구경으로서 초월과, 그 초월을 다시 내파하는 욕망의 구경을 동시에 의미한다. 홍신선은 과연 이 복합적 행위를 지속적으로 수행함으로써 '초월'과 '욕망'을 의미 있는 존재의 사업으로, 또 시가 축성하여 마땅한 미학적 지평으로 다시 동무 삼았다. 분별과 집착 없이 제 갈 길을 가는 '구름'과 "둥글둥글 돌출한" "먼 산 뒤통수"는 그러므로 내면에 실재하는 자연인 동시에 존재의 현실이다. '마음 밖'과 '마음 안'의 구분과 섞임이 무의미한, 또 그 안에서 스스럼없이 발 구르는 존재와 세계. 이것의 이후 홍신선 시의 사업이 될 "몸의 아름다움"의 전제와 기축을 이룰 것은 거의 분명해 보인다. 이미 그 구경(究竟)을 훔쳐 보인 '마음經'과 신중하고 격렬하게 연애하는 그 '몸經'을 이제 우리는 기다리면 되는 것이다. 드디어 '몸'으로도 나앉게 된 예의 "목만 남은 저 불두(佛頭)"는 또 무엇을 공양(소멸)하고 또 무엇을 경명(敬命)하려는가.

텅 비어 꽉 차는 '못-자리'로 들다

김종철 유고시집 『절두산 부활의 집』

하필이면 왜 못 자국 선명한 예수의 두 발을 그 입구에 걸어 두었을까. 나 태어난 곳 가까운 솔뫼 성지, 그러니까 김대건 신부가 나고 자란 오랜 집터의 초입 풍경 말이다. 예수의 죽음하면 우리는 대체로 면류관을 쓴 채 피 흘리는 십자가의 모습 아니면 성모의 끝 모를 슬픔에 안긴 채 넋을 놓은 모습을 떠올린다. 사후의 부활이야 제약된 실(實)풍경보다 믿음 내의 상상이 훨씬 숭고할 것이니, 그에 관한 성화나 조각이 없어서 오히려 거룩하겠다. "못 자국 선명한"이라고 적었지만, 못에 구멍 뚫린 자리가 어둡게 텅 비어 있는 예수의 두 발은 참혹하기 전에 충격적이었다. 낯설고도 낯선 경험 이전의 장면이자 그 심연의 축축한 깊이를 한 치라도 엿볼 수 없었기 때문이었다.

누구는 낮은 자리로 임했던 예수의 거친 발을 떠올릴 것이고, 누구는 못의 고통, 즉 현세의 모순을 끝내 초극한 부활의 순간을 짚어낼 것이며, 또 누구는 속량 불가한 인간의 죄과에 울음을 터뜨릴 것이다. 그 구멍 난 발아래 패인 "나는 길이요 진리요 생명이다"라는 요한복음의 일절이 그런 우리의 모든 슬픔과 기쁨, 경외와 공포, 한계와 가능성을 모두 포괄하고 있다면 괜찮을 것인가? 하지만 속절없이 뚫린 예수의 발은 최상의 의미와 가치를 부여할수록 못의 자리가 오히려 뚜렷해지고 그 심연 역시 더욱 아득해지니 이를 어쩐단 말인가. 그러니 예수는 못의 자리를 스스럼없이 살고 나눠줌으로써 여전히 처량하고 불량한 우리를 사랑∞단죄하는 중이라고 짐작해볼 수밖에 없으니 이를 또 어쩌란 말인가.

*

김종철의 새 시집이자 유고집 『절두산 부활의 집』(문학세계사, 2014)을 앞에 두고 솔뫼의 구멍 뚫린 예수의 두 발을 먼저 떠올리는 까닭이 없을 수 없다. 그곳은 무엇보다 "십자가 요한"과 예수의 "홀로 선 못"(「십자가의 성 요한」)을 '조선(한국)의 형식'으로 발현시킨 씨앗-영혼의 발아점이다. 그 경건한 형식의 묵상과 내면화가 시인의 종교적 심성과 민족어에의 복무, 그를 통한 사회적·미학적 통찰의 염(念)을 싹 틔우고 성숙시켜 갔다면 어떨까? 그리고 드디어는 예수의 그 구멍 뚫린 두 발 속으로 '죽음'에 함께 게재된 존재의 한계와 그 초극의 가능성을 고통스럽게 밀고 갔다면 또 어떨까?

김종철 시인은 어쩌면 한국 현대시사에서 '못의 견자(見者)'로 기록될 지도 모른다. 부조리한 현실의 성찰에 복무하는 그의 '못의 사회학'은 그 시각과 내용에 비추어볼 때 '못의 종교학'에서 계시되었을 가능성이 크다. 이런 견지에서 바라본다면, '못의 견자'에게 구멍 뚫린 예수의 발은 시와 삶의 건전한 계기를 넘어 그것들의 총합적 실현과 명랑한 보유를 견인하는 총체적 원리였음이 새삼 또렷해진다. '못의 빈자리'를 처연히 응시하는 대신 "못 박기, 못 뽑기"에 몰두하는 편향적 실천을 삶과 시와 종교를 "모두 망치는 일"(「망치에 대하여」)로 이해한 까닭이 여기 어디 존재할 것이다. 이 지점, 못의 견자가 도달한 '못의 시학'의 가능성과 한계를 동시에 보여주는 장(場)이라는 점에서, 비록 그의 사후일지라도 무심히 지나쳐서는 안 될 매우 유의미한 '못의 자리'임에 틀림없다.

그는 전작 『못의 사회학』(2013)에 "이 시집에 못질한 천날빼의 못들은 나 죽은 뒤 나로 살아갈 놈들"이라는 자서를 남겼다. 이것은 '첫날밤'과 '첫날 밤', '첫 날 밤'의 차이가 '천날빼'으로 통합되는 순간의 묘미에 이끌린 말놀이(pun)와 거의 무관한 고백이었다. 그것은 감미로운 '첫날'을 두려움의 '천날'로 광포하게 속량하는 온갖 종류의 "배반의 대못"(「무두정에 대하여」)에 맞서 각양각색의 "못대가리"로 보다 자유롭게 떠도는 삶과 시에 대한 의지이자 주술이었다. 그는 '대못' 일반의 뾰족한 공격성을 "못대가리"의 형질, 이를테면 '못대가리'의 유무, 모양새, 그 수효 따위에 주목하는 방식으로 아이러닉하게 폭로하는 한편 날선 비판으로 무두질해갔다. 이것은 시어로 통찰(대화)의 못을 박음으로써 맹목(폭력)의 못을 빼내는 행위로 가치화되어 마땅한 작업이 아닐 수 없다.

하지만 『절두산 부활의 집』에 문득 와 박힌 "모두 망치는 일"이라는 고백에는 '말의 못'에 어떤 문제성이 발생 중임을 암시한다는 느낌이 없잖다. 우선 김종철은 새 시집에서 일제의 식민지 조선을 향한 폭력과 착취의 한 극점 '조센삐 위안부' 문제를 연작시 형태로 입체화하고 있다. 제국 팔루스의 끔찍한 성 폭력과 착취에 대한 폭로와 비판은 가해자와 피해자 양쪽의 객관적 진술을 통해 매개되고 있다. 새 시집 역시 역사와 현실에 즉한 '못의 사회학'을 실천 중이라는 판단이 가능해지는 지점이다. 하지만 이번에는 '위안부'로 매개된 제국의 식민지 피폭(被暴) 문제를 세계 각국의 '못' 관련 속담을 통해 표상하는 특이성이 수고롭고 매력적이다. 따라서 다음과 같은 질문은 필연적이다. '못'의 폭력성 자체보다 그것을 둘러싼 통언어적 실천의 상징적 의미와 효과는 과연 무엇인가.

> '오도리돌돌 굼브라가는 검은 기차에 총칼 차고 말 탄 사람 제일 좋더라,
> 만주 땅에 시베리아 넓은 벌판에 총칼 차고 말 탄 사람 제일 좋더라'
>
> 달리기만 멈추면 또 다른 일본군들이 바지를 내리고 검은 기차의 목을 조였다. 서너 차례 지나쳤던 검은 벌판의 울음, 남경 강북 어느 쪽엔가 기차는 기진맥진 정차했다. 사지가 마비된 것은 선로뿐만이 아니었다. 위안부라는 이름의 일생의 검은 기차는, 오도리돌돌 잘도 굼브라가는 그 검은 기차는,
>
> —「튀어나온 못이 가장 먼저 망치질 당한다—위안부라는 이름의 검은 기차」 부분

'위안부' 연작시에서 돋을새김 되는 지점은 피해자 '그녀'들의 성 노예 경험 진술과 가해자 '일본 병사' 몇몇의 성 착취를 향한 참회록일 것이다. '못 박힘'과 '못 침' 당사자들의 기억과 현재는 끔찍한 '제국의 위안부'를 객관화·역사화하는 물적 토대이자 1차 텍스트에 해당한다. "일 끝내고 나가는 병사에게 / "멋지게 죽어주세요" / 알몸으로 누운 채 배웅"(「어두운 데서 못 박으려다 입만 다친다—제국의 위안부」)하던 '그녀'들의 갈라진 음성, 그리고 "천황폐하의 위안소 쪽방"을 향해 자동화된 팔루스를 들이대며 '수치감'에 떨던 "어리석은 어리석은 병사"(「망치를 들면 모든 것이 못대가리로 보인다—위안부냐, 홀로코스트냐」)의 기록. '그녀'와 '병사'의 내면의 고백은 일방적 피해자와 가해자의 형상과 구도에 일정한 균열을 가한다. 물론 이때의 균열은 '그녀'의 병사를 향한 '멋진 죽음'의 축원과 '병사'의 천황을 빌미삼은 또 다른 '성 노예'로서 자기 인정에서만 발생하지 않는다.

양자의 진술은 자기 의지와 내면을 배반하는 '말'과 '몸'의 아이러닉한 활동을 생성한다는 점에서 문제적이다. '병사'가 "멋지게 죽어"야 '그녀'가 해방된다는 역설, 자동적인 성적 욕망의 해소가 오히려 '홀로코스트'의 강화로 직결된다는 부조리. 그들은 권력 놀음에 하릴없이 소비되는 모르모트=하위주체이면서도, 오히려 간절한 에로스의 발현보다 무서운 타나토스의 표백에 스스로를 나포시킴으로써 겨우 자신들의 '목소리'를 보존하는 중이다. 그런 점에서 이들의 '목소리'가 과거의 치고 박힌, 또 현재의 뽑고 뽑히는 '못'을 향해 발화되고 있다는 평가는 유보되어 마땅하다. 오히려 그것은 장도리의 '탁(拓)-탁(擢)'을 껴안아서 비워낸 '못-자리'를 찾아내고 응시하는 정동(情動)의 언어로 이해되어야 하지 않을까.

그렇다면 '탁(拓)-탁(擢)'의 삭제와 '못-자리'의 생성을 동시에 표상하는 정동(affection)의 언어는 무엇인가. 동아시아 곳곳의 위안소에서 대놓고 불렀을 법한 "오도리돌돌~" 민요와 잠언적 요소가 출중한 세계 각국의 '못' 속담은 그래서 필연적이다. 왜 그런가?

먼저 "총칼 차고 말 탄 사람"은 분명 제국의 병사일 것이다. 하지만 '그녀'들의 깊은 눈망울을 달리는 '속도전'의 용사는 기어코 식민지 군상(群像)들로 치환될 수밖에 없다. 그래야만 "오도리돌돌~" 노래하는 '그녀'들의 슬픈 진정성은 스스로의 '못-자리'를 만들어가는 명랑한 전복성으로 거듭난다. 다음으로 각국의 '못' 속담은 대개 생의 긍정성을 북돋기보다 그 부정성과 위험성을 계고하는 성질의 것이다. 이를 고려하면, 시인이 노리는 '못' 속담의 대상은 '위안부'거나 '어리석은 병사'이기보다, 이들을 망치질하는 퇴폐적 권력일 가능성이 크다. 망치질하는 권력을 '못' 속담의 대상으로 전도시키고 희화화하기. 이것은 시인의 통찰 이전에 '위안부'의 민요와 '어리석은 병사'의 수치심에서 벌써 발동된 (무)의식적 저항의 기제였다. 그 전복의 진정성은 뒤늦게나마 '못'의 속담과 조우함으로써 보다 보편적이며 객관적인 성격을 입게 되었다고나 할까. 그 어떤 '못-자리'든 그 생성과 확장은 시공간을 초월한, 소외자들의 '탁(拓)-탁(擢)'에서 비롯된다는 진실이 새삼스러워지는 장면이다.

이제 『절두산 부활의 집』에서 발생하는 '말의 못'에 관한 최후의 문제적 장면을 애기할 순서가 되었다. 어쭙잖은 두서(頭緖)는 생략한 채 이렇게 적어 보자. 종교에의 기댐과 헌신이 동시에 요구되고 강화되는

'못'의 존재론, 다시 말해 '자아=못'의 (종교적) 자리 만들기. 이 '못-자리'는 '못'의 사제이자 견자의 시각과 태도를 넘어 스스로가 자아를 '못' 박고 빼며, 그럼으로써 텅 비워 가고 마침내는 예수의 뻥 뚫린 '못-자리'로 엉금엉금 기어드는 최후 행위와 관련된다. 시인은 유서나 다름없는 다음 시에서 그것을 "자기 살해"라 불렀다. 이 '죽임'은, 그것이 사랑 때문이든, 순결 때문이든, 회환 때문이든, 삶에 대한 멸시 때문이든, 심연의 고통과 평화를 동시에 살기 위한 것이므로 역설적 구원 행위로 불러 무방하다.

> 차안(此岸)에서 피안(彼岸)으로 그어진 국경
> 원치 않았지만 어쩔 수 없이
> 시간을 따라 강제로 이동 당했다
> 그것을 '늙었다'는 말로 대신했다
> 내가 보고 있는 세상은
> 백억 년 전이나 지금이나 나이만 똑같다
>
> —「THE END」 부분

세속에서 우리는 결국 "부활을 막기 위해 말뚝 박힌 자"들이다. '무릉도원'이니 '유토피아'니 하는 말들은 '영원성'이 관념과 상상으로 범벅된 가치론적 범주임을 분명히 한다. 이를 회피하고 초극하기 위해 인간은 '천상'과 '지상', '피안'과 '차안'의 경계를 만드는 한편 전자에서 후자로의 편향적 이동을 신의 권능과 인간의 한계로 문법화 했다. 물론 지상-차안에서 천상-피안으로의 상승은 절대자의 권능과 규율에

순종한다는 존재론적 다짐과 전이에서만 가능하다는 단서를 붙임으로써 “얼어서 운명들이 모두다 안끼어 드는 소리”(서정주, 「내리는 눈발속에서는」)를 수렴하는 듯 넘어설 수 있는 가능성을 남겨 두었다.

시인이 지상에서 목도한 마지막 진실은 ‘죽음’이 아닌 ‘시간’의 자리였다면 어떨까. 그것은 ‘죽음’이란 대체와 양보 불가한 존재 최후의 사태라는 점에서 우선 그렇다. 더구나 누구도 스스로 경험할 수 없는 일회적 사건임에랴. 또한 ‘신-인간’의 동시성을 살면서 끝내 인간 행위로 뻥 뚫린 예수의 두 발, 그러니까 ‘못-자리’로 들기 위해서도 그렇다. ‘시간’에 실린 육체와 영혼은, 현실에서는 육탈(肉脫)을 면치 못할지라도, 그것이 부과하는 ‘나이’를 육화(肉化)함으로써 다만 ‘늙어갈’ 따름이다. ‘시간’에 의한 “강제 이동”은 따라서 언뜻 불행한 사태인 것처럼 보이지만, 오히려 ‘죽음’의 공포와 강박을 시간의 무수한 흐름과 점들로 미분하는 주체의, 아니 절대자에 의한 속량의 펼침일 수 있겠다. 물론 다음과 같은 주체의 행위가 약속된 뒤의 일이겠는데, 이는 무엇을 뜻하는가.

자아에게 주어진 ‘늙음’은, ‘못’을 우리의 존재론에서 아예 지워버리는 ‘죽음’과 달리, “못 박기, 못 뽑기, 모두 망치는 일”임을 지속적으로 상기하고 반성케 하는 물질적 · 심리적 기제일 수 있다는 것이 첫 번째 의미다. 마찬가지로 예수의 두 발을 뚫은 ‘못’은 의도적으로 전시되거나 하릴없이 녹슬어 끝내 소멸될 것이다. 하지만 두 발의 ‘못-자리’는 오히려 시간을 살아감으로써 여전히 텅 빌 것이며 또 나날이 그곳으로 스며드는 무엇들로 더욱 붐빌 것이다. 여기에 인간 존재의 죽음, 곧 ‘차안’에서 ‘피안’으로 시간과 장소를 이전하는 최후 행위의 궁극적 의미가 존재할 것이다. 이것이 세상의 저편을 향한 존재 전이의 최초의 의미이자 가치임은 물론이다. 이를 근거로 「THE END」를 '자기 살해' 너머의 '자기 구원'으로, '못'의 '탁(拓)-탁(擢)'을 초극하는 '못-자리' 생성의 미학으로 의미화하고 가치화한다면 과연 지나친 독해일 것인가.

너희 중 죄 없는 자 돌로 쳐라
간통한 여인을 가리키며 말했다
사람들은 슬금슬금 물러서는데
한 여인만 계속 돌을 던졌다
난감한 표정으로 지켜보던 젊은이
어머니, 제발 그만 좀 하세요
원죄 없는 동정녀 마리아
마지막 임종 맞았다는 그곳
작은 올리브 방앗간 겟세마니
이방인이 만든 성전 제단에
입맞춤하며,
불경스러운 우스개에
또 한 번 입맞춤하며!

—「올리브 방앗간에서」 전문

절대자를 제외한다면, 사람 가운데 '못'의 '탁(拓)-탁(擢)'과 '못-자리' 모두로부터 자유로운 유일한 존재는 "원죄 없는 동정녀 마리아", 곧 성모 마리아일 것이다. 전지전능한 "젊은이", 곧 아들의 엄숙한 계고를 방해하는 "한 여인", 곧 어머니라니! 하지만 곰곰이 따져보면, "젊은이"

와 "사람들", 심지어 "간통한 여인"을 향한 "어머니"의 돌 던짐은 우리 내면과 영혼에 굳게 빗금 쳐진 '차안'과 '피안', 그것을 둘러싼 '못 침'과 '못 박힘'의 경계, 다시 말해 최후로 "모두 망치는 일"에 대한 반(反) 행위에 가깝지 않을까. "동정녀 마리아"는 원죄로 충만한 우리의 차가운 거울이기도 하지만, 신의 족속 아들의 절대성에 그 균열과 파행의 위험성을 고지하는 열렬한 사랑의 발화자이기도 하기 때문이다.

그렇다, 예수 두 발의 '못-자리'는 막된, 아니 어쩌면 선한 인간에 의해 폭력적으로 뚫렸다. 하지만 성모 마리아의 우리를 향한, 또 신의 아들을 향한 순진한 돌팔매질은 우리 모두의 망치는 못질이 그간 한 번도 경험치 못한 "홀로 선 못"의 현현을 이 세상에 던져넣었다. 이 소박한, 그러나 순진무구한 돌 던짐이야말로 그의 뻥 뚫린 두 발에 죄인들이 끝끝내 거할 온유의 '못-자리'를 만들면서도, 그들을 향한 어떤 "못 자국을 남기지 않은 목수"(「십자가의 성 요한」) 예수의 영원한 시간을 탄생시킨 결정적 계기가 아니었을까. 어쩌면 이 시공간을 향한 거룩하고 고통스런 "입맞춤"이 김종철 시인의 생애 마지막 환희이자 떨림이었을지도 모른다.

*

이후 김종철 시인의 신작은 더 이상 씌어지지 않을 것이다. 이 땅에 남은 우리와 침묵의 대화를 나누며 문학사 한 편으로 천천히 걸어가는 모습이 그의 당분간의 모습일 것이다. 그 모습에서 우리는 예수의 '못

-자리'로 침몰(!)하는 시인의 "하심(下心)"(「산행」)을 우선 보게 될 것이다. 하지만 결국은 세상을 향해 화수분의 시심(詩心)을 울컥울컥 쏟아내는 "무두정(無頭釘)"의 시인조차 만나게 될 것이다. 짐작건대 '머리가 없다는 못'으로의 변신은 칠 수도 뺄 수도 없다는, 따라서 망치는 일도 이제는 없으리라는 것을 뜻하지 않을 것이다. 그 몸-바꿈의 장(場)이 "목 잘린 순교의 산"이라는 것은 오히려 자아가 텅 빈 '못-자리'로 나날이 투기되어 쉼 없이 부풀되 다른 '무두정'들의 자리와 목소리를 조금도 범하지 않겠다는 것을 의미할지도 모른다.

이처럼 "몸과 마음을 버려야만 비로소 머물 수 있는 곳"과 "절두산 부활의 집", 예수의 구멍 뚫린 발, '못-자리' 들이 등가관계를 형성하는 제일 조건은 주체의 소멸이라기보다 내가 문득 너로, 네가 문득 나로 서로 변전되는 타자들의 사랑이 아닐까? '차안'의 "아내"와 '피안'의 "망자"가 삶과 죽음의 지평에서 사랑의 타자성을 표상하는 가장 흔하면서도 가장 귀한 존재로 여겨져도 괜찮을 이유가 이 부근 어디에 있을 것이다.

자, 이제 예수의 몸 없는 두 발에 어둡게 빛나는 '못-자리' 근방으로 힘겹게 그러나 평안하게 옮아가는 그의 마지막 시편(이라 믿는)을 함께 읽는 것으로 시인 김종철을 향한 애도의 염(念)을 다하기로 하자. 당신의 '못'과 시, 삶을 모두 거둬들이고 또 다시 불 지피는 예수의 '못-자리'에서 부디 즐겁게 영면하시라.

몸과 마음을 버려야만 비로소 머물 수 있는 곳
아내의 따뜻한 손에 이끌려

용인 천주교 공원묘지와 시안에도 들렀다
내 생의 마지막 투병하는데
절두산 부활의 집을 계약했다고 한다
신혼 초 살림 장만하듯 아내와 반겼다

절두산은 성지순례로 가족과 들렀던 곳
낮은 나에게도 지상의 집을 사랑으로 주셨다
머리가 없는
목 잘린 순교의 산
오, 나도 드디어 못 하나를 얻었다
무두정(無頭釘)
부활의 집 지하 3층에서
망자와 함께 이제사 천상의 집 지으리라
—2014년 6월 22일 오후 7시 22분
연세 암병동에서

—「절두산 부활의 집」 전문

'유리 도시'의 비정과 서정

고형렬 시집 『지구를 이승이라 말해줄까』

근대적 합리성의 최초 배양지이자 궁극적 만개지가 도시라는 사실에 대해서는 이견이 있을 수 없다. 그 성격과 지향이 긍정적이든 부정적이든 모더니티와 관련된 정치와 경제, 문화와 예술, 사상과 이념치고 도시를 숙주로 취하지 않는 것은 그 어디에도 없다. 공적 권력과 개인적 행복 또는 그 반대를 향한 욕망과 좌절의 서사는 언제나 기차와 버스의 차창 밖 풍경으로부터 시작되었다. 차창, 곧 '유리창≒거울'은 고향 떠날 적 찬바람을 포근히 막아주었으며 도시에의 찬란한 몽환을 반짝반짝 빛내주었다. 도시로 쉼 없이 밀려들던 현대인들은 마천루, 아니 달동네의 희미한 불빛에서조차 "광속의 동천, 지상을 향해 쩔렁대는 별 사슬들"(「DECEMBER 2013」)의 아우라를 느끼면서, 들뜬 영혼을 '장밋빛 미래'를 향해 순진하게 투사해왔던 것이다.

그러나 철골과 시멘트, 철로와 아스팔트, 반사 유리창과 직각 거울의 차가운 도상(途上 / 圖上)은 "피를 토하지 않는 인비인(人非人)"(「바보 스피커」)의 지속적 탈락과 삭제를 도시적 삶의 원리이자 규율로 열렬히 구조화했다. 행복을 향해 열린 유리의 투명성과 거울의 반사 기능을 삶의 불투명성과 폐쇄성으로 전도시키는 현대 도시의 악마성을 균열과 왜곡의 '유리 도시'로 이름 붙여도 괜찮은 이유인 것이다. 우리가 '유리 도시'의 폭력성과 퇴폐성을 눈치채는 데는 "지하도 벽 밑에서 생을 그리는" 노숙자의 "주민등록증"을 흘깃 엿보는 것으로 충분했다. 이 "풍찬노숙"(이상 「DECEMBER 2013」)의 카타콤-도시를 고형렬 시인은 새 시집 『지구를 이승이라 말해줄까』(문학동네, 2013)에서 "옷을 세워줄 수 있는 시간도 말도"(「옷」) 없는 악무한적 심연으로 기호화하고 있는 참이다.

시인에게 있어, "수많은 유리알을 낳"(「유리알 도시의 빌딩 속에서」)으며 "거울의 내부부터 썩"(『꼬불꼬불한 거울』)혀 가는 '유리 도시'의 악마성은 벌써 『유리체를 통과하다』(2012)의 탐사 주제였다. 이를테면 "안대를 감은 한 광상(狂想)의 추상화가 / 빛이 싫은 전갈의 도시를 개칠한다"는 표현은 '유리 도시'가 강제하는 "견딜 수 없는 치욕"과 "구토"(「제국 도시의 밤」)의 기원을 암시한다. 점성 높은 광란과 혼돈에 반(反)하려는 욕지기는 "캄캄한 한낮에" "깊은 땅속에서 우리를 달리게 하는"(「역사의 순환선에 서서」) 패색(閉塞)과 억압, 시기와 질투를 일상화하는 '르상티망'의 심리를 손쉽게 전염시킨다는 점에서 문제적이다.

이런 부정성을 주목한다면, '유리 도시'를 향한 고형렬의 시선과 감각은 그것의 폭력성과 악순환 적발에 집중되었을 듯하다. 하지만 시인은 "유리체"의 최초 본성, 그러니까 "직립의 낯선 빛"을 "무한의 깊이로 창을 통과"(「유리체를 통과하다」)시키는 능력을 상기(想起)하는 일에도 게으르지 않았다. 이런 실천은 차갑고 날카로운 '유리 도시'가 "쫓아내고 시인의 망막이 뚫린 / 영겁의 시간을 파동치는 언어의 광속 속"(「별」)에서 동행하고 싶은 의지와 욕망의 전선을 한 번도 떠난 적이 없었기 때문에 가능한 일이었다.

이전 시집의 기억을 『지구를 이승이라 말해줄까』에 앞세우는 까닭은 시인이 현재 "몸, 가장 멀리서 오는 지금 여기"(장 뤽 낭시)와 같은 쨍쨍한 원초성을 차디찬 '유리 도시'에 투과시키고 있다는 생각 때문이다. 바꿔 말해 '유리 도시'를 추상적 · 도구적 '공간'을 넘어 구체적 · 목적적 '장소'의 관점에서 성찰하고 있다는 느낌이랄까. 이 말은 시인이 '유리 도시'를 모든 것이 완미하고 충만한 '숭고의 장소'로 함부로 발명하거나 가치화하고 있음을 뜻하지 않는다. "욕망의 쓰레기"(「꼬불꼬불한 거울」)와 "발코니 창틀 위로"(「이 도시의 모든 아파트는」) 올라가는 사람들 투성이의 '유리 도시'를 우리 삶에 절실한 영감과 필연성을 제공하는 특권적 장소로 주저 없이 각색하는 작업은 시대착오적이며 비현실적이다.

우리 관심사는 그러므로 '유리 도시'에서는 결코 "녹화되지 않고 영원히 비어 있"는 "유리체"의 내외 공간을 향한 '장소애(哀)∞장소애(愛)'의 포착으로 나아갈 수밖에 없다. "나의 두 날개는 / 그의 가슴속 하늘을 날고 있다"는 '시인의 말'이 이 아포리아의 자유를 향해 바쳐진 것이라는 판단은 여기서 비롯된다. 그러니 알겠다, 『지구를 이승이라 말해줄까』라는 아이러니컬한 제목은 '유리 도시'에 갇힌 시의 낭패를 슬퍼하기보다 "유리체"의 내외공간을 자유롭게 넘나드는 시의 개척을 노래하기 위한 것임을. "모든 것이 실용이고 정의이고 조직이어야 하는"(「한 고층 빌딩의 영지(靈地)」, 『유리체를 통과하다』) 일체의 사회진화론과 불화하겠다는 주체의 다짐도 여기서 발생한다. 악랄한 도구적 이성을 밀어내는 한편, 세계의 확장과 심화 과정에서 발생할 법한 내면의 동요와 신체적 변화의 흔적들을 빠짐없이 채집하고 천천히 기록하기. 이것이 막장의 공간 '유리 도시'에서 생으로 활달할 "유리체"의 장소를 발견하는 한편 그것을 세계 전망과 자유의 한 방법으로 취하려는 고형렬의 언어 전략이자 시적 목표임은 두 말할 나위 없다.

*

유리창과 거울의 위엄과 능력을 자랑하기에는 메트로폴리탄의 고층 빌딩이 제격이다. 도시를 향한 최고의 전망과 정취(情趣)의 제공은 대체로 사방을 유리-거울로 둘러친 전망대의 몫이다. 하지만 전망과 시선의 압도성과 상관없이 전망대는 관람의 포인트로 그칠 뿐, 삶의 진정성과 심미성 구축에 기여하는 아우라의 경험에는 대체로 인색하다. 오히려 높이의 오만과 시야의 편견이 조장하는 '몰장소성'을 '유리 도시'의 공간성으로 이입하는 타락의 징후에 관대하다. 전망대의 몰장소성은 고유한 풍경과 개성적 구도, 시민과의 대화를 거절한다는 점에서 세속적 욕망과 권력 추구로 점철하는 팔루스(phallus)의 형상과 여러모로 친화한다. 팔루스는 권력의 발생점이기도 하지만 그 효과의 확산과 각인에 깊이 관여하는 권력 분배의 출발점이기도 하다. 다시 말해 팔루스는 거대권력을 발기시키는 권능 못지않게 "이미 그(시인-인용자)를 붙잡을 언어도 미래도 없다"(「98층의 시」)고 떠드는 사령(死靈)에의 감염을 전경화하는 기술성 때문에 더 무섭고 고통스럽다. 고형렬의 '유리방'을 향한 비애와 좌절이 발생하는 지점이며, 곰팡이처럼 스멀스멀 피어나는 죽음의 균사(菌絲)에 항(抗)하는 시적 방제(方劑/防除)가 절실해지는 까닭이겠다.

그런데 어쩐다? 저 '유리방'은 관람용 전망대가 아니라 "98층"이나 "87층 높이"(「벌정다리 귀뚜라미의 유리창」)의 안온한 '우리집'의 일부인 것을. 『지구를 이승이라 말해줄까』가 풍경에의 절망에 대체로 무심하되 개성적 서정과 언어의 피탈에 사려 깊게 예민하다면 이런 현실과 무관치 않을 것이다. '유리 도시'의 일부로 구조화·식민화된 일상 속의 "고귀한 삶"은 훼손과 불구의 지경으로 내속되기 십상인지라, 비극 이전에 아이러니의 형상을 띨 수밖에 없다. 이와 같은 '유리 도시'의 부조리한 경관은 본원적 장소 '우리집'이 몰장소성의 온상으로 타락하는 주요 원인에 해당한다. 에드워드 렐프에 따르면, "주택가에 뻗은 큰 길, 도심의 현대적 고층 빌딩으로 이루어진 거대한 성벽" "수학적 정밀성으로 설계된 합리적 경관과 공업지대의 황폐한 풍경" 들은 "다른 상품들처럼 가공되고 처리될 수 있지만, 유머가 없고 지독하게 심각한 상품"이라는 점에서 부조리한 공간 경험의 핵심을 차지한다.

이런 관점에서 보자면 당신과 내가 웃고 떠들며 은밀한 사생활을 즐기는 고층 아파트는 친밀성의 장소이기 전에 부조리한 공간으로 먼저 구축되고 판매된 형국인 것이다. 하지만 장소 상실의 근원을 자본의 욕망으로만 돌린다면 그 또한 모순이고 오만이다. "마천루" 속 '유리방'

에서 사방을 둘러보는 어떤 시선은 자연과의 교감이나 공동체와의 연대를 삶의 본원적 가치로 사유하는 방법에 대체로 둔감하다. 그 눈빛은 대중매체나 맹목의 군집들이 교묘하게 남조(藍藻)하는 '스위트홈'의 이미지를 부와 권력, 명예의 실질로 탐닉하는 데 훨씬 익숙하다. 허나 거기서 소외된 당신과 나의 시선이 '부러움'과 '질시'로 향하거나 '무관심'과 '무력감'으로 곧잘 치달린다는 사실 역시 부인하기 어렵다. 이 우울과 편견의 감정을 극복하지 못한다면, 우리는 모호한 운명과 거대한 힘의 포로로 쉽게 사로잡힐 것이다. '유리 도시'의 원리에 무력하게 나포되어 그 질서와 규율에 발맞추는 공모자이자 희생자로 던져지는 것이 그 다음 차례임은 물론이겠다.

이 무섭고 난감한 상황을 정리하자면, 자본 폭주에 따른 대중의 소외와 불량한 미래의 전경화는 '유리 도시' 신민들의 무관심과 무력감을 실존적 위기감으로 서둘러 치환한다는 정도가 될 것이다. '유리벽' 안팎이 깨어진 칼날의 숲을 이루는 형국이니, 여기서 새로운 장소 경험이나 삶의 도약을 위한 주체 갱신이 자유로울 리 없다. '유리 도시'의 "유리알"로 태어나 서로 부딪혀 깨어지거나 더 큰 "유리알"에 속절없이 갇혀버리는 형상의 출연은 그런 점에서 필연적이다.

도시는 수많은 유리알을 낳는다

도시의 유리체를 통과한 것들은
유리체 통과의 꿈을 꾸지 않는 것들과 함께 있지만
유리체를 통과하지 않은 것들과 같지 않다

아직도 뒹굴며 꿈꿀 뿐이다

돌아오는 것들은 죽고 완성된 것은 훼손된다
꿈을 통과하지 않은 것들만 밖에서 천예(天倪)의 숨을
쉰다, 유리체는 녹화되지 않고 영원히 비어 있다
구름을 향해 그들은 불구의 몸으로 가지를 뻗는다

이미 사라진 것의 남은 존재들은
지나간 거리에 긴 그림자를 끌기 시작한다
오늘도 혼돈은 눈을 감고, 길을 차단하고 돌아와
깨어나지 않는 유리알 속으로 사라진다

—「유리알 도시의 빌딩 속에서—고귀한 삶을 빙자한 숲의 은유」 전문

『지구를 이승이라 말해줄까』에 출현하는 유리(거울)는 꽤 다양한 형상과 속성을 지녔다. "유리알" "유리벽" "유리체" 들이 그것인데, 나에게는 앞의 두 개체는 폐쇄와 단절의 속성이, 후자는 투시와 통과의 면모가 보다 크게 부각된다. 이들 유리의 양가적 속성은 사실에 즉한 것이다. 하지만 종국에는 '유리 도시'의 불모성과 폭력성의 고발과 폭로를 넘어서기 위한 복합적 장치로 기능한다. 앞서 '무관심' '무력감' 운운 했듯이, 도시 경관 및 거기 연동된 삶의 경험이 생산하는 장소 상실 또는 몰장소성의 비애와 연민을 보다 심각하게 재분배하기 위한 객관적 상관물인 것이다.

부제 "고귀한 삶을 빙자한 숲의 은유"는 보들레르의 「상응」을 우스

꽝스럽게 환기한다. 이를 참조하면 "유리체"는 "고귀한 삶"으로 충만한 "숲"의 경계이겠고 "유리알"은 그 꿈의 세계로 뛰어들려 애쓰는 욕망의 존재들이겠다. 만약 유리의 부정적 속성을 독해의 기술로 취한다면, 이 장면들이 부조리한 경관의 일종임은 의심할 바 없다. 사실을 말하건대 「유리알 도시의 빌딩 속에서」의 산문적 독해는 예상 외로 녹록지 않다. 부제의 의도 파악도 그렇거니와 "도시의 유리체를 통과한 것"과 "유리체 통과의 꿈을 꾸지 않는 것들" 사이의 긍부정성을 획정하기 어렵기 때문이다.

허황한 '유리 도시'를 주목한다면, "꿈을 꾸지 않는 것들"이 오히려 부조리한 경관에 대한 저항과 위법의 존재일 수 있다. 하지만 나에게 2연은 맥락상 "도시의 유리체를 통과한" 자들을 "아직도 뒹굴며 꿈"꾸는 자들로 가치화하는 것으로 읽힌다. 그러니까 이들은 유리체 자체에 매달려 있는 자들이 아니라 그 안팎을 향해 도약하는 자들인 것이다. 이런 전도(顚倒)된 독해는, 다시 참조하는 「유리체를 통과하다」의 한 구절 "직접 들어올 수 없지만 직립의 낯선 빛은 / 무한의 깊이로 창을 통과한다"를 염두에 둔 결과이다.

그래서일까. 3연의 "돌아온 것들은 죽고 완성된 것은 훼손된다"나 "유리체는 녹화되지 않고 영원히 비어 있다" 같은 구문은 "유리체 통과의 꿈을 꾸지 않는 것들"의 무력감과 무관심이 내성화되고 적층된 결과물로 읽힌다. 우리들은 그러니 "도시의 유리체를 통과한 것들"을 '유리 도시' 내외부의 '푸른 숲'을 기억하고 엿보다 스러져간 "K시의 한 불행 시인"의 후예들로 바꿔 읽어도 괜찮겠다.

사실 고형렬은 담담한 어투를 빌려 "불행 시인"을 "십 차선 사거리

북향 빌딩의 / 벤치 밑에서"(「꼬불꼬불한 거울—K시의 한 불행 시인에 대한 추억」, 이하 같음) 객사한 노숙자로 처리했다. 이런 태도는 그러나 "불행 시인"의 비극을 객관적으로 제시하기보다 그의 어떤 삶을 새롭게 가치화하기 위한 방법적 사랑의 일환으로 보인다. 왜냐하면 "불행 시인"에 대한 비애와 연민을 충분히 드러내면서도, 그를 삶의 본원성 — "아침 공기가 심혈관을 돌아올린다"로 표현되는 — 으로 되돌리려는 따스한 애도로 충만하기 때문이다.

물론 시인의 애도가 "불행 시인"을 향한 일방적 감정의 투사라면 그 "추억"은 애상적이며 단조로울 가능성이 크다. 하지만 시인은 "평면거울"의 일상에 타격당한 "꼬불꼬불한 거울 밖"과 "곡면거울" 들의 본원적 장소성, 다시 말해 도시의 냉혹한 불빛은 차단하되 '별=언어의 광속'은 뜨겁게 움켜쥐는 휘황한 삶의 흔적을 "불행 시인"에게서 찾아냄으로써 그를 숭고의 영역으로 이끈다. 「꼬불꼬불한 거울」을 정중한 헌사와 간절한 기억을 함께 갖춘, "불행 시인"을 향한 차지도 넘치지도 않는 예의바른 애도로 읽을 수 있는 까닭인 것이다. 만약 "불행 시인"을 향한 애도와 가치화가 없었다면, 그의 분신이라 해도 무방할 "귀뚜라미"의 대(對) "유리벽" 공연과 저항은 속절없는 울음소리로 반향(反響)되는 데 그쳤을 것이다.

너는 똥구멍에 입김을 불어넣는다
살아나, 나는 최초의 꿈을 구고 있는 한 인간
또한 최초의 고통을 통고하고 있는 시간
세 쌍의 다리를 미끄러뜨리는

유리벽은 서정을 진화시킨다

아직도 하늘엔 두려움이 남아 있다
파랗게 빙장(氷葬)시킬 도시 상공 속에서 그는
피뢰침 끝을 앙당그려 잡았지만 미끄러진 손바닥

이제부터 흑갈색의 한 남자가
하늘 바닥에 붙어 도시를 향해 울기 시작하다
—「번정다리 귀뚜라미의 유리창—추살(秋殺)은 서정을 진화시킨다」 부분

애도는 "불행 시인"을 생의 저편으로 보내는 망각 행위지만 그의 잃어진 꿈을 애타게 환기하는 기억 행위이기도 하다. 애도에 얽힌 기억과 꿈의 긍정적 관계는 "도시의 유리체" 통과와 명랑한 '놀이', 그리고 내일의 '꿈'이 "직립의 낯선 빛" 아래 펼쳐지고 또 투과될 수 있는 근본 요소에 해당한다. 이 기억과 꿈은 생활세계에서 길어 올린 어떤 의미와 실재, 세계와 존재의 활동성이 경험 가능한 곳으로 전이되어 마땅하다. 그랬을 때야 비로소 부정적 대상 "꿈을 통과하지 않은 것들"과의 희유한 공통 감각을 창안할 수 있는 새로운 장소가 열리기 때문이다. '유리 도시'를 향한 신서정의 가능성 타전이 "그에게 하지 못한 사랑과 쓰지 않는 시간을 보"(「사랑하지 않는 시간—kmj에게」)채는 간절한 독백, 아니 잃어진 대화로 현현하는 것도 이와 밀접하게 연관된다.

'유리 도시' 속 장소성의 발견과 조직이 가을과 겨울, 저녁과 밤의 "마천루", 그 "유리창"에 달라붙고 쏟아지는 "귀뚜라미"와 강설(强雪)의

관찰에서 시작된다는 것은 꽤나 의미심장하다. 더군다나 이것들은 소외의 "유리알"과는 반대 방향으로 인간화되어 있지 않은가. 잃어진 장소성은, 기억과 상관된 허구적 감각의 조작이나 꿈의 지속에 필요한 동일성의 날조에 의해 회복될 수 없다. 회복과 창조의 가능성은 하비 콕스의 말처럼 "인간에게 속도 · 다양성 · 방향성을 주는" 생활세계의 경험에서 찾아진다. 이 경험은 저 활동성을 인간의 몫으로 피워 올리는 데 없어서는 안 될 세계와 사물의 몫이기도 하다. 쇠락과 추위, 어둠 속의 "귀뚜라미"와 '강설'은 그래서 생활세계 속 우리의 가능성을 아프게 암시하는 객관적 상관물로 읽힌다.

고백건대 사물의 인간화보다 더 흥미로운 것은 "너의 똥구멍에 입김을 불어넣는" "귀뚜라미"와 "거대한 빌딩 사이를 지나가"며 "울음소리"를 내는 "눈"의 활동이다. "유리벽은 서정을 진화시킨다"(「벌정다리 귀뚜라미의 유리창」)거나 "우리는 다 반성하지 못할 것이다"(「눈, 마천루의 눈」)에서 보듯이, 이들의 말과 행동은 실존의 결여를 알리는 동시에 그 충족을 요청하는 절대어의 성격을 띤다. 이것을 장소와 존재의 전환-심화에 참여하는 복된 '울림'으로 부를 수 있다면, '유리 도시'의 밖이 아니라 그 내부로 파고들며 장소성과 서정성의 진화를 밀고 나가기 때문이겠다.

이처럼 고형렬의 '장소' 기획은, 첫째, "불행 시인"에 바쳐진 애도의 진정성과 성찰능력을 보존하기 위한 작업에 먼저 충실하다. "검은 스피커 통만 거리에 남"(「바보 스피커」)은 부조리한 현실에 던져진 "무익생(無益生)"(「빠져나오지 못한 인간의 거울」)의 통절한 적발과 반성이 여기 해당된다. 둘째, "태양의 장님"들로서 "망각의 거울"(「빠져나오지 못한 인간의 거울」)에 함부로 비춰지는 우리의 한계를 초극하기 위한 감각의 갱신에 예민하다. 이 상황은 "시간보다 빠른 기억과 빛 속에 갇"(「알아들을 수 없는 울음소리가」)히는 상황이 전제된다. 우리는 이 지점에서 과거의 도래와 미래의 귀환이 동시에 발현되는 역설적 찰나와 문득 만나는 것이다. 그 순간 "검은 종이를 눈에 붙인"(「빠져나오지 못한 인간의 거울」) 우리 어릿광대의 눈은 형형하면서도 아늑하게 깊어질 것이다.

이 동시성은 "먼 기억으로부터 울리"는 "알아들을 수 없는 울음소리"를 "도시에서, 아니 지구에서, 땅속에서, 철골에서"(「알아들을 수 없는 울음소리가」) 청취시키는 '무시간성'을 특권으로 한다. 그렇지만 이 무시간성은 물리적 시간의 초월이나 소멸로 지향되는 환영(幻影)적 성격의 영원성을 뜻하지 않는다. 그것은, '유리 도시'의 몰장소성을 극복하는 "울음소리"의 역능(力能)에서 보듯이, 시간 내부로의 귀환과 자유, 분절적 시간의 통합을 포괄하는 본원적 시간의 일종이다. 그러니 이쯤에서 잠정적 결론 하나를 담담하게 붙여두어도 괜찮겠다. "도시의 유리체를 통과한 것들"의 놀이와 꿈으로 표현된 새로운 주체의 탄생과 성장, 다시 말해 비정한 "유리알"들의 '유리 도시'를 향한 새로운 참여와 돌파는 무시간성의 예리한 각성과 풍요로운 서정성의 비전에서 비롯될 것이라고.

*

'유리 도시'의 신민 "유리알"은 "귀뚜라미"의 고통과 희열, 그러니까 "유리벽"에 달라붙기 위한 필사적 몸부림으로부터 애초에 제외되었다는 점에서 잠시 행복하되 오래도록 불행하다. 그에게는 오로지 굴러다니거나 서로 부딪쳐 깨지는 행동만이 삶의 선택지로 주어졌다. "불행 시인"의 삶과 언어를 나눠가진 고형렬이 '유리 도시'에서 취할 몸의 사유와 영혼의 상상에 골똘할 수밖에 없는 이유인 것이다. 그 와중의 자아 이해와 타자 수렴을 훔쳐보자면, "저 손은 나의 손, 저 다리도 나의 다리, 저 불빛은 / 나의 불빛이었다"(「작년의 지하도를 통과하며」) 정도로 정리될 수 있다. "저"로 지목된 자들은 "불행 시인"이고 "귀뚜라미"일 것이며, 그들이 바라본 "불빛"은 추운 손에 한 점 온기를 홀로 비춘 "밤별"(「다시 작년의 지하도를 통과하며」)의 다른 모습일 것이다. 서로 먼 자들의 교감과 연대를 두고 "몸은 세계의 말단부까지, 그리고 자아의 끝까지 도달하는 영혼의 신장"이라고 표현한 장 뤽 낭시의 말을 떠올리는 것은 이미 정해진 수순의 발로라 해도 좋겠다.

하지만 『지구를 이승이라 말해줄까』에서 몸의 도래와 영혼의 귀환은 결코 간단치 않다. 생을 향한 '유리 도시'의 폭력과 전횡은 삶의 안전에 관한 허구적 보고와 선전으로 멈추지 않는다. 그것은, "다시 상공에서 울음의 탄생은 그 순간 중절된다"(「지루한 오후, 대형 매장에서」)에서 보듯이, 존재의 탄생과 인식을 향한 뜻 깊은 노력과 성찰을 가로막는 데 용의주도하다. 고형렬은 존재와 세계 이해의 수고를 애초에 저지당하는 '유리 도시'의 시인을 "태양의 장님들"로 명명하며, 그 무용함과 한계를 "무익생(無益生)" "인비인(人非人)" 따위의 불구적 형상에 담았다. 그들이 '끄적이는'(!) 시 역시 타인과의 소통을 거절당했다는 점에서 저 불행한 표찰을 또 다른 제목으로 취할 수밖에 없다.

이 무력한 형상들은 그러나 '유리 도시'에 대한 굴복과 투항의 기표와 전혀 무관하다. 오히려 굴종(屈從)된 몸을 냉철하게 드러냄으로써, 영혼의 확장과 몸의 굴신(屈伸)에 자유를 허하려는 시인들 본래의 '불행한 의식'에 가깝다. 그 고단한 의식의 고유성과 풍부성을 시인은 어떤 "겨울나무"에 애틋하게 투사하는데, 백석의 '갈매나무'에 비견될 만한 "세한목(歲寒木)"이 그것이다(시인에 따르면, "세한목은 추사의 〈세한도〉에 나오는 그 나무를 '세한목'이라 이름 붙"인 것이다. 인유와 명명의 자율성은 "세한목"을 벌써 "겨울나무"들 전체로 확장했으니 굳이 수종(樹種)을 따로 밝힐 까닭이 없다).

> 모든 물이 얼어붙어서 잠들 때에도
> 우뚝 멈춰 선 세한목(歲寒木) 그 아래 땅속
>
> 한 송이도 쌓이지 않도록
> 물어둠 속으로 빠뜨렸던 곳
> 층층의 검은 돌들을 밟지도 않고 내려갈 수
> 있었던 그때는
>
> 활활 뜨거운 김을 불어올려주었다
> 눈먼 가슴은 곰실곰실 생시의 꿈속으로
> 떨어져,
> 그것이 삶이라고 내 생시의 꿈이라고
> 예시조차 해주지 않았다
>
> —「세한목(歲寒木)」 부분

"유리알"의 무용함을 비판하거나 '유리방'에서의 탈출을 권유하는 목소리라면 완미한 자연에 의탁하는 것이 보다 자연스러울 법하다. 고형렬의 "겨울나무" 충동은 그 형태와 의미상 인공낙원 "마천루"를 비판하고 부정하려는 의지로 먼저 읽힌다. 하지만 이보다 먼저 "세한목"이 충만한 존재이기에 앞서 "찢어진 세한도의 해빙기, 그 위험한 우듬지의 / 정아(頂芽)"(「나이테의 생활고」)로 표상되고 있음을 유의해야 한다. "세한목"의 위대성은 거센 눈발마저 돌려세우는 청록의 영원성에 존재하지 않는다. "생활고"(「나이테의 생활고」) 아래서도 뿌리의 궁륭을 "땅속 쉬지 않는 파랑들"(「세한목(歲寒木)」)의 터전과 안식처로 제공하는 희생의 공양과 타자성의 수렴이 위대성의 몫이다.

우리는 따라서 "세한목"을 자연에만 정위시켜 그 독야청청의 아름다움을 자랑시킬 하등의 이유가 없다. "세한목"은 주어진 현실을 초극 / 혁파하는 '실존의 섬광'을 터뜨리는 모든 것과 연대할 때야 비로소 '유리 도시'를 파고드는 실핏줄로 전유될 수 있다. "길을 재촉하지 않은 것들"과 "푸른 잎의 등을 감춘 위험한 보행자들"을 '유리 도시'에 균열을 가하고 "유리알"들의 "내벽(內壁)을 울리는"(이상 「내벽(內壁)을 울리는」) 각성자로 지목하는 것도 이와 관련된다.

'실존의 섬광'이라는 측면에서 본다면 "세한목"은 이상적 관념의 일종이다. "세한목"에 시간질서는 그래서 무용하며, "세한목"은 그래서 과거-현재-미래를 통합한 순간의 형식으로 존재한다. "푸른 잎의 등을 감춘 위험한 보행자들"이 기억의 존재이면서도 '지금 여기'로 밀려와 "물 젖은 손바닥처럼 가슴에 달라붙는"(「내벽(內壁)을 울리는」) 능력은 여기서 말미암는다. 이 지점에서 새삼 확인해둘 것은 "세한목"과 "푸른 잎"을 향한 초월적 시선과 가치의 확보가 '기억'의 특권화와 깊이 관련된다는 사실이다. 서정시에서의 기억은 자아와 세계의 일체성을 불러오고 현현하는 회감(回感)의 원리이자 형식으로 흔히 가치화된다. "세한목"으로 불러 무방할 "한 그루 심령"이 "눈 속에 돌아와 / 가지 하나의 다침도 없이 / 온 영혼의 바닥까지 꿈을 그려낸다"(「기억은 시간에 갇히지 않는다」) 같은 구절은 회감의 전형적 문법이라 할 만하다.

그러나 인간과 자연의 통합, 주체와 타자의 교감이 주관적 상상이나 언어조작의 파생물로 인지되는 끔찍한 모더니티 속에서 회감의 충만성을 노래하는 '소박한 시'(쉴러)는 보통 허구적이며 어떤 경우는 친체제적이다. 시인이 기억의 실질적 위의(威儀)를 "네 삶의 흠절은, / 눈물빛 각막의 동공령(瞳孔領)을 통과한다"는 상처와 그 흔적의 각인에 둔 것도 이런 한계를 명민하게 고려한 소이(所以)일 것이다. '범속한 트임'을 동반하지 않는 회감의 거절과 성찰은 그런 점에서 놀랄 것 없는, 시적 윤리와 감각의 자연스러운 실천에 해당한다.

> 우리는 이미 다 가고 없는 사람들로서 살고 있는 것이 아닐까
> 모르는 죽은 사람들이 기억하고 있는 꿈이란 게 있을까
> 돌아오고 있는 사람들의 삶을 대신하는 것인가
> 그들이 돌아오면 우리는 돌아가야 하는 대체 존재들일까
> 물이 지나가고 바람이 지나가고 시간이 지나가는 것을 모른 채
> 나는 그들과 정말 저 양평군 지평면 그 언저리에서 사는 것일까
>
> —「미생전(未生前) 경험의 시」 부분

개체적 삶의 지속과 반복은 인류 역사와 더불어 존재의 영속성을 확인하고 기대케 하는 핵심적 원리이자 증례였다. 연속성에 대한 회의는 삶의 존재기반을 여지없이 뒤흔드는 위험한 사령(死靈)의 감각일 수 있다. "未生前", 즉 "태어나기도 전"의 경험은 생을 향한 속절없는 회의감의 대속체로 더할 나위 없이 적합하다. '죽은 뒤'의 삶과 세계는 더 이상 존재하지 않는다는 허무주의와 등가성을 형성하기 때문이다. "유리알"들의 "세한목"을 향한 조작적 욕망과 '상징의 숲'을 향한 도식적 글쓰기가 그런 대로 인정된다면, 그것은 필시 삶 이전과 죽음 이후의 위험성을 예방하는 효능 때문일 것이다.

하지만 의사(pseudo)-영원성의 효능은 언제나 제한적이다. 최고 상품의 반열에 오른 '유리 도시'의 자연과 기억은, 하이데거의 말을 빌린다면, "인간 실존이 외부와 맺는 유대" 및 "인간의 자유와 실재성의 깊이"를 확인하고 성장시키는 장소성을 아무렇잖게 배반하기 때문이다. 서정시 원리에 반(反)하는 고형렬의 발화 「시간의 압축을 반대한다」는 이런 까닭에 '유리 도시'에서 투하되어 마땅한 서정시의 옹호로 읽힌다. 서정시에서 시간의 압축은 "하늘에서 떨어진 고양이가 거미가 되어 / 잠시 거미줄에 걸렸다 인간으로 비약하는 광경"(「시간의 압축을 반대한다」)을 하나의 현실로 창조한다. 물론 이것은 "고양이"와 "거미", "인간"의 유사성과 차이성에 대한 신중한 염려와 이해 없이 하나의 전체로 획일화하는 일그러진 동일성의 옹호와 전혀 상관없다. 시간 압축의 진정성은 개별성을 보장하면서 서로의 몸에 서로를 기입하는, 그러니까 "서로 스며 생이 되고 / 서로 스며 죽음이 되"(「풀과 물고기」)는 동일화의 방법, 그러니까 타자성의 실현과 수렴에서 구해지기 때문이다.

그러나 존재 비약이 현실 초극의 욕망으로만 산견된다면, 풍부한 영혼의 성취는 요원한 반면 작파된 몸의 초래를 피할 수 없을 것이다. 아니나 다를까 시인은 과연 "다시 시간을 무리하게 이완시킨다면 / 고양이 살가죽과 심장이 면직물처럼 늘어날 테고 / 고양이의 죽음만 보일 것이다"(「시간의 압축을 반대한다」)라는 무서운 말로 삶의 위안과 보호로만 향하는 기억과 회감의 위험성을 경고 중이다.

고형렬은 「눈」의 첫머리를 "내리다 내리다 안되면 통속적(通俗的)이고 싶다"라고 적었던가? '유리 도시'로 대변되는 삶의 불능과 불가해에 지친, 아니 그것에 능욕당한 분노와 '설움'("울다 울다 더 울면")의 솔직한 토로일 것이다. 그러나 "통속적이고 싶다"는 속마음에 충분히 유의하라. 통속은 세속적 욕망과 유행에 충실한 무엇으로 이해되는 탓에 비웃음과 계몽의 대상으로 주어지는 경우가 많다. 하지만 숭고와 무관한 일상성은 갖은 제도와 스타일의 실천을 통해 통속을 왜곡 · 과장하거나 질서화 · 심미화함으로써 우리 삶을 적절히 통제하고 사회의 공동성을 차분하게 유지한다.

시인의 통속은 양쪽에 다 관련되지만, 동시에 그것을 넘어선다. "내려도 내려도 울어도 울어도 길이 막히고 말아도 / 나는 그 자리에 붙박여 있다"(「눈」)라니. 이 대책 없는 설움은 그러나 '유리 도시' 속 실존이 흔히 경험하는 무관심과 무력감의 토로와 대체로 무관하다. 그와는 반대로 '울음'='눈발'은 '유리 도시' 후미진 구석에 몸의 탄력과 영혼의 깊이가 생동할 만한 장소를 적시려고 끊임없이 쏟아진다. 다시 말해 삶의 균질성과 획일성을 유인하는 통속의 일반적 원리를 개아의 고유성과 시적 염결성의 착근을 보장하는 장소에 대한 정념으로 뒤바꾸느라 눈과 눈물은 '유리 도시'를 흐르는 것이다. 그 내밀한 장소에 "한 그루 피 같은 뼈 같은 단풍나무"(「눈」)가 문득 출몰하는 장면은 저 통속성이 "유리알" 같은 삶의 재편과 혁파를 향한 서정적 트임과 울울하게 접속되어 있음을 처연하게 암시한다.

> 서둘러 댑싸리를 낫으로 조심조심 베어
> 액생의 꽃을 살려 비를 만든다
> 재미를 잃은 너의 등을 툭툭 때려주니
> 너는 내 눈만 쳐다본다
>
> 네가 흔드는 댑싸리의 순한 풀잎이 좋아서
> 나는 네 곁에 누워 잠든다
>
> 네가 꼭꼭 묶은 댑싸리비를 한쪽에 세워두고
> 멀리 외출하면
> 나는 물보다 맑은 아침을 기다린다
>
> —「터미널 옥상 승차장—마지막 R영역에게」 부분

『지구를 이승이라 말해줄까』의 핵심어임에 틀림없을 '추살(秋殺)'은 두 번 등장한다. 한 번은 "흑갈색의 한 남자"가 되었던 "마천루"의 "귀뚜라미"(「번정다리 귀뚜라미의 유리창」) 울음에서, 또 한 번은 "액생의 꽃을 살려" 만들어진 "댑싸리비"의 형상에서. 우리는 어쩌면 이들 '추살'의 유사성과 차이성을 세밀히 구축하다 보면 고형렬이 추구하는, 비정의 '유리 도시'를 흐르는 신서정의 활로를 잠깐이라도 엿보게 될 지도 모른다.

시인은 「벋정다리 귀뚜라미의 유리창」의 부제를 "추살(秋殺)은 서정을 진화시킨다"라고 달았던가? 만약 "어떤 울음의 음악도 차단된 마천루의 가을"에서 "서정의 진화"가 '푸른 숲'의 회감을 통해 이뤄졌다면, 그것은 허상의 울타리를 끝내 벗어나지 못했을 것이다. "하늘 바닥"(="유리창")에 붙어 "귀뚜라미"는 우리의 "똥구멍에 입김을 불어넣음으로써" "유리알"의 우리가 "살아나", "최초의 꿈을 꾸고 있는 한 인간" "또한 최초의 고통을 통과하고 있는 시간"이 되게 했다. 이때의 추살을 '가장 멀리서 지금 여기로 도래하는 몸의 살림'이란 역설로 지표화할 수 있다면, 저 '꿈'과 '고통'의 처연한 결속 때문이다. 이 '몸'은 그러나 서로의 몸을 서로에게 공양하는 희생양의 형식이었기 때문에, 서로 부딪혀 깨지는 "유리알"의 비극적 사후(死後)와 끝내 거꾸로 닮았다. "귀뚜라미", 바꿔 말해 "불행 시인"이 "피뢰침 끝을 앙당그려 잡았지만 미끄러진 손바닥"의 운명을 벗어날 수 없었던 이유가 이제야 드러난 셈이다.

이에 비한다면 "댑싸리"는 "낫으로 조심조심 베어"져 거리에 쌓인 눈이나 바람에 나뒹구는 쓰레기를 치우는 '싸리비'의 숙명을 벗어날 수 없도록 예정되어 있었다. "댑싸리"의 '죽은 몸', 곧 "추살"은 그러나 '너'와 '나'가 서로의 "얼굴이며 목덜미에" 흔들어주는 "꽃다발"이 됨으로써, 또 서로에게 "모든 슬픔과 용서를 맡"기는 에로스의 서정으로 전환됨으로써 영원한 생명으로 거듭났다. "재미를 잃은" 서로의 "등을 툭툭 때려주"고 "너(나—인용자)는 내(네—인용자) 눈만 쳐다"보는 몸은 그런 의미에서, 장 뤽 낭시의 말을 빌리건대, 생명의 율동을 통해 "차츰 차츰 모든 것에 닿는" '우주적인 몸'에 가깝다. 이 서정과 몸의 진화는 '유리 도시'의 귀퉁이에서 벌어지는 일대 사건이라는 점에서 징후적이며, 그래서 그 가속성을 더욱 희원케 한다. 서정과 몸의 진화가 벌어지는 희유한 공간은 '유리 도시'의 출입구, 그럼으로써 '푸른 숲'과의 느슨한 경계를 형성하는 "터미널 옥상 승차장"이다. 어쩌면 시인은 만남과 이별, 전송과 마중이 일상적으로 오가는 터미널(기차역이어도 좋다)과 서로의 손들을 우주적 장소와 "순한 풀잎"의 "꽃다발"로 전유한 것인지도 모른다.

사실을 말하면 순간의 지복은 떠나거나 돌아서는 순간 '유리 도시'의 날카로운 일상에 다시 베어질 것이다. 그럼에도 '유리 도시'에 등기된 "터미널 옥상 승차장"이 의미 깊은 것은, 에드워드 렐프의 말을 다시 빌리자면, 타자와 주체의 동시적 배려와 존재의 근원적 중심을 구성하는 환경을 형성했기 때문이다. 시간의 소비와 더불어 "터미널 옥상 승차장"의 본원적 장소성은 가뭇없이 사라져버릴지 모른다. 하지만 고형렬의 언어와 감각, 서정과 더불어 그것은 우리에게 생활의 리듬과 삶의 방향성, 그리고 자아의 정체성과 고유성을 새롭게 허락하는 장소로 벌써 등기되었다. 새로운 장소의 발견과 구축에 힘입어 "추살"의 경험과 슬픔은 "이제 내일이 오지 않아도 좋다"는 생의 완성과 시간의 정지로 뒤바뀌어 현상하게 된 것이다. 이제 '유리 도시'의 구심점에 "댑싸리"를 베어 꽃 흔들 수 있는, 어렵지만 즐거운 장소와 주체의 개척이 남은 셈인가. 그곳은 어디이며 그 일을 감당할 몸은 또 어떻게 준비되고 있는가, 시인이여.

‘파파피네’의 노래

강신애 시집 『당신을 꺼내도 되겠습니까』

“여자이면서 남자인 인간”(「파파피네」), 사모아 지역 제3의 성. ‘파파피네’에 대한 가장 간단한 정의다. ‘파파피네’는 동성애자나 트랜스젠더, 인도의 히즈라가 그러하듯이, 남녀 성차(性差)의 외부에 존재한다. 이때 ‘외부’는 이들이 비정상과 일탈의 무리로 차별될 수 있음을 암시하는 무서운 기호다. 물론 오늘날 저들의 ‘비정성’과 ‘일탈’은 오로지 소외와 배제, 혐오와 부정의 대상으로만 지시되지 않는다.

우선 동성애자와 양성애자, 트랜스젠더는 개인의 성적 취향과 욕망에 대한 미약한 존중 속에서나마 자율적인 소수자의 지위를 열심히 개척 중이다. 이와 달리 ‘파파피네’나 ‘히즈라’는 공동체의 원리와 전통의 일부로 일찌감치 제도화되어 집단의 안정과 지속에 긍정적 역할을 담당해왔다. 가령 거세 후 기복신앙에 종사하는 ‘히즈라’의 행태는 성별 전환이 종교적 공동체로 귀속하기 위한 차이적 성별화(聖別化)의 일종임을 말해준다. 한편 '파파피네'는 생물학적 거세 대신 성 역할의 조정, 이를테면 남성이 여성성을 내속(內屬)해가며 청소와 빨래, 아이의 양육과 노약자 보호 같은 전통적 가사에 종사한다. 아마도 '섬'의 협소함과 관련된 생산의 제약, 그에 따른 남성 역할의 분절이 '파파피네'라는 특이한 성별을 창출했을 것이다. 종교적 구원으로 성별의 강제적 전환을 보상받는 '히즈라'에 비한다면, '파파피네'는 특히 경제적 원리와 요청에 따라 여성성을 내면화한다는 점에서 보다 현실적이며 세속적이다.[1]

나는 지금 강신애의 새 시집 『당신을 꺼내도 되겠습니까』(시인동네, 2014)를 주유하는 중이다. 그런데 그 떠돎의 흥취와 내실은 제쳐둔 채 "세상에 없는 피조물" "파파피네"(「파파피네」)의 외연 서술에 골몰하다니……. 허나 너무 염려마시라. 고백컨대 나는 '파파피네'의 사전적 외연보다 그것의 아득한 내포, 그러니까 폭력적인 '팔루스'의 지배 속에 문득 솟아난 여성계 / 타자계의 맑은 심연에 빠져 있는 것이니. 시인에 따르면, "파파피네"라는('그들이 모여 사는'이 아니라!) 소도(蘇塗)는 "신을 / 애걸하지 않아도 / 드러나는 곳"(「카르투지오 수도원」)이다. "신을 쏙 빼닮"았고 "신성한 힘과 아름다움이 무한 수렵"(「파파피네」)되는 위대한 심미성의 존재들이니 그럴 수밖에. 요컨대 그들은 율법의 신이 아니라 포용 / 수렴의 신의 자식들로 거듭난 삶을 사는 존재들인 것이다. 따라서 그들의 현실적 · 세속적 성별 전이는 차라리 탈현실적 · 탈세속적 지평으로 초극되는 사태의 일종이라 말할 수 있겠다.

---

1 사모아인의 99%가 믿는 천주교 · 개신교에서는 남녀 양성만을 인정하는 까닭에, 실제로 파파피네는 종교의 타자로 소외되어 있다 한다.

하지만 "파파피네"에 주어진 이상적인 윤리와 심미는 그것만으로는 "천연의 몽환을 포집하기 위"한 "백지"로 텅 비고 꽉 차지 못한다. "파파피네"는 "꽃에 묶인 상징의 색인을 펼쳐내고 / 후각의 팔레트에 비비고 섞"(「꽃, 상징사전」)는, "몸, 가장 멀리서 오는 지금 여기"(장 뤽 낭시)로 살게 될 때 드디어 "단 두 개의 성(性)만으로는 부족"(「파파피네」)한 다성(多性 / 多聲)의 존재로 해방된다. 그 오래인 또 오래일 '다성'의 길을 좇으며 "치렁한 초록 나뭇잎 사이"로의 "소멸에 대한 중독"(「신례원」)을 실천 중인 "순례자 K"(「순례자 K」). 그의 독백은 "잃어버린 세계가 일렁이"(「파파피네」)는 까닭에 "장엄하게 점점 희미하게"(「장엄하게 점점 희미하게」) 그가 노래하고 기리는 모든 것을 향해 조용히 소용돌이치며 격렬하게 스며들 수밖에 없다. 나의 글이 고독한 'K'의 순례에 대한 보고서이자 우리들의 거기에 대한 동참을 요청하는 청원문인 까닭이 여기 있다.

*

자연인 '순례자 K', 그러니까 강신애의 몇 년 전 시적 답파를 되돌아보면, 「불타는 기린」(『불타는 기린』, 천년의시작, 2009)이 유난히 도드라진다. 이 텍스트는 살바도르 달리의 「불타는 기린」에 대한 개성적 읽기이자 내면적 재구축물이다. 특히 후자의 측면이 중요한 데 과연 어떤 점에서 그러한가.

먼저 달리의 그림은 '불타는 기린'이 후면에, 여럿의 서랍 단 여성이 전면에 존재한다. 양자는 무의식의 영토에 방사된 서로의 대체물이자 응시물이며 또 통합체이자 분열체로 보아 무방할 듯하다. 불과 서랍을 함께 지진 또 다른 여성이 화면 오른쪽 뒤편에 서 있고, 여성들을 떠받치는 지지대의 형태가 기린의 모가지를 닮아 있기 때문이다. 서로 연관되나 하나의 형상으로 통합되지 않는 대상(주체)들의 자율성과 차이성에 강조점이 찍혀 있다고나 할까. 달리의 편집광적 무의식과 그것의 파편적 노출이 돋보인다는 말은 그래서 가능하다.

분열과 통합을 상호반복하는 달리의 여성∞기린의 관계와 달리, '순례자 K'의 텍스트에서 '불타는 기린'은 "병원 가건물 같은 여인"의 "더 큰 서랍" 속으로 들어가 "여자를 불태"움으로써 새로운 탄생을 구가하고야 만다. 양자의 통합이되 기린 중심의 세계 지향과 욕망을 드러내는 장면이랄까. '기린'의 독아적 탄생은 그러나 여인의 허무한 소멸 혹은 해체와 거의 무관하다. '여인'은 불탐으로써 오히려 '기린'의 어떤 본질과 접촉하며, 소멸, 그러니까 '아무것도 아님'에 의해 자기한계를 돌파하면서 타자의 몸으로 온전히 변형 / 전이되는 것이다. 이 과정은 어딘가 낯익지 않는가. 그렇다, 공동체 요청의 성별 전환을 수용함으로써 제 몸에 타자-여성의 "발생의 자리를 주는"(낭시) "파파피네"의 원상을 우리는 소스라치게 만나는 중인 것이다.

우리는 그러나 '순례자 K' 발(發) '여인⊂기린'의 안녕과 "파파피네"로의 즐거운 귀속을 벌써 확증해서는 안 된다. 그들을 둘러싼 어떤 연쇄와 분열, 통합과 갈등의 현장을 도외시하는 순간, 그들끼리, 또 그들과 우리가 함께 "말끔히 조립되는"(「더미(Dummy)」) '더미됨'[2]의 기호작용

2 시인은 '더미(Dummy)'를 ① 물건의 더미 ② 모델이 되는 인체 모형 양자를 포괄하는 의미로 사용 중이다. 나의 '더미됨'은 이것을 존중하고 승인하는 용어임을 밝혀둔다.

을 멈출 것이기 때문이다.

가령 『당신을 꺼내도 되겠습니까』 전체를 조심스럽고 촘촘하게 가로지르지 않는다면 무슨 일이 발생할까. 그 재난은 "백야의 부드러운 해를 꺼낼 수 없듯 / 슬픔 속 뿌연 야생을 꺼낼 수 없어"에 뚜렷하게 제시되어 있다. 이 말은 '순례자 K'가 먹이 잡는 법을 익히기 전에 어미를 잃은 아기 곰의 슬픈 운명을 한탄하며 되뇌는 연민과 탄식의 언어다. 그 뿐이랴, 지금 'K'는 배고프고 외로워 사람(의 집) 근처를 맴도는 녀석을 "긴 작대기로 땅을 두드려"(이상 「백야(白夜)의 해를 꺼낼 수 없듯」) 추위의 설원으로 돌려보내고 있지 않은가.

사실 'K'와 그 족속들은 서둘러 녀석의 "파파피네"를 자처하며 녀석의 연명(延命)을 넉넉하게 밀어갈 수 있는 능력의 소유자들이다. 하지만 그들의 보호의식과 연대감은 "슬픔 속 뿌연 야생"을 함부로 조롱하고 소비하는 '문명의 야만'에 의해 불량스럽게 포위된 형국이니 이를 어쩔 것인가. 또 생태계의 원리와 문법을 무시한 채 자연의 동식물을 제멋대로 '위리안치'하는 태도 역시 끔찍한 파괴 행위 못지않게 지극히 '인간적인 습벽'에 지나지 않는다. 이를테면 "내년을 잊지 않으려는 듯 / 심연의 한 기슭을 어금니로 꽉 물고 놓지 않"는 '고래의 턱뼈'마저 알량한 장식품으로 구매하는 '당신들'의 스노비즘은 매우 왜곡된 정동(情動)의 장애에 지나지 않는 행태겠다. 이렇듯 타락한 영혼들에게 자기 족속의 배부름을 기뻐함과 동시에 포획된 고래의 죽음을 정중히 애도하는 전(前) 문명지대 "여인들"의 "새빨간 족적"과 "너울너울"거리는 '춤'(이상 「내년에 또 오너라」)은 푼돈의 쥐어줌으로 박제된 소소한 구경거리에 지나지 않을 것이다.

① 곰 인형으로 조련된 호랑이를 주워 공놀이를 한다

말랑말랑하고 아름다운 뼁골의 줄무늬가 통통 떠다니는

아열대의 사원

목줄이 수면제 먹은 구름을 끊고 다녀서

조각나 흩어진 구름들

호랑이는 졸고 성상(聖像)은 졸고 연잎은 뱅글뱅글 돌고……

—「호랑이 농장」 부분

② 재와 무지개

신(神)과 고름으로 이루어진

이 변화무쌍한 지구에 이제 막 도착한 듯

퀭한 눈, 바스러질 듯한 가슴

뜨겁게 안아 든 나 이제 막 태어난 듯

어리둥절한 너, 우는 나

—「위니—아이티」 부분

표면적 맥락상 ① 유랑단의 "호랑이"는 "불타는 기린"과 상반되는 불행한 타자라면, ② 죽음의 찰나에서 구제된 "어리둥절한 너"는 새로 탄생한 '여인⊂기린'에 가깝다. 하지만 현대성의 삶에서 "호랑이"와 "너"의 삶을 지배하는 공동원리는 "이를 몽땅 뽑히고서야" "당신의 박수와 환호, 붉은 살덩이를 삼킬 수 있"도록 승인하는 쇠우리의 단단함과 차가움이다. "호랑이"와 "아이"의 현실은 따라서 "최면으로 사람을 잘 따르고 유순해요 개처럼, 앵무새처럼"(이상 「호랑이 농장」)에 표현된 폐색의 지평을 결코 벗어날 수 없다. '강철무지개'로 빛나는 쇠우리의 통제를 벗어나는 순간, 자유와 평등의 기치든 민족과 종교적 자율성의 호소든 어떤 주장과 가치도 "깨진 항아리"와 "제물"의 운명을 면치 못한다. '순례자 K'의 절규 "믿음은 왜 모두 돌이 되는 걸까요"(「끝없는 이야기」)에 표상된 절망과 패배, 회의와 불신의 승압과 일상화는 그래서 당연한 수순이며 또 피할 수 없는 현실이다.

그런 점에서 「위니-아이티」 속 아이, 곧 '너'는 저렇게 "재"와 "고름"으로 얼룩진 폭력적 모더니티에 피격된 약하디약한 타자를 대표한다 하겠다. 뜻밖의 "무지개"와 "신"에 의해, 아니 각성된 '선한 사마리아인'에 의해 '너'는 무작정 날아와 몸을 때리는 돌덩이들 속에서 우연히 구제되지만, 그것은 어디까지나 "어리둥절한" 행운에 불과한 것이다. 왜냐하면 "지금은 나머지 반이 사라질 차례"(이상 「끝없는 이야기」)라는 독단적 · 폭력적 구호 아래 '당신들'의 고약한 돌팔매질은 오늘도 내일도 계속될 것이기 때문이다.

*

'순례자'는 타락한 세계 맞서 싸우는 투사적 인간형은 아니다. 오랜 종교적 · 역사적 · 심미적 가치와 경험을 일용할 지혜로 톺아내는 한편 그것을 우리 모두의 미래 자산으로 씨 뿌리는 뒤돌아보는 예언자에 가깝다. “한줄기 떨림, 눈물의 황홀경으로” “탕자처럼 / 우물과 사이프러스와 요새 같은 사원을 우러”르는 “순례자 K”(「순례자 K」)의 모습은 강신애의 순례가 전자에 가깝다는 느낌을 언뜻 준다. 사실을 말하건대, 율법의 과거에 맹종하는 예언자는 집단의 미래와 직결된 “파파피네”들의 성차의 전도(顚倒)에까지 냉담할 지도 모른다. 율법사 ‘당신들’의 돌팔매는 율법의 허위보다 삶의 진실을 억압하고 은폐하기 위해 던져지는 경우가 허다하니 그럴 수밖에.

하지만 강신애의 순례는 이런 허위적 주술 / 심판의 계몽주의와 엄격히 구분된다. 그렇기는커녕 시인의 페르소나 ‘순례자 K’의 예지는 유연한 미래와 시성(詩性)을 발견하고 전달하기 위해 작아지고 낮아지는 삶의 형식에 가깝다. 그래서일까. 이 자리서 태어나는 “파파피네”들은 배타적 거절과 급진적 혁신의 미래와도 일정한 거리를 지닌다. 그들이 자기충족과 그것의 긍정적 초극, 이를테면 “한 마리의 낙타의 주인이 되어 / 높은 별빛 명멸하는 천칭자리 주인이 되”기를 꿈꾸는 “인도 소년”(「인도 소년」)과 친화하는 이유가 이로써 설명된다.

언제 어디서든 “종소리가 울려 퍼지는 절벽 아래 나를 내려놓”는 겸허의 몸짓은 고착된 과거와 윤리에의 집착을 허망한 것으로 밀어내기 마련이다. 이 폐절의 자리에서 “자신의 혈통을 의심하”(이상 「순례자 K」)고 “신성한 허무를 어떻게 걸어놓을까”(「바다가 있는 지하실」)를 끊임없이 고민하는 ‘에로스-불한당 K’의 면모가 탄생하고 성숙한다면 어떨까.

‘순례자 K’의 정체성, 바꿔 말해 에로스-불한당의 궁극적 자리는 어디일까. ‘K’의 시적 순례의 최종 기착지를 감안하자면, “어둠과 밝음의 경계를 무너뜨리고 싶은 것 / 그 경계에서 생겨나는 피안의 지문을 더

듣고 싶은 것"(「스푸마토」)이다. 흥미로운 것은 'K'에 따르면 이 "피안"은 내파의 언어나 주관적 욕망보다 "빛을 다룰 줄 아는" 능력에 의해 실현 가능한 무엇이다. '빛을 다루다'라는 말에 유의한다면, '빛'은 유추에 포획된 유사성보다 서로의 이질성을 상호 수렴하는 관계성의 매체일 가능성이 크다. '순례자 K'의 감각과 표현에서 유사성과 이질성의 우세종을 굳이 들어보자면, 전자는 '기억'과 관련된 조건들, 후자는 신생 / 변이의 항목이 아닐까 한다. 물론 이런 비교는 '기억'과 '신생'에 내재한 '시간'과 '가치'의 우열을 따져 묻기 위한 것이 아니다. "파파피네"의 역사화와 보존(심화), 또 미래화와 확산(확장)의 어떤 방향을 엿보고자 하는 마음의 소산일 따름이다. 이것들은 과연 어떻게 조형되고 있는가.

> 나는 왜 자꾸 옮기는가, 내가 누워 있던 최초의 꼬투리가 애초의 냄새와 질감을 기억하고 찾아다니는 걸까, 바닷바람에 밀린 호흡과 흰 숲의 검은 히말라야시다에 던진 운율이 왜 귀를 맴도는가 이 의자, 이 골목, 이 소읍의 태양 아래 저물던 황혼을 흠향하는가
>
> —「회전하는 무초」 부분

먼저 역사화와 보존의 차원이다. "기억", 그 가족어로서 "냄새와 질감"과 "운율"은 빛이 소멸하는 "황혼"의 식구들이다. '소멸'이라고 말했지만, "황혼"은 '귀가'와 '귀향' 같은 돌아옴의 이미지를 환기시킨다는 점에서, 옥타비오 파스의 말을 빌리건대, 현실 "저 너머에 대한 짙은 향수" 혹은 "부재에 대해 느끼는 지적 향수의 편린"과 깊이 연동될 법하다. 여기서 형성되는 동일성의 핵심은 친밀과 연대의 정서일 텐데,

그런 만큼 모든 것들은 서로 영향을 끼치고 서로 비슷한 것으로 변화될 가능성이 크다. '순례자 K'에 따른다면, 그 동일성과 변화의 극점은 "런던 은행가와 케먀 찻잎 따는 농부"가 "아는 사이"임을 지나 "문어와 코뿔소가 울새와 맨드라미가 / 다슬기와 염소가 지렁이와 나의 피톨이 섞인" 관계로 변신되는 것에서 찾아진다. 이런 동일성의 궁극은 "엑스트라는 없어요 / 익명이 있을 뿐이죠"(「장엄하게 점점 희미하게」)에 표현된, 서로를 억압하고 차별하지 않는 평등과 자유에 있지 않을까. 이것을 "황혼" 가족 특유의 '에로스' 언어와 몸짓으로 말한다면, "당신이 그린 / 사랑과 적멸의 눈부신 통로인 제 그림 속으로 / 데려가실 거죠?"(「제니의 스카프」)가 될 것이다.[3]

다음으로 미래화와 확산의 차원이다. 시적 동일성은, 시의 사랑은 단순히 유사성의 발견과 구조화로 그치지 않는다. 파스의 전언처럼, '존재의 본질적인 이질성', 곧 '타자성'을 '나'에게서 찾고 그것에 현존을 부여하는 헌신과 희생 역시 중요하다. '순례자 K'의 여정 한 축이 "헤아릴 수 없는 산 것들 죽은 것들 비명과 희열, 얽히고설킨 / 이 거대한 거미줄 망"의 의연한 통과에 바쳐지고 있다는 것, 또 거기 걸린 "사소한 입자들을 이슬로 읽을 것인지, 미처 소화되지 못한 키틴 점자(點字)로 읽을 것인지"(이상 「장엄하게 점점 희미하게」) 진중하게 고민한다는 것은 그런 점에서 징후적이다. 이상의 인용구에서는 자아의 충족감과 대상에의 친밀감보다 어떤 불안감과 분열증, 결핍증 따위가 도드라지

3 같은 시의 "난파된 배가 맴도는 / 캄캄한 저 아래 / 쪼개진 달의 눈물로 만들어진 포말 속에서 / 나는 다시 태어날 거예요"라는 대목은 "황혼", 곧 어둠-밤이 수행하는 에로스의 어떤 본질을 역설적 감각으로 현현하고 있다.

는 느낌이다. 바꿔 말해 '타나토스'의 감각이 보다 승하다는 것이다.

하지만 '순례자 K'의 감각은 '타나토스'의 부정성에 굴종하기보다 그 악조건을 새로운 존재의 탄생과 현현의 토대로 뒤바꿀 줄 안다는 점에서 지혜롭고 충만하다. 이런 점에서 강신애의 어떤 시들이 극의 형식과 구조를 의식적으로 차용한다는 사실은 강조되어 마땅하다. 제목 자체가 시사적이지만, 「스튜디오」와 「모노드라마」를 빌린 'K'의 시적 행위(감정의 피로(披露)가 아닌 발화 행동!)는 이를테면 부재하는 것을 훔치거나 그려내고, 존재하는 것에 태클을 걸고 지워내는, 복합적・모순적 형태를 능수능란하게 취한다. 이런 극적 태도는 '나-너'를 '너-나'가 되도록 이끌고 또 그럼으로써 '나∞너'가 충만한 존재로 거듭나도록 도약시킨다.

> 나를 위해 거듭 몸을 바꾸어 태어나는
> 나를 위해 청보랏빛 눈동자 속을 열어 보이는
> 오직 나만을 위해 살아 움직이는 조는
> 죽음을 복제하는 자, 남의 육체를 뒤집어쓰고
> 영겁의 옷을 벗기는 자
>
> —「조 블랙」 부분

이렇게 말해보자. "조 블랙"은 "파파피네"라고. 그는 "죽음을 복제하고" "남의 육체를 뒤집어쓰고" 권력의 영원을 구가하려는 자들의 "영겁의 옷을 벗기는 자"라는 점에서, 또 "나(조 블랙에게는 '너'인)만을 위해" 발생의 자리를 주는 자라는 점에서 타자성에 스스로를 바친 "파파피네"라 불러도 무방하겠다. 과연 "조 블랙"은 "나의 블랙을 데리고 푸르른 정지 화면 속으로 사라"짐으로써 '너'를 향한 "파파피네"의 삶을 또 살고 있다. 그렇다면 "죽음"이니 "남의 육체"니 하는 것은 밀폐된 타나토스의 신민들이 아니라, "파파피네"의 성별 전이와 타자로의 삶이 암시하듯이, 오히려 적대자나 타자들과의 화해와 연대 가능성을 실현하는 전도된 에로스의 형상일 수 있다.

남성이며 여성인, 동시에 그 무엇도 아닌 "파파피네", 타자와의 통합과 주체와의 분열을 동시에 사는 그의 모습은 타나토스와 에로스를 함께 살고 그것을 뒤바꾸는 "조 블랙"의 형상과 그대로 일치한다. 이들을 어떤 '빛'의 형식으로 치환한다면, '순례자 K'가 비록 "어두컴컴한 동굴 속에서" "블랙 블랙 외"친다 해도, '먼동'에 가깝지 않을까. 아니 "어두컴컴한 동굴"은 정주의 이미지로 제시된 '황혼'의 시공간보다 오히려 서로의 존재감과 이질성이 뚜렷이 부감되고 또 생존을 위해 동굴 밖으로 나가지 않으면 안 되는 '먼동'의 시공간에 보다 내밀하게 부합한다.

나는 굴절, 혹은 왜곡이 창조해낸
몽유의 원근법
자신의 골격을 무너뜨리고 기체 속에 잠드는 빛의 자세다

윤곽이 소점(消點)도 없이 사라질 때
두 개의 내면은
다른 세기를 통과해간다

—「스푸마토」 부분

우리는 방금 '황혼'과 '먼동'으로 '빛'의 이형(異形)과 차이를 구분해 왔다. 이것은 그러나 양자의 서열과 가치를 함부로 설정하는 차별화의 언술과 전혀 무관하다. '먼동'과 '황혼'은 '빛'의 다양성과 이질성을 드러내는 서로 다른 속성일 뿐 태양의 동일한 자식들임에 아무 변함이 없다. 양자는 '빛'과 '어둠'의 기우뚱한 정동(靜動)으로 태양과 그를 향한 우리의 정동(情動)을 실현할 뿐 서로를 함부로 복속하지도 추방하지도 않는다. 두 '빛-어둠' 혹은 '어둠-빛'은 서로를 밀어내기보다 "내 마음을 열어주겠다는 / 이제 나를 만져도 좋다는" "그들만의 예법, 아니 사랑법"(「고양이 키스」)을 작동시킴으로써 생의 활성과 안정, 도약과 지속을 세계와 우리 삶의 역동적 자질로 되돌려준다는 말은 그래서 가능하다.

「스푸마토」는 그러므로 이런 '빛'의 자질과 기능을 우리 내면에 투사한 일종의 자화상이 아닐 수 없다. 사전의 정의상 '스푸마토'는 '색을 미묘하게 변화시켜 색깔 사이의 윤곽을 명확히 구분지울 수 없도록 자연스럽게 옮아가도록 하는 명암법'의 일종이다. 이런 미적 방법은 '먼동'과 '황혼'에서 가장 뚜렷한 효과를 발휘할 것이다. '나' 역시 경계와 구분을 무화시키는, 아니 거기서 배제된 타자이기는 마찬가지라는 점에서 빛과 어둠인 동시에 둘 다 아닌 '먼동'과 '황혼'의 족속이기는 마찬가지이다.

이것을 우리의 의식과 삶, 아니 그보다 먼저 "파파피네"의 그것에 비추어보면 어떨까. 만약 "파파피네"와 우리를 두려움 없이 연관시킬 수 있다면, 우리 역시 "두 개의 내면"을 가지고 "다른 세기를 통과해"가는 "파파피네"의 잠재적 가능성이라고 말하지 않으면 안 된다. 또 하얗게 은폐된 '백일(白日)의 달'을 지시할 수 없는 극단의 시대에는 "백야(白夜)의 해"로 "잠드는 빛의 자세"를 취하는 것이 오히려 시적 윤리의 방편일 수 있음 역시 인정해야 한다. 그러할 때 우리는 비로소 정상이나 "소점(消點)" 같은 이성의 간지가 아니라 "굴절, 혹은 왜곡이 창조해낸" 다성적이며 불확실한 존재, 곧 "파파피네"의 명랑한 이웃으로 호명될 것이다. 이런 수순을 밟지 않고서는 '순례자 K'의 "설형문자 삐끗하여 이 아름다운 사기술을 완성하는 것"(「모조왕」)이라는 시적 선언과 욕망은, 또 그것을 함께 공유하려는 우리의 독서 행위는, 아무에게 들리지도 보이지도 않는 '모노드라마'로 허망하게 공진(空振)[4] 할 수밖에 없다.

*

『당신을 꺼내도 되겠습니까』의 '순례자 K'는 세계 답파의 핵심 목표를 "신의 성대 어디쯤 빈 뼈의 박동을 꺼내"오는 일과 "석양의 캔버스에 찰나뿐인 점묘화를 그"리는 작업에 두었다. 우리는 이 과제를 남성이며 여성인 "파파피네"의 정체성, 다시 말해 개인적 욕망보다 집단의 요청에 부응하는 성별 전이에의 긍정적 응답, 그 과정에서 획득된 혼종성의 입체적 성격을 지렛대 삼아 검토해온 셈이다. 따라서 위의 두 과제를 "파파피네"의 생에 내재된 '어둠-빛' 혹은 '빛-어둠'의 양가성, 그러니까 '먼동'과 '황혼'에 수렴시켜도 크게 문제되지 않을 것이다.

우리의 이런 태도와 시각은 "파파피네"의 신생과 지속을 우리 삶의

4 『당신을 꺼내도 되겠습니까』에는 독립된 시편 「공진(共振)」이 따로 존재한다. 이때의 '공진'은, 한자가 그렇고 해당 시의 일절("녹아들어라 / 진동하는 눈부신 환영들 / 내 피 속에, 내 텅 빈 두뇌 속에")이 그렇듯이, 주체와 대상, 자아와 타자가 함께 융합하는 충만한 현장을 묘사하는 용어다.

지평으로 전유할 때에도 "꽃, 상징사전"(「꽃, 상징사전」)의 형태와 구성에 대한 주의를 환기한다. 요컨대 "파파피네"와 거기 감염된 우리들의 상징은 "쓰레기 바다 위 연둣빛 / 뱅그로브 이파리들"로 변신, 가치화되는 인도의 대표적 슬럼가 "다라비"(이상 「다라비」)의 소녀들로만 단성(單性)화되어서는 안 된다. 그보다는 "결코 길들여지지 않는 야생의 본능에 집중"한 끝에야 얻어지는 "당신의 끈기와 주문, / 내밀한 밀착에 대한 수락"인 "고양이 키스"(「고양이 키스」) 같은 것을 "꽃, 상징사전"의 올림 항목으로 기대함직하다.

라라, 네가 본 것은
펼쳐 나뒹구는 책, 폐색에 이른 관상동맥
경련하는 태양, 흐린 손톱

출렁이는 녹슨 바다를 쉼 없이 투명한 포말로 뿜어내던
푸른 심장이
세 번 먼 여행 끝에 당도한 꽃밭

끝나지 않은 고해는 라라의 귀에 스미고
끝나지 않은 방랑은 라라의 미간(眉間)에 묻히겠지

내 닫힌 귀는 없는 목소리를 듣고
내 닫힌 눈은 떠도는 나비 무늬를 의심하지 않겠지

—「라라, 누구의 고양이도 아닌 고양이」 부분

"라라"가 "누구의 고양이도 아닌 고양이"인 것은 1연의 부정적 경험을 극복하고 2연의 충만한 삶에 도달했기 때문만이 아니다. 오히려 "죽음을 꽃처럼 물 주어 기르던 그을린 미소"를 잊거나 잃지 않았기에 자율성과 개체성이 확보되지 않았을까. "라라"는 열린 단독성 덕분에 드디어는 그 어떤 타자와 조용히 손잡고 밀담을 나누어도 특정 경향이나 집단으로 편벽되지 않는다. 이런 이유로 "끝나지 않은 고해"와 "끝나지 않은 방랑"의 "라라"에의 수렴은 '순례자 K'의 답파가 드디어 종결되었다는 선언과 끝내 친화할 수 없다. 'K'의 '고해'와 '유랑'은, 또 우리의 그것은, 어떤 특정한 힘의 지배나 영향 아래 긍정적인 방식으로 종결되거나 부정적인 형식으로 은폐될 성질의 것이 아니다. 이런 진실을 무시한 허구적 종언(終焉)의 선포는 "제 운명에 무관심한 초월주의"를 "파파피네"의 본질로 허상화하기 마련이다. 그 순간 '그-그녀'의 간난한 현실을 향한 고락(苦樂) 노래는 "피안의 길 위에 매화처럼 뜬"(이상 「화순」), 그래서 아름답기보다 공소한 메아리로 둥둥 떠다니게 될 것이다.[5]

문제는 따라서 존재 공통의 "고해"와 "방랑"을 어떻게 가로질러 "파파피네"의 자기긍정과 상호소통의 아름다움에 어떻게 도달할 것인가라는 질문일 수밖에 없다. "내 닫힌 귀는 없는 목소리를 듣고 / 내 닫힌 눈은 떠도는 나비 무늬를 의심하지 않"는 삶의 지평에 올라서는 일, 아니 그 문턱 앞에라도 간신히 다가서는 일. 아마도 그곳을 향한 실존적 모험의 문패에는 "가장 깊이 자신을 버린 자의 아름다움으로"(「소리 없

5 논의의 편의상 인용 시구를 부정적으로 서술했지만, 고양이 "라라"가 또 등장하는 「화순」은 따뜻한 인간미(연민과 동정)로 넘쳐난다. 화자는 심장을 손상당한 "그"와 고양이 "라라"를 동일화하는 방법으로 "그'의 안녕과 치유를 기원하고 있다. 「화순」이 「라라, 누구의 고양이도 아닌 고양이」와 밀접히 관련된 시임이 이로써 확인된다고나 할까.

는 바이올린」)라는 말이 적혀 있을 것이다.

이런 존재 최후의 고통스런 방기(放棄), 아니 무한 자유로의 명랑한 투기(投企)는 어떻게 가능한가. '순례자 K', 그러니까 강신애는 그 무섭고 불확실한 '자기 던짐'을 향해 "캄캄한 수압을 문지르고 파도의 속살을 뜯으며 소리 없이 연주하고 또 연주"하는 일이라고 적었다. 그 맹렬하고 열정적인, 또 부드럽고 조용한 "들숨과 날숨의 격실" 어디에 존재하는 "비밀의 틈으로 떠오르는 영혼"을 엿보고 만나는 일, 아마도 이것이 다음 순례기의 순금 부분일 것이다. 저 최후의 '아름다움'의 실제와 가치는 그때 논의되어도 늦지 않다. 그러니 우리에게는 "겹겹 혼돈의 지문을 맴"(이상 「소리 없는 바이올린」)도는 '순례자 K'의 연주에 얼마간은 냉정하게 또 얼마간은 울컥이며 몰입하는 시간이 남은 셈인가.

4부

감응의 율동

‘여시(如是)’라는 말

문태준 시집 『우리들의 마지막 얼굴』

‘여시(如是)’, ‘이와 같이’라는 뜻이지요. 직유인 듯하지만 두 사물의 유사성을 찾는 어법은 아닙니다. 그보다는 ‘이유나 사정이 이와 같다’는 식의 용례를 지닙니다. 그러니 만약 이 말을 취한다면 거리를 지우는 ‘동화’보다 얼마간의 거리를 작정하는 ‘응시’의 문법이 보다 중요해집니다. 아, 그렇다고 거리의 유무에 따라 세계를 향한 대화의 열정과 에로스의 충동에 격차가 발생하는 것은 아닙니다. 오히려 거리의 방법을 달리함으로써, 다시 말해 ‘여시함’으로써 세계에 대한 새로운 / 다양한 말문을 열게 되는 것이지요. 문태준 시인은 이를 두고 새 시집 『우리들의 마지막 얼굴』(창비, 2015)에서 “누구에게라도 미리 묻지 않는다면”이라는 질문법으로 새겨두고 있군요.

여시와 응시에 충만한 타자성은 대상의 활동성과 에로스를 드높이는 생(生)을 향한 감각입니다. "그러니 새는 훨씬 활동적이어서 높은 하늘을 더 사랑할지 모르지"(「누구에게라도 미리 묻지 않는다면」)와 같은 구절이 그렇지요. 이처럼 여시와 응시를 대상을 앞에, 주체를 뒤에 세우는 일종의 사후(事後) 감각으로 이해한다면, 그것은 눈맞춤의 순간보다 그 오랜 여운에 몸을 가탁하는 마음의 움직임이지 싶습니다.

> 백화(百花)가 지는 날 마애불을 보고 왔습니다 마애불은 밝은 곳과 어둔 곳의 경계가 사라졌습니다 눈두덩과 눈, 콧부리와 볼, 입술과 인중, 목과 턱선의 경계가 사라졌습니다 안면의 윤곽이 얇은 미소처럼 넓적하게 펴져 돌 위에 흐릿하게 남아 있을 뿐이었습니다
>
> —여시(如是) 부분

'만화방창(萬化方暢)'이 여물 즈음 '마애불'을 뵈러 갔군요. 은은한 마애불의 미소와 표정과 윤곽이 흐릿해지는 까닭은, "지는 날"을 참조컨대 마애불이 조성된 날부터 끊임없이 반복·적층되어온 시간과 빛의 탓일지도 모릅니다. 시인은 꽃 지는 날의 마애불을 잠깐 본 듯하지만, 마애불은 우리가 헤아리기 어려울 만큼의 꽃피고 지는 나날을 스스로에게 봉납(捧納)해 왔으니 이를 어쩐답니까. 내 안에 또렷했던 마애불이 집으로 돌아온 뒤 "온데간데없이 다만 내 위로 무엇인가 희미하게 쓸려 흘러가는 것"으로 여울지는 까닭이 여기 있습니다. 주체의 감각은 오히려 마애불에게 수렴됨으로써 세계와 사물을 향해 유쾌하게 개방되는 것입니다.

이것은 여시와 응시의 주체가 '나'이기 전에 마애불일 수 있음을 뜻

합니다. 아니나 다를까 "나의 움직이는 그림자와 걸음 소리에", 다시 말해 외면화될 수 없는 것들을 향해 햇살은 서슴없이 쏟아지는군요. 이 햇살은 뜨겁기보다 서늘하고 붉기보다 차라리 희끄무레할 겁니다. 그렇지 않고서는 "서럽고 섭섭하고 기다라니 홀쭉한 햇살"(「이 시간에 이 햇살은」)일 리 없습니다. 또 모든 경계가 사라지는 '마애불'일 리 없습니다. 그러니 이제 이렇게 말해 볼까요? 『우리들의 마지막 얼굴』에서 발(發)하는 여시의 문법은 세계-자연-신에 대한 자아의 순간적 차연(差延)을 전제한 '서로 주체'와 '서로 타자'의 형식이라고 말입니다.

날고 있는 잠자리와 그 잠자리의 그림자 사이 대기가 움직인다 이리저리로 날고 있는 잠자리와 막 굴러온 돌을, 앉은 풀밭을, 갈림길을, 굼틀굼틀하는 벌레를 이리저리로 울퉁불퉁 넘어가고 있는 그 잠자리의 그림자 사이 대기가 따라 움직인다 대기는 둘 사이에 끼여 있지만 백중한 둘을 갈라놓지는 않는다

—「대치(對置)」 전문

'잠자리'와 '잠자리의 그림자' 가운데 무엇이 실체이고 무엇이 허상일까요? 그런데 이를 어쩌지요? 우리의 답을 듣기도 전에 '대기'는 그런 이분법적 나눔과 질문이 무용함을 그저 유연하게 움직임으로써 입증하고 있으니 말입니다. 잠자리와 그 그림자에 대해 대기는 '이와 같다'의 세계를 구성하는 중입니다. 그럼으로써 양자가 진위(眞僞)와 전후(前後) 같은 가치의 차이와 서열로 함부로 묶일 수 없는 자율적 세계임을 우리로 하여금 문득 통찰케 하는 것이지요.

'사이'를 만들되 그것의 이쪽과 저쪽에 있는 "백중한 둘을 갈라놓지 않는" 것. 대기는 이 작업을 서로가 서로를 "충분히 이해"(「강촌에서」)토록 하며, 서로에겐 "강폭만큼 여지가 남아 있"(「다시 강촌에서」)음을 알리기 위함이라고 말합니다. 서로의 공감과 혼자의 비의(秘意)에 대한 동시적 충족이 없다면 자연과 인간, 나와 너, 이것과 그것 사이의 닮음도 다름도 없다는 것. 이항대립의 모든 짝패는 '대치'함으로써 오히려 '사이'를 산다는 명제가 태어나는 지점입니다. 시인이 되도록 비유를 절제하면서 세계와 대상의 움직임을 포착하고 그것의 심심(甚深)한 묘사와 나열에 집중하는 까닭도 이와 무관치 않은 듯합니다.

한덩어리의 옹색한 세계여
오너라, 복면을 덮어쓴 세계여
벽, 돌풍, 얼음, 고집 센 계단, 경적, 거리의 모든 소등, 내가 걸어가며 만나는 냉담함
나의 안구가 상한 과육으로 매달려 있다한들 어떠랴
오너라,
어둠을 돕는 세계여
행려를 돕는 세계여

—「맹인」 전문

가끔 '맹인의 세계는 어떨까'라는 질문을 가만히 던져봅니다. 주위의 소리와 말을 통해 세계를 보는 것이니, 그곳은 눈뜬 우리의 여시와 사뭇 다르겠지요? 이 말을 우리와 세계를 향한 맹인의 공감대가 전혀

없다는 뜻으로 이해해서는 안 됩니다. 맹인들은 "어둠을 돕"고 "행려를 돕는 세계"를 개진함으로써 오히려 우리가 경험치 못한 감각과 언어를 새로 발현합니다. 따지고 보면 시어에서 의미를 지우는 한편 리듬과 이미지 같은 순수한 물질성을 탐해온 동서고금의 모든 시인이야말로 또 다른 형식의 '맹인'입니다.

『우리들의 마지막 얼굴』은 단형(單形)의 절제된 문장과 시구에 투기(投企)되면서도 "한덩어리의 옹색한 세계"로 헛되이 경사치 않는 균형감각이 매우 빼어납니다. 거기 담긴 시인의 태도는 스스로 등불을 들어 타자의 길을 방해치 않는 지혜로운 맹인의 마음가짐과 꽤나 유사합니다. 사실 문태준 시인은 지금 · 여기의 시편을 "삼키지도 뱉지도 못하는 향기이며 악취인 시간을 건축"하는 일로 단언합니다. 하지만 이 말은 시의 부정성에 대한 폭로보다는 벤야민이 말한 '범속한 트임'의 선취와 긴밀히 관련됩니다. 범속한 트임은 현학적인 근엄한 자세와도, 환각제 따위에 의한 도취와도 무관한 대(對) 세계의 감각이자 인지입니다. 그것은 가장 신비스러운 것을 가장 일상적인 것에서 발견하는 개방적이며 다면적인 세계 경험과 그 발현을 뜻합니다.

과연 시인은 "느닷없는 소낙비의 곡조, 흐트러진 꽃밭더미, 옥수수의 어긋난 치열(齒列), 무너진 분수(噴水) 더미, 비탄에 퍼질러 앉은 하오의 어머니들, 깨진 석양 항아리" 들과 같은 "시간의 더미들을 이고 지고 안고 밀고 끌어 옮기려고" 시를 쓴다고 넌지시 고백하고 있습니다. 여기 제출된 일상과 삶은 명랑하거나 새롭기는커녕 문명의 시간과 폭력에 제 모습을 잃어가는 말 그대로의 "엉킨 더미"(「더미들」)들입니다. 이 쓸모없는 것들이 범속한 트임의 대상이자 매개체로 솟아오르는 까

닮은 뜻밖에도 '망실(亡失)'의 전도(顚倒)된 미래성을 내밀하게 품고 있기 때문입니다.

이를테면 시인은 죽은 자의 집 '무덤'과 그것을 찾는 행위를 다음과 같이 묘사합니다. "무덤 위에 풀이 해마다 새로이 돋고 나는 무덤 위에 돋은 당신의 구체적인 몸을 한바구니 담아가니 이제 이 무덤에는 아마 당신도 없을 거예요"(「망실(亡失)」)라고요. 이치를 따진다면 "무덤 위"의 '풀'은 죽은 자와 한 몸이나 진배없습니다. 죽은 자는 땅에 묻혀 육탈된다는 측면에서는 원형(原形)의 망실입니다. 하지만 다시 풀로 육화된다는 면에서는 타자로의 변환이자 또 다른 원형으로의 거듭남입니다. 망실을 다시 망실함으로써 새로운 생명, 그것도 타자를 입은 삶으로 충만하는 전도적 도약인 셈입니다.

만약 죽은 자를 저 쓸모없는 "더미들"로, 또 풀을 그것들이 변형된 무엇으로 치환한다면 어떨까요. 이를 인정할 수 있다면, 우리는 버려진 "더미"들 안에서 그것들의 생애와 역사, 오늘의 현실을 함께 사는 지혜와 용기를 터득한 셈입니다. 이 범속한 트임과 전환은 '무덤'에 '당신'과 '나'를 더 이상 격리시키지 않고 일상현실로 더불어 귀환시킨다는 점에서, 다시 말해 "더미들"과 "주민이 되어 살"(「귀휴(歸休)」)게 한다는 점에서 에로스의 집단적 발현과 연대가 아닐 수 없습니다.

눈뭉치는 하얗게 몸을 부수었습니다 스스로 부수면서 반쯤 허물어진 얼굴을 들어 마지막으로 나를 쳐다보았습니다 내게 웅얼웅얼 무어라 말을 했으나 풀어져버렸습니다 나를 가엾게 바라보던 눈초리도 이내 사라지고 말았습니다 나는 한접시 물로 돌아간 그대를 껴안고 울었습니다 이제 내겐

의지할 곳이 아무 데도 없습니다 눈뭉치이며 물의 유골인 나와도 이제 헤어지려 합니다

—「조춘(早春)」 부분

시적 화자 '나'는 누구일까요? 쉽게는 '이른 봄'을 맞은 자아가 어딘지 모르게 쓸쓸한 내면을 고백하고 있는 것처럼 보입니다. 그러나 "눈뭉치이며 물의 유골인 나"의 전후 맥락을 살펴보면, '나'는 '조춘(早春)'으로 보아야할 듯합니다. 시공간적 배경인 '조춘'이 '나'로 분하여, '봄'의 명랑보다 '겨울'의 처연함을 노래하는 중입니다. 예서도 여시의 감각이 두드러지는바, 특히 상실과 죽음을 향한 애도의 감정이 울울합니다. 애도는 단순히 잃은 대상을 슬퍼하고 기리는 일방적 행위만은 아닙니다. 라캉에 따르면 그것은 잃은 대상의 텅 빈 자리를 메우는 슬픔이자 기억 행위입니다. 만약 애도 행위가 충분치 않을 경우, 우리는 잃은 것에 의해 꿈과 현실이 조롱당하고 파탄나는 혹독한 징벌에 처하기도 합니다. 이를 감안하면, '나'(조춘)의 "눈뭉치"를 향한 애도는 "반쯤 허물어진 얼굴"(겨울)을 잘 보내고 "안면의 윤곽이 얇은 미소처럼 넓적하게 펴져" "흐릿하게 남"(「여시(如是)」)은 '얼굴'(상춘)을 잘 맞이하기 위한 생(生)의 제의가 아닐 수 없습니다.

당신은 나조차 알아보지 못하네

요를 깔고 아주 가벼운 이불을 덮고 있네

한층의 재가 당신의 몸을 덮은 듯하네

눈도 입도 코도 가늘어지고 작아지고 낮아졌네

당신은 아무런 표정도 겉으로 드러내지 않네

서리가 빛에 차차 마르듯이 숨결이 마르고 있네

당신은 평범해지고 희미해지네

나는 이 세상에서 혼자의 몸이 된 당신을 보네

오래 잊지 말자는 말은 못하겠네

당신의 얼굴을 마지막으로 보네

우리들의 마지막 얼굴을 보네

—「우리들의 마지막 얼굴」 전문

임종을 지키는 자리는 가족과 같은 친밀한 존재들의 윤리적 특권이자 책무입니다. "당신은 평범해지고 희미해지"는 때는 죽음의 순간일 겁니다. 하지만 '나'는 어떤 감정의 동요도 없이 '당신'이 죽음에 이르는 과정을 아주 천천히 세밀하게 묘사할 따름입니다. 이는 죽음의 현장이 아닌 사후(事後), 곧 여시의 장(場)이기에 가능한 행위요 기록일 겁니다. 그렇다면 우리는 "평범해지고 희미해"져 "혼자의 몸이 된 당신을 보"는 주체의 시선을 달리 해석하여 마땅합니다. '나'의 '당신'에 대한 응시는 일종의 정중한 애도이며, 따라서 '당신'의 빈자리를 메우는 채움의 실천입니다.

시인은 애절한 추모와 따스한 기억으로 '당신'의 자리를 다시 마련하지 않았습니다. 오히려 가장 범속한, 하지만 그래서 더욱 기막힌 생의 지혜, "우리들의 마지막 얼굴을 보네"라는 이별사로 '당신'을 생의 저편으로 떠나보내는 중입니다. 만약 이 시를 '당신'과 '나'의 상호 응시로 본다면, 마지막 행은 '당신'의 눈빛으로 해석하는 편이 보다 온당할지도 모릅니다. 하지만 비평가는 거기서 '당신'을 통해 '나'를 보는 기원과 미래로의 동시적 참여와 더불어 타자성 수렴으로 '당신'(세계)을 향해 무한 확산하는 주체의 심화를 함께 읽고 싶습니다. 이보다 정중하며 예의바른, 또 '당신'의 현재성과 영원성을 동시에 껴안는 애도가 어디 그렇게 흔할까요? 마지막 행을 '나'의 행위로 내속시키는 이유입니다. 그럼으로써 자아는 미래의 죽음까지를 현재의 내면으로 불러들이는 것입니다. 이것은 죽음의 공포를 거두기 위한 예방학습이 아니라 죽음을 결코 빼놓을 수 없는 삶의 원리로 구조화하기 위한 실존적 행위로 이해됩니다.

『우리들의 마지막 얼굴』에는 죽음과 상실은 물론 그것을 환기하는 시편들이 적잖습니다. 시인은 그것을 음영이나 윤곽의 완곡한 소멸로 시각화하곤 합니다. 하지만 이와 연동된 '평범'의 과정은 존재의 멸실(滅失)과 거의 무관합니다. 오히려 그것은 오랜 참담한 삶을 역사화하는 한편 여시의 감각으로 지금・여기서 감싸 안는 방법적 사랑이 아닌가 싶습니다. 물론 그렇다고 해서 시인이 죽음과 상실을 일방적으로 미학화하거나 가치화하지는 않습니다. 사실을 말하건대, 그들은 삶의 지혜와 가치를 전수하는 예지자이기는커녕 피할 길 없는 노추(老醜)의 체현자로 묘사되곤 합니다.

이를테면 "밥집 앞에서 나의 주위에서 나의 마음속을 돌아다"니는 "동란 할머니"(「동란 할머니」), "수의(壽衣)가 얇디얇은 그대를 말없이 껴있을 때까지" 병든 삶을 그칠 수 없는 노년들(「진료소 풍경」), "한천 한복판을 흰 소가 수레를 끌고 가"는 듯한 모습의 "한 사람"(「한천(寒天)」)들이 그렇습니다. 이 앙상한 몰골들에서 "새장의 빗장을 풀고 청공으로 나아가"(「나무와 새장」)는 자유와 해방의 인간상을 쉽게 읽어낼 수 있을까요? 아닙니다, 이들의 궁핍한 초상은 차라리 "엉킨 더미"에 더 어울린다는 것이 사실에 보다 부합합니다. 직접적이며 즉각적인 연민과 동정의 발현은 그래서 필연적입니다.

그러나 우리는 이미 시인이 마음 속 깊이 여며둔 '마애불'의 평범과 '조춘'의 여지를 벌써 읽었더랬지요. 이들의 시공간이 타나토스의 지평에서 멀지 않음을 기억합니다. 그렇다면 저 노년들은 죽음과 상실 때문에 "축축한 음지"로 가치 절하되어 제멋대로 회피될 존재들이 아닙니다. 어쩌면 저들은 이미 시공간의 제약과 폭력을 초극한지 오래인 '마애불'과 '조춘'의 미덕과 활력을 "터번을 머리에 둘러 감"(「나무와 새장」)을만큼 두텁게 경험해 왔는지도 모릅니다. 그러므로 덜 두터운 자아는, 아니 우리는 "축축한 음지"를 "너와 내가 바라보고 있는 이 눈의 높이에 맞춰서 / 꽉 짜서 펼쳐"(「마르고 있는 바지」)야 한다는 다짐에 들어 전혀 부끄러울 것도, 안타까울 것도 없습니다.

그 발음만으로도 벌써 슬픈 '노년'에 대한 평등한 응시는 인간에 대한 예의, 다시 말해 보편적 휴머니티를 향한 윤리적 헌신 때문에만 의미 깊지 않습니다. 거듭 강조하거니와 그들은 겨우 이삼십 년 어린 "우리들의 마지막 얼굴"이기도 합니다. 그들과 우리는 "나의 폐는 폐옥이지만 미미하게 새날의 냄새가 있"(「외딴 집」)다는 삶의 감각을 죽음 직전까지 공유하는 처연한 존재이기는 마찬가지입니다. 이런 죽음과 삶을 향한 징후적 동일성 때문에 그들과 우리는 동등하게 서로를 응시하며 서로를 내면화할 수 있습니다.

하지만 보통의 삶의 관점에서 본다면, 다음만큼은 '노년'들의 삶이 우선합니다. 우리에게 지난한 삶의 결과일 "우는 사람"을, 잠깐의 "광원(光源)"을, "스스로 말라가는, 아물어가는 긴 환부를"(「마르고 있는 바지」) 보여주는 것. 이런 눅눅한 삶의 환등(幻燈)은 그들의 아비들에게도 요청되었을 존재의 증빙이었을 겁니다. 우리 역시 후세대에게 저 슬퍼서 찬란한 '울음'과 '빛'과 '환부'를 한 점 숨김없이 영사(映寫)하도록 예정되어 있음은 물론입니다. 이런 죽음을 향한, 하지만 그 순간에조차 울컥 솟아나는 삶을 향한 굳건한 동맹이야말로 그들과 우리를 서로 주체이자 서로 타자로 구성하는 원동력일지도 모릅니다.

> 내 검은 동공에 퍼득이는 새를 담아다오 나는 눈을 감을 수 없소 새의 북향 행렬과 찬 하늘을 담아다오 희푸릇한 별을 쏟아다오 물오리를 내려앉혀 수면을 쳐다오 산을 넣어다오 일하는 소 같은 목덜미 울퉁불퉁한 능선을 넣어다오 나를 열어젖혀다오 일으켜세워다오
>
> —「밤과 호수」 전문

『우리들의 마지막 얼굴』에는 세계나 사물을 의인화한 시편이 여럿 실렸습니다. 인용시도 사물 주어를 취하고 있습니다. 하지만 이것을 사물과의 동일시를 향한 주관적 맹목이나 억압적 폭력으로 제한하여 이해할 필요는 없습니다. 한밤중 '호수'의 파문과 심연이 깊어지는 이치를 짐작해보는 편이 훨씬 생산적입니다. '사물의 꿈'을 존중함으로써 우리는 여전히 비의 깊은 그 사물의 내부로, 또 그 비의를 더욱 충만케 하는 본원적 세계로 동참할 기회를 얻습니다. '밤'과 '호수'는 '빛'과 '산'에 은폐되었던 우주와 자연을 온몸으로 수렴함으로써 후자들을 압도

하는 광활한 심연으로 거듭납니다. 이를 참고하면, 밤과 호수는 본성상 윤곽이 평범해지고 흐려지는, 하지만 그럼으로써 세상을 은은한 미소 천지로 돌변시키는 마애불과 등가적 가치를 형성합니다.

예민한 독자라면 밤과 호수의 세계에서 이미 죽거나 죽음에 처한 누군가의 내면을 벌써 떠올렸을지도 모르겠습니다. 그렇습니다, '죽음'은 "퍼득이는 새"와 "찬 하늘", "희푸릇한 별"과 "물오리" 들을 "내 검은 동공"에 담음으로써 이것들이 휴식을 취하며 생의 활기를 불어넣는 활물(活物)의 장으로 몸을 바꿉니다. 죽은 자를 향한 산 자의 애도와 기억은 이 지점에 가닿을 때야 비로소 아릿한 슬픔을 넘어 어깨를 기댈만한 생명현상으로 부풀어 오를 겁니다. 그러니 끝내는 죽음으로 삶을 완성하고 또 타자의 생명으로 스며드는 우리들은 몸 둘 곳 없는 '여행자'일 수밖에 없습니다.

시인은 우리가 가닿을 "이국(異國)"으로 "모든 것과의 새로운 대화"가 가능한 "낯선 시간, 그 속의 갈림길 / 그리고 넓은 해풍(海風)이 서 있는 곳"을 제시합니다. 꽤나 낭만적인 풍경인 듯싶지만, 이곳에는 "이별한 두 형제, 과일처럼 매달린 절망, 그럼에도 내일이라는 신(神)과 기도 / 미열과 두통, 접착력이 좋은 생활, 그리고 여무는 해바라기"(「여행자의 노래」)가 함께 있습니다. 우리의 일상과 다를 바 없는 정경이라고요? 그렇습니다. 우리의 일상이 꼭 저렇지요. 기쁨과 슬픔, 희망과 절망, 기도와 저주, 두통과 명랑이 뒤범벅이 된 세상살이 말입니다. 문태준 시인의 여행은 예전에도 그랬지만 지금도 현실 내부로 더욱 깊숙이 파고드는, 그래서 '어둠'과 '행려'를 내 몸에 각인하는 신중한 성찰과 묵직한 관조의 이국(異國)행으로 이뤄지고 있다는 해석과 평가는 그래서 가능합니다.

> 누운 소와 깡마른 개와 구걸하는 아이와 부서진 집과 쓰레기 더미를 뒤지는 돼지와 낡은 헝겊 같은 그늘과 릭샤와 운구 행렬과 타는 장작불과 탁한 강물과 머리 감는 여인과 과일 노점상과 뱀과 오물과 신(神)과 더불어
> 나도 구름 많은 세계의 일원(一員)
>
> —「일원(一員)」 전문

『우리들의 마지막 얼굴』을 닫는 시입니다. 삶과 죽음이 아무렇잖게 혼재하는 풍경으로 보아 인도의 갠지스 강 어느 곳을 떠올려볼 법합니다. 하지만 그런 사실을 따져본들 무슨 의미가 더해질까요? 그러느니 이곳을 이후 문태준 시인의 시가 걸어갈, 실재와 상상을 막론하는 어렵고도 즐거운 길로 점쳐보는 편이 보다 생산적이지 않을까요? 어느덧 살짝 열린 "슬픔을 싹 틔울 줄 아는"(「나는 내가 좋다」) 삶의 중문을 지나 '슬픔의 싹'마저 존재의 풍요와 개방으로 지혜롭게 전유하는 새로운 문턱 앞에 다다른 셈인가요? 가장 더럽고 가난하고 형편없는 세상인 듯하지만, 성(聖)과 속(俗)이 가장 평등하게, 또 가장 아름답게, 또 가장 덤덤하게 통합되며 제 사정에 따라 자유롭게 갈라지는 그곳. 문태준 시인을 '일원'으로 맞은 "구름 많은" 그곳의 '윤곽'은 또 어떻게 평범해지고 흐릿해질까요? 그래서 또 누구를 그곳의 '일원'으로 명랑하게 불러들일까요?

축구장, 묘지, 별자리, 그리고 무한한 혁명

김선우 시집 『나의 무한한 혁명에게』

시인 김선우가 발명한 가장 뼈저리고 뭉클한 말 하나를 고르라면 '사생어른'을 들고 싶다. 가부장제 중심의 결혼제도는 어린 생명의 기원과 정상성을 애초에 거부하는 '사생아'라는 가장 저속한 말을 일찍이 남제(濫製), 통용시켜왔다. 이 불행한 열외자들은 손가락질과 비웃음이 존재의 속성이었다. 혈통과 제도를 건너뛴 그들의 탁월성은 마뜩찮은 우연의 결과로 조롱되었다. 시인은 이들을 '그림자'가 삭제된 (비)생명, 그러니까 "잃어버릴 집도 돈도 부모도 가진 적 없는 꽃씨들, 떠도는, 일종의 방패인 칼들"로 언표한다.

'사생아'와 결부된 다양한 의미맥락의 확산과 소비에 어떤 방식으로든 관계된 우리는 저 '방패'와 '칼'을 양 손에 거머쥐었다는 점에서 권력자들이다. 만인의 행복과 평화를 희원하는 유토피아의 견지에서 본다면, '사생아'를 변두리로 안치시키느라 골몰하는 우리야말로 '사생어른' 일 것이다. 이 어리석은 폭력을 두고 시인이 "미안해··· 나도······ 사생어른이야·········"(「어른이라는 어떤, 고독」)라고 사과했다고 본다면 어떨까.

김선우의 탁월함은 그러나 미안하게도 우리의 슬픈 권력을 차갑게 내쳤음에만 있지 않다. '사생아'는 온통 상실과 결여로 구성되고 또 현실에 그렇게 결박된다는 점에서 스스로를 찢고 찌르는 "방패인 칼들"이라 할 만하다. 하지만 김선우는 모순의 어린 육체들이 내외부의 공격과 상처에 맞서 자기보존의 방어와 치유를 지혜롭게 수행할 줄 아는 "꽃씨들"임을 예리하게 간파한다. '사생아'를 '꽃씨'라 함은 채 여물지 않은 그들의 미숙성만을 강조하기 위함이 아니다. 그들의 씨방에는 뜻밖의 갱신과 도약의 사태가 잠재되어 있다. 그러니까 "방패인 칼들"과 그것들이 베어낸 내외부의 살점을 자기성장과 세계화해의 방법과 계기로 전유할 줄 아는 성숙한 영혼에 대한 기대가 숨어 있다는 말이다.

"미안해"는 따라서 "꽃씨들"인 '사생아'들이 펼치는 "오늘의 게더링"(「오늘의 게더링」)에 함께 참여하고 싶다는 "사생어른"의 명랑한 다짐으로 고쳐 읽어 무방하다. 그러니 김선우는 이렇게 쓰지 않았겠는가? "쓸쓸하다, 를 / 동사로 여기는 부족을 찾아 / 평생을 유랑하는 시인들." 시인에 따르면, "쓸쓸하다"는 문법상 "형용사"이지만 "이 말은 틀림없는 마음의 움직임"(「쓸쓸하다」)이니만큼 감각의 세계에서는 동사다. 그림자를 빼앗긴, 하여 현실에서 삭제된 '사생아'와 "사생어른" 들처럼 동사 "쓸쓸하다"를 치열하게 살고 또 그 말에 스민 연대의 정을 찾아 "평생을 유랑하는" 존재들은 따로 없을 것이다. 김선우의 새 시집 『나의 무한한 혁명에게』(창비, 2012)가 "연두의 내부"(「연두의 내부」)를 아프게 횡단하는 동사 "쓸쓸하다"의 처연한 '몸살'기(記)로 불릴 수 있는 까닭이 여기 있다.

> 나무들의 유령에 쫓겨 발목이 자꾸 끊어지는
> 잊을 만하면 덜컥 나타나는 악몽이 지겨워요
> 청동구두 같은 종이구두가 무서워요
> (저 좀 들여보내주세요)
> 나무들에 대한 진부한 속죄는 말고
> 바다풀 냄새 가득한 공장에서 일하고 싶어요
> 내가 만든 종이로 바다풀 시집을 엮고 싶어요
>
> —「바다풀 시집」 부분

"연두의 내부"를 몽상하는 김선우식 에코페미니즘의 전형적 시편이다. 에코페미니즘은 남녀의 성차와 빈부의 계급차, 인간과 자연의 분열 등을 넘어 모든 것이 공생하는 세계를 꿈꾼다는 점에서 젠더의 정치인 동시에 생명의 투쟁이다. 이를 무효화하려는 제도와 권력에 대한 정확한 파악과 타격 없는 노래는 "아직 / 사랑해서 죽은 자"의 마지막 목소리로서의 자격이 없겠다. "미래가 중단되었다는 진단서 아직 없"(「아직」)이 "청동구두"의 현실을 "바다풀 시집"으로 감각적으로 조립하는 브리콜뢰르(bricoleur : 손재주꾼)는 에코 페미니즘의 낭만적 재현자일 가능성이 크기 때문이다.

이 지점에서 "쓸쓸하다"는 정주자의 형용사로 그칠 뿐, "태어나지 않은 붉은 바람"(「아직」)을 찾아 방랑하는 '사생아 / 어른'의 동사, 곧 움직임으로 육화되지 못한다. 김선우가 「연분홍 시집」 「첫번째 임종게」 들에 보이는 통합적 개성의 세계를 박음질하면서도 다음과 같은 얼룩의 그림자 파종에 살뜰한 이유가 또렷이 짚이는 지점이다. "단 하나의 터럭도 빠짐없이 근사"한 완미한 세계는 "목련 꽃술"을 두고 서로가 "근사하다! 너의 그곳 같아"(이상 「첫번째 임종게」)라는 성애의 밀어를 쏘아 올린다고 해서 함부로 선취되지 않는다. '사생아 / 어른'으로의 존재사와 추방사에 대한 냉철한 인식을 토대로, '나'를 가둔 사방의 쇠우리를 폐절할 수 있는 방법의 통찰이 그래서 중요하다.

과연 김선우는 던져진 자의 운명 또는 고독과 아무렇지도 않게 화해하는 법이 없다. 그에게 '꽃밭의 독백'은 특정 이념과 사상에 따라 벌써 약속된 개선가나 낭만적 연가가 아니다. 그것은 '사생아 / 어른'으로 밀려나기 전의 "최초의 동굴벽화를 그린 손"을 기억하고 또 사냥한 "흰 물소의 영혼이 우리를 용서하던 때"(「구석, 구석기 홀릭」)를 그리워할 줄 아는 연대적 혜안의 주술에 방불하다.

물론 이 주술은 삼분된 시간을 다 같이 관통하는 원리에 의해 발현되는 것이다. 그 원리는 어떤 시를 참조하건대 구두에 짝을 맞추는 것이니 간단해 보인다. 그러나 '켤레'의 폭력을 거스르고 해체하는 이 짝짓기는 짝을 잃었다고 판시된 "얼음구두 한짝"의 "두짝 네짝 여섯짝의 전생을" 상상하고 호출해야 하는 복잡하고도 위험한 작업이다. 계통 없고 호적 없는 "오른발과 왼발의 역사"(「이건 누구의 구두 한짝이지?」)를 모두 긍휼히 여기는 원시종족 '사생아 / 어른'들은 역사 이래로 "얼음놀이" 와중에서 "살처분"(「얼음놀이」)되어 마땅한 '벌거벗긴 생명'으로늘 취급되어 왔기 때문이다. 아래 시에 등장하는 "구겨져도 아픔을 모르는 착한 혼(魂)들"의 존재는 그래서 축복과 희망이기 전에 삶의 절박한 이유 자체였을 것이다.

> 구석에서 그녀가 푸르르 몸을 떤다 달의 중심으로 날아가 박히는 깃털들, 살이 점점 무거워져…… 이러다 나는 법을 영영 잊어버리겠어…… 그녀가 구석에 스르르 주저앉는다 잠이 와…… 나, 구석 홀릭이 있어 구석엔 구겨져도 아픔을 모르는 착한 혼(魂)들이 살지
>
> —「구석, 구석기 홀릭」 부분

근대 제국의 시대는 포섭과 배제의 전략으로 빈틈없이 둘러쳐진 감옥을 일상의 조건으로 균일화했다. 그것은 전쟁과 학살, 살육의 미학을 찬미하는 한편, 감시와 통제의 팬옵티콘을 시민 안위의 조건으로 제도화했다. 이 생명정치(biopolitics)에 포섭되기를 거부하거나 거기서 아예 배제된 자들은 재생의 가망 없는 '사생아 / 어른'들로 전시되고 추방되었다. 광기와 감옥의 권력이 오히려 정상이고 윤리인 시대, "구석기"와 "구석"은 짝짝이 구두를 신은 소수자들의 육체적 · 정신적 도피처로 상상되고 제공되어 퇴폐적이고 패배적일 것 없다.

그러나 타자의 삭제나 강제적 동일화에 맞선 주체의 갱신과 재구성은 "착한 혼(魂)"과의 수동적 동서(同棲)를 넘어 "살이 점점 무거워져" "나는 법"을 잃게 하는 근본적 사태에 대한 성찰 없이는 기대 밖의 사태일 것이다. 『나의 무한한 혁명에게』에서 "나는 법"을 되찾고 갱신하기 위한 작업은 두 가지 형태로 진행되는 것으로 보인다. 하나는 벌거벗긴 '사생아 / 어른'들의 무참한 죽음과 패배를 기억하는 '메멘토 모

리'(Memento mori)의 실천이다. 다른 하나는 그들의 일그러진 육체와 영혼을 다시 우리들 삶의 활력으로 되받는 작업이다. 역사현실로의 확장과 주체의 성찰적 내면화로의 응집, 이 내외면의 상호작용 속에서 원시의 협소한 공간으로 숨어든 "구석, 구석기 홀릭"은 "나의 무한한 혁명에게"(「나의 무한한 혁명에게」)로 다시 개방되기에 이른다.

제국과 자본의 잔혹극에 맞선 '젊은 그들'의 반란과 치유에 관한 시적 언표는 역사현실에 개입하는 김선우의 태도와 방법을 충실히 보여준다. 혁명의 조직가이자 실천가들인 체 게바라(「모터싸이클 다이어리」)와 마흐무드 다르위시(「그림자의 키를 재다」)에게 보내는 정중한 조의와, "아주 살짝, 키가 주는 것일 뿐"인 그들의 죽음을 "최초에 지나지 않는 최후의 그림자"(「그림자의 키를 재다」)로 가치화하는 시적 헌사는 그 자체로 숭고하고 아름답다.

혁명의 제단에 안치된 이들의 죽음은 그러나 "날마다 귀환 불능 지점"(「DMZ, 이상한 나라의 구름 가족들」)을 떠도는 "이름을 알 수 없는 사람들"(「축구장 묘지」)의 "살처분", 정확히는 "집단살해"(「얼음놀이」) 운명에 비하면 덜 비극적이다. 어떤 조건을 들어 죽음들이 처한 심연의 깊이와 불행의 무게를 서로 다르게 재는 저울질하는 태도는 야멸차기 짝이 없는 행위다. 그렇긴 해도, 밤과 낮, 계절과 달을 바꿔가며 "자유, 비애의, 자유-무역"과 "고통의, 기도의, 무한-리필"에 들어야 하는 "적막한, 눈동자들"의 "뜨거운"(「아무도 미워하지 않는 자의 죽음」) 눈물들을 저쪽에 밀쳐둘 권리는 아무에게도 없다.

지구 이곳저곳에 버려진 민간인 희생자들은 정치적·경제적 소임이나 문화적 가치의 창출에서 "부수적 피해"(「축구장 묘지」)로 타이핑될 정도로 그 역할이 미미할지도 모른다. 하지만 그들은 다음 같은 위대한 "축구장"의 건설자이자 또 그곳을 미래의 개활지로 바꿀 줄 아는 아이들의 생산자이다. 다시 씌어 마땅한 '사생아/어른'의 존재사와 사회사의 핵심이 그들에게 주어져야 하는 주요한 까닭 가운데 하나겠다. 무력하게 학살된 시체가 부글부글 끓는 "축구장", 아니 "축구장 묘지"에서는 도대체 무슨 일이 벌어지고 있는가.

> 축구장은 우리 마을의 자랑이었죠 모두가 축구장을 사랑했어요 며칠째 축구장으로 죽은 사람들이 밀려드네요 죽은 사람들을 빨리 파묻기 위해 축구장에 긴 고랑들을 팠어요 흙을 덮고 아이들이 물을 부었죠 축구장을 꼭꼭 밟아주었죠 깨진 돌에 이름을 적어 문패처럼 꽂아주었죠 문패에 대고 소리쳤죠 엄마도 삼촌도 축구장 밑으로 들어가버렸거든요
>
> —「축구장 묘지」 부분

축구(장)가 젊은 육체들의 건강한 친선과 공정한 격돌의 무대이기를 그친지는 꽤 오래되었다. 축구는 국가와 자본의 전체주의적 경합과 독점의 장으로, 또 거기에 부가되는 애국심과 쾌락의 열렬한 소비와 생산의 장으로 늘 징발 중이다. 헌데 스포츠 민족(국가)주의의 진원지로 불릴법한 "축구장"이 뜨거운 민족(종족)의 영혼과 육체를 파쇄하는 "묘지"로 돌변하는 사태라니. 물론 이런 사태의 근원에는 세계의 지배질서 재편과 잉여자본의 구축을 통해 자신의 권력과 이익을 영구히 보장받으려는 제국과 거대자본의 욕망이 자리한다. 개별 국가(종족)나 종교들 사이의 끔찍한 살육전은 잘 알려진 대로 그 욕망을 실현하는 대

리전의 양상을 띠고 있다. 이에 더해 애절한 추모의 광장으로도 모자랄 "축구장 묘지"가 "저무는 해를 차며 아이들이 달"리는 놀이터로 변질되는 무참함은 또 어떤가. 여기서 문제는 단순히 '해님'을 차고 노는 게 아니다. "해님"이 "해골"에 비유된다는 것, 다시 말해 "해님은 해골처럼 덜그럭거"리며 아이들의 축구공이 되고 있다는 사실이 문제의 핵심이다.

이 민망한 사태는 그러나 "축구장을 헤매며" 우는 아이들을 위해 "축구장 묘지"가 "귀를 뒤적여 검고 메마른 모래들을 조용히 털어"낸 이후의 결과물임을 유의하라. 요컨대 「축구장 묘지」는 가족 잃은 "아이들"을 "모두들 축구장 안에 있"게 함으로써 다시없을 비극에 대한 기억과 그것의 숙연한 초극을 동시에 움켜쥐게 하려는 상상력의 소산이다. "축구장 묘지"를 미래의 꽃밭으로('해골'은 그러므로 '꽃씨'다) 가꾸는 아이들의 명랑한 행위는 분명 비현실적이며 낭만적인 데가 있다. 하지만 「축구장 묘지」가 먹먹한 비극적 조사(弔辭)보다 더욱 감동적이며 찬란한 부의(賻儀)처럼 느껴지는 것은 왜일까.

최근 독서 중인 어떤 책을 응용한다면, 이 시편에는 "세계를 낭만화하라", 그러니까 예술과 삶 사이의 장벽을 무너뜨려 세계 자체가 '낭만화'되도록 해야 한다"는 시적 의지가 울울하다. 물론 이때의 '낭만화'는 몽환적 신비주의나 절대미의 추구가 아닌 급진적 기획의 그것, 곧 근대적 삶의 분열과 퇴폐를 극복하고 삶의 전체성과 문화의 통일성을 추구하는 작업과 관련된 것이다.[1] 그런 의미에서 "축구장 묘지"의 천진

1 프레더릭 바이저, 김주휘 역, 『낭만주의의 명령, 세계를 낭만화하라』, 그린비, 2011, 이곳저곳 참조.

난만한, 아니 친밀한 존재들의 비극을 충분히 기억하고 기릴 줄 아는 조숙한 아이들은 이런 변혁론의 씨앗이자 미래의 실현자이다.

사실 축구를 얘기하는 각종 서적과 문학텍스트, 예술 장르에서 "축구장 묘지"를 달리며 "해골" 같은 "해님"을 차고 달리는 '싸커 키드'(soccer kid)는 매우 희유한 존재일 것이다. 이 상상의 존재들은 제국과 자본의 휘황찬란한 축구장을 인간에 대한 각별한 예의 및 '사생아 / 어른'들의 성장과 연대를 모색하는 원형(原形 / 圓形) 공간으로 가치화한 셈이다.

나는 그래서 "잔디밭도 축구장도 황토언덕도 아닌 별자리들 사이에서 공을 찬다"(「몸살과 놀아주기」)는 김선우의 '꿈'을 "축구장 묘지"의 '사생아 / 어른'들이 건설할 정치적 · 미학적 공동체의 때 아닌 실현과 충족으로 읽는다. 저 '별자리'는 아마도 김선우가 가닿고자 하는 에코페미니즘의 한 '구석'일 것이다. 말이 '구석'이지 그곳은 미와 정치, 감각과 혁명의 총합적 결속과 연대가 펼쳐지는 장(場)이다. 따라서 그곳은 "거문고자리 큰곰자리 페가수스가 한꺼번에 보이는 광활한 운동장"(「몸살과 놀아주기」)으로 다시 호명될 수밖에 없다.

그렇다. 『나의 무한한 혁명에게』에 표상된 주체의 변신과 성장은 과거와 현재, 미래를 가로지르는 시공간의 의미 있는 경험 및 구축과 동행한다. "구석, 구석기 홀릭"을 파고 들던 주체가 "축구장 묘지"를 달린다. 드디어는 "우주의 움푹 파인 곳들"에서 "공을 제멋대로 드리블하며", "어린 별들이 터뜨리는 꽃씨들"(「몸살과 놀아주기」)을 위해 "물뿌리개를 들고 축구장을"(「축구장 묘지」) 뛰어다닌다. 이 자기갱신의 변곡점들이 표정없는 욕망의 형식으로 제시되었다면, 저 공간들은 사변적 이념과 열없는 환상의 자족적 저장고로 표지(標識)되었을 지도 모른다.

“별자리들 사이”를 달리는 우주적 존재로의 도약이 「몸살과 놀아주기」로 표상된 사실은 그런 점에서 의미심장하다. 이때의 ‘몸살’은 당연히도 일상적 경험 내의 오한(惡寒)을 넘어서는 특수한 경험으로서의 무엇으로 읽혀야 한다. 주체와 타자, 세계의 변화에 수반되는 영혼과 육체의 힘겨운 자기조정에 따른 아픔인 것이다.[2] 그러나 ‘몸살’과 놀고 있으니 다행한 일이다. 이는 시인이 자신과 관계된 주체와 타자, 자연과 세계, 시간과 공간에 대해 지혜롭고 섬세하게 역사화하는 동시에 미래화하는 이중작업을 바지런히 수행하고 있음을 뜻한다. 이에 대한 예민한 자의식이 없다면 “여러번 태어나도 매번 처음인 / 매번 연습이 모자라는 생”(「아직」)으로서의 자기이해와 성찰은 쉽지 않은 법이다. “꽃씨들”을 뿌리고 “별자리들”을 달리면서도 “어머니가 물으신다, 당신은 누구인가 / 당신이 누구냐고 묻는 나는 누구인가”(「이 봄날, 누구세요」)라는 질문의 제출은 그래서 필연적이다.

> 온갖 정교한 논리를 가졌으나 아무 일도 하지 않은 채
> 옛 파르티잔들의 도시가 무겁게 가라앉아 가는 동안

---

2 박수연은 김선우의 이전 시집 『내 몸속에 잠든 이 누구신가』(문학과지성사, 2007)의 특징과 성취를 「사랑의 형(形)과 율(律)」(해설)로 요약한 바 있다. 그러면서 핵심적 가치를 “언어적 긴장의 율동적 이행으로써 삶의 사랑이 연대적 사랑일 수 있음을 확인해준 시집”에 두었다. 『나의 무한한 혁명에게』는 ‘사랑의 형(形)과 율(律)’의 이행과 실천이 더욱 전면화되고 있다는 게 나의 판단이다. 내용의 폭과 깊이는 물론이고, 형식의 다양한 변화와 채용 역시 더욱 확장되었다. 월령(月令) 형식과 괄호 쓰기, 말줄임표 등이 대표적일 텐데, 이들을 통해 세계의 객관적 진실과 내면의 경험적 진실이 생생한 활력을 획득한다는 느낌이다. 물론 문법 형식과 기존 의미의 해체에 집중함으로써 리좀적 세계의 시적 출현을 부감 중인 이른바 ‘비문법주의자’들의 강성 파괴와 혁신에 비하면 김선우의 형식 실험은 차라리 평화롭다. 하지만 소통과 공감의 감도를 확장함으로써 자아와 세계의 변혁을 추진하는 형식의지의 실천이란 점에서 김선우의 형식으로의 투기(投企) 역시 급진적인 성격을 함유한다.

수만 개의 그물코를 가진 하나의 그물이 경쾌하게 띄워올려졌다
공중천막처럼 펼쳐진 하나의 그물이
무한 하늘 한녘에서 하나의 그물코가 되는 그 순간
별들이 움직였다
창문이 조금 더 열리고
두근거리는 심장이 뾰족한 흰 싹을 공기 중으로 내밀었다
그 순간의 가녀린 입술이 이렇게 말하는 것을
나는 들었다 처음과 같이
지금 마주본 우리가 서로의 신입니다
나의 혁명은 지금 여기서 이렇게

—「나의 무한한 혁명에게」 부분

'나'는, 또는 이 주체들의 총합을 언제나 초과하는 '우리'는 누구인가. 시인은 불경스럽게도 "**지금 마주본 우리가 서로의 신**"이라고 적었다. 이 발언은 그러나 계몽적 합리성이나 시적 초월 같은 주체 중심의 사유와 친화하지 않는다. 그것은 차라리 "**신을 만들 시간이 없었으므로 우리는 서로를 의지했다**"(1연)라는 충만한 사랑에 바쳐진 절대적 신뢰의 다른 표현이다. '충만한 사랑'이 주체와 타자를 서로 실현하는 연대와 참여의 형식임은 물론이다. 가령 "그물코"와 "그물"의 상호 전환, 그것이 실현되는 시공간의 확장, "별"과 "두근거리는 심장"으로 상징되는 세계와 주체의 변혁을 보라.

이런 개방과 도약은 "사랑합니다 그 길 밖에"(2연)나 "사랑 때문에 죽는 사람이 많아지는 것"(「아직」) 등에 울울한 사랑의 복합적 율동에 의

해 성취되는 것이다. **"우리는 다만 마음을 다해 당신이 되고자 합니다"**(「나의 무한한 혁명에게」)에서 보듯이, 삶과 죽음 이전에 존재의 핵심을 구성해 버린 '사랑'은 주체의 희생과 타자성에의 헌신을 주요 원리로 한다. 인간사에서 타자로 스며든 가장 출중한 헌신자들은 붓다와 예수 등의 신인적(神人的) 인격들이었으며, 또 그들을 삶의 모본으로 삼는 구도자들이었다. 과연 이들의 삶이 우주론적 사랑의 도약과 실천의 핵심임을 김선우는 벌써 밝혀 놓았다 : "세상 모든 종교의 구도행은 아마도 / 맨 끝 회랑에 이르러 우리가 서로의 신이 되는 길"(「나의 무한한 혁명에게」 1연). 우리가 "맨 끝 회랑"에 마침내 도달한다면, '마지막 임종게'가 널리 발화되고 깊게 씌어질 것이다.

그러나 서로의 "그곳", 그러니까 "근사한 바람 …… 젖빛 목련"이 "통째로 …… 흔들"(「첫번째 임종게」)리는 풍경은 영원한 '차연'의 형식일 것이다. "맨 끝 회랑"에 이르는 그 숱한 문턱을 넘어서는 순간순간 "나의 무한한 혁명"은 언제나 "최초에 지나지 않는 최후의 그림자"(「그림자의 키를 재다」)로 돌려지기 때문이다. 이 시대 '사생아 / 어른'의 빼앗긴 '그림자'의 회복은 그러니 언제나 상상적 재귀나 탈환의 형식일 수밖에 없다. 하지만 이렇게 변화와 차연의 지평에 올려짐으로써 이 '그림자'는 피터 팬의 임시로 꿰맨 의사(pseudo)-그림자의 운명에서 벗어나, '사생아 / 어른'들의 이런저런 '사랑'과 '성숙' 자체로 육화될 수 있다.

더욱 완미해진 그들의 '그림자'가 짙게 드리운 오후, "목련 꽃"과 "목련 열매" 사이로 쏟아지는 햇빛이 다음과 같은 명문(銘文)을 그늘에 짙게 새길 것이다 : "꽃을 기억하는 사람의 / 꽃이 아니라 // 꽃이 기억하는 열매까지 / 보여주어라 // 꽃으로 보여주어라"(「목련 열매를 가진 오

後」). 오래고 오랜 봄의 적층 속에 백화제방할 이 '꽃'들은 "축구장 묘지"에서 어떻게 싹트고 있는가. 또 우주의 숱한 "별자리들" 사이를 어떻게 흐르고 있는가. 그것을 시의 지평에 옮겨 심을 김선우의 "무한한 혁명"은 또 무슨 언어를 준비 중인가.

'당신'의 깊이, 그 심리적 참전

권현형 시집 『포옹의 방식』

막스 피카르트에 따르면, 인간 안에는 언어가 하나의 전체로 깃들어 있다. 이런 까닭에 언어는 발화 이전에는 침묵하는 전체로 존재하며, 이를 근거로 우리 내면의 역사는 연속성을 보지한다. 침묵의 언어가 완전성과 순진성의 지평에 존재한다는 믿음과 생각의 출발점인 것이다. 하지만 그것은 목소리와 문법 이전의 상태라는 점에서 공포와 어둠, 불확실성과 뒤섞여 있는 아직 아닌 형식의 일종이다. 이런 사태를 고려하면, 시어든 과학어든 진선미의 현현에 참여하는 모든 언어는 '소내(疎內)'를 자기동력학으로 삼을 법하다. 소내는 소외됨의 지독한 부정성을 껴안으며 오히려 그것을 긍정적 도전으로 받아들인다는 뜻을 가진다. 이 때문에 소내는 사실과 논리에 즉하는 과학보다 주체와 타자의 대화적 결속 및 통합에 몰입하는 문학예술의 권역에 보다 적합하고 또 어울린다.

나는 권현형의 새 시집 『포옹의 방식』(문예중앙, 2013)에 "당신'의 깊이'를 그 지향점의 하나로 부쳐두었다. 실존과 타자의 해안선을 따라 소내하는 설움이 "강렬한 햇볕"(「넌빈의 햇볕」)으로도 동시에 회감하고 있다는 느낌 때문이다. 그 "당신'의 깊이'를 실현하는 "심리적 참전"은 "타인의 고통에 진심으로 귀 기울이고 공감하는 과정"(「심리적 참전」)을 일컫는 말이다. 부연컨대 '당신'으로 소내하는 정신의 기초와 궁극을 지시하는 비유라고나 할까.

전투의 가족어 '참전'은 따라서 '당신'의 깊이를 향한 싸움의 격렬성과 끔찍함, 그 쾌미와 고통을 함께 아우르는 날선 감각의 비유일 수만은 없다. 오히려 타자를 향한 영혼의 투기(投企)와 그를 숨겨진 언어 속에서 끌어내는 데 필요한 열정과 냉정의 동시성을 가리키는 말에 가깝다. 냉정 없는 진격과 열정 없는 휴식 없이는, 또 그 반대 상황의 무수한 반복 없이는 어떤 전투에서도 승리는 없다. 과연 타자에의 참여와 결속은 이를테면 "자폐증을 앓고 있는 도화지와 / 태호"가 "서로 고통에 참전하"(「심리적 참전」)는 상호 구원의 나선형적 실천에서 겨우 가능한 것이다.

'당신'을 향한 권현형의 "심리적 참전"은 현재의 소외를 직접 묻기보다 "박제된 두 눈", 바꿔 말해 오래전 봉인된 시공간에 은폐된 "길 잃는 여섯 살의 공포"로 되돌아간다. 이 지점이 단순히 비극적 현재의 기원으로 귀착되지 않는 것은 그곳에 "물고기가 새처럼 날고 싶어 했던 흔적"(「봉인된 시간」)이 점점이 박혀 있기 때문이다. 이 '공포'와 '희망'은 당연히 누군가의 특권이라기보다 삶의 행로에서 모두가 마주치기 마련인 보편적 경험이다. 이를 존중한다면, "심리적 참전"이라는 시어는 모두의 경험을 총괄하는 서정과 감각의 재현에 더 익숙해야 할 듯하다.

시는 그러나 상투적이며 아늑한 정박(碇泊)보다는 모나고 "달콤쌉쌀한 외박"으로 비뚤어짐으로써 에로스의 충격과 황홀을 더욱 넓혀왔다. 시의 욕망을 향해 "어떤 귀환도 충분히 귀환하지 못한다"(「어떤 귀환에 대한 애도」)는 결핍의 징표를 더할 수 있다면, 충만함의 저런 변이성과 돌발성 때문일 것이다. 하지만 우리는 '귀환'의 결핍 혹은 불충분함이 서정시의 미래를 계속 열어온 토대이자 역사였음을 그 숱한 시사(詩史)들에서 충분히 보아 왔다.

따라서 '공포'와 '희망'을 동시에 품은 우리들이라면 "삼신할머니, 죽은 영혼들, 생물이면서 말 없는 것들"(「봉인된 시간」)과 같은 부재하는 현존들의 침묵 또는 미성(微聲)에 훨씬 예민해야 한다. 그럴 때만이 '당신'과 '나', 현재와 과거, 희망과 공포는 끝내 대립함을 넘어, 서로의 합일과 보충을 향해 나아가는 자유를 움켜쥘 수 있다. 아래에 보이는 '물음'의 형식이 저 가뭇한 타자들의 목소리를 들으려는 '청취'의 형식이기도 한 까닭이 이로써 설명된다.

> 저물 무렵의 겨울 정미소를 지나며
> 잇몸이 시리다 속을 알 수 없는 채로
> 수확의 계절이 지나가고
> 아침마다 잠에서 깬 세 살 아이는
> 제 방 문밖으로 나오며 치열하게 물어온다
> 아무도 없어요?

나도 사실은 세 살부터 지금까지 문밖에서 질문을 해왔다
신우대 숲 사이로 나무 한 그루가 다리를 절룩이며 사라진다
오래 전 화개장터에서 통째로 삼켰던 은회색 빙어가
세계 전체에 의문부호를 걸어 흔들어 놓는다.

—「사물의 기원」 부분

"세 살 아가"는 현실의 아이일 수도, 당신과 나일 수도 있다. 아이의 "아무도 없어요?"라는 물음은 누군가의 있음과 없음을 확인하는 의례적 언사가 아니다. 왜냐하면 저 물음과 함께 아이 혼자의 낯섦과 공포는 신과 자연, 타자에 대한 가없는 갈구와 그 도래의 희망으로 제 몸을 변전하고 부풀려가기 때문이다. 그 안에서 아버지의 아버지의 과거와 아이의 아이의 미래가, 또 그들을 연결하고 통합하는 우리의 삶이 함께 둥지를 튼다. "아무도 없어요?"라는 물음이 켜켜이 쌓여 밀려드는 인간 전체의 내면사(內面史)와 지금·여기에서 그것의 개성적 현전을 동시에 호출하는 절대언어의 한 모습일 수 있다면, 시공간을 가뿐히 초극하는 저런 전체성과 관계성 때문일 것이다.

한 시인의 내면을 청취하고 그의 개인적 질문을 되물으면서 거기에 오랜 역사와 삶을 호출하는 것은 어쩌면 지나친 해석일 수 있다. 하지만 우리의 역사와 삶이 "오래 전 화개장터에서 통째로 삼켰던 은회색 빙어가 / 세계 전체에 의문부호를 걸어 흔"(「사물의 기원」)드는 것과 같은 우연성과 돌발성의 중첩 아래 진행되어온 것 또한 사실이다. 권현형의 '물음'이, 그에 답하려는 시적 충동이 낯설다면, 저 뜻밖의 사태들을 우리의 평범한 일상과 범속한 육체에서 채굴하는 예민한 감각과 기

술적 힘 때문일 것이다.

『포옹의 방식』을 구성하는 여타의 주체를 들라면, 김수영, 이백, 바하만, 헤밍웨이, 까뮈, 전태일 들을 들어야할 지도 모르겠다. 이들의 삶과 텍스트는 새로운 감각과 미적 혁신을 통해 우리들의 '공포'와 '희망'을 전혀 낯선 지평으로 호출해갔다. 비유컨대 이들은 "객지에서 흘러온 게"들이며 "고향을 / 삐뚜름하게 걷고 있"는 예외적이며 일탈적인 영혼들이다. 이들을 향한 시인의 편애를 짚어보라면 나는 "자신은 비겁해서 가고 싶은 길을 가지 못한 사람"에서 찾을 것이다. 물론 이때의 비겁과 좌절은 현실에의 패배와 몰락이라기보다, 시인으로 살면서 "시(詩)는 때로 썩은 가리비처럼 무용하다"(「저녁 일곱 시 해안선」)라고 고백하는 낭만적 아이러니의 획득과 관련되는 것이다.

아니 어떻게 비겁과 좌절과 무용(無用)이 이들의 미학적 성취와 영광에 아로새겨진 "심리적 참전"의 징표일 수 있는가? 이에 대한 답변에서 참전의 사실 목록보다 훨씬 충격적이며 효율적인 언술은 독자의 감각에 보다 가까운 "나는 가고 싶은 길을 / 갔으므로 비겁한 사람"(「저녁 일곱 시 해안선」) 이라는 자기고백이다. 아마도 저 미학사의 별들은 처음부터 가지 않은 사람들이 아니라 "가고 싶은 길"을 가본 후 "가고 싶은 길을 가지 못한" 사람들일 가능성이 크다. 전태일이 "호모 파베르이며 호모 루덴스", 그러니까 공작(노동)과 유희에의 동시적 참여자일 수 있었던 까닭은 "들이닥칠 불행이 아니라 / 들이닥칠 스물 두 살의 연애를 예감했"기 때문이다. 실제로 22살의 전태일은, 이후의 역사가 증명하듯이, 사적인 죽음의 고통에 사로잡히는 대신 그것을 공동 소유의 "실핏줄처럼 터지는 빛"(「헤밍웨이, 까뮈, 전태일」)으로 전환시키는 혁명적 예지의 참전자로 거듭났다.

이 모순적 연애의 선취와 분배는 권현형의 서정이 예외자들에 대한 연민과 애도를 넘어, "해안선의 끝에는 태초의 비린 어스름 있"(「저녁 일곱 시 해안선」)는 원초적 공간으로 휘돌아가는 첫 번째 이유에 해당한다. 예외자들의 "심리적 참전"은 삶의 모범적 모델로 각박해지기보다, "서러워하는 사람"(「저녁 일곱 시 해안선」)들을 향해 삶의 찬란한 순간을 언제 어디서고 폭발시킬 줄 알기에 위대하고 영원한 것이다. 이들의 '참전'의 언어는 세계와 존재, 사물을 날선 이항대립과 분리의 장(場)에 처박기보다는 저것들이 서로를 함께 부르면서 팽창할 수 있는 방법과 기회를 제공하는 일에 능숙하고 활달하다.

바로 이 지점에 예외자들, 곧 '당신'들의 깊이가 우리들의 일용할 양식으로 제공되는 어떤 비밀이 존재한다. '너'를 통해 '나'이고자 하는 그들 고유의 "스물 두 살의 연애"들은 순간의 환호작약을 위한 동경과 욕망의 형식으로 주어지는 법이 없다. 그 질푸른 연애들을 아낌없이 그리고 두려움 없이 통과함으로써 끊임없이 사유·변신·도약하는 우리들을 낳고 성숙시키는 존재 성장의 서사, 거기에 그 어떤 비밀의 원리와 가치가 울울한 것이다.

물론 존재의 유의미한 성장과 도약은 더 잘 실패하는 법의 지속적 경험과 내면화를 그 대가로 요구하기 마련이다. 이를테면 '당신'과 나의 동행과 결속은 서로를 거울 속에 무작정 잠근다고 해서 "감정이 더 진해"지지는 않는다. 서로를 향한 감정의 진화는 "떨어지는 눈물의 낱장을 / 패엽경처럼 보자기에 싸 두어도 / 비대칭의 슬픔은 다시 울창하게 자"라는 어쩔 수 없는 차이와 분열에 의해 더욱 가속된다. "없는 그의 발을 만져보기 위해 허공을 더듬어"(「패엽경—비대칭의 슬픔」)보는 행위가 허망하기는커녕 내가 너로 스미고 짜이는 최상의 에로스인 까닭이 여기 어디 숨어 있다.

> 무릎이 닿을까봐 무릎 두근거리는 소리를 들을까봐
> 뒷걸음질로 어둠에 혼자 갇힌다
> 맨손 체조를 하고 오금희를 추며
> 호랑이가 되었다가 새가 되었다가
> 곰이 되었다가 사람이 되었다가 착란을 거듭한다
>
> 무릎으로 좋아하는 사람이 있는 곳까지
> 먼 거리를 기어간다는 적극적인 구애가 부러운 저녁
> 할 수 없는 일이다
> 가슴 한복판에 닿기까지 사람이 되기까지
>
> 나는 단 한 번도 남의 무릎을 갖지 못했다
>
> —「착란, 찬란」 부분

'착란'과 '찬란'은 동일한 대상을 향한 내면의 양가적 분열을 뜻하니, 그 심리 정황은 "비대칭의 슬픔"에 직결될 수 있다. 이 주체 분열의 슬픔은 어디서 기원하는가. 현재 자아는 "나 자신의 무릎"을 껴안고 있다. 무릎을 껴안는 행동은 추위, 공포, 불안, 위축과 같이 심리적으로 옹송거릴 때 흔히 나타난다. 자아는 현재 "무릎이 닿을까봐 무릎 두근거리는 소리를 들을까봐 / 뒷걸음질로 어둠에 혼자 갇"히는 수동적 감정에 사로잡혀 있다. 무릎을 껴안고 있는 모습을 떠올려보면, 사실로 주어지는 무릎끼리의 접촉을 두려워하는 정황이 오히려 비정상에 가깝다. 이런 감정의 교착 상태는 심리적 불안과 혼돈, 판단의 불확실성을 초래한다는 점에서 "착란" 바로 그것이라 해도 크게 지나치지 않는다.

경쟁과 서열의 끔찍한 피로사회를 떠올리면 '착란'은 불량한 자본과 권력, 거기 동조된 타자의 공격과 그에 따른 주체의 소외에 의해 발생, 심화되는 것이겠다. 그러나 뜻밖에도 '나'의 착란은 타자성의 접촉과 수렴에의 소외, 다시 말해 "단 한 번도 남의 무릎을 갖지 못했"기 때문에 발생한다. 보들레르를 빌린다면 '나'는 스스로가 사형수이자 사형집행자인 내파적 분열에 던져진 상황인 것이다. 그러나 주의하라, 분열과 공포가 통합과 희망의 서사로 내밀하게 전유되고 있음을. 심리적 변신의 순간이 궁금하다면 제목 "착란, 찬란"을 열어볼 일이다. 스스로의 "착란"에 예민하게 각성된 자아는, 더구나 그것이 "남의 무릎"을 향하는 상황임을 알아차린 '나'는 벌써 "찬란"의 문턱을 반쯤 넘어선 것이나 마찬가지다.

"착란"을 "찬란"으로 뒤바꾸는 심리의 반전은 그 진정성을 톺아내지 못하는 경우 낭만적 초월과 허구로 회의될 가능성이 크다. "당신'의 깊이'라는 시적 성취의 목표는 분명한데, 그것을 수행하는 주체의 비전이 불확실하다면 어쩔 것인가. 이런 염려는 그러나 『포옹의 방식』에서는 큰 의미 없는 기우에 가깝다. 가만히 음미할 만한 권현형의 미덕이 "몸에 갇히면 몸만 남는다"라는 자기한계에 대한 차가운 응시와 "텅 빈 심연에서 꽃을 피워 올려야 하는 산수유의 노랑 고뇌"(「몸의 남쪽」)

에 대한 뜨거운 수렴 그 어느 것에도 게으르지 않았다는 사실에서 찾아지기 때문이다.

시인은 특히 지상에 존재하기 어려운 "텅 빈 심연에서" 스스로를 피워내야 하는 '산수유의 고뇌'를 미당의 「자화상」이 그랬듯이 "죄의식"에 가탁했다. "죄의식"은 그것을 극복하고 치유할 수 있는 어떤 윤리나 의식의 확보 없이는 삶을 갉아먹는 파멸의 감각으로 괴물화되기 마련이다. "짐승에서 인간으로, 짐승에서 인간까지" 나아가기 위해 "바닥을 쳐본 너의 고통"을 내 안으로 끌어들이고, 그것을 "세계를 구원하"(「바닥에 관한 성찰」)는 제일의 원리로 규준하는 태도. 이것은 존재 파멸의 "죄의식"을 너와 나의 상생으로 도약하기 위해 자아가 취할 법한 최후의 지혜이자 열정이라 할 만한 것이다.

가령 다음과 같은 "분홍 문장"에의 간절한 욕망은 어떤가. 그곳으로 난 길에서 툭툭 차이는 "형해(形骸)" 및 순간적 노쇠에 던져진 사물의 존재론은 인간의 그것이기도 하다. 예컨대 "꽃은 인간을 닮아 있고 / 인간은 남의 가슴을 파고든다"는 말에 삶에의 회한과 슬픔 가득한 서로의 유사한 운명애가 담겨 있다. 자아는 그 운명애를 "간밤에 어디론가 사라진 / 분홍 몸피의 다급한 문장이 궁금하다"(「분홍 문장」)라는 절박한 호기심과 물음에 의탁함으로써 여전히 그를 호명 중인 "심리적 참전"에 참여할 명분과 의지를 동시에 얻게 된다. 아래 시에는 그렇게 '당신'의 깊이에 참여하(려)는 자아의 어떤 국면, 이를테면 "교차에 의해 승인되고 / 구겨지는 생의 질감들"(「여기 명랑한 유리병이 있습니다」)을 돌올하게 직조하는 손길이 바쁘게 움직이고 있다.

그는 한쪽 어깨로 모래사장을,
해변의 그늘을 다 짊어지고 있다
고행이라면 고행이다
나도 옆으로 몸을 기울여 돌이킬 수 없는
관계처럼 바다를 바라본다 낯설다 본 적 없는
얼굴이다 바다의 뺨에 내 뺨을 대고
나란히 누워 다시 들여다봐야겠다
당신, 고뇌의 모래사장을 내 한쪽 어깨로
온전히 받아 짊어지고 다시 안아봐야겠다
오래된 신(神)의 눈을 지겹도록
들여다봐야겠다 서로 낯설어질 때까지
서로 지극해질 때까지

—「오래된 사이」 부분

사실을 말하건대, "명랑한 유리병"은 폐쇄의 공간이 아니라 타나토스와 에로스의 애절하면서도 뜨거운 교감이 작렬하는 열린 삶의 현장이다. 가령 "에이즈에 걸린 스물 넷 여자"가 엄마 "약"을 궁금해 하는 "네 살 딸 아이"를 향해 "건강에 좋은 약"이라 말하며 "비눗방울을 목에 걸어"(「여기 명랑한 유리병이 있습니다」)주는 장면을 떠올려보라. 죽음과 삶을 향해 서로 등을 맞댄 어미와 딸의 정황은 서로의 사랑을 감안해도 비극적이다. 그러나 그녀들의 예정된 이별은, "명랑한 유리병"의 비유가 시사하듯이, 슬픔과 좌절, 회한으로만 점철되는 패배의 서정과 서사가 아니다.

어미와 딸은 생물학적 시간의 길이와 상관없이 "오래된 사이"라는 감각은 인류 공통의 것이라 해도 크게 틀리지 않는다. 물론 「오래된 사이」에서처럼 그 관계를 연인의 사이로 설정해도 그 정서와 감각이 달라질 것 없다. '차이'라면 한쪽이 내리사랑으로 기운다면 다른 한쪽은 수평적 사랑으로 흐른다는 정도의 것이다. 나보다 너를 중심에 두는 친밀함과 희생의 감각을 관계의 축으로 삼는 이들은 "오래된 신(神)의 눈을 지겹도록 들여다"볼 때처럼 "서로 낯설어질 때가지 / 서로 지극해질 때까지"(「오래된 사이」) 사랑의 눈짓을 주고받는 대표적 인간형들이다.

물론 이들 사이는 어떤 경우 '친밀한 적'으로 상극함으로써 서로의 삶에 결정적 타격과 상해를 가하기도 한다. 하지만 이들의 사랑, 다시 말해 상호 배려와 수렴이 "검고 진득진득한 생의 멍에를 벗고 / 나는 점점 가볍고 얇고 환해지"(「모르핀 감각」)는 삶을 가장 먼저 나눠준다는 사실에 이의가 있을 수 없다. "당신'의 깊이'가 한쪽이 한쪽을 지향하는 일방적 관계가 아니라 "바다의 어두운 심층을 방언처럼"(「나의 기타 바가바드」) 서로 읽고 청취하는 쌍방적 관계임이 드러나는 결정적 장면이다.

모녀와 연인의 관계만큼 서로의 얼굴을 따뜻하게 응시할수록 더욱 즐거워지고 또 고통의 상황에서는 깊은 연민에 빠져드는 관계가 또 달리 있을까. 너(당신)들의 얼굴을 향해 "옆얼굴은 전생이 스쳐지나가는 길"로 새삼 규정하는 시인의 태도는 그러니 지극히 합당하며 또 명민한 발상이다. 특히 위기의 상황에서 상대방의 "고통"과 "상처"에 가장 민감하게 반응하는 존재들은 잠깐이라도 "당신'의 깊이'에 참여하여 서로의 "전생"과 "자국"(「옆모습」)을 살아본 자들이 아니겠는가.

따라서 "초경(初經)의 어느 날을 다시 / 꺼내 읽는다 부모 없는 태초의 바다”(「나의 기타 바가바드」)라는 구절은 저 친밀한 존재들과의 관계 단절 혹은 거부로 읽힐 까닭이 전혀 없다. 그보다는 “당신’의 깊이’로 참여한 순간 펼쳐지는 자기 도약과 변신의 일대 사건으로 이해되어 마땅하다. 남녀 불문하고 생물학적 2차 성징의 발현은 육체적 성숙과 더불어 주체를 타율적 권위에 의존함 없이 자유롭게 구성하고 사용할 수 있는 이성의 성숙을 의미한다. 물론 개별적 이성의 이런 공공적 성격은 끊임없이 스스로를 갱신하며 타자성의 바다로 흘러들 때야 “당신’의 깊이’에 가 닿을 수 있으며, 궁극적으로 그 구성인자의 하나로 참여할 수 있다.

이런 존재의 도약과 성숙이 시와 직결되어 있음, 아니 시의 그것이기도 함을 우리는 “바가바드 기타, 역설적으로 푸른 역사가 펼쳐지리라”(「나의 기타 바가바드」)[1]는 고백과 선언에서 문득 마주한다. 따라서 “초경”과 “태초의 바다”를 동시에 떠올리는 행위는 그곳을 향한 존재의 귀환과 더불어 그것을 사는 시의 도래를 함께 알리는 시적 계시의 일종인 것이다.

> 이불을 뒤집어쓰고 있던 흐느낌이
> 누구를 위한 것이었느냐고 묻는다면 모두를 위한 것,
> 깍두기를 먹다가도 너무 모질다고 말하던 사람

---

1 힌두교 최고 경전의 하나인 「바가바드 기타」는 『마하바라타』에 편입된 시편(詩篇)의 하나로, 700편의 노래로 구성되어 있다. 바라타족의 전쟁 당시 성립된 역사적 배경에서 보듯이, 이 시편은 인간의 욕망과 악행, 오만과 폭력 들을 부정하고 극복하는 한편 모든 존재와 사물에 대해 은혜와 구제(救濟)를 베풂으로써 스스로 자유로워지고 부조리한 현실을 초극해야 한다는, 선과 자비의 성취를 핵심 내용으로 한다.

나중에 다시 볼 사람
나중에 다시 들을 음악

나중에, 나중에, 라고 말하는 대신
저 산 위에 배를 띄우겠다
비탈진 곳에 구름과 비가 섞여 있다

검은 그림 속에 연두 그림
연두 그림 속에 분홍 그림
분홍 그림 속에 검은 기억은 그림자까지 모질게 살아 있다

—「자벌레는 세계의 그늘을 잰다」 부분

형용사 '모질다'는 흔히 배려와 교감 없는 다그침 또는 그에 상응하는 행위를 강조할 때 쓰인다. 어감상 부정적 느낌이 우세한 '모질다'가 타자성에의 자맥질과 도약으로 그 뜻이 변용될 수 있다면 서로를 향한 "심리적 참전"이 실천될 때만이 겨우 가능할 것이다. 과연 '당신'은 "이불을 뒤집어쓰고 있던 흐느낌이 / 누구를 위한 것이었느냐고 묻는다면 모두를 위한 것, / 깍두기를 먹다가도 너무 모질다고 말하던 사람"(「자벌레는 세계의 그늘을 잰다」)으로 존재하는 중이다. '당신'이, 당신의 '노래'가 "나중에" 다시 보고 들을 대상이 아님은 "모두"를 향해 발산되고 또 모두에게 수렴되는 "세계의 그늘"을 고뇌하는 사람이기 때문일 것이다. 이런 고뇌와 사유는 현재진행형일 때만이 존재의 세계의 변화에 깊숙이 관여할 수 있다. 그렇다고 '당신'이 신에 비견될만한 이상적

존재로 굳이 해석될 필요는 없다. 사실 인용의 마지막 부분에 표현된 모순형률의 '있음'과 그 나선형의 관계망을 사유하고 상상하는 것 모두를 '당신'이라 주석해도 크게 문제될 것 없을 법하다.

그런 점에서 권현형이 자신의 행보를 "나는 이동 중이다"와 "한 번 노래하고 아홉 번 걸었다"[2]라고 고백 중인 사실은 꽤나 의미심장하다. 시인의 최종 기착지는 "최초의 방"으로 상정된다. 그곳은 가난과 고뇌로 얼룩진 청춘의 공간이라는 점에서 이상적 귀환의 장소로서는 그렇게 매력적인 장소가 아니다. 하지만 그곳은 결정적으로 "식물들이 나를 버릴 수 없어 / 썩은 뿌리로 살아있"던 생명, 바꿔 말해 '당신'의 공간이었다. 온전한 타자성에의 보호와 응원은 무엇보다 "그림자까지 살아 있던 / 뼛속까지 나였던"(「최초의 방」) 주체의 경험과 승인을 가능케 했다.

현실에서는 다시 못갈 그곳이 "자존심 높은 긍휼로, 나의 자취방으로, 그림자가 광합성하는 곳으로"(「최초의 방」) 숭고화되는 연유 역시 이와 관련된다. "최초의 방"은 "식물들"의 신성성-희생과 '나'의 범속성-순응이 가장 격렬하고 부드럽게 통합된 순간에의 그리움을 지속적으로 생산하고 환기하는 근원적 장소인 것이다. 이곳에서는 "여러 그루의 검은 나무들처럼 몸을 흔들며" "느릿느릿 제 무겁고 아름다운 음영을 어깨에 싣고"(「한 번 노래하고 아홉 번 걸었다」) 걸어가는 순연한 행보가 자유롭다.

"최초의 방"에 귀환함으로써 주어지는 자아의 확장과 심화는 미학

---

2 각각 「나는 이동 중이다」와 「한 번 노래하고 아홉 번 걸었다」에서 가져왔다.

적 운신의 폭과 그 깊이를 불러오는 계기와 힘으로도 작동한다. 물론 "최초의 방"은 기억과 상상을 통한 귀환의 장소로 표상되고 있다. 하지만 이런 제약은 그곳의 본질, 그러니까 "나를 기르는 식물들이 나 대신 깊고 푸른 잠을 잤"(「최초의 방」)던 영원한 '당신'에 의해 부질없는 것이 되고 만다. 이런 까닭에 권현형의 대조적이되 통합적인 빛의 인식은 개인적 상상의 발로(發露)보다는 '당신'의 깊이에의 참여와 그것의 미학적 발현으로 먼저 이해된다.

이 경우 시어는 단지 대상을 호명하는 방법이 아니라 사물이 스스로 우리를 찾아오도록 안내하고 그것을 드러내는 길로 성립한다. 다음 시편에서 현존 안에서의 모든 생성, 그러니까 "자기 자신을 향해 스스로 점점 증가하며 유입되는 현존"(막스 피카르트)의 일단을 엿본다면 과연 지나친 감응일까.

① 사랑의 영원은 편안하게 함께 국수를 먹는 것
서로의 발톱으로 살 속을 할퀴며 파고들며
천국과 지옥을 왔다 갔다 누리는 것
경쾌한 물소리를 함께 들으며 발목이
연분홍 꽃잎 같은 오리 새끼들을 낳아 기르는 것

—「넌빈의 햇볕」 부분

② 들끓는 생각이 묽어지는 그런 때
껍질 안에서 이미 딱딱해져 있거나
아직 몸이 촉촉한 강낭콩의

푸른빛을 벗기고 앉아 있을 때

모처럼 둥근 고요가 양푼 가득 찾아오듯이

—「살청, 푸른빛을 얻다」 부분

두 시편은 "연분홍 꽃잎"과 "강낭콩의 푸른빛"을 주의할 경우 심미와 행복의 절정을 달리는 화양연화(花樣年華)의 시절을 추억하고 예찬하는 것처럼 읽힌다. 그러나 "당신'의 깊이'를 예리하게 파고드는 감각은 "강렬한 햇볕"(「닌빈의 햇볕」)과 "광활한 비애"(「살청, 푸른빛을 얻다」)를 열렬히 살지 않는 한 쉽게 얻어지지 않는다. 주어진 현재란 "짐승의 시간을 지나는 것"이며 "무연하게 흰 빛을 말하는"(「살청, 푸른빛을 얻다」) 순간으로 도약하기 위한 언어 단련에 투기되는 시절임을 '나'가 통각(統覺)할 때야 비로소 '당신'은 손을 내밀고 자기 삶에의 진입 문턱을 낮춘다.

먼 타지 "닌빈의 햇볕"과 자기 땅의 "강낭콩의 푸른빛"을 동시에 통과함으로써 "사지가 부드러워지고 혀의 독(毒)이 빠지는 순간." 이를 두고 권현형은 "살청(殺靑)", 곧 "푸른 기운을 죽"(「산청, 푸른빛을 얻다」)이는 침묵과 도약의 행위라 일렀다. 헌데 괴이쩍지 않은가, 거기에 "살청, 푸른빛을 얻다"라는 모순형률의 제목을 붙이다니. 만약 시인이 "살청"을 범속성을 가뿐히 초극하는 신성성의 한 국면으로 가치화했다면, '당신'은 더 이상 인간의 지평에 머무를 필요도, 또 까닭도 없다.

'당신'의 위대함은 스스로의 완전성을 자랑하기보다 우리에게 결핍의 고통을 지각하고 넘어서는 가장 현실적인 지혜를 짚어주는 것에서 비롯한다. 시인의 말을 빌리면, 그 지혜는 "햇볕을 좋아하는 얼굴에는

/ 넌빈의 그림자"(「넌빈의 햇볕」)를 "문신처럼" 남기는 일의 중요성과, "저녁 해가 손바닥만큼 남은 빛으로 / 지리산 골짜기의 광활한 비애를 거두"(「살청, 푸른빛을 얻다」)는 일의 장엄함을 잊지 않도록 하는 종류의 것이다. 그렇다면 '당신'은 범접할 수 없는 저 높은 곳에만 위치하지 않고, 가장 낮은 곳을 포월(匍越)하거나 더욱이는 자기를 스스로 말할 수 없는 하위주체가 아니겠는가. "살청"이 "푸른 기운"을 죽이는 일일 뿐만 아니라 끝내는 "푸른빛을 얻"는 것임의 속뜻이 이제야 드러난 셈인가.

우리는 이 "푸른빛"의 한 계기, 내가 "당신'의 깊이'라 일렀던 삶 저편의 의미와 가치가 서서히 밀려드는 광경을 "저녁 일곱시 해안선"에서 때로는 즐겁게 때로는 먹먹하게 보아왔다. 이제 남은 일은 더욱 어두워져 파도소리와 바람소리만 그 '있음'과 '생성'을 알리는 심야의 "푸른빛"을 엿보는 일이다. 그곳을 향해 "짐을 싸고 가방과 함께 자주 입을 닫는"(「나는 이동 중이다」) 권현형이 저기 또 다시 어둠 속을 걷고 있다. 그의 눈이 "햇빛의 각도에 따라" "블랙박스"나 "아무것도 담기지 않은 백서(白書)로" 분할되기보다, 양자를 동시에 사는 형안(炯眼)의 복안(複眼)으로 더욱 촘촘해지기를 바라는 것은 비단 '당신'과 나만의 희망이겠는가.

유령의 문장, 문장의 유령

여태천 시집 『저렇게 오렌지는 익어 가고』

"말들의 검은 구멍은 없다. 아니 있을지도 모른다. 그러나 아직은 없다. 있는 것은 흔적들이다. 그 흔적들이 욕망이며, 충동이다"라고 말한 것은 고(故) 김현이었습니다. 어딘가 무서워 차라리 적요한 '말들의 풍경'을 통해 선생이 전달하고자 했던 요체는 "너와 나는, 무서운 일이지만, 흔적들"이라는 사실이었습니다. 텅 빈 기호로서 말의 속성과 거기 종속된 인간의 본질을 기술한 명제처럼 언뜻 읽힙니다. 그러나 선생은 '흔적'을 사라진 과거가 아니라 "나는 없는 있음이며, 있는 없음"임을 결정하는 '영원한 시간'으로 가치화했습니다. "말들의 물질성 자체"를 '욕망'과 '충동'으로 이해하고 특정했으니 그럴 수밖에요. 말의 심연을 응시하는 가운데 욕망과 충동을 보편적 삶의 골간으로 응집해 낸 장면인 것입니다.

욕망은 심리적 현상 이전에 인간의 기원과 역사, 현존과 미래 자체입니다. 사실 욕망은 자기의 실현이란 점에서 매혹적이지만 타자화의 구축(構築)이란 점에서 매우 위험한 무엇입니다. 인간 욕망의 첫 실현은 신과의 대결 혹은 그들이 제정한 금지의 위반이었지요. 이 아득한 욕망의 구경(究竟), 즉 주체화의 의지는 그러나 신의 소외를 포함한 본원적 세계의 상실과 몰락을 존재의 숙명으로 정초했습니다.

물론 이 순간, 미당의 시를 빌리면, "소리잃은채 낼룽거리는 붉은 아가리로", "하늘"을 "원통히무러뜯"는 인간의 말들도 생겨났습니다. 원통함은 인간 세계로 추방하는 것에 대한 억울함 또는 마뜩잖은 징벌에 대한 항의의 표현이겠습니다. 하지만 그것은 '흔적'으로 남은 신(神)의 영토, 그러니까 모든 것을 수렴하고 통합하는, 그래서 경계와 분리 따위가 무의미한 "검은 구멍"으로 다시 스며들고자 하는 앨쓴 욕망의 격정적 토로이기도 합니다. 흔히 말하듯이, '욕망'은 '충만'의 기억과 '결여'에 대한 자각 양자를 필요충분조건으로 하니까요. 역사에 던져진 말의 현재와 미래는 언제나 절대어의 과거로 귀환 중이라고 말할 근거도 여기서 찾아볼 수 있습니다.

여기저기 망실되고 뒤틀린 '흔적'을 더듬어 완미한 기원을 찾아가는 만큼 우리의 말들은 무엇보다 명랑한 소통과 화평한 결속을 희원합니다. 그러나 '흔적'을 인지하고 해석하는 방법과 태도의 차이는 필연적으로 우울한 불통과 분열의 내습을 말들의 현실로 불러들이기 마련입니다. 그래도 다행한 일은 신(神)이 주어진 '흔적'들을 필사(筆寫)하거나 해체하고 재구성하는 능력까지는 회수하지 않았다는 사실입니다. 아니 절대자는 자기 영토로의 귀환을 인간 최후의 구원과 실현으로 약속

했는바, 그것의 숭고한 문자형식이 '묵시록'(黙示錄)일 것입니다.

'묵시록'에 기댄다면, 미래로 끊임없이 밀려드는 모든 말들의 궁극적 성취는, 아니 종말은 '절대과거=신의 세계'로의 귀환 혹은 그 세계의 또 다른 실현입니다. 미래와 현재를 거슬러 "푸른 하늘"을 "무러뜯"는 조상들(과 그 말들)의 후예인 우리는 따라서 '유령'들이며 또 "유령의 문장"(「비문(非文)」)의 상속자, 정확히는 차용자들입니다. 물론 '유령'과의 대화나 연대가 주체성과 타자성 가운데 어느 쪽으로 경도되는가에 따라 '나'의 '없는 있음'과 '있는 없음'의 문양과 밀도는 사뭇 달라질 것입니다. 이 말은 "유령의 문장"의 재현보다 그것의 창조적 재구성과 재전유가 '흔적'으로 귀환하는 것에 훨씬 결정적이며, 우리 삶의 지리지를 온통 뒤바꾸고 개성화하는 작업의 핵심임을 뜻합니다.

이제 여태천 시인의 세 번째 시집 『저렇게 오렌지는 익어 가고』(민음사, 2013)를 함께 읽을 시간이 되었습니다. 시집 제목이 언뜻 성숙한 결실에의 기대보다는 미처 해결하지 못한 무언가에 대한 침통한 회억을 먼저 환기합니다. 과연 표제작 「저렇게 오렌지는 익어 가고」에서는 '파란 책'과 '파란 오렌지'의 유사성 속에서 발생하는 차이, 그러니까 의미 불통의 고통을 이야기하고 있습니다. 전자는 "아직 읽지 않은 긴 문장"이라, 후자는 "오렌지의 문장을 모르기 때문에" 아득합니다. 하지만 시적 화자는 '책'과 '오렌지'의 함께 읽기를 통해 그 차이를 해소하고 새로운 형식으로 통합할 어떤 가능성을 발견합니다. 다른 '나'인 동시에 "파란 오렌지"의 소개자인 "아이의 말"이 그것입니다.

'아이'는 나보다는 생물학적으로 뒤늦게 온 유령입니다. 하지만 그는 서로 다른 양태의 '흔적'들로 이해해도 괜찮을 '파란 책'과 '파란 오렌지'를 하나로 결속하는 능력의 소유자입니다. 이런 측면에서 '아이'의 어린 문장은 '나'의 완고한 문장보다 덜 굴절되고 덜 오염된 욕망과 충동의 형식입니다. 따라서 너와 나의 개성과 차이를 존중하며 통합하는 절대어의 기원에 더 가깝습니다. 그런 의미에서 '아이'는 '흔적'의 내밀한 역사와 서사, 홀로운(외로움을 통한 혼자 있음의 환희를 뜻하는 황동규 시인의 '홀로움'을 빌린 말—저자) 서정을 노래하고 필경(筆耕)하는 잠재적인 음유시인이 아닐 수 없습니다. 언제고 지속될 '아이들'의 노래는 '흔적' 속 말들의 진정성과 미학을 흩어진 채 충돌 중인 개별어들에게 전달하고 통·번역하는 이상적인 세계어에 해당된다는 말은 그래서 가능합니다. 이 순간 '아이들'은 신을 제외하고는 그들의 권위와 능력을 결코 빼앗기지 않는 무섭고 자랑스러운 '문장의 유령'으로 거듭나겠지요.

『저렇게 오렌지는 익어 가고』의 일대 특징은 다양한 말들의 풍경과 그에 연계된 존재의 심연, 그리고 이 어려운 상황을 초극하는 말들의 새로운 욕망을 비근한 일상 속에서 발견, 채취한다는 사실입니다. 또한 관심의 집중과 그 서사의 일관성, 그를 통한 서정의 심화와 독자와의 공감대 확대를 위해 1부와 3부에 각각 「내가 아주 잘 아는 이야기」 연작과 「지구를 이해하기 위한 첫 번째 독서」 연작을, 2부와 4부에 그것들의 연속성에 풍요로운 활기와 산뜻한 윤기를 더하는 발랄하고 자유로운 단품들을 효과적으로 배치 중인 것도 인상적입니다. '흔적'과의 견결한 소통을 실현하기 위한 언어 전략에 해당될, 나직하되 신중하며 겸손하되 자존감 있는 경어(敬語)의 효과적인 구사는 또 얼마나 지혜로운 미장센인지요?

이런 구성의 욕망은 그러나 자기 내부의 '흔적'을 향한 어떤 욕망의 차가운 폐절과 뜨거운 갱신에 의해 그 밑그림이 완성된다는 사실을 잊지 말아야 합니다. "완벽하게 마음이라고 생각되는 것을 향해 / 부서지는 모든 지표에 전념했지"에서 "낱말과 낱말을 건너 / 비문처럼 자유로웠다면"(「번역」)으로의 전신(轉身). 이를 향한 시인의 묵묵한 열정에 동참할 수 있다면, 당신과 나도 우리 삶에 바로 맞닿아 있는 '흔적'의 독자성과 고유성, 그리고 공동성과 공통성을 문득 발견하게 될지도 모릅니다.

이때 우리들은 『국외자들』(2006)과 『스윙』(2008)을 거쳐 『저렇게 오렌지는 익어 가고』로 가까워질수록 점차 증강되는 '침묵'의 감각을 주의해야 합니다. '침묵'이 인간의 마음속에 비애를 불러일으킨다고 말한 것은 막스 피카르트였던가요. 비애의 감정은 인간이 타락 이전의 상태를 그리워하기 때문에 발생한다지요. 말의 '흔적'을 사는 우리는 그러니 비애의 존재이며, 끝내는 침묵의 존재로 되돌려지는 행자(行者)들이 아닌가 합니다. 다행스럽게도 우리 행자들에게 일용할 '흔적'의 말이 허락되었다는데요, 피카르트에 따르면 아직도 원초적인 언어로 구성되고 발산되는 시가 그것이랍니다.

> 슬픔이 생기면 사람은 다 어리석어진다.
> 저 축축해진 눈을
> 봐.
>
> 이 모든 것을 이해하지 못한 채 그는 죽었다.

이 별이 멸망하기 꼭 1년 전에 그는 죽었다.
통절했지만 무정한 죽음이었다.
시간이 그의 죽음 앞에 멈춰 서서 쳐다보지 않았다.
어쩔 수 없는 일이었다.

불편한 눈물을 떨어뜨렸다.
옆에 있던 누군가 슬그머니
자리를 옮겼다.

—「내가 아주 잘 아는 이야기 1」 전문

아마도 우리의 입술은 제일 먼저 그리고 오랫동안 "통절했지만 무정한 죽음이었다"를 되뇔 것입니다. '시간'마저 외면하는 죽음이니 얼마나 무정하고 또 얼마나 무상한 사태인지요? 그러나 "불편한 눈물"이 암시하듯이 이 시의 핵심은 죽음의 니힐리즘이 아닙니다. 이 '눈물'은 죽음 이전에 "슬픔이 생기면 사람은 다 어리석어진다"라는, 정곡을 찔려 당황할 만한 사태에 의해 격발된 것입니다. 시인이 "사람은 자신의 정서로 어떤 것이 선인지 또는 악인지를 판단한다"라는 스피노자의 말을 에피그램으로 취한 것도 우연이 아닙니다. "그의 죽음"이 무정한 것은 어쩌면 심연에 휩싸인 '죽음' 자체보다 '갈라진 혀'로 존재의 불쾌한 중첩과 불량한 이동을 제조해 낸 우리들의 말들 때문인지도 모릅니다. 물론 이 말들은 대체로 자신의 목소리를 원초적 세계에 봉공하는 신민의 언어로 제멋대로 가치화하는 힘센 주관성에 의해 제조되고 발화되는 성질의 것이지요.

그대의 속옷에 묻은 땀

뜨겁고 진실하지만 아무도 모르는 것

어제의 얼굴이

오늘의 얼굴에 굴복할 때

얼룩은 번지고

번져서 진화한다.

얼굴은 오래된 가짜

얼룩은 오래된 진짜

날이 저물면 저녁을 지어 먹고

기적과도 같이 다시 자라는

얼룩의 힘

—「얼룩」 전문

'얼굴'은 자기중심의 주관성으로, '얼룩'은 '얼굴'에 의해 변두리화된 '흔적'으로 바꿔 읽으면 어떨까요? '얼굴'은 존재의 고유성을 입증하는 제일의 표상이지만, 동시에 욕망의 은폐나 변질을 엿보이는 내면의 거울로 흔히 이해됩니다. 후자를 참조하면, '얼룩'은 '얼굴'의 기원과 변화의 역사를 가로지르며 변장한 존재의 허구성과 추악성을 폭로하는 일종의 에이론(eiron)으로 읽혀 무방합니다. 약자인 에이론이 허풍선이 알라존(alazon)을 이긴 비장의 무기가 겸손한 침묵이었음을 우리는 기억합니다. 시인이 가치화 중인 '얼룩'의 성장을 견인하는 원동력이 '침묵'일 수도 있다는 가정이 가능해지는 지점입니다.

이런 의미에서 시간의 미세한 변전에도 굴복하는 "얼굴"은 '흔적'의 추방자 / 변질자로, "오래된 진짜"를 구성하고 표현 중인 "얼룩"은 현존재와 그 근거의 창조자 / 수호자로 정립할 만합니다. 이 견해에 동의할지라도 '얼룩'의 울림을 가치 증여하는 과정과 방법이 다소간 관념적으로 느껴질지도 모르겠습니다. 하지만 앞서도 잠깐 말했지만, 여태천의 '얼룩'을 향한 투기(投企)에는 일상에서 건져 올린 경험적 진실이 울울하게 자리하고 있습니다. 특히 주객관적 지평 양면에서 경험된 말들의 맹목성과 그로 인한 곤란이 '얼룩'의 진정성과 위의(威儀)를 고조시키는 역설적 토대가 되어주고 있지요.

> 우리의 사상가들이 행성과 행성을 이어 놓았지만
> 별들의 궤도는 점점 줄어들고 있습니다.
> 지나친 자의식은 도움이 되지 않고
> 반숙의 생각이 몸을 망친다는 걸
> 그들도 이미 알고 있었던 겁니다.
> 눈물이 그리워지는 계절입니다.
>
> —「지구를 이해하기 위한 첫 번째 독서」 부분

"원근법"은 감정에 대한 이성의 우위를, 파편성에 대한 전체성의 승리를 규준으로 세우고 승인하는 근대적 시각과 사유법을 대표합니다. 현실에는 부재하는 소실점을 찍어 세계와 사물의 질서 정연한 비례감과 입체감을 창안하는 이 기법은 제2의 입법자로서 계몽주의적 인간형의 탄생과 확장에 크게 기여했습니다. 그러나 원근법의 시선과 구도에 의해 통제되고 구성되는 세계와 자연, 그리고 인간은 어떤 일탈과 변화도 불가능한 '기성의 것'으로 변조되는 불행에 처해집니다. 인용 부분은 원근법의 탄생과 확장이 불러온 환희와 절망의 교차적 순간을, 또 팬옵티콘에 방불한 원근법에서 탈옥하는 책략의 중요성을 동시에 말하고 있는 중입니다. "끊임없는 설교를 들으며 / 고도의 정치적 침묵을 배"우는 "우리의 나머지"는 '원근법'이 계량하고 질서 지을 수 없는 "예측 불가능한"(「지구를 이해하기 위한 첫 번째 독서」) 무엇의 발견과 구축(構築) 속에서야 자율성과 고유성을 되찾을 수 있다는 주장이지요.

그때 나는 자꾸만 같은 소리를 반복하고 있는
내가 모르는 저 입에 대해 침묵하자고 기록했다.
그리고 해가 바뀌었다.

—「접속사들」 부분

백 년쯤 멀리 있는 눈이 반짝 빛난다.
백 년쯤 후에야
나는 당신과 이별을 하는 것이다.
한 사람의 뒷모습을 보기 위해서는
백 년이 필요하다.
그것은 착각이 아니다.

—「유성(流星)」 부분

'침묵'과 '흔적'은 말의 부재도 사실의 결여도 아닙니다. 그것들은 오히려 주어진 부재와 결여를 보충하고 충만과 충족으로 갱신하는 명랑한 운동들입니다. 피카르트의 말을 다시 빌리면, "말 속에 있는 삶을 넘어, 말의 피안에 있는 삶으로 인간을 향하게 하며, 그렇게 자신을 넘어 저 밖으로 인간을 향하게 하는" 환한 삶의 원리들인 것입니다. 근대는 물론 현재를 여전히 관통 중인 계몽 담론의 권력성과 퇴폐성을 목청껏 비난하는 일은 쉽습니다. 외방을 향한 격한 아우성은 그러나 계몽 담론에 삼투된 내방의 관습과 규율을 의도적으로 외면하거나 암묵적으로 유지할 의외의 가능성 또한 큽니다. 제 안의 잡음을 소거하지 않은 큰 목소리들은 그 반향과 울림의 주파수가 훨씬 높은 '침묵'과 '흔적'의 목소리를 듣지 못하고 "자꾸만 같은 소리를 반복하"기 일쑤인 까닭입니다.

시적 자아의 처지도 여기서 크게 벗어나지 못한 형편입니다. "알지 못하는 사람들" 또는 "알지 못하는 단어들"의 "손을 무턱대고" 잡고서 "은밀하게 내통하는 시간"을 은근히 즐기는 관습과 "또박또박 목적어와 술어를 / 발음할 수" 없음에도 계속 토해지는 말들의 소유자가 바로 '나'입니다. "내가 모르는 (나의 — 인용자) 저 입에 대해 침묵하자고 기록" 한 일은 따라서 고장난 '나'의 수리에 필요한 일차적 각성으로 읽힙니다(「접속사들」).

하지만 이 지점의 '침묵'은 말 그대로의 침묵, 그러니까 내면적 울림을 창조할 가능성이 없는 입막음에 불과합니다. 자아에게 존재를 드넓히는 보다 완미한 침묵의 지평으로 안내할 방법적 사랑이 절실해지는 순간입니다. 시인은 그것을 '당신과의 이별'에서 구하고 있습니다. 아마 "백 년쯤"은 '침묵'과 '흔적'의 정수(精髓)에 진입하는 데 필요한, 길고도 먼 시간을 뜻하는 일종의 상징어일 것입니다. 그래서일까요, "계산이 안 나오는 것들이여. / 눈을 감아도 보이는 어둠이여"에 편재된 멜랑콜리는 진입의 역동적 행위가 사실은 "기다림"의 형식일 수밖에 없음을 인정하는 우울한 고백처럼 들립니다(「유성(流星)」).

> 나는 당신이 말한 것들보다 말하지 않은 것들에 대해 연연하지. 잃어버린 우산에 대해 더 이상 할 말이 없어. 오늘 밤 나는 내리는 저 빗방울의 전지구적 가능성에 대해 누구보다 오래 고민하기로 했어. 잃어버린 초원에 대해서, 초원의 회복 가능성에 대해서, 우산의 기원에 대해서, 당신이 다시 깨어날 가능성에 대해서 말이야.
>
> —「잃어버린 우산」 부분

"초원"의 상실과 회복의 서사는 '흔적'과 '욕망'의 그것과 상동적 구조를 형성합니다. 이들 서사는 궁극적으로 '나'와 '당신'의 기원으로의 도약과 미래로의 귀환을 예비하고 완성할 것입니다. 나는 과거로의 귀환과 미래로의 도약이라 적는 대신 시공간 지평을 거꾸로 결합시켰습니다. 당신이 "말하지 않은 것들에 대해 연연하"고 "당신의 사라진 목소리"를 듣는 '나'는 "다시 당신을 잃어버려야 하"는 숙명의 체현자입니다. 그러나 "낯선 기쁨은 살갗의 서늘함과 함께 그렇게 온다는 것"(이상 「잃어버린 우산」)을 벌써 감득하고 있는 '나'는 유한과 이성, 세속에서 무한과 감성, 신성을 파지(把持)하는 낭만적 아이러니스트로서 모자람이 없습니다.

'침묵'이 우리를 세속 너머의 충만한 세계로 도약시키듯이, 낭만적 아이러니(=욕망)는 주체를 효용성 너머의 '범속한 트임'으로 귀환시킵니다. 물론 '도약'을 '욕망'의 지평으로, '트임'을 '침묵'의 지평으로 바꿔 서술해도 아무런 문제없습니다. 왜냐하면 '흔적'과 '욕망'은 과거의 극점과 미래의 극점에서 만나 이상적 원환을 형성하는, 시공간상의 이형동질적 형식이기 때문입니다. 다시 말해 '흔적'은 미래에, '욕망'은 과거에 호출됨으로써 오히려 각각의 이상적 과거와 미래를 지금 · 여기로 불러들입니다. "잃어버린 우산", 즉 '과거-흔적'과 '아이', 즉 '미래-욕망'의 관계도 이렇게 아이콘화되고 해석될 여지가 충분합니다.

너를 안고 불 꺼진 오늘을 천천히 걸어본다.
납작해진 너를 안으면 안을수록
내가 나를 안고 있다는 생각
그 생각 하면할수록
나를 심각하게 생각하는 게
내가 아니라 너라는 생각

(…중략…)

밤은 깊고 또 깊어져
이 밤의 공기를 다시 만질 수 없는 때도 있어서
오늘이 백 년의 기억보다 더 깜깜하다.
그때마다 후대의 아주 먼 생각이

가만히 왔다가

가만히 가는 중이라고

나는 중얼거렸다.

—「어쩌면 오늘이」 부분

"후대의 아주 먼 생각"으로 가치화되는 '아이'의 출발점은 '나'의 '흔적', 그러니까 "납작해진 너를 안으면 안을수록 / 내가 나를 안고 있다는 생각"입니다. '나'의 자아상은, 우리가 그렇듯이, 부정형일 가능성이 큽니다. 그러나 윤동주의 '자화상' 시편들이 말해 주듯이, 이상적 자아는 현실적 자아에 대한 부정 못지않게 그를 감싸 안아 미래의 문턱 너머로 데려가는 방법적 사랑에서 겨우 다시 주어집니다. "후대의 아주 먼 생각"은 미완의 미래에서 흘러오기보다는 완미한 과거에서 밀려드는 것일 공산이 큽니다. 그게 지혜의 형식이고 배움의 법칙에 보다 합당하니까요.

과연 여태천 시인은 함부로 건너뛰는 미래에 대한 맹목적 기대보다 우리 삶과 역사에 스미고 짜인 '흔적'과 '침묵'에서 "후대의 아주 먼 생각"을 건져 올리는 편입니다. 가령 "덮어 버린 책 너머에서 / 우리를 지켜보는 낡은 문자들 / 그늘 속으로 깊어집니다"(「지구를 이해하기 위한 여섯 번째 독서」)와 같은 고백은 어떨까요. '흔적'의 지혜와 혜안의 내면화는 물론 시간 및 죽음과 관련된 인간의 본질적 속성, 그러니까 "언젠가 잊힐 이름들이 지금 막 태어나고 있다"(「지구를 이해하기 위한 두 번째 독서」)라는 한계적 사태에 대한 고통스러운 수긍에서 비롯됩니다. 죽음과 질병, 패배와 좌절 따위의 한계상황은 우리를 허무의 자식이나 수동적 인간형으로 밀어 내기 일쑤입니다. 앞서도 '흔적'과 '욕망'을 향한 시인의 자세가 얼마간 소극적으로 보인다는 말씀을 드렸지요. "볼을 던지지 못하는 건 치명적 외상이라고 / 생각이 당신과 나 사이를 오고 가는데 / 당신이 꽃을 들고 문병을 왔다"(「인격의 탄생」)라는 구절에도 그런 인상이 역력합니다.

그러나 주의할 것은 '소극적'인 자세가 관계와 대화의 거둬들임 또는 부정과 거의 상관없다는 사실입니다. '나'에 대한 "문병"은 말할 것도 없이 타자성의 행위이자 기다림의 형식입니다. 아무리 의례적이라 할지라도 '문병'은 "당신(나—인용자)이 가만히 와서 내려놓고 간 인사"에 대해 "당신(나—인용자)이 서 있는 곳까지" 다시 찾아가는 "답례"의 교환이 없다면 성립되지 않는 형식입니다. 질병 또는 치명적 외상을 대놓고 타자에게 보여 주는 형식이기 때문에 그것은 위험한 만남이며, 또 그렇기 때문에 깊이 있는 신뢰와 연대의 가능성이 열리는 형식이기도 합니다. 당신의 나에 대한 '문병'을 "인격은 그렇게 완성됐다"(「인격의 탄생」)라고 이르는 고백이 『저렇게 오렌지는 익어 가고』의 가장 빛나면서도 가장 뼈저린 말인 까닭입니다.

햇살이 내리고 있다.
한 나무가 다른 나무에게
처음 가지를 뻗는다.
간절한 손짓이다.

또 다른 나무의 귀에 대고

바람은 또 무슨 글귀처럼
은밀하게 농담을 한다.

새로 태어나는 단어 앞에서
자꾸만 흔들리는 너를
물끄러미 쳐다본다.

입술에 묻은 빨간 침이
잠깐 빛난다.

—「대화」 전문

아마 '문병' 온 '당신'과 '당신'을 기다린 '나'의 대화가 이러했을 겁니다. '간절함'끼리의 접속은 위로와 연민을, 그에 대한 감사와 악수를 은밀한 "농담"으로 유쾌화합니다. 시인은 이것을 자연의 풍경으로 간접화함으로써 오히려 우리의 더욱 절실한 내면 풍경으로 밀어 올리는 중입니다. 이 풍경을 두고 우리는 피카르트의 "자연의 침묵은 인간에게로 몰려온다. 인간의 정신은 그러한 침묵의 드넓은 평원 위에 걸린 하늘과도 같다"라는 말을 다시 빌리지 않을 수 없습니다. 이때의 '하늘'은 "신의 침묵의 자취가 깃들어 있는 침묵인"바, 그것은 '흔적'이며 '성체'(成體 / 聖體)인 까닭에 숭고와 경배의 대상인 동시에 인간의 침묵이 본받아야 할 규준적 모범입니다. 요컨대 "새로 태어나는 단어"들의 본원적 고향은 겉으로 궁핍해서 안으로 더 풍요로운 '흔적'과 '침묵'이란 말이지요. 미래로의 귀환과 과거로의 도약이 문득 현현된 장면이란 해석도 가능한 순간입니다.

그런데 그 황홀한 순간에 대한 '너'의 흔들림이나 "입술에 묻은 빨간 침"과 같은 표현은 단순 명쾌하지 않습니다. 흔들림의 이유와 "빨간 침"의 비유가 애매하고 낯설기 때문입니다. '너'의 상황과 접속하기 위해 이 장면에 합당한 '나'의 상황을 간단하게나마 일별해 봅니다. "점점 건강해지고 있는 나는 / 어떤 표정을 지어야 할까. / 저 생각이 나를 만들었다"(「단단한 문장」). 여기서 '나'의 '표정'과 '생각'은 아마도 '흔적'과 '욕망'이 서로를 함입하면서 "새로 태어나는 단어"(「대화」)로 인해 시시각각 변주되며 또 입체화되어 왔고 또 되어갈 것입니다. "언어가 만드는 / 저 생각의 근육들을 좀 봐"(「단단한 문장」)라는 감각적 육화(肉化)의 풍경은 그래서 가능합니다.

그렇다면 '흔들림'은 회의의 표정이 아니며 "빨간 침"은 어떤 위기의 표징이 아닙니다. 반대로 "언어에 대해 / 뼈에 대해 / 문장에 대해"(「단단한 문장」), 다시 말해 말과 몸(영혼)과 글쓰기에 대한 새로운 전회와 트임의 몸짓이자 상징입니다. 이 장면은 오늘날을 배회하여 마땅한 '문장의 유령'이 문득문득 출현하는 순간으로 보아도 무방합니다. 이것이 "유령의 문장"의 자식이며 충만화된 '흔적'의 한 현상임은 아래의 고백으로 충분합니다. 자, 다 함께 읽어볼까요. 저렇게 흔들리며 '파랗게' 익어 가는 '오렌지'를 떠올리며…….

> 사라지지 않고 반복되는 컴컴한 목소리들
> 시간은 시간대로
> 감정은 감정대로

글씨는 글씨대로

괜찮은 거다.

모두가 괜찮은 거다.

—「마지막 목소리」 부분

‘마임 모놀로그’의 행방

김이듬 시집 『말할 수 없는 애인』

『말할 수 없는 애인』(문학과지성사, 2011)이라니. 발화의 주체를 고려한다면 마임(mime)의 주인공은 과연 누구일까. 시인이 “저들의 사랑싸움은 말다툼은 팬터마임 공연처럼 모호하게 아름다운데”(「마임 모놀로그」)라고 적었으니 ‘나’와 ‘애인’, 그와 그녀, 작가와 독자, 배우와 관객 등 무수히 조합 가능한 짝패 둘 다일 것이다. 그러나 말과 마임, 다툼과 아름다움의 격렬하고 기묘한 결합은 시인의 언어전(戰)이 발화의 형식보다는 맥락의 구성에 더 관심이 있음을 슬며시 드러낸다. 김이듬의 『명랑하라 팜 파탈』(2007)을 “상징질서 내부의 주체화를 거부하는 혼종적 주체”의 구성 의지로, 또 온갖 “대립적 경계가 갖는 상징적 권위를 혼란으로 몰아가는 언어”의 발명 욕망으로 읽어냈던 이광호의 비평이 현재진행형인 것은 이 때문이다.

하지만 시인이 현재 시연 중인 '마임'을 여전한 혼종과 일탈의 몸짓으로만 독해하는 태도는 '나'와 '애인'의 "날치고 훔치"(「날치고 훔치고」)는 '코러스'와 백일몽의 여러 시간 흥분을 숨죽이는 야박한 결례일지도 모른다. 따라서 우리는 김이듬의 '언어'와 '주체'가 '마임'을 통해 "입술만 달싹거"(「마임 모놀로그」)리는 정도의 말하기, 다시 말해 '불통의 소통'이라 해도 좋을 정도의 구화(口話)를 수행하는 까닭과 태도, 그리고 그 효과를 먼저 물어야 한다. 김이듬이 절실하게 취급 중인 '생활의 발견'(「생활의 발견」)에 관한 글쓰기는 이 작업을 통과하는 가운데 그 실체와 음영을 드러내게 될 것이다.

'마임 모놀로그'는 '말할 수 없음'이 말해지는 형식이다. 물론 번역어 '무언극'을 참조하면, 몸짓으로 말하는 극쯤이 될 테니 '말할 수 없음'이란 설명이 부적절할 수도 있다. 하지만 하나의 성격을 창조해내고 묘사하는 기술, 또는 사실적이고 상징적인 몸짓으로만 이야기를 전달하는 기술을 의미한다는 말에 그 원리와 방법이 담겨 있음을 고려하면 마임은 기존의 언어 이전이나 이후의 형식에 가까이 다가서는 양식이다. 그런 의미에서 마임은 배우 못지않게 관객 역시 '흔들리는 언어'의 실험과 창조로 이끄는 고통스러운 대화의 형식이 아닐 수 없다. 가령 흔들리는 언어들이 시인의 내면에 둥둥 떠다니고 있음을 만천하에 고지하는 충격적인 자기 지시의 몸짓을 보라. 그녀의 짐 / 질 속에서 꿈틀거리는 우리도 보이지 않는가.

> 내가 좀 더 잘 웃거나 웃게 하는 짐이었다면 질 좋은 짐이었다면 그들은 나를 버리지 않았을까 나 말고 통장을, 화장품 통을, 라디에이터를…… 엄

마는 더 나은 선택을 했다

짐을 열어보면 삶의 질이 보이지요 질에는 질염이 있고 빨갛게 붓는다 해도 난 그 안을 볼 수 없거든요 당신이 무슨 생각을 하든…… 생각이 거기 미치자 난 내 짐 속에서 꿈틀거렸다

—「질 & 짐」 부분

타자를 공격하고 저주하는 한국 욕설은 특히 남녀의 성기와 지독한 질병, 그리고 몸에 대한 가학을 중심으로 구성되곤 한다. 이에 방불한 '짐'과 '삶의 질' 그리고 '질'의 결합 및 등가성은 여기저기서 상처 입고 저평가된 주체의 병리적 상황을 충실히 보여준다. 이 상황은 '나'를 파편화하는 병리성에 대한 직시를 가로막음으로써 주체와 말의 불능성을 현실화하기에 이른다. 물론 이 불능성은 주체의 파탄이나 어법의 파괴와 같은 직접적인 방식으로 발설되지 않는다. 「당신의 코러스」가 예시하듯이, '당신'과의 무미건조한 성교나 그 과정에서 '당신'이 부르는 노래의 괴기함("당신의 노래는 머리말에 죽은 새") 따위로 간접화되기 일쑤다. 병든 '나'를 위한 '죽음의 코러스'는 따라서 에로스의 열정을 타나토스의 심연으로 끊임없이 하강시키는 검은 주술이라 할 만하다. 이렇듯 추락하는 영혼을 기다리는 것은 '의미 없음'의 환난일 수밖에 없다.

① 우리는 더 이상 알고 싶지 않은 욕망으로 가득 차서
구체관절인형을 가지고 놀듯 서로를 만지작거린다

—「나 말고는 아무도」 부분

② 산을 무너뜨리는 내면의 진동, 언제까지 이 불연속의 의미 없는 우연은 지속될 것인가?

—「호수의 백일몽」 부분

③ 지난여름 나는 사촌을 만나러 맨해튼에 갔다. 사촌의 엄마가 알려준 주소지로 찾아갔으나 아무도 그런 유학생을 본 적 없다고 해서 나는 며칠 동안 말똥 냄새가 가득한 공원을 배회하다 되돌아왔다.

—「이상한 모국어」 부분

기존 세계에 반(反)하는 의미작용(signification)은, 그 형식이 해체든 재구성이든, 어떤 말들의 세계를 욕망한다. 그러나 '의미 없음'은 의미작용을 제멋대로 거부하는 영도(零度) 지대의 교활한 신민이다. 그래서일까. 자아가 무심함과 위안으로 잔뜩 무장해도 위의 시편들에서는 묵시록의 얼룩이 여기저기서 툭툭 묻어난다. 만약 김이듬이 비정한 얼룩을 채취하는 데 시적 재능과 노고를 집중했다면 '말할 수 없음'은 끝내 불용(不用)의 덫에 걸리고 말았을 것이다. 하지만 자아를 "좀 더 어두컴컴하고 이상야릇하게 더러운 구석으로"(「질 & 짐」) 끊임없이 밀어가는 '우울한 열정'이 있어, 그 위험한 순간들은 "사라지는 것, 도주하는 것 들에의 편애"(「호수의 백일몽」)로 몸 바뀌게 된다. 『말할 수 없는 애인』이라는 '마임 모놀로그'가 입안되고 육화되는 최초의 계기가 여기 어디쯤 숨어 있을 것이다.

김이듬이 타자에게 말을 거는 방식은 "그러니 내게 물어보지 마라"(「저물녘 조언」)와 "거기 누구 없어요"(「거기 누구 없어요」)로 요약될 듯하다. 언뜻 보기에는 '나'의 독존과 안정을 위한 거절과 요청의 말처럼 들린다. 하지만 이 말들은 소멸과 도주로 명명된 '나눌 수 없는 잔여'들에 바쳐진 것으로 보아야 옳다. "당신의 노래"라는 그 "검은 코러스"마저 영구히 말소시키려는 '블루 미니스(Blue Meanies)'의 침략에 맞서 페퍼랜드(Pepperland) 국민들이 최후로 감행한 모험은 「노란 잠수함」을 위대한 음악의 나라(비틀스)로 발진시키는 것이었다. 김이듬이 위기에 처한 페퍼랜드의 시민이며, 그녀를 구원할 언어적 잠영의 목표물이 '노란 잠수함'임은 거의 분명하다. 그러나 그녀는 탈출자가 아니라 침입자이다. "노란 배로 헤엄쳐 들어"감으로써 '밤의 물결'의 본원성을 엿보는 한편 실낱같은 구원의 좌표를 읽어내려는 것이다.

문 닫고 나왔다 어둠 속 긴 복도
몇 걸음 발끝으로 춤추듯이
물결 속으로 헤엄쳤다
바닷물은 미지근했고
너는 차가웠고

어두운 날들 밤의 물결이여
모두 나를 지나쳐 어디로 흘러갔나
왜 일부는 나에게 있나
바위 사이의 물풀처럼 미끄러운 계단을 타고
물속의 방파제를 지나 선착장을 지나
다시 물속의 노란 배로 헤엄쳐 들어간다

—「거기 누구 없어요」 부분

삶과 언어의 의미는 '모두'보다는 '일부'에 의해 결정적으로 타파되거나 혁신되기 마련이다. '일부'는 보기 드문 희소성보다는 완벽하게 포착되고 해석될 수 없는 잔여물이기 때문에 능산적이며 역동적이다. 『말할 수 없는 애인』에 시와 시인, 혹은 그것들 사이의 관계에 대한 성찰이나 야유가 적잖게 등장하는 것도 '일부'의 역능성에 대한 새로운 발견과 긴밀히 연동되어 있다. 이른바 근본 없는, 그래서 그림자로, 가짜로, 혹은 복수(複數)로 존재하는 운사(韻士)들, 다시 말해 시뮬라크르들의 삶과 글쓰기는 '사생아들' '도플갱어' '지방의 대필 작가'로 명명, 대체되고 있다. 이들을 주어로 취한 같은 제목의 시들은 엄격히 말해 '일부'로서 그들의 역능성보다는 쓸모없는 잉여물로서 그들의 소외감에 초점을 맞추고 있다. "우릴 내동댕이친 세상에 이름을 날려야 한다"(「사생아들」)거나 "내가 던진 막대기를 물고 뛰어오는 사람"(「도플갱어」)이라거나 "지금 저는 종교에 빠졌고 독감에 걸렸고"(「지방의 대필 작가」)라고 하는 말들은 희미한 불빛 한 점 없이 "어둠 속 긴 복도"를 헤매는 주체들의 패배를 지시하는 서로 다른 표현들일 따름이다.

하지만 굴종과 좌절, 치기와 야유가 뒤범벅된 패배자의 시선과 목소리가 없었다면, '일부'를 향한 시의 도정은 '마임 모놀로그'로 재구성되거나 표상되지 못했을 것이다. 이를테면 「성으로 가는 길」 같은 산문시. 『말할 수 없는 애인』은 전작들에 비해 '자아의 서사'와 관련된 서사충동이 두드러져 보인다. 『명랑하라 팜 파탈』은 단일 체계로 환원되지 않는, 아니 그것을 의도적으로 거부하는 "애매한 실존"(「유령 시인들의 정원을 지나」)의 산종(散種)이 서사충동의 핵심을 이룬 경우다. 그러나 자전적 고백에 가까운 「성으로 가는 길」에는 "유원지 유령의 성에도 간 적 없다는 거다"라는, 전작(前作)을 뒤집는 작난(作亂)이 자행되고 있다. 물론 그 목적은 분리될 수 없는 '일부', 그러니까 "이 성을 빠져나가면 「성으로 가는 길」을 세밀한 약도처럼 쓸 수 있을 것이다"에서 보듯이, '개성적 실존'으로의 침투와 그것의 발현이다. '말할 수 있는 애인'이 진작부터 존재했다면 애인의 / 을 '말할 수 없음'은 의미작용의 대상으로 떠오를 일이 결코 없었을 것임을 은밀하게 고백하는 서사적 반전이 아닐 수 없다.

개성적 실존을 향한 글쓰기의 욕망을 김이듬표 마임의 한 결절점이라 여긴다면, '부모'라는 기표를 특히 주목해야 한다. 『말할 수 없는 애인』 속의 '부모'를 실재냐 상징조작이냐 운운하며 이분화할 필요는 없을 듯하다. 멀리 신화로부터 주어진 '부모'의 좌표는, 그때나 지금이나, "낳아준 게 어딘데……"와 "어이. 아줌마! 내가 뭘 잘못했는데, 날 버리는 거요?"(「여자가 여자를 사랑할 때」) 사이에 존재한다. 이 지점을 통과하지 않고는 상상계에서 상징계로 존재를 승압하는 그 어떤 입사식(入社式)도 진행될 수 없다. 그러니 실재와 상징 조작은 분리될 수 없는 하나의 몸뚱이인 것이다. 이 사태를 동일화의 고통으로 몰아갈 것인가 아니면 분리의 쾌재로 일탈시킬 것인가 하는 선택의 문제가 우리 앞에 놓여 있을 따름이다.

특정 존재의 '일부'는 승압의 과정에서 타버리거나 누전된 상상계의 진흙탕 속에 침전되어 있을 가능성이 크다. 컴컴한 수압에 폐색된 그 상황을 김이듬은 "인공호흡기가 절실한 중환자 하나 내 안에서 헐떡거린다"(「인공호흡」)라고 적었다. 문제는 위급한 '나'에게 인공호흡기와 그것을 채워줄 '나', 다시 말해 개성적 실존이 여전히 불명확하다는 사실이다. 시인은 '부모'에 대한 방법적 사랑 또는 보편에 반하는 의미작용을 통해 '일부'로 나아가고자 한다. 이 방법적 사랑에 구체적 형태를 부여한다면 변형된 '엘렉트라 콤플렉스' 정도가 될 것이다. 이런 연유로 반전의 의미작용은 주로 엄마를 향하게 된다.

> 숨넘어가는 목소리로 나를 호출해놓고 어머니는 파마하러 간다 똥 싸놓고 벌벌 떠는 아버지를 닦으며 내가 기다리는 것은 불분명해진다 손톱을 씹는다 사면을 기다리는 양심수의 신념에 대해 아는 바 없고 구사일생 넘쳐나는 기적들이 지겨울 뿐이다 기저귀 갈고 불알 두 쪽 들고 후후후 불어준다 젖비린내 나는 아버지 끔벅이는 눈가에 에센스를 발라주며 내가 이리 갸륵해져도 되나 어서 깨물어다오 오오 밀어 넣어다오 종언의 밤으로 넘쳐흐르는 상실 속으로 갚을 데 없는 갚지 않아도 좋을 부채감 속으로
>
> —「부부 자해공갈단」 부분

엘렉트라는 아버지 아가멤논을 연모한 까닭에 어미 클리템네스트라와 경쟁 관계를 형성했으며, 어미와 간부를 죽이는 데 일조함으로써 아비의 원수를 갚았다는 게 비극『엘렉트라』의 대강이다. 그러나 위에서 '아버지'는 연모의 대상이기는커녕 '어머니'와 '나'의 골치를 썩이는 '늙은 아이', 그러니까 질병을 달고 사는 퇴행적 존재일 따름이다. '어머니'와 '나'의 경쟁은 그래서 '아버지'를 돌보지 않을 권리를 둘러싼 암중모색일 수밖에 없다. 하지만 '어머니'는 마음대로 도망가지만 '나'는 그럴 수 없다. 이유는 두 가지인데, 부모가 '나'의 기원과 관련된다는 것이 하나라면, '나'의 탄생 자체가 그들을 두려움에 떨게 하는 "악

질가해자"(「부부 자해공갈단」)로 인식된다는 것이 둘이다. 파기가 가능한 계약 관계(부부)가 결코 나눌 수 없는 자연 관계(부녀)를 압도하는 탓에, '아버지'의 보호와 '나'의 부자유는 피할 수 없는 운명이 되어버린 것이다.

해결할 길 없는 가족 관계의 불합리성과 불평등성은 '아버지'의 죽음 이후에나 종결될 것이다. 이에 대한 상징적 해결이 '어머니'를 가족의 보호자가 아닌 방기자(放棄者)로 설정하는, 모성의 방법적 폐기가 아닐까? "엄마의 신이 날 구원하지 않아서 감사한다"(「여자가 여자를 사랑할 때」)나 "엄마가 복권 생각을 잊어버리고 나를 잊어버린다"(「나의 파란 캐스터네츠」)와 같은 단절과 유기의 문법은 잘못 빙의된 '엘렉트라'의 얼굴을 벗어던지기 위한 도구적 취용(取用)이 아니다. 오히려 '일부'을 향해 숨겨진 길, 즉 "난 여념(餘念)이 필요하다 / 잘 모르는 것을 사랑한다"(「모계」)라는 말을 실현하기 위한 대안적 실천에 가깝다. 제목대로 새로운 '모계'(母系 / 謀計)의 탄생은 '여념'과 '미지(未知)'의 어두운 물결 속에서 준비되고 숙성될 것이다. 여기에 시인이 '노란 배'로 끝없이 잠영하며 또 적대적 물결의 파상 공세를 제어할 수 있는 '마임'을 대화법으로 취해야 하는 근본적 이유가 존재한다.

우리는 그러나 김이듬의 '일부'가 아직까지 패배의 형식이라는 사실에 주의해야 한다. 그녀의 '개성적 실존'과 새로운 '모계'는 다음과 같이 주체의 낭자한 출혈이나 죽음을 요구하는 잔인한 체계들이다 : "이런 자포자기 패배감의 총구가 이 밤도 나를 겨눈다. 탕탕, 내 몸은 더 많은 구멍을 원하고 그 안에 그녀가 있다"(「여자가 여자를 사랑할 때」). 그녀는 불행하게도 아버지를 버리고 어머니를 죽이며, 그러기 위해 자기

마저 죽여야 하는 적대적 엘렉트라로 스스로를 수배 중에 있다. "나를 태워 나를 데운다"거나 "거칠고 길어 혼자 나를 수 없는 나"(「숲」)와 같은 자기 파괴와 절대 고독이 '마임'을 둘러싸며 관통할 수밖에 없는 또 하나의 까닭이겠다. 과연 시인은 동화의 고통과 분리의 쾌재 사이에서 얼마나 더 울렁거려야 하는가. 어느 쪽으로 진행되든 그녀는 자신을 그들보다 먼저 심판대에 올리는 불우를 살게 될 것이다. 그러나 시인이여 염려 마시라. 숨을 할딱이며 한 방울의 물을 갈급하기는 마찬가지인 우리들을 당신 옆자리에 두게 될 테니. 그 모습을 벌써 당신은 이렇게 적고 있지 않은가?

> 나의 빰을 만지자 만졌다는 망상에 시달린다 움직이는 나를 정원에 있는 나를 푸른 꽃 위의 나를 헛간 옆 우리 안의 고깃덩어리를 만졌다는 망상에 시달린다 웅크린 날 발가벗은 채 웅크린 날 무릎 위에 무릎을 꿇은 나를 강 저쪽의 석양이 상한 오렌지 빛으로 물들이는 나를 부친 수화물을 분실하여 출발에 늦고 얼굴과 맞지 않는 영혼에 시달린다 나는 나를 후려친다 꽉 잡으랬지? 혼자 잘났어? 나는 나의 테러리스트, 대동단결은 우리의 숙명
>
> —「행진」 부분

망상과 분열에 시달릴수록 '말할 수 없음'은 숙명적인 것이 된다. 곤고한 상황의 악순환은 필연적으로 삶의 파국을 예정한다. "저렇게 죽게 됩니다 그는 우리를 벗어난 돼지를 가리켰어요"(「생활의 발견」). 군데군데 보이는 죽음의 징후적 진술과 묘사는 『말할 수 없는 애인』에 설치된 강력한 부비트랩 가운데 하나이다. 죽음에 맹목이 되는 순간 그

에 대한 시의 상징 조작은 위급한 파탄의 실재로 돌변한다. 이때 시인은 어디에 있을 것인가. 그런 점에서 새로운 지평에 돌입할 마임의 성공 여부는 부비트랩과의 대결 방식 및 결과에 따라 좌우될 것이다. 교묘한 방식으로 부비트랩을 피해갈 것인가 아니면 위험을 무릅쓰고라도 일부러 찾아내어 제거할 것인가. 후자의 방식을 택하지 않는 한 언어의 파멸은 "동시에 모두가 왔다"(「동시에 모두가 왔다」)로 종결될 가능성이 농후하다.

하지만 곳곳에 숨어 사실을 갈취하는 부비트랩은 예민한 감각과 적확한 분석, 냉철한 판단마저 자주 조롱하지 않던가. 그러므로 최상이자 최후의 선택은 스스로가 부비트랩이 되는 수밖에 없다. 서로 분리되거나 공격할 수 없는 한 몸이 되는 것, 이 원리를 벗어나는 순간 한 쌍의 부비트랩, 바꿔 말해 '나'와 '애인'은 동시에 파멸된다는 것. 이로써 김이듬표 마임이 왜 비루한 '구렁텅이'의 삶조차 구원일 수 있는가를 열연하는 이유가 비교적 분명해졌다. 개성적 실존의 다른 이름인 "타고난 발성 우리의 언어"(「삼월은 붉은 구렁을」)을 살고 싶은 것이다. 그게 누구든 간에 이보다 완미하며 황홀한 시인의 삶은 없다.

동생이 탕 안에 똥을 싸는 바람에 우린 쫓겨났어요 발가벗은 채 탈의실에 누워 눕자마자 배가 고파요 다시 면접과 위생 검사 등급 판정을 기다려야 해요 의사는 내 피를 한 번 태반 추출물을 세 번 뽑아갔어요 넌 죽지 않을 거야 더럽다고 태만하다고 때려죽이지 않을 거야 내가 구해줄게 동생이 날 달랩니다 잘 자 우리는 두 개의 캐비닛 안에 침상을 배정받았어요 오 제발 수용소로 격리 시설로 보내달라고 애걸했지만 시간은 호송 열차처럼 달리고 언제나 자격 미달 함량 초과 안전도가 미심쩍은 우리는 툴툴거립니다 꿀꿀댄다고 하는데 오해 없기를 이건 불평이 아니라 타고난 발성 우리의 언어 전혀 외국말은 몰라요

—「삼월은 붉은 구렁을」 부분

"자격 미달"과 "함량 초과", "안전도" 미비에 해당되지 않는 자는, 또 시는 '툴툴'대지 않는다. 안전과 포만의 장(場)에 함부로 피촉되고 배치된 자들은 결핍과 결여, 비정상이 정상과 충족, 욕망의 실제 주체이자 동력임을 알지 못한다. 그래서 그들은 오래전 철학자의 말대로 툴툴거리지 못하고 꿀꿀댈 뿐이다. 마찬가지로 역사 현실과 미학의 지평을 떠도는 가담항설(街談巷說)에의 투기(投企) 없는 시와 예술은 퇴폐적일뿐더러 쇼비니즘적 악의에 포획되기 십상이다. 기성의 제도와 언어가 치밀하게 낙인찍는 "면접과 위생 검사 등급"은 언제나 "타고난 발성"을 위험한 것으로 간주하며 측량될 길 없는 '개인적 실존'을 철없는 예외성으로 강제 소개(疏槪)하는 새로운 야만의 징표이다. 이것을 앞세운 꿀꿀대는 자들의 새된 칼질은 그들만의 위대한 왕국, 그러니까 "연애는 없고 사랑만 있"고 "중요한 건 아무것도 없"으며 "조용히 그리고 매우 빠르게 / 시는 아무 일도 일어나지 않게"(「죽지 않는 시인들의 사회」) 하는 허위 세계를 폭력적으로 현실화할 것이다.

죽음의 환란 속으로 거칠게 틈입하는 김이듬의 '마임'은 김수영이 일찍이 건설한 '온몸-게토(ghetto)'의 성실한 시민, 아니 '흔들리는 난민'으로 주체를 등록하기 위한 '자해'와 '헌정'의 몸짓이다. 말 그대로의 "타고난 발성"은 입을 막거나 목청을 제거하면 그만이라는 점에서 언

제나 불충분하고 불안정하다. 그녀의 '온몸'이 언어이고 입이어야 하며 그녀가 '온몸'에 구멍을 계속 뚫어야 하는 이유가 여기에 있다. 말과 피를 동시에 철철 흘리는 '온몸의 마임'. 그곳은 "말할 수 없는 애인"끼리의 모럴(moral)과 에로티시즘, 그리고 대화가 갱신되고 성숙되는 원형 공간 자체이다. 그러니 우리는 먼저 물어야 한다, 얌전한 관객으로 '마임'을 즐기는 데 그치지 않고 배우가 흘린 말과 피를 우리 몸에 뭉텅뭉텅 바를 수 있는가를. 아마도 이 비릿한 것들끼리의 연대만이 돼지우리 속의 감시와 처벌을 뚫고 저 숲 어딘가에 세워졌거나 세워질 "성으로 가는 길"을 희미하게 비춰줄 것이다.

도래하는 오필리아의 무곡

신영배 시집 『물속의 피아노』

저의 내밀한 운명을 자을 줄 아는 텍스트라면, 존재와 세계를 향한 숨겨진 깊이와 무한의 첫 그물코를 어딘가 얽어두기 마련이다. 신영배의 새 시집 『물속의 피아노』(문학과지성사, 2013)는 이 그물코의 방사형 확장을 위해 내면과 행위의 파동 모두를 현재진행형 시제에 의뢰 중이다. 첫 그물코의 지속적인 기억과 호출은 텍스트의 기원, 바꿔 말해 주어진 운명의 문양을 자꾸 변형하고 뒤집는 모반의 사유와 상상력을 부풀리는 원동력이다. 현재진행형 시제의 선택도 언제나 과거인 운명(변화 가능성 없이 주어진 모든 것의 시제는 과거다)을 밀어내고 늦추기 위한 명민한 시간의 모험일 것이다.

제목인 '물속의 피아노'가 암시하듯이, 신영배 고유의 모반은 "물속"에의 생(生)의 전유와 공기(空氣)적 전도, 그 과정에 대응된 "피아노"의 역동적 울림에 가탁되고 있다. 모반과 일탈이라면 현기증과 공포로 진저리쳐지는 매체를 취택하는 것이 좀 더 효과적일 것이다. 그간 여성성의 내밀한 미감에 몰두해온 시인의 감각을 존중할지라도, "물속"과 "피아노"는 세계와 예술의 좀 더 특수화된 용례로 이해되기 십상이다. 그래서 더욱 뜻밖인 양자의 선택은, 바슐라르의 "물(과 피아노—인용자)의 운명에서 자신의 이미지를 보는 인간의 운명"이라는 명제를 곰곰이 되뇌게 한다.

엄밀히 말해 "물속"과 "피아노"는 시집의 주체 / 대상인 동시에 그를 실현하는 방법이기도 하다. "물속"과 "피아노"는 상태에 따라 이질적인 내부의 물과 음향 들을 분리, 통합, 조절, 분배하는 종합의 기술 장치에 해당한다. 따라서 그것들은 이형동질의 "아름다운 상자"들인 것이다. "안을 부풀리는 일 그리고 안을 비우는 일"로 자기를 증명하는 양자의 이미지는 기실 내면의 청취와 육체의 수행을 통해 존재의 총량을 부풀리는 우리의 그것이기도 하다. "물로 나는 상자가 되어본다 한쪽 귀퉁이를 열어 말을 내보낸다"(「아름다운 상자」)를 "피아노로~" 바꾸어도 전혀 따분하지 않은 연유는 이와 관련된다.

"물속"과 "피아노" 그리고 '나'의 순정한 통합과 어울리는 관계망의 첫 그물코를 만져보려면, 우리는 "물길 속 발의 음계들"의 소리를 조심스레 청취해야 한다. 헌데 "물의 노래"를 "내 두 손은 받아 적지 못하"며, 그래서 "물 속에서 당신을 오려낼 시간"(「흐르는 발」, 『오후 여섯 시에 나는 가장 길어진다』, 문학과지성사, 2009)만이 유일한 희망이니, 이 폐색의 시절을 어쩔까. 애처로운 처지에 주의한다면, 『물속의 피아노』는 "두 손"의 불능과 "시간"의 가능성, 다시 말해 '危'를 횡단함으로써 '機'를 열어가는 '危機(위기)'의 형식을 기꺼이 통과할 수밖에 없다. 새 시집에서 불안과 회의보다 투명과 명랑의 감각이 점차 우세해지는 것도 모반의 불확실성을 모색의 확실성으로 데려가기 위한 침착한 지혜의 일종인 것이다.

이를테면 "흉측한 얼굴에 물빛이 떠오르면, 전설은 환한 물의 장소를 가리켰다 먼 그곳에서 물 위에 핀다는 꽃이 고개를 들었다"(「마을을 지나다」)라는 대목은 어떤가? 아름답되 괴기한 느낌의 "얼굴"과 "물빛" 그리고 "꽃"은 「햄릿」의 비극적 헤로인(heroine) 오필리아를 저절로 떠올리게 한다. 연인 햄릿과의 이별에 뒤이은 아버지의 죽음(그것도 햄릿이 저지른)에 미쳐 들판을 헤매다 물가의 나뭇가지에서 떨어져 익사한 오필리아. '저주받은 운명'의 관점에서 말한다면, 그녀는 "물속에서 죽기 위해 태어난 인간"(바슐라르)이 아닐 수 없다. 하지만 훗날의 화가 존 밀레이는 비극적 암전의 순간을 절대미와 영원성에 아낌없이 수렴된 오필리아의 초상(「Ophelia」, 1852)으로 환하게 밝혀냈다. 이 장면은 물의 사신(死神)에 사로잡힌 오필리아가 오히려 죽음의 연못을 고결한 삶의 안식처로, 아니 사후 생명의 본산으로 정화・재생하는 반전의 상황을 암시하는 것처럼 느껴진다. 그녀의 죽음을 "자기 자신의 원소"를 다시 발견하는 행위로 가치화했던 셰익스피어의 말은 어쩌면 이런 상황을 염두에 두고 행해진 발언인지도 모른다.

그러니 우리는 『물속의 피아노』를 오필리아의 비극과 극적 재생에 바쳐지는 의례(依例)적 조문이나 헌사 정도로 주석하는 태도를 경계하여 마땅하다. 그녀의 삶에 대한 기억과 전유 없는 무작정의 숭고화는 그녀의 죽음에서 어떤 낯선 것을 발견하여 가치화하는 진정한 애도와 거리가 멀기 때문이다. 이럴 경우 오필리아를 위한, 아니 오필리아에 의한 "물속 피아노"의 투명한 선율은 근원적인 '물'과 '집'을 잃어버리는 위험에 또 다시 처해질 것이다. 과연 현실의 물속에는 "뒤집히는 식탁과 혼잣말, 혼잣말과 의자, 혼잣말과 새장" 들이 뒤엉키는 난폭한 고독과 혼돈의 물이 여전히 흘러넘친다. 어지러운 물결에 휘말리는 순간 투명한 "물"과 "음악"의 리듬에 맞춰 유연하게 "고개들 드는 여자"(「지붕 위의 여자」)로 살려는 본원적 욕망은 어김없이 꺾일 것이다.

난폭한 물속에는 그러나 "부르지 않았는데도" 스스로 "꽃"(「꽃, 살다」)을 피워내는 구원의 생명선이 은밀히 흐르고 있다. 물론 그 가느다란 활선(活線)에 접속하는 일은 그것을 둘러싼 외방의 물에 대한 모반의 순응과 모색의 저항을 동시에 요구할 만큼 어려운 것이다. "물속"을 향한 연대와 결별에 관련된 양가적 감각의 선택과 배치는 이로써 필연적이다. 전자는 "떠다밀지 않았는데도/ 통증이 있는 곳으로 몸이 늘어난다"(「꽃, 살다」)라는 고통을 향한 따뜻한 촉감에서 뚜렷하다. 후자는 "닿는 순간 물과 함께 사라지는 꽃, 병처럼 아름다운 그 꽃을 "(「마을을 지나다」) 열망하는 아이러니한 태도에서 분명하다. 이 양가적 공간에서 "통증"과 순간의 "꽃"을 함께 살며, "사막을 딛고 서서 물로 지붕을 짓는"(「아름다운 지붕」) "물속의 피아노" 연주가 비로소 시작된다. 때로는 격정적이며 때로는 부드러운 "물"과 "피아노"의 선율과 음향을 따라 우리들 경험 이전의 충만한 사후(死後)로 오필리아가 뚜벅뚜벅 도래하는 것이다.

잎사귀 위에 물방울이 앉아 있다 손끝을 대본다 꿈이라면 좋은 날, 넘어져도 좋겠지 이렇게 물로 날개를 펼치고 물로 아지랑이를 부르고 물로 처녀막을 두르고 물로 꽃을 열고 닫고 물로 빨강을 입었다 벗었다 물로 암내를 흘렸다 주웠다 물로 파랑과 놀다 노랑과 붙다 물로 바람을 피우고 햇살을 뿌리고 물로 반짝반짝 물로 팔랑팔랑

—「물과 나비」 전문

여성성의 명백한 제시, 아니 선언은 익사 이전 오필리아의 현실을 감안하면 무엇보다 가부장적 팔루스의 부정과 초극으로 읽힌다. 하지만 그녀 사후의 충만한 미래를 떠올린다면, 생의 낭만적 풍경을 뛰어넘는 어떤 원리가 아른거린다. 이를테면 서로의 이질성과 타자성이 함께 묶이고 또 풀리는 근원적 통합의 모듈이 조화롭게 작동하는 듯한 느낌 말이다. 이 지점에서 여성이 아닌 물을 타자성과 이질성을 수렴하고 확산하는 관계망의 출발점이자 결절점으로 상정한 까닭이 좀 더 분명해진다.

세상에서 물만큼 서로의 통합과 분리, 수렴과 확산, 스밈과 흘러나옴에서 자유롭고 유연한 사물은 달리 없다. 가장 깊은 곳까지 흘러드는 "물"을 그 대극점 공중의 "나비"로 활유(活喩)하는 까닭이 여기 있다. 「물과 나비」에 제시된 "물방울" "손끝" "날개" "아지랑이" "처녀막" "꽃" 등의 사물과 "빨강" "노랑" "파랑" 등의 색깔, "암내" "바람" 등의 에로스, "반짝반짝" "팔랑팔랑" 등의 의태어는 그러므로 "물의 생활의 하잘것없는 세부"(바슐라르)가 아니다. 그것들은 오필리아, 더 자세히는 시적 자아의 가장 중요한 심리적 상징이자 바람직한 관계망 형성을 위해 결코 포기할 수 없는 그물코들인 것이다.

『물속의 피아노』는 한국 현대 시사에서 그 선례가 드문 '물의 시학'

이나 '물의 몽상'으로 회자될 가능성이 농후하다. 시집 전체가 물에 대한 사유와 몽상, 인간과 물과 자연과 사물의 관계망 구축에 바쳐진 집요하며 희유한 경우이기 때문이다. 시인은 그러나 오수와 폐수, 폭풍우와 심해수 따위의 문명과 자연을 관통하는 난폭하거나 둔중한 물에는 거의 무관심하다. 『물속의 피아노』가 내면의 성숙 및 사물과의 교유를 오롯이 목적하는 말 그대로의 '순수시'에 가깝다는 판단이 가능해지는 지점이다. 그런 만큼 물의 형식도 "물방울" "빗물" "물속" "바다" 처럼 그 개성과 특수성이 고의적으로 은폐된 중성적 형태에 집중된다. 물론 예의 명사들이 청명함과 부드러움, 난폭함과 불투명함 같은 다양한 성질을 감춰버린 형국이니, 내면의 성숙과 교유의 활달한 확장을 『물속의 피아노』의 핵심으로 간주하는 태도는 부적절할 수 있다. 하지만 나는 시인이 오히려 물의 성격을 중성화함으로써 오필리아의 사후가 개진하는 '새로운 물'들의 응결과 흐름을 유연하게 터놓았다고 생각한다. 그러니 얼마간 협소해 보이는 시인의 화폭을 소극적 현실 대응이나 의도적 무관심으로 서둘러 규정해서는 안 된다.

사실을 말하자면, 시인의 현실 성찰이나 불안 의식은 특정 사태의 구체화 속에서 조감되는 대신 '통증' '불안' '부끄러움'과 같은 심리적 정황으로 간접화되고 있다. 질병의 은유, 그것도 "병자", 곧 "몸에 피를 칠한 여인들"(「마을을 지나다」) 같은 불분명한 형상이 제시되는 정도랄까. 이 때문에 오히려 현실에 대한 내성적 경향이 잘 감춰지지 않는 것인지도 모른다. 하지만 그녀의 "불안"과 "부끄러움"은 "멀리 떨어진 머리를 지우러 / 나는 길어진 내 그림자 위를 걸어간다"(「오후 여섯 시에 나는 가장 길어진다」, 『오후 여섯 시에 나는 가장 길어진다』)는 구절이 암시하듯이, 실존 전체가 걸린 심각한 종류의 감정이다. '몸에 칠한 피'가 강압적 외상(外傷)보다 자발적 내상(內傷)에서 흘러나온 것인 까닭이 새삼스러워지는 대목이다.

이때 중요한 것은 신영배가 내면의 '통증'과 '불안'을 삶의 패배와 허무의 온상으로 삼지 않는다는 사실이다. 되레 밖으로 "나가는 문"을 계속 두드리고 "물방울을 안고 몸을 둥글게"(「물방울 알레그로」) 마는 자기 전환의 씨앗으로 삼는다. 이런 태도는 부조리한 현실에 괄호 치고 억압의 질서를 무력하게 승인하는 소극적 니힐리즘과 분명히 구별된다. 오히려 궁핍한 현실을 보잘것없는 것들의 수렴과 확산을 통해 수정·보충하는 한편 그 대표로서 "물"의 새로운 형체와 가치를 적극 생산하는 능동적 니힐리즘에 가깝다. 거기서 태어나는 본원적 수성(水性)을 특정한 물의 형태로 제시하는 것은 그다지 어렵지 않다. 앞서 거론한 "물방울" "빗물" "물속" "바다" 따위가 전형적인 예다. 이를 고려하면 우리 관심은 새로운 물의 양태보다 그것이 적시고 스며드는 타자성의 밀도와 점성에 먼저 맞춰져야 한다.

새 시집 고유의 방법을 꿰뚫는 하나의 핵심 요소는 "물"과 "피아노"의 관계를 잘 파악하는 일이다. 양자는 다시 강조하거니와 '나'와 "아름다운 상자"를 함께 공유하는 이질동형의 존재다. 가령 "물속으로 들어가는 꿈 / 피아노 / 그리고 나"(「피아노와 나」)는 이들의 관계를 모범적으로 예시한다. 이 구도 속에서 '나'는 어느 순간 "물 피아노"를 연주하고 감상하는 발화자-청취자의 입장으로 동시에 위치하게 된다. 이때 "물 피아노"는 양자의 유사성과 이질성을 매끄럽게 통합하는 최상의 악기로만 제시되지 않는다는 점에서 더욱 문제적이고 유의미하다. 주체의 행위 "여기서 울고 저 멀리 가서 듣다"가 지시하듯이, 그것은 "꽃의 음정"(「물 피아노」)의 극치를 들려주지만 동시에 "나"를 멀리 밀어내는 단절과 확산의 매개이자 계기로 작동하기도 한다.

이런 접속과 단절의 문법은 "물 피아노"와 "나"의 대립 / 갈등으로 결과하기보다는 그것들끼리의 폴리포니(polyphony)를 실현하기 위한 대위법의 일종으로 이해된다. 시인은 피아노 연주법으로 "알레그로" "스타카토" "안단테"를, 음악의 형식으로 "무음"과 "레퀴엠" 등을 취택하고 있다. 음악에 문외한인 나의 입장에서 이런 방법과 형식의 의미와 가치를 톺아내기는 쉽지 않다. 하지만 전자의 단속(斷續)적 흐름과 후자의 묵직하고 유장한 울림이 다양한 음상(音像)과 성향(聲響)의 현현과 깊이 연관된다는 사실만큼은 충분히 직감된다.

이를테면 "울어도 울어도 새가 되지 않는 슬픔"(「검은 스타카토」), "1과 2로 노래를 만들어본다"(「물방울 알레그로」), "풍경 하나를 줍는다 / 잘린 꼬리와 짓이겨진 비늘"(「비의 레퀴엠」), "햇살이 조금 늘어나는 말"(「무음의 마리오네트」) 들에 담긴 서로 다른 음상과 성향 들을 떠올려보라. 짚이는 대로 나열해본 이 대목들은 "손가락을 하나 잃고 // 피아노 위에 / 떠 있는 나"에서 "발목의 끈을 풀고 // 피아노 앞에 / 나"로, 또 다시 "두 귀가 없이 // 피아노와 나"(「피아노와 나」)로 변화하는 장면들과 어떤 식으로든 상관된다. 이 관계망을 유연하게 접속 · 변화 · 단절시키고 다시 반복 · 수정 · 보충하는 특단의 그물코가 "물"과 "물속" "물방울" 등의 가족어인 것이다. 이런 의미에서 "물속"은 비유컨대 접속어의 일종이며 서로 다른 음향들이 화창(和唱)하고 반향하는 열린 공연장인 것이다.

사실 시적 층위의 표면만 본다면 '음악'과 '피아노'는 예의 시들을 제외하면 '물'과는 달리 지속적으로 등장하지 않는다. 그러나 내 생각에 그것들은 간접화된 방식으로, 혹은 비유의 형식으로 『물속의 피아노』를 간단(間斷)없이 관통하는 것처럼 보인다. 이와 관련된 음상과 성향을 찾아본다면, 우리 첫 눈길은 "물울"과 "물로"라는 재기발랄한 조어에 가닿게 될 것이다. 두 단어의 공통 음소 'ㅁ', 'ㄹ', 'ㅇ'은 유성음이라는 공통적 속성을 지닌 소리들이다. 특히 유음 'ㄹ'은 발화 시 유동성과 리듬감, 부드러움을 만들고 더하는 말 그대로 흘러가는 소리다. 이를 감안하면 "물울"과 "물로"는 흐르는 물의 음소적 재현이자 언어와 세계가 유연하게 흘러가기를 욕망하는 시의 음소적 형상이기도 하다.

양자에 대한 이 정도의 설명이라면, 명랑하고 발랄한 "물속의 피아노" 연주와 소리를 자연스럽게 상상하게 될 것이다. 그러나 음성모음 'ㅜ'와 양성모음 'ㅗ'의 동시적 접속과 갈등은 양자의 세계를 뜻밖의 국면으로 이끈다. 미리 말한다면 "물울"은 존재와 상황의 성질을, "물로"는 그것이 실현되고 드러나는 방법을 천천하게 드러낸다. 주체와 물, 피아노의 공동 형상 "아름다운 상자"가 일종의 본질이자 또 일종의 방법이기도 하다는 사실이 "물울"과 "물로"의 조어 속에서도 뚜렷해지는 형국이랄까.

"물울" 하면 "물방울"의 줄임말로 먼저 들려온다. 그 이상적 형태로 '시의 이슬'이 문득 떠오르는 것은 "물방울"의 순수와 둥긂을 함께 보유하기 때문이다. 하지만 "물방울"은 그 형태와 속성으로 울과 뭉침, 그러니까 폐쇄(울타리)나 멍울의 완고성을 지니고 있기도 하다. 『물속의 피아노』에서 "물울"의 형성과 활동, 변화는 비유컨대 딱딱한 멍울에서 부드러운 공기 방울로 나아가는 것처럼 느껴진다.

“물울”은 최초에는 “얼어서 울어서 얼어서 울어서” “얼울거리는” “얼음의 유두”에서 “물로 울어서 물로 울어서 / 물울하게 물울하게 / 회전하는 물”로 나아가는 형태로 주어진다. “얼울”과 “물울”은 타자성의 견인이나 이질성의 수렴에 유연한 흐르는 물이 아니다. ‘딱딱한 물’은 “나는 몸뚱이 없이 두 방울의 눈물로 서 있네”나 “향기롭지 않은 것에서 소녀를 시작해”(「물사과」)가 암시하듯이 존재의 어떤 결핍과 상실에서 발원된 심리적 응고물에 가까운 것이다. 그러니 이즈음의 “물울”은 죽음에 처한 순간의 오필리아의 처절한 슬픔에서 크게 벗어나지 않을 것이다. 하지만 오필리아는 죽어서, 그러니까 “지붕만큼 부푸는 치마를 갖고 싶어” “집을 나”온 후 오히려 “치마를 부풀리고 / 연못 위에 앉은 여자”(「물울」, 55면)가 되었다.

이상의 양가적 상황은 “얼울” 상태의 “물울”이 기존의 딱딱한 집-울-멍울(=tomb)을 모반함으로써 부드럽고 둥근 “물울”-“지붕”-“부푸는 치마”(=womb)로의 모색이 가능해졌음을 말해준다. 우리는 이 자리에 “물울”의 유동성이 “말하게 하고, 움직이게 하며, 바라보게 하는” ‘적극적 청취’(바슐라르) 행위에 의해 획득된 것이라는 평가를 붙여두어도 괜찮겠다. 아래의 「물울」에는 그 발화와 청취 과정이 급하지도 느리지도 않은 그만치의 선율로 흘러가고 있다.

서 있던 저녁이 앉을까 두 다리가 젖을까 발끝이 떨릴까 잔잔하게 퍼질까
서 있던 꽃이 앉을까 엉덩이가 젖을까 붉을까 둥글까 아플까 울까

물울 물울 물울 물울 물울 물울 물울 물울 물울 물울

서 있던 바람이 앉을까 얼굴을 묻을까 고요할까 잊을까

—「물울」 전문(43면)

예민한 독자라면 「물울」이 일련번호 없이 복수의 텍스트로 제시되고 있음을 벌써 알아챘을 것이다. 『물속의 피아노』에는 전문 인용한 「물울」과 그 확장형에 해당될 저 위쪽의 「물울」 말고도 2편의 「물울」이 더 있다. 굳이 연작의 형태를 취하지 않은 것은 "물울"의 다양성과 복합성을 두루 표상하기 위한 전략적 고안일 것이다. '불안과 부끄러움'에서 안심과 '고요'로 옮겨 가는 내면의 서사를 그린 두 편의 「물울」과 달리, 나머지 두 편은 "돌아서는 말과 나 사이에 // 물 // 한 방울"(「물울」, 74면)과 "우울하고 둥글고 고요하고 아찔"한 "물울"(「물울」, 102면)을 묘사했다.

요컨대 네 편의 「물울」이 '따로'의 "물울"과 '같이'의 "물울"로 나뉘어 흘러가며 서로를 감싸는 동서(同棲)의 지평을 구축하고 있는 셈이다. 다시 도래하는 오필리아의 사후가 영원과 진실에 값한다면, "물울"끼리의 역동적 관계가 현실을 넘어서는 어떤 깊이와 무한을 조심스럽게 불러올 줄 알기 때문이다. "물울"의 지속적 반복은 그것들을 부르는 모습이자 그 내용을 차근차근 현실화하는 주술에 해당될 것이다.

제1의 물로는 마냥 흐르게 한다 이것이 다일 수도 있다는 생각을 한다 제2의 물로는 흐르면서 흐르는 것을 감춘다 물뱀의 생리를 익힌다 제3의 물로는 거꾸로 흐르는 것을 감행한다 몰래, 이것은 거슬러 오르는 물고기 떼를 이용한다 제4의 물로는 뛰어오른다 허공에 찬란하게 물방울을 날린다

(…중략…) 제10의 물로는 죽음을 나른다 물에서 물로 이장되는 무늬를 본다 제11의 물로는 다시 뛰어오른다 햇살과 바람을 머금고 제12의 물로는 새로운 무늬를 펼친다 수평선을 안고 등을 구부린 울음의 무늬가 찬란할 때 제13의 물로는 몰락한다 읽는 순간 사라지는 물을 완성한다

—「물로」 부분

"물로"는 맥락에 따라 대명사나 방법으로 달리 활용되고 의미화된다. 예컨대 "내가 사는 물속에서 물로 토끼는 산다"(「물속의 시간」)라는 구절을 보자. "물로"는 한편으로는 토끼의 생존 방식을, 또 한편으로는 토끼의 이름이나 종족을 지시한다. 위 시에서도 마찬가지여서 "물로"는 이름인 동시에 방법이다. "물로"의 양가성은 펀(pun)이나 위트의 미학과는 크게 관련되지 않는다. 그보다는 "나는 물로 벽이 되어본다"(「물로 벽」)라는 잠정태가 시사하듯이 이를테면 죽음이라는 우리 최후의 한계를 넘어서기 위한 스밈과 살림의 전략에 가깝다.

시인은 존재의 그 심연을 "몸에 딱 맞는 / 수천 개의 그림자들이 뭉쳐 있는 / 살갗처럼 달라붙어 함께 움직이는 어둠 / 이곳은 구덩이"(「구덩이」)에 비유했다. "구덩이"와 "벽"으로서의 "물속"은 내부의 활성이 터지기 직전의 긴장된 침묵과 고요에 쉽사리 연결되지 않는다. 오히려 그것은 물의 유동성과 원만함을 딱딱하게 굳히고 불모화하는 죽음의 소용돌이에 가깝다. 이런 연유로 "제1의 물로"에서"제13의 물로"까지의 상황과 행위들은 현실에 맞서 일부러 오필리아 사후의 충만한 미래로 파고드는 위험천만한 변신과 도약의 서사로 먼저 읽힌다.

가령 「물로」와 「구덩이」 속 "제1의 물로"~"제13의 물로"는 이상의

「오감도」를 인유한 것이 분명해 보인다. 「오감도」의 핵심 가운데 하나는 "길"이 "막힌 골목"이거나 "뚫린 골목"이어도 괜찮다는 사실, 그리고 "아해" 역시 "무서운 아해"거나 "무서워하는 아해"여도 좋다는 사실이다. 이상에게는 주어진 상황과 주체의 성격보다 달리는 행위 자체가 문제의 핵심이었음이 드러내는 대목이다.

이를 참조하면, 신영배의 「오감도」 인유는 "물울"의 성격과 상황을 새롭게 변환하는 "물로"('물로'는 방법이지만 물로(物路), 곧 사물의 길일 수도 있다)를 존재의 도약의 계기로 삼으려는 시적 전략이 아닐 수 없다. 과연 "제1의 물로"에서 "제13의 물로"로의 서사는 순연한 흐름과 역류, 죽음과 도약, 몰락과 완성으로 진행된다. 이것은 불행한 운명의 오필리아가 거쳐 간 삶의 서사일뿐더러 우리가 걸어가는 운명의 일단이기도 하다. 이때 서사 역전의 최후 관건은 "물로"의 "몰락"을 "물"의 "완성"으로 전유하는 생의 기술과 그 도약의 현장이겠다.

"물로"는 꽉 막힌 "구덩이"와 "벽"을 질주하여 드디어는 어디로 탈주하는가. 『물속의 피아노』에는 "물방울"의 유사체 "물사과" "달물"을 비롯하여, 그 충만함을 함께 나누는 "물로 토끼" "물속의 새" "나무" "나비" 들이 점점이 박혀 가만가만 조우하고 있다. 이것들은 둥글되 울타리처럼 폐쇄적이지 않으며 뭉쳐 있으되 서로를 억압하지 않는다. 이것들은 그래서 "달을 열고 몸을 집어넣고" "달로 떠오르는 일"(「달과 구두」)을 생의 미래로 점치고 실천하는 "물로"의 형상들로 읽히는 것이다. 이 현장은 "검은 소녀와 집을 나온 여자와 달리는 여자가 동시에 들어"와 "둥글게 엉켜 잠드는 밤"의 시간과 "물방울 속에서 / (그녀들의 - 인용자) 등은 하나로 겹쳤다가 여러 개로 떨어졌다가 한없이 무늬를 펼"치는 열린 공간으로 직조되고 있다. 이 시공간의 충만함은 그녀들 결합의 심미성보다는 서로가 "가장 아프게 쥐고 있던 어둠을 가만히 풀"(「물방울의 계절」)어놓게 하는 개방의 연대성에서 비롯한 것이다. 이런 타자성의 수렴과 확장 없이 어떻게 아래와 같은 "물로"들의 성격 변화가 가능하겠는가.

> 제1의 물로는 아무것도 건드리지 않는다
> 몸의 어디도 어느 곳에 닿지 않는다
> 빛조차 건드리지 않고
> 제2의 물로는 몸을 오므린다
> 고이는 것을 고이는 대로 두고
> 제3의 물로는 마음 한 방울만 건드린다
> 잔잔히 손끝이 가고 발끝이 가고
> 제4의 물로는 물결 되기
>
> —「저수지를 지나다」 전문

이 장면을 "물로"들의 자율과 개성이 "저수지"를 죽음의 "구덩이"와 "벽"에서 건져 올리는 순간이라 부르면 어떨까. 순정하게 정화된 "저수지"가 바람직한 생의 갱신 또는 윤리의 장일 수 있다면, "몸을 읽는 일로/ 상처를 드러내는 일로/ 눈물을 지어내는 일로/ 책은 반듯해"(「물뱀」)질 수 있기 때문이다. "여자"가 천천히 지나는 "저수지"와 "알 수 없는 꽃들"이 "폭죽처럼" 피어나는 "화분을 안고" 그녀가 떠 있는 "공중"(「공중의 잠」)의 등가성은 따라서 자유분방한 몽상의 결과로만 이해되거나 설명될 수 없다. 어떤 점에서 그러한가.

그것은 "달과 물 사이에 알몸"을 던질 줄 알고 "공기처럼 부푼 사람을 끌어안으며" "달물"하는 "알몸"(「달물」)을 낳을 줄 아는 자아의 성숙과 도약에서 스며나온 것이다. 그 과정에서 "물울"은 드디어 "달물"로 몸 바꿔 "둥글 물결"로 떠오르며, 그 물결의 힘으로 "집"은 둥글게, "구덩이"는 부드럽게 변신한다(「안단테 달」). 물론 "저수지"와 "공중"의 통합은 반복이 불가능한 일회적 사건으로 성립할 따름이다. 그러므로 그것은 경험 이전의 사태로 도래할 수밖에 없으며 그 결과 항상 갈급한 이상으로 존재하게 된다. 이런 국면들이 오필리아 사후의 충만성에 맞먹는다면, 그것들이 언어와 상상의 현실로 도래하는 그녀처럼 부재하는 현존으로 소용돌이치기 때문일 것이다.

이상의 이유들로 대지와 물의 존재들이 하늘과 공기의 존재들로 변신, 도약하고 있는 현장이 『물속의 피아노』라는 평가가 가능해진다. 오필리아의 불행이, 시인의 "불안"과 "부끄러움"이, 사실은 억압과 패배의 "물로"를 벗어나 갱신과 도약의 "물로"로 들어서는 심리적 승화의 입구였다는 역발상 역시 동일한 까닭에서 비롯한다. 이와 관련하여 우리는 앞서 「물과 나비」에 제시된 오필리아의 사후 형상과 대별되는 또 다른 모습에 특히 주목해야겠다.

그 대상은 「검은 숲에서」 속 "여자"의 형상이다. 그녀는 "나비"와 정반대되는 모습, 그러니까 "알몸"과 "까맣게 탄 두 발"로 "재로 뒤덮인 숲"을 기어 다니는 "땅에 가장 가까운 동물"로 묘사된다. 불에 탄 숲과 몸뚱이, 불모의 땅과의 밀착은 겉으로 본다면 오필리아의 죽음을 거머쥔 검은 연못을 먼저 환기한다. 그러나 이 죽음의 현장이 사실은 "물방울"이 건축 중인 사후의 충만한 현장임은 "여자는 말 붙일 것과 꿈꿀 곳을 발견하고 잎에 가장 가까운 동물이 된다"라는 변신의 서사에 충실히 표상되어 있다. 더군다나 이 "동물", 즉 "여자"는, "몸을 둥글게 말아 잎을 감싼다 그리고 잠이 든다"에서 보듯이, 새로운 월령으로의 변태(變態)와 성장을 준비하고 드디어는 하늘로 날아오를 "나비"에 방불하지 않은가.

그러나 주의하라. 땅의 "여자"와 공중의 "나비"의 등가성 및 동일성은 "물"의 가족어, 이를테면 "물방울" "빗물" "물속" "바다" "강" "저수지" 들에서는 심상한 본질과 현상이 아니던가. 그러니 오필리아는 죽으러 "물속"에 떨어진 것이 아니라 사후의 충만한 현실로 도래하러 "물속"으로 스며든 것이다. 그러나 오필리아의 변신은, "물속" 자유와 생명의 획득은 이 정도의 가치화로 멈출 성질의 것이어서는 안 된다. 내가 상정한바 시인의 오필리아 전유는 결국 세계와 시를 "물속"에 풀어놓고 마음껏 흐르게 하려는 미적 욕망의 실천과 연관된다. 따라서 "젖은 두 귀를 열고 // 두 발은 신전으로"(「신화를 읽는 여자」) 느릿느릿 걸어가며 미래의 생으로 도래하는 주체는 사후의 오필리아이자 더욱이는 현실에서 "네 발로 기어 다니며 먹을 것과 잘 곳"(「검은 숲에서」) 그리고 '시적인 것'을 찾아다니는 신영배 그녀 자신이 아닐 수 없다.

길이 이렇게 있어 어디쯤일까 아마도 강이 시작되지 점점 넓어지지 바다로 가는 거야 길 위에는 나무들이 있어 여기 여기 여기 이렇게 줄을 선 것 같지 하지만 가만히 걷는 거야 천천히 천천히 바다로 바다로 아마도 강 물속에도 나무들이 있어 이렇게 이렇게 이렇게 기울어져 있지 그림자 같지

하지만 가만히 걷는 거야 꿈처럼 바다로 여기에서 여기로 나뭇잎들이 흔들리지 여기 한 방울 여기 한 방울 여기 여기 한 방울 한 방울 반짝거리지 먼 바다로 방울방울 물방울 나무들이 걷는 거야 여기에서 여기로 물속의 나무들도 고요하게 한 방울 한 방울 투명하게 방울방울 물방울 걷는 거야 처음 걷는 것처럼

—「물로 걷는 나무」 전문

이 아름다운 세상은 미래의 생을 향한 어느 문턱에 문득 마주칠, 그래서 누구나 걷고 싶은 적요(寂寥)의 풍경일까. 이곳을 둘러싼 "검은 숲"은 "물속의 나무"들로 빽빽한 "바다", 즉 거꾸로 선 공중일 것이다. 하늘과 바다로 동시에 열린 이곳의 무한과 깊이는 그 형식만 다른 동일한 가치의 생산자이자 수렴체들이다. "물울"이 소녀의 입 모양 "둥글 물"을 거쳐 "여자의 입 모양" "붉을 물"을 지난 뒤 이제는 "아물 물"로 치유된 여자의 "몸 아래 물"(「물을 나르다」)로 부드러워지고 넓어진 생애 최고의 사건은 가치의 서열과 힘의 순서를 모르는, 아니 허락지 않는 무한과 깊이 어딘가로 호명되었기 때문에 가능한 것이었다.

우리는 그러니 "물로 걷는 나무"에 "나무" 대신 각자의 이름을 새겨 넣으며 "신화를 읽는 여자"에 아프게 빙의될 필요가 있다. "물속의 나무"에 종종 뿌려줄 우리 생의 "물을 나르며" 허둥대는 우리의 모습, 이를테면 "서랍에서 화분으로, 서랍에서 화분으로 / 불안과 웃음으로 분주하게 / 불안과 울음으로 분주하게"(「공중의 잠」) 옮아가는 모습은 덤으로 기록하면서 말이다.

그런데 보기 드문 무한과 깊이의 경험도 "불안"을 상수로, "웃음"과

"울음"을 변수로 삶을 영위하고 모색하는 그 어려움을 어쩌지 못하고 있으니 이를 어떻게 할까? 하지만 염려 마시라. 오필리아 사후의 충만함은 처음부터 주체와 타자들이 서로 비껴가며 통합하는 원리, 비유컨대 마우리츠 에스헤르의 「그리는 손(Drawing Hands)」(1948)의 낯설음과 기이함에서 흘러나오는 것이었다.

> 나무 사이로 둘이 걸어간다 둘은 같은 방향
>
> 나무 사이로 나란한 손의 방향, 한쪽은 사랑에 빠지는 손이고 다른 한쪽은 이별을 하는 손이다 둘이 걸어간다
>
> 둘, 나무를 보기 위해 손을 쓴다 한쪽 손이 푸른 말을 끌고 간다 동시에 다른 한쪽 손이 푸른 말을 자리에 세워놓는다 나무 사이로 손과 함께 말이 푸르다
>
> —「나무와 말」 부분

마치 기찻길처럼 나란히 서 있는 나무들, 그것을 따라 또 나란히 걷는 누군가들 혹은 그들의 손들. 나뭇길의 표층적 평행은 양손의 동일한 병행을 먼저 부감할 것이었다. 하지만 "물속" 나뭇길은 "불안"과 "웃음" 그리고 "울음" 등 서로 모순되고 상반되는 심리적 지향의 구성물로 닦이었다. 좌우 나뭇가지의 경사와 나뭇잎의 흐름이 함께 걸으면 걸을수록 서로 멀어지는 상반의 사태는 그런 점에서 언제나 상상 가능한 현실이었던 셈이다.

하지만 양손의 역진행과 역행위는 모순과 갈등의 출발점이라기보다는 "나무"를 풍요롭게 보고, 부르고, 노래하기 위해서 반드시 필요한

통합의 원점이다. 탄생이 죽음의 행로이고 죽음이 새로운 변신의 입구이듯이, 닫힌 "물울"이 "물로"를 가로질러 열린 "물울"로 갱신되었듯이, 역진행의 양손은 '푸른 말'[言 / 馬]의 창안자이자 가편(加鞭)의 주체인 것이다. 지루하고 단조로울 법한 "물속"으로의 침잠과 거기서 발명된 '공중'으로의 확산은 서로 거꾸로 가는 양손의 느릿한 연대와 천천한 어긋남 속에서 채찍질된 것이었다.

"물속" 나뭇길의 '푸른 말'이 우리 나뭇길의 '푸른 말'로 울고 울리기를 희원하는 까닭은 신영배의 채찍이 현대 시의 변신에 조금이라도 기여할 것이라는 기대 때문이다. 특히 대상의 집요한 장악과 상상력의 확장에서 그럴 것이다. 오필리아가 제 몸을 떨어뜨려 사후 충만함을 불러들였듯이, 그녀는 "물속의 피아노"에 서로 반대편으로 달리는 양손을 올려둠으로써 물색 다양한 무곡을 연주하기 시작했다. 그 첫 장 "물의 알레그로"가 겨우 연주된 상황이니 이후 『물속의 피아노』의 선율이 어디로 흐를지 우리는 알지 못한다. 다만 하늘과 땅을 이으며 "물"을 양쪽으로 펴 올리는 "나무" 사이를 통과 중인 '푸른 말'들의 서정과 리듬이 또 하나의 주제곡을 이루지 않을까. "한쪽 손이 휑휑 말을 내리친다 다른 한쪽 손이 말을 휑휑 쓰다듬는다 나무 사이로 휑휑 말이 휑휑 운다"는 미래의 무곡을 어느 날 문득 당신과 나는 마주칠 것이다. 그 "나무 사이로 둘이 걸어"(「나무와 말」)가는 우리의 환영이 보이는가.

‘뒤죽박죽 박물지(誌)’의 시적 규약과 윤리

김륭 시집 『살구나무에 살구비누 열리고』

“오브제의 상실, 파괴, 소멸을 말하는 오브제가 존재한다. 자기 자체를 말하는 것이 아니라, 다른 오브제를 말하는 오브제.” 미술사적 관점에서 오브제(object)는 자연물과 인공물, 일용품 등에서 관습적 용도와 의미를 제거함으로써 인간과의 관계가 새롭게 재조명된 사물을 일컫는 말이다. 이런 견지에서 보면 오브제는 주체 — 작가에 의해 대상화되고 변형되는 수동적 객체 — 사물에 불과할 수도 있다. 그러나 제스퍼 존스의 저 말이 시사하듯이, 오브제는 주어진 사물과 현실의 이면을 가로지름으로써 기존의 세계를 해체하고 재구성하는 비판적 · 능동적 발화체이다. 요컨대 변형됨으로써 오히려 변혁하는, 이상한 가역반응을 일으키는 객체적 주체인 셈이다.

이런 오브제의 미학이 흔히 목적하는 상징적 · 몽환적 · 괴기적인 소격 효과는 특정 시대의 것이 아니다. 기존 세계와의 불화와 갈등이 존재하는 한 오브제는 어느 날 문득 유령처럼 출몰하기 마련인 항상성의 존재이다. 그런 의미에서 감각, 환상, 그로테스크, 몸, 욕망, 혼종 들이 붐비는 우리 시 현실 역시 비유컨대 오브제의 세계라 하겠다. 질서와 균형, 미와 선, 공동체와 국가 따위의 이른바 이상적인 것들의 권력과 실체를 의심하고 이 '입바른' 세계를 뒤죽박죽 만들어버리는 의뭉스런 언어들의 작난(作難). 하지만 이때의 '뒤죽박죽'이란 명사는 숨겨진 타자와 세계 드러내는 한편 역사현실의 비루한 풍경을 탈내는 '감각적인 것의 재분배'라는 점에서 정치적이며 윤리적이다.

여기 김륭의 첫 시집 『살구나무에 살구비누 열리고』(문학동네, 2012)가 놓여 있다. 나는 유력한 시집 제목 중의 하나였다는 「캥거루미술관」을 먼저 열어본다. 본문의 제시 없는 당돌한 질문 하나. 당신은 '캥거루'와 '미술관' 중 어디에 방점을 찍겠는가. '캥거루'는 단지 이름인가 아니면 무언가를 상징하는가. 그 방향에 따라 '미술관'이 구성하거나 해체하는 의미맥락은 무엇인가? 그가 동시(童詩)의 유력한 발화자(김륭은 동시집 『프라이팬을 타고 가는 도둑고양이』(2009)와 『삐뽀삐뽀 눈물이 달려온다』(2012)의 저자이기도 하다)임을 문득 환기시키는 제목은 이런 혼란과 선택 자체를 의미화할 것을 요구하며 스스로를 오브제로 정립한다. 그런데 어찌 된 일인지 「캥거루미술관」은 "거울속의 여자가 거울 바깥쪽의 여자를 / 주머니에 구겨넣고 있"는 황망하고 끔찍한 현실을 소환하고 있을 따름이다. 실체 없는 캥거루와 미술관(단지 어떤 그림을 보고 있다는 정도만 추측 가능하다)은 동시적 상상력은 물론 특정 의미소의 발현에 대한 기대 역시 무위로 돌린다.

하지만 '뒤죽박죽'의 현실은 "우린 한 번도 태어난 적이 없는 거죠?"(「캥거루미술관」)라는 가장 절실하고 위급한 존재의 실재 문제를 제기한다는 점에서 오브제의 역할에 충실하다. 존재에 대한 절대적 회의인 만큼 「캥거루미술관」은 대단히 파괴적이거나 절망적인 페시미즘(pessimism)에 중독되어 있을 듯하다. 그러나 개별 시편의 제목을 구성하는 '오해' '불법' '거짓말' 따위는 이 시집이 현실의 수정과 재구성을 향한 언어수행의 일환일 것임을 묵시(默示)한다. 이 께름칙한 말들은 취향과 시각 충족을 부풀리는 '캥거루미술관'의 전시적 기능보다는 다른 오브제(세계)를 말하는 제의적 기능의 수행이 김륭 언어의 전법(戰法)임을 스스로 주장한다. 비밀스런 내면의 주장보다 어딘가 모나고 기이하며 삐뚤어진 행위의 성찰이 『살구나무에 살구비누 열리고』의 오브제 형식의 대종을 이루는 것도 이와 무관치 않다.

가령 동일 시편의 일절 "살구나무에 옹알옹알 살구비누 열리고 / 백발성성해진 계집아이 하나 엉엉 울고 있어"는 어떤가? 산문적으로 번역한다면, 이것은 "똥 기저귀 찬" "치매 할머니"가 "생쥐처럼 비누 갉작대"다 화장실로 끌려가며 우는 장면을 묘사한 것이다. 여기엔 "두 살배기 계집아이"의 순진함과 해맑음으로 결코 되돌려질 수 없는 삶의 악무한이 기이하게 조곤조곤대고 있을 따름이다. 이 무심한 연민은 그런 의미에서 우리 삶의 본질을 "부도난 치부책"(「부도난 치부책」)의 일절로 기입하는 한편 그것을 끊임없이 펼쳐보게 하는 오브제의 내부적 구성물이 아닐 수 없다.

'뒤죽박죽'은 정상과 질서, 혹은 당위성이 뒤엉키고 전도된 상황, 곧 바람직한 관계와 가치가 허물어진 무질서의 세계를 지시한다. 언어의 자발적 충동에 의해 구성되는 오브제는 '뒤죽박죽'을 주어진 현실을 타격하는 미학적 실천으로 가치화한다. 반대로 '뒤죽박죽'이 주어진 현실일 때는 오브제는 정상성과 질서를 재구축하기 위한 기획적 성찰, 바꿔 말해 세계와 존재에 대한 방법적 사랑으로 작동할 가능성이 크다. 김륭의 언어는 '뒤죽박죽'의 생산이 아닌 그것의 응시와 개선을 지향한다는 점에서 후자의 자질이 우세하다. '뒤죽박죽' 세계의 주요한 주체와 대상이 가족과 여자, 아이, 비근한 자연물로 주어지며, 그것들 사이의 관계 전도 혹은 파탄이 일상의 영역을 거의 벗어나지 않는 것도 이 때문이다.

> 우는 아이의 입을 무덤으로 틀어막는다.
> 여자는 아이의 피를 거꾸로 세운다.
> 울음을 그쳤다, 꽃잎 속으로 파고드는
> 말벌처럼 아이는 몸을 오그린다.
> 둥근 울음 바깥으로 불쑥불쑥 팔다리가
> 튀어나오지 않도록
>
> (…중략…)
>
> 아이가 여자를 두들겨 팬다. 젖무덤이
> 퉁퉁 불어터지도록 여자가 운다.
> 아이는 여자의 피로 영역을 표시한 다음
> 꽃으로 여자의 입을 틀어막는다.

뼛속 깊숙이 밥물이 스민
여자의 목덜미 위로 뾰족 솟구치는
별, 아이에게 여자는 아무래도
너무 질기다.

—「꽃과 별을 기록하는 밥의 생산성」 부분

밥을 억지로라도 먹이려는 엄마와 안 먹겠다고 투정부리는 아이의 다툼은 극히 일상적이다. 이 다툼이 가장 육체적인 형식의 친밀성 가운데 하나인 이유이다. 둘의 친밀성은 그러나 "우는 아이의 입을 무덤으로 틀어막는" 여자 대 "꽃으로 여자의 입을 틀어막는" 아이라는 조금은 괴기한 형식을 취하고 있다. 틀어막는 대상과 도구의 관계쌍인 '아이-무덤'과 '여자-꽃'은 세대론적 관점에서는 '아이-꽃'과 '여자-무덤'이 보다 타당할 것이다.

이런 상식을 지지한다면, 여자와 아이의 싸움은 거꾸로 친밀성을 축적해가는 의도된 일탈의 문법일 것이다. 서로의 불량한(?) 행위가 '꽃'과 '별'을 생산한다는 게 그 증거이겠다. '무덤'과 '꽃'은 그렇다면 특정한 실체라기보다 서로(주체)에 비친 너(객체)의 감각적 이미지일 것이다. 두 이미지(오브제)가 엄마와 딸로 환원 혹은 치환되는 순간 '틀어막다'는 '열리다'와 '껴안다'로 문득 전환될 것이다(여자와 아이는 그들의 관계가 엄마와 딸로 치환될 때 발생하는 기존 세계의 재현과 귀환을 저지하기 위한 전략적 배치물인지도 모른다).

관계의 역전은 따라서 여자와 아이의 갈등을 전경화하려는 것이 아니라 둘의 관계성의 기원과 형식을 파고들기 위한 전략적 통로인 셈이다. "아이에게 여자는 아무래도/너무 질기다"는 "여자에게 아이는~"으로 바꿔도 언제나 유효한 진실이다. 인류의 가치를 위협하는 외디푸스의 딜레마가 횡행하는 현실이지만, 여자와 아이가 함께 짓는 '밥의 생산성'은 인간이 속해 마땅한 '순진한 자연'(쉴러)을 환기하는 본원적 기호인 것이다.

'뒤죽박죽' 세계를 성찰하는 김륭 고유의 미적 장치가 있다면, 단연 '피'와 '밥'의 능수능란한 코드화일 것이다. 피와 밥은 존재의 근원성과 관계성을 규정하고 조정하는 본원적 물질이다. 이를테면 식구(食口)가 그렇고 혈맹(血盟)이 그렇다. 한 입과 한 그릇으로 밥과 피를 나눈 자들 사이에서 벌어지는 치정과 배반은 윤리(倫理) 이전에 도리(道理)의 타락이다. 친밀한 관계의 사달과 파탄이 가십(gossip)의 조롱거리로 그치지 않고 만인의 지탄을 면치 못하는 것도 자연적 당위성으로서 도리의 엄격함 때문일 것이다.

물론 김륭의 '피'와 '밥'은 극한의 상황을 설정하는 방식으로 취해 마땅한 도리를 코드화하지는 않는다. 이 역시 일상적 수준의 관계의 뒤틀림과 혼란을 우울하게 고지하는 정도이다. 그러나 이런 소소한 현상의 편재야말로 '뒤죽박죽'의 기원이며, 그것의 영속성을 스멀스멀 밀고 가는 치명적인 힘에 가깝다. 살풍경한 현실에 대한 검토와 성찰 없는 도리의 코드화는 당위성의 계몽 이상을 벗어나지 못하는 법이다. 하물며 사랑도 그러한데, 현실을 괄호 친 도리의 강제와 횡행은 언젠가는 기어이 "지루한 거짓말"(「지루한 거짓말」)로 나가떨어질 것이란 예상은 불행하게도 진실일 가능성이 크다.

① 감자인 내가 복숭아의 거짓말이 될 수 있다니, // 밥보다 당신을 사랑할 수 있다니,(「지루한 거짓말」)

② 밥보다 오래된 독이 어디 있을까(「독사」)

③ 침대 밑에 떨어진 그녀의 그림자를 빵에 발라 먹습니다.(「치즈」)

④ 화분에 물주는 것을 깜빡 잊어버린 그녀를 / 철철 피 흘리게 하고(「포옹」)

⑤ 짝짓기가 아니죠. 사랑은 / 자작극이에요.(「늙은 지붕 위의 여우비처럼」)

밥과 피의 생산성보다는 분열성이나 퇴폐성이 보다 두드러진 장면들이다. 이런 편향성은 여자와 아이의 관계에도 의문 부호를 쳐야할 근거가 된다. 하지만 부정한 것은 '밥'과 '피'가 아니라 그것을 돌리는 우리들이라는 사실이 「꽃과 별을 기록하는 밥의 생산성」의 해석에 대한 정당성을 부여한다. 이래저래 어긋난 우리들은 피와 밥의 선순환(善循環)을 고심하기보다 "그녀를 울어주고 싶은 게 아니라" "숨통이 끊어질 때까지" "물어주고 싶"은 욕망에 충실하다. 이 징후적 사태는 결국 타자('돼지')의 상징적 살해와 자아로의 동일시를 통해 "그녀의 그림자부터 끌어안는"(「포옹」) 오도된 사랑으로 귀결된다는 점에서 퇴폐적이다. 따라서 "사랑은 자작극"이란 통렬한 각성과 조소는 역설적으로 말해 관계의 결핍과 퇴폐에 처한 자아의 위기감과 그에 대한 각성이 동시에 반영된 말이라 할만하다. 그러나 자아의 이런 양가적 입지 때문에 친밀한 다툼에 몰두 중인 여자-아이의 울음의 가치화는 더욱 필연적인 것이 되며 오히려 바람직한 미래로 안착하는 것이다.

다시 강조하거니와, 서로 다른 사람들을 하나로 묶고 그래서 서로를 살리는 '피'와 '밥'의 본원성 박탈은 어김없이 존재의 허구성과 실체 없음을 폭로하기 마련이다. 관계의 일방성과 파편성이 심란하게 웅성거리는 자아의 일그러진 내면을 애처롭게 비춰내는 아래의 '깨어진 거울'을 보라.

> 자전거 탄 아이들은 어디쯤에서 해를 깨뜨리고 달을 낳을까, 배드민턴 치는 노부부의 손가락 끝이 까맣게 타들어 가는데 공원벤치에서 깡마른 여자의 무릎을 베고 누운 남자의 저 곱슬곱슬한 머리카락엔 꽃이 필까, 누군가 조화라도 갖다놓겠지만 물은 누가 줄까,
>
> 로맨스는 있지만 성감대가 없는 거울, 묘비 하나 세울 수 없는
> 내가 없는 나의 거울은 바람과 피가 통할지 몰라
>
> 그러고 보니 나는 너무 오랫동안 나무와 친했고, 내가 엿본 여자의 발은
> 하나같이 새를 닮았다, 그렇다, 밥만 없으면 백년은 더 살 것 같은
> 내 형편을 생각하면 그리 놀랄 일이 아니다
>
> 거울 속으로 도둑이 드나들었다니,
>
> —「허브」 전문

아이들과 노부부, 연인들을 바라보는 '나'의 시선은 자아의 사물화가 자신에게서 비롯되었음을 분명히 한다. 행위(로맨스)와 감각(성감대)의 불일치, 그것에 연동된 주체의 상실은 세계와의 소통마저 회의토록 하는 것이다. '나무'와 '새'는 따라서 자연 친화의 대상이기 전에 관계의 편향성과 일방성("내가 엿본 여자")을 심화시키는 일종의 장애물로 얼마든지 읽힐 수 있다. 그래서 나는 "거울 속으로" 드나든 불행한 "도둑"을 주저 없이 시적 자아로 획정한다. 자아가 도둑의 신세를 면하려면, 피와 밥의 본원성을 사물화된 '나'와 새를 닮은 '너', 다시 말해 다른 오브제를 말하지 못하는 비근한 타자들에게 돌리는 것이 상책이겠다.

이제 이를 바라보고 실천하는 응시의 대상과 방법을 말해볼 차례이다. 「허브」에 산견되어 있는 주체들을 하나의 테두리 속에 결속시킨다면, 주체가 지탱하고 또 주체를 지탱 중인 가족의 형식으로 현상될 것이다. 피와 밥이 가족의 기원과 관계를 생산한다는 말은 가족의 친밀성을 자명한 것으로 공표한다. 가족의 신화는 그러나 과연 자명하고 정당하기만 한가? 친밀성, 바꿔 말해 사랑의 형식은 가족 내의 위계질서와 권력의 차이 따위가 생산하는 폭력성과 억압성을 은폐하고 방어하는 오염된 단일성의 체계이기도 하다. 김륭에게 가족은 대체로 이런 의미에서 오브제의 대상이다. 하지만 그에게는 비정상적 관계가 생산하는 불협화음 자체("반백 년 전 아버지에게 살해된 여자의 시신")를 주목하기보다 그것을 "누군가에게 납치된 눈물을 꽃이라고 베껴 쓰"(「당신의 꽃밭에는 몇 구의 시신이 나올까」)는 재가치화의 욕망 또한 역력하다. 이런 태도는 '무서운 가족'의 현실을 외면하는 한편 가족의 이상성을 주술처럼 되뇌는 보수주의적 입장의 여전한 표명으로 비칠 우려마저 낳을 위험성이 있다.

그러나 피와 밥에 대한 시인의 관심을 상기한다면, 그에게 가족은 "꽃과 별을 기록하는" 친밀성을 추적하고 재생산하는 타자성의 현장으로 새롭게 부감되고 있다는 게 보다 타당할 이해일 듯싶다. 사적인 관심이 허락된다면, 첫 시집 『살구나무에 살구비누 열리고』를 출간하는 김륭은 이제 50대에 막 들어섰다. 이른바 베이비붐 세대의 한 가운데를 차지하는 이 연령대는 한국에서는 복인 동시에 슬픔이다. 가장 안정적이어야 할 나이에 이들은 '거세된 꿈'을 안고 쫓겨 가는 '사오정'의 동료들로 일찌감치 선고되었다. 폭력적인 타자화는 주체의 정체성 혼란을 조장하고 타인과의 정상적인 관계마저 소원하게 만드는 존재의 유곡이라 할 만하다. 이런 이유로 나는 김륭의 시에 자주 등장하는 실패하는 연애담을 낭만적 연애가 상정하는 자명한 친밀성을 의심하는 기제로 읽는다. 또한 '사오정'들의 사물화를 인증하는 증표로도 이해한다. 한데 여기에는 의미심장하게도 가족이 공통적으로 걸려 있다.

> 바람의 붉은 속살이 된 내가 신발 줍는 일에 골몰하는 동안 쌍꺼풀이 풀린 여자는 가만히 손을 풀어 척척, 지붕 위에 새 울음소리를 널어놓았다
>
> 나는 여자에게 요즘은 너무 자주 구름이 얼굴을 만지러온다고 말했다
>
> 여자가 녹슬기 시작했다
>
> —「구름의 연애사」 부분

생물학적 관점에서 말한다면, 모든 연애는 생식 본능, 다시 말해 자기 족속의 생산을 결국 목적한다. 가족은 이것이 제도화된 형태이며, 인간들은 생식적 행위를 심미화하기 위해 그곳에 끊임없이 문화적 위엄을 부가해왔다. 이를테면 낭만적 연애는 자유로운 사랑과 사랑의 영원성, 그를 통한 개아(個我)의 실현이란 이상을 근거로 계급과 가문에 기초한 전근대의 공식(公式)적 결연을 혁파했다(고 믿어졌다). 그러나 자유연애가 낳은 낭만적 사랑은 개인적 성취의 수단이자 징표라기보다는 근대성에 부합하는 여러 의무와 책임을 새롭게 배열한 것이라는 견해 또한 존재하는 것이 현실이다.

재클린 살스비에 따르면, 낭만적 사랑은 한편으로는 사회적으로 받아들여지는 행복한 사랑으로 다른 한편으로는 이룰 수 없는 불행한 사랑으로 양분된다. 불행한 사랑은 반사회적이고 파괴적인 정열의 탓이기도 하지만, 그에 못지않게 가장 관습적인 형태로 길들여지는 것을 원하는 가족제도와 충돌한 결과이기도 하다. 그러니 행복한 사랑 또한 사적이면서도 사회적으로는 잠재적 파괴성을 지닌 수많은 감정의 드라마를 순화하거나 사회적 요구에 합치시킴으로써 획득되는 것일 가능성이 크다.

「구름의 연애사」는 어느 모로 보나 불행한 사랑에 대한 진술이다. '나'와 '여자'를 연애의 당사자들로 보는 것은 분명 과도한 추정이다. '나'의 시선은 불행한 여자를 이해하고 위안하는 연민 내지 동정(sympathy)에 오히려 가까울 것이다. 여자의 불행은 추측컨대 "여자의 자궁 속에 별을 피우고 눈물을 갈아 끼우고" 하는 '달'이 등장하는 것으로 보아 어떤 식으로든 가족 제도와 관련되어 있을 듯하다. 일종의 유미적 행위이자 개인적 정서의 고립을 해소하는 행위로서 "내가 신발을 줍는 일"이 "새 울음소리를 널어놓"는 여자의 슬픔과 등가관계를 형성하려면, 나의 행위 역시 사회적 맥락 속에 놓일 필요가 있다.

직장의 상실과 연관된 '사오정'의 패배담을 굳이 환기하지 않더라도, 가족 제도는 언제나 '친밀한 적'을 생산하고 유지하는 내부적 반란의 참호일 수 있다. 다시 재클린 살스비의 말을 빌린다면, "낭만적 사랑, 전체적인 결합을 위해 규정되는 역할, 성적인 충성, 그리고 부부와 자녀 이외의 유대에 대한 거부 등"은 행복한 가정(핵가족)을 구성하는 핵심요소에 해당한다. 그러나 가족 간의 상호개입과 서로에 대한 의무라는 덫은 진부하고 의례적인 가족을 만들거나 그것을 위반한 구성원을 내쫓아 가족을 해체하는 비극적 원리이기도 하다. 지당한 말씀이지만, 개성을 충분히 존중하며 주체의 자유(자율)를 친밀성과 안전성에 결합시키는 개방적·윤리적 가옥이 구축되지 않는 한 '여자'의 눈물도, 다음과 같은 '나'의 뒤죽박죽인 불행도 오랫동안 사라지지 않을 것이다.

모든 칼은 한때 꽃이었다 바람의 발바닥을 도려내던 머리맡에서 피보다 진한 눈물을 도굴했다 나는, 그대 몸 가장 깊숙한 곳에서 방금 태어났거나 이미 죽어나간 구름이다

해바라기 꽃대에 목을 꿴 그대 눈빛을 보고 알았다 바람에 등을 기댈 수 없는 꽃은 칼이 되는 법 내 사랑은 구름 속에 꽂혀 있던 당신을 뽑아 나무의 허리를 베고

새의 날개를 토막―치면서 시작된 것이다

―「살부림」 부분

나는 당신의 등 뒤에서 달을 꺼낸다. 사랑에 빠졌다는 말의 아슬아슬하
고 불온한 촉감, 뿌리가 썩기 시작했다는 것이다. 도마 위에 오른 물고기처
럼 숨을 팔딱거리며 부패의 각을 세운 거다. 슬쩍 그림자를 벗어던진 새떼
들 아니, 바람에 꿰인 생선구이 한 접시 까맣게

까맣게 떠가는 하늘 한 귀퉁이 마침내 우리는 서로의 빈곳으로 떠오른
것이다.

—「비늘」 부분

『살구나무에 살구비누 열리고』는 사물 주어의 형식을 취하거나 의인화된 사물을 채용하는 시편들이 적잖다. 서정시 특유의 '서정적 거리의 결핍'을 얼마간 피하면서 시의 현장을 객관화하려는 의도일 것이다. 따라서 우리는 인용 시에 나타난 낭만적 사랑의 실패를 시인의 것으로 귀속시킬 필요는 없다. 다만 '뒤죽박죽 박물지'의 주요한 기원 가운데 하나가 안정과 화합을 빌미로 사랑의 개성적 음역을 거부하는 집단적인 관습과 규율들에 있음을 기억해두기로 하자. 거기에 길들여지거나 억압되는 한 "당신과 나를 위해 세상이 잠시 눈을 감아주는 순간"은 "세상의 모든 눈"에 "나와 당신의 급소"가 꿰어지는 비극적 찰나이기도 하다. 그 순간 우리의 안정과 화합은 "둥둥 어디로 흘러갈지 모를 몸을 바짝, 잡아당기고 있던 죽음의 각질"(「비늘」)로 변성(變性), 우리 삶을 "전생에 파놓았던 구덩이"(「포옹」) 속에 폐절시킬 것이다.

욕망의 주체는 말할 것도 없이 결핍이다. 김륭이 기억하는 가족의 형상 역시 이상적인 것과는 거리가 멀다. 그럼에도 불구하고 그는 인

용시에 표상된 사물화를 극복하고 영혼을 치유할 성소로 삶의 악다구니가 그렁그렁한 부모의 삶을 곧잘 지목하고 있다. 이런 사랑의 형식은 연민을 넘어, 부모의 궁핍한 삶조차 '뒤죽박죽 세계'의 개선과 보정에 기여할 수 있음을 긍정하는 신뢰와 맞닿아 있는 것이다. 희생과 자애로 표상되는 어머니는 물론, '고래'를 입고 사는 아버지의 형상에서도 연민과 신뢰의 정서는 여지없이 발견된다.

> 털썩, 주저앉아 바닥 칠 수 없는 문밖의 자귀나무를 갈비뼈 삼아 본색을 드러내는 당신은 라면 박스 안 새끼 고양이 같아서 우리 어머니 죽어서도 고삐를 놓지 않을 송아지 같아서 운다 자꾸 울어서 죽음마저 깨운다
>
> 울어라 울지 않으면 바람이 아니다 살아서 울지 않으면 사람이 아니다
>
> —「바람의 육체」 부분

이른바 정한(情恨)으로 표상되는 한국적 심성은 어머니의 비애와 눈물을 고통과 인내의 형식으로 육화하는 방식에 익숙하다. 이를테면 "밭고랑에 나앉은 어머니 젖꼭지에 감자 물려 감자밭이다"(「부도난 치부책」)나 "한 평생의 울음이 입 속 석순으로 자랐겠지요"(「몽니」)와 같은 김륭의 발화 역시 예의 형상에 해당한다. 「바람의 육체」는 그러나 '나'와 '어머니' 사이에 '바람'을 개입시킴으로써 실존에 대한 연민과 미래의 애도를 객관화한다. "어제로 성큼 들어서는 당신", 곧 '죽음'을 전달하고 깨우는 '바람'은 일차적으로 '어머니'를 과거로 침윤시키는 시공간적 장애물이다. 하지만 면면히 흐르는 바람은 '어머니'를 자아의 내

면으로 부단히 밀어 올린다는 점에서 모자(母子) 관계의 현재성과 영원성을 매개하는 생령이기도 하다. 이 순간 '어머니'는 이승과 저승의 한계를 동시에 돌파하고 넘나드는 오브제, 곧 "바람의 육체"로 스스로 변신하여 '나'에게 늘 이렇게 말하게 된다 : "문 쪼매 열어보거라."

간과 쓸개를 다 빼주고도 물먹은 명퇴 아버지에게 세상은 공중누각이었을까
평평 눈발 날리는 황태덕장이었을까
멈추지 않는 길에서 배가 뒤집어진 아버지의 낡은 구두 한 짝, 내장을 빼낸 다음 낮엔 녹이고 밤새 얼린 황태 한 마리 어머니 치맛자락에 매달리고
드르렁 드르렁 푸, 푸후 푸후 내 등에 업혀 코고는 아버지에게
고래가 사는 바다는 얼마나 멀까

아버지를 주르륵 벗어 내린 고래 한 마리
빨랫줄에 매달려 꽁꽁 얼어붙고 있다.

—「황태」 부분

주사를 부려대며 가족을 곤혹한 상황에 몰아넣는 아버지에게서 오브제의 순정한 역할을 구하는 것은 기대난망이겠다. 그러나 아버지가 시쳇말로 막장의 현실에서 "낡은 구두"와 '바지'를 수없이 벗어대며 가부장의 역할에 충실했음을 부인할 수는 없다. 그의 가정에는 따뜻한 사랑만큼이나 무서운 권위와 억압 역시 분주했겠지만, 그래도 자신의 "고래가 사는 바다"를 포기함으로써 적어도 자식들에게는 고래의 자

유로운 유영을 허락하고자 했을 것이다. 그런 까닭에 아버지의 실패는 실패가 아니다. 아버지가 다른 오브제를 말하는 오브제일 수 있다면, 자신의 실패조차도 "고래가 사는 바다"에 대한 자식들의 꿈으로 재전유시키는 거울이었기 때문이다. "로맨스는 있지만 성감대가 없는 거울, 묘비 하나 세울 수 없는 내가 없는 나의 거울"(「허브」)의 형식으로 아버지를 함부로 재단하거나 변환할 수 없는 이유가 여기 어디 있을 것이다.

오늘은 사랑에 빠졌다는 당신의 달콤한 계단이 되어보기로 한다. 사랑이 밥 먹여 주냐, 욕 대신 꽃을 퍼붓는 배고픈 짐승들의 가래침은 튜브에 담아 무릎 다친 골목의 연고로 사용하기로 한다.

(…중략…)

반짝, 창문이라도 달아낼 듯 치통은 걸어 다니고 머리칼은 자꾸 넘어지는데 까칠해진 턱수염 밑에 쪼그리고 앉아 담배에 불이나 댕기는 당신의 아랫도리를 어디 한번 꾸—욱 눌러 짜보기로 한다.

—「치약」 부분

가정(假定)의 형식으로나마 사랑에 대한 신뢰는 아름답고 생산적이며 또 절실하다. 이 사랑이 낭만적 연애의 신민이기보다 타자성 수렴의 시민에 가깝다면, 그것은 이를테면 또 다른 치약의 경험이 건네준 성찰의 결실 때문이다. "치약이 다 떨어졌다며 허리 쭉 찢어발긴 튜브를 집어던지곤 치카치카 양치질"(「치약의 완성」)하는 아버지의 태도는 어머니와 자식들을 향한 것이기도 했다는 게 화자의 전언이다. '나'의 치약은 그 아리고 매운 '아버지'의 치약을 수정하고 대체하는 카운터 오브제로서 손색이 없다. 물론 '나'의 치약은 이제 간신히 뚜껑이 열린 상황이니 그것의 완성된 형상은 미래의 소속이다. 이는 김륭만의 오브제가 아직은 불확실하거나 불확정적인 미학의 장(場)에 놓여 있음을 의미한다.

그렇다면 우리는 시인의 양치질에 담긴 의미, 그러니까 "아버지가 되는 일에 대하여, 금을 뒤집어씌운 아버지 이빨 사이에 낀 개돼지들과 칫솔을 나눠 쓸 수 있는 방법에 대하여"(「치약의 완성」) 질문을 던지지 않을 수 없다. 특히 "개돼지"들로 상징되는 끔찍한 타자들과의 접속과 교감, 혹은 갈등과 성찰의 방법에 관하여. 이 세계는 김륭 고유의 '뒤죽박죽 박물지'를 써나가고 편찬하는, 다시 말해 시인이 주어진 오브제의 해독자(解讀者)가 아니라 "장미 한 다발 사들고 / 칼 받으러"(「살부림」) 가는 그런 오브제의 제작자로 진화하고 있음을 증례하는 시적 규약과 윤리의 자리일 것이다.

① 새장 같은 소녀들의 얼굴을 들고 소년들은 앞이 잘 안 보인다는 듯 눈을 비벼대고, 볼이 빨갛게 달아오른 소녀들은 손바닥으로 해를 가리고,

나무가 집어던진 새를 차곡차곡 가방 속에 집어넣은 다음에야 버스에 오르는 한 무리의 소녀들과 소년들이 날갯죽지 부딪칠 때마다 덜컹거리는 하늘, 랄랄라

지붕 위에 구름을 쏟진 말아야지

—「나무가 새를 집어던지는 시간」 부분

② 빈 옆구리 기웃거리던 바람이 요즘은 자주 얼굴을 만지작거립니다. 그러고 보니 거울보다 먼 산을 쳐다보는 일이 많아졌습니다. 툭툭, 내 것이 아닌 몸을 뱉어놓고 파닥거리는 날이 종잇장처럼 얇아졌습니다.

내가 던진 말에 준동(蠢動)하던 당신의 겨드랑이 밑으로 구름의 내장까지 여기서는 환하게 다 보입니다. 용서하십시오. 아직 꽃대를 발견하지 못한 마른 입술 한 장이 오늘은 저만치 돌덩이 위에 돌아앉았습니다.

—「나비의 시간」 부분

"나무가 새를 집어던지는 시간"은 명랑하다. 누군가들은 되바라졌다고 쑥덕거릴 것임에 틀림없는 어린 청춘들은 이 전도된 세계를 통과해가며 성장하고 또 연애를 즐길 것이다. 이 세계의 표어로는 아마도 "모든 사랑은 꽃의 신경조직과 무당벌레의 눈을 가졌다"(「살부림」)가 적절할 것이다. 이 오래된 미래의 꽃밭을 일구는 소년소녀들의 노동과 사랑만한 정직한 윤리와 황홀한 생산성이 또 어디 있겠는가? 스스로 오브제를 사는 소년소녀들에게 환호작약하는 것은 따라서 최소한의 예의이자 의무이다. "나비의 시간"은 그러므로 우리가 소년소녀들과 연대를 구축하는 순간 "준동하"는 시적 계시라 할 만하다.

"나비의 시간"은 그러나 현현되는 동시에 연기되고 부서지는 '덜컹거리는 시간'이어야 한다. 그것이 스스로가 아니라 타자를 말하는 오브제의 윤리이자 운명이다. 거기서 듣게 될 "나비의 날갯짓에 바느질 자국이 있다는 소식"(「나비의 시간」)은 자꾸 안존하려는 우리를 찔러 상처내고 우리에게 도저히 지울 수 없는 흉터를 남길 것이다. 이것이 "아직 꽃대를 발견하지 못한 마른 입술 한 장"을 사랑하는 방식이고 "내 것이 아닌 몸을 뱉어놓"는 오브제의 산출법이다. 이 무섭고도 아름다운 시간들을 살아가는 '뒤죽박죽 박물지'는 과연 언제 어디서 어떻게 새로이 또 오시려는가.

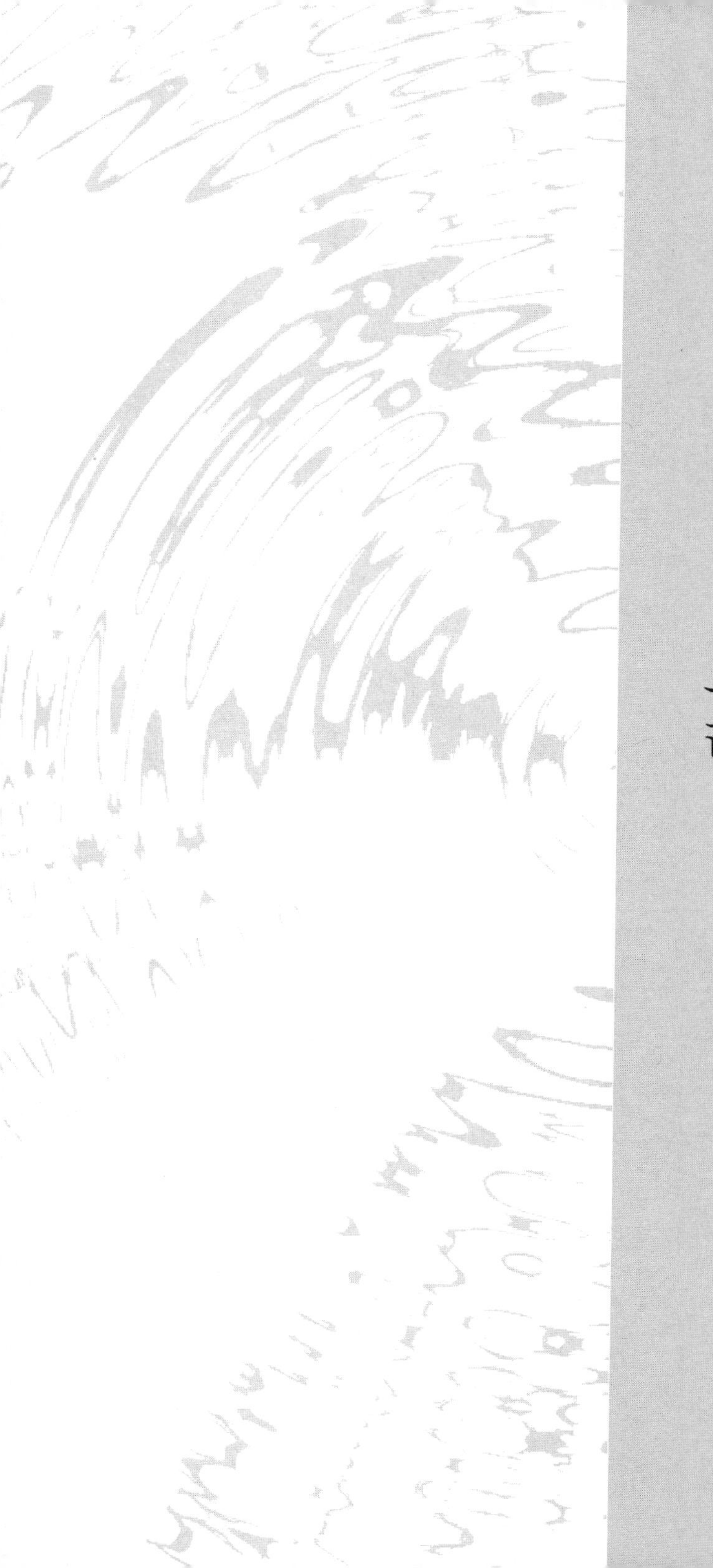

5부

감응의 도래

삶의 지문을 찍는다는 것

황동규의 새 시를 읽다

'삶의 지문'으로 적었지만 내심 '삶의' 옆에 빗금을 쳐 '삶에'를 결속하거나 대비하고 싶었다. '삶의 지문'은 완료의 형식이라는 점에서 생의 역사화와 보다 관련 깊다. 역사화 과정에는 선별과 취사의 원리가 세밀하게 작동하는바 그런 만큼 현재의 삶은 문득 출구 없는 "거울의 빛나는 사각(四角)"(「안 보이던 바닥」)에 포획 또는 충돌될 우려가 없잖다. '삶에 지문을 찍다'라면 현재의 몸과 영혼의 문양에 파문을 일으키고 싶다는 말이겠다. 이때의 '파문'은 세계로의 확장일 뿐만 아니라 자아의 심연으로의 흘러듦이다. 파문의 크기와 지속은 그 파장을 처음 불러일으킨 자아 / 사물의 무게 및 장력에 대체로 연동되기 때문이다.

모든 문자행위는 아무래도 '삶의 지문'의 형식일 것이다. 그 물질성과 현재성을 각양각색의 비유와 수사, 순간적 시간과 리듬 공간에 위치시켜도 그것은 문자화되는 찰나 인위와 과거의 신민으로 예외 없이 등기된다. 그러니 특히 시는 '삶의 지문'을 찍되 그것을 '삶에 찍는 지문'으로 전유함으로써 역사화를 견디는 동시에 현재화 / 미래화를 자꾸 흩뿌려야한다. 앞뒤의 덧붙임 없는 '삶의 지문을 찍는다는 것'이란 범속한 의제는 따라서 '삶의 지문'의 시공간적 전도와 도약을 향한 역설적 발화(發話)로 이해되어도 좋겠다.

물론 '삶의 지문'에 관련한 상상력의 전도와 내면으로의 파장은 누군가의 이론이기 전에 이제 우리가 함께 읽을 황동규 시인의 두툼하되 세밀한 말의 지문이 띄워 올린 것이다. 이를테면 "지난날의 내가 앞날의 나에게 손을 내밀 때 / 손끝과 손끝이 닿으려는 찰나 / 둘의 위치가 확 바뀌기도 하는"(「영원은 어디」, 『사는 기쁨』, 문학과지성사, 2013) 장면을 보라. 주체와 타자, 과거와 미래, 접속과 단절 같은 이항대립의 운동이 '영원'의 찰나로 연금(鍊金)되는 찰나인 것이다. 이 순간 점점이 피어나는 영원의 순금은 전혀 뜻밖의 의미잉여를 생산한다. 영원성은 생의 율동과 파장의 정지 / 일탈이 아니라 그것에로의 지속적 참여 / 투기라는 명제가 그것이다. 이런 의미의 상호역변(逆變)과 상호전환은 우리가 시간 밖을 향한 원심력이 어느 순간 시간 안을 향한 구심력으로, 또 그 반대의 운동이 동시에 진행되는 영원성의 가없는 홀로그램 속에 자유롭게 거주해도 좋다는 생의 권리와 의무를 즐겁게 허락한다.

새삼 강조하거니와 황동규의 홀로운 연금술은 신기와 특이의 상상력 없이 일상에 대한 차분하고 명랑한 점묘에 의해 작동된다는 점에서 우리와 더욱 친화한다. 아마도 "벌레 문 자국같이 조그맣고 가려운 이 사는 기쁨"(「사는 기쁨」, 『사는 기쁨』)은 시인은 물론 우리들 역시 양보할 수 없는 생의 활달한 지문일 것이다. '기쁨'으로 충만한 삶의 역사화는 "한없이 맑고 적적한 산수"(「사는 기쁨」)를 생의 본질로 이미지화한다는 점에서 더할 나위없는 시간의 적층이다.

시인은 그러나 그 "은둔 신호"의 투명한 명랑성에만 언어의 벼리를 돌리지 않는다. 그것만큼이나 느닷없이 발로(發露)하는 죽음의 대접과 수용에 적합한 운사(韻事)의 칼날을 예민하고 풍부하게 발현시킨다. 시인이라고 "느낌과 상상력을 비우고 삶을 마감하라는 삶의 끄트머리가 어찌 사납지 않으랴"(「사는 기쁨」)라는 삶의 비통에 무감할 리 없다. 그는 오히려 '비통'을 끊임없이 그리고 지독하게 '기쁨'과 낯설게 접속시키고 따뜻하게 별리시킴으로써 "무엇에 기대지 않고 기댈 수 있는 자"(「산돌림」, 『사는 기쁨』)로 스스로를 자연화한다. 그런 의미에서 "아픔의 지문(指紋)이 묻어 있지 않은 기쁨"은 시인의 궁극적 희원이 아니라 때로는 뜨겁게 때로는 차갑게 초극해야 할 어떤 "생명의 고비"(「몸이 말했다」)일지도 모른다.

그러니 거기에 가만히 묻어나는, 아니 격렬하게 찍히는 삶의 지문이 당신과 나의 안녕한 지문에 걸어오는 말을 울울(鬱鬱)하고 침침(浸沈)하게 듣는 것, 이 작업은 우리 생의 '기대지 않는 기댐'의 밀도와 심미를 가늠하는 수일(秀逸)한 척도의 하나일지도 모른다. "타인만이 우리를 구원한다"라고 말했던 시인은 폴란드의 자가예프스키였던가. 이것은 '동정'과 '연민'의 관념적 제시와 분배보다는 "그들이 삶이 내 삶보다 더 탱탱하고 / 이 세상이 생각보다 훨씬 더 탄력 있다는 느낌을 받"(「발없이 걷듯」, 『사는 기쁨』)는 감각적 실천과 발현에 의해 그 진실성을 획득하는 명제가 아니던가. 이를 위해서는 "그래, 생각들아 / 가슴 찢고 살자”(「천남성 열매」)라는 시인의 말처럼, “‘몰운대’에서 풀려난 몰운대”(「사는 기쁨」) 같은 편의성과 허구성에 더 기꺼워하는 고장난 몸의 개변과 일그러진 영혼의 앨쓴 전회가 필요하지 않겠는가.

*

독이면서 약을 뜻하는 ‘파르마콘(pharmakon)’과 가족관계를 이루는 ‘파르마코스(pharmakos)’라는 말이 있다. 그 어원이 상기하듯이 ‘파르마코스’는 공동체의 안전과 보존을 위해 제물로 바쳐진 비천한 인간, 다시 말해 희생양을 뜻한다. 문학적 용례를 따른다면, 특정 유형의 평범한 작중인물, 즉 임의로 선택되어 희생을 당함으로써 공동체에 정화를 가져오는 인물을 가리킨다.

그렇다면 ‘파르마코스’는 집단과 개인의 갈등, 문제적 인물의 배제, 공동체의 재결속이라는 선(善)적이며 선조(線彫)적인 구원의 시간을 실현하는 주체인 것인가. 이 명제를 인정받으려면 다음의 말에 대한 최소한의 동의가 필요할 듯싶다. 공동체의 구원과 결속이 윤리적인 것은, 아니 윤리적이려면, 비천한 인간이자 죄의 대상인 ‘파르마코스’의 용서와 구원이 먼저 실행되어야 한다는 것이다. 그를 오로지 죄와 벌의 대상으로 규정하고 이해하는 한 ‘파르마코스’는 언제나 타락한 죄인의 처지를 면치 못한다. 그러는 한 공동체(共同體)는 공동체(空洞體) 탑승의 멀미와 그것의 지속적 확산으로 스스로를 더욱 비워가고 분열시켜갈 수밖에 없다.

절대적 소외와 절대적 타자로 '친밀한 적'을 추방하고 수갑 채우는 일은 표면적으로는 공동체의 신생을 보위하는 작업처럼 보인다. 하지만 심층적으로는 "아파트 채 벗어나지 못한 낙엽들 가슴이 찢겨져 / 쓰레기 적치장 앞에 쌓"(「천남성 열매」)이는 현장의 지속적 발명이 아닐 수 없다. 공동체의 완전성과 신성성은 해당 집단에 완미하게 결속된 구성원 못지않게 결여와 부정의 주체, 다시 말해 공동체의 진실성과 절대성을 거꾸로 입안하고 증명하는 불온한 타자들에 의해 건축되기 때문이다. 요컨대 타자와 일탈자가 분열과 파괴의 씨앗이기는커녕 공동체 구성과 유지의 실질적 주체이자 구성 요인이라는 말이다.

다소 길게 '파르마코스'상의 집단과 개인의 결속-분열의 논리를 이야기한 것은 그것이 우리들 개별적 삶의 원리이기도 때문이다. 현실 속의 선과 악, 성공과 실패, 삶과 죽음에 대한 어떤 선택과 지향은 그 흐름에 적합한 '파르마코스'의 발명과 희생을 예외 없이 요구한다. 그러나 이때 정녕 중요한 것은 일방으로 정향된 가치판단이 아니라 자가(自家)의 독과 약을 상호전환 할 줄 아는 방법적 사랑과 부정의 기술(art)이 아닐까. 그중에서도 부정적 관념과 사실의 역동적 내속(內屬)과 역설적 근기(根氣)로의 변신과 전환이 보다 중요할 것이다.

아파트 채 벗어나지 못한 낙엽들 가슴이 찢겨져
쓰레기 적치장 앞에 쌓이고
엉겨 덩어리 된 생각들 마음 천장에 거꾸로 매달려
석류처럼 가슴이 찢어지는 계절,
얼음칼로 맨살 얇게 저미듯

아프고 아름다운 모차르트 피아노 협주곡을
두텁게 무겁게 연주하는 러시아 피아니스트 레프 오보린에
귀를 기울이다
베란다에 나가 아직 남은 가을 햇볕에
생각들을 살살 달랬다.
어디엔가 매달려 있다는 것만도 다행이지,
그렇고말고.
두텁고 무거운 연주가
속이 허한 자들에겐 축복이 아닐까,
암 그렇고말고
나도 잘 모를 말들을 중얼거렸다.
중얼거림을 멈췄다. 눈앞에서
껍질 벗어던진 맨몸 석류 같은 천남성 열매
붉은 알 하나하나 최면 걸듯 빛나고 있었다.
그래, 생각들아
가슴 찢고 살자.

—「천남성 열매」 전문

시인은 우리 삶의 약과 독을 상호 전환하는 천혜의 기술을 지나는 길의 "천남성"에서 환히 밝아오는 환등기의 기억처럼 강렬하게 떠올린 듯싶다. 아니 파르마코스의 방법적 전유에서 상상의 "천남성"을 피워 올렸다 해도 괜찮겠다. '천남성(天南星)'은 동양에서 사약(死藥)과 약재로 동시에 쓰인 '파르마콘'의 식물이다. '천남성'을 우리 생의 서사로

치환한다면, 삶과 죽음, 구원과 타락, 용서와 처벌 들과 같은 생존과 윤리의 지평으로 다양하게 전유될 수 있을 것이다. 가령 시 속 "천남성"은 가을날 "붉은 알 하나하나 최면 걸 듯 빛나고 있"지만, 이 아름다움에의 거침없는 미혹은 죽음에 이르는 길을 서둘러 열어가는 맹목일 따름이다.

이를 고려하면 "껍질 벗어던진 맨몸 석류 같은 천남성 열매"는 삶의 지문을 향한 성찰의 응축물일 가능성이 농후하다. 그런데 시인이 던진 말이라곤 놀라운 성찰과 각성의 계시는커녕 소소한 '다행'과 겸손한 '축복'을 향한 나지막한, 게다가 "나도 잘 모를" 중얼거림에 불과하니 이를 어쩌랴 싶겠다. 허나 뒤를 잇는 "그래 생각들아 / 가슴 찢고 살자"는 말은 과연 무심히 보아 넘길 만한 상념의 토로이거나 안심의 체면치레 같은 것인가? 만약 상념이라면, 또 그를 통한 안심의 추구라면, 그것은 벌써 "석류처럼 가슴이 찢어지는 계절"에 노출된 것이 아닌가? '구경(究竟)적 삶'의 일부로서 "나방"의 죽음과 그것의 "망막"에 담긴 "안 보이던 바닥"의 의미맥락과 가치의 탐침은 그래서 중요해진다.

> 윤나게 닦인 아파트 엘리베이터 바닥에
> 갈색 나방 몸 하나 던져져 있다.
> 날개 반쯤 펼치다 말고
> 바닥에 바싹 엎드린 채 쬐끄만 머리 앞에 뱉어 논
> 미세한 분비물이 얼룩처럼 그려져 있다.
> 살아서 마지막으로 내쉰 호흡 같다.
> 마지막 숨 내뱉으며 그의 망막은

이 세상의 무엇을 담아 갔을까?
바람벽처럼 막힌 엘리베이터 문이었을까?
붙어보려다 떨어지고 붙어보려다 떨어진
엘리베이터 거울의 빛나는 사각(四角)이었을까?
추운 날 밖에서 방에 드는 순간 안경알 흐려지듯
곤한 삶에서 죽음에 들며 그의 망막이
그냥 흐려졌을까?

—「안 보이던 바닥」 전문

스스로를 바닥에 내던진, 아니면 누군가의 귀찮은 손짓에 가격 당한 '나방'의 죽음은 의외의 지문을 생의 여울목 곳곳에 점점이 찍어내고 있어 아름답고 위대하다. 누군가는 '나방의 망막'에 담긴 "엘리베이터 문"과 "거울의 빛나는 사각", 그리고 "곤한 삶에서 죽음에 들며" "그냥 흐려진" 망막을 인간적 삶의 기쁨과 죽음의 비통을 향한 비유로 서둘러 읽을 것이다. 나방의 죽음에 값하는 독해는 그러나 나방의 삶을 향한 저돌적 돌진과 '문'의 개통 / 개방 욕망이 아닐까. 그러면서 스스로의 죽음을 아무렇잖게 수습하는 구경(究竟)적 태도가 아닐까.

나방이 들었던 사각의 방('엘리베이터')은 간단한 버튼 조작과 출구를 향한 몸의 방향전환이 없는 한 일종의 무간지옥(無間地獄)이다. 하긴 타자(인간)들의 바쁜 드나듦이 탈출의 가능성마저 봉쇄했으니 잘못 날아든 나방의 죽음은 애초의 숙명이었겠다. 사물의 형상이 그렇긴 해도 "거울의 빛나는 사각"이 날카롭고 차가운 비수를 닮았다는 느낌은 그래서 송연(悚然)하다. 하지만 나방은 처연하게도 사각의 방 속 모든 사각을 삶의 보존구, 아니 죽음의 탈출구로 부딪힘으로써 바닥에 떨어진 "쬐끄만 머리 앞에" "미세한 분비물"을 "얼룩처럼" 뱉어놓았다. 누군가의 손걸레와 대걸레가 "분비물"을 무표정하게 닦아내겠지만, 그것이 아로새긴 삶의 잃어진 지문은 그 누구도 지우거나 그 무엇도 파낼 수 없다. "곤한 삶에서 죽음에 들며" "그냥 흐려"진 '망막'의 심연과 허무는 우리의 측정과 상상을 도무지 허락하지 않는 나방 고유의 구경적인 것이기 때문이다.

잃어진 '망막'은 더 이상의 문 찾기가 불가능하다는 점에서 생의 곤란이기도 하지만 막힌 사방을 모든 문으로 상상케 한다는 점에서 생의 환희이기도 하다. "안 보이던 바닥"은 그러므로 삶의 끝이자 죽음의 입구가 아니라 그런 구분 자체를 무효화하는 삶과 죽음의 동시적 비상구인 것이다. "생각들아 / 가슴 찢고 살자"는 말은 그러므로 생과 타자의 역린(逆鱗)을 거스르는 일탈적 초월의 권유가 아니다. 오히려 그 역린들을 따라 흐르며 그들의 지문을 '나'의 사유와 상상에 깊이 화인(火印)하는 개방적 감각의 절박한 요청인 것이다.

'나방'은 그런 의미에서 죽음의 공동감각을 구성하고 그것을 삶의 본질로 함입하는 '장주지몽'의 역설적 실현자이자 매개체이다. '나방'의 '망막'을 '나'의 눈에 '임플란트'하지 못했다면 "맞다, 너는 헛발질을 했어"(「몸이 말했다」)라는 '몸'의 통찰 역시 흐려졌을 것이란 판단은 그래서 가능하겠다. 하지만 '나방'은 죽음과 관련된 생의 바닥을 투명하게 드러냄으로써 시적 자아의 온몸이 되었다. 시인은 언제나 젊다는 범속한 명제가 거역할 수 없는 진리로 또렷이 발현되는 순간이다. 죽음에 든 나방의 온몸이 자아의 지문으로 어떻게 현상할지 또 무슨 궤적을 그릴지 열렬히 주목하는 일은 우리가 나방의 망막에 참여하는 가장 손쉽고도 가장 지혜로운 방법의 하나일 것이다.

*

"곤한 삶에서 죽음에 들며" "그냥 흐"려지는 망막의 삶이라면, 그것은 견딜 만하고 때로는 기다려질 법한 생과의 이별이다. 우리 삶의 서사는 어쩌면 흐려지지 않으려는 내면의 의지와 그것을 어리석은 욕망으로 치부하려는 신권(神權) 사이의 대립과 갈등으로 문양 박히는 무엇일지도 모른다. 이를테면 "렌즈를 새로 갈아 껴도" "마음에 들게 다가와주지 않는 풍경들"이나 "초점잡기 힘든 계절 바뀌는 모습들"(「나를 괴롭히는 것들」)이 어디 늙어감의 비애일 따름이겠는가.

바른대로 말해 성인식이니 입사식이니 하는 관례는 이런 결여와 불만이 세속의 피할 수 없는 세칙이며, 존재의 성장과 보존은 그 부정성 속에 뛰어들어 스스로를 방어하고 구원할 때야 가능하다는 사실을 고지하는 마당인 것이다. 요컨대 흐려지는 망막은, 또 그것을 부지런히 닦는 명경(明鏡)적 행위는 우리 삶을 구성하고 가치화하는 자존의 거점이자 실천인 것이다. 그 망막을 들여다보며 "내가 이 세상에서 좋은 일한 게 뭐뭐 있더라"(「나를 괴롭히는 것들」)라는 기억 행위는 따라서 삶의 지문을 추억하기보다 삶에 찍히거나 스쳐갈 지문을 기획하는 미래와의 대화라 할 만하다.

지옥 입구엔 아직 마취 않고 이빨 갈아대는
치과병원이 있다는 소문 들었으나
인정머리 없는 재판정이
한가운데 버티고 있다는 소문도 들었으나
맛이 간 자의 맛 한 치라도 돋구어주는 공방(工房)이
돌아가고 있다는 소식 여태 없으니,
서울서 지금 나를 괴롭히는 것들아
반만 괴롭히고 나머지 반은
죽은 다음에 해다오.
그동안 나에게 삡뵌 자들과는 어디쯤서 서로 멋쩍게 웃으며
잘 가게, 그럼 잘 있어, 하게 될까?

—「나를 괴롭히는 것들」 부분

"치과병원"은 시인의 삶에 개입 중인 현실이라면 "인정머리 없는 재판정"은 누구에게나 공평하고 폭력적인 시간성을 뜻할 테다. 그러니 양자 모두 우리 삶을 지배하고 파괴하는 시공간적 원리의 일종이라고 적어두자. 시인을 향한 이것들의 징벌은 "서울"로 대변되는 세속살이와 "삡뵌 자들"과의 지속적 불화와 갈등으로 표면화되고 있는 듯하다. 아니 이런 부정적 삶이 죽음 뒤로도 이어질 것이란 공포와 불안의 경고적 조성이 징벌 내부에 숨어 있다는 느낌도 없잖다.

그런데 목전의 현실로 가해질 이런 징벌 때문에 "지옥 입구"가 이후 삶의 행로로 지목되는 것 같지는 않다는 생각이 자꾸 스친다. 이에 답하기 위해서는 자아에게 죽음이나 삶 저편이 공포의 근원을 이루는 까

닭이 무엇인지를 먼저 물어야 한다. 그것은 신의 심판에 대한 공포와 불안도, 삶의 한 소절이 뿌리 뽑혔다는 허무감도 아니다. 어쩌면 "맛이 간 자의 맛 한 치라도 돋구어주는 공방(工房)"이 부재하다는 사실의 인지에서 보이는, 취향의 박탈과 개성의 삭제에 대한 공포가 미래를 또는 삶 이후를 "지옥 입구"로 명시케 하는 것인지도 모르겠다. 왜 안 그렇겠는가? 개성적 취향과 언어의 자율이야말로 시인됨의 시작이자 끝인 것을. 영원성과 호탕한 화해가 지속적으로 주어질지라도 만약 개성과 자율이 박탈된다면, 그 천국이야말로 오히려 '지옥에서 보낸 한 철'이 아니고 그 무엇이겠는가.

황동규는 2013년 발간된 『사는 기쁨』(문학과지성사) 속 '시인의 말'을 "죽어서도 꿈꾸고 싶다"라고 적었다. 이것을 삶의 짧음과 죽음의 고통을 초월하기 위한 안심입명(安心立命)이나 낭만적 도취의 소이로 읽을 필요는 전혀 없다. 이 시집은 홍정선의 말처럼 "늙어가는 육체가 만든 상황과 대립하기보다는 그런 상황과 "둥둥둥" 더불어 사는 즐거움의 세계 속으로 들어"(「몸과 더불어 사는 기쁨」, 『사는 기쁨』 해설) 가는 일에 봉헌된 매우 현실적인 감각의 응집물이다. 그렇다는 것은 『사는 기쁨』이 시인됨의 치열한 복기(復碁)와 냉철한 기획을 위한 미적 모험이자 도발의 객관적 상관체임을 표백하는 경우가 적잖기 때문이다. 가령 "그냥은 못 살겠다고 / 몸속에서 몸들이 터지고 있"는 "봄 나이테"(「봄 나이테」, 『사는 기쁨』)의 격정과 도발은 황동규 시의 현실이기도 한 것이다. 그러니 그 '터짐'의 또 다른 형식일 "맛이 간 자 맛 한 치라도 돋구어주는 공방"이라는 식으로, 시인됨의 본질과 개성적 취향, 언어의 운지법(運指法)을 동시에, 그것도 해학적으로 노출하고 또 욕망할 수밖에 없다.

그러나 이런 해학의 원만함과 포괄성 속에 "나를 괴롭히는 것들"로의 스밈과 짜임을 위한 영혼과 언어 산발(散髮)의 오랜 떠돎과 각성적 대화가 연면히 흐르고 있다는 사실을 우리는 얼마나 알고 있는가? 당신은 자신의 시적 기원과 쟁투 과정을 "곡마단에서 광대 놀음" 하되 "숨을 굴 없는 안경 낀 성성(猩猩)이"의 초라한 삶에 비유했던 「무굴일기(無窟日記)」(『겨울밤 0시 5분』, 현대문학, 2009) 연작을 기억하는지? 이 삶의 세속화와 시의 비탄은 "나를 괴롭히는 것들"로부터 주체를 위무하고 보호하는 류의 즉자적 욕구와 멀찍이 격리된 역설의 언어와 감각들이다. 오히려 그것들 속에서의 '범속한 트임'을 걸러내기 위한 방법적 사랑 또는 부정, 그러니까 "삶의 내벽(內壁)을 한없이 투명하게" 하는 '파르마콘'의 일종이었던 것이다.

우리는 그런 독의 약으로의 전환과 전유 과정을 「간월암 가는 길」에서도 어렵지 않게 읽는다. 그 풍경을 거칠게 스케치한다면, '삶의 투명한 내벽'마저 다시 흐리며 그간 더 넓어지고 깊어진 삶의 지문을 가만히 찍고 있는 "무명승"—'나'이면서 '너'거나 '그'인—과의 대화 현장의 탁발이 될 것이다.

> 땅거미와 함께 밀물이 들고 있었고
> 나는 의자를 당겨
> 바다 위로 지는 해를 바라보았다.
> 오늘 간월암을 보지 못하면 여기 어디서 하룻밤을?
> 창밖을 온통 물들이며 지는 저녁 해를 바라보던 그가
> 몸을 털 듯 일어서며 말했다.

'아직 간월 절에 들어갔다 나올 시간 넉넉하이.
저 돌담 앞에 꼼짝 않고 앉아 있는 잡풀들
면벽(面壁)하고 있다고 생각해본 적이 있나?
나는 그만 가네.
산은 없어도 산신각(山神閣) 있는 간월,
한번쯤 들어가 두리번댈 만 하이.'

—「간월암 가는 길」 부분

"간월암 가는 길"의 서사적 도정, "나"와 "무명승"의 대화, 그 과정을 통과한 '나'와 '그'의 동시적 변화와 같은 포인트는 인용시가 시인 자신이 입안한 '극서정시(劇抒情詩)'임을 무리 없이 증례한다. 시 해석에서 유념할 사항은 "나"와 "무명승"의 관계인데, 양자는 사실로서의 주체-타자 관계일 수도, '나'-'다른 나' 같은 이중자아의 형식일 수도 있다는 사실이다. 여행은 시간의 추이와 서정의 숙성을 바탕으로 자아와 타자, 심지어는 여행 대상까지 변화시키는 한편 경험 이전의 지평으로 밀어간다. "나"와 "무명승", "간월암"을 굳이 '사실'에 붙박기보다 '상상'의 지평에 자유롭게 하방해도 좋을 이유가 여기서 촉발된다. 이런 까닭으로 나는 「간월암 가는 길」의 전체 구도를 '파르마코스'적 인물 관계의 실현으로 본다. 물론 양자는 '희생양'과 '구제된 자'의 몫을 동시에 감당하고 분할하는 자이므로, 선과 악, 진리와 허위, 미와 추의 어느 한쪽을 일률적으로 할당받거나 점유하지 않는다. 필요와 때에 따라 서로를 몸 바꿔 입으며 자신에 합당한 논리와 감각을 적층해가는 존재로 보는 것이 보다 타당할 것이다.

자신을 낮추는 '그', 곧 "무명승"의 여행과 구도(求道)는 일정한 성취와 경지에 이른 예외적 영혼, 곧 시인의 미적 창조와 현실 성찰에 필적하는 것이다. 따라서 "무명승"의 법력과 각성의 정도는 시인의 필력과 미감의 정도와 유비 관계를 형성한다. 「간월암 가는 길」 속 '나'와 '그'의 대화가 지난했을 구도와 창조의 과정을 공유하는 행위처럼 이해될 수 있는 지점인 것이다. 도반끼리의 대화는 그러나 '시인'과 '무명승'의 이후 여행과 구도의 차이점을 생산하는 분열점이라는 점에서 흥미롭고 쾌미가 있다. 그 차이는 인용부에서 하룻밤의 숙식을 걱정하는 '나'와 벌써 경험한 바의 '간월암'의 가치를 설파하는 '그'의 대립 정도로 간략하게 표현되고 있다. 하지만 그 속에는 우리의 선택과 지향을 호명하는 어떤 간지(間紙)가 숨어 있다.

이렇게 질문해 보자. 당신은 "무명승"이 말한 '시간'과 '면벽하는 잡풀', "산 없어도 산신각 있는 간월" 가운데 단 하나를 선택하라면 무엇을 쥐겠는가. 나는 '시간'을 택하겠는데, "나"와 "무명승"이 함께 공유하되 차이를 허락하는 유일한 대상이 그것이기 때문이다. "무명승"이 말한 '잡풀'과 '산신각'의 가치와 의미는 이미 정해진 무엇이자 '나'로의 내속이 늘 차연될 수밖에 없는 무엇이다. "무명승"의 판단에 동의하든 반발하든 그 선택과 가치 경험의 차이를 허락하는 것은 '시간'의 가장 공정하고도 공평한 은혜라 할 만하다. 시간의 흐름을 죽음으로의 행로나 영원성의 장애물로만 표지할 수 없는 요인을 찾는다면, 우리 삶 속 가치경험의 개방성과 단독성을 허락하는 자유자재의 세계이기도 하다는 사실에 주어질 것이다. 이것은 시의 무시간성과 현재성이 발생하고 성립하는 지점이기도 하다.

*

'삶의 지문'이 생의 역사화이기 전에 삶의 현재성을 향한 지문 묻히기인 까닭이 이제야 겨우 밝혀진 셈인가. 황동규 시인은 신작의 생산 소감을 밝힌 '작품메모'에서 이렇게 적었다. "새로운 깊이와 만나는 삶을 살자. 더 명징하게 형상화시키자. 따뜻해지자." 아마도 이 작업의 주체는 구도(求道)의 일가를 이룬 "무명승"이기보다는 몇 시간 뒤의 잠자리를 걱정하는 '나'-시인이 될 것이다. 이 소소하기 짝 없는 염려 끝에 만나는 "잡풀"과 "산신각"은 "간월도"는 물론, 우리가 먼저 읽고 경험한 "천남성 열매"와 "나를 괴롭히는 것들"을 또 다른 형상으로 문득 뒤바꿀 지도 모른다.

이것은 별 볼일 없는 것으로 간주되는 세계와 존재를 전혀 다른 얼굴로 변신시키는 일상의 연금술이란 점에서 우리 역시 매혹되고도 남을, '쓰디쓴 약'의 기능이 선순환하는 '파르마콘'이라 할 만하다. 황동규 시인과 우리는 이렇게 '미'의 희생양으로 만화방창한 봄날을, 전혀 새롭게 가치증여된 "간월도"를 지나고 있는 것이다. 그러니 우연히 지목된 우리 '파르마코스'들은 숙명의 패배자가 아니라 심미적 세계의 새로운 구성원이자 미숙해도 그만일 제작자의 하나인 것이다. 시와 미를 향한 이런 상상과 믿음도 없이 온갖 악덕과 폭력이 횡행하는 산문적 현실을 어떻게 견디고 또 건너겠는가.

필경사(筆耕士)의 비가(悲歌)

천양희의 새 시를 읽다

시인을 대(對) '세계'나 '우주'의 관점에서 본다면, 그는 '제2의 입법자' 인가 아니면 '필경사'인가? 물론 이런 구분은 시인의 주체성을 극대-극소로 양분한 결과라는 점에서 시인 고유의 창조성과 표현력을 충분히 감안하지 못한 것일 수 있다. 하지만 시인의 저런 입지들은 공히 역사적 모더니티의 도구적 합리성, 이를테면 과학과 수식에 근거한 계량주의와 예측가능성, 거기 결부된 문명의 폭력과 파국에 대한 성찰적 태도의 산물이었다.

이를테면 낭만주의에서 기원하는 '제2의 입법자-시인'은 자아의 현실감응을 신화와 환상, 역사와 우주로 더욱 넓혀가기 위한 휴머니티의 산종(散種) 행위자였다. 다시 말해 계몽의 이성을 현실 저편의 감각과 사유로 넘어서려는 미적 모험자인 것이다. 이에 비하면 상징주의에서 출원된 '필경사-시인'은 '제2의 입법자-시인'만큼 세계를 향한 주체의 권능과 창조력을 부여받지 못한다. 그는 오히려 과학과 실증에 맹종하는 합리주의자와 현실 저편의 미학에 나포된 낭만주의자 모두를 지배하는 절대적 휴머니즘에 맞서, 그것들을 포괄하는 동시에 녹여버리는 본원적 우주의 '필경사'로 스스로를 낮추는 존재다. 요컨대 '필경사-시인'은 세계의 모든 가치와 미의 시종(始終)을 주어진 우주로 상정하며, 자신의 영혼과 언어를 그곳을 향한 통합과 감응의 운동자로 입안하는 존재인 것이다.

이상의 비교는 적어도 '우주'와 '세계'를 향한 관점과 태도에서만큼은 '제2의 입법자-시인'이 훨씬 능동적이며 때로는 급진적이라는 느낌마저 환기한다. 이에 비하면 '필경사-시인'은 기껏 주어진 우주의 비밀스런 형상과 구조를 비춰보고 기록하는 기술자의 처지를 못 넘어서는 것처럼 보인다. 바꿔 말해 숨겨진 영토의 개진과 지적도 작성은 가능하지만, 그것을 새로운 영토로 변경하거나 재구성하는 개척의 능력과 욕망은 미진한 것처럼 보이기도 한다는 것이다.

그런데 과연 '필경사-시인'은 세계(의 변화)를 향한 언어와 표현의 소극적 출원자에 불과할 것인가. 현실의 이편과 저편, 과거와 미래까지를 모두 포괄하는 본원적 우주를 떠올려본다면, 가장 급진적이며 파괴적인 변화와 개진조차 한 점 가벼운 티끌로 소략될 가능성이 크다. 그러니 세상의 모든 것을 가장 징후적이며 예리하게 감각한다손 쳐도 시인의 영혼과 언어, 표현은 더욱 풍성해질수록 더욱 겸손해져 마땅한 것이다. 하지만 역설적이게도 '우주'를 향한 미학적 풍요로움과 겸손함의 복합적 운동은 타자를 중심에 위치시키는 한편 그들과의 교감을 삶과 시의 구경(究竟)적 형식으로 밀어올린다는 점에서 숨겨진 역능이기도 하다. 여기서 성장하는 타자성의 시학은 서로 대립적이고 이질적인 자신들을 서로의 존재 원리와 조건으로 삼기 마련이다. 따라서 그것은 일정한 동일성에 고착되는 대신 끊임없이 생성되는 관계들로 충만한 리좀(rhizome) 운동의 또 다른 형식이다. '필경사-시인'을 우주로의 수렴과 통합을 기도하는 아날로지의 충실한 수사(修士)이기 전에 우주의 낯섦과 비밀을 돌파하는 아이러니의 일탈적 사도(使徒)로 가치화할 수 있는 소이연인 것이다.

다시 강조하거니와 '필경사-시인'의 출현은 오감(五感)으로도 보이지도 들리지도 않는 우주의 비의와 절대미를 독해하고 복기함으로써 삶과 시의 영원을 꾀하려는 미학적 욕망만의 산물이 아니다. 우주적 절대미로의 침윤이 불러올 속류적 해방과 감동의 위험성은 '필경사-시인'이 탄생한 그 지점의 성격, 곧 일용할 진선미의 부재와 개선의 여지없는 세기말적 파경의 기억과 성찰 속에서 간신히 지연되고 막음되어 왔다. 가령 이들의 첨예한 모델로 불러도 좋을 랭보는 시인의 운명과 직능을 '견자(voyant)됨'에 걸어둔바 있다. '견자'는 단순히 우주의 비밀을 꿰뚫어 그것을 절대미로 획정하려는 순혈적 미의 추종자가 아니다. 오히려 그들은 우주의 진선미를 내면화함으로써 개인과 사회에 대한 인습과 나타(懶惰)를 형성, 강화하는 일상적 · 제도적 관습과 규율 따위에 대한 강렬한 부정과 저항의 행동자로 요청되었다. 우주(신)에의 초대와 대화는 현실부정의 지속적 모험과 실천의 과정에서 간신히 획득되는 것이었음은 물론이다.

이런 위험한 긴장이 오늘날 '필경사-시인'의 역할이자 과제이기도 함은 "자연을 쓰는 서기(書記)"임을 자처하고 꿈꾸는 천양희의 신작시에서도 뚜렷이 감응된다. 사실 천양희의 시편을 '필경사-시인'의 산물로 지시하는 일은 "부정과 긍정이 이중적으로 교차하는 그 자리에"(천양희, 「낯설게 하기의 아름다움」) 피는 '꽃'에 주목해온 영혼과 언어의 신고(辛苦)에 적절치 않을 수도 있다. '꽃'의 자리의 양가성은, 부정과 긍정의 대립과 갈등이 암시하듯이, 현실원리에 보다 민감한 시선에 포착되기 쉬운 것이기 때문이다. 하지만 그 양가성이 '꽃'의 내면과 외형을 동시에 피워내기 위해서는 "보이지 않는 것과 보이는 것, 이쪽 세계와 저쪽 세계를 함께 보여주는 황홀한 세계라는 것입니다. 그런 황홀한 세계를 여는 문이 바로 시입니다"라는 그녀의 말이 암시하듯이 우주 / 세계를 읽는 뜨거운 감성과 그것을 기록하는 차가운 글쓰기가 동시에 요구된다. 당연히 그 밑자리에는 '황홀한 세계'를 제멋대로 저지하고 파탄 내려는 부정적 현실에 대한 냉철한 응시와 반성이 꿈틀대고 있다.

어느 날
포곡布穀 포곡 울던 뻐꾸기가
어느 날
복국復國 복국 울던 뻐꾸기가
어느 날
비겁 비겁 울던 뻐꾸기가
어느 날
달팽이 뿔 위에서
파국破國 파국 운다

주먹을 쥔 채

울음소리 듣고 있는 사람들은 알 것이다

어느 날

구국救國 구국 우는 소리가

구국새라는 것을

—「어느 날 뻐꾸기가」 전문[1]

'뻐꾸기'의 울음을 형상화한 '포곡(布穀, 뻐꾸기의 한자말이기도 하다)'과 '복국', '비겁'과 '파국', '복국'은 그 한자를 읽다보면 음성효과를 살린 펀(pun)으로 그치지 않는다. 그보다는 인류사를 관통하는 모순투성이 역사현실을 상징하는 아이러닉한 기호임이 뚜렷해진다. 현재만 보아도, 우리 현실은 세월호 참사가 증거하듯이 '위험사회' 자체인 것이며, 세계의 도처 역시 죽음의 충성을 맹세하는 아이들의 무모한 함성으로 울울하다. 한쪽은 통곡이 다른 한쪽은 희망(실은 절망이 뚝뚝 묻어나는)이 우리 내면의 진동판을 아프게 울린다. 하지만 타나토스의 완력은 현실 모순의 미력한 개선이나마 요청하는 그 상반된 목소리 모두를 무용한 것으로 명랑하게 제척(除斥) 중이다. 조만간 들이닥칠 파국의 참상을 생각하면, 부정적 현실을 극복하는 실천 운동 못지않게 현상과 본질, 우주와 인간을 동시에 가로질러 그것들의 융화지대를 보아내는 견자(見者) 근저의 통합적 상상력 역시 더욱 절실해진다.

---

1 '포곡布穀' '복국復國' '파국破國' '구국救國' 식의 한글과 한자의 병기는 시인의 것인지 아니면 출판사의 것인지 알 수 없다. 나는 두 문자의 병기를 시인의 의도적인 미적 장치로 이해하기로 한다. 그러므로 작품 해석도 이에 근거한다.

이를테면 '필경사-시인'이 '뻐꾸기' 울음을 한글(기표) : 한자(기의)의 방식으로 나란히 병기한 모습을 보라. 이는 날이 갈수록 심화되는 문명의 위험성과 함께 우리의 안쓰러운 휴머니티를 교란하는 그것의 살벌한 이물감을 생생하게 전달하려는 미적 고안에 가깝다. 특히 "파국破國"과 "구국救國"의 순차적 병렬, 다시 말해 양자 사이에의 임계선 설정은 무엇보다 문명의 파국을 향한 쓰디쓴 계고(戒告)와 관련된다. 동시에 파국의 심연에서 허우적거리면서도 한 올의 희망의 원리를 움켜쥐려는 오랜 묵시록적 상상력과도 깊이 연동된다. 「어느 날 뻐꾸기가」는 '필경사-시인'이 우주미(宇宙美)의 충량한 추종자이기 전에 역사현실을 비판적으로 성찰하는 아이러니의 구성자임이 문득 드러나는 지점이기도 한 이유인 것이다.

모감주 나뭇잎이
바람소릴 달고 있다
저 소리 받아 적으면
바람경(經) 될까
새소리 물소리 더 보태면
소리경 될까
산색은 그대로가 법신(法身)이고
물소리는 그대로가 설법이네
나는 이 말이 무진장 좋다
바람소리가 좋은 것처럼 좋다
세상의 소리 중에

저 소리만한 절창이 또 있을까

―「나는 자연을 쓰는 서기(書記)」 부분

소리와 이름의 환란(患亂)에 처한 '뻐꾸기'에 비한다면, 스스로를 자유자재로 구현하는 '자연경(經)'들은 얼마나 충만하고 복된 존재들인가. "세상의 소리 중에"서도 "절창"들만의 향연을 듣고 적는 '필경사-시인'은 이미 우주의 비밀을 엿본 '견자'라 해도 지나치지 않다. 한계에 처한 인간들은 저 충만한 세계로 던져짐으로써, 아니 녹아듦으로써 더 이상의 소외와 파멸을 살지 않을 것이다. 저 자연들의 소리가 '경(經)'이라면, 그 세계에 깃든 인간의 목소리와 문자 역시 신성한 경(經)이 아니고 무엇이겠는가. 그러니 화자의 충일한 정서의 폭과 깊이는 "무진장(無盡藏―인용자)"이라는 말로밖에 표현될 수 없는 것이다.

그러나 '필경사-시인'은 지금 '자연경(經)'에 애면글면하는 연가(戀歌)의 탄주자가 아님을 유의하라. 후반부 화자는 "자연을 쓰는 서기가 되었으면 / 언어로 절 한 채 지었으면" 하는 희망을 피력함으로써 현실의 결핍과 우주에의 미참여를 거꾸로 고백 중인 것이다. 사실대로 말해, "자연을 쓰는 서기"라는 자기규정은 어떤 면에서는 '생태적 낭만주의'와 얼마간 친화한다. 이 생태주의는 제도의 개선과 변혁보다는 자연에 대한 감성의 제고에 더 집중하며, 그에 따른 가치관과 실천의 변화를 통해 자연환경의 위기를 극복하고자 한다. 하지만 도구적 이성의 극복 및 주체와 타자의 관계성 회복을 통해 자연과 사회의 호혜적 접속을 실천하지 않는 일련의 생태주의는 일상과 문명의 인간을 막무가내로 배척한다는 점에서 또 다른 소외의 형식일 수 있다. "절필한 내 목소리

/ 자연처럼 자연스럽게 재창할 수 없나"라는 화자의 나지막한 원망(願望 / 怨望)은 따라서 징후적이며 예지적이다. 왜냐하면 그 '원망'은 자연과 자아의 통합이 제한되면서 발생한 아쉬움의 탄식에 그치지 않고, 자연과 우주의 절대화가 무구한 듯이 초래할 수 있는 인간소외를 회피하는 범속한 예지로 승압(昇壓) 중이기 때문이다.

그러므로 '필경사-시인'은 아래 시의 제목을 「시인은 없다」라고 고쳐 적어야할 지도 모른다. '경(經)'의 신성함과 권위는 '말해진 것'에 대한 맹목과 맹종에 의해서만 획득되고 유지되지 않는다. 만약 '말해진 것'에 잘못이 있다면, 하지만 그것을 수정 · 보완할 권리와 임무가 주어지지 않는다면, '필경사-시인'은 어떻게 펜대를 놀려야 윤리적이며 예지적인 존재로 생환할 수 있을까. 주어진 문자는 그대로 복기하되 글쓰기의 면면에 긴장과 균열의 맥락을 비밀리에 흘려넣는 일 정도가 최선의 방법일 것이다.

눈을 뚫고 꽃피우는 파설초 같은 시인이 있다
구름의 언어를 듣는 자 그가 바로 시인이라는 시인이 있다
아름다움을 포기하지 않는자는 고통과 헤어질 수 없다는 시인이 있다
모내기 김매기 벼베기가 시작법 같다는 시인이 있다
언어는 뱀이 벗을 허물처럼 거죽만 다채롭다는 시인이 있다
낙오되어야 살아남는다는 시인이 있다

술잔 없이 어찌 시절이 **노이랴는** 시인이 있다
시 한 편 기다리는 일이 막차 기다리는 심정이라는 시인이 있다

말은 침묵에 접근할 때 가장 가슴에 와 닿는다는 시인이 있다

무엇이 시인을 지배하나 묻는다면 고독이라고 대답할 나 같은 시인이 있지만

세상에서 가장 죄 없는 사람이

시인이라 말한 사람이 누구더라?

—「시인은 있다」 전문

시인들의 자기정의는 자신을 둘러싼 모든 환경, 이를테면 그를 둘러싼 사상과 이념, 문학 전통과 영향, 대(對) 현실관과 미의식 따위를 드러내는 행위인 동시에 아직 결정되지 않는 그것들에 대한 의지를 다지는 작업이기도 하다. 따라서 시인들이 어떤 방식으로, 어떤 말로 자신을 드러내든 그것에 대한 이해와 살핌 없는 비판과 부정은 최소한의 예의를 저버린 폭력 행위일 수 있다. "시인은 있다"라는 '필경사-시인'의 언명은 그런 의미에서 모든 시인 개개의 고유성과 의지를 충분히 긍정하고 존중하는 겸손과 자랑의 드러냄이다.

하지만 이런 시적 동일성의 배려와 수렴이 '시인의 있음'을 자동적으로 승인하지도, 보장하지도 않는다. 그 '있음'은 되레 매일 추구되어 마땅할 현실에 부재하는 시의 어떤 본질을 억압하고 은폐시킬 수도 있다. 이런 부정적 상황은 '필경사-시인'의 펜대가 '시인은 없다'라는 부정과 일탈의 맥락을 시편 곳곳에 은밀히 아로새겨야할 까닭이 발생하는 지점이다. 물론 화자는 '시인됨'의 부인이나 시인의 부정성을 폭로, 비판하는 방식으로 그 부재하는 본질을 톺아내지 않는다. '필경사-시인'은

자신의 윤리성을 되돌아보게 하는 "세상에서 가장 죄 없는 사람이 / 시인이라 말한 사람이 누구더라" 하는 질문을 넌지시 던질 따름이다.

"시에 대한 정의의 역사는 오류의 역사"라고 말한 시인은 T. S. 엘리엇이었던가? 저 무수한 시인의 정의 대신 시인의 죄를 묻는 자는 조심성 없는 시에의 도취보다는 함부로 흩뿌려진 시의 거짓에 훨씬 예민하고 또 개방적이다. 이런 윤리성이 견지될 때야 "시인은 있다"는 주장은 허구와 오류의 역사를 벗고 자랑과 의지의 현재로 거듭나게 된다고나 할까. 우리는 「사람들은 대체로」에서 누구나 바람직한 '선한 의지'가 충분히 아름답고 겸손하되 그러나 모순과 부정의 개선에 여지없이 무력한 비극적 국면을 조우한다. 하지만 우리는 진선미의 이면에 자리한 추악한 현실의 가공할만한 배양과 지긋지긋한 역습에 예민하게 반응하고 또 신중히 응시할 줄 아는 '선한 의지'만이 끝내 윤리적이며 미적임을 흔쾌히 인정해야 한다.

은하 가까이에 사는 사람들은 대체로
겸손하다고 한다 우주에 비해 자신이
너무도 작다는 걸 느끼기 때문이라고 한다 그래도
빙하는 녹고 덩치큰 북극곰은 갈 곳을 잃을 것이다

(…중략…)

마들에 살면서 들에 비해 대체로 내가
너무 가파르다고 반성하다가 왜 아니

그렇겠는가 생각하다가 강변에 나가
노을에 물든 서쪽을 바라보다가 나도 모르게
동요가 터져 나왔다 강물아 흘러 흘러 어디로
가니 넓은 세상 보고 싶어 바다로 간다

—「사람들은 대체로」 부분

시의 소재 '은하'와 '바다', '산'은 그 자체로 물질적 사실이다. 사람들은 우주와 자연의 사실성에 다각적으로 반응하며 지배와 떠받듦, 활용과 보존 따위의 생활현실을 수행한다. 그러나 사람들은 그 물질성 너머의 어떤 가치와 의미들, 이를테면 신비에 휩싸인 광활함, 푸른 심연의 드넓음, 출세간의 고즈넉함 등의 가치론적 의미를 향유하고 내면화하기 위해 저들을 바쁘게 호명한다. 다시 강조하거니와 이런 가치론적 상상과 사유가 우주와 자연의 본원성 혹은 인간생활의 토대로서의 그 물질성을 지속시키고 보존하지는 않는다. 도구적 이성 아래의 문명현실은 언제나 이것들을 지배와 개척, 상품과 이익의 대상으로 식민화하며, 또 정태적이고 부동적인 것으로 사물화한다. 이런 지배와 식민의 논리가 문명현실의 주류적 원리임을 우리는 부인할 수 없다. 이 파멸의 밀어닥침이야말로 시인이 각 연에서 '은하'와 '바다', '산' 가까이 사는 선한 존재들의 겸손과 무구를 찬(讚)하면서도 끝내는 '북극곰'과 '별', '다람쥐'의 추방과 패배를 함께 아파하지 않을 수 없는 까닭이 말미암는 지점이다.

동요 「시냇물」은 그러므로 회상과 향수, 회한과 연민으로 뭉쳐진 과거(지향)의 노래로 그칠 수 없다. "들에 비해 대체로 내가 / 너무 가파르다고 반성하다가"라는 고백이 암시하듯이, 문명의 파국과 그 너머를 전후좌우로 조망하고 반성하는 슬프되 단단한 정서적 감응의 현상체인 것이다. 여기 결부된 서정적 비전은 도시 숲으로 변해버린 옛날의 "마들", 곧 현대문명의 일상공간에 대한 성찰과 반성을 끊임없이 환기한다. 동시에 존재의 기원이자 울타리로서 '우주'와 '바다', '산'의 숭고함과 절실함을 계속 부풀린다. 우주와 자연으로 대표되는 본원적 세계의 가치잉여와 그 실천은 무엇보다 이런 강(强)-유(柔)의 동시적 발현에서 현실화된다.

> 여자는 깊게 보고
> 남자는 멀리 본다는 말을 들었다
> 남자에게는 세계가 심장이고
> 여자에게는 심장이 세계라는 말을 들었다
> 여자는 약해졌을 때 음모를 꾸미고
> 남자는 강해졌을 때 음모를 꾸민다는 말을 들었다
>
> 여자는 남자보다 아홉 배 더 사랑하고
> 다섯 배 더 운다는 말을 들었다
>
> 아마도 저녁 무렵이었을 것이다
> 그때였을 것이다
>
> —「저녁의 말을 들었다」 전문

남자의 외향성과 여자의 내향성이 흥미롭게 비교된 시편이다. 당신은 핵심어나 주요 싯귀를 꼽는다면 무엇을 택하겠는가. 나는 여지없이 "여자는 약해졌을 때 음모를 꾸미고"를 짚을 것이다. 여성의 '약함'은 성(性) 특유의 수동성과 정체성(停滯性), 타율성과 의존성의 결과로 이해되고 해석되는 경향이 있다. 그러나 "깊게 보고" "여자에게는 심장이 세계" "아홉 배 더 사랑하고" "다섯 배 더 운다"와 같은 일련의 특수성은 내향성의 드넓음과 이타성, 수렴의 힘과 포괄의 유연함을 스스럼없이 환기한다. "약해졌을 때의 음모"는 아무래도 강해지고 살아남기 위한 온몸의 투기(投企)와는 거리가 멀지 않을까. '깊이'가 그렇고 '심장'이 그러듯이, '나'의 내부로 '너'를 불러들이고 '나'의 동력을 '너'에게 방출하는 온몸의 수렴적 개방이 약한 여성의 음모에 차라리 어울린다.

'제2의 입법자-시인'은 '입법(立法)'이 지시하듯이 강한 남성의 음모에 방불한바 있다. 세계의 창조 행위는 '신생'의 구축과 안정을 위해 대개 지배와 질서의 원리에 충실하다. 이를 위한 가장 강력한 관념과 문자 행위가 '경(經)'임은 물론이다. 이에 비해 '필경사-시인'은 '경(經)' 자체를 구성하지도 욕망하지도 않는다. 다만 그것에의 스밈과 짜임을 희원하며 더욱 뛰어난 '필경사-시인'이 출현하면 언제든지 자기 고유의 신심과 미감이 일렁이는 '다시 씌어진 경'과 더불어 현실 저편으로 물러날 따름이다.

하지만 그의 '귀거래'는 타자를 위한 자발적 정지라는 점에서 패배가 아니며, 오히려 '경'의 또 다른 신생에 자랑의 길을 터준다는 점에서 확산적 수렴 행위에 가깝다. 물론 이것은 '필경사-시인'의 열렬한 의지로만 획득될 성질의 것이 아니다. 천양희 시인은 '필경사-시인'의 존재론을 "저녁의 말"이라는 비유어로 붉게 물들였던가. 아침 기도와 함께 시작된 필경사의 노고가 어두컴컴한 필사실에서 펜이 긁히는 소리와 간헐적인 기침 소리, 책장 넘기는 소리와 의자 끄는 소리 들과 종일을 함께 한 뒤에야 마감되었음을 생각하면, "저녁의 말"은 붉고도 붉겠다. '경'에 대한 신심을 더욱 승압한 심장이 붉고 펜대를 거머쥔 손가락이 또 붉고 그것들을 거듭 받아들였을 '다시 씌어진 경'이 마저 붉었을 것이다. 시인은, 우리는 너무 강렬하여 우련한 그 붉은 빛을 언젠가의 저녁에 온몸으로 내통할 것인가. 그리하여 그 '붉은 빛'을 우리들의 심장으로 다시 짜 넣을 수 있을 것인가.

일상의 노래와 삶의 시

고운기의 새 시를 읽다

21세기를 목전에 앞둔 그해 도쿄의 목요일 밤에는 꼭 술잔이 돌았고 거의 예외 없이 노래방, 아니 가라오케는 붐볐다. 워낙은 '자이니치(在日)'라는 풍문이 돌던 미소라 히바리[美空 ひばり]의 엔카 "인생은 강물처럼 흐르고~"가 불린 뒤에는 아마도 이선희의 「아름다운 강산」이었지 싶은데, 가사도 곧잘 잘못 적혀 있는 우리 가요가 또 어김없이 울렸다. 교토대학 물리학과를 졸업한 수재가 '웬 조선문학?'(일본에서는 한국문학이 흔히 조선문학으로 통칭된다)이라는 호기심을 곧잘 자아내던 사에구사 토시카츠[三枝壽勝] 교수의 강의 뒤 한국에서의 버릇을 여전히 못 버리고 도쿄 거리를 헤매던 늙다리들이 저 모임의 주동자들이었음은 물론이다. 그중의 우두머리(?) 가운데 하나가 게이오[慶應]대학에서 꽤 먼 거리를 달려 도쿄외국어대학의 수업에 합류하던 고운기 시인이었다.

언젠가는 가라오케에서 신나게 노래 부르던 중 건물이 흔들거려 지진의 공포에 아연실색하고 또 언젠가는 술집에서 큰 소리로 떠들다가 일본인들의 째진 힐난에 무안해 하던 날들이라니……. 누군가는 꽤나 통속적인 이 모임을 두고 유학생들의 실체가 어쩌구 하는 상상을 할 것이다. 그러나 우리는 목요일 밤을 제외하곤 언제 그랬냐는 듯이 도서관에 틀어박혀 서툰 일본어와 일본의 담론이 잔뜩 섞인 조선학을 들춰보느라 매우 바빴다. 이른바 내지인들이 옛날 식민지의 문학과 문화를 어떻게 연구하고 내면화하고 있는가 하는 문제는 우리의 객관화는 물론 그들과의 새로운 소통과 관계의 정립을 위해서라도 꼭 필요한 과제였다.

이때의 광경 일부가 적혀 있는 시집이 고운기의 『나는 이 거리의 문법을 모른다』(2001)이며, 내가 귀국한 다음의 사정들은 『자전거 타고 노래 부르기』(2008)에 그 일부가 담겨 있다. 시쓰기의 와중에도 고운기 시인은 학자로서의 성실성과 연구자의 열정을 부단히 다져갔으니, 거기서 그의 『삼국유사』에 대한 일련의 역작들이 구상되고 제 꼴을 갖추어 가기 시작했다. 이때 충격적으로 인지한 사실 가운데 하나는 근대 이후 『삼국유사』의 본격적 연구가 일본에서 비롯되었다는 것이었다. 제국의 식민지 지배 운운하면서도 내심으로는 『삼국유사』의 학문화에 열심인 그들의 성실함이 문득 무섭고 또 부러웠던 기억이 아직도 또렷하다.

벌써 10여 년이 흐른 과거의 도쿄를 두서없이 떠올려 보는 것은 마침 고운기의 신작시가 우리의 그렇고 그런 일상을 이른바 '유행가'에 접목시켜 친밀화하고 있기 때문이다. 더군다나 노랫말도 소리도 도통 알아먹기 힘든 아이돌의 '떼창'(?)이 아니라 이른바 '뽕끼'가 줄줄 오르는 옛 가요가 적혀 있는지라 그 추억이 더욱 삼삼한 것이다. 노래의 낯익음에서 그게 무어든 일종의 동류(同類) 의식과 정서를 확인해 볼 참이었으나, 신작시에 적힌 세 노래 가운데 김수희 「애모」 정도만 아는 난감함이라니. 그래도 다행인 것은 '일상의 노래'는 다르지만 훈장질과 문학 공부에 따르기 마련인 이런저런 삶의 우세스런 형국만큼은 거의 공감된다는 사실이었다. 시 읽기와 해석의 방법에 대한 고민보다 시 내부로의 삼투 정도가 오히려 고민스러워진 것도 여기저기 허당이 숨어 있음에 틀림없을 그 밀착감을 어쩌지 못하는 비평가의 서툰 감정 처리 때문임을 미리 고백해 두기로 하자.

옛 시절, 휴대폰이 나오기 전
법대 건물 앞으로 아무 연락도 없이 찾아갔던 친구와는
신림동 어느 생맥주 집에서 대취(大醉)

도서관 꼭대기 층 대학원생 열람실
아무 연락도 없이 찾아왔던 여자와는
놀랍고 반가워 생애를 같이 하자고 작심(作心)

술이 깨니 세상은 하얗고
결코 내 뜻 아니었건만 작심은 삼일이었네

내가 찾아갔으나 만나지 못 한 친구와

나를 찾아왔으나 내가 자리를 비운 사이
쓸쓸히 돌아간 여자는 지금 어떻게 살고 있을까.

—「얼마큼 나 더 살아야」 전문

놀랍게도 사전에 등재되어 있지 않은, 그러나 여기저기서 내뱉는 말 '몽생몽사(夢生夢死)'는 도취의 감정이기도 하지만 회한의 감정이기도 하다. 대취한 순간은 어떤 현실도 이기거나 초월하지만 깨어나는 순간 일상은 대개 그것이 얼마나 대책 없는 일탈이었는가를 비꼬기 마련이다. 그래도 시인은 다행인 것이 "세상은 하얗"다고 느꼈다는 점이다. 캄캄했다면 되살릴 기억도 그 흑막에 다시 적어볼 이후(以後)도 막막하고 아득하기 때문이다.

문제는 '작심'이다. 친구와의 우정이나 여자와의 애정이란 것도 결국 관계의 산물이고 보면, 그들과의 지속 혹은 단절은 '작심' 여부에 따라 제 갈 길을 가기 마련이다. 따라서 "지금 어떻게 살고 있을까"는 그리움과 궁금함의 발로이기도 하지만, 그들의 모습을 통해 '나'를 반추하고 또 '나'가 그들과 관계를 재개, 다시 지속할 수 있는지를 물어보려는 자기성찰의 의욕이기도 하다. 그래서 '그리움'은 때때로의 상기(想起)의 형식이어야지 상대를 차지하려는 '작심'의 형식이어서는 안 된다. '그리움' 앞에 그 속성을 헤아리는 관형구를 붙인다면 "얼마나 나 더 살아야"보다 "얼마나 나 더 살아도"가 보다 어울린다는 생각도 이 때문이다. 이럴 경우 '회한'은 차라리 절절한 그리움이며 그들에 대한 슬픈 의지(意志 / 依支)이기도 하다. 타자의 부재는 그러므로 결여가 아니라 충만으로 가는 역설적 통로이기도 하다.

그러니까 세상에는

정희성과 정호승이 살고

정희승과 정호성이 떠돌아 다닌다

진짜와 유령의 공존

정희성의 이름에 정호승의 약력이 붙고

정희성 시의 제목에 정호승의 시가 붙고

정희성의 1연에 정호승의 2연이 붙는다

거기서 더 기막힌 시가 나온다면?

드디어 유령은 시인으로 데뷔하여

어느덧 유령 시인이 한 몫 하는 세상을 만든다

—「정희성과 정호승」 부분

정희성과 정호승이 누구인가? 요즈음 젊은 세대들은 상상이 안 가겠지만, 두 시인은 1970~80년대 부정한 현실에 맞서 시의 윤리와 고독을 저항의 일 방법으로 밀어올린 필독 시집의 저자들이었다. 그런데 그들이 '유령'으로도 떠돌고 있다니! 이 부재의 형식은 한편으로는 민망하고 다른 한편으로는 기특하다. 종종 신문 지상에서 화제가 되지만, 시인들의 이름과 시의 제목이 뒤바뀌며 인용부의 3연에서와 같은 우스꽝스런 일도 심심찮은 게 인터넷 문학 장(場)의 현실이다. 이른바

'의도의 오류'를 집어삼키는 '감동의 오류'가 남발되는 형국인 것이다. 하지만 "유령은 시인으로 데뷔하여 / 어느덧 유령 시인이 한 몫 하는 세상을 만"드는 문학적 사기(詐欺)는, 아니 조심성 없는 애호(愛好 / 愛護)는 권세와 부를 위해 큰 몫 하는 힘센 하류들의 정치-치정극을 유쾌하게 무력화한다는 점에서 꾸지람의 대상이 못 된다.

문제는 순진한 딜레탕티즘이 변질되는 개악(改惡)의 공간이 함께 떠돈다는 사실이다. 특히 미래의 독자들일 청소년들을 대상으로 한 문학교육 사이트들이 종종 그렇다. 시의 원문이나 띄어쓰기, 맞춤법을 현대어법에 맞게 수정하는 것은 이해하지만, 특정 구절을 빠뜨리거나 뒤바꿔 시의 원형을 훼손하는 일은 불성실을 넘어선 그 무엇이다. 이것은 "더 기막힌 시"의 생산 가능성과는 거리가 너무 먼 기도 안 차는 노릇일 따름이다. 게다가 시의 독서와 향유를 둘러싼 대학 교실 역시 대입용 참고서 및 문제집과의 싸움의 장이라 해도 크게 틀리지 않는다. 오지선다형 문제에 맞춘 규격화되고 정형화된 문답들이 문학 특유의 세계와 존재에 대한 예리한 통찰, 인간 이해의 복잡성과 내면 표현의 풍부성, 그를 통한 자기의 성찰과 구성의 요구를 서둘러 가로막는다. 문학의 유령들이 출몰할 틈새마저 꾹꾹 틀어 막히는 형국이니, 유령 시인 '정희승'과 '정호성'의 배회는 꽉 막힌 강의실에서는 진지한 관심의 대상이 아니라 한 번쯤 웃어넘길 가십거리 같은 것이다. 기능화된 문학 교육과 이해가 빚어내는 문자상의 참극이자 점수 제일주의에 대한 시의 복수극인 것이다. 시인의 '나이'를 둘러싼 유쾌한 소극(笑劇) 일부를 문학교실의 현실에 대한 비통한 정서의 토로로 서둘러 바꿔 읽는 것도 그래서이다.

수업시간에 젊은 것들은 여기 저기
간밤에 뭘 했는지 졸거나
옛날 빨간 책처럼 노트북으로 무선 인터넷을 보거나
그렇게 선생의 속을 뒤집어 놓는다

고얀 것들……

지역의 도서관이나 박물관에서 특강이라 부를 때가 있다
더러 나보다 연배가 위인 참석자들
초롱초롱한 눈으로 뚫어지게 쳐다보면서
서늘한 농담이나 따라 웃는다

아름다운 분들……

나는 고얀 것들에 분노하고 아름다운 분들에 감읍한다

—「나이」 부분

아이들의 영악함은 태생의 습성보다는 그들이 위치한 시공간의 관습과 영향의 문제일 가능성이 크다. 세대를 건너뛰며 어디서고 통용되지만 또 아무데서고 무시되는 말 가운데 하나가 "우리 때는 안 그랬는데" 운운이다. 수업 시간의 딴 짓은 필시 시인과 나의 옛 모습일 것이며, 그러면서도 우리는 천연덕스럽게 장학금의 기회를 호시탐탐 엿보았을 것이다. 이 경험의 흔적이야말로 '고얀 것들'에 대한 분노를 "골탕한 번 먹어봐라" 하며 그들에게 견딜만한 질문 공세를 퍼붓는 까닭일 것이다. 만약 매정한 복수의 말을 야멸차게 던진다면, 먼 추억 속의 '나'들도 소환되어 얼렁뚱땅 면한 죄에 대한 처벌을 이제야 받는 꼴이겠다.

영악한 청년들은 자신들의 어떤 행위에도 보편타당한 기준과 가치를 설정하고 그것을 판단할 수 있는 능력을 쌓아가면서 성장의 서사를 완성해간다. 자기 삶에 완결성과 윤리성을 부여할 수 없는 성장은, 바르트의 말을 빌린다면, 나와 세계의 '진실'을 재구성하고 사랑의 다루기 힘든 것을 준비할 능력을 저지한다는 점에서 세속적 영합의 지평을 크게 벗어나지 못한다. 수업이 끝난 직후 벌써 "언제 그런 말씀을 하셨느냐는 얼굴"의 윗연배들이 소중한 것은 "서늘한 농담이나 따라 웃"을 줄 아는 절제와 지혜의 축적자들이기 때문일 것이다. 세속적 기준으로 본다면, 이들은 부와 권력의 유무, 교양의 정도에 따라 얼마든지 분류되고 등급화될 수 있다. 그러나 문학의 장에 들어온 순간 이들은 더하고 뺄 것 없는 시의 주체들이며 모순된 현실을 여러 각도에서 되돌아보게 하는 미학적 반영물들이다. 육체의 쇠잔은 따라서 영혼의 깊이로 얼마든지 대체될 수 있는 시간적 승리의 지표인 것이다. 물론 이 승리의 방정식은 늙음은 낡음이 아니라 또 다른 새로움의 발견이라는 명제를 전제하기 때문에 더더욱 "초롱초롱한 눈으로" 세상의 모든 것을 "뚫어지게 쳐다보"는 부지런함과 명민함을 항상 요청한다. 늙으면 어깨가 굽는 이유가 아닐 수 없다. 도대체 누가 자기 몸에 출제된 이 방정식을 대신 풀어줄 수 있단 말인가?

유학하여 두 해를 채워가던 어느 날 밤
도쿄 타워의 불빛이 꺼질 무렵이었다

접시를 닦는 이자까야 창밖으로 비가 내리고

흑룡강성 출신의 조선족 그 여자
중학교 선생 하다 유학 왔다는데
해가 두 번 바뀌도록 고향 한 번 갔다 오지 않았다
목적은 유학이 아니라 돈벌이였을 것이다
같은 중학교에서 교편 잡는다는 남편과
막 젖 뗀 딸 아이 하나 두고 왔단다

나와는 꼭 반대였다

흑룡강성까지는 여기서 얼마나 될까
서울까지는 얼마나 될까

— 내일 학교 가거든 노무라 선생한테 말씀 좀 잘 해주시라요. 내년이면 삼 년인데, 우리 고향에선 삼 년은 채워 돌아와야 손해 안 본다 하드래요…….

—「비에 젖어 슬픔에 젖어」 부분

문화 연구의 대상으로 급부상한 영역을 꼽으라면 대중가요를 함부로 무시할 수 없을 것이다. 이른바 고급문학이 '대중'이라 이름 붙인 하위의 장르들은 세계의 발견과 비의의 해석, 인간 본연의 의미와 가치, 그것을 둘러싼 문제들에 무관심한 채 지극히 사적인 위안과 감정 토로에 급급하다는 이유에서 그간 배제되고 배척되어 왔다. 그러나 대중가요는 일상을 기계적으로 반영하거나 시대적 고뇌를 은폐하는 미련하고 약삭빠른 놀이 기구로 결코 시종하지 않았다. 그것은 시대에 따라 이념에 따라, 또 당연히 혹은 의외의 맥락에서 때로는 권력의 편으로 때로는 권력의 적으로 스스로를 전환시켜 왔다. 이런 자기 전환은 해석이 뒤따르는 기호적 효과보다는 예측할 수 없는 대중적 감염력에 의해 추동되었을 가능성이 크다. 전근대의 마마와 호환을 가장 먼저 대체한 것은 어떤 의미로든지의 불량 영화나 비디오가 아니라 유통과 유행의 집단성을 터뜨릴 준비가 언제나 되어 있는 대중가요였던 것이다. 텍스트의 검열과 금지가 당대 현실에 미친 파급력을 일단 괄호 친다면, 가장 손쉬운 처벌과 단죄의 대상으로 오르내린 것은 대중가요였음에 틀림없다.

시인이 부르는 「눈물을 감추고」는 낭만적 연애의 당위성을 핏줄 잇기의 가부장적 사유로 파탄시킨 불행을 그린 영화 〈눈물을 감추고〉의 주제곡이었다. 이 노래는 당대를 지배했던 가부장제 이념과 그것의 권력을 빌어 착착 진행되던 산업화의 맥락이 부재했다면 그런 시대 분위기에 역행한다는 이유로 퇴폐와 패배의 푯말을 목에 걸었기 십상이다. 그러나 그것이 이념이든 생활이든 "세월을 거친 자만이 낼 수 있는 깊이의 목소리"가 부르는 「눈물을 감추고」는 단번에 당대성과 전형성을 제 몸에 걸치게 된다. "흑룡강성 출신의 조선족 그 여자"는 근대 이래 가족의 행복과 오빠의 성공이란 명분아래 '돈벌이'의 현장으로 내몰려온, 아니 아직도 일부는 내몰리고 있는 '누이'들의 또 다른 형상이다.

「눈물을 감추고」에 대한 시의 기여는 이제는 그 흉터와 트라우마마저 사라졌다거나 초극했다고 믿는, 정색한 얼굴의 우리들을 향해 정당한 생활의 윤리와 미래 지향성에 관한 문제를 다시 던지게끔 한 것이다. 이것은 가난한 과거, 즉 "조선족 그 여자" 시대로의 돌이킴이자 그것의 재해석과 재가치화에 대한 정당한 요청이기도 하다. 하지만 미안하게도 이와 관련된 다양한 삶의 부면을 들여다보고 모으게끔 견인한 최초의 인자는 시가 아니라 오히려 「눈물을 감추고」이다. 시인은 그 무정형의 정서에 육체와 감각의 옷을 빌려준 대리-주체에 불과하다. 대중가요가 시에 육박하는 힘을 갖는다면, 현실에 의해 불리는 순간 현실을 환기하고야 마는 성찰의 응전력 때문일 것이다. 그것은 존재의 내면을 응시할 때도 마찬가지여서, 시인은 또 이렇게밖에 적을 수 없다.

그리운 만큼의 시간을
나는 사랑한다

떠난 사람도 돌아간 사람도 있다

그들이 생각나는 저물 무렵
골목을 돌아 모퉁이의 담쟁이 넝쿨이 벽에 붙은 계단과 함께 올라가는
오랜 찻집에 홀로 앉아 있다가

비슷한 나이를 살아온

전혀 다른 하늘 아래였건만
마치 한 세상 함께 엮은 것처럼 여겨지는 어떤 사람에게
나는 천연덕스럽게 지난날을 털어놓겠다

밀물은 얼마나 많이
들어오고 나갔던가

그래도 또 무슨 그리움을 만들어줄 것처럼 이 저녁 새물이 들고 있다.

—「새물이 들 때마다」 전문

'밀물'이 아닌 '새물'의 선택은 의미심장하다. '썰물'을 전제한 '밀물'은 결국 그리움을 무언가의 결여가 내포된 회한으로 밀고 나간다. 그러나 '새물'은 밀물과 썰물의 구분을 무화하며 과거의 시간조차도 늘 지금 · 여기의 시간으로 현재화한다. "그리운 만큼의 시간을 / 나는 사랑한다"고 적을 수 있는 이유이다. 삶의 리듬과 정서가 점차 과거와 친화하거나 과거로 편입되는 순간들이 늘어난다면, 내면의 황혼은 더욱 붉어가고 있는 중이겠다. 그러나 이것을 '새물'이 드는 충만함과 그때 함께 밀려오는 타자들과의 연대감으로 바꿀 줄 안다면 그는 여전히 에로스의 시민이다. 왜냐하면 마르쿠제의 말처럼 밀려들어 쌓이는 것들로 인해 지나가거나 흘러가는 것에 대한 불안 없는 기쁨이 제공되며 기억이 아니면 얻을 수 없는 지속이 기쁨에 부과되기 때문이다. 이 순간 "그래. 참 잘났다……, 나이"라는 비아냥거림은 타자에 대한 질시와 자아에 대한 회한을 초극하는 한편, 이것들 어딘가에 숨어 있는 잃어

버린 시간을 되찾는 사랑의 말로 회감(回感)한다.

가령 시인은 꽤나 이질적인 삶을 살아온 타자에게 "천연덕스럽게 지난날을 털어놓겠다"고 고백한다. 타자에 대한 개방과 연대는 자기의 삶을 형성하고 진정한 개인으로 존재할 수 있다는 자기 인정에 의해 실천되고 지탱될 수 있다. 이런 빛나는 사태는, 바따이유의 말을 빌리건대, "발가벗기는 자신에의 웅크림 너머로, 존재의 연속성을 계시하는 교통의 상태"에서 비로소 가능하다. 요컨대 주체보다 먼저 개방된 것은 타자이며 주체는 이 타자에게로 투기됨으로써 에로스와 연속성의 지평에 놓이는 것이다. 이것이 '새물'이 드는 게 아니면 그 무엇이겠는가? 얼마 지나지 않아 우리는 시인 자신이 즐겨 부르는 노래의 일절들로 제목을 붙인 '새물'의 시집을 바쁘게 읽게 될 것이다. 지금의 얌전하고 또 강렬한 '그리움'의 기호들은 거기서 존재의 퇴락과 소멸에 대한 거부를 넘어 존재의 강화와 보존을 위한 거친 해일마저 불러들이는 에로스의 밀어(蜜語)로 난만할 것이다. 그래야 시인 최고의 애창곡 「선운사」(송창식)의 동백꽃이 더더욱 붉을 것이며 더더욱 눈물처럼 후두둑 질 것이므로…….

소리의 추파와 풍문

김명리의 새 시를 읽다

며칠 전 인상 깊게 읽은 모신문 문화면 기사로 시작하자. 기자가 안정된 교수직을 그만 두고 벌써 10여 년째 간화선(看話禪)에 몰두 중인 수행자에게 물었다. "지금은 괴로움 없이 행복한가." 따뜻한 말에서 위안을 구하기 일쑤인 우리들은 "그렇다. 비할 바 없이 평안하다"는 답을 은근히 기대할 것이다. 하지만 그는 "불교에서는 번뇌가 곧 보리[菩提]라고 하지요. '지옥이 곧 천국'이라는 뜻입니다"라며, 말을 아꼈다. 대상에의 호오(好惡)와 편가름, 집착을 버리는 곳에 자유가 있음을 이 말 뒤에 붙이긴 했다. 그래도 '번뇌'와 '지옥'을 삶의 조건이자 해탈의 전제로 기꺼이 받아들이는 태도는 다소 뜻밖이었다. 우리의 명랑한 삶은 '번뇌'와 '지옥'을 내키는 대로의 주술들에 의탁하거나 신의 내재 속에 은폐시키는 것으로 구원의 정도를 가늠하곤 한다. 그러니 '번뇌' 안으로 스며들고 '지옥'에 활달함으로써 '보리'의 지평에 문득 참여하는 지경은 우리 경험 밖의 예외적 사건일지도 모른다.

호오와 집착, 편가름 같은 속세의 원리를 초월한다는 말은 그것에 아예 상관없게 된다는 것만을 뜻하지 않을 테다. 발터 벤야민의 '범속한 트임'에서 힌트를 얻자면, 그것은 일상적인 것에서 가장 신비로운 것을 발견하며, 결국에는 누구에게나 소통될 수 있는 개방적이며 공공적인 경험으로 함입될 각성의 형식일 것이다. 이런 일회적 사태(에 대한 기대)가 없다면, '번뇌'가 어떻게 '보리', 즉 정각(正覺)의 지혜를 쉽게 입을 것이며 '지옥'이 그 좁고 높은 '천국'의 문턱을 가뿐히 넘을 수 있겠는가.

김명리의 신작을 마주한 이들에게는 비평가의 단상이 뜬금없을 지도 모르겠다. 이 글을 위해 『적멸의 즐거움』(1999)과 『불멸의 샘이 여기 있다』(2002)를 재독 중이던 비평가는 저 기사를 보면서 김명리의 신작에 대한 독해법 하나를 끄집어낼 수 있었다. '적멸'이니 '불멸' 하는 말은 영원성의 지평, 다시 말해 물리적 시간 밖의 경험 혹은 시간 자체로부터의 탈출과 깊이 연관되어 있다. 그곳으로 수습되는 자의 형상은 "미세히 갈라진 영원의 푸른 문틈으로 / 녹청 스미듯 일모(日暮)의 서편 하늘"로 "서서히 멀어가"는[1] 자를 닮았으리라.

세속적 삶에 지쳐 물든 당신과 나는 이 모습에서 남루한 현실을 겅중겅중 뛰어넘는 마음의 평화와 안식의 가치를 십중팔구 먼저 발견할 것이다. 그러나 '영원'이나 '해탈'의 지평을 현실 외면과 위안의 방편으

1 김명리, 「홍유릉 日氣 2」, 『불멸의 샘이 여기 있다』, 문학과지성사, 2002, 58~59면.

로 편리하게 주관화하는 것은 민망하다 못해 염치없는 노릇이다. 오히려 그 지평이 왜 그리도 절실하게 존재와 삶의 궁극적 목적으로 솟아오르는지를 끊임없이 물어야 한다. 비평가는 인간의 한계를 제멋대로 수긍하는 대신 던져진 운명을 삶의 활력과 가치화의 근기로 호명하는 적극적 니힐리즘의 최종심급 가운데 하나가 '영원성', 그러니까 '적멸'과 '불멸' 같은 종교적 가치라 믿는다.

가령 이런 장면은 어떤가? 김명리는 절멸을 목전에 둔 "제 몸통 안에 / 마침내 검은 우물을 파버린 나무"에서 고독한 폐허를 넘어 "저 나무의 죄는 / 상처를 몸으로 만든 것이니"라는[2] 범속한 삶의 고통스런 위대성까지 감응한다. '적멸'과 '불멸'은 '몸의 상처'를 '상처의 몸'으로 재가치화하고 그것을 개방적이고 공공적인 경험으로 확장할 줄 아는 구경(究竟)적 삶의 지속적 발견과 추구 속에서야 간간히 현현하는 무엇이다. 실상을 따진다면 그것들은 실제 현실이 아니라 욕망의 형식이며, 인간의 지향하는 바를 윤리화·심미화하기 위한 상징적 가치체계의 일 항목이다. 여기서 그것들이 맹목적 추구의 대상보다는 존재와 세계에 대한 성찰과 모본(模本)의 형식으로 우리 삶에 개입돼야 하는 까닭을 찾게 된다. 요컨대 '절멸'과 '불멸'의 추구는 피안으로의 가뭇없이 사라짐이 아니라 성찰을 동반한 차안으로의 뜨거운 재귀인 것이다.

신작시에서 김명리의 재귀는 여전히 '나무의 검은 구멍'에 "봄빛이 기어코 어김없이 쏟아져와서" 피어나는 풍경에 대한 관심으로 집중된다. 그러나 현재는 '고요'에의 감응보다 '소리'에의 참여가 두드러지고

---

2 김명리, 「상처를 위하여」, 위의 책, 44~45면.

있어, 재귀의 방식이 보다 다원화되고 있음을 알게 한다. 한 겨울(신작 시가 건네진 시점)에 대체로 '봄'의 경험이 전면화 되고 대상의 동적 상황이 강조되는 것도 이와 관련 깊을 듯싶다. 그러니 김명리의 '봄'과 '소리'의 수사학을 경험적 진실 혹은 상상적 감응 그 어떤 것으로 받아들여도 개의할 바 전혀 없겠다. 거기서 꿈틀거리는 삶의 어떤 리듬과 활력을 공동의 경험으로 함께 수렴하는 참여는 그래서 중요해진다. 과연 이에 적합한, 아직 진위가 확인되지 않은 소리의 형식인 「풍문」이 서시, 곧 첫 '추파'의 형식으로 주어졌다.

당신이 그곳으로 떠났다는 이야기를
풍문으로 들었어요
풍문 속에는 치자꽃 향기
점점이 연분홍으로 떠 있고
듣는 것만으로도
어지러이 취한 듯 달아오르며
저는 벌써 당신이 도착할 그곳의
적막한 밤불처럼 드리워지기 시작하는 것이에요
당신이 닿으려고 하는 그 자리
당신이 이미 가버리고 없을지도 모르는
그곳을 향하여 뻗어가는
제 마음의 날개 돋친 말발굽 소리 들리지요
난절(亂絶)의 빗소리 앞장세우면
당신보다 한 사나흘 앞질러

제가 먼저 그곳에 당도해 있을 지도 모르는 일!

—「풍문」 전문

"당신이 닿으려고 하는 그 자리"는 벌써 '영원'의 처소로 읽힌다. '당신'에 대한 애절한 그리움은 그러므로 상사(相思)의 정서가 아니라 영영 이별의 슬픔에서 발원한 것일지도 모른다. 그러나 자아는 이별의 비극성을 고조하거나 당신과의 관계를 미학화하는 대신 마음의 요동을 서슴없이 고백함으로써 당신과 관련된 모든 '풍문'을 차안의 진실로 불러들인다. 그래서 가능할 법한 상상적 진실의 추인이 '나'가 당신보다 "먼저 그곳에 당도해 있을 지도 모르는 일"이겠다. 아니다, 이 상상은 어쩌면 그가 "한 사나흘 앞질러" '차안'에 다시 귀환하여 '나'를 애타게 부르고 장면을 묘사한 것일 수도 있다.

이때 '풍문'의 현실화가 시공간을 아무렇지 않게 가로지르는 "말발굽 소리"와 "난절(亂絶)의 빗소리"에 의해 수행된다는 것은 매우 징후적이다. 전자가 일정한 속도를 따르는 질서의 리듬이라면 후자는 그것을 깨뜨리며 가속하는 도약의 리듬이라 할 만하다. 대지와 하늘에서 벌어지는 두 소리의 경합과 결속은 우리 삶에 내재된 '나무의 검은 구멍'을 더욱 넓히는 동시에 거기에 생의 봄빛을 점점이 흩뿌리는 상징적 · 제의적 행위의 물질적 표상이다. 따라서 저 소리들이 던지는 '추파'는 춘정에 몰입된 순간의 유희보다는 현실의 저편에 봉인된 숨겨진 국면으로 이끄는 비의(秘義) 생성의 몸짓이 아닐 수 없다. 물론 이 비의는 일상적 삶 혹은 그것을 둘러싼 범속한 자연성을 재가치화하고 활성화하는 어떤 움직임의 발견과 그것으로의 재귀 속에서 포착되는 것이다.

티티새 한 마리 살지 않는
손바닥만한 대뇌피질 속으로
끊어질 듯 이어지는 매미울음 소리
느릅나무 푸르고 긴 가지들
울음의 기포들을 쉬지 않고 감아올리는
어둠의 축축한 산도(産道)를
나 여태 빠져나가고 있네
돗비늘 같은 털이 무성한 꿈의 경계
드높은 담장 밖으로 늦가을 물보라가 튀네

—「無를 적시는 꿈」 부분

무(無) 혹은 공(空)을 감각하고 그것을 욕망하는 '나'의 객관적 상관물은 17년 "어둠의 축축한 산도"에서 겨우 빠져나온 '매미'의 우화 순간이다. 그 짧은 삶의 절정을 아랑곳하지 않는, 그러니까 죽음이 더 가까운 운명을 오히려 즐기는 듯한 '매미'의 울음이라니. 그러기에 간혹 귀 따가운 소음처럼 들리기조차 하는 그 울음소리는 "꿈꾸는 사람의 백회 속을 부유하는 바람소리"로 가치잉여되는 것이다. 이 순간을 시인은 아예 존재의 갱신과 관련된 일회적 사태, 다시 말해 우화의 인간화로 전유함으로써 무(無)의 일순간을 훔치고야 만다. 이 황홀한 체험과 풍경은 생생한 물질성의 언어들, 이를테면 "어둠의 축축한 산도" "돗비늘 같은 털" "늦가을 물보라" 등으로 또렷이 부감되고 있어 인상적이다.

어미의 출산 과정에 방불한 비유의 적용은 '무'에의 감촉을 단순히 목전의 현실로 환기하는 데 그치지 않는다. 그에 더해 삶과 죽음, 유와 무, 차안과 피안은 결국 한 통속이며 그것들은 모순적이되 서로 분리할 수 없는 자웅동체 혹은 원초적 결속체 자궁-무덤(womb-tomb)의 형체("어둠의 축축한 산도"도 이에 해당된다)를 띠고 있다는 사실을 고지하는 것처럼 느껴진다. 대립물 사이의 갈등과 분열에 대한 냉랭한 관전보다 그것들의 애처로운 상응과 결속에 집중하는 연대적 참여는 이심전심의 실현체로서의 '소리'를 퇴아내는 주요 원리 가운데 하나이다. 다음과 같은 지음(知音)의 풍경 혹은 타자성으로의 스밈 역시 거기서 흘러나온 '소리'의 응축물이자 상응체일 것이다.

저녁상도 물리기 전
별안간 하늘 캄캄해지고 찬비 흩뿌리고
후득 후드득 천 리 허공에
뭇 새들의 뼈 꺾는 소리 들리네
비린 찬 먹었는데
생나무 냄새나는
입동 날 저물녘에 비 오는 소리
먼 절집 낡은 다포 끝의
결대로 뽀개어
잘 마른 육송들 먼저 젖고
홍금에 뭉친 뺏센 구름장도 들썩거리는
아니 올 듯 오는 비엔
무덤 속 형해들도 비에 젖으리

궂은 일 없어도 누가 울면

흥건히 따라 울고 싶은 입동

—「입동의 소리」 전문

'봄빛'의 대척에 서 있는 '겨울빛'의 장관은 "뭇 새들의 뼈 꺾는 소리"와 "무덤 속 형해들"의 치운 소리를 작동시키는 "입동 날 저물녘에 비 오는 소리"겠다. 일반적 느낌에서 보자면, 이 풍경은 '장관'은커녕 을씨년스럽기 짝이 없는 퇴락의 이미지로 먼저 다가온다. 그럼에도 점점 젖어가는 어둠의 시공간에 아연 활력을 불어넣는 것이 있다면 빗소리의 입체감, 그러니까 거기에 젖어드는 온갖 사물들의 "들썩거리는" 육체성이겠다. '입동'을 '입춘'으로 바꿔 읽어도 그만인 까닭은 겨울의 상고대가 봄꽃의 백화제방 속에 놓여도 전혀 손색없는 이치와 같은 것이다. '입동'의 눈물바람이 겨울로의 침잠에 대한 슬픔보다는 의외의 타자들과의 발랄한 조응에서 발원하는 고요한 격정의 응축물인 까닭 역시 여기 존재한다.

서로를 부르고 통합하는 '소리'들에 대한 경험적 진실의 확충과 축적은 얄궂은 대상, 아니 먼 과거의 '우리들' 중 하나가 그렇게 성격화한 사물과의 명랑한 조우를 일상화하기 마련이다. 가령 김명리는 다음 시에서 저절로 키득대게 되는 "보리똥나무"와의 접촉을 두고 "바보같이, 바보의 목소리로" 불러본다고 적었다. 하지만 스스로를 낮추는 결여의 기호야말로 '범속한 트임'의 유쾌한 상징으로 모자람 없겠다.

발뒤꿈치에 물집이 잡히도록 길을 몰아야

만나게 되는 나무가 있다
경운기 뒤로 몰던 떠꺼머리총각이
'똥'자에 힘주며 일러 준 나무, 보리똥나무
벌 나비도 VIP 아니면 함부로 얼씬 못할
대낮의 목 좋은 홍등가 보리똥나무 군락
우물우물 씹고 난 뒤
야릇하게 탁 쏘는 홍탁 맛도 못 내면서
이 뭐꼬? 이 뭐꼬? 우물쭈물하는 사이
사정없이 탁 치고 달아나는
모리배 같은 시간의 뒤통수에
정조준도 안 된 원격 감자나 먹이면서
보리똥나무 보리똥나무
보리 똥 나무! 소리쳐 불러본다

—「불러본다」 부분

사실 이름으로만 보자면 "보리똥나무"는 영락없는 비호감의 대상이다. 그러나 그것이 "대낮의 목 좋은 홍등가"를 연상시키는 화려한 관상용 나무이기 전에, "보리누름"이 암시하듯이 "쬐그만 붉은 열매"가 종종 식용으로 채집되었다는 사실에서 기호적 의미와 가치의 반전이 일어난다. 물론 "보리똥"은 섭취자의 입맛을 사정없이 배반하는 떨떠름한 열매에 불과하다. 그 사실을 알아차리기에 족할 틈을 벌어준 "모리배 같은 시간의 뒤통수에" 주먹감자를 먹여대는 자아의 분풀이는 그러므로 당연하면서도 우스꽝스러운 데가 있다.

하지만 "보리똥"의 가치전환은 붉은 열매의 풍요로움, 즉 아름다움과 식용의 겸비라는 피할 수 없는 사실에 의해 발생하고 완성된다. 그 열매가 너도 나도 궁핍하던 시절 구황의 역할을 다소라도 감당했는지는 나에게는 아직 지식 밖의 일이다. 허나 분명한 것은 (굵주린 자의) 식용물이란 생명원리의 실천은 오늘날 식용의 소임을 다한 '진달래꽃'이 '참꽃'으로 불려도 여전히 그 가치가 손상되지 않는 이치를 "보리똥"에게도 허락한다는 사실이다. 입동의 "보리똥"과 입춘의 "참꽃"이 등가적 가치를 형성하고 계절의 경계를 삶과 죽음의 임계선으로 함부로 설정하는 관습을 함께 거절하는 낯빛 다른 쌍생아들인 까닭도 거기서 비롯된다.

우리 어머니는 지금도
진달래꽃을 진달래꽃이라 부르지 않고
참꽃이라 부르지요
소월의 진달래꽃을 더듬더듬
최고의 애송시라고 읊조리면서도
앞산 중턱배기
호롱불만한 꽃몽오리만 보고도
먹을 수 있는 꽃,
어느새 참꽃 천지라고
꽃샘바람 사나운 이른 아침
어머니는 틀니도 끼우지 않은
빈 입술로 호들갑이시지요

교목의 가지마다

희끗한 잔설 묻은 봄산 그늘의

모래 반, 바람 반

팔순의 어머니, 엽렵한 손끝으로

휘황하게 차려내는 참꽃 밥상!

—「참꽃 밥상」 전문

아마도 어머니들의 "빈 입술"의 '호들갑'은 머지않아 민속학적·문화사적 기록과 탐구의 대상으로 사라져갈 것이다. 그러나 '참꽃'은 이제 더 이상 현실의 "빈 입술"을 채워주지는 않겠지만, 궁핍한 시대 가난의 문화사와 절박한 정서를 문득 환기하는 피톨로 우리의 핏줄을 오랫동안 흘러 다닐 것이다. 그러고 보면 '진달래꽃'은, '참꽃'은 근대적 연애의 유행과 함께 확장된 조선적 이별의 정한을 뭉텅이로 피워내기 전에, 가장 터무니없는 사별의 곤란과 비극을 잠시라도 늦추거나 막아주는 생의 의지를 점점이 밀어 올리며 우리 민족의 삶에 오랫동안 참여해 왔다.

굶주림이 다반사였을 현실에서 이것만한 '영원'의 형식 — 생명의 연장이라는 점에서 — 은 따로 찾아보기 어려웠을 것이다. 엄밀히 말해 추상적 가치체계로서의 '영원성'은 언제나 물질적 '생명'의 뒤를 따르는 것이지 생명 자체의 전제조건은 아닌 것이다. '참꽃'은 그러니까 지옥이 천국의 현실로 잠깐 변신하는 극적인 삶의 지점을 우리의 역사와 신체적 경험 속에 누벼 놓았다. 그러니 "팔순의 어머니"의 "호들갑"과 "참꽃 밥상"은 애틋한 추억 행위일 뿐만 아니라 삶의 결정적 지점에 개입하고 참여했던 '참꽃'을 향한 헌사이자 제의의 형식이다. 우리 시대 '참꽃'이나 그것이 속한 자연세계, 그리고 생명현상을 향하여 던지는 이처럼 매혹적인 추파와 풍문이 어디 그렇게 흔한 것인가.

이 글을 읽는 독자들이시여, 그러나 조만간 산벼랑에 점점이 "호롱불만한 꽃몽오리"를 밀어 올릴 '참꽃'을 아낌없이 밥상 그득그득 장식하시지는 말라. '참꽃' 역시 "교목의 가지마다 / 희끗한 잔설 묻은 봄산 그늘"을 환하게 밝힐 제 권리와 의무 속으로 자유로워져야 할 '영원'의 실천자이므로. 대신 우리 어머니들의 궁핍한 삶에 대한 따뜻한 기억과 함께 「참꽃 밥상」을 조물조물 읽는다면 "꽃샘바람 사나운 이른 아침"이 한결 견딜만해 질 것이다. 이 또한 현실에서 가능한 '영원' 훔쳐보기의 한 대목이 아니겠는가.

어금니로 울다

장철문의 새 시를 읽다

도정일은 "신화 읽기는 옛 텍스트의 단순 소비행위가 아니라 '새로운 읽기'의 생산이라는 현재적 행위"라고 말한다. 그러면서 "고대인에게 신화가 '진실하고 의미 있는' 서사라면 현대인에게 고대 신화는 '허구적이지만 의미 있는' 서사"라며 신화의 역사성과 현재성, 그것 사이의 차이성을 구분했다.[1] '진실'은 신성의 믿음에, '허구'는 이성의 판단에 가치를 둔 결과 생겨나는 차이겠다. 그러나 이 차이는 세계와 존재를 향한 공통적 감각과 이해에 의해 통시적 갈등과 균열보다는 공시적 연대와 통합의 지평으로 흘러들며 그 틈새가 메꿔지기 마련이다. 동서고금을 막론하고 대개의 인간은 삶의 과정에 숨어 있는 존재와 생존의

1 도정일, 「신화의 공백, 또는 허위의 진실」, 『문학동네』, 1997 여름, 이곳저곳 참조.

딜레마에 부딪칠 경우, 신화와 전설, 민담 등에서 그 딜레마의 해결과 초극에 필요한 도움을 구한다.

서정시는 기본적으로 자아와 세계의 이질성에 맞서 어떤 유사성을 발견함으로써 서로의 틈새를 메꾸고 공동의 동일성을 짜 넣으려는 미적 실천의 일종이다. 그런 만큼 이질적인 것들 사이의 공통성에 대한 의지는 서로 공유할 수 있는 진・선・미의 추구에 그 일차 목표가 주어진다. 유추의 미학은 그러나 통합보다는 분열이 우위에 설 때, 다시 말해 존재와 생존의 딜레마를 해결할 때 종종 회의와 비판의 대상으로 놓일 때가 있다. 그 딜레마의 내면적 의미가 리얼리즘 충동이나 부재하는 본질에의 각성 없이 자아의 주관성과 초월적 욕망에 의해 무매개적으로 제시된다는 서사적 약점 때문이다. 세계와 자아의 분열과 모순이 격화되는 근대 들어 내면적 진실성 못지않게 그것을 환기하는 객관적 사실성이 중시되는 서정시의 하위구조들, 이를테면 단편서사시니 서술시니 이야기시니 하는 새로운 양식의 출현은 그런 점에서 필연적이다.

인간사에서 존재와 생존의 최후의 딜레마를 말하라면, 질병과 노화, 그것의 파탄이자 완성으로서 죽음의 문제일 것이다. 세네카의 "삶은 죽음을 향해 나가는 길"이라는 명제나 베르펠의 "모든 기다림은 죽음에 대한 기다림"이라는 명제는 죽음의 무한한 심연과 공포를 속절없이 환기한다. 게다가 우리의 죽음은 간접 경험의 대상일 뿐 직접 체험이 주어지지 않는 공백의 사건이다. 그런 점에서 '죽음'은 타자의 경험만을 끊임없이 자기화하며, 자아-사건으로서의 본질과 체험에서 지속적으로 미끄러지는 차연(差延)의 형식에 해당한다. '차연'으로서의 죽음은 그 의미의 분열과 공백만을 강조한다면 니힐리즘의 저장고이자 배양지로 타락하고 만다. 우리 삶을 아무런 기호와 정서의 기입 없는 백지로 무효화하는 것은 개인의 생애사를 넘어 인간과 죽음의 역사를 은폐, 삭제하는 반존재적 · 반역사적 행위가 아닐 수 없다. 이런 의미에서 죽음은 무성(無性)의 분열로 '차연되기'보다 또 다른 삶의 생장점으로 '차연하기'로 거듭날 필요가 있다. 그럴 경우 죽음의 차연은 "우리는 죽음에 하나의 얼굴을 부여한다"[2]라는 실존적 명제의 내용이자 방법론으로 우리 앞에 문득 설 수 있다.

이 명제의 실천을 과거-신화와 현재-죽음의 결속에서 찾는다면 어떨까. 물론 이것은 공적인 신화의 지평에 사적인 죽음을 환원하고 기입하는 방식으로 진행되어서는 안 된다. 신화의 보편성이 개아의 특수성을 은폐, 삭제할 위험성이 있기 때문이다. 그보다는 신화에 사멸하는 존재의 삶과 역사를 겹쳐 적으면서, 그 죽음을 보편화하는 동시에 죽은 자의 현재적 의미를 재구성하는 이중적 작업이 필요하다. 여기서 태어난 또 다른 '죽음의 얼굴'은 "회피와 도피의 일상성에서 벗어나 "죽음을 향한 존재"를 다시 되찾는 의식, 죽음을 "불가능성의 가능성"으로 현존재가 받아들이는 것"[3]의 주요한 계기로 작동한다.

조금은 장황하게 '신화와 죽음의 접속' 운운한 까닭은 함께 읽을 장철문의 신작시 5편의 서사적 · 서정적 구도가 거기 맞닿아 있기 때문

2 젊은 독일 작가들의 워크숍 타이틀로 최문규, 『죽음의 얼굴―문학 속에서 인간은 어떻게 죽어가는가』, 21세기북스, 2014, 6면에서 재인용.

3 최문규는 이런 인간의 모습을 "일상적으로 타락하는 방식인 비본래성에서 벗어나 다시금 본래성을 찾으려는 행위"로 정의하는 하는 한편, 죽음에 대한 하이데거의 실존적 이해의 핵심으로 간주한다. 위의 책, 100면.

이다. "암콤"과 "해모수"가 등장하고, 혹독한 가부장의 폭력과 모성의 안쓰러운 애정이 경합하며, 이들의 죽음에의 화해와 그것을 처연히 바라보는 자아의 애도가 마주보는 기호의 행렬들. 짧은 서정시 몇 편을 가지고 죽음 관련 서정과 서사에 대한 신화적 착색과 재편의 욕망으로, 또 그를 통해 죽음의 화해적·통합적 편린을 움켜쥐려는 산 자의 애절한 몸짓으로 해석하는 태도는 충분히 지나친 것일 수 있다. 하지만 비록 타자의 것일지라도 삶의 최후인 죽음은 면역도 대체도 불가능한 백색의 심연이다. 이 공동(空洞) 지대에(서) 눈멀지 않기 위해서는 가상의 형태로 혹은 타자의 경험을 빌려 죽음 속에 미리 뛰어듦으로써 언젠가 죽음에 처할 인간의, 아니 자아의 한계를 솔직하고 냉철하게 인지하는 태도가 필요하다. 이런 죽음에의 오체투지를 객관화하고 보편화하기 위해 어렵고도 치밀하게 선택된 미적 장치가 죽음과 그 극복의 공통감각이 도처에 흐르는 신화일 것이다.

장철문의 새 시들은 거듭 말하거니와 표면상으로 우리 고대신화 몇 편의 인유이자 패러디로 보아 무방한 형식 의지가 도드라진다. 이런 느낌은 그간 장철문의 시가 소소한 일상의 단면을 엇비슷하게 가로지르며 거기에 설핏 박힌 잔무늬들의 얼룩진 표정을 담담한 심사로 거둬왔기 때문에 더욱 의외롭다. 하지만 고대신화 내부로 친밀한 존재들을 밀어 넣는 행위에는 여기저기서 시도 때도 없이 툭툭 터지는 삶과 죽음에 얽힌 '존재와 생존의 딜레마'를 정직하게 응시하기 위한 내면의 투혼이 반영되어 있다. 나는 이를 두고 "어금니로 울다"라고 제목에 적었다. 이때의 울음의 양식은 죽은 자를 마주선 산 자의 양가적 감정인 애도의 연민과 우울증의 극복에 모두 관련되는 것이다.

프로이트에 따르면 '애도(mourning)'의 감정은 사랑하는 대상을 잃었을 때 분출하는 슬픔에 바탕을 둔다. 산 자는 정중한 슬픔을 아끼지 않음으로써 죽은 자를 유의미하게 기억하는 동시에 그를 향한 감정적 애착을 조심스럽게 단절한다. 애도의 양가적 행위가 충분치 않을 경우, 산 자는 또 다른 타자를 향한 리비도의 재투자에 실패하거나 심지어 죽은 자에 대한 죄책감에 시달리게 된다. 이런 정황은 주체와 타자 공히 보편적이고 공적인 의미화의 상실에 놓이게 됨을 뜻한다. 그것이 심각해질 때 주체는 '우울증(melancholy)'에 빠지게 되며 빠른 속도로 존재와 삶의 의미를 잃어가게 된다.[4] 바꿔 말해 산 자가 죽은 자에 속수무책으로 들리는 비극적 현상이 발생하는 것이다. 여기서 애도가 슬픔의 정중한 배상(拜上)을 넘어, 죽은 자의 진정성 환기와 그만의 고유한 '죽음의 얼굴'을 부여하는 행위가 되어야 하는 까닭이 또렷하게 부감된다. 요컨대 애도는 궁극적으로 타자의 죽음에 예의바르고 아프게 참여함으로써 자아의 유지와 보존을 도모하는 에로스 충동의 한 형식인 것이다.

한국 신화 발생사를 따진다면 "암콤"이 등장하는 「내가 사랑한 영토」가 첫 번째 읽기의 대상이겠다. 하지만 "암콤"의 죽음의 서사, 살아남은 자들의 애도, 죽은 자와 산 자를 관통하는 우울증 극복의 문제를 동시에 천착하기 위해서는 폭력적 가부장제의 화신 "해모수"를 먼저 만나보는 것이 보다 합당하다.

4 지그문트 프로이트, 윤희기 역, 「슬픔과 우울증」, 『정신분석의 개념』, 열린책들, 2004, 244~256면 참조. 본고에서는 일반적 용례에 따라 '슬픔'을 '우울'로 대체하여 사용하기로 한다.

천신계(天神系) "해모수"는 수신계(水神界) 하백의 딸 '유화'와 야합한 뒤 쫓겨나 부여의 금와왕의 보호 아래서 난생(卵生)의 주몽을 낳는다. 엄밀히 말해 "해모수"는 '유화'를 범한 뒤 하늘로 돌아갔을 뿐, 가장 위급한 순간에 처한 '유화'와 '주몽'의 삶에 무관심했다. 지상의 문법으로 말하자면 제 욕망의 충족에만 골몰한 무책임한 가부장의 전형인 것이다. 하지만 이후 대소에 쫓긴 주몽의 위기를 타개함으로써 고구려 건국의 초석을 놓음으로써 천손의 권력과 위상을 결정적으로 확인한다. 천신의 권능을 통한 가부장제의 설립과 제도화, 그러니까 어느 순간 인류사의 지배 문법으로 떠오른 계급적・성적 우월성의 확보가 '유화'의 고통과 희생의 서사를 결여와 공백으로 변질시켜버린 것이다.

아니나 다를까 「해모수의 다른 아들이 쓴 편지」는 '유화'의 가면을 쓴 어머니의 고통과 희생을 애도하고 기억하는 서사의 구성에 집중한다. 어머니의 고통과 희생은 누구나 예상하듯이 폭력의 가부장 "해모수"와 그의 권력에 무력했던 두 아들에 의해 배가된 것이다.

엄마가 두꺼비 아저씨네 뒷방에 있다는 말을 들었을 때, 병신!이라고 입술을 깨물어서 피가 나서 미안해. 그건 그냥 나한테 한 말이었어. 벼랑을 등지고 돌아서던 그 밤의 나한테 그런 거였어. 주몽의 손을 잡고, 주몽의 손을 놓고, 뛰어내릴 수는 없었어. 그때부터 나는 나를 주장할 일이 없어졌어요. 내가 주장하지 않아도 엄마의 편지를 받았으니까. 등로끔 부처다 밥때 넹구먼 못씨다, 씨발! 내 답신은 눈자위에 풀을 쑤어 추신처럼 붙인 그 한마디. 나는 엄마의 말의 자식. 자꾸 가벼워지는 엄마, 밥알을 국물처럼 흘리는 엄마, 웬수 놈의 새끼라고 돌을 던지는 엄마. 빠지지 않는 돌, 금이

간 어금니. 안녕히 가세요, 엄마. 애비 없는 자식들은 호로자식이 되거나 하늘의 아들이 되었지만, 엄마 나는 에미 없는 자식이 될게요. 빠져서 허공에 뜬 어금니, 도는 어금니, 지워지는 내 어금니. 안녕!

—「해모수의 다른 아들이 쓴 편지」 부분

이 시의 서두는 아버지의 무자비한 폭력에 휘둘리는 "엄마"의 고통스러운 삶과 그것에 대해 전혀 도움이 되지 못하는 형과 "주몽"의 무력한 모습으로 채워진다. 인용부는 임시 피난의 가출 속에서도 아이들의 내일을 염려하는 "엄마"의 모성애를 입체화시키는 장면이다. 아마도 폭력의 아버지와 희생의 엄마, 그녀에 대한 연민과 사랑으로 비스듬히 기운 아이들의 삼각구도는 꽤 오랫동안 반복되었을 것이다. 아이들의 성장과 더불어, 또 어미와 아비의 늙음과 더불어 끔찍한 가족수난사는 트라우마의 형식 속으로 서서히 은폐, 소멸되어 갔을 것이다. 그것은 "엄마"를 "빠지지 않는 돌, 금이 간 어금니"로 비유한 장면에 잘 드러나 있다.

이렇듯이 이 시에서 가장 흥미로운 지점은 "엄마"를 "어금니"로 비유하는 장면들이다. "어금니"에 엄마의 고통스런 삶과 죽음을 기입함은 물론 애도의 정서 역시 담아내고 있는 것이다. "어금니"는 크게 두 가지 의미로 해석될 수 있다.

우선 생물학적 차원에서 본다면, "어금니"는 특정 동물의 속(屬)이나 종(種)을 해석하는 계보도의 열쇠로 주어진다. 이를 고려하면, "어금니"는 가족 최후의 계보도는 "해모수"가 아니라 "엄마"에 의해 작성되고 지속·보존되리라는 것, 두 아들의 삶 역시 모계(母系)로 변속(變屬)

되어야 한다는 것, 그렇지 않으면 기존 팔루스의 권력에 종속되거나 그것을 스스럼없이 승계하게 될 것이라는 복합적 국면에 대한 상징적 성찰로 읽힌다. 과연 '나'는 엄마의 죽음을 당해 "애비 없는 자식들은 호로자식이 되거나 하늘의 아들이 되었지만, 엄마 나는 에미 없는 자식이 될게요"라고 다짐하고 있다.

"어금니"의 또 다른 의미는 이보다 훨씬 간단하나 훨씬 직접적인 감응을 불러일으키는 삶의 문맥과 관련된다. 우리는 고통을 참거나 고통에 맞설 때 '어금니를 깨문다'라고 말하곤 한다. 이 시에 등장하는 "어금니"들은 "돌" 같거나 "금"이 가거나 "빠져서 허공에" 뜨거나 돌거나 "지워지는" 모습으로 재현된다. 이 형상들에서 "어금니를 깨문다"는 고통과 인내의 문맥을 읽어내는 작업은 여간 수월하지 않다. '애도'의 기초가 사랑하는 대상의 상실에 대한 슬픔에 있다면, "어금니'의 상징은 남성적 주체의 모계로의 장소 이전보다 저 평범한, 그러나 존재의 고투가 아프게 새겨진 범속어로 던져질 때 더욱 유효하고 적절할 듯싶다.

'나'의 애도는 그러나 "엄마"의 고통을 "어금니"에 기입하고 모계로의 귀속을 다짐한다고 해서 어떤 장해도 없이 완료되지는 않는다. 친밀한 존재를 향한 감정적 애착의 해소는 산 자의 몫이기도 하지만 그들을 현세에 남긴 죽은 자의 최후의 과제이기도 하다. 적대적 대상의 폭력적 억압은 산 자에게는 죽음에 이르는 병을 수반하는 우울증의 병인(病因)이 된다. 현실의 우울증에는 정서적 예방과 병리적 처치를 통해 회피하거나 치유할 수 있는 기회가 어떤 방식으로든 제공되곤 한다. 하지만 죽은 자는 적대적 대상에 대한 해원(解寃)이 부재할 경우 사령(死靈)이 구천을 떠돌게 되며 그 결과 영원한 휴식에 들지 못한다. 여기서 발병하는 죽은 자의 우울증은 벌써 그 예방과 처치가 불가능한 형식이다. 이 때문에 죽은 자의 영혼을 위로하며 그 원한을 풀어주는 매개자가 반드시 요청되는데, 우리의 일상사에서는 샤먼의 목소리와 몸짓이 그것을 대표한다.

그럴 경우, '엄마'의 해원을 풀어주고 적대자와의 관계를 조정하는 샤먼은 누구일 것인가. "엄마"에게 편지를 쓴 "해모수의 다른 아들"이 그 당사자임은 물론인데, 우리는 그를 시인으로 특정해도 크게 문제될 것 없다. 진정한 '애도'가 시인의 목소리를 빌린 "엄마"의 해원에서 비로소 시작된다는 말은 그래서 가능한 것이다.

> 쑥 덤불 위에 우산 던져놓고
> 곰보때왈 넝쿨 밑에
> 괭이 씻어놓고
> 허리 구부려 장딴지를 씻고 있다
>
> 옛이야기처럼 새댁을 벗은 암콤이다
> 분홍 셔츠 밑으로 러닝이 삐져나왔다
> 비단구렁이 무늬 몸뻬다

—「내가 사랑한 영토」 부분

"종아리에 털을 벗은 암콤"은 "개골창에 엎드려 발을 씻고 있다." 이 장면은 100일의 쑥과 마늘로 사람이 된 순간의 "암콤"을 보여주는 듯하다. 하지만 신생의 "암콤"을 현실 저편으로 발을 옮기는 죽은 자로서의 "암콤"으로 치환한다면 어떨까. 그럴 경우 발을 씻는 행위는 현세의 감정적 애착이나 타자와의 관계성을 단절하는 존재론적 사태로 읽어 그릇될 것 없다. 하지만 "암콤"의 단절 행위는 그 자신의 존재사가 울울하게 박혀 있는 현세의 삶이나 타자와의 관계를 막무가내로 삭제하는 맹목과는 거리가 멀다. "네 발의 기억이 구부정한 암콤이다"라는 대목과 일상의 복색을 여전히 갖춘 "암콤"의 모습이 암시하듯이, "암콤"이 자기 본성을 잃지 않고 죽음에 안착하는 방법은 "빠져서 허공에 뜬 어금니"에 고통스럽되 유의미한 삶의 순간들을 되새기는 작업을 통해서이다.

지금 "암콤"은 죽음의 골짜기를 따라 올라가며 "귀를 돋워 / 산허리 멧비둘기 소리를 듣는" 중이다. 산새의 울음은 "암콤"이 죽은 자들의 영토에 거의 도착했음을, 따라서 영원한 안식이 멀지 않았음을 미리 알리는 에로스로 전도된 타나토스의 신호일 수 있다. 하지만 잊지 말라, 타나토스가 에로스로 전도되는 까닭에 죽음-삶의 영매(靈媒) "멧비둘기" 족속의 서러운 삶과 죽음이 놓여 있다는 것을.

그 비밀스런 국면을 담은 「죽은 새 본다」에는 꽤나 충격적인 이미지가 등장한다. 일찍 일어나 먹이를 구하다 "위장이 터진 새" 곁에서 "씨앗을 쪼는 새"가 종종거리는 장면이 그것이다. 누군가는 여기서 종족의 죽음을 애도하기는커녕 섭생의 욕망을 충족하느라 바쁜 이기주의적 존재의 타락을 먼저 읽을 것이다. 그런데 실상을 말한다면 "씨앗을 쪼는 새"는 "죽은 새"를 향해 구애하던 자, 다시 말해 "짝을 부르던 그 종족"이다. 이 장면이 징후적인 까닭은 "엄마"의 해원을 다루는 시편으로 보아 무방한 「아담과 이브처럼」의 구조를 선취하고 있기 때문이다.

물론 "죽은 새"와 "씨앗을 쪼는 새"는 현세적 인간의 폭력적 개입, 그러니까 "손아귀를 벗어난 돌팔매"에 의해 강요된 단절을 면치 못한다. 죽은 새와 산 새의 대립적 형상과 보통의 이치에 닿지 않는 산 새의 섭생 행위를 현세의 감정적 애착을 확인하는 동시에 단절하는 변형된 애도의 장면으로 읽는다면 어떨까. 그 단정한 애도의 장(場)에 무심한, 아니 인간적 예의에 밝은 누군가가 돌팔매를 날리고 있는 셈이랄까.

사실을 말하건대, 산 자와 죽은 자의 영역을 따로 구획하고 분리하는 전통과 예의는 인간법의 소산일 따름이다. 자연법에서는 죽은 자의 삶과 명예를 훼손하지 않는 한 그 주변에서 생존의 안위를 구하는 일은 크게 문제될 것 없다. 권력 싸움에서 패배한 오라비의 시신을 거둔 안티고네는 인간법의 위반자로 조치되었으나, 죽은 자에 대해 순정한 애도를 다함으로써 자연법의 충실한 이행자가 되었다. 돌팔매질한 사람과 생사를 함께 응시하는 두 마리의 새를 이런 관계로 읽는다면 지나친 상상이거나 논리의 비약일까.

이를 참조하여 골짜기를 오르는 "암콤"의 행위를 죽음의 지평에 드는 일로 치환한다면, 그곳에서 인간법과 자연법의 구분과 서열화 역시 무용한 일이 되고 만다. 오히려 "암콤"에게 중요해지는 작업은 시원적 동일성을 상기함으로써 가부장제적 폭력에 의해 심화된 정신적 외상을 치유하는 일이며 또 해원(解寃) 후의 삶과 존재의 양태를 다시 구성해보는 일이다.

물론 오랜 단절을 거친 뒤의 부부의 화해는 죽음 이전의 사태로 보는 편이 실제 현실에 보다 가까울 것이다. "암콤"의 순탄한 발길은 그 가능성을 더욱 높이는 조건 가운데 하나이다. 그러나 양주(兩主)의 뒤늦은 화해를 사후(死後)의 사태로 다시 늦추어 크게 문제될 사안 역시 별로 없다. 죽은 자의 영토에 들기 위한 입사식(入社式), 다시 말해 생전에 가장 심각했던 정신적 외상을 다시 반추함으로써 현세에의 감정적 애착을 마지막으로 단절하는 한편 삶의 리비도를 죽음의 삶에 전면 투기(投企)하는 양가적 행위로 해석할 여지가 충분하기 때문이다.

내가 몸을 가졌고, 네가 몸을 가져서
너와 내가 누워 있다
개펄처럼 누워 있다
드러난 닻줄처럼
밑창처럼
녹슬어가는 몸이 누워 있다

(…중략…)

열선처럼 감기던 숨결과
구멍 같은 눈빛을
지나와서
너와 내 숨결이
정갈한 금슬처럼 가지런하다

이제 곧 이 숨결이 낯설어서
부인하듯,

허물을 걸치고

이 내력을 그림자처럼 지우고 가겠지

—「아담과 이브처럼」 부분

서로의 녹슨 "몸"을 나누는 "너와 나"의 상호 이해와 연민을 두고 삶의 공정한 심판자이자 집행자로서 시간과 죽음의 절대적 위력이라고 손쉽게 평가할 일은 아니다. 장철문의 신작 5편에서 죽음의 부정적·전율적 육체성이 드러난 곳은 「죽은 새 본다」 이외에는 찾아보기가 어렵다. 저 시편에서 두 마리의 새는 아도르노의 말처럼 죽음의 "완화되지 않는 부정성", 다시 말해 "적나라하고 가상 없는 모습"을 아프게 현시한다.[5] 하지만 새가 죽음의 대상인지라, 우리 삶은 죽음의 온갖 부정성과 그에 따른 공포와 소외로부터 적절한 거리를 유지한다. 그러나 이 거리감은 죽음의 부정성에 대한 회피나 외면 작용에 먼저 소용되지 않는다. 그보다는 비록 타자의 현실이지만 죽음 자체를 객관화하여 경험하고 내면화하라는 뼈아픈 권유의 일종으로 해석하는 편이 보다 올바르다.

실제로 우리는 생사로 갈린 서로 짝패인 새들의 비극을 이미 「해모수의 다른 아들이 쓴 편지」에서 훔쳐보았다. 이 시편과 더불어 「죽은 새 본다」가 선행되지 않았다면, 「아담과 이브처럼」은 어쩌면 '아직 아닌' 형식일 수 있다. 왜냐하면 「아담과 이브처럼」은 적대적 관계의 "해모수"와 '유화'의 화해와 통합의 서사만은 아니기 때문이다. 그들은 죽

5 여기서는 최문규, 『죽음의 얼굴-문학 속에서 인간은 어떻게 죽어가는가』, 21세기북스, 2014, 198면에서 재인용.

음에 처해 삶의 "내력을 그림자처럼 지우고 가겠"다고 고백하지만, 역설적이게도 그 애착의 단절은 "허물을 걸"친 상황에서 수행되는 것이다. 이 "허물" 속에 현세적 삶의 부정성과 폭력성이 정갈하게(?) 담겨있을 것인데, 그 모습에서 엄마의 깨진 "어금니"를 떠올리는 것은 그리 어렵지 않다.

그런 의미에서 「아담과 이브처럼」에 도드라진 심미성은 "해모수"와 '유화'의 죽음을 향한 통합에 먼저 바쳐진 것이 아니다. 오히려 보다 객관화된 감각으로 그들의 죽음과 사후를 다시 차분하게 응시하라는 냉정한 주문일지도 모른다. 물론 그 냉정한 응시는 사랑하는 자의 죽음을 부정성의 지평에 내몰기보다 기억하고 슬퍼할 만한 대상으로 가치화하기 위한 애도 행위의 한 국면이다. 그런 만큼 상실의 슬픔을 말하면서도 그것을 극복할 긍정적 부면들의 재발견과 의미화가 요청된다. "해모수"와 '유화'의 화해를 이웃 신화의 짝패인 아담과 이브의 원초적 연정으로 변형하는 태도 역시 이와 무관치 않을 것이다.

그러나 이런 심미성의 발현이 죽음에 처한 "해모수"와 '유화'만을 위한 제의가 아님은 물론이다. 이에 대해서는 죽음의 비극성과 부정성이 "심미적 현상으로 받아들"여질 경우, "그것은 실제 파멸과 몰락을 야기하기보다는 '삶의 자극'이자 '강장제'로 작용할 수 있"[6]다는 진술이 적절한 참조가 될 것이다. '애도'의 최종 수혜자가 마침내는 산 자 자신임이 드러나는 장면이랄까. 그렇다면 죽은 자를 향한 정중한 애도는 그만의 고유한 '죽음의 얼굴'을 부여하는 동시에 산 자의 삶에 긍정적으

---

6 위의 책, 198~199면.

로 개입하는 '죽음의 얼굴'을 구조화하는 이중 작업이 아닐 수 없다. 이 점, 그간 함께 읽은 4편의 시와 상관성이 가장 미약한 다음의 시가 불쑥 출현하는 까닭에 대한 해명의 단서로 작용하기도 한다는 점에서 더욱 의미심장하다.

> 어느 날 목줄이 풀린 개처럼, 어슬렁 대문을 나선 개처럼, 끼니때를 두 번 거르고 돌아온 개처럼, 길을 잃었던 것을 주인에게 내색할 수 없는 개처럼, 목줄을 풀어주어도 다시 마당을 나서지 않는 개처럼, 주인의 비웃음을 알면서 아무 일 없는 듯 짖어보는 개처럼, 컹! 제가 짖는 소리에 화들짝 놀라 한쪽 구석에 가서 슬그머니 쪼그려 앉아보는 개처럼
>
> —「어느 날 목줄이 풀린 개처럼」 전문

'병든 수캐'를 미래의 자화상으로 선취한 이는 미당 서정주였던가. 이곳의 "목줄이 풀린 개"를 한 번쯤 시인 장철문의 현재로 비유해본다면 어쭙잖은 실례일 것인가. 하지만 "엄마"인 '유화'와 "해모수"의 죽음에 대한 애도, 그를 통한 죽음에 대한 선(先) 참여가 저 "목줄이 풀린 개"를 낳았다면? 저 개들의 형상에서 보듯이 스스로 차연하는 죽음은 그것의 부정성을 미리 분사(噴射)하는 공포의 환등기가 될 소지가 아주 없지는 않다. 하지만 개들의 부정성은 화자의 내부에서 자율적으로 구성된 것이지 타자의 억압에 의해 주어진 것이 아니다. 그 자율적 구성은 스스로를 거울에 비춰보는 반성적 사유를 동반할 가능성이 크다는 점에서 벌써 부정성에 대한 객관적 인식과 성찰을 내장하고 있다 하겠다. 그러므로 볼품없는 개들의 미래는 죽음으로 연동되지 않고 오히려

이후의 건강한 삶에 대한 고찰로 승화될 가능성이 더욱 크다고 보아야 할 것이다.

이제 저 개가 컹컹 짖는다면, 그것은 죽음에의 고통이 아니라 "부우—ㄱ 부우—ㄱ국 / 짝을 부르던 그 종족"에 화답하는 에로스에의 충동이다. 그러니 "목줄 풀린 개"를 두려워하거나 그 비참한 몰골에만 혀차지 말고 끊어질 듯 울려 퍼지는 "컹!" 소리에 먼저 귀를 기울이시라. 거기에 "호로자식이 되거나 하늘의 아들이 되"지 않고 모계로 향하는 "에미 없는 자식"의 지름길, 바꿔 말해 "암콤"이 오르는 구불구불한 산길이 있다. 죽은 자가 산 자를 살리고 그럼으로써 삶과 죽음이 풋풋하게 내통하는 그 산길 말이다.

그림자가(를) 부르는 노래

김선우의 새 시를 읽다

모든 명명(命名)은 끝내는 앎으로부터 제약으로 흐른다. 특히 유비에 기초한 명명 행위는 세계의 다양성과 복합성을 단일체계 내부로 질서화하거나 다른 지평을 향한 상상을 배제하는 경향이 있다. 가령 우리는 김선우 하면 대번에 생태 페미니즘 시학을 떠올린다. 그녀의 개성과 지향을 포괄하고 드러내는 데 유용했던 이 레테르는 지금・여기에서는 그녀의 특수성보다 보편성을 환기하는 무엇일지도 모른다. 이를테면 문명 저편의 생명 혹은 생태를 이상화하는 동시에 이를 모성 내지 여성으로 재현한다는 저간의 평가를 떠올려보라. 이 느슨하고 게으른 눈빛들의 해소는 그러나 결국 시인의 몫으로 부려진다는 점에서 현실은 난폭하다. 따라서 김선우의 책무는 누구나 상상할 법한 전형적인 여성상을 해체하고 그것들 사이에 숨은 혹은 솟아오르는 복합적이며 이질적인 여성상을 쏘아 올리는 것이 된다. 물론 이 특수한 여성상은 단지 삭제된 타자의 복원과 재구성의 일환일 뿐더러, 암암리에 세계를 배회하며 장악 중인 남근적 권력의 지배와 배제 전략을 탈내고 해체하는 역동적 · 저항적 운동의 객관적 상관물이어야 할 것이다.

메를로 퐁티에 따르면, '인간성'이란 죽음과 고통을 포함한 자신의 운명을 의미로 바꾸는 능력 바로 그것이다. 억압된 여성성의 귀환과 재배치는 이 '인간성'과의 긴밀한 연대 및 접속의 정도에 따라 지형도가 확연히 달라질 수 있을 것이다. 그런 점에서 김선우의 신작에서는 '빛'을 포함한 에로스의 지평보다는 '그림자'를 포함한 타나토스의 지평을 주목하는 것이 보다 타당하다. 앞서도 지적했지만, 전자로의 집중은 자칫 재래의 여성 도상학으로 부드럽게 편입됨으로써 남근적 쾌락에 대해 불신(不信) 관계를 형성하는 데 장애가 될 수 있다. 이 생산적 '불신'의 상징어로 나는 '그림자'를 선택하는 바, '그림자'는 시인과의 관계에서 주어이기도 하고 목적어기도 하다. 물론 이때 '그림자'는 무언가 이질성 자체를 강조하기 위한 매개가 아니라 차이성들이 공존하고 또 균열하는 동시성을 드러내기 위한 것이다. 우리는 갓 태어난 아이의 울음이 밤과 죽음과 귀신과 아무렇지 않게 연동되는 다음 장면에서 그 차이성과 동시성을 문득 조우한다.

밤의 길쭉한 씨앗을 너에게 줄게
내 오래된 영혼의 흰 머리카락
그것으로 탄생의 노래를

아기들은 전생의 기억이 명료하다 하였으니
대지에 차고 넘치는 색색깔의 귀신들에게
밥을 주어야지 명랑하게 울어야지

지구별에 환생할 운명을 가진 아이들이 흰 감자꽃 만발한 달에서 썩은 감자알처럼 죽어가는 지구가 슬퍼 흰 감자꽃 따주며 부르던

노래가 있었더란다 오랫동안 달에서 구전되던
(꽃을 따네 구름이 울고 꽃을 버리네 열매가 자라고)

—「흰 밤」 부분

아이의 탄생은 행복한 미래의 소망과 건설을 함부로 지시하지 않는다. 아이는 지구에 명랑하게 귀환하기 앞서 '오래된 영혼'과 죽음에 처한 대지를 추억하고 위무하는 제의를 치른다. 주술사란 무엇인가? 흑마술사를 제외한다면야 나와 너의 행복과 승리를 위해 어두운 그림자 속에 흔들리는 작은 불빛을 내거는 자가 아닌가? 그렇게 태어난 아이의 울음은 따라서 일종의 주술이자 만가(輓歌)이고 해원가(解冤歌)인데, 이것이 불린 뒤에나 현재와 미래를 향한 축원가는 등장할 수 있다.

과거를 되돌아보는 주술사 아이의 탄생, 이 뜻밖의 사건은 현실이라면 불길함과 두려움의 대상으로 지목되어 삶의 금지 목록에 오르기 십상이다. 예컨대 전국 곳곳에 산재한 '날개달린 아이' 설화가 고지하는 신이한 아이의 비극적 운명을 떠올려 보라. 그 아이는 하늘이 쥐어준 위대한 주술을 단 한마디도 발설하지 못한 채 기존 주술(권력)의 속박

과 처벌 대상으로 고꾸라지고야 만다. 그러나 김선우는 환호작약의 미래보다는 패배와 좌절에 대한 곡진한 위로가 수행되는 과거의 도래를 상상함으로써 '날개달린 아이'의 실재와 가능성에 숨을 불어넣고 있다. 다음 시에서 이 아기가 주체의 상상적 몸을 구축하고 다른 이질적 영혼을 소유하는 데 없어서는 안 될 어리되 지혜로운 삼신할미로 제 역할을 다하는 것도 이 때문에 가능하다.

세상에서 가장 작은 반달칼을 자기 손톱에서 꺼내 허공을 긋던 소녀가 소년을 안는다 비닐봉지가 부푼다 흘러내리는 새싹들 흘러내려, 부서지는, 일종의 꿈들

있잖아 난 결국 너랑 자지 않을 거야 어제 배운 그 시 기억나?
응 그림자를 팔아먹은 지 오래 되었네
응응 그림자가 없으니 어른이 되어도 우린 함께 자지 못할 거야

침묵이 엄마인 검은 바람의 말, 담장 밑 깨진 화분에 가득 고인 소음들, 잃어버릴 집도 돈도 부모도 가진 적 없는 꽃씨들, 떠도는, 일종의 방패인 칼들

그림자가 없는 소녀와 소년이 한낮 골목길 언덕에서 시를 이야기를 하는 것이 다행인지 아닌지 나는 모른다

—「어른이라는 어떤, 고독」 부분

시의 문면에서는 삭제된 '꽃씨들'이며 '칼들'인 '소년'과 '소녀'의 지시어는 '사생아'이다. 햇빛을 자르거나 비닐봉지를 부는 행위는 비유의 장막을 걷어낸다면 그들 또래의 즐거운 삶에 두터운 커튼을 아무렇게나 쳐대는 불량기가 아니고 무엇이겠는가? 나아가 '시'란 말에 주목하면, 딜레탕티즘의 홍수와 소통의 황무지 확장으로 치닫는 불능적 언어의 환란을 '사생아'의 현실에 비유한 것이란 해석도 가능하다. 이런 위기는 화려한 현실과 장밋빛 미래 따위의 부재보다 '그림자'의 삭제와 소거에 따른 것이라 한층 근본적이고 문제적이다.

여기서의 '그림자'는 존재의 무의식이나 숨겨진 국면으로 칭해지는 은폐된 주체의 일부 혹은 진정성으로 이야기되기에는 너무 미안한 무엇이다. 간절한 사랑에도, 또 성장의 결과로도 소년과 소녀가 에로스의 지평에 틈입할 수 없다는 것은 이들의 삶이 곧 죽음임을, 바꿔 말해 이들의 명료한 '전생의 기억'이 간교한 현실에 의해 지워졌거나 아니면 '전생' 자체가 삭제된 채 태어났음을 의미한다. 과거는 현재와 미래에 봉사하는 '이미 지나간 시간'이 아니라 현재와 미래를 구성하고 수정하는 '늘 도래하는 시간'이다. 따라서 시간의 그림자 과거가 없다면 다른 시간으로의 도약이나 물리적 시간을 탈출하는 영원한 순간의 현현, 즉 세 시간 지평의 일회적 통합이 생산하는 무시간성의 경험 역시 존재할 수 없다. 그러니 과거의 그림자가 없다면 우리 모두는 시간의 '사생아'로 던져질 수밖에 없다.[1]

---

1 이 시에서 환상동화 『피터 팬』을 떠올리는 것은 어렵지 않다. '피터팬'은 시간의 진공지대인 '네버랜드' 출신으로 영원히 어른이 되지 않는 족속이다. 그곳의 아이들을 양육할 엄마를 찾아 지구로 온 그는 개에게 물려 빼앗긴 '그림자'를 되찾고 나서야 비로소 웬디와 함께 '네버랜드'로 귀환할 길이 열린다. 해피엔딩으로 끝나는 동화와 다르게 현실은

사실 '사생아'란 말만큼 폭력적이며 차별적인 말도 따로 없다. 어미와 아비가 명백히 존재하지만, 그들은 권력과 제도에 의해 등기될 권리를 박탈당함으로써 '존재됨'의 기초를 상실한 비극적 육체들이다. 이 상실자들의 내면과 육체, 기원과 현재(미래), 언어와 행위 들을 기록하고 다시금 발화하는 언어, 그러니까 '시' 없이는 그들이 "시를 이야기하는 것이 다행인지 아닌지"를 판별할 권리는 아무에게도 없다. 김선우는 이 끔찍한 형국을 '사생아'들에 대한 구차한 습융(濕融) 없이 "나도…… 사생어른이야………"라고 말함으로써 연민의 멜랑콜리를 고독자의 연대감으로 전유하고 있는 것이다.

그러나 문제는 지금·여기에 출몰하는 '사생어른'이 '사생아'의 성장체가 아니라 현실에 의해 조직적이되 암묵적으로 제조된 '좀비'일 가능성이 크다는 것이다. 적어도 '소년'과 '소녀', 그리고 '나'는 상실자로서의 자기 본질과 '그림자'를 박탈당한 존재의 지형을 각성하고 있다는 점에서 깨어 있는 선한 유령에 해당한다. 하지만 사적인 욕망과 복수의 원한으로 가득 찬 좀비적 악령의 집단적 출몰은 버려진 소년과 소녀가 팔아먹은 '그림자'의 추억과 기억마저 "질기디 질긴 흰 밤"(「흰 밤」)의 유곡으로 추방할 위험성이 농후하다. 그러니 우리는 지금 집밖을 떠도는 소년과 소녀에 대해 그저 형식상으로 혀를 끌끌 차는 일에 급해서는 안 된다. 그보다는 우리가 악령의 출몰을 방조하거나 협력하

피터 팬과 웬디의 변형일 소년과 소녀에게 '그림자'를 돌려주지 않는다. 따라서 '그림자'는 존재의 원형인 동시에 그것을 빼앗는 금지와 배제, 억압의 표상이기도 한 것이다. 그런 점에서 '사생아'와 '사생어른'의 비극은, 가정의 불안정, 교육의 기능저하, 여성 특히 아내의 자립 등이라는 사회적 배경 아래 소외된 이상의 추구와 고립적 자기만족에 빠져드는 성인 남성의 피터 팬 증후군과는 여러모로 이질적인 것으로 읽힌다.

는 말 그대로의 '사생어른'으로 매일매일 추락 중이지 않은가를 먼저 물을 때야, "어른이라는 어떤, 고독"은 '사생아'의 절대고독과 간신히 떨리는 눈빛을 교환할 수 있게 될 것이다.

> 막 세상에 나온 아기—
> 공포로 뒤덮인 채 주먹을 꼭 쥔
> 떨림…… 그,
>
> 최초의 상처로 파랑새가 날아간다
> 옛날의 동화처럼
> 파랑새 부리에 문 긴 탯줄 양편에
> 풍선을 나눠 든 것처럼 한 여자와 아기가 매달려 있다
>
> Happy birthday! 기억하렴
> 지상의 어느 한 날 서로 다른 두 사람이 똑같이 함께 아팠다는 것
>
> 누구도 혼자 아프게 태어나지는 않는다는 것
>
> —「생일통(生日痛)의 나날들」 전문

이 아기는 누구인가? "미사포 속의 백골처럼 흰 노래"를 부르는 '흰 밤'의 아기인가 아니면 '사생아'들이 태어났을 적의 아기인가? 어쩌면 변증적 도식의 오해를 살지도 모르겠지만, 나는 이 '아기'가 그 둘의 '그림자' 속에서 생성된, 새로 도약된 '인간성'의 존재들이라 믿는다.

'파랑새'에 매달린 '여자'와 '아기'의 안전과 행복은 '파랑새' 때문도 '풍선' 때문도 아니다. "최초의 상처", 그러니까 '그림자'의 동시성을 살면서 '상처'를 공유하고 있다는 것(="두 사람이 똑같이 함께 아팠다는 것"), 나아가 그럼에도 "누구도 혼자 아프게 태어나지 않는다는 것"에 대한 믿음과 연대 때문에 '여자'와 '아기'는 그들 고유의 '네버랜드'를 찾아 날아갈 수 있는 것이다.

이 '생일통'에 대한 지속적 자각과 기억은 김선우가 이질적인 '인간성'의 실현자로서 주체를 구성하는 데 깊숙이 관통되는 것으로 보인다. 인용 못해 아쉬운 「이 도시의 갑과 을」 「복수초의 사생활」에도 막무가내의 생명 현상과 여성적 포용력을 거부하면서 존재들의 개별성과 생명력을 획득하는 '인간성'에의 의지가 확연하기 때문이다. "꽁무니에 매달린 서로의 얼굴을 먹어치울 때까지"에서 보듯이 전자는 야멸찬 현대의 생존 경쟁을 살벌하게 부조하는 데 열심인 듯하다. 함께 실린 「연두의 내부」는 그러나 '갑'과 '을'의 쟁투가 "최선을 다해" 울고 웃고 죽고 이별하고 남고 떠나는 일 가운데 하나임을 새삼 알려준다. 이 소소한 일상의 연속이 '상처'와 '그림자'의 기원을 형성하는 동시에 "사랑의 일"(「연두의 내부」)로도 현상함을 우리는 매일매일 목도하지 않는가?

그러니, 현재 김선우의 시는 '그림자', 바꿔 말해 타나토스의 기호를 떠돎으로써 자신의 뒷면이자 거울인, '무량하고 무구하며 바닥이 낮아지는'(「연두의 내부」) 에로스의 지평으로 "최선을 다해" 투기(投企) 중인 것이다. 이 사업을 위해 김선우는 다음과 같은 말을 붙여 두었다: "안녕, 나라고 할 만한 것이 없어서 아주 기뻐 오늘"(「그 詩集, 나팔꽃 담장」). 이 엄청난 말은 과연 언제 우리의 것이 될 수 있을까? 그러나 지극히 사적인 우리의 욕망은 다음 구절에 얼굴을 살짝 붉히며 "조용히 (의식과 욕망의–인용자) 카메라 렌즈를 단"아야 할지도 모른다. "허락 없이 그대의 / 사생활을 침해할 권리가 내게 없다"(「복수초의 사생활」). 따라서 우리는 자꾸만 달아나는 우리 '그림자'를 피터 팬처럼이라도 꿰매어 달고라도 김선우의 '그림자'와 사랑하고 싸우는 수밖에 없다. 개별성과 고유성 없는 '그림자'끼리의 결합은 차이성의 연대가 아니라 동일성의 바벨탑을 쌓으려는 집착의 결속임이 적나라하게 드러나는 그 과정에서 우리들 '사생어른'의 삶은 새롭게 재편되고 구성되어갈 기회를 얻게 될 것이다.

시, 이야기와 관계하다

2012년 봄의 시들

서정시에서 이야기의 강화 현상은 근대 이후 지속된 일상적 성격의 것이다. 어떤 경우는 '사실성'의 획득과 계몽적 전언을 위해, 어떤 경우는 환상성의 경우가 그렇듯이 리얼리티의 일탈을 위해 이야기는 시의 전략적 동반자로 적극 고용되었다. 물론 이런 현상은 시에서 이야기의 궁극이 이야기 자체가 아니라 그것에의 감응이 발생시키는 정서의 각별한 환기에 주어졌음을 오히려 입증한다. 요컨대 '이야기는 효과'라는 만들어진 믿음은 숱한 서사와 산문의 범람 혹은 시와 그것들의 내밀한 관계 속에서도 내밀한 개성의 율격적 독백이란 시 장르의 특성을 거꾸로 강화해 왔던 것이다.

그러나 당대에 근접할수록 '이야기는 효과'라는 언술은 누군가가 정해준 자신의 경계를 허무는 쪽으로 스스로를 확장 중이다. 정서의 환기 못지않게 전언(傳言)의 함입(陷入)에 이야기의 개성과 충격을 투척하고 있달까. 이때의 전언은 물론 특정 주제나 이념, 사상 같은 시인의 말씀으로만 제한되지 않는다. 사실 기존의 시적 전언은 주체와 타자, 화자와 독자의 상호 대화나 동일성의 공유와 같은 쌍방향성의 합일을 전제로 한다. 하지만 당대의 이야기는 이런 유사성의 지평을 넘어 차이성과 분열성의 리좀(rhizome)적 생산과 배치에 더 소용되는 경향이 있다. 관계의 구성과 흐름을 획정하는 고형 / 실선의 이야기에 맞서, 관계들의 자유로운 접속과 절단의 잠재성을 동시에 개방하는 유동형 / 점선의 이야기를 구축 중인 것이다.

물론 차이와 분열이라고 하여, 동일성에 대한 전적인 거부와 파괴의 움직임만을 뜻하지 않는다. 그보다는 관계의 방향을 단일성 / 확실성으로 몰아가는 대신, 주디스 버틀러의 말을 빌리면, "나 자신 혹은 당신 어느 것으로도 구성되지 않는 관계성" 쪽으로 전환하는 것으로 이해되어 마땅하다. 관계의 유동성과 잠재성의 충분한 허락은 분열하는 주체의 아우성을 타자를 환대하는 경쾌한 노래로 바꿀 줄 안다. 여기서 탄생하는 새로운 인간형을 일러 '희박한 우리'라고 명명해 두는 것도 괜찮겠다.

주디스 버틀러에 따르면, '희박한 우리'의 전제 조건은 '상실'이다. 상실은 우리의 허약함과 제약성을 계몽하는 한편 그것을 초극하기 위한 연대와 소통의 가능성을 꾸준히 모색하게 한 양가적 실체에 해당한다. '희박한 우리'의 모색이 시적 동일성의 절실한 요청으로 부감되는 까닭은 승리와 지배보다는 패배와 억압의 경험이 '희박한 우리'의 구성 근거이자 원리이기 때문이다. 그래서 '희박한 우리'들의 연대를 제안하는 자들은

"이야기를 하려고 하는 바로 그 '나'가 이야기하는 도중에 멈추는 그런 이야기"의 발화자일 수밖에 없다. 멈춘 이야기를 완결, 아니 끊임없이 부풀리고 재구성하는 자는 당연히도 상실의 경험을 공유하는 타자들이다.

당대의 한국시에서 '희박한 우리' 이야기의 구성자들은 뜻밖에도 상실을 비롯한 패배, 좌절, 억압 등의 부정성의 계열과 거리가 먼 듯한 젊은 시인들이다. 그러나 현실을 말하건대, 한국의 현대성은 집단과 개인의 풍요를 충동하는 개념적 원리들을 무수히 방사해왔다. 하지만 그것을 통해 실현할, 말 그대로의 전인적 개성의 탄생과 성장에는 자애롭지도 공평하지도 못했다. 이런 사회적 취약성이야말로 젊은 시인들이 "우리가 욕망하고 사랑했었다는 것, 우리가 우리의 욕망의 조건을 찾으려고 고군분투했다는 것"(주디스 버틀러)을 낯선 이야기와의 관계를 통해 증명하는 한편 여전히 지속하려는 미학적 충동의 기원이다. 그래서 그들의 실험과 일탈은 무서우면서도 처연하고, 경쾌하면서도 우울하다. 하지만 여기저기서 격발 중인 이 격정적 파토스들이 '희박한 우리'를 향해 영점(零點) 형성 중임을 우리는 모르지 않는다.

*

'희박한 우리'의 기원인 '상실'을 이야기할 때 "눈이 멀어 눈을 뜬 보르헤스의 영혼"을 떠올리는 일은 매우 상징적이다. 대표작 『픽션들』이 상기시키듯이, 보르헤스는 세계와 존재, 서사의 원리를 관계의 폡진성이 아니라 유동성에 위치시킨 '포스트' 미학의 핵심적 기안자이다. 그는 세계와 존재의 지표를 부분과 전체의 통합이 아닌 기이한 패러독스, 이를테면 '모든 책이 씌인 책' '세계의 만물을 모두 그린 지도' 등 불가능성의 가능성에 대한 꿈으로 표상하곤 했다. 그럼으로써 시간의 연속성과 공간의 절대성으로 대변되는 확실성을 지워나가는 한편, 시공간의 불확실성과 모순성을 세계와 존재의 새로운 형식으로 공인했다. 이것이 '맹목'과 '개안'의 동시성일 것이다.

고정된 지표와 구조가 부재하는 세상에서 '나'와 '당신'의 통합적 관계성이 획득, 유지될 수 있다는 믿음은 대단히 허구적이다. 통합적 세계/개성의 비전이 붕괴된 현실에서 우리가 할 수 있는 일들이란 고작 "케이트 블란쳇을 글썽이는 케이트 블란쳇을 눈먼 케이트 블란쳇을 사람 케이트 블란쳇을 주렁주렁 매달아놓"(이상의 직접 인용들은 김현, 「케이트 블란쳇이 꾸는 꿈에 대하여」, 『문예중앙』, 2012 봄)는 일인지도 모른다. 모든 '블란쳇'이지만 어떤 '블란쳇'도 아닌 '상실'의 글쓰기는 원인 분석이나 해결책의 모색에 도대체 무심하다는 점에서 인상적이다. 그렇기는커녕 '상실'을 야기한 혹은 그와 무관할 듯한 이야기의 끊임없는 소환과 인용, 때로는 본문을 압도하는 방대한 주석의 기입을 통해 '상실'은 비로소 실체가 드러나며, 그렇게 여전히 '희박한 우리'를 호소할 따름이다.

언뜻 눈치 챘겠지만, 이상에서 나는 대상을 적시하여 배열하는 대신 보르헤스와 김현을 일부러 뒤섞고 있다. 시 몇 구절이 인용된 김현의 입장에서라면, '글쓰기'의 영향과 초월 혹은 오마주와 패러디의 대상으로 보르헤스를 거론하는 것이 별 의미가 없을 것이란 판단 때문이다. 보르헤스 자체가 기존 관습과 규준의 파괴자였으므로, 후속 세대들이 기원을 상정하거나 삭제하며 또 경의를 표하거나 모독하는 행위

따위가 윤리나 저항으로 의미화될 여지는 애초부터 존재하지 않는다. 이 지점에서 김현의 시가 시작되고 있음을 우선 강조해 두자.

이런 의미에서 김현의 끊임없는 이야기 도입과 영화 장르의 혼성, 그 역할이 모호한 주석의 대량 부기(附記)는 보르헤스를 거침으로써 오히려 빠져나가는 방법적 탈출과 구원의 전략적 거점이라 할 만하다. 물론 삽입과 삭제의 동시적 실천은 무엇보다 보르헤스로 혹은 한국시 혹은 김현의 시 어느 것으로도 구성되지 않는 "세상에 가벼운 말들"을 청취하기 위한 일종의 역설적인 '상실' 행위이다.

> 독자, 열흘하고 닷새 전 일이네. 잠결에 귀신 씻나락 까먹는 소리를 듣고 밖으로 나가니 언 황발 소녀가 소리 없이 늙어가며, 아저씨 정적으로 가는 길이온데 말 한 모금만 마시게 해주오. 입을 벙긋대는 게 아닌가. 그에 내 어쩐 일인지 놀라지 아니하고 고부랑 소녀를 입안으로 불러들여 말 한 사발과 부사 한 알을 꼭 쥐여 주며 언제라도 입 안을 지나가게 되면 들리어라 했네. 그에 한순간 더 늙은 소녀가 울며 가며 말하길, 아저씨 고마우이. 그래 내 하는 소리인데 내일 사람인지 귀신인지 모를 아리따운 언니 하나가 이 시간에 찾아와 말 좀 빌려주쇼 하면 우리 집 말은 어제 다 동났으니 다른 집으로 들려가거라 하쇼. 꼭 그러쇼 내 그 폭삭 늙은 소녀의 말을 듣다가 반쯤 나간 넋을 다시 불러들여, 보니 잠결이었네. 소녀는 온데간데없고 말이 사라진 사발과 부사의 씨가 오도카니 나를 보고 있더군. 불현듯, 세상에 없는 가벼운 말들이 떠올랐네. 떠오른 말들을 건져 읊으며 다시 잠의 망망대해로 들었네.
>
> —김현, 「눈귀, 사라진 말을 찾아라」 부분(『작가들』, 2012 봄)

김현의 인물은 다중적이며 복합적이다. 그런 만큼 시적 존재들에 대한 관심은 그들 고유개성과 정체성보다는 타자와의 '관계성' 실패나 단절, 그것의 미학적 언표로서 언어의 상실에 집중된다. 그러나 상실과 패배의 남김 없는 고백과 주조는 적어도 시에서의 '관계성'을 새로 구성하는바 있다. 김현 시의 인물들은 '독자', 소설과 영화 / 연극의 주인공 등인 경우가 허다하다. 이들은 언어의 1차 생산자 / 집행자가 아니라 거기서 창조되고 사용된 언어를 소비하거나 재구성하는 2차 사용자이다. 만약 1차 생산자와 2차 사용자의 언어가 서로를 불러들이지 않는다면, 서로의 언어는 "산 사람 말 사라지는 일 무엇이 대수라 그러시오"와 같은 상황으로 미끄러지기 십상이다.

그런데 김현은 이런 언어의 상실 혹은 미끄러짐을 시에 있어서의 '희박한 우리'의 기초 원리이자 최종심급으로 삼고 있다는 점에서 도발적이고 또 급진적이다. 이 지점에서 시인의 본질과 역할은 '제2의 입법자'와 같은 언어 권력에서 "가라앉은 말의 목록을 기억해 적어보"는 '과거'의 필경사 정도로 다시 규정되고야 만다. 하지만 필경사는 오히려 타자와 세계의 언어를 베낌으로써 예외적 개성의 글쓰기를 대중화하며, 그럼으로써 "말 사라진 사건을 해결하는 실마리"를 제공한다.

저자와 기원이 정해진 '말'들은 그 소유권의 맥락에 따라 의미와 가치가 고정화된다. 언어의 소유권을 주장할 수 없는 필경사의 '글'은 그러나 자유롭게 던져지고 떠돌아다님으로써 세상의 어떤 글들도 '나'나 '당신' 어느 것으로도 구성될 수 없음을 확증한다. 김현은 이 필경사로서 시인의 숙명적 운명을 다음과 같이 주석으로 처리했다 : "우리나라 최초의 서간체 탐정소설 『 』에 힘입었다. 『 』에는 정해진 인물, 사건,

배경이 없어 다양한 판본들이 존재한다. 이 때문에 여기, 모든 제목을 『 』로 적어 읽는 이에게 고스란히 떠넘긴다."

하지만 독자들이여 착각 말라. "『 』"가 우리에게 주어졌다고 해서, 저 텅 빈 공간에 우리의 언어와 육체가 거주하게 될 가능성은 없다. 왜냐하면 "『 』"는 이 서책이 '나'와 '당신' 어떤 것으로도 구성되지 않는 "말 사라진 사건"(이상 「눈귀, 사라진 말을 찾아라」) 자체이기 때문이다. 김현은 상실과 부재의 언어 지평으로 우리를 초대했고 우리는 그것을 확증하며 그에게 시인됨의 단서를 제공하는 '실마리'로 독서 중인 것이다. 그러니 타자인 우리는 기이한 필경사-시인 김현의 시쓰기의 볼모인 동시에 그가 꿈꾸는 "세상에 없는 가벼운 말들"의 공동 발굴자가 아니고 그 무엇이겠는가.

*

합리성 과잉의 시대에 '시는 주술이다'라는 말은 미문인가 추문인가. 경계의 삶에 구속되기 마련인 숙명을 구축(驅逐)할 용기를 주는 경우라면 미문일 것이고, 미문의 강박에 소추되어 세속의 원리를 함부로 은폐하는 경우라면 추문일 것이다. 그러나 미문과 추문의 구분과 격리는 생각보다 만만찮다. 그것들이 위치하는 맥락에 따라 이 풍문들은 정반대의 의미를 입는 경우가 허다하다. 시는 그래서 특정 이념과 사상에의 복속을 경계하며, 미문과 추문 어느 것도 아닌 '경험적 진실'의 발화체로 남고자 한다. 물론 '경험적 진실'은 무미건조한 가치중립성을 옹호하는 따위의 작위적 관념과 거의 무관하다. 그것은 미문과 추문으로 부풀려지거나 쭈그러든 풍문들의 "잃어버린 페이지", 곧 상실의 진정성을 엿보는 '범속적 트임'의 또 다른 형식일 것이다. 우스꽝스런 블랙 코미디가 잃어버린 것의 잠재성과 유동성을 확장하는 잎맥이 될 수 있다면, 풍문의 명랑한 소통과 그 진실성의 회로를 개척하는 주술의 역할을 담당하기 때문이다.

정한아는 「(특종) '울프 노트'의 잃어버린 페이지」라고 대뜸 제목을 달아놓고는, "자신이 흡혈귀라 주장한 어느 수도사의 자술서, 혹은 그는 자꾸만 뒤늦은 현장 감식을 요구했다"는 부제를 붙이고 있다. 이것은 한국어 정서법에 기초했을 때 구와 문장의 어긋난 결합이라는 점에서 명백히 비문(非文)이다. 하지만 문장의 의미, 곧 울프 씨가 처한 상황을 이해하는 데 전혀 지장이 없으니 딱히 비문이라고 몰아 부칠 성질의 것도 못된다. 이런 기묘한 문장의 탄생은 기실 울프, 그러니까 "Lonne Wolff"의 정체성 및 운명과 깊이 관련된다.

이 시에서 울프 씨의 불확실성 혹은 불투명성은 "나이 미상"으로 표상된다. 그러나 정한아의 어떤 시에 따르면, 울프 씨는 "세속적 낭만주의가 정의하는 모든 종류의 환상을 거부하"거나 파괴하는 혁명가이자 순교자, 게릴라이자 보헤미안이다(「론 울프 씨의 혹한」, 『어른스런 입맞춤』, 문학동네, 2011). "Lonne Wolff"가 '외로운 늑대'의 음차적 형식임을 감안한다면, 울프 씨가 부정적 근대성을 전면적으로 거부하는 가상의 존재 혹은 관념임이 비교적 분명해진다. 숲에서 쫓겨난 늑대의 운명은 초라한 먹잇감을 찾아 도시를 떠도는 비굴한 약탈자거나 동물원에 방치됨으로써 목숨을 연장하는 애처로운 전시품의 처지를 벗어나기 힘들다.

혁명이나 유토피아를 향한 쟁론이 터부시 되는 자본의 전지구적 확장 속에 빠뜨려진 울프 씨는 도시로 쫓겨난 늑대의 음울한 재현이다. 이 차디찬 영사막에 서서히 부감되는 울프 씨-늑대의 파리한 얼굴이 우리들의 얼굴로 오버랩(over-lap)되어 이상할 것 없음은 물론이겠다.

그렇다면 「(특종) '울프 노트'의 잃어버린 페이지」는 먹잇감의 포획, 즉 현실의 변혁과 파괴, 새로운 기획과 재구성을 향해 직진하다가, 무소불위의 권력이 쳐놓은 덫에 걸려 울부짖는 울프 씨의 불행한 운명을 애도하는 글쓰기인 것인가. 희망과 불안을 동시에 몰고 다니는 그의 유명세를 생각한다면, 하위주체들에게는 곡진한 애도일 것이고, 권력자들에게는 멸시에 찬 냉소일 것이다. 이를 고려하면 아래에 보이는 독특한 미학적 장치, 즉 점선 내부의 '이야기'와 그 아래 연속되는 자유시라는 이중의 문장 / 문체(장르 혼합이라 불러도 될)는 우리의 울프 씨에게 곡진한 애도를 바치고 기억을 오래도록 전송하기 위한 지혜로운 고안이겠다.

지난 해 경칩에 쏟아진 때 아닌 폭설에 노상에서 동사한 것으로 알려진 론 울프(Lonne Wolff, 나이 미상)씨가 생전에 수기와 편지 형식으로 기록해놓은 비망록 초고가 지난 12월 23일 밤 지하철 2호선 을지로입구역 화장실에서 비품 창고를 뒤지던 한 노숙인에게 발견되어 화제다. 동료들 사이에 '순하지만 좀 돈 놈'으로 불리던 노숙인 정 씨(무직, 나이 미상)는 노트를 발견하고 "내가 바로 그 사람이다"라고 외치며 갑작스레 발작 증세를 보여, 태평로파출소 소속 이거지(李巨志, 27) 순경의 도움으로 쉼터로 옮겨졌으나 직후 실종되었으며, 노트는 생전에 지인들에게 보낸 엽서의 필적과 대조한 결과 론 울프 씨 본인의 건으로 확인되었다. 한때 울프 씨와 사실혼 관계라던 유아무개(36, 무직) 씨가 울프 씨로부터 노트의 소유권을 구두로 약속받았다고 주장하고 나섰으나 노트 말미에는 절친했던 두 친구의 공동 소유를 명시하고 있어 분쟁이 예상된다.

(…중략…)

거기 떨어져 있는 두 팔의 주인은 누구인가
여울은 왜 허름한 그림자처럼 울고 있는가
어제의 것인가 만 년 전의 것인가 내일의 환영인가

—정한아, 「(특종) '울프 노트'의 잃어버린 페이지」 부분
(『문학 · 선』, 2012 봄)

기사 형식을 빌린 점선 내부의 서사는 비교적 간단하다. 때 아닌 폭설에 동사한 것으로 알려진 론 울프 씨의 비망록 초고가 지하철역 화장실에서 발견되었다는 것, 그의 노트를 둘러싼 소유권 분쟁의 가능성이 존재한다는 것, 울프 씨는 권력의 편에서 보면 수도사가 아니라 미치광이이자 테러리스트이며, 그의 신비화에 결정적으로 공헌한 것은 현대생활에 지친 대중이라는 것. '특종'의 인물이 성과 속 양자의 언설에 의해 미문과 추문 속으로 함입된 끝에 결국 그 실체를 박탈당하고

마는 과정을 '웃음'의 비극적 코드 속에 비벼 넣고 있다.

우리의 관심은 그러나 급진적 혁명의 비윤리성을 향해 가공된, 혹은 간혹 그들 스스로 빠져든 낯 뜨거운 스캔들의 사실성 확인에만 멈출 수 없다. "분명 무슨 일이 벌어졌는데 / 말해주게 제발 / 대체 내가 무슨 짓을 한 건가"라는 시 말미의 자아의 절규는 그런 점에서 유의미한 포인트를 제공한다. 울프 씨의 죽음을 앞에 둔 절규이니만큼 그것은 특히 애도의 진정성 문제와 깊이 관련된다. 울프 씨의 사인(死因)은 물론이고 그 죽음에의 자기 관련 여부조차 알지 못하는 상황에서의 애도는 자칫 "없지만 사실적인 대상을 향한 난폭한 감정"(「독감유감 2」, 『문학・선』, 2012 봄)으로 미끄러질 위험성이 다분하다. 울프 씨의 죽음에 대한 진지한 성찰과 기억으로의 이성적 봉인(奉引)보다는 분노와 복수의 염(念)이 앞설 것이기 때문이다.

애도의 진정성은, 라캉의 말을 빌린다면, 존재 속에 생겨난 구멍을 메울 수 있는 기표적 총체성의 경건한 올림, 다시 말해 문화적으로 형성된 집단과 공동체로의 안전한 기입 속에서 확보된다. 사자는 자신이 태어난 자리로 다시 되돌아감으로써 삶의 형식을 마무리 짓고 죽음의 신민으로 온전하게 등기되는 법이다. 세계에서 행해지는 모든 장례와 추도 의식은 그래서 사자를 그가 돋아나온 몸들의 세계로 안전하게 귀환시키는 산 자들 최대의 봉공(奉公)으로 이해되는 것이다.

이를 참조한다면, 울프 씨는 불충분한 애도가 유발하는 참을 수 없는 불쾌감 때문에 끝내 유령으로 화하여 우리 삶 여기저기에 출몰하게 될 것이다. 왜냐하면 경건한 애도 이전에 벌써 울울한 울프 씨에 대한 '미문'과 '추문'은 그를 실체가 아닌 담론의 대상으로 허구화하거나 왜곡할 가능성이 농후하기 때문이다. 애도할 대상도 불분명한 마당에 필요 이상의 격식을 갖춘 추념의 문장이란 얼마나 우습고 공허하며, 또 얼마나 가엾고 폭력적인가. '울프' '엘리아스' '스테판' 같은 외국 이름을 제외하고는 — 그렇다고 외국 이름이 고상한 것으로 보이지는 않는다. 현실성 없는 관념과 추상을 조롱하기 위한 명명법일까 —, 거개의 등장인물들이 지극히 세속적이며 천박한 이름, 이를테면 '이거지'(李巨志) '구루마'(具褸馬)나 무명 씨, 이를테면 '노숙인 정 씨' '유아무개'로 호칭되는 것도 그런 불편한 상황에 대한 예민한 풍자와 관련될 것이다.

이 지점에서 정한아가 울프 씨에 관한 블랙 코미디를 작성한 후, 거기에 잇대어 풍문과 달리 숲 속에 살아남은 '울프 씨'의 내면적 고백이라 할 만한 시적 진술을 첨부하는 까닭을 이해하게 된다. 현대성의 비참한 환영(幻影 / 歡迎)에 끊임없이 소환되는 시인, 아니 우리들의 최소한의 윤리는 부가적 풍문의 자의적 구성이 아니라 침묵의 애도에 있음을, 울프 씨 들의 사망에 은밀히 공조해온 죄의 냉정한 고백에 있음을 암시 중인 것이다. 그 밑바닥에는 '희박한 우리'를 향한 연대가 즉흥적 연민과 동정이 아니라 그것의 전제 '상실'을 향해 "대체 내가 무슨 짓을 한 건가?"라는 앨쓴 물음에서 출발한다는 믿음이 깔려 있을 것이다. 현대성의 대진재(大震災) 속에 난파당한 울프 씨의 비극적 운명을 향한 이후의 연작(정한아는 시 말미에 울프 씨와 관련된 수종의 기사를 나열 중이다. 보도일은 대개 2012년 3월 이후로 되어 있다)이 정중한 애도의 장(場)이자 더욱 '어른스런 입맞춤'의 순간으로 주어질 것임을 짐작하는 일은 그러므로 어렵지 않다.

*

오감(五感)이 안전하다 못해 풍요로운 우리는 과연 감각의 개성을 자유롭게 향유 중인가? 감각은 내밀한 물질의 형식이기 때문에 그 누구와도 나누거나 통합할 수 없는 사적 소유물로 흔히 이해된다. 그러나 실상을 말한다면, 감각만큼 전통적이며 관습에 휩싸여 있거나 은연 중 혹은 공공연히 결정된 사회적 생산물인 경우도 흔치 않다. 가령 다른 말로 번역되기 힘든 민족어(토속어)의 다수가 감각어로 구성된다는 것, 그리고 감각어의 생산과 확장은 전체적인 사회문화적 정황에 의한 구체화 과정과 지속적인 수정·보완 작업에 의존한다는 사실을 떠올려 보라. 이를 참조하면, 우리의 감각은 개별적이기에 앞서 공동적이며, 생래적이기보다 사후(事後)에 만들어지고 구성된 것이다.

기존 감각을 확신하며 거기에 비굴한 우리는 그러므로 나와 너 모두가 이탈된 신감각의 관계성을 향한 구성자로서는 자격미달에 가깝다. 감각의 온존성이 오히려 감각의 변이성과 이질성을 차폐(遮蔽)한다는 점에서 오감이 활짝 트인 우리들은 '희박한 우리'의 또 다른 반역자일 수 있다. 이제는 인권에 저촉된다는 비판을 불러올 만한 격언 '눈뜬 장님'의 실질적 대상자가 우리들임이 통쾌하게 드러나는 지점이다. 그러니 불완전하거나 잃어버린 감각의 소유자를 제멋대로 가치판단과 분석의 대상으로 삼는 행위는 때로는 자가당착적이며 심지어는 비윤리적이기조차 하다.

시의 오랜 권능 중 하나는 산문처럼 해석과 판단에 집중하기보다, 미처 발견하거나 경험하지 못한 감각의 틈새를 열어젖히며 그 안에 존재와 세계의 새로운 윤곽을 그려 넣는 일이었다. 시인의 근본적 존재론을 낭만적 아이러니와 연관시킬 수 있다면, 그것은 아마도 '눈이 멀어 눈을 뜨는' 존재적 전환의 지속적 실천에서 찾아져야 할 것이다. 따라서 신인 김해준의 「안마사」는 하위주체 눈먼 안마사를 매개로 한 '자화상'의 제작 행위이며 자기 시론의 개진에 해당하는 시편일지도 모른다.

암실의 벽은 서로의 평행마다 같은 자성을 띠고 대칭한다. 어둠 속에서 벽과 벽은 서로 멀어진다. 몸의 터럭이 쇳가루로 일어선다. 감광이 안마사의 등 뒤에 곰팡이로 슬어 착상한다. 몸이 문과 일식을 하며 실루엣을 팽창시킨다. 방이 그림자의 장기가 된다. 비림과 축축함이 죽은 전등을 중심으로 퍼져나간다.

(…중략…)

안마사는 눈을 감는다. 꿈과의 경계를 눈꺼풀로 잠근다. 동공을 두레박으로 심연 끝까지 내려본다. 눈물이 머리를 밀며 피부 속으로 스며든다. 우글우글한 슬픔이 얼굴 밖으로 돋는다. 살마다 세로로 뜯어진 눈이 차가운 굴속에서 깜박거린다. 입 벌린 뱀을 닮은 생식기, 독에서 잉태된 아이들이 피임기구 안에서 목을 매단다. 습(襲)할 몸도 없이 무색으로 일렁이는 공중을 적소로 삼는다.

— 김해준, 「안마사」 부분(『문예중앙』, 2012 봄)

시의 전문을 읽어보면 그 상황과 행위는 비교적 명백하다. 눈먼 여성 안마사의 안마 과정과 그것의 감각적인 재현이다. '생식기'니 '피임기구'니 하는 따위를 염두에 둔다면, 팔루스의 욕망에 포획된 여성 안마사의 비극에 대한 폭로와 성찰의 기미 역시 충분하다. 그런데 만약 맡은 손과 맡겨진 몸의 육감적 얽힘의 표현이나 성적 착취의 비판이 핵심이라면, 「안마사」는 시의 경제성은 물론 의식의 정치성에서도 그다지 성공적인 시편이 못될 것이다. 계산 없이 과잉된 감각은 대상과 의미의 풍부성보다는 그것들의 불명료함, 심지어는 난해의 빌미로 오해되기 십상이다. 이런 우려와 달리, 「안마사」는 안마사의 비극을 덧칠하기보다 "농담이 깊으나 맺히는 상은 없는" '상실'의 음영을 깊이 부조하는 쪽으로 감각을 응집함으로써 구체성과 현실성을 파고드는 것이다.

「안마사」도 그렇지만 김해준의 시들은 전반적으로 감각의 융기[陽刻]보다는 침윤[陰刻]에 보다 능숙하다. 서로 대립하는 대상들의 굴곡진 부조보다는 그것을 응시하는 스스로의 내면을 뭉클하게 쥐어보려는 욕망이 더 큰 까닭이다. 가령 "살마다 세로로 뜯어진 눈이 차가운 굴속에서 깜박거린다"로 표현된, "우글우글한 슬픔"에 대한 육체의 극한 반응을 보라. 만약 안마사의 고통이 '눈물'로 외면화되었다면 이 징그러운 슬픔은 대책 없는 감상성과 그만큼의 되돌려질 공격성으로 착색되었을지도 모른다.

시인은 그러나 "눈을 감"음으로써, 다시 말해 "꿈과의 경계를 눈꺼풀로 잠"금으로써 주체와 타자 모두를 일찍이 본 적 없는 "세로로 뜯어진 눈"의 성찰 대상으로 묶어버린다. 안마사와 손님의 살 부딪힘이 아이들의 자살과 그 죽은 몸의 '공중'으로의 안치와 같은 희유한 사건의 발생으로 종결되는 것도 이 때문이다. 물론 이 사태의 본질은 "악몽에서 태어난 비문(飛蚊)이 나락으로 회귀하려 여자의 눈꺼풀을 간질인다"에서 보듯이, 악몽으로 주어지고 있다. 하지만 '악몽'의 형식이기 때문에 안마사의 "백안 속 실핏줄의 고도가"(이상 「안마사」) 더욱 입체화되며, 그녀의 '상실' 또한 더욱 핍진해지는 것이다.

이 장면은 다른 시를 빌린다면 "빛과 어둠이 범벅된 하늘이 몸 안으로 새어"드는 형국으로 이미지화될 수 있을 것이다. 이 박명(薄明)의 세계야말로 빛과 어둠의 동시성과 차이성이 시시각각 경합하는 확정할 수 없는 '관계성'의 지평에 해당한다. 이곳의 충실한 신민 가운데 하나가 '눈'의 현실보다 '눈'의 꿈에 사는 안마사임은 그 누구도 부정할 수 없을 것이다. 따라서 "두 명의 어머니가 같은 연안에 이불을"(이상 「한 뼘의 해안선」, 『문예중앙』, 2012 봄) 까는 장면은 안마사의 운명뿐만 아니라 시업(詩業)에 들어선 김해준의 언어적 행보를 더불어 상징하는지도 모른다. '이불'의 상태는 "두 명의 어머니"가 아니라 결국 그것을 덮을 '나'에 달려있음을 각별히 기억해둘 일이다.

*

벤야민은 작품 완성의 궁극적 의미를 다음과 같이 이야기했다. "그가 태어난 곳에 그의 고향이 있는 것이 아니라, 그가 그의 고향이 있는 세상으로 온 것이다." 작품 완성이 작품 내부의 사태이며 그 완성 속에서 창조자가 새로이 잉태됨을 강조하는 발언이다. 오래된 발언을 굳이 인용해두는 까닭은 시와 이야기의 연대가 특정 이념과 사상의 전언보다는 그것들을 사유하는 동시에 새롭게 전유하는 창조적 표현의 장(場)이기를 희망하기 때문이다.

미적 충격과 효과에 대한 영민한 계산 없는 이야기의 도입은 의외성의 순진한 발견과 복합성의 명랑한 구조화를 결코 허락하지 않는다. 물론 이때의 '발견'과 '구조화'는 이미 벌어진 사태에 대한 일방적 개입과 가치판단을 의미하지 않는다. '시적인 것'의 생산과 파급성을 유난히 강조했던 황지우의 주장을 약간 바꾼다면, 그것들은 어떤 사태 이전의 '조짐'과 그에 반하는 사태 이후의 '상처'에 관여하는 '징후의 의사소통'을 목적한다.

증례(證例) 이전과 이후의 징후를 차갑게 포착한다는 점에서 시 쓰기는 '낯선 응시'이다. 이 매혹적인 시선은 사실의 증례들을 침묵 또는 의문부호의 지평에 안치시킨다는 점에서 시의 외연을 내파하며 그 내포를 '시적인 것'으로 더욱 확장한다. 아마도 이 부근 어디쯤에 시 속 이야기의 진정한 의미가 존재할 것이다. 시 속의 이야기는 사실과 주체의 일방적 강화가 아니라 그것이 함입하지 못하는 이질적 존재와 가치의 생성과 발화를 향해 투기(投企)되어야 한다.

시의 지평에서 '상실'과 '희박한 우리'가 결여와 패배의 유곡으로 빠져드는 대신 충만과 해방의 맥락으로 솟구칠 수 있다면, 그것은 나도 아니며 너도 아닌 타자들로 구성되는 의미 공동체에 대한 신뢰와 기대 때문일 것이다. 과연 우리 시의 이야기들은 이후 침문과 의문부호 속으로 자기가 경험하고 본 것들을 어떻게 또 얼마나 격렬하게 투하할 것인가? 이미 그 전장으로 스스로를 징발한 김현, 정한아, 김해준 일병의 위험하고도 행복한 돌격은 이후 어느 고지를 향할 것인가?

'고백'의 관전(觀戰)과 그 기록

2012년 여름의 시들

시, 고백과 관전의 사이

'고백'은 실상 관전의 요청이다. 시는 '자아의 내면고백'이란 개인성과 비밀성을 장르의 근거로 삼는다. 이런 특징은 시의 대(對) 사회적 연관을 되도록 자제하면서 자아의 창조나 표현과 관련된 언어감각을 북돋게 하는 굴절된 심리전을 은근히 그러나 집요하게 확장한다. 그러나 고백은 말해지는 순간 단독성을 벌써 상실한 채 관계성의 지평에 돌입한다. 발화 / 쓰기가 청자 / 독자의 호명을 전제하듯이, 가장 사적인 고백조차 타자에의 지향과 타자의 개입을 대쌍(對雙)으로 거느린다. 그러므로 시적 화자와 청자의 설정은 텍스트 내부에서 고백의 사회적 · 담화적 구조를 승인하는 일차적 기제라 할 만하다.

이 구조 속의 화자 / 청자는 그러나 여전히 시인(주체)의 목소리와 경험의 반영이라는 점에서 자기의 타자화란 문턱을 완전하게 넘어서지 못한다. 텍스트의 지적도를 작성할 때, 그 내부의 바깥에 실제시인(시인은 이 지점에서 관전자로 이중화된다)과 실제독자를 위치시키는 까닭도 어쩌면 비유컨대 텍스트의 내전(內戰, 언어 / 욕망의 발화와 그 수용의 요청이란 점에서)에 대한 객관적 관전(觀戰)과 연동되어 있을지도 모른다. 물론 내부의 화자와 청자, 즉 함축적 주체와 타자의 설정은 무엇보다도 텍스트의 허구성과 자율성을 강화하기 위한 미적 조치이다. 그렇게 하여 미학적 진실과 언어적 모험은 시의 고유한 특권이자 권능으로 신뢰된다.

그런데 시적 허구와 자율의 실재성과 물활성을 복합적으로 맥락화하기 위해서는 텍스트 외부에 게으르되 명민한 관전자를 불러들여 불리할 것 없다. 이때의 관전자는 당연히도 텍스트의 사실 여부와 의미의 획정을 위해 소용되는 판관의 자격과는 구분되고 상이하여 마땅하다. 그들은 텍스트 내부의 여러 유곡을 깊이 있게 포월(匍越)하기 위해 방법적으로 게을러야 하며, 또 음영 짙은 심상지리의 유려한 부감을 위해 명민해야 한다. 따라서 관전의 키포인트는 시 내부의 맥락과 의미 들을 연결 혹은 단절하거나, 그렇게 유동하는 그것들 사이를 가로지르고 중첩시킴으로써 텍스트를 더욱 개방하고 촘촘히 엮는 감응적 참여에 존재한다. 이 말은 관전자가 마냥 차가운 관찰자가 아니라 내상으로 들끓는 텍스트(의 전사)와 때로는 열정적으로 때로는 냉담하게 눈빛 섞는 응시자여야 함을 뜻한다.

그러니 관전자의 자격이나 조건을 따로 물을 필요가 없다. 그들은 텍스트를 생성한 시인 자신이고 그것을 소비하는 독자이며 평론가여도, 상찬자이고 욕쟁이거나 침묵자고 떠벌이여도 상관없다. 텍스트의 내부로 기꺼이 소환당해 관전자 자신 그 영토의 변두리 주민으로, 또

김일병으로 언어화될 준비가 되어 있는 자라면 누구라도 좋은 것이다. 피부와 혈통과 말과 문자와 눈빛과 걸음걸이가 다를수록 관전의 이질성은 기묘하게 연대하고 동일성은 엉뚱하게 갈등할 것이다. 거기서 스스로 증식하고 변형하는, 그래서 명랑하고 뜨거운 괴물 시가 "수만 갈래 힘줄을 뻗는"(이민하, 「체육 입문」, 『현대시』 5월호, 2012)다.

물론 오늘의 관전에도 최소한의 룰은 있다. 스스로가 텍스트의 원주민이자 김일병을 구성하는 '시인=관전자'의 "살아 있는 형태를 가지기 위"한 '팔레트'를 자랑으로 먼저 놓아두는 최소한의 예의가 그것이다. "캔버스만 빼버려도 그림이 안 된다고 생각하는"(김언, 「팔레트」, 『문학과사회』, 2012 여름) 자들의 검은 문자는 다소곳할 일이다. 그게 2차적 관전평, 곧 해석의 방법적 윤리이자 사랑이다. 시들의 '나'와 '너', '피조물'과 '정부' 들이 처연하고 무료하게 감추어둔 "모든 비밀"들(이민하, 「세상의 모든 비밀」)의 고백을 들어볼 때가 이제는 되었다.

관전 1 — '너'와 '나'의 '보관법'

관전의 재미와 기술은 대결의 역동성 못지않게 그 힘을 추진하는 기억과 구성 역시 요체다. 움직임만의 주목은 현장성을 달구지만, 움직임의 자리와 지향을 어느새 후경화한다. 후자가 은폐되는 경우 텍스트의 언어적·정서적 이행 능력이 괄호쳐진다는 점에서 감응(affect)의 감쇠(減衰)는 필연적이다. 대개의 시들이 '사실'의 기록보다 그것의 탄생과 구성, 또는 변화와 이행의 '정서'에 궁극적 관심을 두는 까닭이다.

물론 '정서'(에)의 감응은 시인 고유의 경험과 세계의 예외적 인지에 따라 그 반응과 구조가 다기(多岐)할 수밖에 없다. 서로의 시적 이행들이 얽히고설키며 시의 영토가 고유하게 리좀(rhizome)화되는 지점이 여기이다. 서로의 자유로운 접속과 대화의 증대는 텍스트와 시인됨의 개신(改新)과 후렴(後染)에 대한 환대로 연결된다. 자기의 '구성'과 '기억'을 지렛대 삼아 존재의 이질적 '보관법'을 이행하는 시들에 '징후적'이란 수사를 붙여두어 괜찮은 연유이다.

이곳은 서울시 종로구 종로2가 맥도널드 앞,
아무도 고개를 들어 자신을
증명하지 않았다.
이제 막 나의 예의와 나의 정치적 견해와 나의 사랑을
사랑을
초과하는
내가 없는 거리를 산책하였다.

지금 나는 나 자신을 부인하는 유일한 세계.
내 곁을 지나가던 낯선 여자가
갑자기 울음을 터뜨렸다.
마치 이 거대한 인생을
이제야 깨달았다는 듯이.

— 이장욱, 「최대한도의 세계」 부분(『한국문학』, 2012 여름)

증명하는 주체(=타자) 없는 거리는 산책자의 활기찬 공화국이다. 여기서 산책자 '나'의 유일한 '보관법'은 "어떤 것을 어떤 것에게서 분리해내"는 것이다. 이 '분리'는 그러나 보관 중인 "몇 개의 습성"(이상 이장욱, 「보관법」, 같은 책)을 해체하는 것으로 끝나지 않는다. 오히려 미증유의 '나'의 사태들에 대한 상상적 경험을 통과한 고유성의 재구성으로 완성된다. 분리의 불가능성과 대처 불능의 사태, 그리고 죽음의 미래에 참패하는 지금의 '나'는 거리의 타자들에게 재앙이고 공포이다. 따라서 '나'를 피하는 그들의 시선은 스스로 멀어진[盲 / 離] 사물(死物)이 아닐 수 없다. 새로운 고유성은 이처럼 친밀함의 기만술이 아니라 허구적인 사교의 폐절에서 생겨난다. 따라서 그것은 자발적 소외의 냉정한 결과물에 해당한다.

하지만 죽은 눈빛들과의 절연은 기성(旣成)에 붙들린 "나의 예의와 나의 정치적 견해와 나의 사랑"을 분리하는 탁월한 구원술이다. 그것은 두 가지 의미에서 그렇다. 첫째, "지금 나는 나 자신을 부인하는 유일한 세계"(이상 「최대한도의 세계」), 그러니까 색채와 의미의 치장술에서 벗어난 벌거숭이 주체의 가능성. 둘째, '나'의 개방에 연동되어 '칼'을 되찾는 타자들의 귀환 가능성. 시인은 새롭게 족출하는 신인류를 "문득 생선뼈의 문장으로 말"하는 자로 일렀다. 이들이 "신선하고 단단한 생물의 목소리"의 발화자임은 다음 장면에서 명료하다. "바닥에 누워서 / 모든 것에 가까워진다는 것, / 식욕과 웃음소리와 외로움 같은 것들이 / 스르르 어떤 것을 잊는다는 것"(이상 「보관법」). 충만해서가 아니라 결핍됨으로써 자유와 개성을 속량할 언어적 모험인 것이다.

이장욱의 '보관법'은 그러므로 직핍하며 개방적인, '나'와 '너'의 동시적 부정의 다른 이름이다. 산책자의 고독이 묵시하듯이 이 부정법은 세속에 정당하게 패함으로써 오히려 세속으로 자유로워지는 낭만적 이로니(ironie)와 친밀하다. 시인은 그러나 새로운 '모든 것'을 일회성의 지평에 바로 올려둠으로써 '보관법'의 미래를 지워버린다. 그와 대면하는 우리가 늘 칼을 갈아야하는 이유이다. 이 칼은 관전자들의 보호보다 대결에 소용될 것이며 그 대결은 승패보다 서로의 재구성에 개입할 것이다. 이장욱의 '보관법'은 그래서 무섭되 다행하다.

할머니는 선지를 좋아했고 엄마는 할머니를 좋아했다 나는 심부름을 좋아했다

자박자박 붉은 물기를 밟으며 도살장 안쪽으로 걸어들어가면 한발씩 한발씩 서늘해졌다 검은 앞치마를 두른 아저씨가 내 머리를 쓰다듬어주었다 동물들은 걸려 있거나 누워 있었다 질질 끌려 우리집 앞을 지나간 건 어제의 일이었다

할머니는 쪼그려앉아 선지를 먹었다 아주 오래전 그 집에서가 아니라 조금 전 꿈속에서

멀리서 날아온 빈혈들이 할머니의 은수저에 엉켜 있었다 할머니의 은빛 정수리처럼 똬리를 튼 채로

—김소연, 「그런 것」 부분(『창작과비평』, 2012 여름)

김소연식 '보관법'의 핵심은 "그런 것", 바꿔 말해 "아침은 이런 것이

다"에 주어질 것이다. 이 말들에는 무언가의 발견과 관련된 지혜의 쾌활함보다 못마땅한 당위에 걸려든 냉소의 우울함이 우세하다. 기억은 선후 체험들의 결속과 중첩을 통해 자기 보존과 지속의 기술을 실현한다. 이런 원리로부터의 이탈은 이른 '나'들(할머니와 엄마)의 정서적 결속과 지금 '나'의 행위적 취향의 어긋남에서 벌어진 사달이다. "손이 시려운 자가 장잡을" 끼고 "손목을 그어본 자가 시계를"(김소연, 「열대어는 차갑다」, 같은 책) 차는, 경험적 진실들끼리의 다툼인 것이다.

김소연의 『마음사전』(2008)을 천천히 통독해본 당신이라면, 그가 마음의 온정 이상으로 냉정과 결속되어 있음을 알아차렸을 것이다. 물론 그것은 세상에의 무심함보다는 '현실 이상의 깊은 현실'과 접속하기 위한 방법적 사랑의 일종이다. 그런 의미에서 "그런 것"이라는 새침한 감응법은 오히려 친화의 어긋남을 되돌리려는 주술 같은 것일지도 모른다. 내 안의 '할머니'는 "선지"가 아니라 "심부름"을 좋아하는 '나'의 취향과 접변될 때야 '나'로 지속되고 보존된다. 그러나 비유컨대 "창문 바깥에서가 아니라 저 멀리 대관령에서"(「그런 것」) '나'를 부르는 '할머니'의 목소리란 '지금 · 여기'에서 가당키나 한가. 왜냐하면 "선지" 심부름이 "어제의 일"이듯이 짐작컨대 "할머니"도 어제의 존재일 것이기 때문이다.

"꿈"이란 시간과 존재의 이전 장치는 그런 점에서 필연적이다. 지금 "내 안에 너를, 너 안에 나를 통째로 복사해 놓은"(『마음사전』) '사랑', 다시 말해 할머니의 귀환은 꿈의 권한이다. 꿈은 '선지'와 '심부름'. 할머니(엄마)와 '나'의 화해와 재통합함은 물론, 이 뜻밖의 경험을 이제 결코 지워지지 않는 존재의 울림으로 가치화한다. "울림 속에서는 우리들은 우리들 자신 시를 말한다"고 갈파했던 것은 바슐라르였던가. 때마침 김소연은 그 울림이 이룩한 존재의 전환을 다음과 같이 적었다: "나무가 있었다면 새소리를 들을 수 있을 텐데 사람이 아니라 저기 빈 자리에서 나무 한그루가"(「그런 것」). 자아가 "나무 한그루"를 내면화한 순간 숙명에의 한탄 같았던 "아침은 이런 것이다"라는 되뇌임은 "박약한 세계에 주는 은총"(『마음사전』)의 하나로 반전된다. "이 사실만으로 뜨거워질 수 있다"(「열대어는 차갑다」)는 뜨거운 고백은 여기서도 변함없는 진실인 것이다.

김소연의 '보관법'이 취향들의 갈등과 연민, 사랑과 통합, 그것을 시간과 존재의 극점으로 육화하는 '울림'들의 산파술로 명명될 수 있다면, 이 '은총'의 절실함과 아름다움 때문이다. 그래서 이 '보관법'은 구성이 아니라 발생의 형식이다. 이장욱의 언어가 행동, 곧 동사 중심인 데 반해, 김소연의 언어가 양태, 곧 형용어 중심인 까닭이 여기서 찾아진다. 그래도 이들은 "하나의 문장으로 세계는 금이 간다"(「열대어는 차갑다」)는 김소연의 언명을 이미 공동소유 중이지 않겠는가. 시적 '보관법'의 총칙1호는 이렇게 열려 있고 또 이렇게 감응하고 있는 것이다.

관전 2—'피조물'의 팔레트

특정 사태의 관전 경험은 세대론적 개성과 담론을 구성하는 핵심요소의 하나이다. 누구는 정치·경제의 우울한 기억에 진저리를 치겠으나, 또 누구는 술수 없는 육체끼리의 선전(善戰)에 청춘을 소환한다. 40

대 중반 나의 '관전'은, 일본 만화영화를 제외한다면, 특히 1970년대 소년기의 박정희와 고교야구, 그리고 레슬링에 집중된다. 박정희는 시대의 내상과 함께 이미지의 극점을 왕래했으니(1974년 8월의 총소리를 TV 생중계로 보았으며 1979년 11월의 국장 시 나는 거리에 이끌려갔다. 전자는 촌락에, 후자는 서울에 귀속되는 체험이었다) 곤혹스런 회억이고, 고교야구는 열정과 집중의 육체가 무엇인지를 각인시켰으니 황홀한 추억이다.

레슬링의 기억은 아마도 이 중간 어디쯤에 위치할 듯싶다. 그것의 한쪽에는 '국가주의'적 정념에 대한 훈육 경험(김일과 이노끼의 한일전!)이, 다른 한쪽에는 사실을 초과하는 쇼(show)의 아름다움(≒충격)이 자리한다. 레슬링이 정교한 기술에 의존한 허구(show)임을 감지했을 때는 역시 청년기였다. 하지만 촌락의 남녀노소가 비좁은 방에 모여앉아 흥분과 찬탄을 함께 토해냈던 감응의 경험은 레슬링이 처음이자 마지막이었다. 쇼의 진정성이 화려한 이미지와 세련된 기술이 아니라, 무대 위아래의 주인공과 관람객이 만들어내는 공동체적 관전의 즐거움에서 찾아지는 이유다.

이제 시에서도 레슬링의 시대는 거의 되돌릴 수 없는 추억이 되었다. 관전의 흥행사로 불러 괜찮을 어떤 시인들은 언어의 격투기에 출전 조치된 '피조물'들의 진실을 허구로 제멋대로 속량하는 큰 주체의 윤리 실종을 종종 묻곤 한다. 그들의 파탄은 '피조물'의 악마성 발현이라는 깨어진 거울에 의해 입체화·정교화되는 특징을 지닌다. 악역에 처해진 '피조물'의 자기파괴와 소비를 생각하면, 그 복수극은 통쾌하기보다 비극적이다. 하지만 '피조물'의 악마성에서 우리는 글쓰기의 자기 전복성과 아직은 밝힐 수 없는 시적 공동체의 먹먹한 미래를 예감한다. 레슬링의 추억이 시 속으로 명랑하게 귀환하는 날은 이즈음일 것이다.

> 건물이 헐리던 날 나는 극적으로 구조되었는데요. 나를 입양한 엄마는 리본구두를 선물하며 발가락 한 개를 잘랐죠. 신발이 꼭 맞는구나. 우린 함께 웃었죠. 아빠도 유화도구를 물려주며 거추장스러운 손가락 한 개를 잘라줬죠. 붓이 참 잘 어울리는구나. 우린 함께 웃었죠. 제법 자란 주먹만큼 입도 커졌으니까요. 엄마 아빠가 싸울 때면 나이프를 쥔 채로 캔버스 속에서 잠들곤 했는데요. 그들이 캔버스 집어던지던 밤, 시너로 불을 지르고 집을 나왔죠.
>
> — 이민하, 「피조물의 추억」 부분(『현대시』 5월호, 2012)

주어진 역할을 연기해야 삶이 주어지는 '입양아'가 있다. 그의 기원은 "나를 만든 엄마"의 몫이지만, 현재와 미래는 "죽은 엄마의 신도인 다른 엄마"의 전리품이다. 두 엄마의 차이는 '나'의 열한 개씩인 손가락 발가락을 어떻게 처리하느냐에 있다. 전자가 "혀가 두 개"인 것은 모른 채 '나'를 버렸다면, 후자는 그것들을 하나씩 잘라 정상의 상태로 되돌렸다, 아니 위장했다. 부모의 행위, 즉 '나' 전체의 유기(遺棄)와 손가락 발가락 하나씩의 제거 가운데 어느 쪽이 더 윤리적일까. '나'의 입장으로 바꿔 질문한다면, 어느 쪽이 나를 더 사랑했을까. 정상과 보호가 이 사회의 커다란 책무이고 보면 "나를 입양한" 부모가 의당 윤리적일 것이다. 하지만 의부모는 "세상의 모든 비밀"(이민하, 「세상의 모든 비밀」, 같은 책, 이하도 마찬가지)에 대한 나의 발언을 금지한 채 그들의 완롱품 또는 욕망의 대체제로 양육, 소비 중이라는 점에서 교활하고 허구적이다.

아까의 질문은 이런 이유로 부모들의 '윤리' 차이보다는 그들의 허구성을 폭로하는 '나'의 순응 전략에 오히려 주목해야 한다. 시 전체에서 '나'의 순응은 절박한 삶의 책략('나'는 "혀가 두 개"인, 그러니까 '갈라진 혀'의 소유자임을 기억하라)이므로 보편적 윤리의 지평을 자유롭게 벗어난다. 가령 새엄마와의 계약 및 자기 안전을 위해 "잃어버린 피조물"을 물색할뿐더러 그에게 "눈물 연기 말고도 잘하는 걸" 요구하는 '나'를 보라. "입을 모으지 않아도 합의되는"(「전람회 잡담」) 사술(邪術 / 詐術)의 주인공이 '나'인 상황은 세계가 벌써 "보이지 않는 죄와 그것들을 "스릴과 로맨스"의 "패키지"(「일요일의 정부」)로 즐기는 막장으로 재편되었음을 환기한다.

세계의 상실은 존재의 무의미성과 자기 이외의 타자들에 대한 불신을 깊게 하기 마련이다. 만약 이에 맞서 세계의 흘러간 아름다움과 기약 없는 풍요로움을 노래한다면, 그것은 "성전환자의 슬픈 동화 속에서 / 목소리를 가로챈 마녀의 기술"(「세상의 모든 비밀」)보다 퇴폐적이며 위선적인 것이다. 실재의 인지와 개선의 의지 없는 꿈은 "내가 죽여줄게요. 감쪽같이 입 닦을게요"(「일요일의 정부」)를 조용히 속삭이는 죽음의 자객에 무방비일 가능성이 크다. 그런 점에서 그 꿈은 파멸로의 초대장이자 그것을 살짝 가리는 몰약(沒藥)의 주사이다.

이민하는 세계 상실에 맞서 일련의 부조리극을 상연 중이다. 물론 그것의 문법은 '나'를 더 고통에 몰아넣고 죽음의 언저리에 위치시키는 위악이다. 위악의 하나가 "모조 숲"(「모조 숲」)의 연쇄로 세계를 허구화하기라면 둘은 그곳의 거주자들에게 '나'를 "각하들의 정부. 만국 공용의 성감대"(「일요일의 정부」)로 태연하게 제공하기이다. 그러나 위악의 표면적 악마성에만 눈길이 간다면 우리의 관전은 실패한 것이다.

그 안에 숨겨진 다음과 같은 죽음의 유혹은 그래서 더 의미심장하다 : "그들의 포스를 넘보지만 말고 나를 고용하려면 당신의 심장을 지급하세요"(「일요일의 정부」). 세계 상실의 근원을 초극하기 위한 피의 요구라는 해석 역시 시인 발(發) 관전평과 비교적 무연할 듯싶다. "당신의 심장", 그러니까 시인과 우리의 피를 요구하는 것은 아마도 시일 것이다. 물론 세계 상실과 위악의 실연은 시의 초월성보다는 현대시의 어떤 참회와 재구성을 더 목적할 것이다. 시는 이 절박한 사업을 위해 스스로를 '비밀'의 색인자로, 위악 떠는 '피조물'로, 미혹(迷惑)의 '정부'로, "친절한 임종의 독자들"(「전람회 잡담」)로 조금씩 뜯어내고 있다. 이 육체 상실은 그러나 시의 혁신으로 응집된다는 점에서 새로운 육체의 창조이자 재구성이다. 이민하 시에 대한 공동 관전이 너무 빠르지도, 너무 늦지도 않게 요청되는 결정적 이유이다.

> 캔버스에 못 박힌 그의 모델과 그 자신의 옆모습과 뒷모습과 젊었을 적의 조금은 왜소해 보이는 그의 집 앞의 나무 한 그루. 내가 좋아하는 시인은 '의' 자가 많아서 걸린다고 하였고 전문 수집가는 위작이 많아서 걸린다고 하였고 내 생각은 시가 되어가는 시 때문에 자꾸 걸린다. 시만 빼버리면 완성되는 시. 캔버스만 빼버려도 그림이 안 된다고 생각하는 평론가들. 그들이 좋아하는 낭만적인 독자들
>
> (…중략…)

검은 색과 더불어 빛나는 흰색. 흰색의 친구들과 어울리는 붉은색의 친구들. 나는 소묘에 강하고 묘사에 약하고 표현에 뛰어나고 터치가 서툴렀던 그에 대한 모든 평가를 두 개의 상반된 그림에서 동시에 본다. 하나는 숲. 나머지 하나는? 혼자 있다. 풀도 나무도 이파리도

—김언, 「팔레트」 부분(『문학과사회』, 2012 여름)

김언이 입안 중인 시의 의제는 시와 관련된 모든 것의 역학관계를 푸코적 의미의 권력 개념으로 재해석 · 재의미화하는 일이지 싶다. 권력은 물질적 · 이념적 우위를 점한 특정 집단의 정치력 행사로 흔히 이해된다. 하지만 푸코는 "어느 주어진 사회의 복잡한 전략적 상황에 부여되는 명목"으로 그것을 재규정했다. 권력의 유동성과 상대성을 인정한다면, 그에 맞선 저항도 다중적이고 산발적이며 우연적이란 사실도 수용해야 한다.

기존 권력과 푸코적 권력의 어법을 김언의 말로 대비한다면, "팔레트"를 두고 전자 : "이것으로 그는 그림을 그렸다", 후자 : "이것이 그의 그림이다" 정도가 될 것이다. 도구적 관점에서 "팔레트"는 효용가치의 셈법을 따르지만, 존재적 관점에서 그것은 사용가치를 스스로 구성한다. "살아 있는 형태를 가지기 위해"(후자) "대부분의 화가들이 추구해 간 가장 구체적인 추상화"(전자)와 느닷없이 결별하는 반역자라는 말로 시의 지향적 권력은 일목요연해진다. 요컨대 "나무가 없으니 숲이라고 썼다"라고 말하는 것이다. 이 말은 비문(非文), 그러니까 사전(언어)과 과학적 지식에 어긋난다.

그러나 과학적 외연은 '사실'을 지시할 지라도, 정서적 감응의 '진실

성'은 내포하지 못한다. 따라서 시인의 사무는 문장의 혼종성, 이를테면 시간들, 의미들, 형식들, 맥락들의 복합성을 계산하기보다 뒤섞는 일이고, 거기서 "흰색이 어울리는 장미 뒤의 담벼락과 먹구름"을 창조 혹은 구성해내는 일이다. 물론 시인의 세계와 예술을 향한 시인의 관전은, 그리고 언어화는 무언가에 "서툴렀던 그에 대한 모든 평가를 두 개의 상반된 그림에서 동시에 본다"는 것에 방점이 찍힌다. 타자의 수용과 연대, 유일성의 폐기와 복합성의 창출, 이질성에의 집중과 동일성의 성찰 등등 "팔레트"의 형형색색에 대한 참여에서 괴기하되 본원적인 언어 "시만 빼버리면 완성되는 시"가 느릿느릿하게 탄생한다.

이런 관점에 선다면, 자율성의 시인과 지도(指導)와 해석의 권위에 단련된 자들, 특히 "평론가들"의 불화는 필연적이다. "캔버스만 빼버려도 그림이 안 된다고 생각"하며 "그들이 좋아하는 낭만적 독자들"과 밀착하는 "평론가들"의 행위는 그 의도의 선악성과 상관없이 언제나 시의 자유를 억압하고 시의 개성에 상흔을 남기는 말 그대로의 악필(惡筆)인 것이다. 엄밀히 말해 평론가나 독자의 읽기는 감상과 해석의 한 파편이고 흔적일 따름이다. 물론 그렇다고 텍스트의 전권이 오롯이 시인의 것이란 말은 아니다. 비유컨대 시도, 그것의 1차적 관전자인 시인도 "팔레트"고, 2차적 관전자의 유물인 해석과 수용도 "팔레트"다.

누구나 동의할 만한 시의 해석과 평가는 특정 이론과 방법, 다중의 지지와 수용에 의해서 선점될 수 없다. 그에 앞서 "하나는 숲. 나머지는 하나는? 혼자 있다. 풀도 나무도 이파리도" 하는 식으로 시의 개별성과 고유성에 참여하는 것이 보다 타당할 것이다. "심령술사조차 겹겹의 감정으로 겨우 한 목소리를 낸다"는 시의 본질적 국면은 그렇게 권력화된다. 물론 이때의 권력은 주어진 의미와 형식의 독점이 아니라 "한 목소리" 내의 "겹겹의 감정"으로 분산하고 확장되는 리좀적 활동의 권리를 말하는 것이다. 시 부족(部族 / 附族)의 최소한의 윤리가 경기자∞관전자로 동시에 참여하는 복수(複數)적 삶의 요청에 있다는 말은 그래서 가능하다. 하여 지금은, 색채 / 선 / 면의 행로가 불명료한, 그래서 더 자유로운 "팔레트"가 관전자이며, 그곳의 시민권을 다투느라 호모 포에티쿠스(Homo-Poeticus)들이 생명을 벌거벗는 새로운 입사식(initiation)이 막 시작되려는 찰나인가.

관전 후기—"너의 사물"을 매만지며

포에티쿠스들의 '고백'은 결국 주체성과 시성(詩性)의 굴곡진 주름에 관한 것이었다. 두 요소 모두 시의 본질과 혁신의 지평에서 핵심적 담론을 구성한다. 그렇기에 그것들은 하나의 담론으로 묶일수록 언술들끼리의 감응력을 높이고 새로운 언술을 생산할 가능성이 크다. 물론 이런 변이 / 생성은 기존의 외연을 초과한 뜻밖의 내포로 전신(轉身)할 때야 관전에 값한다. 예의 네 시인은 이런 운사(韻事)의 계보학에 기억할만한 흔적을 점찍는 중이다. 완숙한 기예보다는 변화의 정념에 관전의 초점을 맞춘 것도 그런 까닭이다.

이장욱과 김소연은 역설적 의미의 자아 결핍을 생산 중이다. 이장욱은 자아의 다층적 '구성'을 위한 부정법을, 김소연은 자아의 다성적 '발생'을 위한 기억법을 시의 변화에 기입했다. 이민하와 김언은 한국

시의 가능성을 차이들의 변전 혹은 이질성의 합성에서 찾아왔다. 현재 이들의 관심은 차이의 생산보다 그것을 둘러싼 권력 작용에 대한 근본적 검토인 듯하다. "피조물"과 "팔레트"로 상징되는, 타자화된 시성(詩性)의 귀환과 내삽(內揷)의 요청은 시의 새로운 심상지리 획득을 위한 논쟁적 선편이 되어줄 것이다.

관전의 마지막 쾌미는 격정의 순간을 되짚어보는 일이겠다. 하지만 다중의 환호성에 아랑곳하지 않고 포에지의 현장을 예리하게 관찰하고 복기하는 미래의 눈과 문득 마주치는 쾌미에 비할까. 그런 의미로 여기 「너의 사물」을 적어둔다. 그 낮고 조용한 톤에 비해 음역의 격렬함과 깊이가 만만찮은 시다. 연애시의 문법을 빌어 그는 우리들 가장 깊은 곳을 툭 건드리는 중이다. "생"이 "실은, 너의 사물이 넣어두고 잊어버린" 무엇이라니. 누군가 잊어버린 당신과 내가 장마보다 눅눅한 삶의 언저리를 떠돌고 있는 광경이라니. 하지만 유희경의 다음과 같은 질문법은 이 시절의 마뜩찮은 조울증쯤은 심심하게 가려줄 듯도 하다.

> 가령, 가령에서 시작해,
>
> 가령으로 끝나는 가장의
>
> 숨김 아래, 뚜껑이 닫은
>
> 너의 사물 그러니까,
>
> 가령, 지구는 자신의 그림자로,
>
> 덮인다 때로는 침묵에 의해,
>
> 달빛이 쏟아져 운다
>
> — 유희경, 「너의 사물」 부분(『문학동네』, 2012 여름)

"가령"은 허구의 말이지만 또한 잠재의 말이다. 그러므로 "부유하는 추적"인 동시에 "아무 것도 기억하지 못"하는 사태이다. "잊어버린" 것이되 점점이 떠오르는 것들은 "숨김 아래"서도 "달빛이 쏟아져" 우는 예외적 국면을 형성한다. 거기에 접변된 "너의 사물"은 그러므로 "누구든 돌진하고 있는 이 세계로 / 뒤져보듯"(유희경, 「봄밤, 참담」, 같은 책) 온다. "뒤져보듯"은 '샅샅이 찾아보듯'이나 '뒤처진 듯이' 어느 쪽으로 읽혀도 좋다. 그래야 "너의 사물"은 부재와 기억의 현상학에 들어맞는 무엇인 것이다.

아마도 이 현장은 심상한 관전만으로는 부족할 것이다. "너의 사물"로 스며들기 위해서는 "나는, 너의 사물을 매만"질 수밖에 없다. 우리는 그러니 멀리 달아나며 이쪽을 응시하는 '술래잡히기'가 아니라 "너의 사물"을 숨 가쁘게 쫓는 '술래'다. 여기서도 거꾸로 된 관전술, 그러니까 '술래잡히기'∞'술래'의 무한대가 성사되었다. "너의 사물"은 그렇다면 본디 "나"란 말인가? 그래서 "四肢는 그토록 끝나지 않은 태연"인 것인가?

가을의 미토스와 주체의 감응

2012년 가을의 시들

노스럽 프라이에 따르면 가을의 미토스(Mythos)는 비극이다. 풍요와 결실이 가을의 상투어로 떠오르는 것을 생각하면 뜻밖의 가치설정이다. 그런데 그 기우뚱한 계절의 양가성(물론 이것은 우리 삶의 시간적 서사와 상동구조를 형성한다)을 곰곰이 짚어보면 오히려 타당하다. 가을의 자아는 여름에서 도래하는 자라 순진무구하다는 것, 그러나 결국 여름의 자아처럼 꿈속에 있지 못한 채 현실에 대한 충격과 전율에 깊이 상심하여 방향 감각을 잃고 만다는 것. 사실 가을의 풍요와 결실은 언제나 푸른 계절의 가치-의미의 상실과 함께 오는 것이다. 이 자리를 벗어날 길 없는 존재의 내면은 따라서 겨울로의 진입과 함께 이별과 슬픔, 향수와 고독 따위의 허무의식으로 점점 꺼져가기, 아니 달아오르기 마련이다.

물론 비극의 주인공은 애초에는 영웅이었다. 하지만 근대 이후 비극의 주인공은 (소)시민, 바꿔 말해 '타락한 주인공'으로 바톤-터치되었다. 우리와 깊숙이 연루된 존재인 그는 타락한 사회에서 진정한 가치를 찾아가는 문제적 인물로 변신함으로써 소외의 근대를 '새로운 시민들의 합창' 공간으로 치환하고자 했다. 영웅의 잔여적 존재감을 희미하고 어렵게 각인 중이었던 시민 K는 그러나 너무나 인간적인 고뇌와 굴욕, 상실과 패배의 감각에 강제 구인됨으로써 비극적 아이러니의 수형자로 던져지기 일쑤였다.

근대의 서정시는 이런 존재의 패배나 심연에 빠져들고서야 비로소 내면성의 구원과 자유의 장치로 작동하기 시작한다는 점에서 언제나 뒤늦고 또 미약한 형식이다. 물론 갈등과 분열의 여지없는 목가적이며 순진무구한 동일성의 세계는 서정시의 기원이자 형식이며, 현재와 미래의 내용이자 궁극적 목적이다. 하지만 개성적 상상력의 예리한 유로(流露)나 통쾌한 구성없이 세계와의 자연적 조응만을 욕망하는 일은 로만스의 영웅에 봉공하는 무력한 신민으로의 회귀에 다름 아니다. 현실의 실종과 은폐는 이상이나 패배의 형국을 막론하고 퇴폐적 주체의 두려운 확산을 불러오기 마련이다. 그 순간 세계는 악마적 사제 보커(bokor)에게 영혼을 저당 잡히거나 빼앗긴 좀비들의 천국으로 문득 돌변한다.

이런 파국의 현실은 서정시로의 구원을 갈망하는 우리가 서정시의 오래된 '조응'(correspondence)에 '정동'(情動) / '감응'(感應)의 내삽이 절실해지는 지점에 서 있음을 암시한다. 번역 이전의 원어 'Affect'는 공동체 구성의 실제적 계기를 이루는 정서의 움직임과 흐름을 뜻하며, 정신과 신체의 이행 활동에 의해 슬픔과 기쁨의 두 방향을 갖는다고 흔히 정리된다. 이런 방향의 양가성은 서정시 특유의 통합의 비전에 갈등과 분열의 계기를 내재시킬 수밖에 없겠다. 그러나 이때의 균열과 차이는 소모적인 배제 행위가 아니라, '함께-있음과 맞물려 있는 부대낌'을 동시에 사는 '타자성'의 수렴 운동으로 전유되어 마땅하다.

다시 강조하거니와, 이질성과 차이성, 다의성과 복합성에 개방적인 감응은 비극적 아이러니를 정면으로 응시하면서도 현실 저편의 '푸른 꽃'을 실재로 호명하는 어떤 가능성의 약동이다. 따라서 그것은 우리 삶의 현실과 이상, 허무와 충만에 대하여 공통적으로 능동적이며 활동적이다. 우리 삶 여기저기에 스며들고 우리 몸 이곳저곳서 터져 나오는 비극적 아이러니가 과잉된 열정이나 냉정으로 파편화되지 않는 채 서로를 감싸 안는 명랑한 균형으로 활성화되는 이유가 여기 있다.

그러니 실재로든 비유로든 가을의 미토스와 접속하되 그곳의 질서와 규율에서 차연(差延)하는 우리들을 훔쳐보는 일이 중요해진다. 이것이 점점 새파랗게 질려가는 가을의, 아니 우리의 화양연화(花樣年華)를 기억하고 또 그것과 부대끼는 시의 방법이다. 좀처럼 길이 보이지 않는 기묘하고도 불안한 여행 속으로 도주함으로써 본래의 자유를 되찾으려는 시들의 운동은 때로는 뜻밖의 공황과 조롱 섞인 힐난으로, 때로는 고요한 슬픔과 우울한 활보로 현상한다. 당신과 나, 그리고 시가 더욱더 함께 있어야 할 이유가 여기로부터 말미암는다.

*

그 순간 울부짖습니다 지퍼가 열렸어요 내 가방이 미친년이 바닥에 주저앉아 버둥거리며 죽어라고 괴상한 소리를 지릅니다 머리를 가로저으며 흔들어댑니다 누가 귀 기울여도 알아들을 수 없는 이상한 나라의 말을 지껄입니다 검은 가방을 거꾸로 들고 마구 흔듭니다 구질구질한 물건들이 막 쏟아집니다 더러운 팬티에 즉석 밥에 튜브 고추장까지 아무리 찾아도 지갑이 없습니다 미치고 자빠질 일입니다 이 빼빼한 외계 여자는 어떡하죠 자신의 작고 이상하고 먼 나라로 돌아갈 수 있는 카드도 화폐도 없습니다 여권도 사라졌습니다 유명한 인형들 연주보다 더 신기한 구경거리를 보러 사람들이 빙빙 둘러서고 이 나라 수호성인들과 역대 왕족들도 재미난 듯 쳐다볼 뿐 조각상에서 빠져나오지 않네요 더 힘차게 물을 뿜으며 빙글빙글 분수대가 돌아갑니다 시청이 저렇게 클래식하고 화려해도 되나요 사람들이 거꾸로 서서 까무잡잡한 이 여자에게 손가락질 합니다 세 명의 경찰관이 걸어옵니다 저들은 은행절도범처럼 총을 지녔네요 진짜 총일까요 파란 눈에 금발 파란 제복의 인형들 같습니다 부랑자 소매치기도 저렇게 무표정하고 태연한 표정은 아니었겠지요

— 김이듬, 「더 빨리 이뤄지는 소원들」 부분(『문학과사회』, 2012 가을)

「더 빨리 이뤄지는 소원들」의 서사적 맥락은 비교적 간단하다. 이국의 시계탑 앞에서 "조잡한 군무"를 구경하며 "소박한 소원"을 빌던 '그녀'가 소매치기를 당했다는 것, 주변사람과 경찰에게 도움을 청했지만 아무도 관심을 보이지 않았다는 것, 그녀를 향한 무관심과 조롱

이 "빈 소원대로, 소원보다 더 구체적이고 새로운 경험을 하러 아직도 미쳐 있는 여자"의 몫으로 돌려졌다는 것. 그러므로 제목 "더 빨리 이뤄지는 소원들"은 아이러니이며 삶의 어긋남을 표상하는 우스꽝스런 기표이다.

그러나 거꾸로 생각하면, 이 소외의 경험은 이국종인 '그녀' 단독의 것이 아니라 '그녀'를 둘러싼 본토박이들의 것이기도 하다. 왜냐하면 그들 역시 '그녀'의 땅에 도착하는 순간 '이국종'일 것이므로. 시공간적 존재인 한 주체는 타자를, 향토와 민족 또한 이토와 이민족을 짝패로 언제나 거느리기 마련이다. '그녀'가 서 있는 광장의 분수대는 따라서 '나'와 '너'로 위장한, 그러나 '너'이면서 '나'인 '좀비'들이 서로에게 출몰하는 자리일 수밖에 없다. 이를 참조하면, '그녀'가 꿈꾸는 "신선한 삶"은 언제나 연옥의 삶, 그러니까 희망이 절망과 허무를 향해 비껴가는 비극적 아이러니로의 던져짐인 것이다.

문제는 이 실패의 위기가 단독자의 형식이 아니라 사회의 형식이라는 것이다. 왜 그런가? 어떤 군상(群像)들의 좀비화는 죄인이나 적대세력에 대한 처벌의 결과, 그러니까 그들의 생물학적 죽음에 따른 유령화의 사태가 아니다. 그보다는 훨씬 정치적이며 이념적이고 집단적인 사태, 다시 말해 공동체에 의한 보호나 권리를 빼앗기는 사회적 죽음을 암시하는 사태이다. 뜻 모를 이국어로 구원을 요청하지만 타자들의 모국어는 '그녀'를 "신기한 구경거리" 이상으로 파악하지 않는다. 이 무관심이 타자를 향한 공격성과 배제의 형식임을 우리는 낯선 곳 어디서고 직감한다. 그 강도(强度)는 대체로 어떤 집단이나 공동체의 폐쇄적 결속의 정도에 비례하기 마련이다. 그들이나 또 다른 적대자에게 추방당한 좀비들이 개인적 원한의 복수에 성급한 요괴로 등장하기보다는, 세계의 파국과 인류의 종말을 예고하는 반체제적 · 반인류적 괴물로 스스로를 실현하는 까닭이 여기 있다.

사실 소매치기 당한 '그녀'와 이를 조롱하는 내국인들을 모두 좀비의 형식으로, 또 상호소외의 실현물로 파악하는 것은 「더 빨리 이뤄지는 소원들」에 대한 주관성 짙은 과잉 해석일 수 있다. 비평가의 이런 해석은 최근 김이듬 시의 성숙한 변화와 관련된다. 세계의 변방으로 파고들던 시인의 소외와 고독, 허무의 감각은 스스로를 객관화하는 한편 새로운 소통을 개척하는 방법적 사랑으로 전유되는 와중이다. 이를테면 "나는 떠나야 해요 세상 끝으로 끌려가기 꺼려지는 곳으로"(「만년청춘」)와 같은 고백이 그렇다. 이것은 적극적 니힐리즘의 태도로 이해되는데, 오히려 실패와 좌절의 땅에서 그것을 자기실현의 조건으로 탈영토화하는 "미친년"의 반전 형상이 감지되기 때문이다. 아무에게도 이해되지 않는 "미친년"의 저 분열된 발화는 그러나 저희들끼리의 정상성과 합법적 제도를 공유하는 내국인과 공권력의 폭력성과 억압성을 폭로하고 성찰한다는 점에서 오히려 소통의 가능성을 배가하는 형식이다.

김이듬은 그러므로 더욱 "미치고 자빠질 일"이며 "자신의 작고 이상하고 먼 나라로 돌아갈 수 있는 카드도 화폐도 (여전히—인용자) 없"을 일이다. 이 부재와 상실의 지평에서 오히려 리좀적 세계로 확장하는 언어의 용기와 모험이 점점 부풀어 오를 지도 모를 일이다. 왜냐하면 이 모험은 "방대한 아이러니를 띤 끝없는 여행, 목표가 없는 편력 등의 세계에까지 우리"(프라이)와 시인을 다시 유도하는 형식이므로. 이 "보이지 않는 기묘한 여행" 속에서 시와 주체는 제 자신인 '좀비'를 뜯어먹으며 들뢰즈의 말처럼 "자유의 새로운 공간에 대한 돌이킬 수 없는 열망을 창조"하는 사태, 곧 인간 본원으로의 귀환에 항상 직면하게 될 것이다.

*

이야기하고 싶습니다 몸에 바르는 연고를 얼굴에 바르고 (연고를 바른 무릎에 얼굴을 대고 페디큐어를 바르기 일쑤였고) 코로 숨을 쉬지 못해 죽을 뻔 한다던지, 앞서 말했다시피 잊기 위해 무엇이든 세 가지 일을 하고 세 가지 역할을 맡았지만 잊혀지지 않고 시간은 터무니없이 작게 갔습니다 얼마나 욕되게 흘렀나요 눈을 떠도 피와 눈물은 그치지 않고 눈을 감아도 사라지지 않는 저는 모든 질문을 멈췄습니다 모든 사고와 의식이 그저 죽는다는 것으로 흘러갔습니다 흘러가다니요 무슨 말입니까 저는 무슨 개새끼와 같은 말을 하고 있습니까 아무 것도 흘러가지 않았습니다 밥을 먹고 저녁이 지고 아침이 오고 입에도 담기 싫은 그 일들은 생생하게 살아 제 피부와 살을 발라내고 있었습니다 질문은 그쳤습니다 제게 대체 무슨 일이 생겼냐고 묻는다면 생존과 맞바꿀 일이었으며 사람의 사랑을 죽음의 강으로 흘려보내야 하는 일이었다고 제발 모른 척 좀 해보시지

— 주하림, 「어느 장 어느 편」 부분(『문학 · 선』, 2012 가을)

자신의 시에 대하여 "제 글은 앞으로 생명을 갖지 못하므로 엉망일 필요도 능청을 떨 이유도" 없다고 고백하는 주하림의 비극적 아이러니

는 어쩔 것인가? "어느 장 어느 편" 암시하듯이, 그의 도주선은 주체의 현재가 채 재영토화되지 못한 상황에서 파편화되고 왜곡된 삶의 단편들이 범람하는 형국에 갇혀 있다. "사람의 사랑을 죽음의 강으로 흘려보내야 하는 일"은 누군가에 대한 애틋한 기억과 예의바른 애도의 박탈을 뜻한다. 이때 그어지는 삶과 죽음 사이의 경계선은, 프라이가 날카롭게 지적했듯이, "우리로 하여금 인격적인 형상을 취하고 있는 온갖 악의 원천을 목격하게 한다"는 점에서 문제적이다. 가령 이런 장면은 어떤가? "실은 내가 그의 이름을 이마에 새기고 어느 차가운 여인숙의 시체로 남아야만 마땅한 일이라고 지금도 그것을 모의하고 도모하고 있으며 그것이야말로 적어도 내가 남겨진 이유라고 될 것입니다." '나'의 형상은 보커의 명령에 따라 자아와 타자를 착취하기 위해 다시 깨어나는 불길한 시체, 곧 좀비와 크게 다르지 않다.

그렇다고 우리는 "세 가지 일을 하고 세 가지 역할을 맡"은 '나'를 보커에게 사육되고 조종당하는 살아있는 시체로 내버려둘 것인가? 가능하다면 썩어가는 육신을 오히려 자아의 고유한 영혼과 자유로운 활동의 새로운 근거지로 역상(逆想)해보는 감응의 태도가 필요하지 않겠는가? 그러니 당장의 과제는 「어느 장 어느 편」에서 '함께-있음과 맞물려 있는 부대낌'의 장면이나 순간을 천천히 그리고 치밀하게 해독하는 일이다. 인용 부분은 자아의 파편화와 사물화, 그러니까 "모든 사고와 의식이 그저 죽는다는 것으로 흘러"가는 좀비화의 다양한 편린과 혼란스런 국면에 해당한다. 이 지점만 부각시킨다면 「어느 장 어느 편」은 회복과 수정이 불가능한 존재의 상실과 파멸을 초점화한 것처럼 느껴진다.

하지만 1연의 "그 사람을 보자마자 칼로 찔렀습니다"와 3연의 "머드

쉐이크를 마시며 이봐 나를 진흙탕에서 꺼내 올려준 게 자넨가"를 몽타주하여 그 의미 맥락을 해독하면 사정은 썩 달라질 수 있다. 가해자 "나"를 "자네"로 피해자 "그 사람"을 "나"로 결속해도 좋고, "나"와 "그 사람"을 동일자로 보아도 좋다. 주체와 타자를 분리하기보다 둘을 맞물려 있는 존재로 보는 편이 감응의 역동성, 그러니까 생명(긍정)의 역능을 입체화하는 데 유리하겠기 때문이다. "나"와 "그 사람"은 가해자와 피해자로 대립하지만, 종국에는 "나"가 "그 사람"을 구하는 공생의 관계로 역전된다. 둘이 서로의 생명체를 감싸는 감응적 활동은 아이러니하게도 말 그대로의 '인간의 비인간 되기'라는 공통상황에서 말미암는다. 이른바 "아주 많은 생존에 관한 이야기"로 지칭되는 인용부의 삶은 황당하거나 비윤리적인 행위에 불과한 것들이다. 이를 통해 폭력적 성행위로 대표되는 쾌락의 타락성이 전경화되며, 거기서 비롯되는 분열된 주체와 대상의 상실 문제가 핵심 사태로 떠오르게 된다.

이 장면들은 주체와 대상들에 대한 조롱 및 풍자와 깊이 연관된다. 그래서 더 나은 삶을 성취하거나 현실모순을 초극한다는 의미에서의 '인간의 비인간 되기'와 거리가 먼 것처럼 느껴진다. "그 사람"의 시인(작가)에 대한 비판 "여자 가랑이와는 늘 끝까지 가놓고 깔끝을 들이대면 부르르 떨며 시커멓게 늘어지는 불알들"을 보면 그는 타자에 대해 매우 시니컬하며 적대적이다. 여기서 도대체 어떻게 생명체의 모든 양태들을 감싸 안는 역능의 감응을 읽어낼 것인가.

이에 답하기 위해서는 양자의 분열과 불안이 자기모멸과 깊이 연관된 방법적 부정의 의식적 결과물임을 유의할 필요가 있다. 마치 1980년대 장정일의 어떤 시들이 그러했듯이, 디스토피아를 환기하는 현실의 폭력성과 퇴폐성에는 기존 현실로부터 도주하거나 새로운 영토의 재구성이 불가능한 사태에 대한 위기의식이 반영되어 있다. 이런 디스토피아의 상상력이 상연하는 부조리극은 무엇보다 지금·여기에 대한 부정과 공격을 목표한다. 그럴수록 '희망의 원리'는 은폐될 수밖에 없으며, 세계와의 대결이 부과하는 바의 자기 공격, 즉 풍자와 냉소의 정서가 우세해진다.

그러나 자기모멸을 통한 현실의 주체와 타자에 대한 방법적 부정이야말로 "나"와 "그 사람" 고유의 시 쓰기나 삶의 역능이 발휘되는 감응의 원천이다. 양자는 삶의 진정성을 위해, 뒤집어 말하면 거짓된 시를 부정하고 허구적 자아를 파괴하기 위해 서로 죽이고 살리는 위험한 게임을 기꺼이 수행한다. 이런 본원적 욕망 없이는 "어느 차가운 여인숙의 시체로" 점차 썩어가면서도 "불속에서" "세 가지의 일을" 지속적으로 수행하는 생명의 실천 역시 존재할 수 없다. 주하림이 이후에도 모순과 부조리로 팽만한 "아주 많은 생존에 관한 이야기를 들어"어야 한다면, "그 사람", 곧 타자와의 감응을 막연히 주어진 것이 아니라 매우 어려운 발견과 실험의 결정체로 경험하기 위해서일 것이다.

*

빗물이 국수가닥처럼 거리에 떨어졌다 너도 무언가를 놓아버렸구나 수평은 손가락이 놓친 수위이기도 하지 기울어진 국수 그릇이 흘린 얼룩처럼 109동 서쪽 벽면이 동쪽 벽보다 젖어 있다 내 오른쪽 어깨가 서쪽이라면 너는 왼쪽에 있었겠지 그러니까 심장 쪽에서, 너는 후후 불어가며 나를 마시려고 한 거다 슬리퍼에서 바지락 치대는 소리가 난다 우리가 지나온 길을 따라온 발자국이다 그렇게 패총(貝塚)이 쌓였고 그렇게 죽음 쪽으로 나는 한 발짝 이동했다

—권혁웅, 「비와 칼국수가 있는 풍경」 전문(『애지』, 2012 가을)

낭만적 아이러니든 비극적 아이러니든 이것들은 이상과 현실의 분열 혹은 불일치의 정서적·언어적 결과물이다. 전자는 좌절을 도약으로 바꿀 줄 안다는 점에서 긍정의 역능에 가깝다. 반면에 후자는 패배를 상실의 트라우마로 치환한다는 점에서 멜랑콜리의 소산(所産)과 친화한다. 「비와 칼국수가 있는 풍경」은 비오는 날 제격인 칼국수의 미각을 말하지 않는다. 하필이면 '패총'을 이룬 알알이 빼먹은 조개껍질들이 전하는 상실의 멜랑콜리에 감응하고 있을 따름이다.

자아와 패총의 결속은 시인이 어디선가 인용했던 지젝의 "내가 너에게 이름을 붙일 때 나는 내가 보는 것 너머에 존재하는 네 안의 심연을 가리킬 수 있다"는 말로 환원된다는 점에서 차라리 비극적이다. 물론 지젝의 말은 현실에 구멍을 내는 언어의 힘과 위용을 표지하기 위한 발화이다. 그런데 패총의 구성자 "바지락"은 언어화되기 훨씬 전부터 "우리가 지나온 길을 따라온 발자국"으로 전신(轉身)함으로써 우리의 절대적 심연 '죽음'을 유리창의 빗물로 두드려대고 있는 것이다. 바른 대로 말해, 사신(死神)으로 도달한 삶의 일용할 양식(糧食)을 후루룩 삼키는 일은 아이러니이기 전에 생의 원리이다. 생은 죽음에 의해 키워지고 완성된다는 말은 그래서 가능하다. 따라서 "그렇게 죽음 쪽으

로 나는 한 발짝 이동했다"는 고백은 어쩔 도리 없는 심연을 향한 부질없는 항의를 무효화하는 패배의 선언에 해당한다.

자아의 '패총'에 대한 응시와 내속(內屬)은 그러나 결국은 명랑한 멜랑콜리를 발생시킨다는 점에서 화해의 감응에 가깝다. "죽음"이 툭 발화되지만 거기서 존재의 비애와 한계를 먼저 감촉할 이는 것의 없을 것이다. 오히려 문득 다가온 '죽음'이 우리 삶을 향해 던질 다원적 서사와 그 잠재성에 더 골똘해질 것이다. 이런 내면의 심화와 고양은 조작된 감정의 소산과 거리가 멀다. 그보다는 "패총"을 불러온 "빗물"과 "칼국수"를, 아니 '나'를 다시 "패총"으로 귀환시키는 태도와 방법의 산물로 이해된다. 자아는 "패총"의 바깥으로 소외하는 대신 그 내부로 스며듦으로써, 오히려 "패총"을 자아의 견고하면서 개방적인 영토로 전유중인 것이다.

가령 분위기는 거의 반대지만 「비와 칼국수가 있는 풍경」과 긍정의 역능을 공유하는 「고려 삼계탕 집에서」(『애지』, 2012 가을)를 보라. "벗은 등을 타고 뜨거운 물이 흘렀지만 / 고려장이야, / 병아리 떼 뿅뿅뿅 따라다니던 시절은 잊었어." 우리의 먹이가 된 여름닭의 비극과 그에 대한 연민이 인용부의 핵심일 것이다. 시인은 그러나 닭을 향한 동정과 비애감, 곧 자아의 페이소스는 해학의 언어를 입음으로써 날 것 그대로의 고통과 슬픔으로 파고들지 않는다. 사실 죽음은 집단에게서든 자신에게서든 가장 최후 / 최고의 주체 소외의 형식이다. 오로지 간접적 경험의 형식으로만 주어지는 죽음은 그 때문에 비애보다 먼저 극단적인 공포감을 우리 마음속에 세차게 몰아댄다. 물론 생존과 미각의 충족을 위한 음식을 두고 죽음이 가하는 공포와 멜랑콜리를 톺아 세우는 것은 해석의 적정성을 벗어난 과잉된 감상(感想 / 感傷)일 수 있다.

하지만 우리는 시인의 평범한 음식과 그에 대한 다종한 감각으로의 안내와, 그것들을 향해 발휘하는 거리화된 감정선을 통해 심연으로서의 죽음에서 문득 일탈한다. 그럼으로써 죽음과 관련된 다양한 삶의 모습과 서사, 그리고 이후의 잠재성을 골똘히 짚어보게 되는 것이다. 이는 근원적 두려움으로 치닫는 페이소스를 자아 성찰과 완성의 계기로 되돌릴 기회를 갖는다는 것을 의미한다. 죽음의 비극이 우리들의 어떤 순진무구를 향해 귀환한다면, 그것은 이 지점 어딘가에서 가능해지는 일회적 사태일 것이다. 그런 의미에서 우리는 "패총"에의 내속(內屬)이 죽음의 공포를 숨죽이려는 감응의 장치이듯이, '발가벗은 닭'에의 해학 역시 공포로 일렁이는 존재의 위기를 돌파하려는 감응의 장치로 이해할 수 있을 것이다. 이런 상황들을 종합한다면, 이후 권혁웅 시에서 음식과 죽음의 통섭이 어떤 형상과 의미를 입게 될지 궁금해 하는 일은 우리의 과욕이기는커녕 정당한 권리에 해당한다.

*

세 명의 여자들이 빠르게 걸어간다. 두 팔을 높이 흔들면서 두꺼운 다리와 배와 허리에서 출렁거리는 검은 살들이 시야를 가린다. 세 명의 여자들이 골목을 지나 거리를 지나 포장마차를 지나 춤추듯 코너를 돌아간다. 여자들은 검은 순대와 딱딱한 간을 씹으며 걷는다. 커다란 맨발로 뜨거운 식욕과 반성과 비린내를 밟고 걷는다. 어제의 잿빛 그림자를 질질 끌고 간다.

나란히 한숨을 쉬며 손뼉을 부딪치듯 동시에 흐느끼며, 누군가 멱살이 잡힐 때, 누군가의 심장이 공중에서 펄떡거릴 때, 검은 고양이가 텅 빈 관 위로 펄쩍 뛰어오를 때. 여기는, 여기는, 오늘이다. 오늘은 무뚝뚝한 흑백의 오늘이다. 여자들은 세 명이고 불가능한 세 명의 여자들이 기다란 하얀 팔을 휘저으며

—이기성, 「오늘」 전문(『현대시』 9월호, 2012)

권혁웅이 연민과 해학으로 음식을 둘러싼 죽음의 페이소스를 내면화하는 중이라면, 이기성은 거의 사물시에 가까운 방법으로 "세 명의 여자들"을 '식욕'과 '반성'의 지평에 올려놓는 중이다. 두꺼운 살집으로 보아 아마도 중년일 "여자들"은 만만찮은 삶의 압박과 생활의 중력에 휘둘리고 있다는 느낌이다. "잿빛 그림자" "한숨" "흐느끼며" "멱살" "심장" "검은 고양이" 따위는 우울한 삶의 페이소스를 눅눅하게 영사함으로써 비극적 아이러니를 한층 강화하는 형국인 것이다. 이 때문에라도 "기다란 하얀 팔을 휘저으며" 빠르게 걷는 그녀들의 동작은 삶의 연민과 우울을 향한 보란 듯한 항의처럼 읽힌다.

그러나 곰곰이 생각해보건대, 그녀들의 페이소스는 씩씩한 삶의 위장 정도로 쉽게 감쇄되지 않을 듯하다. 어쩌면 이 위장술은 삶의 파국을 잠시라도 막아보려는, 따라서 끝내는 실패로 귀결될 미래를 향한 악다구니의 일종인지도 모른다. 이를테면 "오늘은 무뚝뚝한 흑백의 오늘"과 "여자들은 세 명이고 불가능한 세 명의 여자들"에 보이는 유사성 및 인접성의 교차와 반복은 오히려 연민과 공포의 감정을 더욱 활성화한다. 그럴수록 그녀들의 두 팔은 더욱 높이 올라갈 것이며, 그에

비례하여 “잿빛 그림자” 역시 더욱 짙어갈 것이다. 그런데 이렇게 읽어도 문제는 남는다. “무뚝뚝한”과 “불가능한” 이라는 수사(修辭)의 기원, 바꿔 말해 의미 발생의 까닭이 흐릿하기 때문이다. 물론 가을로 유비되는 삶의 탕진이나 곧이어 몰아닥칠 영혼의 결빙에 따른 멜랑콜리의 심화 정도로 그 기원은 얼마든지 지목될 수 있다.

그러나 동일 지면의 「밤의 노래」(『현대시』 9월호, 2012)를 읽는 순간, 특히 “재의 그림자를 필사적으로 어루만지고 있었지 / 그리고 어두운 거리를 휘청휘청 걸어갔지”와 대면하는 순간, 시인의 존재론에 관한 고뇌가 또렷하게 부감되니 이를 어쩔 것인가. 이 시에 따르면, 세 여자 가운데 한 명이라 해도 좋을, 시인인 ‘너’는 술에 취해 오래 전에 죽은 “커다란 시체”로 제시된다. 게다가 ‘너’를 둘러싸고 “허공의 두 손 필사적으로 휘젓는 / 머리가 허옇게 센 어린 시인들의 밤”이란 구절은 ‘너’의 죽음이 시인 집단의 그것임을 지시한다는 점에서 가을의 미토스의 한 극단을 점유한다.

약간 과장하여 말하건대, 시인들의 집단적 몰살의 징후는 “풍자와 비극이 없는 밤, 그러니까 시인들의 밤”에 의해 주어지는 것이다. 존재 / 세계를 향한 풍자와 비극의 투척은, 프라이의 말을 다시 빌리자면, “혐오와 백치에 찬 저주받은 세계, 연민과 희망이 없는 세계”를 향한 공격과 저항, 그리고 절망과 패퇴의 양가적 정서에서 발생하는 것이다. 특히 후자의 정서가 전면화되면 우리들은 고뇌에의 결박을 넘어 광기의 희생자로 넘겨질 수 있으며, 그 결과 좀비화의 유력한 대상으로 서둘러 지목될 지도 모른다.

풍자와 비극의 부재에 대한 슬픈 통찰은 그러나 다음과 같은 이유로

"너의 커다란 시체"를 긍정의 역능 쪽으로 밀어갈 수 있다. 첫째, 술 취해 얼어 죽은 '너'가 '살아있는 시체'로 떠돌 수 있다는 위험한 상상은 머리 허연 "어린 시인들"의 공포감과 위기감을 극대화할 것이다. 둘째, 따라서 그들이 자연으로 돌려져야 하는 '너'에 대한 애도를 예의바르게 수행하는 동시에, 그들 고유의 세계와 언어로 다시 귀환하기 위해서는 '함께-있음과 맞물려 있는 부대낌'을 거리낌 없이 요청해야만 한다. 그렇지 않으면 "우리는 연인처럼 서로의 손을 어루만지면서 / 공중에 매달린 달처럼, 유령처럼 흔들거"리는 정도의 불비(不備)한 삶을 살 수밖에 없다.

그러니 다행이다, "무뚝뚝한 흑백의 오늘"을 "세 명의 여자들이" 함께 걷는 것은. 그러나 또 걱정이다, 그녀들이 "불가능한 세명의 여자들"인 것이. 이 비극적 아이러니를 견디고 초극하는 힘은 무언가에 도취된 찬란한 내일이 아닐 것이다. 그 힘은 당연히도 더욱 무뚝뚝해질 칠흑의 내일을 현재의 풍자와 비극 속에서 미리 예견하는 한편, "굳어가는 기침의 흔적"을 앞서 지움으로써 긍정의 역능으로 함입되는 생의 도주선을 뚫는 일일 것이다. "무뚝뚝한 흑백의 오늘"의 내면은 그래서 더욱 뜨겁다. "불가능한 세 명의 여자들"은 그래서 다양하게 잠재된 가능성으로 서로를 밀어주려고 기다란 팔을 더욱 힘차게 휘두르는 중이다. 그녀들은 물론 "파란 유리병이 넘치기 전에 / 수줍은 하얀 얼굴로" 삶과 시를 더듬거리는 이기성의 서로 다른 페르소나들이기도 하니 더욱 다행스럽다.

신파와 힐링, 그리고 '몇 번의 장례식'

2012년 겨울의 시들

힐링은 신파(新派)다?

과연 힐링(healing)의 전성시대이다. 인기방송과 베스트셀러는 어김없이 힐링 연출작들이며, 일간지는 힐링 권유자들의 나긋한 원고 취합에 바쁘다. 치유와 위로의 서사나 감각이 이토록 유행하는 것을 보니 또한 상처와 분노가 울울창창한 시절이다. 구태여 세세한 항목을 들 것도 없다. 보이느니 위로의 대상이고 들리느니 치유의 필요성이기 때문이다. 그 까닭을 크게 모아보면, 합의와 존중 가능한 보편 윤리의 위반과 파탄이 하나요, 더 나은 삶을 향한 변화의 좌절과 상실이 둘이다. 보다 문제적인 것은 변화의 급격한 후퇴 속에서 윤리의 파탄이 더욱 가팔라졌으며, 이를 향한 질책과 비판이 대개 사적인 욕망과 잘못 탓으로 돌려진다는 사실이다. 그러니 상실과 공포의 감각이 동반상승할 수밖에 없으며, 또 그러니 치유-위안과 자기계발에의 몰두가 자아를 겁박할 수밖에 없다.

그런데 이를 어쩌랴. 자기 겁박의 속도전에 휘말리는 순간 힐링은 건강한 치유의 길에서 미끄러져, 애상적 감정과 낭만적 감동 양쪽에서 쏟아지는 눈물 과잉의 '신파'(新派)로 접어들곤 하니. 신파는 근대극의 양식이기 전에 근대를 관통하는 하나의 태도가 아닐까. 신파적 인물들은 현실의 전횡성에 압도되어 개체의 분열과 파탄을 주어진 숙명으로 내면화하는 반리얼리즘적 속성을 띠곤 한다. 숙명적 자아로의 웅크림은 세계와의 관계 폐색(閉塞)과 더불어, 그것을 강제한 현실에의 순응을 삶의 원리로 치환한다는 점에서 패배와 퇴폐의 형식일 수 있다.

이를테면 최근 여기저기서 들려오는 "박모의 불통과 독단이 이렇게 심하니 이제야 벗어난 이모의 시절을 그리워하게 될 것이다" 같은 말로 대선 패배의 후유증을 냉소하는 태도는 신파적이다 못해 위악적이다. 왜냐하면 이 역시 현실의 비극성을 정직하게 횡단하기보다 타자들의 행동과 현실 구조를 맹목적으로 타매(唾罵)하는 몰이성적인 언어 행위이기 때문이다. 일찍이 근대 / 현대의 본질과 서사를 '멋진 신세계'니 '끔찍한 모더니티' 하는 아이러니의 수사학으로 표상한 것도 이런 몰이성성과 도구적 합리성 따위를 성찰하고 비판하기 위한 언어장치였을 것이다. 부조리에 둘러싸인 개인과 집단에 대한 집요한 관찰과 표현 또는 부지불식간 부조리의 일분자로 암약 중인 자기의 고발 없는 안이한 고백과 두서없는 타자 비판은 결국 더 나은 관계와 미래의 열망 없는 상투어의 일종이라는 점에서 신파를 면치 못한다.

다시 강조하거니와, 신파로 함부로 월경하는 힐링의 변질은 자기로만의 귀환과 타자를 향한 분풀이 독설의 동시적 수행에서 발생한다. 그 파생물로 발생하는 주체와 타자, 서로 다른 집단들끼리의 질시와 책망, 증오와 공격은 더 나은 삶에의 이상에 비추어볼 때 모욕적이며 파괴적이다. 힐링의 한 핵심이 개인의 명랑한 안전과 보호를 넘어, 믿음직한 타자나 집단으로의 고통스런 포월(匍越)이어야 하는 까닭을 여기서 마주친다.

물론 세속적 집단과의 일정한 거리 유지와 내면을 향한 깊숙한 침묵은 인간에 대한 최소한의 예의조차 절박해진 이 경박하고 우울한 시대를 견디는, 양식 있는 주체의 생산과 확장에 얼마간이라도 기여할 것이다. 하지만 주체의 생산이 타자나 공동체와의 관계 개선과 새로운 창출로 진화하지 못한 채 오로지 개인의 치유와 위안으로 향한다면? 몹시도 고독한 자아는 아마도 사랑과 연대의 감각을 상실한 채 생의 유지에 급급한 소극적 니힐리즘으로 더욱 빠져들 것이다. 그러니 힐링의 일차적 전제와 목표는 상처의 급급한 위로나 표면적 치유에 두어져서는 안 된다. 상처의 기원과 원인, 그 파장과 확산의 경로를 확인함으로써 상처를 객관화하는 한편 오히려 그 기억과 경험을 치유의 원재료로 새롭게 전유할 수 있어야 한다. 요컨대 상처의 원점에 해당할 주어진 현실에 직면할 수 있는 용기와 타자 / 집단과의 관계를 재구성할 수 있는 지혜의 분배가 힐링의 중요 목적인 것이다.

당연히도 이때의 경험과 기억은, 벤야민에 기댄다면, 주어진 사실성보다는 거기 연루된 사물과 기호들을 새롭게 관찰하고 재배치하는 정교한 조형술과 풍요로운 해석학의 기제로 다뤄져야 한다. 이런 작업 방식은 단선적인 상처의 현실을 넘어 그것이 발생하고 축조된 오래 과거 속의 다양한 경험들과 대면하게 만든다. 또한 상처의 현실적 치유를 넘어 그 흉터와 흔적을 무한한 '기억된 과거'와 '경험될 미래'로 동시에 파견한다. 과거와 현재, 미래의 시간지평에 대한 자아의 평등하며 동시적인 결속은 우리가 미처 경험하거나 살펴보지 못한 세계의 구조와 감각, 그에 대한 주체의 인식과 이해를 깊고 풍부하게 한다는 점에서 힐링의 본질과 기대에 값한다.

상처의 현실을 부풀리고 슬픔의 감각을 과잉 부종(浮腫)시키기보다 상처를 둘러싼 시공간적 성좌를 역사화하는 동시에 미래화하기. 이 냉정한 현실감각은 궁핍한 시대의 시와 힐링이 서로를 넘나들며 불우한 우리를 향해 던지는 '범속한 트임'의 토대를 형성한다. 이 깨우침은 충분히 개성적인 동시에 개방적(공공적)이라는 것, 가장 일상적인 것에서 가장 초월적인 무엇을 상기(想起)한다는 점에서 아름답고 위대하다. 사실 이런 심미적 이성의 실현과 충족이야말로 시와 힐링의 공통성이자 결정적 국면이 아니겠는가.

어딘지 비밀스럽고 또 일탈적인 죽음의 경험과 상상의 시편들을 서로 마주케 하는 것도 상처와 결여 속에서 탄생하는 존재의 범속한 트임과 관계의 재결속을 엿보고 싶은 마음 때문이다. 이 죽음의 환상곡과 변주곡들은 그러니 슬프지 않고 명랑하며 둔중하지 않고 경쾌하게 듣고 읽어야 한다. 하지만 명랑과 경쾌는 죽음의 현실을 뚫어져라 응시하는 방법적 사랑과 부정의 한 형식이다. 그러므로 그 내부에는 "환멸의 구름"을 고통스럽되 아름답게 밀어내는 "푸른 저녁"의 흐름과 움직임이 동서(同棲)한다.[1] 이 양가성에의 통합적 참여를 힐링의 기초문법으로 호명하기 위해 우리는 몇 편 장례식 풍경의 동시상영과 이질적 가치화를 함께 진행할 것이다.

---

1 차례로 기형도의 「이 겨울의 어두운 창문」과 「어느 푸른 저녁」의 일절이다.

장례식 1 — 내파(內波)하다

'죽음'과 '장례식'을 이야기한다고 해서 심각할 필요는 없다. '죽음'의 의미와 담론만큼이나 '장례식'도 시공간과 생활문화, 종족과 관습, 종교와 정치경제의 조건에 따라 그 행위와 의미가 다양하다. 경건한 애도와 신명난 축제, 숨 막히는 고통과 영원한 안식, 영원한 단절과 영속성의 회복 등등 다양한 태도와 방법으로 우리는 죽음을 존재의 완성이나 또 다른 시작으로, 아니면 인간 능력 밖의 허무적 심연으로 의미화해 왔다. 누군가는 이것을 하이데거처럼 '죽음에 대한 부단한 안도'와 '도피'의 형식으로, 또 누군가는 삶의 덧없음과 직접체험 이전의 죽음을 고통스럽게 대면하기 위한 장치로 받아들일 것이다. 물론 생명에 대한 간명한 이해, 그러니까 시간과 자연의 원리에 순응하는 법칙으로 투명화화하는 경우도 있겠다.

이런 차이들은 '죽음'을 에로스로 생환시킬 것인가 아니면 타나토스에 귀속시킬 것인가 하는 양가적 고뇌와 욕망의 산물이겠다. 혜안이 빛나는 『죽음』(2012)의 저자 임철규의 정리대로, 우리는 "사랑(생명 — 인용자)에 의한 죽음의 정복과, 죽음에 의한 종국적인 사랑의 패배"라는 선택지 앞에서 불안에 떠는 한계인들이다. 영원과 허무의 실존성이 발생하는 지점이다. 하지만 죽음의 제의가 영원과 사랑에 입 맞춘다 해도 그것은 죽은 자보다는 산 자를 위로하는 기억과 애도의 방식이었다. 이 제의의 연면한 실행은 산 자들의 불안과 허무를 다독이는 한편 죽음 속 평화에 대한 신뢰를 한층 더하였을 것이다.

그런데 우리 일상에서 삶과 죽음의 대립은 생각만큼 선명하지도 뚜렷하지도 않다. 오히려 이것들은 서로 뒤섞인 채 서로의 얼굴을 양보하거나 참칭하는 모순의 태(態)인 경우도 허다하다. 이를테면 낱낱이 해체 중인 "거대한 소 한 마리"는 가련한 죽음의 상징인가, 그저 심상한 물적 대상인가, 아니면 세계에 던져진 우리들인가, 그도 아니면 새로운 생명의 매개체이거나 이 모든 관념과 비유를 파탄 내는 끔찍한 무엇인가.

우리는 방금 전까지도 모르는 사이였는데
어두운 뱃속에서부터 알던 사이 같다
어디서든 대중교통과 대중음악에 실려 왔기 때문일 것이다
어두웠기 때문일 것이다
내가 보이지 않았기 때문일 것이다
거대한 소 한 마리가 해체되고 있기 때문일 것이다
빈 접시를 들고 있기 때문일 것이다

—김행숙, 「소」 부분(『문학사상』 1월호, 2013)

시적 대상 "통째로 구운 소 한 마리"는 사실인 동시에 상상일 수 있다. 실재와 허구의 구분이 중요치 않은 것은 죽은 소가 영원히 기억된 과거, 다시 말해 근원적 과거를 호명하는 방법이자 매개인 까닭이다. "빈 접시"를 든 '우리'들은 섭생을 위해 모였을 따름이다. 그런데 먹음직스런 쇠고기는 '우리'가 "죽은 적이 있는 것 같"은 "옛날 사람"일지도 모른다는 존재의 기원과 역사를 문득 물어들인다. 생의 먹잇감, 즉 죽음의 냉기가 그것으로 켜켜이 쌓인 '우리'의 삶을 역사화하고 현재화

하는 현장인 것이다.

이 장면은 윤회론의 시적 구현보다는 차이로 현상되는 죽음과 삶의 동일성을 이야기하는 것처럼 느껴진다. 죽음의 감상이 명랑한 까닭은 현재적 자아의 개별성을 보장하되 유적(類的) 존재로 자아를 귀환 또는 회생시키기 때문일 것이다. 따라서 김행숙의 "장례식장"은 현재의 밀실이기 전에 유적(類的) 역사의 광장이다. 그러니 "우리는 죽은 사람들을 통해 소개받았어요"(「몇 번의 장례식」, 『문학사상』 1월호, 2013)[2] 역시 "장례식장" 특유의 소통 문법이 아니다. 어쩌면 그것은 죽음을 삶으로, 허무를 충만으로 속량 받으며 거듭 살아가는, 아니 죽어가는 우리 삶의 본원적 국면과 관계 맺기에 대한 암유일지도 모른다. 이런 점에서 "통째로 구운 소 한 마리"는 '장례식장'의 이미지와 중첩된다. 왜냐하면 죽은 소 역시 망자와 마찬가지로 "알 수 없는 길들이 모여"(「소」)들게 하는 유적(類的) 관계의 개방적 처소이기 때문이다.

누군가 나를 찢고 달아날 때마다 나는 매번 다른 사람이 되지요 나는 뺨이 붉은 소년이었다가 잇몸만 남은 노인이었다가…… 지금은 철길 위에 꼼짝없이 묶여 있네요 경쾌한 기적을 울리며 기적 없이 다가오는 것들, 바퀴가 끌고 갈 나는 어떤 모습일까요 토막 난 허리를 상상하면 거짓말처럼 배가 고파요 얼굴을 뒤적이다 가는 고양이들

— 안희연, 「줄줄이 나무들이 쓰러집니다」 부분(『창작과비평』 2012 겨울)

---

2 본고 제목 속의 '몇 번의 장례식'은 여기서 빌려온 것이다.

영원한 '기억된 과거'는 그것과 관련된 존재 및 세계를 '연민'의 대상으로 떠올린다. '연민'는 '애처로움'이나 '불쌍함'을 초월하는 어떤 감각이다. 만해의 '기뤄다'처럼 대상에 대한 존중과 이해, 공감을 모두 포괄하는 한편 거기서 일탈된 존재와 새로운 관계를 모색하는 연대의 감각이다. 이를 향한 "알 수 없는 길들이 모여"드는 '장례식장'은 따라서 애도를 넘어 과거와 미래의 지평에서 '나'를 발견하고 창안하는 내파(內波)의 공간이다. 여기서 '다른 나'와 문득 조우하는 안희연은 새로운 자아와 관계의 탄생을 사랑과 치유가 아니라 불화와 상처의 몫으로 돌리고 있다. 스스로를 타자에게 찢기고 먹히기 쉬운 '잘 구워진 소'로 제공하고 있다고나 할까.

타자의 모습으로 변신하는 '나'의 죽음은 어떤 인신(人身) 제의를 문득 떠올리게 한다. 인신제의는 엄밀히 말해 숭고에서 핍박의 형식으로 점차 변질되어 왔다. 집단의 안정과 보존을 위해 벌거벗던 숭고한 사케르(sacer)들은 점차 권력의 사유화 / 계급화에 봉공(奉公)되는 "통째로 구운 소 한 마리"의 처지로 강등되고 징발되었다. 역사적 모더니티의 폭력과 권력에 의해 고유한 목소리를 빼앗기고 제약당하는 하위주체(subaltern) 전반은 식민 상태의 '벌거벗긴 생명'에 가까운 존재들이 아닐 수 없다. 이들이 주권을 되찾고 자기를 재구성하는 기초문법은 자기의 주장에 앞서 세상에 대해 질문하는 법을 먼저 배우는 것이겠다. 그럼으로써 그는 구경거리와 희생물의 처지로 전락한 자아의 소외현상과, 그것을 한층 강화하거나 아니면 약화시킬 타자들의 생명정치를 객관화할 수 있을 것이다.

김행숙은 자아의 주권을 존재들의 본원적 관계가 실현된 '기억된 과거'에서 찾았다. '잘 구워진 소'로 자아를 내주고도 그 감각과 언어가 오히려 발랄하며 경쾌한 이유일 것이다. 이에 비하면 안희연은 고유한 목소리의 발화를 위해 상징성 짙은 상처와 죽음으로 투기(投企) 주이다. 누군가에게 찢겨진 나는 "다시 빛나는 눈을 가진 맹인"(「줄줄이 나무들이 쓰러집니다」, 이하 같음)으로 변전된 상태다. 비록 '맹목'에 처해졌으나 그것의 본질은 지혜와 통찰이다. 그러나 역설적이게도 이것은 자아가 언제나 과정과 지속의 운명에 처해졌음을 뜻한다. 그럴법한 것이 비록 꿈속이지만 "줄줄이 나무들이 쓰러"지는 죽음의 땅을 횡단하거나 "양팔을 벌리고 검은 해일을 안"는 "주인공"이 '나'이기 때문이다.

시인이나 우리가 이 끔찍한 사태를 벗어나 새로운 현실로 도약하기 위해서는 오딧세이가 그랬듯이 스스로를 묶고 세이렌의 노래를 견디는 수밖에 없다. 찢겨진 주체의 새로운 형상이 지혜로운 장님인 까닭이 여기 있다(김행숙의 "우리" 또한 누구나의 '목소리'를 거부하며 '기억된 과거'의 목소리를 듣는 영매(靈媒)적 존재들이다). 따라서 시인들이 현재 작성 중인 "진짜 죽음이 와도 완성하지 못할 긴 편지"는 전쟁 후 승리의 서사이기 전에 전쟁 중 악전고투의 서사여야 마땅하다. 복기(復碁)가 회고벽(回顧癖) 아닌 냉철한 미래기획의 일종이듯이, 상처와 고투의 기억과 성찰 역시 궁극에는 "벽에서 태어난 새들의 날갯짓 소리"를 보고 듣기 위한 미학적 모험이자 실천이기 때문이다. 김행숙과 안희연의 시에서 치유가 봉합이 아니고 내파이며, 충족이 완성(완료)가 아니고 추구(과정)인 까닭이 여기서 찾아진다.

장례식 2—분열(分裂)하다

우리 시대의 모더니즘은 통합적 개성의 불능과 세계의 불확실성을 미학적 전제로 삼는다. 이럴 경우 문학예술은 외부현실을 내다보는 재현의 창이기를 그치며, 분열된 세계의 형상을 주어진 실재로 구성하고 표현하는 방법으로 전환된다. 작가들은 여기 대응하는 자아의 내밀한 주관성을 드러내는 한편 부재하는 본질에 대한 욕망을 드러내기 위해 대상과 언어에 치밀한 조작과 왜곡을 가하곤 한다. 이런 행위는 일정한 흐름을 포획하고 한정하며 코드화하는 질서의 패턴화에서 벗어나, 주체와 대상을 불확실하며 분절된 유동성의 세계로 밀어 넣는다는 점에서 일종의 '탈영토화' 전법에 해당한다.

이를 참조하면, 스스로의 내면을 찢는 '내파'와 통합적 개성을 거부하는 '분열'의 감각 또한 탈영토화의 실천이다. 물론 탈영토화는 세계의 반논리성과 주체의 부조리를 예각화하기 위한 미학적 조작이나 유희에 멈추어서는 안 된다. 들뢰즈의 말을 빌린다면, 그를 통해 "도래할 실재, 다른 종류의 실재"를 다성적으로 구성하고 표현하는 '재영토화'의 실천에 가닿아 마땅하다. 이런 의미에서 자아의 찢김을 '지혜로운 장님'의 탄생으로 재구성한 김행숙과 안희연의 언어는 탈영토화인 동시에 재영토화의 실천으로 이해될 수 있겠다. 이와 비교한다면, 김상혁과 백은선의 분열적 내면과 시선은 죽음의 탈영토화에 보다 집중되어 있다. 현실모순에 대한 냉담한 거부와 죽음의 사물화를 "자유의 새로운 공간에 대한 돌이킬 수 없는 열망"(들뢰즈)으로 전유하는 탈주선이 돋보이기 때문이다.

베로니카가 우리에게 올 수만 있다면…… 19세기에 비루했던 하얗고 아담한 베로니카가 조용한 실내에서 자기를 뽐내기 위해 저 문을 밀고 들어온다면…… 벽돌 쌓기를 마친 베로니카는 정말 그렇게 했다. 정말 베로니카는 그렇게 했다니까. 베로니카와 철수와 영희는 친구였으므로 그날도 카페에 앉아 떠들며 욕을 지껄이고 있었고, 그들을 향해 19세기엔 벽돌을 쌓았고 이제 학생이고 이제 쿵쾅거리는 베로니카가 다가왔다. 베로니카의 벽들은 수세기가 지난 뒤에도 비와 추위로부터 어떤 사람들을 보호하고 있다. 그리고 지금 그녀는 어떡해야 너희들 마음에 들 수가 있는지 모르겠다며 울고 있었다.

—김상혁, 「베로니카와」 부분(『문학동네』, 2012 겨울)

아마 철수와 영희가 그랬듯이 베로니카는 서양의 흔한 이름 가운데 하나일 것이다. 그들의 삶이 평범한 노동자와 학생, 일상인의 범주를 벗어나지 않는 것도 호명의 문법과 밀접히 연관될 것이다. 이들의 자유와 해방을 위한 탈주선은 그러니 특출날 것도 없다. 19세기와 21세기로 분절된 서로의 삶을 소통의 상태로 통합하려는 욕망 정도이다. 따라서 시공간의 통합은 변혁을 위한 연대보다는 삶의 불확실성을 제거하려는 본능적이며 사적인 결속에 가깝다. 이들의 결속은 현실의 변혁에는 무력할지 몰라도 존재와 세계의 다면성 추구에 꽤나 유효할 듯싶다. 왜냐하면 주체 내 타자성의 승인은 세계를 상대적 전망으로 구성된 무엇으로 참조하는 시각을 허락하기 때문이다.

하지만 이들의 탈영토화는 세계의 재구성에 채 가닿지 못했다는 점에서 문제적이다. "그들을 향해 19세기엔 벽돌을 쌓았고 이제 학생이고 이제 쿵쾅거리는 베로니카가 다가왔다"에서 보듯이 통합의 실질적 주체는 베로니카이다. 전통과 현대의 통합이라 해도 좋을, 시공간을 초월하는 베로니카의 탄생은 철수와 영희의 삶 역시 그곳으로 간단히 도약시킬 듯하다. 하지만 베로니카의 울음은 타자성의 수용이 난제(難題)임을, 따라서 철수와 영희의 갱신 역시 위기에 처할 것임을 암시한다. 아마도 개인성의 위기는 이들을 "영영 후회하는 상태"와 "영영 이별하는 상태"에 "사로잡힌 삶"을 전면화하는 허무주의("지킬 것이 없는 마음의 겨울")[3]로 밀어 넣을 것이다. 그러니 이들의 울음이나 동사(凍死)는 육체적 고통과 결빙보다는 심리적 파행과 결빙의 결과물에 보다 가까운 것들이다. "여왕님의 애인은 누구인가"라는 타자의 호명이 특정 애인의 지시보다 관계 절연의 위기를 호소하는 절망적 음성으로 느껴지는 것도 이 때문이다.

> 활동하기 좋은 청각을 찾아냈어. 놀라지 마. 너도 갖게 될 거야. 관 뚜껑을 망치질하는 소리, 네 몸속에서 물 흐르는 소리, 거울이 간직한 날숨의 흔적. 우리는 봤지. 쇼케이스에 진열된, 가죽을 벗겨낸 소머리들. 동그란 눈, 감기지 않는 빛. 나는 그걸 찍었다.
>
> 우리는 서로의 굴뚝, 척추는 점점 더 많은 각도를 분실했어. 기상관측소의 구름과 계기판처럼. 천장에 매달린 유리잔은 왜곡을 즐겼고, 가까워지는 불이 나를 돕는다. 눈먼 올빼미, 올, 올, 놀러 가고 싶은 날씨야. 쌓여 있

3 이상의 세 구절은 김상혁, 「여왕님의 애인은 누구인가」, 『문학동네』 2012 겨울.

는 머리통들. 삼켜지는 머리통들. 망각, 망각, 떨어져 있는 잎처럼 결사적으로. 멀리 있는 것들.

— 백은선, 「나이트크루징」 부분(『현대문학』 1월호, 2013)

나이트크루징. 야경(夜景) 유람이나 탐험으로 번역될 수 있는 말이다. 세계의 은밀한 속살과 거기서 불거지는 어떤 환영(illusion)은 충분히 매혹적이다. 여행과 영화, 대중가요의 테마가 되고 있는 것을 보아도 "활동하기 좋은 청각"을 유혹할 만한 무언가가 잠재되어 있다. 백은선 표(票) "나이트크루징"의 순례지는 "회색빛 건물"로, "식별할 수 없는 줄기들, 불투명한 공기"가 가득 찬 곳이다. 언뜻 보아도 침묵과 은폐, 다시 말해 부재나 불확실의 공간이니만큼 환상의 기제가 작동하기 쉬운 환경이다. 과연 "우리"가 상상하고 경험하는 환영은 그로테스크하며 타나토스의 이미지에 가깝다. 물론 이 죽음에의 감각 역시 하나의 방법이다.

로즈마리 잭슨에 따르면 환상은 양가적 기능을 동시에 수행한다. 하나가 욕망에 관해 말하거나 명시하는 것이라면, 다른 하나는 문화적 질서와 연속성을 위협하는 욕망을 추방하는 것이다. 「나이트크루징」은 위반을 향한 자아의 충동을 폭로함으로써 현실의 모순과 장애를 예각화하는 중이니 전자의 유형에 가깝다. 사물화된 "머리통들"과 "망각"의 이미지는 폭력적 현실이 야기한 억압과 결핍을 표상할 것이다. 백은선은 억압과 결핍을 완미한 충족의 상상보다 부재와 상실을 통해 보상하려 한다는 점에서 환상의 문법에 충실하다. 시인에게 주어지는 보상은 그러므로 안정과 정화 따위일 수 없다. "나를 관통하는 회색의 놀라운 번식력"과 "물속에는 늘 뒤집힌 도시"를 발견하는 검붉은 재앙의 눈이 보다 타당하다.

하지만 "창백한 목덜미들"("머리통들"이 삼켜진 상태일)로 상징되는 이 파열 / 파멸의 실존은 패배의 니힐리즘과 가깝지 않다. "다음 구역은 어디지?"라고 묻는 이동과 위반의 연속성은 자아를 '보이지 않는 것들'에로 무섭게 견인 중이다("눈으로 볼 수 없을 만큼 작은 것들을 생각해"). "나이트크루징"은 그러니 존재를 끊임없이 이질적이며 혼돈스런 변이들의 영역으로 밀어갈 것이다. 꽤나 어지러울 법한 자기변이는 개성적 통합을 끝내 저해한다는 점에서 위험하다. 하지만 잠재적 복수성(複數性)을 삶의 원리로 함입한다는 점에서 역능(力能)적이며 다성적이다. 자신의 형상이자 일부일지도 모를, 아무렇잖게 살해되어 전시 중인 "소머리들"과 "머리통들"을 감상하며 오히려 "활동하기 좋은 청각을 찾아"내는 감각의 도약은 이런 자기 파문(波紋 / 破門)의 확장과 밀접히 관련될 것이다. 차후의 "나이트크루징"에서 "점점 더 많은 각도를 분실"함으로써 되레 "멀리 있는 것들"의 내밀한 탄성과 울음을 울려 듣는 감각의 분배가 성숙할 이유와 조건이겠다.

장례식 3-대면(對面)하다

오늘날 한국시의 서글픈 아이러니 하나. 시의 창궐은 오래되었으나 시의 죽음은 눈앞의 현실이라는 풍문. 이를 간파 중인 시인들의 '내파'와 '분열'은 파행의 모더니티를 향한 미학적 대응의 일환이겠다. 이들의 시적 행동은 세계의 이질화를 통해 새로운 심미적 가치를 발견하며, 유진 런의 말마따나 "모두가 함께 할 갱생에의 고통과 열망을 드러냄으로써 '인간성'(의 본원—인용자)에 다다르려는" 욕망과 노력의 일환이다. 역설적 의미의 '눈빛'과 '청취'가 이들 탈주선의 주요 전략이자 방법이었음은 이미 본대로다.

이 감각의 갱신과 분배는 그러나 대상의 비명소리를 예민하게 포착하여 주어진 사실로 반영하는 작업으로 종료될 수 없다. 그것은 필연적으로 비명소리의 미학적 발산과 표현을 통해 '해방된 불협화음'의 자유 추구로 나아가기 마련이다. 순진무구한 개인성의 탐색과 표현이 불가능한 현실에서 시인의 자유는 소통을 갈구하는 자아해체의 고통스런 기억과 그것의 다면적 구성에 존재할 따름이기 때문이다.

> 저울에 올려놓을 수 없는 표정
> 재난을 입은 구름이 버리지 못한
> 잘 사용하지 않는 명함 뒷면
> 내내 쇠약한 논쟁을 닮아가는 대중버스
> 뜨거운 배기통 더러운 성격 매연 막스 베버
> 차가운 입술을 데우는 커피와 물 프림
> 이웃사촌 끼리 질문할 수 없고
> 순결을 복수해버리는 이해 불가능한 근친
> 커피 프림 설탕 서정 설탕 프림 커피
>
> —이기인, 「우연의 자판기」 부분(『현대시』 1월호, 2013)

'자동판매기'를 성찰이 거세된 매춘부와 황금교회로 사물화한 이는 최승호였다. 판매기에 길들여진 자아의 비판이 점점이 박혀 있으나, 「자동판매기」의 핵심은 상품경제의 만능과 권력에 대한 공포와 저항의 양가성 표현이다. 이기인의 「우연의 자판기」는 현재의 상품경제가 "순결을 복수해버리는 이해 불가능한 근친"에 이를 정도로 절대적 권력과 폭력의 집행자가 되었음을 고지한다는 점에서 「자동판매기」를 계승하는 동시에 넘어선다. '우연의 자판기'의 권력은 대상의 사물화를 넘어서는 달콤한 믹싱 능력, 이를테면 "커피 프림 설탕 서정 설탕 프림 커피"로 상징되는 "모든 혼합물"을 동시에 사정하는 기술에서 창출된다.

그런데 어딘가 이상하지 않은가, "혼합물"의 중심과 관계의 핵심이 서정이라니. 그렇다, 「우연의 자판기」는 가장 타락한 상품경제의 모델과 실재를 "서정", 곧 시와 시인에서 체감 중인 것이다. "가로세로 크기가 비슷한 사어 시집 상자"니 "글자들을 구입하고 남은 바지 속 동전"이 하는 비유는 개성 없는 시집의 편리한 창출과 회전, 소비를 동시에 지시한다. 물론 비감한 사태의 기원은 "저울에 올려놓을 수 없는 표정"으로 '가성(歌聲)의 화협음' 남조(濫造)에 흥분 중인 어떤 시인들이겠다. "어쩌다 태어난 말줄임표 감정"과 "벼랑 끝의 조화 뿌리 굵은 철사"는 이들의 시가 세계의 다면성 추구나 다양한 각도 속에서의 심미성 창조와 애초부터 격절되어 있음을 암시한다.

물론 이런 반론도 가능하다. "말줄임표 감정"이나 "벼랑 끝의 조화"는 현대미학을 향한 상호텍스트성의 긍정적 도발과, 또 다른 의미의 불협화음의 창출 현장이 아닌가. 상호텍스트성은 말의 기원과 개성적 창조를 독점해오던 음성중심주의의 오랜 관념과 권력을 상대화했으며, 근대 이후 세계 이해와 표현, 의미의 기원과 가치, 해석의 종결자로 문득 등장한 저자의 죽음 역시 현실화했다. 말의 절대성과 단일성의 해체가 세계와 주체 내부의 이질성과 복합성, 에크리튀르의 자율성과 평등성의 수렴과 확장에 크게 기여했음은 부정할 길 없는 이 시대의 진실이다.

이를 고려하면 기존의 허위의식에 대한 거부와 악몽으로 일컬어질 법한 불협화음의 배치를 통해 노동시의 새로운 국면을 개척 중인 이기인이 상호텍스트성의 역능에 냉담할 리 없다. 최승호의 「자동판매기」 호명도 이와 관련되거니와, 이기인은 누구보다 미학적 행위와 형태, 재료에 대한 예민한 감각과 성찰을 그 특유의 아이러니의 토대로 삼고 있다. 과연 그는, "자판기 소수 언어의 이미지 편집" "회복할 수 없는 수상한 자아 검열"이 환기하듯이, 불협화음의 다성성과 리좀적 성격에 무지한 채 "차가운 입술을 데우는 커피와 물 프림"에 열광 중인 "소모되는 시인"의 적발과 야유에 「우연의 자판기」를 바치고 있는 것이다. "구겨지지 않은 종이컵 원고지"와 그럼에도 "아직 얇은 종이와 컵의 가벼운 관계"가 명랑하게 발설되는 날, "우연의 자판기"는 서정시의 재영토화를 향한 멋진 시장(市場 아닌 詩場 / 詩章!) 열어젖히며 우리가 남겨둔 "바지 속 동전"을 달콤쌉싸름한 커피 값으로 요구할 것이다.

> 억울하게 능멸 당했던 시간을 곱씹다보면
> 지루하고 질긴 살 거죽을 벗어 던질 수 있겠지요
> 당신은 시 한 구절이 정치를 깨트리는지 아십니까?
> 램프 불의 심지가 가물가물 사위어가는 동안,

나는 또 먼 미래로 캄캄히 떠내려 갈 거예요

북미의 지명을 수첩에 빼곡히 적고 있을 때

일광의 끝이 번쩍 빛나듯 지도책이 환해집니다

—이병일, 「마야코프스키의 방―죽음의 여행경로」 부분

(『문학·선』, 2012 겨울)

마야코프스키는 혁명의 시인이기 전에 '대중의 취향에 따귀를 갈기라'며 미적 혁신과 전위를 추구해간 러시아 미래파의 주요 분자였다.[4] 요란한 과장과 모욕, 허식이 빛나는 그의 풍자는 권력의 화음으로 타락한 "세상의 굉음들에게 경멸하는 소리"로서 매우 유쾌하고도 날카로웠다. 혁명의 볼셰비키화 속에서 권총 자살로 삶을 마감한 그는 시인을 "서정시의 실체이며, 세상을 제일 먼저 몸으로 체험하는 사람"으로 새롭게 규정했다. 요컨대 시인은, 김혜순 시의 한 음절대로 "첫"의 발견자요 실천자라는 점에서 기성의 시점에서 본다면 언제나 불온한 '해방된 불협화음'의 발화자인 것이다. "나는 또 먼 미래로 캄캄히 떠내려 갈 거예요"라는 이병일의 고백은 그러니 마야코프스키의 음성이 아니고 그 무엇이겠는가.

이런 관점에서 "죽음의 여행경로" 역시 삶의 본질로서 '죽음'의 탐구이기보다 미적 혁명의 모색을 지시하는 말에 가깝다. 이를테면 "오늘도 아무런 개연성도 없고 / 오류에 젖은 책들을 너무나 많이 읽은 탓에 / 이 세계는 돌연 저 혼자 고요하게 희미해집니다"라는 고백을 들어보

4 마야코프스키의 삶과 미학에 대해서는 알라딘서재 '신체강탈자의 오후' 운영자 poptrash의 「시인은 무엇과 함께 죽는가」를 참조했다(http://blog.aladin.co.kr/poptrash/5571652).

라. 개연성 부재와 오류의 과잉에 대한 비판에서 누군가는 총체성에의 의지를 먼저 떠올릴지도 모르겠다. 그러나 "얼굴 없는 혁명의 손" "미로의 흰 빛" "이방인" 같은 탈주의 언어는 "오래전 잃어버린 비명", 다시 말해 갱생에의 고통과 열망의 드러냄을 통한 본원적 인간성의 추구가 "죽음의 여행경로"의 주요 기착지임을 충분히 암시한다. 따라서 그 "여행경로"는 현실의 초월이 아니라 현실로의 귀환, 비유컨대 "삐죽삐죽 우울한 활자 돋아있는 듯한 책갈피"로의 참여와 대면을 위해 작성된 것이다.

그렇다면 이병일은 '해방된 불협화음'이 쟁쟁거리는 현실로 내속되기 위해 "죽음의 여행경로"에 어떤 좌표를 어떤 방식으로 찍어가고 있을까. 자아는 "먼 미래로 캄캄히 떠내려 갈 거"라고 말했지만, '미래'의 좌표는 "억울하게 능멸 당했던 시간", 그러니까 고통스런 과거의 기억과 애도에 찍히고 있다. 미래-도약을 과거-귀환으로 치환하는 죽음-여행의 좌표는 누군가처럼 "낯선 시선으로 모딜리아니의 목선을 훔치"는[5] 대신 "모딜리아니는 당신의 목선으로 들어가 영원히 슬픔이 되는" 순간으로 스며들기 위한 것이다.

타자성 수용의 진면목을 보여주는 이 장면은 "목은 직선의 세계로 이탈하지 못"하게 한다는 점에서 자아의 관찰과 갱신에 주요한 역할을 한다. 자아 스스로를 타자로 규정하고 관찰하기("목은 얼굴이란 총알 한방을 장전중이야"), 그럼으로써 "가장 가볍고 가장 유연한 자세를 취하"기. 자아의 개방은 세계와 시간의 확장인 동시에 수렴이 아닐 수 없다. 그

---

5 이병일, 「모딜리아니는 기린族」, 『문학 · 선』 2012 겨울. 아래 인용도 같다.

에 따른 지속적 변화와 성숙은 "지루하고 질긴 살 거죽을 벗어 던"지게 하며 "시 한 구절이 정치를 깨트리는"(「마야코프스키의 밤」) 미적 혁신의 가능성을 밀어 올린다. 방법적 죽음이 삶의 구경(究竟)을 훔쳐보게 한다는 판단이 가능한 지점인바, 시를 통한 힐링의 가장 빛나는 부분은 여기 어딘가에서 찾아질 것이다.

치유는 흔적(痕迹)이다!

변화와 희망이 좌절되는 현실은 상실과 공포의 감각을 일상화하곤 한다. "오래된 시대"가 "뜬 눈으로 내 영혼을 드나"(「마야코프스키의 방」) 드는 기이한 장면의 출현과 목도는 내상(內傷)이 깊어가는 자아의 형상과 상통한다. 이에 대한 성찰 없는 분노와 슬픔은 변화 지점의 포착과 대응 전략의 수립을 저해하기 십상이다. 하나의 방책으로 곧잘 취해지는 현실외면은 주어진 부정성 역시 외면하게 된다는 점에서 현실순응과 그리 멀지 않다. 이 틈을 파고드는 패배감과 위안의 이상한 결속은 내면의 치유보다 왜곡을 심화시킬 위험성이 더 크다. "껍질"과 "거품"의 속출에도 불구하고 "이야기"와 "숨"을 더욱 갈망하는 목소리가 호소력 넘치는 까닭도 이 때문이다.

삼 년이 지나고
밤새 눈이 내려 쌓여도
심장과 머리카락이 뒤엉켜버린 이야기를 듣고 싶다 그러나

껍질이 나온다

숨을 쉬고 싶은데 거품이 나온다

— 김지녀, 「너는 하나의 사과」(『문예중앙』, 2012 겨울)

세계의 핵심을 파고드는 "이야기"와 존재를 지속시키는 "숨"은 자아의 보존과 지속에 필요한 기본요소들이다. 자아는 "이야기"를 통해 세계와 소통하며 "숨"을 쉼으로써 생명을 유지한다. 이야기의 청취를 타자성의 수렴으로, 호흡을 동일성의 보존으로 치환할 수 있는 이유들이다. 하지만 수렴은 개방을, 들숨은 날숨을 그 조건으로 요구한다는 점에서, 김지녀의 표현을 빌린다면 "하나의 사과"인 것은 "너" 뿐만 아니라 "나"이기도 하다. 이런 동시성과 공통성은 '너'와 '나'의 통합이 '같음'의 맹목적 결속보다 '다름'의 성실한 교환에 의해 완성되는 것임을 알려준다.

중요한 것은 그러므로 "시공간이 한 단어에 다 모였다"[6]는 이미 결정된 '사실'이 아니다. 이것은 "같은 공간 다른 시간에서 다른 음악을 같은 기분"으로 듣는 '소통'의 위력을 결코 추월할 수 없다. 차이들의 기묘한 결합과 흐름은 과거를 '흔적'으로 정지시키는 대신 '과거의 흔적'을 현재화한다.

십 년 전 오늘의 일기를 읽는다. 날씨는 맑음. 십 년 후 오늘은 비가 내린다. 오늘에서야 비가 내린다. 지우개 자국을 골똘히 바라본다. 결국 선택

6 오은, 「아찔」, 『세계의 문학』, 2012 겨울. 아래 인용도 같다.

받지 못한 말들, 마침내 사랑받지 못한 말들이 있다. 다만 흔적으로 있다.

— 오은, 「아찔」 부분(『세계의 문학』, 2012 겨울)

"선택받지 못한 말들"과 "사랑받지 못한 말들"이 펴붓는 날은 고통스럽기 전에 부끄럽다. 소외된 것들을 지나쳐온 자는 그 누구도 아닌 나이기 때문이다. 부끄러움의 냉정한 응시와 치열한 극복 없이는 치유와 위로는 언제나 불완전하다, 아니 심지어 허구적이다. 그러므로 '힐링'은, 이것을 실천하려는 시는, 오늘도 「아찔」의 권유처럼 "물" "불" 가리지 않는 모순형률 속으로 스스로를 투척해야 한다. 그럴 때야 비로소 우리는 겨우 단단해짐으로써 겨우 부드러워지기 시작할 것이다 : "불가능에 물을 끼얹어. 가능해질 거야. (…중략…) 가능에 불을 질러. 불가능해질 거야. 대단해질 거야. 아무도 쉽게 건드리지 못할 거야."

처음 실린 곳

1부 감응의 윤리

「우리 시대의 '서정'을 위한 몇 가지 단상－이성복의 시를 빌려」 : 『포지션』, 2014 가을.

「굳세어라, 튀기야 현대시에서 '혼혈'의 문제」 : 『시작』, 2014 여름.

「'다친 무릎'의 기억과 '거룩한 악행'의 풍자－김승희의 2000년대 시에 대하여」 : 『문학 · 선』, 2013 가을.

「'난쉐(Nanshe)'의 귀환에 부치는 몇 가지 주석－허수경, 『빌어먹을, 차가운 심장』론」 : 『문학동네』, 2011 봄.

「시와 윤리 그리고 주체」 : 『시와반시』, 2011 여름.

「'감각'과 '감각적인 것'의 사이」 : 『신생』, 2011 가을.

「간절기의 기억과 환절기의 시선 시인과 정치에 대한 단상(斷想)」 : 『시인수첩』, 2013 봄.

2부 감응의 심연

「'구멍－되기' 혹은 소수어의 실천－김혜순, 「맨홀 인류」론」 : 『현대시』 2월호, 2012.

「'북천'을 흐르는 당신들을 묻다－유홍준론」 : 『문학사상』 7월호, 2013.

보론 「오므린 말들을 부르는 법－유홍준 「오므린 것들」 읽기」 : 주간문학리뷰 『웹진문지』, 2013.1.15.

'텍스트-침묵', '현실-발화'와 불화하다」 : 『문학과사회』, 2012 봄.

「개성의 심연 혹은 언어의 바깥－1980년대 산(産) 시인과의 대화」 : 『문학 · 선』, 2012 가을.

「젊은 방외자의 시선과 목소리」 : 『문학사상』 1월호, 2011.

「시,라는 여지(餘地)－이병률 · 신해욱 · 김승일의 시」

① 「얼룩은 별이다－이병률의 「얼룩들」」 : '주간문학리뷰', 『웹진문지』, 2011.11.

② 「'생물성'의 어떤 심연－신해욱의 「탈출기」」 : '주간문학리뷰', 『웹진문지』, 2012.7.

③ 「상황극 시대의 서정시－김승일의 『에듀케이션』」 : 『창작과비평』, 2012 가을.

3부 감응의 파문

「내면의 거울, 주체의 풍경—허만하 시집 『시의 계절은 겨울이다』」: 「해설」, 『시의 계절은 겨울이다』, 문예중앙, 2013.

「'어둠빛'을 노래하다—유안진 시집 『걸어서 에덴까지』」: 「해설」, 『걸어서 에덴까지』, 문예중앙, 2012.

「편력의 마감과 토포필리아—강희근 시집 『그러니까』」: 「해설」, 『그러니까』, 시와환상, 2012.

「욕망의 구경(究竟), 초월의 내파(內波)—홍신선 시집 『마음經』」: 「해설」, 『마음經』, 문학・선, 2012.

「텅 비어 꽉 차는 '못-자리'로 들다—김종철 유고시집 『절두산 부활의 집』」: 『시인수첩』, 2014 겨울.

「'유리 도시'의 비정과 서정—고형렬 시집 『지구를 이승이라 말해줄까』」: 「해설」, 『지구를 이승이라 말해줄까』, 문학동네, 2013.

「'파파피네'의 노래—강신애 시집 『당신을 꺼내도 되겠습니까』」: 「해설」, 『당신을 꺼내도 되겠습니까』, 시인동네, 2014.

4부 감응의 율동

「'여시(如是)'라는 말—문태준 시집 『우리들의 마지막 얼굴』」: 「해설」, 『우리들의 마지막 얼굴』, 창비, 2015.

「축구장, 묘지, 별자리, 그리고 무한한 혁명—김선우 시집 『나의 무한한 혁명에게』」: 「해설」, 『나의 무한한 혁명에게』, 창비, 2012.

「'당신'의 깊이, 그 심리적 참전—권현형 시집 『포옹의 방식』」: 「해설」, 『포옹의 방식』, 문예중앙, 2013.

「유령의 문장, 문장의 유령—여태천 시집 『저렇게 오렌지는 익어 가고』」: 「해설」, 『저렇게 오렌지는 익어가고』, 민음사, 2013.

「'마임 모놀로그'의 행방—김이듬 시집 『말할 수 없는 애인』」: 「해설」, 『말할 수 없는 애인』, 문학과지성사, 2011.

「도래하는 오필리아의 무곡—신영배 시집 『물속의 피아노』」: 「해설」, 『물속의 피아노』, 문학과지성사, 2013.

「'뒤죽박죽 박물지(誌)'의 시적 규약과 윤리—김륭 시집 『살구나무에 살구비누 열리고』」: 「해설」, 『살구나무에 살구비누 열리고』, 문학동네, 2012.

5부 감응의 도래

「삶의 지문을 찍는다는 것―황동규의 새 시를 읽다」: 『시인수첩』, 2013 여름.

「필경사(筆耕士)의 비가(悲歌)―천양희의 새 시를 읽다」: 『불교문예』, 2014 가을.

「일상의 노래와 삶의 시―고운기의 새 시를 읽다」: 『시안』, 2011 봄.

「소리의 추파와 풍문―김명리의 새 시를 읽다」: 『불교문예』, 2012 봄.

「어금니로 울다―장철문의 새 시를 읽다」: 『서정시학』, 2015 봄.

「그림자가(를) 부르는 노래―김선우의 새 시를 읽다」: 『시인수첩』, 2011 가을.

「시, 이야기와 관계하다―2012년 봄의 시들」: 『한국문학』, 2012 여름.

「'고백'의 관전(觀戰)과 그 기록―2012년 여름의 시들」: 『한국문학』, 2012 가을.

「가을의 미토스와 주체의 감응―2012년 가을의 시들」: 『한국문학』, 2012 겨울.

「신파와 힐링, 그리고 '몇 번의 장례식'―2012년 겨울의 시들」: 『한국문학』, 2013 봄.